Gerd Friederich
Fräulein Lehrerin

Gerd Friederich

# Fräulein Lehrerin

Roman

SILBERBURG

**Dr. Gerd Friederich,** Jahrgang 1944, studierte in Würzburg (Lehramt), Tübingen (Pädagogik, Philosophie, Tiefenpsychologie, Landeskunde) und Nürnberg (Malerei). Er arbeitete in Schulen, Schulverwaltung und Institutionen zur Lehrerbildung. Jetzt lebt er im Taubertal, schreibt Romane und malt Porträts und Landschaften.

4. Auflage 2020

© 2015/2020 by Silberburg-Verlag GmbH,
Schweickhardtstraße 5a, D-72072 Tübingen.
Alle Rechte vorbehalten.
Umschlaggestaltung: Anette Wenzel, Tübingen,
unter Verwendung des Gemäldes
»Der Schulspaziergang« von Albert Anker.
Druck: CPI books, Leck.
Printed in Germany.

ISBN 978-3-8425-1433-1

Besuchen Sie uns im Internet
und entdecken Sie
die Vielfalt unseres Verlagsprogramms:
**www.silberburg.de**

Ihre Meinung ist uns wichtig
… für unsere Verlagsarbeit. Wir freuen uns auf Kritik
und Anregungen unter: **meinung@silberburg.de**

# Prolog – September 1870

Mittagszeit. Ein penetranter Geruch nach Rauch, Pferdemist, Bratfett und Kohl lag in der Luft. Handkarren quietschten, Wagen klapperten, Kutschen rumpelten übers Pflaster. Eine Handvoll Betuchte, auf den ersten Blick erkennbar an der eleganten Garderobe, drängelten vor der Menütafel des Gasthauses »Wilder Mann«. Buben und Mädchen flitzten mit knurrenden Mägen von der Schule heim. Verkäufer schleppten Kartons und Kisten. Laufburschen schossen durch die Menge. Nur ein paar vornehme Damen schlenderten, trotz des Lärms und Getümmels, von Schaufenster zu Schaufenster und musterten die Auslagen mit kritischem Blick.

»Franzosen bei Sedan vernichtend geschlagen!«

Die Passanten erstarrten für einen Augenblick. Sie reckten die Hälse und eilten auf den Zeitungsverkäufer zu, der an der Laterne vor der Kreditkasse stand. Im Nu hatte er alle Zeitungen verkauft. Schon lagen sich wildfremde Menschen in den Armen, strahlten vor Stolz und gratulierten sich zum Sieg. Beispiellose Begeisterung erfasste die Menge.

Ein Mann riss sich den Hut vom Kopf. »Hoch! Hoch! Hoch!«, schrie er. »Ein dreifaches Hoch auf Preußens König Wilhelm!« Vivatrufe ohne Ende, dann die deutsche Volkshymne »Wacht am Rhein«, barhäuptig und voller Inbrunst gesungen.

Bevor sich die Leute zerstreuten, schmetterten sie »Heil Dir im Siegerkranz«, als hätten sie geahnt, dass das schon bald die Kaiserhymne in einem neuen deutschen Kaiserreich werden würde.

Verdammt! Irgendwo musste sie doch sein.

Als sie vor seinem Fotoladen in der Altstadt vorbeigehuscht war, hatte er spontan seine Ladentür verschlossen und war ihr nachgerannt. Er konnte nicht anders, denn er wollte sie endlich ansprechen, ins Kaffeehaus einladen und vor seine Kamera schleppen.

Immer noch atmete er schwer. Von der obersten Stufe der breiten Friedhofstreppe sah und hörte er fast alles, was in dieser Straße vor sich ging.

Gustav Wagner ärgerte sich. Zum dritten Mal war sie ihm entwischt.

Dass sie ihn ausgerechnet in der Turmgasse zum Narren hielt, die er von allen Straßen der Stadt am besten kannte, verdross ihn besonders. Hier hatte er im Auftrag seines Onkels, der einen Buch- und Postkartenverlag betrieb, vor drei Jahren einzelne Gebäude, ganze Häuserzeilen und vielsagende Augenblicke geschäftigen Treibens fotografiert. Wochenlang, zu allen Tageszeiten, im strahlenden Sonnenlicht, in der morgendlichen und abendlichen Dämmerung, ja sogar bei Regen. Illustrierte Stadtporträts, bebilderte Reiseberichte und Ansichtskarten, hatte der Onkel gelockt, erzielten gute Gewinne, und er hatte recht behalten. Als Wagner damals seine Gerätschaften vor dem Turm aufbaute, sprachen ihn viele Leute an. Hausbesitzer baten, auch ihr Anwesen zu fotografieren. Manche wollten, als sie hörten, eigentlich sei er Porträt- und Landschaftsmaler, ihr Zuhause in Aquarell oder Pastell verewigt wissen. Und den Kunsthändler Wölfling porträtierte er sogar in Öl, posierend vor dem eigenen Geschäft.

Wagner kniff die Augen zusammen und grübelte. In welchem Haus mochte sie wohl sein?

Am anderen Ende der Turmgasse stand der mittelalterliche Gefängnisturm, einst ein Teil der Stadtmauer. Durch den Torbogen unter dem Verlies rasselte früher der Leichenwagen auf dem Weg zum alten Friedhof, der direkt hinter Wagner auf einer Anhöhe lag. Aus der stinkenden Gasse zwischen Turm und Friedhof war eine prächtige Einkaufsmeile geworden, die renommierten Kauf- und Bankhäusern sowie wohlhabenden Bürgern eine feine Adresse gab: die angesehene Goldschmiede Florian, das Kurzwarengeschäft Bändele, der Galanterie- und Modehändler Zeitlos, die alteingesessene Vorschussbank Hafermann, dann eine Schanklaube, die zum Gasthaus »Wilder Mann« gehörte, die Buchhandlung Waffenschmied, die Schnellsohlerei Haas und Söhne, die berühmte Konditorei »Weber« direkt neben dem abgewirtschafteten Haus eines alten Laternenanzünders, die Blechnerei Kupfer und noch etliche Detailgeschäfte mehr. In den Hinterhöfen lauerten, wie Zecken in den blühenden Wiesen, Höckner, Trödler und Lohndiener auf flanierende Kunden. Und in Kellern und Mansarden werkelten auf engstem Raum fingerfertige Leute wie Kammmacher, Goldsticker und Schwefelhölzchenmacher.

Wohnte die Schwarzhaarige auch in dieser Straße? Oder machte sie nur Besorgungen?

Wagner zog seine goldene Taschenuhr aus der Westentasche. Es war halb eins, also blieb ihm bis zur Öffnung seines Salons um zwei Uhr noch genug Zeit. Gerade stach die Sonne durch die Wolken, Spatzen zeterten in den Büschen über der Treppe. Er schaute zum Himmel auf und sah sie vor sich, wie sie ihn auf dem Marktplatz versehentlich angerempelt hatte, ganz in der Nähe seines Ateliers. Ihre schwarze Lockenpracht und das ebenmäßige Gesicht hatten ihn sofort angerührt.

»Entschuldigung«, hatte sie gehaucht.

Er war mit offenem Mund stehen geblieben und hatte ihrem anmutigen Gang hinterhergestarrt. Als sein Verstand wieder eingesetzt hatte, war sie längst entschwunden.

Zwei Wochen später hatte sie die Fotos in seinem Schaufenster bewundert und sein Lächeln durch die Glasscheibe erwidert. Sie war nur wenig kleiner als er, zartgliedrig und lebhaft. Ihre großen, dunklen Augen und die schwarzen Haare, die ihr etwas Geheimnisvolles gaben, faszinierten ihn. Darum hatte er alles daran gesetzt, ihr erneut zu begegnen, aber sie blieb zunächst wie vom Erdboden verschluckt.

Einige Zeit danach hatte er beobachtet, wie sie über den Marktplatz hastete, und von da an durchs Fenster gelauert und Buch geführt. Wann immer es ihm möglich war, hatte er minutiös notiert, woher sie kam und wohin sie entschwand, hatte aufgelistet, an welchen Tagen und um welche Uhrzeit sie wie eine Sternschnuppe aufleuchtete und wieder verlosch. Schon nach wenigen Einträgen war klar: Sie bog allabendlich kurz nach sechs aus der Schlossgasse auf den Marktplatz ein und geriet beim Rathaus wieder aus dem Blick. Immer war sie in Eile.

Nahm sie morgens den umgekehrten Weg? So oft wie möglich hatte er vormittags aus dem Fenster geguckt, sie aber nie gesehen. Sie suchen gehen? Als erfolgreicher Fotograf ihretwegen einfach den Laden zusperren?

In aller Frühe hatte er vor dem Rathaus gewartet. Und tatsächlich! Kurz nach sieben war sie die Bahnhofstraße heraufgerannt und mit federnden Schritten über den Marktplatz in die Schlossgasse gesaust. Noch zweimal hatte er dort Wache gestanden. Beim ersten Mal hatte sie ihm einen belustigten Blick zugeworfen, als wolle sie ihn auffordern, ihr nachzueilen. Beim zweiten Mal war sie ihm irgendwie bedrückt erschienen. Sie hatte ihn nicht, wie sonst, angelächelt.

Ihr ernster Ausdruck hatte den Beschützerinstinkt in ihm geweckt, bis er nur noch einen einzigen Gedanken fassen konnte: Er musste endlich mit ihr reden und sie für sein neues Buch ablichten. Dieses eine Gesicht fehlte noch in seiner Sammlung. Schließlich war er ein gemachter Mann, angesehen und anerkannt als Autorität für Porträts. Sie konnte ihm gar nicht widerstehen, wenn er erst einmal mit ihr redete. Davon war er felsenfest überzeugt. Gut, er war Ende zwanzig und damit gewiss zehn Jahre älter als sie. Doch vor seiner Kamera hatte sich noch jede junge Dame von ihrer strahlendsten Seite gezeigt.

Wagner wickelte die Uhrkette um seinen Zeigefinger und beobachtete ungeduldig das Treiben in der Turmgasse. Immer noch blieb sie verschwunden. Plötzlich lachte er vor sich hin.

Das Leben war wirklich komisch. Da liefen so viele hübsche Frauen herum, und ausgerechnet diese eine entzog sich ihm?

»Halt!«

Er schlug sich mit der flachen Hand an die Stirn. Mittag! Halb eins! Noch nie hatte er sie um diese Zeit gesehen. Etwas Außergewöhnliches musste vorgefallen sein. Er war irritiert, schloss die Augen und dachte nach. Sollte er warten, bis sie irgendwo in der Menschenmenge auftauchte? Oder die Turmgasse auf und ab gehen und auf einen gnädigen Zufall hoffen?

Er entschied sich, in der Friedenskirche nebenan, die zugleich als Friedhofskirche diente, seine Gedanken zu sammeln, dann wollte er durch die Turmgasse bummeln und sich langsam auf den Heimweg machen.

Vor dem Kirchenportal blieb er stehen und blickte an der Fassade hinauf, die er schon mehrfach abgelichtet hatte. Sie war erst vor zehn Jahren im neugotischen Stil errichtet worden, die Mauern aus gelben Ziegelsteinen, über dem Kirchenportal eine Rosette aus farbigem Glas, ganz oben ein Dachreiter, der drei Glocken trug. Durch die breite Flügeltür, die in einem Spitzgewölbe saß, trat er in das lichte Haus. Genau gegenüber stand der Altar mittig in der fünfseitigen Apsis, die eine bemalte Stuckdecke hatte, im Gegensatz zum Kirchensaal, den hölzerne Kassetten nach oben abschlossen.

Er ging durch den Mittelgang zwischen den Bänken nach vorn, blieb vor den Altarstufen stehen, betrachtete sinnend die hölzerne Kanzel und drehte sich um.

Da!

Sie schrak auf und sah ihm kurz in die Augen. Ein dumpfes Klatschen oder Schlagen. Sie stürmte hinaus. Er rannte ihr nach. Wo war sie? Er blieb unschlüssig stehen. Zwischen den Gräbern war sie nicht, auch nicht auf der breiten Treppe hinunter zur Turmgasse. Er lief hin und her, aber sie blieb verschwunden.

Was hatte sie in der Kirche gemacht?

Wütend kehrte er dorthin zurück. Rechts vom Eingang war sie gestanden, in einer Nische unter der Orgelempore.

Genau an der Stelle fand er ein Kreuz an der weißen Wand, davor ein Pult, darauf ein großes Buch, zugeklappt, offensichtlich ein Freud- und Leidbuch, wie neuerdings in vielen Kirchen. Vom Zuschlagen könnte das Geräusch herrühren, das er gehört hatte, bevor sie aus der Kirche stürmte.

Sollte sie …?

Durfte man das überhaupt lesen? Was ging es andere an, wenn ein Mensch mit sich haderte? Oder seine Sorgen und Nöte vor dem Allerhöchsten ausbreitete?

Wagner rang mit sich. Vielleicht kann ich ihr helfen, beruhigte er sich, und schlug das Buch auf. Er blätterte. Ihr Eintrag, es musste ihrer sein, denn es war der letzte, endete mitten im Wort. Er las einmal, schüttelte den Kopf, las ein zweites und drittes Mal. Endlich begriff er. Entsetzt schlug er das Buch zu und suchte fassungslos das Weite.

Am nächsten Tag blieb sie verschwunden. Weder konnte er sie frühmorgens entdecken noch am Mittag, erst recht nicht am Abend, obwohl er sich redlich mühte.

Am darauffolgenden Montagmorgen stand Gustav Wagner vor seinem Atelier am Marktplatz. Ringsum drei- und viergeschossige Fachwerke, viele überputzt und pastellfarben getüncht. Geschäfte und Werkstätten dicht an dicht. Geradeaus streckte sich der quadratische Michaelsturm weit über die Dächer. Er protzte in alle Himmelsrichtungen mit vier prächtigen Uhren, vergoldeten Ziffern und Zeigern, die jedoch nicht wie sonst in der Sonne blitzten. Die Menschen verweilten auch nicht vor den Auslagen der Läden. Sie hasteten unter den Dachvorsprüngen von Haus zu Haus. Denn der Himmel war geschlossen. Dunkle Regenwolken wälzten sich über Eugensburg. Erste Tropfen fielen.

Der Duft von Seifenlauge, verbranntem Horn und Pferdemist lag in der Luft. Der Schmied, die speckige Schirmmütze ins Genick geschoben, beschlug einen Schimmel.

Das heiße Eisen brannte sich qualmend in den geglätteten Huf. Vor dem Haus nebenan hockte der Wagner vor seinem Schneidstuhl, warf ständig besorgte Blicke zum Himmel und schnitzte mit dem Zieheisen die Sprossen für ein neues Rad. Hinter ihm rubbelten Frauen, Kopftücher umgebunden und die Ärmel hochgekrempelt, Weißwäsche übers Waschbrett. Vor der Uhrenhandlung hatte ein Scherenschleifer seine fahrbare Werkstatt aufgebockt. Sie war auf ein Wagenrad montiert. Die Brille auf der Nase, die Pfeife im Mund und die schwarze Kappe zur Seite verrutscht, so war der Handwerker auf der Stör ganz in seine Arbeit versunken. Er drückte ein Messer an den Schleifstein, während er die Kurbel mit dem rechten Fuß trat. Das Sirren des Stahls schrillte in den Ohren.

Ein Grauhaariger näherte sich, blieb direkt neben Wagner stehen und las den Aushang im Schaufenster: »In meinem gut beheizten fotografischen Salon werden von neun Uhr morgens bis sechs Uhr abends, auf Wunsch auch an Sonn- und Feiertagen, Porträtbilder in beliebiger Größe und Rahmung jeder Art gefertigt. Preis der Bilder von einem Gulden bis zwei Gulden zweiundvierzig Kreuzer. Besonders möchte ich meiner verehrten Kundschaft meine Miniaturporträts für Visitenkarten, Broschen und Fingerringe empfehlen.«

Der Alte zögerte, ging ein paar Schritte weiter, kam zurück und las noch einmal.

»Wollen Sie zu mir?«

Der Mann lüftete den Hut, der so altbacken und abgetragen war wie seine gesamte Kleidung. Unverhohlen musterte er den eleganten Herrn mit dem glatt rasierten Gesicht, der einreihigen Jacke aus braunem Wollstoff, der grauen Tuchweste, den schmalen Hosen, den schwarzen Halbstiefeln und dem weißen Hemd mit Eckenkragen, unter dem eine modische, blaue Langkrawatte aus Seide klemmte. Offensichtlich überlegte der Alte, ob er sich einen so vornehmen Fotografen leisten konnte.

»Angenehm, Gustav Wagner. Bitte beehren Sie mein Atelier.«

»Was kosten zehn Bildchen?«

»Kommt drauf an.« Gustav Wagner taxierte ihn unauffällig.

»Auf was?«

»Wie groß sie werden sollen.«

»Dass man sie auf ein kleines Blatt Papier kleben kann.«

Wagner legte die Stirn in Falten. »Sie wollen Visitenkarten selbst machen?« Er war in Stadt und Land bekannt für seine Besuchskarten mit Bildnis im Visitformat, die ein Pariser Fotograf vor ein paar Jahren erfunden und zum Patent angemeldet hatte, das Wagner gegen Gebühr nutzen durfte. Seitdem hatte er großen Zulauf.

Der Alte hüstelte verlegen. Schwere Tränensäcke hingen unter schwarzen Augenringen. Unendlich müde sah er Wagner an. »Nein, Trauerkarten.«

»Dazu brauche ich aber ein Foto des Verstorbenen.«

Der Mann griff in sein Jackett und nestelte ein Bild heraus. Wortlos übergab er es.

Wagner erstarrte, schnappte nach Luft. Er wollte etwas sagen, sein Entsetzen ausdrücken, seine Trauer bekunden, sein Beileid aussprechen, doch die Stimme versagte ihm

»Sie kennen meine Hanna, Herr Fotograf?«

Wagner nickte und schluckte. »Bitte kommen Sie herein.« Er hielt dem Mann die Tür auf, führte ihn ins Atelier und bot ihm Platz an. »Was ist passiert?« Er zog einen Stuhl heran und setzte sich neben ihn.

Der Alte rang um Fassung. »Sie hat sich am Freitagmittag von der Eisenbahnbrücke gestürzt.« Er räusperte sich. »Ich kann es noch immer nicht fassen.« Tränen liefen über seine blassen, unrasierten Wangen.

Wagner schauderte. Zuhören, einfach nur zuhören, damit der alte Mann seinen Schmerz in Worte fassen konnte. Doch die Neugier war stärker: »Wie ist es passiert?«

»Ein Bekannter ging mit seinem Hund spazieren.« Der Mann berichtete stockend. »Dort, wo die Häuser aufhören und ein geschotterter Weg an den Gleisen entlangführt. Der Bekannte war auf dem Heimweg, als ihm Hanna entgegenkam.«

Der Mann schluckte schwer.

Wagner holte ein Glas mit Wasser und drückte es ihm wortlos in die Hand. Der Alte trank gierig.

»Er hat gleich gemerkt, dass etwas nicht stimmt, als er ihr aufgewühltes und tränenüberströmtes Gesicht sah. ›Geht es Ihnen nicht gut?‹, hat er sie gefragt. Sie hat nicht geantwortet.«

Der Alte weinte lautlos. Er wischte sich mit der Hand die Tränen aus den Augen.

»Mein Bekannter hat gesagt: ›Sie haben Kummer, ich seh's Ihnen an. Kann ich Ihnen helfen?‹ Sie hat nur den Kopf geschüttelt. In der Hand hatte sie eine kleine Schnapsflasche. Stellen Sie sich das vor! Meine Hanna verträgt doch keinen Schnaps!«

Wagner starrte den alten Mann an.

»Mein Bekannter hat sie angefleht: ›Ich lade Sie ein, kommen Sie auf einen Kaffee zu mir.‹ Sie ist grußlos weitergegangen. Er hat ihr lange nachgesehen. Als er merkte, dass sie auf den Trampelpfad einbog, der zur Eisenbahnbrücke führt, rannte er ihr nach.«

Der alte Mann schlug die Hände vors Gesicht. »Zu spät! Er ist ... zu spät gekommen! Sie war zu weit weg! Er konnte das Unglück nicht mehr verhindern!«

Die letzten Sätze hatte der alte Mann geschrien. Jetzt sah er Wagner aus verweinten Augen an. »Sie«, er stockte und schüttelte den Kopf, »ist übers Brückengeländer geklettert.«

Er schluchzte auf. Wagner hielt den Atem an und sah in das fassungslose Gesicht des Alten.

»Meine Hanna ist übers Brückengeländer gestiegen. Sie hat ihr Halstuch an die oberste Geländerstange gebunden.« Der alte Mann war am Ende seiner Kräfte. Er weinte hemmungslos und schniefte. »Sie hat sich ... ihren Rock ... über das Gesicht gezogen ... und ist gesprungen.« In Tränen aufgelöst stammelte er: »Ein ... gellender ... Schrei ... ihr ... Todesschrei.« Er atmete tief durch und flüsterte: »Dann sei es still gewesen.«

Beide schwiegen lang. Sie sahen sich nicht an.

»War sie vorher noch bei Ihnen?«

13

»Nein, sie muss direkt von der Schule zur Brücke …«

»Wer hat Ihnen die schreckliche Nachricht gebracht?«

»Mein Bekannter, zusammen mit Pfarrer Wienzle und einem Polizisten.«

»Ich mache Ihnen Trauerkarten, wenn Sie wollen. Bild und Text. Aber dazu müsste ich einiges über Ihre Hanna wissen.«

»Ich dachte, Sie kennen sie.«

»Ich weiß nicht einmal ihren Namen. Jeden Tag ist sie über den Marktplatz gehuscht. Wenn sie mich sah, lächelte sie.«

Ein helles Licht blitzte über das düstere Gesicht des Alten. »Ja, sie war ein Sonnenschein.« Er wischte sich mit der Hand ausgiebig die Augen aus. »Sie war mein Sonnenschein.«

Er trank einen Schluck Wasser.

Wagner sah den alten Mann voller Mitleid an.

»Ich verstehe es nicht«, der Grauhaarige schüttelte den Kopf, »ich werde es nie begreifen.« Er schluchzte auf. »Meine Sonne leuchtet nicht mehr. Sie ist untergegangen.«

Er weinte und jammerte. Dann erzählte er. Es tat ihm sichtlich gut, einen geduldigen Zuhörer zu haben und über sie sprechen zu dürfen.

Sie sei die Tochter einer deutschen Magd und eines Sizilianers, der bettelarm nach Deutschland gekommen war. Ein junger Maurer ohne Arbeit. Er hatte gehört, dass man Eisenbahnen durch Deutschland bauen wollte, wozu man viele Brücken, Viadukte und Tunnels brauchte. Zu Fuß und mit dem Schiff hatte er sich aufgemacht und beim Bau der hiesigen Brücke eine Anstellung gefunden.

»Ach Gott, was haben die armen Leutchen mitgemacht!« Der alte Mann zog ein Taschentuch heraus, wischte sich die Tränen ab und schnäuzte sich. »Als dann ein Kind unterwegs war, wollten sie heiraten. Doch er war katholisch und sie evangelisch. Man hat es ihnen verweigert. Sie wissen ja, wie stur christliche Kirchen sein können. Predigen Barmherzigkeit und säen Enttäuschung und Zwietracht.«

Bald darauf sei er bei der Arbeit in die Tiefe gestürzt. Genau da, wo auch Hanna …

»Zufall? Oder ist meine Hanna erst durch seinen Tod auf die Idee gekommen?« Der Alte wandte sich an seinen Zuhörer: »Was meinen Sie, Herr Fotograf?«

Wagner zuckte die Achseln.

Die Magd habe tagaus, tagein in der Blechnerei Kupfer geschuftet, sieben Tage in der Woche für einen Hungerlohn. Kaum sei ihr Zeit geblieben, sich um das Kind zu kümmern. Darum habe Hanna, die im Nachbarhaus mit ihrer Mutter in einer elenden Kammer hauste, tagsüber viel auf der Gasse gespielt. Oft sei sie auch bei ihm gewesen, denn er arbeite ja nur nachts. Und als ihre Mutter an Schwindsucht starb, Hanna war erst sechs, habe er das kleine Mädchen zu sich genommen. Es hatte ja sonst niemand mehr auf der Welt.

»Die Blechnerei in der Turmgasse?«

Der alte Mann nickte.

»Dann sind Sie der Laternenanzünder?«

Er nickte wieder.

»Wie alt ist ... Verzeihung ... war sie?«

»Am 2. Dezember wäre sie zwanzig geworden.« Er trank noch einen Schluck, dann erzählte er weiter. Hanna sei ein sehr kluges Kind gewesen. Das habe ihr Lehrer öfters betont. Darum habe Pfarrer Wienzle ihr kostenlos Privatstunden in Latein gegeben und sie im Mädchenlyzeum angemeldet, das vor ein paar Jahren nahe beim Schloss eingerichtet worden war, als erste höhere Mädchenschule weit und breit. Dort sei sie als Tagesschülerin gewesen, ohne Schulgeld zu zahlen, weil sie so gut lernte. Danach habe sie den allerersten Ausbildungskurs im neuen Lehrerinnenseminar besucht, das dem Lyzeum angegliedert wurde, und seit letztem April die Erstklässler an der dreijährigen Vorschule des Lyzeums im Lesen und Schreiben unterrichtet. Als Examensbeste sollte sie mit dem Seminar in Kontakt bleiben und angehende Lehrerinnen in den Unterrichtsalltag einführen.

»Hat sie weiterhin bei Ihnen gewohnt?«

»Aber ja! Sonst hätte sie in einer jämmerlichen, ungeheizten Kammer unter dem Dach der Schule hausen und dafür noch viel Geld zahlen müssen.«

Gustav Wagner war aufgewühlt. Er wusste nun, warum sie ihm auf ihrem Weg von der Turm- in die Schlossgasse nur zu bestimmten Zeiten begegnen konnte. Er dachte an ihren stummen Hilferuf, ihren Eintrag im kirchlichen Freud- und Leidbuch, der unvollständig geblieben war, weil er sie beim Schreiben gestört hatte. Am Samstagabend war er noch einmal dort gewesen und hatte ihre letzten Sätze abgeschrieben.

Einen Augenblick überlegte er, dem Laternenanzünder eine Abschrift zu geben, verwarf jedoch den Gedanken, weil er den Kummer des alten Mannes nicht mehren wollte. Hanna musste ein unlösbares Problem gewälzt und keinen Ausweg mehr gewusst haben. Anders ließ sich nicht erklären, dass sie sich mittags Mut antrank. Wollte sie ihre Angst vor dem selbst gewählten Grauen dämpfen? Aber was hatte sie in den letzten Wochen so aus der Bahn geworfen?

»Gibt es irgendeinen Grund, warum Hanna das getan haben könnte?«

Der Alte schüttelte den Kopf. »Seit Freitag zermartere ich mir den Kopf. Nachts liege ich wach und grüble. Aber ich weiß keine Antwort.«

Sie schwiegen sich wieder an und hingen trüben Gedanken nach.

»Bis wann?«

Der Alte blickte irritiert auf.

»Bis wann brauchen Sie die Trauerbildchen?«

»Morgen wird meine liebe Hanna begraben. Da würde ich gern die Karten verteilen. Mein Sonnenschein soll nicht vergessen werden. Ich darf ja nichts in die Zeitung setzen.«

»Ich gestalte die Sterbebildchen für Sie. Wie viele soll ich machen?«

»Zehn.«

»So wenige?«

»Kommt ja doch kaum jemand.«

»Ich mache lieber ein paar mehr. Kostenlos natürlich, wenn Sie mir sagen, was ich unter das Bild schreiben soll.«

Bei aller Bestürzung über Hannas Tod war Wagner während des Gesprächs aufgegangen, dass er mit Sterbebildchen gute Geschäfte machen könnte. Bisher hatte seines Wissens kein anderer Fotograf eine solche Idee gehabt.

Am nächsten Tag um zwölf hängte Gustav Wagner ein Schild an seine Ladentür: »Wegen eines Trauerfalls heute Nachmittag geschlossen.« Dann machte er sich auf den Weg zur Turmgasse.

Der alte Mann hatte, wie er tags zuvor noch berichtete, ein wahres Martyrium hinter sich, denn zum Schmerz wegen Hannas Tod kamen allerlei Scherereien hinzu. Zum Glück, wenn das Wort Glück in dieser traurigen Lage überhaupt entschuldbar ist, war Pfarrer Wienzle von allem Anfang an eingeweiht. Der hatte am Samstagmorgen den Lampenanzünder erneut aufgesucht, ihn über die anstehenden Probleme aufgeklärt und Auswege aufgezeigt.

Keine Zeitung nehme die Todesanzeige einer Selbstmörderin an, hatte Wienzle gesagt, weil man Nachahmer fürchte. Der alte Mann solle es erst gar nicht probieren und sich den Weg dorthin sparen.

Auch klärte der Pfarrer über die Beerdigung auf. Wäre Hanna katholisch gewesen, hätte man sie nicht in geweihter Erde beisetzen dürfen, sondern hinter dem Friedhof an der gefürchteten Selbstmörderwand verscharren müssen, freilich ohne priesterlichen Segen, weil Selbstmord nach katholischem Glauben eine schwere Sünde sei und Selbstmörder direkt zur Hölle führen. Dagegen lehre die evangelische Kirche, allein die Gnade Gottes schließe dem Selbstmörder den Himmel auf. Weil aber niemand auf Erden wisse, wie Gott einen Menschen beurteile, sei es erlaubt, einen Selbstmörder überall auf dem Friedhof zu beerdigen, allerdings ohne geistlichen Segen, es sei denn, der zuständige Pfarrer komme zur Überzeugung, der oder die Unglückliche habe sich im Wahn das Leben genommen. Hanna, so Wienzle, sei evangelisch getauft und habe einen klaren Verstand gehabt. Das wisse er aus den vielen Lateinstunden mit ihr. Also könne sie gar nicht bei Sinnen gewesen sein, als sie sich von der Brücke stürzte. Darum werde er Hanna kirchlich beerdigen wie jeden anderen Verstorbenen auch.

Doch ein Problem könne er nicht lösen, gestand Wienzle: die Aufbahrung der Toten bis zur Beerdigung. In die Leichenhalle auf dem Friedhof dürfe kein Selbstmörder gebracht werden und hier, er habe sich in der kleinen Wohnung des Lampenanzünders umgesehen, könne man den Sarg auch nicht lagern. Doch der alte Mann widersprach. Er bestehe darauf, dass seine Hanna bis zur Beerdigung bei ihm bleibe. Einen Bestattungsunternehmer könne er sich nicht leisten, aber ein befreundeter Schreiner zimmere gerade einen einfachen Fichtensarg. Gleich nachher werde er zur Polizei gehen und Hanna mit seinem Handwägelchen heimholen.

Als Gustav Wagner kurz nach halb eins in die Turmgasse einbog, fand er die Fenster am Haus des Lampenanzünders verhängt. Die Eingangstür stand offen. Fackelndes Licht wies den Weg zur düsteren, muffigen Wohnstube, wo eine kleine Gästeschar im stillen Gebet verharrte. Auf dem Tisch war der geschlossene Sarg aufgebahrt, geschmückt mit einem Strauß duftender roter Rosen und von zwei Reihen hoher Kerzen eingerahmt. Das Bild an der Wand veranschaulichte den bequemen und den steinigen Weg des Lebens. Daneben klebte ein altes Kalenderblatt. Darunter stand ein abgewetztes Sofa mit einem kleinen Beistelltischchen. Auf dem Fenstersims blühte eine weiße Geranie.

Der alte Mann begrüßte den Besucher, nahm einige Sterbebildchen entgegen, warf einen kurzen Blick darauf und dankte mit dem Anflug eines Lächelns. Während Wagner vor den Sarg trat und der Toten gedachte, verteilte der Alte die Andenken an seine Hanna.

»Wollen Sie sich selbst überzeugen, dass sie nicht verrückt war?«

Wagner war von der Frage überrascht.

»Gehen Sie nur«, sagte der Alte. »Die Tür zu ihrer Dachkammer ist offen.«

Wagner stieg hinauf, blieb aber wie angewurzelt unter der Tür stehen. Einen so wohlgeordneten Kosmos auf kleinstem Raum hatte er noch nie gesehen. Sein fotografischer Instinkt war geweckt. Das hier musste er mit seiner Kamera festhalten. Er lebte zwar von Porträts und Visitenkarten, aber für Gebäude und Interieurs schwärmte er. Nach dem Buch »Eugensburg – Straßen und Häuser einer Stadt« und dem demnächst erscheinenden Band »Zeitgesichter« wollte er sich mit der Ausstattung von Räumen befassen. Zwei, drei Blicke in Hannas Kammer könnten jedes Buch bereichern.

Er hörte Stimmen und stieg wieder hinab.

Pfarrer Wienzle war eingetroffen und betete laut: »Gott der Vater wolle dich, Hanna Scheu, durch seine Barmherzigkeit führen in das Reich, das seine Auserwählten ewig preisen. Unser Herr Jesus sei bei dir und beschütze dich. Und der Heilige Geist sei in dir und erquicke dich. Der dreieinige Gott segne und bewahre dich bis zur Auferstehung des Lebens. Amen.«

Vom Friedhof her läutete das Totenglöckchen. Vier junge Männer kamen leise in die Stube und schulterten den Sarg auf Weisung eines Hageren. Das sei der Schreiner mit seinen Leuten, ein Freund des Hausherrn, flüsterte eine Frau. Die Männer trugen den Sarg vors Haus und setzten ihn auf dem Handwägelchen ab, das mit schwarzen Tüchern ausgekleidet war. Der Alte deckte ein Bahrtuch darüber, so sanft und liebevoll, als bette er ein schlafendes Kind zur Nachtruhe.

Die Trauernden sammelten sich zum Leichenzug. An der Deichsel des Wägelchens die beiden Schreinerlehrlinge, hinten als Schieber die beiden Gesellen. Dann Pfarrer Wienzle, gefolgt vom gramgebeugten Alten, der die roten Rosen trug und sich auf den starken Arm des Schreiners stützte. Dahinter sieben oder acht barmherzige Bekannte des Laternenanzünders. Schließlich Gustav Wagner, der seine Trauerbildchen nach beiden Seiten verteilte.

Der helle Klang des Glöckchens, dazu das Rasseln der eisenbeschlagenen Räder, der erbärmliche Anblick des Gefährts und die kümmerliche Trauerschar erregten Mitleid. Nachbarn und Passanten blieben stehen, tuschelten, lasen, was Wagner ihnen zusteckte, und gaben ihr Wissen sofort weiter. Was niemand erwartet hatte, trat ein: Aus jedem Haus, an dem der Sarg vorbeirumpelte, schlossen sich Leute an, denn die Kunde vom Tod der jungen Lehrerin, die alle vom Sehen kannten, verbreitete sich schneller als das Wägelchen übers Pflaster klappern konnte. Dort, wo die Turmgasse steil bergan stieg und die beiden Gesellen kräftig schieben mussten, sah sich Wagner um und staunte. Aus der dürftigen Trauerschar war eine stattliche Prozession geworden.

Durchs schmiedeeiserne Friedhofstor schob sich der Zug, schlängelte sich in weitem Bogen über den Rasen, führte vorbei an prächtigen Grabmälern und eingesunkenen Grabplatten, deren Inschriften Wind und Wetter verwischt hatten. Vorbei an Reihen neuerer Grabsteine, geschmückt mit allerlei Symbolen. Oft ein christliches Kreuz, zuweilen ein Anker als Zeichen der Hoffnung in stürmischer See oder ein Palmzweig als Sinnbild für Unsterblichkeit und Wiedergeburt, seltener eine Mohnkapsel, die auf den ewigen Schlaf hinwies.

So erreichte der Trauerzug das offene Grab. Die jungen Männer senkten den Sarg in die Erde, verneigten sich und traten in den Hintergrund. Pfarrer Wienzle sprach ein Gebet und stimmte ein Lied an, das viele mitsangen. Mit zu Herzen gehenden Worten würdigte er die Verstorbene, warf dreimal Erde in die Grube und sagte: »Erde zu Erde, Asche zu Asche, Staub zu Staub.«

Als der Alte ans Grab trat, geführt vom Schreiner, brach er in lautes Wehklagen aus. Er war untröstlich in seinem Schmerz. Sein Freund entwand ihm behutsam den Blumenstrauß aus den verkrampften Fingern und ließ Blüte für Blüte auf den Sarg hinabregnen. Dann nahmen die Trauergäste Abschied am Grab und sprachen dem Laternenanzünder ihr Beileid aus. Schließlich segnete der Pfarrer die Verstorbene und übergab sie in die Obhut Gottes.

Wenige Augenblicke später lag die Grube verlassen da, bis auf eine junge Frau mit ausdrucksstarkem Gesicht, die sich im Hintergrund gehalten hatte. Sie starrte lange auf den Sarg und warf schließlich einen Strauß bunter Feldblumen hinunter.

Gustav Wagner, der die Rotblonde erspäht und ihr zuvor ein Sterbebildchen zugesteckt hatte, beobachtete sie von Weitem.

Eine Verwandte oder gar eine Freundin der Toten?

Sie am Grab anzusprechen, gehörte sich nicht. Also wartete er draußen vor dem Hauptportal. Doch sie kam nicht. Offensichtlich hatte sie den Friedhof durch eine der Seitentüren verlassen.

# Seminar

»Wo hast du dich herumgetrieben?« Fräulein Krämer, am Lehrerinnenseminar zuständig für weibliche Handarbeiten und Hausordnung, war empört.

»Ich habe mich nicht herumgetrieben.«

»Dann gesteh endlich, wo du gewesen bist!«

Sophie schwieg.

»Du hättest vorher um Erlaubnis fragen können!«

»Sie hätten mich ja doch nicht gehen lassen.«

»Aha! Also doch! Du hast verbotswidrig das Seminar verlassen!« Die Krämerin holte tief Luft. Sie war sehr erregt. »Und du bist da gewesen, wo du nicht hättest sein dürfen, sonst würdest du es ja zugeben, du Miststück!« Sie schlug Sophie mit der flachen Hand ins Gesicht. »Pfui! Du hast gegen die Hausordnung verstoßen und dich herumgetrieben. Wahrscheinlich steckt ein Mann dahinter.«

Sophie sah den Schlag kommen, wich aber nicht zurück. Trotzig blickte sie der Seminarlehrerin ins Gesicht. »Ja, ich habe die Hausordnung verletzt. Nein, ich habe mich nicht herumgetrieben, und ich habe mich auch nicht mit einem Mann getroffen.«

»Geh sofort auf deine Stube!«, keifte die Krämerin. »Bis auf Weiteres verlässt du nicht das Haus! Ich werde den Vorfall dem Herrn Oberlehrer melden!«

Sie setzte Sophie mit herrischer Geste vor die Tür. »Eine impertinente Person«, schimpfte sie vor sich hin, »die muss hier weg. Ein räudiges Schaf verdirbt die ganze Herde.«

Wütend riss sie die Schublade unter ihrem Schreibtisch heraus und entnahm ihr eine Kladde, auf der in deutscher Schrift stand: »Sittliche Aufführung.«

Sie blätterte bis zu der Doppelseite, die mit »Sophie Rössner« überschrieben war. Dann klappte sie das in den Tisch eingelassene Tintenfass auf, tauchte ihre Stahlfeder in die Tinte und ergänzte auf der linken Seite die Bemerkungen über Charakter und Wandel im Allgemeinen: »Widerborstig, verstocktes Gemüt, lügt. Möglicherweise hat sie sich mit einem Mann eingelassen.« Und auf der rechten Seite notierte sie unter Benehmen: »Frech, aufsässig, hält sich nicht an die Ordnung. Verlässt das Seminar ohne Genehmigung und treibt sich herum.« Die Feder kratzte, und die Tinte spritzte, als die Seminarlehrerin das Datum daruntersetzte, so wütend war sie.

Sie trocknete den Eintrag mit dem Löschpapier und legte die Kladde in die Lade zurück. Spätestens bei der Zeugnisausgabe würde dieses unverschämte Frauenzimmer sein freches Auftreten bereuen. Das Zeugnis sammelte nämlich nicht nur die Noten in den Prüfungsfächern. Nein, auch die Fähigkeiten, das Geschick, den Charakter und die sittliche Aufführung konnte man schwarz auf weiß darin nachlesen.

Fräulein Krämer sprang auf, strich sich das Kleid glatt und prüfte vor dem Spiegel an der inneren Schranktür, ob die Frisur saß. Der Herr Oberlehrer sollte einen guten Eindruck von ihr gewinnen. Vielleicht überkam ihn eines Tages doch noch die Lust. Sie seufzte tief. Ach, der liebe Kollege hatte ja keine Ahnung, dass er durch ihre kühnsten Träume geisterte.

Schnurstracks eilte sie aus dem Zimmer, setzte ihr strahlendstes Lächeln auf, straffte sich und hüpfte federnd die Treppe hinauf. Erwartungsvoll klopfte sie an die Tür seines Büros, das direkt über ihrem lag.

Brettschneider erhob sich hinter seinem Schreibtisch. Er schien höchst erfreut.

»Liebste Kollegin«, säuselte er und kraulte sich den Bart, »es ist mir immer ein Vergnügen, mit Ihnen Konversation zu pflegen.« Mit ausladender Geste forderte er sie auf, sich neben ihn auf das Sofa zu setzen.

Fräulein Krämer fühlte sich geschmeichelt. Mit beiden Händen spannte sie ihren bodenlangen Rock und ließ sich vorsichtig auf der fadenscheinigen Couch nieder.

Brettschneider drückte sich neben sie, legte seine Hand auf ihr verhülltes Knie und schmachtete sie an. »So, jetzt erzählen Sie mal. Was haben Sie auf dem Herzen?«

Eugen Brettschneider unterrichtete Rechnen, deutsche Sprache, Geschichte, Erdkunde, Schönschreiben und Zeichnen am Seminar. Außerdem überwachte er die unterrichtspraktischen Versuche der Seminaristinnen in der Übungsschule. Pfarrer Adalbert Finkenberger, der auf Dienstreise weilte, vervollständigte den hauptamtlichen Lehrkörper. Er war Vorstand, Pfarrer und Lehrer in einer Person. Ihm oblag es, die jungen Damen sowohl in Religion, biblischer Geschichte und im Memorieren von Bibelzitaten zu unterweisen als auch in Pädagogik, die hier Schulkunde hieß. Diese vier Fächer – Religion, biblische Geschichte, Memorieren und Schulkunde – bildeten den Kern der Ausbildung. Sie standen dienstags, mittwochs und freitags auf dem Stundenplan. Außerdem hielt Finkenberger montags um sieben Uhr in der Früh die Wochenandacht und predigte sonntags in der nahen Stiftskirche am Marktplatz. Ferner kamen ein privater Klavierlehrer und ein Gesangslehrer vom Konservatorium stundenweise ins Haus. Beide musischen Fächer waren Pflicht für alle Seminaristinnen. Fakultativ wurde, gegen zusätzliche Bezahlung, auch Violinunterricht geboten.

Das Seminar residierte in einem alten Haus in der Schlossgasse. Zur Straße hin begrenzte ein Rundbogen aus grauem Sandstein das Grundstück. In das große hölzerne Tor war mittig eine schmale Tür eingelassen. Der Schlussstein des Torbogens trug einen steinernen Leoparden, Wappentier eines alten Fürstengeschlechts.

Wollte man ins Seminar, musste man genau unter dem Leoparden durch die kleine Tür, dann die Einfahrt entlang bis zur hinteren Hausecke und von dort über eine kleine Treppe zur Pforte an der Rückseite des Gebäudes. Über der Pforte stand, in deutscher Druckschrift, ein Zitat aus dem Johannesevangelium: »Weide meine Schafe.« Deshalb hieß man die Seminaristinnen in der Bevölkerung nur die Schafe von der Schafweide, während die Fräulein untereinander lästerten, sie hausten in einem Schafstall. Hinter der Pforte lag der Wachhund auf der Lauer, wie die jungen Hausbewohnerinnen spotteten, eben jene Berta Krämer. Ihrem Schreibtisch gegenüber war eine große Glasscheibe in der Wand, durch die sie alle Ein- und Ausgehenden kontrollieren konnte. Vom Hausflur kam man direkt in den Speisesaal, von da aus sowohl in den Waschraum und die Toiletten als auch in die Küche, in der zwei Zugehfrauen für das leibliche Wohl der Seminaristinnen sorgten. Die Büros des Oberlehrers und des Pfarrers befanden sich im ersten Stock, ebenso die beiden Lehrsäle. Darüber, unter der Dachschräge, lagen die vier Schlaf- und Arbeitsräume der Mädchen. Sommers war es dort stickig und schwül, winters kalt und zugig.

Brettschneider bearbeitete das Knie seiner Kollegin, während sie, von wohligen Schauern erregt, mit schwülstigem Blick und honigsüßer Stimme vortrug, sie sei zutiefst gekränkt worden.

»Ich bin untröstlich«, gurrte er.

Sie, betört und zugleich den Tränen nahe, schilderte ihm mit bebender Stimme, Sophie verletze nicht nur alle Grenzen der Hausordnung, sondern verschlinge abends auch liederliche Lektüre. Zweimal habe sie die angehende Lehrerin beim abendlichen Kontrollgang erwischt, wie sie heimlich ein Schmutzwerk las, hingeschmiert von einem gewissen Marlitt. »Blaubart« oder so ähnlich heiße der Schund.

»Was für eine schauderhafte Liebesgeschichte«, stöhnte Brettschneider, »und ausgerechnet in den Händen einer künftigen Erzieherin, der wir Kinder anvertrauen wollen?«

»Sie kennen den verderbten Schmachtfetzen, lieber Herr Kollege?« Das Fräulein Seminarlehrerin blickte den innig Verehrten verstört an.

»I wo!« Brettschneider tätschelte ihre Wange und massierte ihren Schenkel. »Vom Hörensagen, meine Verehrteste, nur vom Hörensagen. Ein junges Ding soll sich in dem Roman in einen alten Wüstling verlieben. Stellen Sie sich das vor.« Er schüttelte sich vor Ekel.

»O Gott«, stöhnte die Oberaufseherin, »die Rössner verdirbt uns die ganze Herde.«

Er runzelte die Glatze. »Bitte holen Sie den lausigen Fratz augenblicklich her. Ich lese ihm die Leviten.«

Der schneidende Ton entzückte die Krämerin. Sie spritzte auf und sauste davon. Wenige Augenblicke später schob sie Sophie zur Tür herein.

Brettschneider schoss auf Sophie zu und schlug zweimal so heftig auf sie ein, dass ihr Kopf zur Seite flog. Auf ihren Wangen zeigten sich sofort rote Male. »Das ist für den Verstoß gegen die Hausordnung«, fauchte er sie an. »Und jetzt rede: Wo warst du?«

Sophie verengte ihre Pupillen und kniff die Lippen zusammen.

»Zum letzten Mal«, schnaubte er, »rede!«

Sie schwieg.

Brettschneider nahm einen Stock aus dem Schirmständer hinter der Tür. »Hand her!« Er packte Sophie am rechten Handgelenk und pfefferte ihr fünf Tatzen auf die Fingerspitzen.

Sophie schoss das Wasser in die Augen.

»Sobald Pfarrer Finkenberger zurück ist, werden wir über deine Entlassung aus dem Seminar beraten. Bis dahin verlässt du nicht das Haus! Heute Abend gibt's kein Abendessen für dich! Und jetzt geh mir aus den Augen!«

❦

Gegen fünf Uhr betrat ein bärtiger Herr das Seminar. Er war wohl schon in seinen Siebzigern, strahlte aber Elan und Kraft aus. Seine lange Joppe aus schwerem, schwarzem Wollstoff war am Kragen mit schwarzem Samt besetzt. Um den Hals trug er ein blaues Tuch, dessen Enden er unter sein weißes Leinenhemd gestopft hatte. An der dunkelblauen Samtweste prangten silberne Rosettenknöpfe, und aus einem Knopfloch hing eine silberne Uhrkette, die in der Westentasche verschwand. Die Manchesterhose bauschte sich über den Schaftstiefeln. In der linken Hand hielt er einen runden Filzhut, an dem über der Krempe eine silberne Schnalle blinkte, die ein breites schwarzes Samtband zusammenhielt.

Fräulein Krämer flitzte aus ihrem Zimmer und versperrte ihm den Weg.

»Sie wünschen?« Schon die Frage zeigte, dass sie keinerlei Menschenkenntnis besaß. Sonst hätte sie nämlich gewusst, dass sie einen stolzen Oberschwaben vor sich hatte, der nichts mehr hasste als das dumme Gewäsch einer aufgeblasenen Türsteherin.

»Ich möchte Fräulein Sophie Rössner sprechen.«

»Nicht möglich«, log sie spitz.

»Ist Sophie nicht da?« Der Besucher schien besorgt.

»Geht Sie nichts an.«

»Ist sie etwa krank?«

»Nein!«

»Ich hörte, am Mittwochnachmittag sei kein Unterricht, da dürften die jungen Damen Besuch empfangen.«

»Wie ich schon sagte«, erwiderte die Lehrerin schnippisch, »geht Sie das nichts an.«

»Auch wenn ich Sophies Großvater bin?«

»Ja, auch dann nicht.«

Er wurde etwas lauter: »Ich habe eine Tagesreise hinter mir und soll meine Enkelin nicht sprechen dürfen!?«

»So ist es.«

Sein dröhnendes Lachen hallte in Flur und Stiegenhaus wieder. Türen öffneten sich leise im ganzen Haus. Neugierige Ohren lauschten dem imposanten Bass.

Fräulein Krämer wich einen Schritt zurück. Dafür wurde nun der Gast umso deutlicher: »Jetzt hören Sie mir genau zu, verehrte Dame. Ich habe einen ganzen Tag auf der schwäbischen Eisenbahn vertrödelt, hab mich vom Bodensee bis hierher durchrütteln lassen und soll nun meine Enkelin Sophie nicht sehen dürfen? Wer will mir das verbieten? Sie etwa?«

27

»Verlassen Sie sofort das Haus!«, kreischte die Aufseherin, kreidebleich im Gesicht.

»Ich denke nicht daran! Ich will auf der Stelle den Herrn Vorsteher dieses Etablissements sprechen!«

»Pfarrer Finkenberger ist diese Woche nicht da.«

Wortlos drückte der Bärtige den Zerberus an die Wand. Er polterte die Treppe hinauf, die keifende Krämerin hinterdrein.

Im ersten Stock schritt er von Tür zu Tür und las die Schilder. »Lehrsaal I«, »Lehrsaal II«, »Pfarrer Finkenberger, Vorsteher« und »Oberlehrer Brettschneider«.

An der letzten Tür klopfte er und drückte sie im selben Augenblick auch schon auf.

Brettschneider saß mit vor Schreck geweiteten Augen hinter seinem Schreibtisch, denn er hatte gelauscht.

»Sie wünschen?«, fragte er scheinheilig und rutschte tiefer in die Polster seines Lehnstuhls, als wolle er sich gleich unter dem Tisch verkriechen. Aus den Augenwinkeln sah er, dass die Krämerin ins Zimmer schlich und die Tür hinter sich schloss. Vermutlich wollte sie ihrem verehrten Kollegen beistehen, falls er Hilfe benötigte.

»Hier!« Der zornige Besucher knallte etwas auf den Tisch und deutete mit dem Zeigefinger darauf.

Brettschneider las.

»Wie mein Pass ausweist, bin ich nicht irgendein Hanswurst, dem man die Tür weisen kann.« Der Fremde klopfte mit der Fingerspitze auf seinen Ausweis. »Ich bin Hans Rössner, der Großvater von Sophie Rössner. Ich muss meine Enkelin sprechen.«

Brettschneider behielt den Erzürnten und seine Kollegin im Auge. Er überlegte. Die Krämerin nickte ihm aufmunternd zu.

»Das ist …«, er fuhr sich in den Kragen, » … heute … leider nicht möglich«, sagte er endlich. Sein Arm zuckte, als erwarte er Hiebe und wolle sich dagegen wappnen.

»Warum nicht?«

Brettschneider versank noch tiefer hinter seinem Schreibtisch. Entgeistert starrte er den Fremden an.

»Warum ausgerechnet heute nicht?«, herrschte der Fremde den Verängstigten an und warf seinen Hut direkt vor ihn auf den Tisch. »Was ist heute anders als gestern?«

»Sie hat ... Arrest!«, mischte sich die Krämerin mit spitzer Stimme ein.

Dem Gast verschlug es für einen Augenblick die Sprache. »Arrest?« Er holte tief Luft. »So bei Wasser und Brot?« Er ballte die Faust. »Hinter Gittern, wie ein Spitzbube?«

»Gehen Sie, oder ich lasse die Gendarmen holen!« Brettschneider hatte sich wieder berappelt.

Im ersten Moment war der stolze Mann aus Oberschwaben wie vor den Kopf geschlagen. Gendarmen? Es arbeitete in seinem Gesicht. Offensichtlich erwog er alle Möglichkeiten. Schließlich stützte er sich mit seinen schwieligen Pranken auf den Schreibtisch, beugte sich vor, dass sich seine Nase schier in die Stirn des Oberlehrers bohrte, und starrte ihm direkt in die Augen. Seine Stimme wurde leise und scharf: »Ich komme wieder.« Er setzte ein süffisantes Lächeln auf. »Gnade Ihnen, wenn ich meine Sophie dann nicht sehen kann.« Mimik und Gestik zeigten einen unbändigen Willen.

Mit eiskaltem Blick bannte er Brettschneider, der die Augen niederschlug. Bärbeißig nahm er seinen Pass vom Tisch, setzte den Hut auf und verließ grußlos das Zimmer.

Blitzschnell, wie man es bei gefährlichen Raubtieren tat, wurde hinter ihm die Tür ins Schloss gedrückt.

Auf dem Weg zur Treppe sah der zornige alte Mann eine Hand aus einem Türspalt winken. Sophie spähte mit einem Auge aus einem der Lehrsäle und flüsterte ihm zu: »Hier bin ich, Großvater.«

Er horchte auf. Ein Strahlen lief über sein Gesicht. Behände schlüpfte er in den großen Raum, schloss leise die Tür und umarmte seine Enkelin. Erst auf den zweiten Blick erkannte er, wie man seine Sophie zugerichtet hatte. Beide Wangen waren feuerrot. In ihrer rechten Hand zerknüllte sie ein Taschentuch, das einmal weiß war und jetzt voller Blut.

»Was geht hier vor?«

Sophie berichtete, was geschehen war, warum man sie misshandelt hatte und jetzt mit Hausarrest und Rauswurf bedrohte.

Der alte Rössner war entsetzt. Nicht nur über das, was seiner Enkelin widerfahren war, sondern vielmehr darüber, wie sie vor ihm stand. Ein Häufchen Elend, zartgliedrig und zerbrechlich. Dabei kannte er sie bisher nur als Wirbelwind, als fideles Mädchen, das tanzen konnte wie ein Derwisch, lustige Lieder sang und sich auf dem Klavier dazu begleitete oder aus ihrer Geige herrliche Melodien hervorzauberte.

»Mach dir keine Sorgen, Kind.« Der alte Rössner nahm die Untröstliche wieder in die Arme und strich ihr sanft über den Rücken. »Niemand schmeißt eine Sophie Rössner hinaus. Verlass dich drauf.«

Sophies aufgestaute Empörung löste sich, die Schmerzen kamen wieder. Sie vergoss ein paar Tränen und schluchzte: »Und zu essen soll ich auch nichts kriegen.«

Da packte den Großvater der heilige Zorn. »In einer Viertelstunde bin ich wieder da«, zischte er durch die Zähne. »Ich ruf dir dann!«

Er spähte in den Flur. Niemand da. Er rumpelte die Treppe hinunter, wischte die geifernde Rausschmeißerin, die sich ihm erneut in den Weg stellte, wortlos zur Seite und hastete aus dem Haus.

Doch schon bald kam er wieder, in der rechten Hand einen großen Krug, gefüllt mit frisch gezapftem Bier, in der linken ein rot-weiß kariertes Tuch, zu einem Bündel geschnürt.

Als ihn die Krämerin aufhalten wollte, ranzte er sie an: »Was steht an Ihrer Tür?«

Sie zuckte zurück.

»›Weide meine Schafe‹, das steht dran!«

»Weiß ich wohl!«

Er rollte mit den Augen. »Sie …! Sie haben doch vom Weiden keine Ahnung!«

»Werden Sie nicht auch noch frech!«

»Aus dem Weg, Sie wurmstichige Bohnenstange!« Entschlossen zwängte er sich an ihr vorbei. »Wenn die Schafe nichts zu fressen kriegen«, fauchte er sie über die Schulter an, »dann hat der gute Hirte keine Ruhe, weil die Viecher nicht gedeihen können. Sie verstoßen gegen Gottes Gebot! Sie lassen die Schafe nicht weiden! Darum muss ich das Füttern jetzt übernehmen!«

»Unverschämtheit!«

Er spottete: »Sie sind halt kein Hirte, sondern bloß eine dumme Gans.«

Die Aufseherin starrte ihn mit offenem Mund an. Es hatte ihr tatsächlich die Sprache verschlagen. Zum ersten Mal, seit sie hier das Sagen hatte, fehlten ihr die Worte.

»Sophie!«, schrie der Großbauer, »komm, ich hab was zum Vespern dabei!«

Breitbeinig stakste er die Treppe hinauf, wo seine Enkelin schon auf ihn wartete, und verschwand mit ihr wieder in einem Lehrsaal, die Krämerin maulend hinterdrein.

Er stellte den Bierkrug auf einem der Tische ab, knotete das karierte Tuch auf und präsentierte einen üppigen Imbiss: zwei Brezeln, vier Brötchen, ein Stück geraucht Schinkenwurst, einen Bollen Käse, zwei Rettiche, zwei Gurken und einen Kohlrabi.

»Schau, Kind, was für eine saftige Weide. Jetzt setz dich hin und iss dich satt«, munterte er Sophie auf.

Der Seminarlehrerin fielen die Augen aus dem Kopf. Sie kochte vor Wut, sagte jedoch nichts, tat auch nichts, weil sie dem alten Kraftprotz nicht gewachsen war.

»Raus hier und Tür zu!«, schnauzte er sie an und zog ein langes Messer aus dem Stiefelschaft. »Sonst schmeckt's uns nicht.«

»O, o, o! Wenn das mal gut geht!« Der alte Rössner blieb mitten auf der Straße stehen und raufte sich die Haare. »Ach, was gäbe ich dafür, wenn ich dem Mädchen helfen könnte.«

Er erschrak. Ganz in Gedanken hatte er laut gesprochen. Eine entgegenkommende Frau betrachtete ihn schon, als wäre er nicht mehr ganz richtig im Kopf. Er streckte ihr die Zunge heraus und lief weiter.

Wo geht's hier zum »Gasthaus Sonne«? Er sah sich suchend um. Egal! Warum in der trostlosen Kammer die Wand anstarren und Trübsal blasen? Fragen kann man später noch. Erst einmal mit sich ins Reine kommen!

In einer dunklen Hausecke zündete er sich eine Zigarre an, dann schritt er paffend durch unbekannte Gassen und überlegte hin und her.

Nicht zum ersten Mal in seinem langen Leben stand er vor einer schier unlösbaren Aufgabe. Nicht zum ersten Mal wusste er auf Anhieb keinen Ausweg. Nicht zum ersten Mal fühlte er sich zwischen Hammer und Amboss.

Und doch schwante ihm, wie er eine Lösung finden könnte: Immer dann, wenn etwas ausweglos schien, hatte sich letztlich doch ein Weg aufgetan, wenn man bereit war, über Zäune zu steigen und sich vielleicht auch die Hose zu zerreißen. Je ausgewegloser die Situation, desto geduldiger musste man das Problem entwirren und dann konsequent zupacken.

Er lehnte sich an einen Zaun, spuckte Tabakkrümel aus und sog an seinem Stumpen, bis die Zigarrenspitze wieder glühte. Warum sollte es ihm auch diesmal nicht gelingen?

Er reckte sich, holte tief Luft und marschierte voller Zuversicht durch die Gassen der Altstadt.

Aber wo anfangen? Wen fragen? Was tun? Irgendetwas musste doch geschehen! Sophie durfte nicht untergebuttert werden! Vielleicht hätte er diese Giftspritze und diesen Gnom gleich an die Wand schlagen sollen, bis sie Milch gegeben hätten.

O Gott, das arme Mädchen! Sophie! Meine Sophie so ohnmächtig! Ihr fröhliches Gesicht verfinstert, als flehe sie: Großvater, hilf mir!

Das Gefühl kannte er zur Genüge. Was hatte er als Kind nicht alles erdulden müssen. Die Mutter bei seiner Geburt gestorben, der Vater zuvor im Krieg gefallen. Not und Elend überall. Immer und überall nur Krieg. Dieser verfluchte Napoleon hatte Tod und Armut in jedes Haus gebracht.

Er schüttelte fassungslos den Kopf. Hunger und Durst im Armenhaus. Nirgendwo gelitten. Überall schubste man ihn herum, bis er irgendwann im Waisenhaus landete. Ein Nichts und Niemand, einer, an dem sich die meisten die Hände abwischten. Mit anderen Waisenkindern karrte man ihn schließlich nach Hohenheim in die neue Ackerbauschule. Man wollte ordentliche Ackerknechte aus den verarmten Buben machen. Tüchtige Männer, die ihrem Dorf nicht auf der Tasche lägen.

Wieder nur leere Versprechungen. Prügel und Ohrfeigen den lieben langen Tag. Morgens, beim Lesen, Schreiben und Rechnen, kräftige Hiebe mit dem Stock. Nachmittags, bei den Feldarbeiten, Tritte, Faustschläge und saftige Ohrfeigen.

Gott sei Dank war einer anders, ein junger Landwirtschaftsmeister. Der rastete nicht bei jeder Gelegenheit aus, prügelte nicht bei jedem Befehl. Nein, der hatte Mitleid und zeigte dem völlig verängstigten Buben, wie man die Felder von Unkraut und Steinen säubert, Getreide, Kartoffeln, Rüben und Klee pflanzt, pflegt und erntet. Wie man Obstbäume veredelt und Obst zu Saft und Most verarbeitet. Wie man Dächer abdichtet, Zäune aufrichtet, Sensen dengelt, eine Pflugschar schärft und Schuhe flickt. Und genau dieser Christoph Rössner hatte ihn nach Oberschwaben mitgenommen, als er den Dienst in Hohenheim quittierte, und hatte ihn adoptiert.

Der alte Rössner knirschte mit den Zähnen und spuckte aus. Um jeden Preis musste er solch üble Erfahrungen seiner Enkelin ersparen. Dem Glatzkopf im Seminar traute er alles zu. Und diese giftige Kröte im Terrarium hinter dem Eingang hätte gut in ein Weiberzuchthaus gepasst.

Sophie! Wie liebte der alte Rössner diesen Namen. Seine älteste Tochter hieß so, nun auch seine älteste Enkelin. Und die ältere Sophie wurde sogar die Patentante der jüngeren.

Fuhr die kleine Sophie mit ihrem Vater Hansjörg in der Sommervakanz an den Bodensee, die berühmte schwäbische Eisenbahn machte das inzwischen möglich, fielen für den alten Herrn Weihnachten und Ostern auf einen Tag. Denn dann kam am Sonntag auch seine große Sophie mit ihrem Mann zu Besuch. Zwei Sophien am Tisch, die sich auch noch blind verstanden. Das machte ihn glücklich und sprachlos zugleich. Immer wieder glitt dann sein Blick von der Älteren zur Jüngeren. Hätte das doch seine Frau noch erleben dürfen!

Der alte Rössner war vor dem Schlossgarten angekommen. Er trat die Zigarre aus und hielt sich an den schmiedeeisernen Gitterstäben fest. Verächtlich schaute er auf den Prachtbau, den der Fürst dem armen Volk abgepresst hatte. Und jetzt, schoss es ihm durch den Kopf, lag es an ihm, ob seine kleine Sophie in diesem Seminar untergepflügt wurde oder wuchs und gedieh.

Er schlug sich mit der Hand an die Stirn. Da war doch schon einmal …! Ja, richtig! Hansjörg hatte in Stuttgart bei der obersten Schulbehörde vorreiten müssen, weil man ihm gegen Ende der Revolutionsjahre politischen Verrat andichten wollte.

Und wenn er morgen nach Stuttgart führe und genau dort den Fall seiner Sophie vortrüge? Könnten die hohen Herren nicht …?

Der alte Rössner dachte nach. Wie war doch gleich der Name dieser Behörde? Fällt mir noch ein, sagte er sich. Wenn nicht, kann man sich ja durchfragen.

Nein, nein, beruhigte er sein Gewissen, der eigene Hof war versorgt. Die in Sommerfelden konnten noch ein paar Tage auf ihn verzichten. Die Ernte war ja eingebracht. Das hier war wichtiger. Morgen würde er nach Stuttgart fahren.

»Das freut mich aber, dass du mich auch einmal besuchst.« Georg Ocker begrüßte den alten Rössner herzlich.

»Wie geht es Hansjörg?«

»Danke. Gut, hoffe ich.«

Zornig über den gestrigen Empfang im Lehrerinneninstitut war der Bauer vom Bodensee mit dem Zug nach Stuttgart gedampft und hatte sich zum Konsistorium, der Oberschulbehörde, durchgefragt. Der Pförtner hatte ihm den Namen des für Eugensburg zuständigen Referenten genannt: Oberkirchenrat Ocker.

Erst als er in den dritten Stock hinaufstieg, kam dem alten Rössner beim Verschnaufen in den Sinn, dass so zuhause auch der Nachbar hieß, Schulmeister Ocker, ein im sechzigjährigen Schuldienst ergrauter und beliebter Mann.

Erwartungsvoll hatte er an der angegebenen Tür geklopft und tatsächlich den Sohn eben jenes Schulmeisters angetroffen, der überrascht und erfreut zugleich den Besucher willkommen hieß.

»Weißt du, ich arbeite erst seit kurzem hier«, sagte Ocker. »Ich hatte bisher keine Zeit, Hansjörg zu schreiben und ihm von meiner neuen Dienststelle zu berichten.«

»Er ist immer noch Schulmeister in Winterhausen. Ein bisschen kränklich ist er schon, aber sonst mit seinem Leben zufrieden. Er jammert nie. Kennst ihn ja.«

Ocker nickte. Der älteste Sohn des Besuchers war sein bester Freund in der Volksschule gewesen. Fast täglich hatten sie auf dem Rössnerhof gespielt, bis Hansjörg ins Lehrerseminar einrückte und er selbst zum Landexamen nach Maulbronn und dann zum Studieren nach Tübingen musste. Nach dem Theologiestudium hatte er etliche Jahre als Landpfarrer und Bezirksschulinspektor gedient, bis er heuer als Referent ins Konsistorium berufen worden war, zuständig für die Ausbildung der Volksschullehrer, die im Königreich Württemberg nicht Staatsbeamte sein durften, sondern, anders als im übrigen Deutschland, Kirchendiener bleiben mussten, wie es im Beamtendeutsch hieß.

»Und was macht seine kleine Sophie?«

»Ihretwegen bin ich hier.«

»Warum, was ist mit ihr?«

Der alte Rössner berichtete ausführlich, dass Sophie Lehrerin werden wollte und was sich am Vortag im Seminar ereignet hatte.

»Schau, Georg, hab ich dir mitgebracht.« Er legte Sophies Taschentuch auf den Schreibtisch.

Ocker nahm es mit spitzen Fingern und hielt es gegen das Licht. »Blut? Stammt das alles von Sophies Hand?«

»Ja, der Brettschneider hat so hart zugeschlagen, dass die Haut an den Fingern geplatzt ist.«

Ocker schüttelte den Kopf. »Versteh ich nicht. Ich kenne den Brettschneider zwar nicht, aber dem Hörensagen nach soll er ein erfahrener Lehrer sein. Eigentlich müsste er wissen, dass alle Strafen verboten sind, die Verletzungen verursachen. Das kann sogar strafrechtlich als Körperverletzung geahndet werden.« Er blickte den alten Bauern ernst an. »Willst du ihn anzeigen?«

»Du kennst mich doch, Georg. Ich will nur, dass der Brettschneider und diese Krämer meine Sophie gerecht behandeln. Mehr nicht.«

»Hat dir Sophie verraten, wo sie gewesen ist?«

»Bei einer Beerdigung.«

»Eines Verwandten?«

»Nein, ihrer Freundin Hanna. Die war Lehrerin an der Übungsschule des Seminars.«

»Warum hat Sophie nicht um Erlaubnis gefragt, bevor sie das Seminar verlassen hat?«

»Weil sich die Freundin das Leben genommen hat.«

Ocker schlug die Hände vors Gesicht. »O Gott!«

»Kommt das öfter vor?«

Ocker nickte. »Ab und zu, leider.« Er räusperte sich. »Schrecklich ist das.« Er stöhnte. »Weiß man, warum?«

»Ich glaube nicht. Sie sei von einer Brücke gesprungen, heißt es.«

Nach einer Weile meinte Ocker: »Trotzdem hätte Sophie fragen sollen. Bestimmt hätte man sie gehen lassen.«

»Sophie bezweifelt das entschieden. Brettschneider und seine Kollegin hätten nämlich beim Mittagessen verkündet, diese Hanna sei plötzlich schwer erkrankt und komme vermutlich nicht wieder.«

Ocker schwieg. Er überlegte, wie er den Vater seines alten Freundes beruhigen könnte. Plötzlich fiel ihm ein, dass er die entscheidende Frage noch gar nicht gestellt hatte: »Wie konnte Sophie überhaupt wissen, was wirklich vorgefallen war, wenn das Seminar die Wahrheit verschwiegen hat?«

»Wie halt der Zufall so spielt, Georg. Ein Mädchen, das mit Sophie die Schlafstube im Seminar teilt, musste mit ihrem Vater zum Fotografen. Dort sah sie auf einem Tisch Trauerkärtchen mit Foto und Namen der Verstorbenen liegen. Sie war zu Tode erschrocken. Es wollte ihr nicht in den Kopf, was sie gelesen hatte. Darum fragte sie den Fotografen und erfuhr so Tag und Stunde der Beerdigung.«

»Schwieg Sophie, um die Kameradin zu schützen?«

Der Gast machte eine zustimmende Geste. »Auch, aber hauptsächlich deshalb, weil das Seminar Hannas Tod vertuschen wollte. Sophie konnte nicht bitten, zu Hannas Beerdigung gehen zu dürfen. Sie fürchtete, das hätte ihre Lehrer der Lüge überführt und Ärger gegeben.«

Der Herr Oberkirchenrat drehte einen Bleistift zwischen seinen Fingern und schaute in sich gekehrt zum Fenster hinaus. Die Geschichte beschäftigte ihn sehr. Nachdenklich legte er den Stift zur Seite, fuhr sich mit der Hand übers Gesicht und sah seinen Besucher versonnen an. »Bedenke, lieber Hans, der Tod der jungen Frau hat gewiss Verwirrungen ausgelöst.«

»Ich weiß wirklich nicht, worauf du hinaus willst.«

»Die Seminarlehrer befürchten wohl, dass dieser Selbstmord alle Vorurteile gegen Frauen im Schuldienst bestätigt.«

Der Besucher rollte die Augen. Er wusste nicht, was sein Gegenüber andeuten wollte. »Georg, red' bitte nicht um den heißen Brei herum.«

Über das Gesicht des Kirchenbeamten huschte ein Lächeln. Nachsichtig sagte er: »Du weißt bestimmt, dass sich viele Gemeinden weigern, eine Lehrerin aufzunehmen. Frauen seien den Anstrengungen im Schulberuf körperlich und seelisch nicht gewachsen, behaupten die Gegner. Die Überforderung lege sich aufs Gemüt und rufe nervliche und psychische Leiden hervor.«

»Quatsch!«, empörte sich der Rössner. »Du hast doch mit eigenen Augen gesehen, was deine Mutter und deine Schwestern geleistet haben. Tag und Nacht haben sie geschuftet. Bis zur Sichelhenke oft fünfzehn, sechzehn Stunden am Tag. Meine Frau auch. Du kanntest sie ja. Was hat die das Jahr über weggeschafft! Mit zwei Knechten konnte sie es aufnehmen.« Er machte eine wegwerfende Gebärde. »Körperlich und seelisch nicht gewachsen! Dass ich nicht lache!«

»Reg dich nicht auf, Hans. Ich bin ja deiner Meinung, aber sag das mal einem, der gegen Lehrerinnen ist.«

»Kein Mensch im Dorf steht frech hin und behauptet, eine Frau sei der Arbeit in der Schule nicht gewachsen. Weil dem die Bäuerinnen zeigen würden, wo der Bartel den Most holt. Das weißt du so gut wie ich. Solchen Blödsinn kann bloß ein hirnverbrannter Stadtmensch verzapfen.«

Ocker staunte nicht schlecht. Täglich stritt man im Konsistorium, ob die erst vor Kurzem begonnene Ausbildung von Lehrerinnen nicht doch ein Irrweg sei. Und dieser Mann aus dem Volk rückte das Problem in wenigen Worten zurecht, indem er darauf hinwies, wie belastbar Landfrauen waren.

Der Rössner dachte lange nach. Dann sagte er: »Sophie hat mir viel erzählt über den täglichen Drill, die vielen Strafen, das Strammstehen und Marschieren in Zweierreihen, wenn die Mädchen sonntags zur Kirche gehen oder am Nachmittag Stadtgang haben, aber nie etwas über Gegner. Was sind das für Leute?«

»Hauptsächlich Lehrer. Fast alle unterrichten an Schulen in der Stadt.«

Erst verschlug es dem Besucher vor Zorn die Sprache. Dann hieb er mit der Faust auf Ockers Schreibtisch. »Verdammt noch mal! Bringt doch die Lehrerinnen aufs Land! Bei uns sind sie willkommen.«

»Geht nicht, Hans, weil im Gesetz steht, dass Lehrerinnen nur an großen Schulen eingesetzt werden dürfen, und zwar als rangniedrigste Lehrkräfte. Und so große Schulen gibt es nur in der Stadt.«

Fassungslos starrte der alte Bauer den Oberkirchenrat an. In seinem Gesicht arbeitete es. Schließlich fragte er: »Was haben eigentlich die Lehrer gegen Frauen?«

»Sie fürchten die weibliche Konkurrenz. Darum hetzen sie die Eltern auf. Leider machen auch einige Pfarrer mit.«

Der Rössner dachte an die Zukunft seiner Enkelin und ärgerte sich maßlos. So viel Borniertheit konnte er nicht fassen. Er stand auf, stützte sich mit beiden Armen am Schreibtisch ab und blickte Ocker zornig in die Augen: »Erklär mir noch eines, Georg: Wozu im Seminar die vielen Maulschellen, Kopfnüsse und Tatzen, das Eckenstehen und der häufige Arrest?«

»Ordnung muss sein. Wenn sie nicht im Lehrerseminar eingeübt wird, ja wo dann? Nur so kommt Disziplin in die Schule.«

»Will man die Mädchen zu deutschen Soldaten dressieren?«

»Komm, komm, Hans, du übertreibst.«

»Geschliffen und die Seele ausgepfiffen?« Der alte Rössner lachte höhnisch. »Will man Dreschmaschinen aus den Mädchen machen?«

Ocker schaute seinen Gast erschrocken an.

Am nächsten Morgen gegen halb neun unterwies Oberlehrer Brettschneider die Seminaristinnen des zweiten Ausbildungskurses im Tauschrechnen.

Er kommandierte und diktierte wie ein Feldherr, gockelte wie ein Hahn auf dem Misthaufen, stellte jene bloß, die ihn mit verächtlichen oder spöttischen Blicken bedachten, ärgerte sich maßlos über jeden Fehler und quittierte kleinste Abweichungen von der Schreibnorm mit Stockschlägen auf die Hand.

Schon bei zwei Patzern verhängte er, hämisch grinsend, die immer gleiche Strafarbeit. »Schreib hundertmal: ›Artig, flink und rein müssen deutsche Mädchen sein.‹ Aber ich warne dich. Wehe, du schreibst nicht gestochen scharf!«

Irgendwann zu später Stunde musste die Bestrafte bei Kerzenlicht im Lehrsaal hocken und die hundert Sätze ins Klassenstrafheft kringeln, denn tagsüber blieb ihr keine Zeit. War da ein Schnörkel zu viel oder ein Abstrich verwackelt, gleich büßte sie übers Wochenende im Karzer.

Die Seminarfräulein wussten, dass ihr Lehrer launisch, unbeherrscht und ungerecht war, oft sogar gehässig, heimtückisch und niederträchtig. Sie hatten Angst vor ihm, schimpften heimlich über die vergeudete Zeit und die ständigen Schikanen, aber wagten nicht, sich jemandem anzuvertrauen.

Es klopfte.

Gereizt riss Brettschneider die Tür auf.

Draußen stand ein vornehmer Herr im braunen Einreiher, den steifen Filzhut in der Hand.

»Können Sie nicht lesen?«, schnauzte Brettschneider. »Unten steht doch, dass Besuche während der Unterrichtszeit nicht gestattet sind.«

Der Herr lächelte nachsichtig. »Gewiss, gewiss, aber die Ausbildungsordnung schreibt vor, dass sich das Konsistorium ab und an vom ordnungsgemäßen Betrieb dieser Anstalt überzeugen muss.«

Brettschneider stierte den Mann fassungslos an. Langsam dämmerte ihm, dass vor ihm ein Abgesandter der vorgesetzten Oberschulbehörde stand. Kreidebleich stammelte er: »Ich bitte untertänigst um Verzeihung, werter Herr ...«

»Ocker, Oberkirchenrat Ocker.«

Mit einer tiefen Verbeugung bat Brettschneider den Gast herein.

Die Mädchen spitzten die Ohren und beobachteten mit klammheimlicher Freude, wie ihr gottgleicher Pauker in Sekundenschnelle zu einem glatzköpfigen Gnom zusammenschnurrte, der um den Fremden herumwieselte. Sie erhoben sich, schauten den Besucher freundlich bis belustigt an, manche sogar neckisch.

»Guten Morgen, Herr Oberkirchenrat!«, grüßten sie im Chor.

»Auch ich wünsche einen guten Morgen«, erwiderte Ocker, grinste und verbeugte sich leicht.

Lautlos setzte sich die Klasse wieder, während Brettschneider einen Stuhl herbeischleppte und nach hinten stellte.

Ocker schritt aufmerksam die Bankreihen ab. Dabei blickte er in achtzehn neugierige Gesichter, schaute auf achtzehn Köpfe mit Mittelscheitelfrisur und seitlichem Flechtwerk samt allerlei Kämmen und Bändern, sah achtzehn junge Frauen in schwarzen, bodenlangen Kleidern mit weiten Ärmeln, breitem Hüftgürtel und weißem Kragen.

Erinnert verdammt an Uniformen, schoss es ihm durch den Kopf. Und er bemerkte noch etwas. In einer Ecke des Lehrsaals stand eine Braunhaarige, trotzig aufgerichtet, das Gesicht zur Wand, beiseitegestellt wie eine minderwertige Statue im Magazin eines römischen Museums.

Später würde Ocker sagen, genau in diesem Moment habe er begriffen, was der alte Rössner fragen wollte. War dieses Institut wirklich ein Ort höherer Bildung? Erzog es zur wahrhaftigen Herzensgüte und zum verantwortlichen Handeln im Schulalltag? Oder war es eher eine Dressuranstalt, die lebensvolle junge Damen zu Marionetten abrichtete? Dass ausgerechnet ein Bauer aus Oberschwaben ihn, den Fachmann für Theologie und Pädagogik, darauf stoßen musste, ärgerte ihn zugleich.

Alle Augen waren auf Brettschneider gerichtet, der nicht zum Pult zurückkehrte, sondern zur Ecke eilte, seine Hand auf die Schulter der Braunhaarigen legte und leise, doch katzenfreundlich etwas zu ihr sagte, gerade so, als entschuldige er sich. Sie warf den Kopf in den Nacken, schritt mit versteinertem Blick direkt auf Ocker zu, sah ihn ernst an und setzte sich vor ihm in die Bank.

Ocker hatte schon oft beim Unterrichten zugeschaut, denn vor seiner Versetzung ins Konsistorium hatte er als königlicher Bezirksschulinspektor geamtet. Darum wusste er sofort, dass Brettschneider nun schauspielern und die Schmierenkomödie vom gütigen Pädagogen aufführen würde, der sich um seine Schützlinge kümmert, Kopfnüsse, Tatzen und Strafarbeiten verabscheut und sich vor lauter Bitten und Danken überschlägt.

Und so kam es auch.

Brettschneider schrieb zunächst eine neue Aufgabe an die Tafel: »Bauer Abele gibt seinem Nachbarn Dipfele sechs Zentner Obst zu je vier Gulden und dreißig Kreuzer und bekommt dafür fünf Zentner Dinkel zu je fünf Gulden und zwanzig Kreuzer.«

»Annette, was ist das für ein Rechnung?«, fragte er honigsüß.

Die junge Dame in der ersten Reihe schnellte auf. »Eine Tauschrechnung, Herr Seminaroberlehrer. Ware wird gegen Ware getauscht.«

Aha, dachte sich Ocker, der Herr Oberlehrer ruft seine Meisterschülerin auf, weil er keine falsche Antwort brauchen kann. Die Besten, so war es nämlich Brauch in allen Schulen, saßen vorn an der Tafel, die Schwachen und Versager dagegen hinten im Dämmerlicht, damit sich der Lehrer über deren fiese Visagen nicht ständig ärgern musste.

»Richtig«, säuselte Brettschneider entzückt und verdrehte die Augen, »Ware wird gegen Ware getauscht, nicht gegen Geld.« Er mimte den Ahnungslosen. »Oder ist es vielleicht doch anders? Was meinst du, Josephine?«

Die Aufgerufene saß, wie sollte es anders sein, auch in der ersten Reihe. Sie spritzte auf: »Erst müssen wir den Wert beider Waren bestimmen, Herr Seminaroberlehrer.«

»Und dann?«

»… können wir feststellen, ob die beiden Waren gleich viel wert sind. Wenn nicht, dann muss einer der zwei Bauern noch Geld drauflegen.«

»Sehr schön! Ihr habt die Aufgabe durchschaut.« Brettschneider rieb sich zufrieden die Hände. »Das rechnen wir jetzt gemeinsam aus. Hildegard, wärst du bitte so nett und würdest uns an der Tafel vorrechnen?«

Ocker hatte genug gesehen. Das Rechnen interessierte ihn nicht mehr, denn der Glatzkopf beschäftigte nur die Schülerinnen in der ersten Reihe, alle anderen ließ er links liegen. Darum konzentrierte sich Ocker auf das Drumherum, den Alltag in der Anstalt und die Seminaristinnen. Wie lebten und lernten die jungen Damen? Waren sie bei der Sache oder langweilten sie sich? Vor allem überlegte er, wie er mit den angehenden Lehrerinnen ins Gespräch kommen und sie unbelauscht befragen könnte.

Er entnahm seiner Aktentasche den letztjährigen Bericht des Seminars an das Konsistorium, dem der Stunden- und Lektionsplan, die Hausordnung und der genaue Tagesablauf beilagen.

Nach folgendem Programm, es schien auf ewige Zeiten festgezurrt und war entsprechend eintönig, mussten sich die jungen Damen richten: Sechs Uhr aufstehen, Körper mit kaltem Wasser abreiben, anziehen, Bett und Schlafkammer ordnen, Stube fegen, Staub wischen. Drei viertel sieben bis sieben Andacht mit Lesung aus dem Neuen Testament. Sieben Uhr Frühstück. Bis Viertel vor acht Lektionen wiederholen, dann eine Viertelstunde gymnastische Übungen im Hinterhof. Acht bis zehn wissenschaftlicher Unterricht, je eine halbe Stunde für ein Fach. Zehn Uhr Frühstückspause, maximal eine Viertelstunde. Danach Arbeit im Garten hinter dem Haus bis halb zwölf, darauf eine halbe Stunde musizieren. Zwölf Uhr Mittagessen nach Vorschrift und wöchentlichem Speiseplan. Halb eins bis halb drei Übungen in den wissenschaftlichen Fächern, dann Zeichnen, Religionslehre und Lektüre. Abendbrot um sechs Uhr, anschließend wieder Übungen in deutscher Sprache, im Rechnen und Memorieren und in Schulkunde bis Viertel vor neun. Zum Tagesschluss Singen. Bettruhe Punkt neun.

Ocker runzelte die Stirn. Las man den Plan mit den Augen des alten Rössners und hatte seine Schelte im Kopf, konnte man tatsächlich zur Auffassung kommen, das hier sei eine Kaserne. Wann blieb den jungen Damen Zeit für Persönliches? Für einen Einkauf zum Beispiel oder für einen Spaziergang mit Freundinnen, einen Brief an Eltern, Geschwister und Freunde?

Unruhig rutschte er auf seinem Stuhl hin und her, denn ihm fiel ein, dass er neulich beim Stöbern im Bücherschrank ein altes Skript aus seiner Tübinger Studentenzeit gefunden und darin gelesen hatte: Jeder junge Mensch in Ausbildung brauche von Zeit zu Zeit freie Stunden. Darum sei es hart und unmenschlich, wenn man ihm bloß zugestehe, sie dem Schlaf abzuzwacken.

Er nahm seine Taschenuhr aus der Weste und drückte den Uhrdeckel auf. Laut Stundenplan müsste Seminarlehrerin Krämer gerade den ersten Kurs in den weiblichen Handarbeiten unterweisen.

Er beobachtete noch ein Weilchen die jungen Damen, alle achtzehn bis dreiundzwanzig Jahre alt, wie in den Seminarpapieren zu lesen war, spürte ihre Lebenslust und fühlte ihren Groll über die beschämende Behandlung.

Wie Schuppen fiel ihm von den Augen, dass nicht stimmen konnte, was etliche in Schule und Gesellschaft über den neuen Beruf der Lehrerin behaupteten. Frauen seien körperlich und geistig zu schwach für das Lehramt, verleumdeten vor allem Männer den noch exotisch anmutenden Beruf einer Pädagogin. Aber warum, fragte sich Ocker, übte man keine Nachsicht, wenn die weiblichen Kräfte nicht ausreichten? Welchen Sinn machte es, vorgeblich Schwache täglich zu malträtieren? Wären sie wirklich so saft- und kraftlos, müsste man sie dann nicht eher aufmuntern und Mitleid mit ihnen haben, statt sie von früh bis spät zu piesacken?

Das ständige Gejammer, Frauen seien für den Lehrberuf zu schlapp und viel zu nervös, verfing gerade auf den Dörfern nicht, wo es auf Muskeln und Köpfchen besonders ankam. Also musste es genau umgekehrt sein. Die Männer in der Stadt fürchteten wohl die Energie der Frauen und demütigten sie, weil sie ihnen sonst den Platz in Büros, Werkstätten und Schulhäusern streitig machen würden.

Ocker nahm sich vor, künftig genauer hinzuschauen und sensibler zu sein. Leise packte er seine Unterlagen wieder in die Tasche und stand entschlossen auf. Er wusste jetzt, was er tun musste.

Brettschneider sauste herbei. »Sie wollen schon gehen?«
Er legte die Hände ineinander, als flehe er die Unterstützung
des Himmels herbei. »Der Höhepunkt meiner Rechenstunde
kommt erst noch. Sie wollen ihn nicht mit uns erleben?«

Ocker verbiss sich ein Lachen und schüttelte den Kopf
»Auch Ihrer Kollegin möchte ich einen Besuch abstatten.« Er
wandte sich an die Seminaristinnen. »Wir sehen uns in der
Pause wieder, meine Damen. Bitte bleiben Sie sitzen.«

»Darf ich Sie zu Fräulein Krämer geleiten?«

»Danke, ich finde mich zurecht.«

Draußen im Flur hörte Ocker ein rhythmisches Stampfen,
folgte dem Geräusch und kam vor den zweiten Lehrsaal.

Er klopfte.

Augenblicklich verstummte drinnen der Lärm.

Die Tür flog auf, ein Drache fauchte heraus: »Was fällt Ihnen ein. Verschwinden Sie! Raus hier!«

Die Tür schlug zu.

Ocker öffnete sie wieder und erstickte jeden Einwand mit
den Worten: »Ich komme vom Konsistorium zur Visitation.«

Visitation! Das von allen Lehrern gefürchtete Wort verfehlte auch diesmal seine Wirkung nicht. Die Krämerin begriff sofort, dass dieser Fremde ihr Vorgesetzter war, der ihren
Unterricht kontrollieren wollte. Sie brauchte nur eine Sekunde, um sich eine Strategie auszudenken, wie sie ihre unflätigen
Äußerungen vergessen machen könnte. Sie fiel aber nicht auf
die Knie, winselte nicht um Verzeihung. Nein, sie eilte auf ihn
zu, die Arme weit ausgebreitet.

»Wie ich mich freue«, flötete sie, »endlich den Gönner und
Freund unserer Anstalt persönlich kennenlernen zu dürfen.
Seien Sie herzlich willkommen!«

Am liebsten hätte sie den Fremden umarmt und geküsst.
Doch Ocker hielt sie sich mit weit vorgestreckter Rechten vom
Leib und wischte sich mit der Linken angewidert über den Mund.

»Fahren Sie bitte fort, als wäre ich nicht da«, trug er ihr in barschem Ton auf, sah sich nach einem freien Platz um und setzte sich in der zweiten Reihe neben eine junge Dame, die ihn mit großen Augen taxierte.

Er gab ihr die Hand. »Darf ich Ihnen bei der Handarbeiten zuschauen?«

Statt einer Antwort blinzelte sie ihm verschwörerisch zu und blickte wieder geradeaus zum Lehrerpult, ein Schmunzeln auf den Lippen.

»Der erste Ausbildungskurs«, erklärte die Krämerin ihrem Vorgesetzten, »übt heute die rechten Maschen beim Stricken, und zwar so, wie man es den Schulkindern beibringen muss.«

Sie hielt zwei große hölzerne Stricknadeln und eine dicke, rote Schnur hoch. Dann wandte sie sich an die Klasse: »Für unseren verehrten Herrn Oberkirchenrat das Ganze noch einmal von vorn. Aber bitte mit größter Präzision.«

Mit erhobenem Zeigefinger forderte sie zum Mitmachen und Mitsprechen auf: »Wir fassen das Garn mit der rechten Hand, legen es an der linken Hand von außen nach innen zwischen den Klein- und Ringfinger, ziehen es über die innere Fläche zwischen Mittel- und Zeigefinger wieder heraus, legen es zweimal über den Zeigefinger und halten es fest.«

Ocker beugte sich über die linke Hand seiner Nebensitzerin und begutachtete das Fadengewirr, aus dem Strümpfe, Mützen und viele andere schöne Stricksachen entstehen konnten. Für ihn blieb das eine Kunst mit sieben Siegeln. Er musste wohl recht dämlich dreingeschaut haben, denn die Seminaristin grinste ihn schelmisch an, sagte aber nichts.

»Also, meine Damen«, tönte die Krämerin, »wenn die Kinder das Auflegen des Garns verstanden haben, dann sollen sie das Strickzeug mit der rechten Hand fassen, auf die linke das Garn in der eben geübten Weise auflegen, eine Nadel mit der rechten, die andere mit der linken Hand halten und Maschen bilden.«

Sie demonstrierte es mithilfe der roten Schnur und den großen Nadeln, und die angehenden Lehrerinnen machten es ihr nach.

»Die rechte Masche hat vier Bewegungen, wie ihr ja schon wisst«, kommandierte die Krämer. »Einstechen!« Sie stampfte mit dem Fuß auf. »Umschlagen!« Stampfen. »Durchziehen!« Stampfen. »Abheben!« Stampfen.

»Achtung! Ich gebe den Takt an! Ihr sprecht und stampft mit!«

Ocker biss sich auf die Lippen, weil er nur mit Mühe an sich halten konnte. Er wähnte sich auf dem Kasernenhof. Wie ein diabolischer Feldwebel seine Rekruten, so schliff die Krämer ihre Schülerinnen, bis kein Raum mehr blieb für freie Entfaltung.

»Einstechen – umschlagen – durchziehen – abheben! Ein – um – durch – ab. Eins – zwei – drei – vier! Einstechen – umschlagen – durchziehen – abheben! Ein – um – durch – ab! Eins – zwei – drei – vier! Einstechen – umschlagen – durchziehen – abheben! Ein – um – durch – ab! Eins – zwei – drei – vier!«

Zu jedem Wort stampfte die Klasse, dass der Boden vibrierte und die Leute vor dem Haus kopfschüttelnd stehen blieben und seufzten: »Im Schafstall stricken sie wieder mit den Füßen.«

Nach dem Mittagessen im Kreis der Seminaristinnen, es gab Nudelauflauf mit Apfelmus, spazierte Ocker durch den Schlosspark. Er wollte die Zeit bis zwei Uhr überbrücken. Dann, so Brettschneider, sei Pfarrer Finkenberger von der Dienstreise zurück, weil er den nachmittäglichen Unterricht in Schulkunde und biblischer Geschichte in jedem Fall halten werde.

Als Ocker durch den Torbogen des Seminars schritt, kam ihm Finkenberger mit ausgebreiteten Armen entgegen.

»Willkommen in meinem Seminar, Georg. Wurde Zeit, dass du mich besuchst.« Er begrüßte den Besucher herzlich, denn sie kannten sich aus gemeinsamen Studienjahren in Tübingen.

»Ach, Adalbert, tut mir leid. Viel Arbeit, weißt es ja selbst. Umso mehr freue ich mich, dich in alter Frische zu sehen.«

Auf dem Weg zu seinem Dienstzimmer im ersten Stock bot Finkenberger an, seinen Unterricht auf den Abend zu verschieben, damit mehr Zeit bliebe, um in Erinnerungen zu schwelgen.

Ocker wehrte höflich ab. In längstens einer Stunde ließen sich die wesentlichen Punkte besprechen. Zudem habe der Unterricht immer Vorrang. Gern komme er in ein paar Wochen wieder, dann könnten sie sogar einen ganzen Tag lang ihren Erinnerungen nachhängen. Zugleich bat er um Nachsicht. Er sei unverhofft hereingeschneit, weil die erste Visitation nach geltender Rechtslage unangemeldet sein müsse, wie Finkenberger ja wisse, was dieser durch Kopfnicken bestätigte.

Im Büro führte der Hausherr seinen Gast ans Fenster und präsentierte die prächtige Aussicht auf Schloss und Park.

»Ich beneide dich, Adalbert. So ein schönes Zimmer!« Ocker schaute sich um. »Meines ist viel kleiner und spartanisch eingerichtet.« Er stellte sich vor das Bücherregal und bestaunte die Auswahl an Literatur. »Kompliment. Sind das deine eigenen Bücher?«

»Ja, bis auf wenige Ausnahmen.«

In der Sitzecke kam Ocker gleich zur Sache: »Über den Unterricht an deinem Seminar darf ich mir noch kein Urteil erlauben. Aber sag mal, Adalbert, kannst du dich an den alten Landerer erinnern?«

Finkenberger lachte. »Wie kommst du gerade jetzt auf den?«

Ocker wies mit dem Kinn zum Regal hin: »Seine Bücher stehen da drüben.«

»Natürlich erinnere ich mich an den kurzsichtigen, fast blinden Professor, lieber Georg. Wir saßen ja zusammen in seiner Vorlesung über Theologie und Freiheit.«

Ocker nickte versonnen: »Was haben wir damals gespottet, als der Landerer in den falschen Hörsaal abgebogen ist und ausgerechnet den Juristen eine Vorlesung über das Neue Testament gehalten hat.«

Finkenberger grinste übers ganze Gesicht. Dann wurde er ernst. »Aber sag mal, warum wolltest du mich an den Landerer erinnern?«

»Weil der gelehrt hat, dass junge Menschen in Ausbildung auch Freiheiten brauchen.« Ocker holte tief Luft. »Sünden«, er ahmte die tiefe, schwäbelnde Stimme des Professors nach, »sind bloß unvermeidliche Folgen eben dieser Freiheiten. Darum merken Sie sich, meine Herren, dass die Sünden zum Menschsein gehören wie das Essen und Trinken.«

Finkenberger fasste sich betroffen ans Ohr. »Lass mich raten, Georg. Du meinst, in meinem Seminar gibt es zu wenige Freiheiten. Stimmt's?«

Ockers Blick glitt hinüber zu seinem Studienfreund. Ihm war plötzlich wieder eingefallen, dass der ein wahrheitsliebender Mensch war, aber sehr empfindlich sein konnte. »Ich habe nur vorläufige Fragen, Adalbert, um Himmels willen keine fertigen Antworten.«

Dann berichtete er, wie er den Vormittag erlebt und was er gehört und gesehen hatte: im Rechen- und Handarbeitsunterricht, in der Frühstückspause, bei der Gartenarbeit und beim Mittagessen.

Er entnahm seiner Tasche zwei dicke Hefte, die er von den beiden Seminarlehrern erbeten hatte. Das blau eingebundene war Brettschneiders Strafarbeitsheft. In der schwarzen Kladde führte Fräulein Krämer Buch über das sittliche Betragen aller Seminaristinnen.

Ocker reichte das blaue Heft seinem Studienfreund. Der schlug es auf, blätterte darin, zog missvergnügt die Nasenflügel hoch und explodierte. »Zum Donnerwetter!« Er war wie vor den Kopf geschlagen. »Kannst mir glauben, Georg, ich habe nicht einmal gewusst, dass ein solches Heft überhaupt existiert.«

»Davon bin ich ausgegangen. Darum spreche ich es ja an. Und ich versichere dir zugleich, dass die Sache unter uns bleibt.« Ocker sah seinen Freund aufmunternd an. »Ich weiß doch, dass du als Stadtpfarrer viel zu tun hast. Und dazu noch die Arbeit im Seminar. Du wohnst ja nicht einmal hier im Haus, kannst also nur ein paar Stunden in der Woche nach dem Rechten sehen. Da kriegst du nicht alles mit, was deine Kollegen treiben.«

»Artig, flink und rein müssen deutsche Mädchen sein«, las Finkenberger unter heftigem Kopfschütteln vor. »Der immer gleiche Satz!« Fassungslos blätterte er im Heft. »Von der ersten bis zur letzten Seite!« Er ärgerte sich maßlos. Nicht über seinen Freund, nein, über sich selbst. Zwar hatte er längst gespürt, dass der Brettschneider und die Krämer unbeliebt waren. Aber die Zeit, beiden Kollegen auf die Finger zu schauen und ihre Arbeit zu kontrollieren, hatte er bisher nicht gehabt. Zu sehr nahmen ihn seine Pfarrei und die vielen Reisen und Besprechungen seit Gründung des Seminars in Beschlag. »Was haben dir die Fräulein zu den Strafarbeiten anvertraut?«

»Dass die Bestrafte nachts bei Kerzenschein in dieses blaue Heft schreiben muss. Und dass beinahe jedes Wochenende eine von ihnen im Karzer brummt, weil dem Brettschneider irgendein Schnörkel missfallen hat.«

Finkenberger wurde krebsrot vor Zorn. Wutentbrannt schleuderte er das Heft in die Ecke. »Das geht mir an die Nieren!«, schrie er. »Was fällt dem Kerl ein, mich so zu hintergehen!«

Beschämt und etwas leiser gestand er, ohne seinen Gast anzusehen, er habe schon vor einiger Zeit beiden Kollegen ausdrücklich untersagt, Arrest zu verhängen, es sei denn, er habe ihn genehmigt.

»Lass gut sein, Adalbert. Ich schätze deine Arbeit. Das weißt du. Ohne dich gäbe es dieses Seminar nicht. Du hast es gegen alle Widerstände in kürzester Zeit aufgebaut. Eine reife Leistung! Nur die zählt. Nicht das dumme Zeug, das der Brettschneider treibt.«

»Und was ist damit?« Niedergeschlagen deutete Finkenberger auf die schwarze Kladde. »Noch so eine Überraschung?«

Statt einer Antwort schlug Ocker das Heft auf und las den letzten Eintrag vor.

Finkenberger wurde blass. »Merkwürdig, auch davon weiß ich nichts«, gestand er zerknirscht.

»Kannst du auch gar nicht. Stammt von Fräulein Krämer. Das hat sie erst diesen Mittwoch geschrieben, wie das Datum ausweist. Du bist ja erst seit einer Stunde von der Reise zurück.«

Der Seminarleiter stand entschlossen auf. »Einen Augenblick bitte. Ich hole sie.«

Wenig später führte Finkenberger nicht Fräulein Krämer ins Büro, wie von Ocker erwartet, sondern eine junge Frau mit gewellten rotblonden Haaren. Auf ihrem ovalen Gesicht mit den großen grünbraunen Augen, den sinnlichen Lippen und dem runden Kinn spiegelten sich Verunsicherung und Verärgerung.

Finkenberger bot ihr einen Platz an und stellte den anwesenden Herrn, ohne dessen Namen zu nennen, als Abgesandten der obersten Schulaufsichtsbehörde in Stuttgart vor.

»Ich nehme an, Fräulein Rössner, Sie wissen nicht, warum ich Sie hergeholt habe.«

»Doch«, antwortete sie zögernd, »Seminaroberlehrer Brettschneider hat mir gedroht, Sie würden über meine Entlassung aus dem Seminar entscheiden.«

Finkenberger war bestürzt, und Ocker starrte die Tochter seines Jugendfreundes mit offenem Mund an. Er hatte sie zuletzt gesehen, als sie ein kleines Mädchen war.

»Ich will Sie aber gar nicht entlassen, Fräulein Rössner«, beschwichtigte der Seminarvorsteher, »ich will bloß wissen, warum Sie ohne Erlaubnis aus dem Haus gegangen sind.«

Im Gegensatz zu Oberlehrer Brettschneider und Seminarlehrerin Krämer siezte Finkenberger die jungen Damen. Er tat das aus Respekt und Wertschätzung für die künftigen Lehrerinnen.

Sophies Blick sprang zwischen den beiden Herren hin und her, blieb dann bei Ocker hängen und musterte ihn aufmerksam. Sie erkannte in ihm nicht den Jugendfreund ihres Vaters, fasste jedoch Zutrauen und fühlte sich durch sein freundliches Lächeln ermutigt. Langsam begann sie zu sprechen. Dabei nahm sie kein Blatt vor den Mund.

Sie habe es für ihre Pflicht gehalten, zur Beerdigung ihrer Freundin Hanna Scheu zu gehen, zumal Herr Brettschneider und Fräulein Krämer den Tod verschwiegen hätten. Nach ihrem Empfinden hätte das Seminar der verstorbenen Kollegin aus Anstand und Respekt die letzte Ehre erweisen müssen, auch wenn die Ausbildungslehrer, rein rechtlich betrachtet, dem Direktor des Mädchenlyzeums unterstünden und nicht der Seminarleitung.

Den Tränen nahe, brach aus Sophie all der Kummer heraus, den sie in den letzten Tagen in sich hineingefressen hatte. Für ihren Liebesdienst an Hanna sei sie geohrfeigt, mit dem Stock geschlagen und mit Hausarrest und Essensentzug bestraft worden, schluchzte sie, und das ausgerechnet an ihrem Geburtstag. Als ihr Großvater sie vorgestern besuchen wollte, habe er sie nicht aufsuchen dürfen. Dabei sei er von weit her angereist, nur um ihr zum Geburtstag zu gratulieren. Und gestern habe ihr das Fräulein Krämer noch ein paar Maulschellen verpasst, weil sich der Großvater angeblich frech benommen hätte.

»Hanna Scheu ist tot?«

Sophie nickte und zeigte Finkenberger das Sterbebildchen.

»Entsetzlich!«, stammelte der Pfarrer. Dass sich Hanna Scheu, die verdiente junge Kollegin an der Ausbildungsschule, das Leben genommen und sein Institut ihren Tod vertuscht hatte, hörte er zum ersten Mal. Diese Nachricht musste er zuerst verdauen.

Ocker schwieg und lächelte Sophie aufmunternd zu. Natürlich wusste er längst alles vom Großvater. Aber das behielt er für sich.

Finkenberger besah sich Sophies Wunden an der Hand und die blauen Flecken im Gesicht. Er entschuldigte sich vielmals, eilte an den Bücherschrank, wählte einen Band mit goldener Rückenprägung und schenkte ihn der Malträtierten.

»Das kommt in Ordnung, Fräulein Rössner«, versprach er, dankte für die offenen Worte und geleitete sie zur Tür. »Selbstverständlich gehören Sie weiterhin zu meinem Seminar«, sagte er und reichte ihr die Hand. »Ich werde darauf achten, dass Ihnen so etwas nicht noch einmal widerfährt. Sie können sich darauf verlassen.«

Kaum hatte die Schülerin das Büro verlassen, schon wollte Finkenberger hinausstürmen und die beiden Lehrer herbeizitieren. Jämmerlich sah er aus, flammende Entrüstung spiegelte sich auf seinem Gesicht. Doch Ocker hob beschwörend die Hände und bat seinen Freund inständig, in aller Ruhe die nächsten Schritte zu überdenken.

Finkenberger setzte sich und starrte lange zu Boden. Dann keuchte er: »Glaub mir, Georg, ich will doch nur, dass die jungen Frauen gut auf ihren Beruf vorbereitet werden und sich dabei wohlfühlen. Andernfalls unterrichten sie herzlos. Und das Ende vom Lied? Ihre Schüler gehen nicht gern in die Schule und haben keine rechte Freude am Lernen.«

»Genau darum, lieber Adalbert, bitte ich dich: Handle besonnen! Nimm dir Zeit und ändere in aller Ruhe, was dir missfällt. Überarbeite den Ausbildungsplan deines Seminars und lass nicht zu, dass deine Kollegen die Mädchen wie auf dem Kasernenhof drillen.«

Finkenberger schwieg. Er war blass und wirkte bedrückt.

Ocker versuchte, ihn aufzumuntern. Vergebens.

»Körperliche Züchtigungen habe ich schon immer verabscheut«, brach es aus Finkenberger heraus. »Ich schäme mich, nein, ich ärgere mich maßlos, dass ausgerechnet in meinem Seminar sinnlos gestraft wurde.« Er lief rot an und schnappte nach Luft. »Ich werde das umgehend abstellen.«

»Bitte brich nichts übers Knie, Adalbert. Hörst du?«

Doch Finkenberger hörte nicht. Er war schon so in Fahrt, dass er nicht mehr aufzuhalten war. Eine neue Hausordnung werde er einführen. Strafen verhänge er künftig selbst, wenn überhaupt. Regelmäßige Freizeiten werde es geben. Und an bestimmten Wochentagen dürften die Fräulein das Seminar verlassen. Das mache man am Lehrerseminar in Esslingen auch so.

Ocker freute sich insgeheim. »Die ganze Welt können wir zwei nicht ändern, lieber Adalbert«, besänftigte er seinen Freund. »Aber wenigstens da, wo wir stehen, können wir sie ein bisschen besser machen.«

Der alte Herr war stehen geblieben. »An jeder Ecke gibt's einen Fotografen. Warum gehen wir nicht in den nächstbesten Laden rein?«

»Ach Großvater, komm schon. Luise war neulich im Fotosalon Wagner am Marktplatz. Dort ist das Sterbebildchen von Hanna gemacht worden. Wagner soll der beste Fotograf in der ganzen Stadt sein.«

Das überzeugte den alten Rössner. Für seine Sophie war das Beste gerade gut genug. Er war ganz vernarrt in seine Enkelin und wollte ihr Bild endlich gerahmt in seiner Wohnstube hängen sehen, damit er sich jeden Tag an ihr erfreuen konnte. Sie war etwas ganz Besonderes, das hatte sich schon in ihrer frühen Jugend abgezeichnet. Sie konnte über den Tanzboden fegen wie keine andere, Musik machen wie ein Kapellmeister und schreiben wie die Feuerwehr.

Eben rückten die vergoldeten Zeiger aller vier Uhren am Michaelsturm auf vier vor. Glockenschläge hallten über den Marktplatz. Noch drei Stunden bis zum Feierabend. Der Himmel über Eugensburg klarte auf. Die Fassaden der Fachwerkhäuser leuchteten im warmen Sonnenlicht. Der Schmied passte einem braunen Kaltblüter ein paar neue Eisen an, während sein Lehrling sich mit Feuereifer daran machte, die Werkstatt aufzuräumen. Er freute sich schon auf den Feierabend, der samstags eine Stunde früher begann als an den anderen Werktagen. Hausfrauen schleppten Henkelkörbe; sie kauften für den Sonntag ein. Schulkinder spielten in den Gassen, weil am Samstag keine Nachmittagsschule war. Ihre Lehrer mussten um diese

Zeit kirchliche Pflichten erfüllen: Mesnerdienste versehen, den Kirchplatz fegen, die Friedhofswege säubern, an der Orgel ein neues Gotteslob einstudieren und am Abend mit dem Kirchenchor die Lieder für den morgigen Gottesdienst üben.

»Dort hinter der Gaslaterne muss es sein«, sagte Sophie. Sie lachte voller Vorfreude, aber auch deshalb, weil sie aus den Augenwinkeln einen Grauhaarigen beobachtete, der mit festem Tritt auf der anderen Straßenseite spazierte. Hinter ihm japste ein eingeschüchterter Dackel, um den Hals eine Leine, deren anderes Ende um den Leib des Mannes geschlungen war. Der Strick war so kurz, dass das arme Tier bei jedem Schritt seine Schnauze vor dem Schuhabsatz seines Herrchens in Sicherheit bringen musste.

Der Großvater deutete auf eine Pfütze: »Pass auf dein schönes Kleid auf!«

»Mach ich«, beruhigte sie ihn und zog mit beiden Händen den Rocksaum hoch.

»Du siehst heute wunderbar aus, Sophie. Das muss man für alle Zeiten festhalten.«

»Du willst wirklich so viel Geld ausgeben, Großvater?«

Er lachte: »Hast du diese Woche Geburtstag oder ich?«

Sie kamen zum Fotoatelier. Der alte Herr, immer noch ganz der Patriarch, stürmte voraus und öffnete die Tür mit Schwung.

Es bimmelte.

Sie blickten sich erstaunt in dem großen, braungelb gefliesten Salon um. Durch die beiden Fenster strahlte die Sonne. Auf einem Podest stand die mächtige Kamera, dahinter ein großer Spiegel auf Rädern, davor waren drei Lampen an der Decke montiert. Zimmerhohe, bemalte Pappwände lehnten in der einen Ecke. Vor dem Ofen standen drei Stühle, daneben war ein Durchgang zu anderen Räumen. An den Wänden hingen Fotos in verschiedenen Größen mit unterschiedlicher Rahmung.

Ein modisch gekleideter junger Mann eilte herbei. Er verbeugte sich besonders tief. Er wollte seine Überraschung verbergen, denn er hatte das Fräulein sofort erkannt.

»Womit kann ich dienen?«

»Fotografieren!« Der alte Rössner strich sich mit dem Finger den Schnauzer glatt. »Erst meine Enkelin, dann mich. Sie wird bald Lehrerin.«

»Meine Verehrung, Fräulein Lehrerin.« Wagner musterte sie jetzt ungeniert. »Ihr Anblick ist bezaubernd. Da hätte ich gleich eine Idee.«

Er beeilte sich und schob die vorderste Pappwand zur Seite. Sie zeigte eine kleine Mauer, dahinter Wiesen, Bäume und Hügel.

Beim Wegrücken sagte er zum alten Herrn: »Vor dieser Kulisse käme Ihre Persönlichkeit besonders gut zum Ausdruck.«

»Moment!« Der Rössner stellte sich breitbeinig vor das Gemälde, schaute in den Spiegel und strich mit der Hand über den Bart. »Nein, besser im Sitzen. Dann tät's mir gefallen.«

»Werter Herr, Sie sind einer jener seltenen Menschen, die das Künstlerische meines Handwerks zu schätzen wissen.« Wagner richtete sich auf: »Mit jeder Fotografie möchte ich eine Geschichte erzählen, die zu dem Menschen passt, den ich ablichte.«

»Aber zuerst meine Enkelin! Ihretwegen bin ich extra mit der Eisenbahn gekommen.«

Wagner ließ sich das nicht zweimal sagen. Er hatte nur noch Augen für sie.

»Am besten tun wir so, gnädiges Fräulein«, die nächsten Pappwände glitten zur Seite, »als würden Sie gerade am Wasser promenieren.«

In seinem Kopf summte und brummte es. Längst hatte er kapiert, dass in der Landesbräuteschule, wie der Schafstall bei den jungen Männern im Städtchen auch genannt wurde, heiratsfähige Fräulein in Hülle und Fülle herumschwirrten. Lauter gebildete, für alle Hausarbeiten geschulte und in Konversation geübte junge Damen.

Allerdings, auch das wusste jeder in Eugensburg, hatte man nur eine Chance, wenn es gelang, die Herzensdame

auf heiratswillig umzustimmen, sie also ihrem nonnenglei-
chen Berufsziel abspenstig zu machen. Denn Heiraten war
den Lehrerinnen verboten. Per Gesetz! Wollten sie heiraten,
wurden sie automatisch aus dem Schuldienst entlassen. Heirat
oder Beruf lautete also die Gewissensfrage, der sich jede angehende Lehrerin stellen musste.

Ganz in Gedanken schob Wagner einen verträumten See
herbei, von saftigen Wiesen gesäumt, auf denen Kühe grasten.
Der hüfthohe, fein ziselierte Zaun, farblich auf die Fliesen im
Salon abgestimmt, schloss das Bild nach unten ab und harmonierte mit Fußboden und Raum.

»Oh!« Sophie war begeistert.

Der Fotograf klappte zwei Halterungen auf der Rückseite
des Bildes heraus.

Das Panorama stand jetzt aufrecht im Raum, schräg zur
Fensterfront und genau gegenüber von Kamera und Spiegel,
sodass vorderes, oberes Seitenlicht die Szene beleuchtete. Der
türkisblaue See gleißte im Sonnenlicht, Enten gründelten, ein
Schwan segelte übers Wasser.

Wagner rannte aus dem Atelier und schleppte allerlei Ac-
cessoires herbei. Schirme, Stöcke, Fächer, Tücher.

»Ist etwas Passendes für Sie dabei?«

»Ah!« Sophie spannte drei Schirme auf und kokettierte vor
dem Spiegel. »Der grüne gefällt mir ausnehmend.« Sie tippelte
noch ein paar Schritte auf und ab. »Er hat dieselbe Farbe wie
mein Kleid.«

Der alte Rössner klatschte vor Begeisterung in die Hände.
»Die zwei Bommel am Schirm sind lustig. So wie du.«

»Der Griff ist aus Elfenbein.« Wagner umflatterte die junge
Dame. »Ein exquisites Stück.«

Spitze Schreie des Entzückens. Sie posierte vor dem See
und den Wiesen und blinzelte immer wieder in den Spiegel.

»Warten Sie, warten Sie.« Wagner öffnete einen weißen,
mit roten Blüten bemalten Fächer und drückte ihn Sophie in
die Hand. »Ein Fächer gehört zur Garderobe der Dame von
Welt.«

Der Großvater setzte sich auf einen Stuhl. »Kind, wie bist du schön.« Er hieb sich auf die Schenkel. »Dass ich das noch erleben darf.« Und kopfschüttelnd: »Viel zu schade für eine triste Schulstube.«

Sophie zog eine Schnute. »Wie meinst du das?«

»Hat jemals eine Rose in der Wüste geblüht?«

»Bin ich die Rose?«

Er nickte.

»Lass mich raten. Dann ist die Wüste …«

»Genau!«

Wagner, hinter seine Kamera gebeugt, hörte mit offenem Mund zu und überprüfte das Licht. Mussten die Deckenlampen angezündet werden? Entstand kein Rembrandt-Effekt mit beleuchtetem Ohr und heller Nasenspitze, das übrige Gesicht im Dunkeln?

Nein, alles bestens.

Er überlegte: Das fidele Fräulein wird Lehrerin, ist also noch frei und hat gewiss Interesse an allem, was mit Schule und Pädagogik zu tun hat. Ausgerechnet davon hatte er keine Ahnung, denn seine eigene Schulzeit war nicht gerade erfolgreich gewesen. Bei Hanna hatte er sich nur für das südländische Gesicht interessiert, das er in seinem neuen Bildband unbedingt abdrucken wollte. Aber von dieser Rotblonden fühlte er sich magisch angezogen. Sie strahlte Wärme und Herzlichkeit aus und erschien ihm so lebensbejahend und fröhlich. Noch nie hatte er auf den allerersten Blick so viel Sympathie empfunden. Er sinnierte: Wie kann ich sie näher kennenlernen, bevor sie sich von einer Brücke stürzt oder in eine ferne Schule entschwindet? Da kam ihm eine Idee.

»Zunächst das Geschäftliche«, sagte er laut und zuckte zusammen. Er fühlte sich ertappt. Das »Zunächst« war ihm ungewollt entschlüpft. Ein aufmerksamer Zuhörer hätte daraus auf seine weiteren Gedanken schließen können.

»Wie groß sollen die Porträts werden?«, fragte er forsch, weil er seinen Fauxpas vergessen machen wollte. Er deutete zur Wand.

»Das meiner Enkelin so groß wie das im Goldrahmen. Und meines«, er sah sich kurz um und zeigte auf ein Foto, »so groß wie das da.« Der alte Rössner hatte klare Vorstellungen. »Und jedes Bild bitte zweifach. Zwei Fotos für meine Enkelin und zwei für mich.

Wagner füllte die Kassette seiner Doppelkamera. Das obere Objektiv diente nur als Sucher, das untere lichtete ab.

Sophie kontrollierte ihre Pose im Spiegel.

»Hinreißend, gnädiges Fräulein! Bitte nicht bewegen!«

Der moderne Schlitzverschluss der Kamera klickte. Wagner richtete sich auf.

»Fertig?« Der alte Herr trug seinen Stuhl genau dahin, wo eben seine Enkelin gestanden hatte.

Der Fotograf wuselte und wechselte die Kulisse. Statt Seeblick nun Berglandschaft mit Bäumen.

Der Rössner knöpfte seine lange Joppe auf. »Sophie, in der Ecke steht ein Stock mit Silberknauf. Bitte gib ihn mir mal!« Er strich sich den kurz gestutzten Vollbart mehrmals glatt.

Sophie flitzte. Er nahm den Stock in die linke Hand und stützte die rechte, in der er mit zwei Fingern seinen Hut hielt, auf sein Knie. Breitbeinig saß er da, den linken Fuß nach vorn gestellt. Dem württembergischen König Karl sah er in diesem Moment zum Verwechseln ähnlich.

»Fertig. Fotografieren!«

Klack!

Der alte Rössner erhob sich. »Was soll's kosten?«

»Erst die Ware, dann das Geld, verehrter Herr, so ist's Brauch unter ehrlichen Geschäftsleuten.«

»Bis wann?«

»Heute ist Samstag«, überlegte Wagner. »Übermorgen, also am Montag, sind die Bilder fertig. Schneller ist's leider beim besten Willen nicht möglich.«

»Am Montag um neun geht mein Zug.«

»Oh!« Üblicherweise öffnete Wagner seinen Salon erst um neun. Er gab sich einen Ruck. »Der jungen Dame zuliebe bin ich am Montag schon um acht Uhr da.«

»Gut, dann komme ich gleich um acht vorbei. Sind die Bilder dann auch bestimmt fertig?«

»Sie können sich drauf verlassen.«

»Und wie kriegt meine Enkelin ihre Bilder? Ich muss nämlich am Montag direkt zum Bahnhof. Und die Schulfräulein dürfen ihr Haus nicht ohne Begleitung verlassen.«

»Es wird mir eine Ehre sein, die Fotos in der nächsten Woche ins Seminar zu bringen.«

Der Rössner lachte. »Das wird schärfer bewacht als das Schloss in Stuttgart. Da kommen Sie nicht rein.«

Wagner grinste in sich hinein. »Lassen Sie das meine Sorge sein, werter Herr. Ich werde schon einen Weg finden. Notfalls gebe ich die Bilder an der Haustür ab. Darf ich um den Namen des gnädigen Fräulein Lehrerin bitten?«

»Sophie heißt sie, Sophie Rössner.«

# Vermächtnis

Der Laternenanzünder bedankte sich überschwänglich für das große Foto, das Wagner gerahmt mitgebracht und in der Wohnstube aufgehängt hatte.

»Kommen Sie«, sagte er, »natürlich dürfen Sie Hannas Kämmerchen fotografieren. Sie war ja ein sehr ordentliches Mädchen. Es ist alles noch so, wie sie es hinterlassen hat.«

Er führte seinen Gast über eine schmale Holzstiege in die schräge Dachstube, die etwas länger war als das Bett an der linken Wand und nicht viel breiter.

Wie Wagner auf den ersten Blick feststellte, hatte der Alte tatsächlich nichts verändert. Alles war gefällig ausstaffiert und penibel sortiert, als sei das hier ein Museum. Wahrscheinlich erzwangen die engen Raumverhältnisse diese mustergültige Ordnung.

Wagner baute seine Kamera auf.

Zuerst schoss er drei Bilder durch die offene Tür.

Ein Blick geradeaus zur Gaube mit Sprossenfenster und Holzplatte davor, aufgebockt als Tisch, darunter zwei kleine Bücherregale sowie ein Stuhl.

Ein Blick in die rechte Zimmerecke, wo eine alte Anrichte stand mit weiß emaillierter Waschschüssel und Wasserkanne obenauf, daneben ein Schrank und Regale bis zur Decke.

Ein Blick nach links zum Bett, über dem allerlei Bilder hingen, gerahmt und sorgfältig zu einer bunten Kunstlandschaft gefügt, farbige Lithografien und akkurate Aquarelle.

»Die Wasserfarben habe ich ihr geschenkt, als sie ihre Ausbildung zur Lehrerin begann«, erklärte der Alte.

Wagner stellte sich vors Bett und betrachtete Hannas Bilder, meist Landschaften und ein paar Porträtstudien. Zweifellos kleine Kunstwerke. Er konnte das beurteilen, schließlich hatte er in Karlsruhe Malerei studiert, bevor er sich aufs einträglichere Fotografieren verlegt hatte.

»Darf ich mich noch ein bisschen umschauen?«

»Dann lasse ich Sie jetzt allein.« Der Alte wandte sich zum Gehen. »Ich muss mich auf die Arbeit vorbereiten.«

Kaum hörte Wagner den Lampenanzünder die Treppe hinabpoltern, schon stellte er sich in die Gaube und schaute grübelnd zum Dachfenster hinaus.

Das Schicksal der Selbstmörderin ging ihm nicht mehr aus dem Kopf. Und das Verhältnis dieser Sophie Rössner zu Hanna gab ihm Rätsel auf. Warum, wenn sich die Seminaristinnen kannten, war nur Sophie zur Beerdigung gekommen, nicht aber ihre Kolleginnen? Was wusste Fräulein Rössner über Hannas Leben und Tod?

Darum wollte Wagner die Kammer nicht nur fotografieren, sondern auch inspizieren und damit der Rotblonden imponieren. Fräulein Rössners unbekümmerter Auftritt in seinem Atelier hatte diesen Einfall noch verstärkt.

Vielleicht, überlegte er, hatte Hanna ihre Nöte und Absichten einem Tagebuch anvertraut. Vielleicht fand sich hier ein aufschlussreicher Brief oder eine wichtige Notiz. Denn ohne Botschaft, offen oder verschlüsselt, schied kein Mensch aus dem Leben. Davon war Wagner überzeugt. Der Eintrag im Kirchenbuch war ja voller Andeutungen.

Er fotografierte den Tisch und betrachtete ihn von allen Seiten. An der hinteren Kante stand ein Kerzenständer aus Ton, davor eine hölzerne Schale, darin Stifte, Schreibfedern, ein Federhalter und ein Döschen mit Kleister, der nach Mandeln roch. Daneben beschwerte eine Öllampe ein Blatt Papier. Es war ein handschriftlicher Stundenplan für die erste Klasse, der die Fächer Biblische Geschichte, Memorieren, Schreibleseunterricht, Abschreiben aus der Fibel, Rechnen und Anschauungsunterricht auf die Woche verteilte. Montags, dienstags, donnerstags und freitags war offenbar ganztägig Schule, mittwochs und samstags nur am Vormittag.

Er fotografierte die Schreibunterlage aus weichem Löschpapier. Zwei Bücher lagen darauf, als habe man sie eilig hingeworfen. Neu und dünn das eine, alt und reichlich zerfleddert das andere.

Das neue war aufgeschlagen. Gustav Wagner nahm es zur Hand und las laut die angestrichene Stelle: »Der erste Schreibleseunterricht ist mit den Kindern an der schwarzen Wandtafel vorzunehmen. Der Lehrer soll die Grundformen, auf welchen die deutsche Schreibschrift beruht, vorführen, beschreiben und nachmachen lassen. Sobald aber die Kinder die Fibel zur Hand haben, muss der Gang derselben streng eingehalten werden. Auch haben die Kinder täglich ein bis zwei Seiten auf ihre Tafeln abzuschreiben.« Auf dem Titelblatt stand: »Anweisung, betreffend den Lehrgang und die Methode des Schreibens und Lesens für Erstklässler.«

Das zerfledderte Buch auf dem Tisch war die Fibel, auf die sich die Anweisung bezog. Das Vorwort mahnte den Lehrer, nichts zu übereilen und vor Beginn einer neuen Lektion die vorhergehende zu wiederholen. Zwischen den Seiten vierundzwanzig und fünfundzwanzig klemmte ein Zettel. Darauf stand in deutscher Schrift: »Das Korn gibt Mehl und Brot. Der Leib sinkt in das Grab. Der Mond scheint blass. Die Nuss ist in der Schale.«

Wagner konnte sich ein höhnisches Grinsen nicht verkneifen. Sein eigener Lehrer in der ersten Klasse fiel ihm ein. Vogelsang hieß der Schinder. Einmal hatte der kleine Gustav beide Hände für einen Augenblick nicht flach auf dem Tisch, gleich kam der Vogelsang herbeigezwitschert und verpasste ihm drei Tatzen. Außerdem musste er den Satz »Walle, Walle, lass das Mulle« so oft als Strafarbeit mit dem Griffel kratzen, bis seine Schiefertafel auf beiden Seiten voll war. Wagner seufzte. Hanna oder diese Sophie als Lehrerin, da hätte er sich in der Schule gewiss viel Kummer erspart.

Er kniete nieder und fotografierte die zwei kleinen Regale unter dem Tisch, beide voll mit Büchern. Aber was für welche! Bis auf zwei kleine, unscheinbare Bändchen hatten alle einen goldgeprägten Rücken und machten etwas her.

Ein Gedanke durchzuckte ihn: Wie wäre es, wenn er Fräulein Rössner ein schönes Buch schenkte?

Er grübelte. Frauen lieben Bücher. Schöne Bücher sind für kluge Frauen wie gemacht. Das hatte Wagner schon oft festgestellt. Darum trug er sich seit geraumer Zeit mit dem Gedanken, in sein Atelier eine Bücherwand einzubauen. Die würde eine behaglichere Atmosphäre in seinem Salon schaffen. Vor die Bücherwand käme ein kleiner runder Tisch, auf dem er seine eigenen Bücher auslegen könnte.

In wenigen Jahren war er zum gefragten Fotografen aufgestiegen. Persönlichkeiten von Rang nahmen seine Dienste ebenso in Anspruch wie einfache Leute, die ein gutes Porträt zu schätzen wussten. Jeder sollte beim Hereinkommen ins Atelier sofort erkennen, dass hier kein Knipser hinter der Kamera werkelte, sondern ein Künstler seiner Kunst lebte und Porträts und Bildbände zu gestalten wusste.

Bücher für jeden Geschmack, auch Sachbücher und Lexika sollten bereitliegen, in denen man nachschlagen könnte, über was es sich zu plaudern lohnte, wenn man Konversation machen wollte. Goethe und Schiller mussten sein. Das gehörte sich einfach. Dazu etwas Philosophie, Theologie und vaterländische Geschichte sowie das eine oder andere Buch über ferne Länder, wilde Tiere und wundersame Menschen. Obendrein ein paar Ratgeber. Auch Kinderbücher, womit sich quengelige Buben und Mädchen ruhigstellen ließen, solange ihre Mütter vor der Kamera posierten. Und, natürlich, ein paar prächtige Pädagogikbücher, die den hübschen Schulfräulein aus dem Schafstall gefallen würden.

O Wunder, diese ärmliche Kammer barg einen kleinen, aber feinen Bücherbestand.

Wagner überlegte. Statt viel Zeit in Buchhandlungen oder Antiquariaten zu vertrödeln, könnte er auf einen Schlag eine

64

exquisite kleine Bibliothek erwerben. Außerdem, und das gab der Sache noch einen besonderen Reiz, wären es gewiss Bücher nach dem Geschmack gebildeter junger Damen, wie zum Beispiel dieser attraktiven Sophie Rössner. Und schließlich könnte er zuhause die Bücher in aller Ruhe nach versteckten Zetteln durchsuchen, die möglicherweise Hannas schrecklichen Tod aufklärten und weitere Gespräche mit der Rotblonden ermöglichten.

Während er die Bände überschlägig taxierte, entschied er sich auch schon. Entschlossen richtete er sich wieder auf und sah sich weiter um, machte Fotos in die aufgezogene Anrichte, in den geöffneten Schrank und von den Regalen.

Die Anrichte hatte zwei Fächer. Im unteren lagen Handtücher und Waschlappen, im oberen eine Zahnbürste aus Rosshaar, ein Blechdöschen mit Zahnpulver, ein Fläschchen Parfüm und eine Porzellanschale mit Seife.

Der Schrank war doppeltürig und gefüllt mit Röcken, Blusen, Kleidern, einer hochgeschlossenen Jacke mit langen Ärmeln und einem schwarzen Mantel. In drei Schubfächern reihten sich Leib- und Bettwäsche, Strumpfbänder, Strümpfe, Spitzenkragen aneinander, dazu ein Paar Handschuhe, Schals und farbige Tücher. Im vierten Fach lag ein Strohhut, eine Kapotte, garniert mit Stoffblumen und einer Pfauenfeder. Wagner tastete mit der Hand alle Schrankfächer aus, griff in jede Rocktasche, durchsuchte Jacke und Mantel, legte sich auf den Boden und linste unter das Möbelstück, stieg auf den Stuhl und sah nach, ob etwas oben lag.

Nichts, nirgendwo ein Blatt Papier, das Hanna in tiefster Not beschrieben haben könnte. Kein Abschiedsbrief, erst recht kein verstecktes Tagebuch.

»Ich muss leider zur Arbeit!«, hörte Wagner den Alten rufen.

»Bin gleich da!«

Als Wagner unten ankam, stand der Alte schon an der Haustür, in der rechten Hand den Zündstock, in der linken einen kleinen Eimer, über der Schulter eine Holzleiter.

»Darf ich Sie ein Stück begleiten?«

»Wenn Sie mich nicht von der Arbeit abhalten.«

Sie verließen das Haus und gingen in Richtung Gefängnisturm.

»Und? Hab ich zu viel versprochen? Hat Ihnen Hannas Stübchen gefallen?«

»Auf engstem Raum ist alles wohlgeordnet. Einfach schön.«

»Ich überlege, die Kammer zu vermieten.«

»Warum? Können Sie von Ihrer Arbeit nicht leben?«

»Gerade so, aber ich weiß nicht, wie lange ich das noch durchhalte. ... Nacht für Nacht mit dem schweren Zeug auf dem Rücken herumstiefeln. ... Die Leiter rauf und runter und stundenlang in schwankender Höhe Laternen reinigen. ... Kein Ruhetag im ganzen Jahr, nur bei hellem Mondschein schickt mich der Polizeiwachtmeister heim. ... Aber dann bekomme ich für die angefangene Arbeit kein Geld. ... Auch wenn ich winters bis zu zwölf Stunden schuften und frieren muss, krieg ich nicht mehr Lohn als sommers. ... Dabei ist der eh schon geringer als bei den meisten Tagelöhnern. ... Und die arbeiten am Tag und können sich abends noch etwas dazuverdienen ... Nein, nein, lang mach ich das nicht mehr!«

Wagner ging schweigend nebenher und hörte zu. Vor der Laterne am Gefängnisturm stellte der alte Mann Eimer und Leiter ab. Der lange Anzündstock mündete in eine eiserne Spitze mit Haken und kleiner Öllampe. Die steckte er mit einem Zündholz in Brand.

»Wissen Sie, Herr Fotograf«, wandte er sich erneut an seinen Begleiter, »wenn ich das Kämmerchen vermiete, dann kann ich jeden Monat einen Gulden für Notzeiten zurücklegen.«

»Und was machen Sie mit Hannas Sachen?«

»Verkaufen und das Geld aufs Sparbuch tun.« Er warf einen scheuen Blick zur Seite. »Klingt hart, ist es für mich auch.« Er schluckte. »Aber ich muss mich von den Sachen trennen, sonst werde ich verrückt. Wenn ich sehe, was ihr gehörte, meine ich immer, sie kommt gleich zur Tür herein.« Er schluckte wieder und schwieg eine Weile. Dann sagte er: »Die Leibwäsche und die Kleider kann ich gut verkaufen.«

»Woher hatte Hanna die schönen Bücher?«

Der Alte zuckte die Achseln. »Wenn ich das wüsste. Hab ich geschenkt bekommen, hat sie einmal gesagt.«

»Verkaufen Sie mir die Bücher und noch ein paar andere Sachen?«

Der Alte sah Wagner verwundert an.

»Ich würde am Samstagabend gegen halb sieben kommen und alles gleich mitnehmen. Einverstanden?«

Der Alte balancierte den schweren Stock so geschickt unter den Glaszylinder der Laterne, dass er mit dem Haken das Gasventil öffnen und das ausströmende Gas am Lämpchen entzünden konnte.

»Wenn ich überall in meinem Revier Licht gegeben habe, dann fange ich bei dieser Laterne wieder an.« Er lehnte die Leiter an die zwei Ausleger oben am Laternenmast. »Das Glas ist schon ganz verrußt. Und der Zündhebel geht auch schwer. Den werde ich bei der Gelegenheit gleich ölen.«

Er sah Wagner lange ins Gesicht. »Einverstanden, ich verkaufe Ihnen, was Sie brauchen können.«

»Dann bis Samstag.«

Am Mittwochnachmittag gegen vier bekam der Laternenanzünder große Augen, als es an seiner Tür klopfte und ein Herr in Begleitung eines rotblonden Fräuleins um Erlaubnis bat, einen kurzen Besuch abstatten zu dürfen. So viele Gäste in einer Woche hatte er schon lange nicht mehr empfangen, denn er lebte zurückgezogen, verschlief meist die Tage und kümmerte sich des Nachts um die Laternen im Viertel. Ohne seine Hanna und seinen Freund, den Schreinermeister, wäre er mitten in der Stadt zum Eremiten geworden.

Die Rotblonde erkannte er sofort. Sie war eine von Hannas Kolleginnen, aber ihren Namen wusste er nicht mehr. Der unbekannte Herr, Gesicht und Haltung strahlten Vertrauen und Güte aus, stellte sich als Pfarrer und Leiter des Lehrerinnenseminars vor.

Finkenberger bat um Verzeihung. Er habe in der letzten Woche an einer Tagung teilgenommen und darum viel zu spät vom Tod der geschätzten Kollegin erfahren. »Aber Fräulein Rössner«, er verwies mit einer Geste auf die neben ihm Stehende, »war auf Hannas Beerdigung und hat unser Institut würdig vertreten.«

»Danke«, sagte der alte Mann zu Sophie. »Ich glaube, Sie haben meine Hanna schon einmal besucht.«

Er zögerte merklich, die Gäste ins Haus zu bitten, denn er hatte ihnen nichts anzubieten.

Finkenberger spürte sofort, dass sich der Alte in einer Verlegenheit wähnte. »Wir kommen zur Unzeit«, sagte er, »ich bitte um Nachsicht. Dürfen wir Sie zu Kaffee und Kuchen ins Nachbarhaus einladen?«

Die stadtbekannte Konditorei und Zuckerbäckerei »Weber« hatte den Ruf eines Schlaraffenlandes. Hier konnte man sich mit Torten, Kuchen, allerhand kleinem Backwerk und vielerlei Leckereien das Leben versüßen. In dem herrschaftlichen, erst vor zehn Jahren errichteten Gebäude, das mit seinem pompösen Portal illustre Gäste magisch anzog, verkehrten vor allem jene, die sich selbst zur Hautevolee zählten. Im Keller befanden sich die Werkräume: die Backstube, die Schokoladengießerei und die Zuckerwarenmanufaktur. Auf den drei Stockwerken darüber, jedes in einer anderen Pastellfarbe gestaltet, lagen die Prachträume. Der Gast stieg von der Turmgasse die breite, vierstufige Marmortreppe herauf und musste nur die schwere Eichentür aufdrücken, wollte er in die süße Welt vorstoßen. Von da an lenkten ihn weiche, rote Läufer an blank polierten Vitrinen vorbei, angefüllt mit Bonbons, Schokoladen, Marzipan, Keksen und Lebkuchen, zu den flauschigen Sitzecken. Über der Eingangstür wölbte sich eine Art Loggia, die schmiedeeiserne Brüstung genau nach Süden ausgerichtet. Dort oben, bei vielen Kaffeehausliebhabern als schönster Balkon der Stadt gerühmt, standen Tische, die in den warmen Jahreszeiten zu geselligem Plausch und exklusivem Blick auf das Treiben in der Turmgasse einluden. Man konnte an der frischen Luft sitzen und musste nicht, wie in den unteren Etagen, den Gestank von Bier, Zigarren, allerlei Parfum und Mottenpulver ertragen.

Genau dort hinauf geleitete Finkenberger den Laternenanzünder, der sich rasch eine schwarze, zerknitterte Jacke umgehängt hatte, die fadenscheinig und für die Jahreszeit entschieden zu warm war, denn die Sonne strahlte vom wolkenlosen Himmel und illuminierte das Leben in der Stadt.

Der Laternenanzünder war beeindruckt. Auf dem Balkon war er noch nie gestanden.

Von da oben lag ihm die belebte Turmgasse zu Füßen, in der Passanten drängelten und Handwerker ihrer Arbeit nachgingen. Wagemutige junge Männer rumpelten auf eisernen Tretkurbelrädern durch die Menge und schrien alle paar Meter, wie es Vorschrift war: »Obacht! ... Obacht!« Vor der gegenüberliegenden Blechnerei Kupfer hämmerte ein Mann. Am Nachbarhaus zog einer im verschlissenen Kittel und mit schwarzer Schildkappe einen Schraubenzieher aus seinem Gürtel und schraubte ein angerostetes Emailleschild ab. Ein hoch beladenes Fuhrwerk schipperte vorbei, als sei es auf dem Weg zu einem großen Hafen.

Finkenberger, groß, schlank, Anfang fünfzig und im schwarzen Anzug, beobachtete den alten Herrn und bestellte nebenher beim herbeigeeilten Ober dreimal Kaffee mit Zitronen-Apfel-Torte. Der Alte lehnte immer noch an der schmiedeeisernen Brüstung und genoss die schöne Aussicht auf die Straße, in der er sein ganzes Leben zugebracht hatte.

An den Nachbartischen feierten gut situierte Herren den Sieg über die Franzosen. Lautstark diskutierten sie das taktische Geschick der preußischen Generalität, das die Überlegenheit der französischen Chassepotgewehre mehr als ausgeglichen habe. In einem Husarenstreich sei es den deutschen

Truppen bei Sedan gelungen, den Franzosenkaiser samt hunderttausend feindlichen Soldaten gefangen zu nehmen. Wie ein Gepäckstück habe man Napoleon III. nach Kassel verfrachtet. Dort stehe er nun auf Schloss Wilhelmshöhe unter Arrest, während ihn die Pariser für abgesetzt erklärt und die Dritte Republik ausgerufen hätten.

»Ein Hoch, ein dreifach donnerndes Hoch!« Ein Herr, das Monokel im geröteten Gesicht, war aufgespritzt.

Die anderen feinen Pinkel taten es ihm gleich, schrien im Stehen dreimal »Hoch!« und stießen mit ihren Gläsern auf den grandiosen Sieg an.

Finkenberger runzelte missvergnügt seine Stirn. Er sympathisierte mit den württembergischen Altliberalen, die sich über die zunehmende Militarisierung der Gesellschaft entrüsteten. Es fiel ihm sichtlich schwer, an sich zu halten. Doch er schwieg, vielleicht auch deshalb, weil eben das Bestellte serviert wurde und der Alte sich setzte.

»Ah«, sagte der Laternenanzünder anerkennend, »über die Zitronen-Apfel-Torte habe ich schon viel Gutes reden hören. Leider habe ich im Moment nicht einmal die paar Kreuzer, um mir so etwas zu leisten. Der Sarg und die Beerdigung haben meine Ersparnisse aufgezehrt.«

Offensichtlich wollte er sich nochmals vergewissern, dass er sich als Gast und nicht als Gastgeber fühlen durfte.

Finkenberger besänftigte ihn und lenkte das Gespräch auf die Verstorbene. Hanna habe als exzellente Pädagogin eine glänzende Zukunft vor sich gehabt und sei sehr beliebt gewesen.

Der Alte schwieg. Die anerkennenden Worte taten ihm wohl, auch wenn ihn die Erinnerung schmerzte.

Auf Finkenbergers Frage, ob die Verstorbene noch Verwandte habe, denen er kondolieren müsse, verriet der Laternenanzünder, man habe ihm diese Frage vor rund vierzehn Jahren schon einmal gestellt.

»Gleich nach dem Tod von Hannas Mutter wollte die Waisenkommission wissen, wer das elternlose Mädchen in Obhut nehmen könnte. Tagelang wurden Nachbarn befragt und Kirchenbücher gewälzt. Hanna spielte derweil in meiner Wohnstube mit ihrer Puppe, ihrem einzigen Besitz.«

»Wollte man das Kind ins Waisenhaus stecken?«

Der Alte schaute zum strahlend blauen Himmel auf. »Eigentlich schon. Aber Pfarrer Wienzle widersprach. Eine Familie mit weniger als fünf Kindern sei sehr ungewöhnlich. Er war überzeugt, dass Hannas Mutter Geschwister hatte.«

»Und? Hat man sie gefunden?«

Der Alte warf einen Blick hinunter auf die Straße, wo sich ein dickes Knäuel von Wagen, Karren und Kutschen bildete und Fuhrleute laut schimpften, weil sich ein rot lackierter Einspänner, das Klappverdeck trotz des schönen Wetters geschlossen, rücksichtslos durch die Straße drängelte.

Er nahm einen Schluck Kaffee und sagte seltsam abwesend: »Nach etwa zwei Wochen ist mir die Galle übergelaufen. Am einen Tag sollte Hanna ins Waisenhaus, am anderen gab es einen Hinweis auf einen Onkel, der angeblich in Stuttgart wohnte. Jedenfalls empfand ich das alles als schäbig und unmenschlich. Auch das Kind litt unter dem ständigen Hin und Her, klammerte sich an mich und weinte. Mit mir war sie nämlich vertraut, seitdem sie laufen konnte. Und mit meiner Frau, aber die ist vor ein paar Jahren gestorben. Darum bin ich zu Pfarrer Wienzle und habe ihn gebeten, mich aufs Rathaus zu begleiten. Dort habe ich unterschrieben, dass meine Frau und ich für die Kleine sorgen und auf Kostenersatz verzichten, wenn man uns keine Scherereien macht.«

»Wer sollte Ihnen denn Schwierigkeiten bereiten?«

Der Alte lachte bitter. »Haben Sie eine Ahnung, Herr Pfarrer. Gleich zwei Ämter mischten sich ein, der Armenpflegschaftsrat und die Waisenkommission. Sie wollten einen Vormund bestellen. Der wäre bei mir ein und aus gegangen und hätte mir Vorschriften gemacht. Nur weil Pfarrer Wienzle für mich bürgte und den Behörden versprach, öfter nach dem Rechten zu sehen, durfte Hanna bei mir bleiben.«

Finkenberger schaute zum Himmel auf, schüttelte den Kopf und schwieg.

Sophie, die sich die Torte schmecken ließ und bis dahin nur zugehört hatte, wandte sich an den alten Mann: »Und wer ist dann die Frau, von der mir Hanna erzählt hat?«

Der Laternenanzünder reagierte ratlos. »Auf Ehr und Gewissen, verehrtes Fräulein, ich weiß leider nichts von einer Verwandten. Und doch war mir öfter, als sei da jemand, der meiner Hanna hin und wieder etwas zusteckte. Erst neulich kam sie mit einer neuen Handtasche heim. Wo hast du die her, hab ich sie gefragt. Geschenkt gekriegt, hat sie gesagt. Und immer wieder brachte sie neue Bücher mit.«

Finkenberger fragte: »Bei der Anmeldung zum Seminar hat Fräulein Hanna angegeben, ihr Vater sei Italiener. Stimmt das?«

Der Alte schob seinen Teller zur Seite und wischte sich mit der Serviette den Mund. »Ja, aus Sizilien.«

»Dann hat Hanna dort bestimmt viele Verwandte.«

»Gewiss, Herr Pfarrer, aber wen interessiert das? Meine Hanna ist tot. Das allein zählt. Sie hat Leben in mein Haus gebracht und mir viel Freude bereitet.« Seine Gesichtszüge wurden hart. »Sie ging gern zum Unterrichten in die Schule. Sie mochte ihre Schüler und schmiedete Pläne für die Zukunft. Aber von einem Tag auf den anderen war alles aus.« Seine Augen füllten sich mit Tränen. »Warum? Warum ausgerechnet meine Hanna? Sagen Sie es mir.«

Finkenberger warf Sophie einen besorgten Blick zu, bevor er antwortete: »Kann ich Ihnen irgendwie behilflich sein?«

Der Alte schüttelte den Kopf. »Seit Tagen habe ich kein Auge zugemacht. Ich kann nicht begreifen, was passiert ist. Sie war nicht krank, sie war nicht verrückt.« Er schniefte. »Nein, nein, sie war glücklich.« Laut und bestimmt sagte er das und zog das Sterbebildchen aus der Brusttasche seiner Weste. »Schauen Sie nur, wie meine Hanna lacht.«

»Ja«, sagte Sophie, »Hanna war fröhlich und beliebt. Wir haben sie alle gern gehabt.«

Der Alte schaute sie dankbar an. »Darum geht mir immerzu im Kopf herum, dass jemand meine Hanna auf dem Gewissen hat. Ich werde alles tun, den ...«

Er wandte sich ab, wischte sich die Augen aus und schnäuzte sich. »Mehr bleibt mir nicht mehr in meinem Leben.«

Am Samstagabend schloss Gustav Wagner sein Atelier pünktlich um sechs Uhr und winkte einen Droschker herbei, der am Marktplatz auf Kundschaft wartete.

»Sind Sie zwei Stunden frei?«

Der Fuhrmann nickte dankbar. Ab und zu durfte er für den Fotografen arbeiten. Heute erhielt er den Auftrag, in der Turmgasse einige Bücher und ein paar Habseligkeiten aufzuladen, wieder hierher zurückzukommen und beim Abladen zu helfen.

Wagner hockte sich auf den Bock und wollte die Fahrt durch den Altweibersommer genießen. Doch der Kutscher neben ihm schwadronierte über den Untergang der Welt. Wenn der Verkehr weiterhin so stark zunehme wie in jüngster Zeit, dann werde der Pferdemist in wenigen Jahren meterhoch in den Gassen liegen. Die Stadt verkomme zu einem einzigen großen Misthaufen, der alles Leben erstickt.

Die offene Kutsche rumpelte durch die Straßen. Wagners Haare flatterten im Wind. Er sah seinen Nebensitzer einen Moment zweifelnd von der Seite an, blickte zum Himmel auf und amüsierte sich. »Was sollte man Ihrer Meinung nach dagegen tun?«

»Alle Privatkutschen verbieten!«

Wagner strich mit der Hand über sein zerzaustes Haar. »Und wenn sich das die reichen Damen und Herren nicht gefallen lassen?«

Der Kutscher zuckte mit den Schultern. »Dann wandere ich aus.«

»Wohin?«

»Kanada! Da soll es noch Gegenden geben, wo es nicht nach Pferdemist stinkt.«

Tatsächlich! Jetzt fiel es Wagner auch auf. Überall breitgewalzter Pferdemist und Gestank in den Gassen. Stirnrunzelnd konzentrierte er sich auf die Fahrt, vorbei an der Arsenalkaserne, der Dampfbadeanstalt, am Gasthaus »Zum goldenen Stern« und am Spitalhof. Vor dem »Eugensburger Anzeiger« ging es in großem Bogen in die Neubaustraße, dann vorbei am »Russischen Hof« (in dem die berühmte physikalisch-medizinische Gesellschaft untergebracht war), am Polytechnischen Verein und am Schießhaus.

Vor dem Stadttheater bog die Kutsche links ab, rollte auf den alten Gefängnisturm zu und unter ihm hindurch in die Turmgasse hinein.

Der Laternenanzünder saß auf einem Stuhl vor seiner Haustür und sog an einer langen Pfeife.

»Da sind Sie ja.« Er stand auf, klopfte seine Pfeife am Schuhabsatz aus und steckte sie in die Kitteltasche. Dann begrüßte er Wagner mit Handschlag.

Sie stiegen zu Hannas Kämmerchen hinauf, der Alte voraus, Wagner hinterdrein und zum Schluss der Droschker, der den Weidenkorb trug, der im Staufach unter dem Kutschbock immer griffbereit lag.

Während Wagner die Bücher unter dem Tisch hervorholte, zählte, in den Korb legte oder daneben stapelte, vertraute der Laternenanzünder dem Kutscher an, was mit seiner Hanna geschehen war.

»Achtundfünfzig«, sagte Wagner und richtete sich wieder auf. Und an den Droschker gewandt: »Bitte in die Kutsche einladen. Aber Achtung! Die Bücher sind schwer. Gehen Sie lieber einmal mehr.«

Während der Fuhrmann die ersten Bücher hinuntertrug, fragte Wagner den Alten: »Was soll's kosten?«

»Weiß nicht. Ich kenn mich da nicht aus.«

»Für jedes Buch einen Gulden? Wäre das für Sie ein angemessener Preis?«

Der Alte nickte zustimmend, doch dann fiel ihm ein, was er im Kaffeehaus versprochen hatte. »Am Mittwoch hatte ich Besuch vom Vorsteher des Lehrerinnenseminars und einem Fräulein, das mit meiner Hanna befreundet war. Dem Fräulein möchte ich ein Buch schenken, als Andenken an meinen Sonnenschein.«

»War das die junge Frau, die auch auf der Beerdigung war?«

»Ich habe sie dort nicht gesehen.«

»Wie sah sie denn aus?«

»So eine Rotblonde. Sophie heißt sie.«

»Und die war hier bei Ihnen?«

»Sagte ich doch. Zusammen mit Pfarrer Finkenberger. Kennen Sie das Fräulein?«

Wagner wurde hellhörig. Finkenberger? So hieß der Pfarrer von der Stiftskirche am Markt. Was hatte der mit dem Lehrerinnenseminar zu tun?

»Herr Fotograf?«

Wagner blickte irritiert auf. »Entschuldigung. Ja, das Fräulein war am letzten Samstag in meinem Salon. Ihr Großvater hat sie begleitet. Sie wollte fotografiert werden.«

»Schenken Sie ihr ein Buch?«

»Sie darf sich eines aussuchen. Mit einem Gruß von Ihnen. Einverstanden?«

Der Alte nickte.

»Also, einen Gulden pro Buch?«

»Ich stehe in Ihrer Schuld, Herr Fotograf. Da kann ich doch kein Geld von Ihnen verlangen.«

Der Kutscher schnaufte die Stiege herauf, stapelte den Korb wieder voll und trug ihn hinunter.

»Nein, nein«, wehrte Wagner ab, »ich sagte Ihnen ja schon, dass die Sterbebildchen und das Porträt auf meine Rechnung gehen. Diese Bücher sind fast wie neu, und Sie brauchen das Geld. Also sagen wir sechzig Gulden? Für alle.«

Der Laternenanzünder widersprach nicht. Man sah ihm aber an den Augen an, dass er mehr als zufrieden war. Er öffnete die Anrichte und den Schrank. »Gestern war die Witwe

Gletzer hier. Sie handelt mit Gebrauchtwaren und kauft alles, was Sie nicht mitnehmen, Herr Fotograf.«

»Wollen wir die Sachen in den Regalen gemeinsam durchsehen? Gewiss möchten Sie das eine oder andere als Andenken behalten.«

Der Laternenanzünder tippte mit dem Finger auf jedes Stück, das Wagner aus den Fächern nahm, gerade so, als wolle er sich von jedem einzeln verabschieden. Vorsichtig, als schmücke er einen Altar, legte er zwei Fotos auf den Tisch. Sie zeigten Hannas Eltern. Daneben reihte er Porzellanfigürchen auf und stellte zwei Kerzenständer daneben.

»Der Rest ist für Sie und die Gletzerin.«

Wagner setzte die Schul- und Kinderbücher, Malhefte, Journale und Notenbücher aus den Regalen unbesehen in zwei Stapeln auf den Boden, darauf zwei Spanschachteln, die Aquarellfarben, Pinsel und Stifte. Zuletzt durchstöberte er die verbliebenen Kartons, gefüllt mit Knöpfen, Kämmen, Haarspangen und Schleifen, Geldbörse, Gürtel, Tücher, einer Handtasche und zwei Paar Schuhen. Er fand nichts Brauchbares mehr.

»Was wollen Sie dafür?« Wagner deutete auf die Sachen am Boden.

»Ach«, winkte der Laternenanzünder ab, »das Zeug ist doch nicht viel wert. Geben Sie mir zwei Gulden.«

Wagner zog seinen Geldbeutel heraus und zählte dreißig silberne Doppelgulden auf den Tisch. »Sechzig«, sagte er, »und noch zwei Gulden extra. Sind wir dann quitt?«

Statt einer Antwort reichte ihm der Lampenanzünder die Hand. »Danke. Jetzt weiß ich Hannas Bücher in guten Händen.«

Der Droschker füllte wieder den Korb und schleppte ihn hinunter.

Wagner sah sich noch einmal in der engen Dachkammer um. »Was machen Sie mit den Bildern?«

»Lass ich hängen. Ein junger Mann, der hier in der Straße Arbeit gefunden hat, will bald einziehen. Die Bilder und die Möbel sind ihm recht.«

»Eins würde mich noch interessieren: Wer hat Hanna die Bücher geschenkt?«

Der Lampenanzünder setzte sich auf den Stuhl und sah Wagner nachdenklich an. »Ich weiß es wirklich nicht, Herr Fotograf. Am Mittwoch fragte mich der Seminarvorsteher, ob Hanna Verwandte hatte. Ich konnte ihm keine Antwort geben. Aber Pfarrer Wienzle meinte, die Familien seien heutzutage immer noch so groß, dass fast alle Kinder Verwandte hätten. Man müsse nur lang genug suchen, dann finde man sie, sagte er. Von Hannas Vater leben wahrscheinlich noch Onkel, Tanten, Neffen und Nichten auf Sizilien. Nur eines weiß ich bestimmt: Hanna hatte keine Geschwister, sie war das einzige Kind ihrer Mutter.«

»Hat sich Hanna die Bücher selbst gekauft?«

»Vielleicht.« Er wiegte skeptisch den Kopf. »Sie verdiente nur elf Gulden im Monat, weniger als jeder Handwerksgeselle. Aber sie lebte sparsam. Mir hat sie jeden Monat einen Gulden fürs Zimmer gegeben. Und an allen Kosten im Haus hat sie sich zur Hälfte beteiligt.«

»Neulich meinten Sie, Hanna könnte die Bücher geschenkt bekommen haben. Warum?«

»Weil Hanna es so gesagt hat. Vielleicht stimmt's, vielleicht wollte sie mich auch nur beruhigen, weil ich sie immer ermahnt habe, sie solle ihr Geld für schlechte Zeiten sparen.«

Wagner verabschiedete sich mit Handschlag, stieg die Treppe hinunter und trat vor die Tür.

Eine Frau, sie stand auf der gegenüberliegenden Straßenseite und ließ das Haus des Laternenanzünders nicht aus den Augen, kam zu Wagner herüber und fragte unvermittelt: »Wohnt hier eine junge Lehrerin?«

Wagner war so überrascht, dass er zunächst nicht antworten konnte, sondern die Unbekannte von oben bis unten ansah. Sie war mittleren Alters, nach der neuesten Mode gekleidet und trug ein bodenlanges, schmales Kleid, über dem Gesäß mit einer großen Schleife drapiert, wie es derzeit als schicklich galt. Dazu ein kurzes Überjäckchen und ein kleines

Kapotthütchen. Am rechten Arm glänzte eine große, bestickte Handtasche mit vergoldetem Bügel.

»Eine, die im Mädchenlyzeum beim Schloss unterrichtet«, ergänzte sie ihre Frage.

»Bis vor Kurzem wohnte sie hier«, sagte Wagner, ohne nachzudenken, denn die attraktive Erscheinung verwirrte ihn noch immer.

Die Dame ging grußlos weg. Wagner schien es, als sei sie sehr erregt.

❧

Gustav Wagner saß in seiner Kammer auf dem Boden, vom Atelier nur durch eine Tür getrennt. Im Dämmerlicht blätterte er in den gerade erworbenen Schätzen, hielt sie am Rücken, mit den geöffneten Seiten nach unten, und schüttelte sie Band für Band. Ein paar Papierstreifen fielen heraus. Sie hatten vermutlich als Lesezeichen gedient.

Keine Notizen, erst recht kein Brief. Nichts! Keine Spur, der er nachgehen könnte.

Er nahm ein Buch und setzte sich an den Tisch, eine halb volle Teetasse vor sich. Die Petroleumlampe spendete einen Kreis warmen Lichts. Die Fensterläden waren geschlossen. Irgendwo bellte ein Hund, sonst war es still ums Haus.

Es war ein dünnes Bändchen, das sich von den anderen Büchern unterschied. Es war klein und ärmlich, mit unscheinbarem, bräunlichem Einband und strammer Fadenheftung, weshalb die Seiten Falten warfen.

»Pestalozzis sämtliche Schriften. Siebenter Band« stand auf dem Titelblatt. Die nächste Seite war überschrieben: »Meine Nachforschungen über den Gang der Natur in der Entwicklung des Menschengeschlechts.«

Die »Nachforschungen« setzten auf der übernächsten Seite ein: »Herr! Zwei Männer in einem Lande suchten Wahrheit fürs Volk. Der eine Hochgeboren, durchwachte seine Nächte, und opferte seine Tage dem Lande, in dem er herrschte, Gutes zu tun. Er erreichte sein Ziel. Sein Land war durch seine Weisheit gesegnet. Lob und Ehre krönten sein Haupt. Seine Edeln trauten auf ihn. Und das Volk gehorchte ihm. Der andere, ein Müdling, erreichte sein Ziel nicht; jede seiner Bemühungen scheiterte. Er diente seinem Land nicht. Unglück, Leiden und Irrthum bogen sein Haupt.«

»Bla, bla, bla!«

Verstimmt schlug Wagner das Buch zu. »Lauter dummes Zeug!« Die Vorstellung, irgendein Land dieser Erde werde durch die Weisheit seines Herrschers gesegnet, missfiel ihm.

Er fragte sich, was es mit dem hässlichen braunen Bändchen unter all den prachtvollen Schriften auf sich haben könnte.

»Ach so!« Er tippte sich an die Stirn. Hanna war ja Lehrerin gewesen. Pädagogin, wie manche Leute auch sagten.

Und Pestalozzi, fiel ihm ein, galt unter Pädagogen als Säulenheiliger. Die Schule am Bahnhof trug seinen Namen. Den Eingangsflur schmückte sogar ein Porträt Pestalozzis als Kupferstich.

Im Auftrag des zuständigen Pfarrers hatte Wagner letztes Jahr das Lehrerkollegium und das Schulhaus fotografiert und dabei zum ersten Mal den merkwürdigen Namen gehört.

Zur Zeit der Französischen Revolution habe Pestalozzi in der Schweiz gelebt und viele Bücher geschrieben, hatte der Pfarrer ungefragt erklärt und Wagner einen kleinen Vortrag über die Modernisierung des Unterrichts gehalten, die dem berühmten Mann zu verdanken sei.

Das Büchlein war federleicht und unscheinbar, 1821 gedruckt, wie auf der Vorderseite stand, also vor fünfzig Jahren. Der Sprache und der Schreibweise nach musste es viel älter sein. Aber es war sehr gut erhalten, eigentlich wie neu. Auf dem vorderen Innendeckel klebte ein kleines Bildchen, ein Kunstwerk in Miniaturformat, keine originale Bleistift- oder Tuschezeichnung, sondern eine Lithografie. Sie zeigte, schwarz auf weiß gedruckt, die aufgehende Sonne über dem Meer. Oder sollte es die untergehende Sonne darstellen?

Er legte das Buch zur Seite und gähnte. Seit Wochen hatte er sich keinen freien Tag gegönnt. Montags bis samstags bediente er Kunden im Atelier, und sonntags zog er die Fotos auf Karton auf, schnitt Passepartouts und rahmte die Bilder.

Er trank einen Schluck Tee und rieb sich mit den Händen die Augen und das Gesicht wach. Und plötzlich meinte er zu wissen, was das Bildchen ihm sagen wollte: Fräulein Hanna hatte das Buch geschenkt bekommen, wahrscheinlich von jemandem, der solche Aufkleber liebte.

Ach, fiel ihm ein, war da nicht noch so ein Bändchen gewesen?

Es lag neben seinem Stuhl, gleich nach Farbe und Größe. Er bückte sich und schlug es auf.

Tatsächlich! Wieder das kleine Schildchen mit der auf- oder untergehenden Sonne über dem Meer. Der Buchtitel lautete: »Pestalozzis sämtliche Schriften. Achter Band.«

War das Sonnenzeichen nur in diesen beiden Büchern oder in allen anderen auch?

Er kniete sich auf den Boden, schlug Buch um Buch auf und fand in jedem die Sonne und das Meer. Immer an der gleichen Stelle. Auf dem vorderen Innendeckel. Links oben.

Wagners Müdigkeit war wie weggeblasen. Unruhig ging er im Zimmer auf und ab, wie immer, wenn er der Lösung eines Problems auf der Spur war.

»Halt!«

Er blieb wie angewurzelt stehen. »Wenn alle Bücher dasselbe Zeichen tragen und Hanna die kostbaren Bände nicht selbst gekauft hat, dann stammen alle aus derselben Quelle. Also muss es jemand geben, der zu Hanna in Beziehung stand«, murmelte er vor sich hin.

War das ein Freund? Oder ein Gönner? Oder doch ein Verwandter?

Wagner nahm zwei Bücher zur Hand und verglich die Exlibris. Die Bildchen waren identisch, nur die Ränder unterschiedlich. Offensichtlich hatte man die kleinen Lithografien mit der Schere aus einem Druckbogen ausgeschnitten.

Ärgerlich schüttelte er den Kopf. »Was soll das Versteckspiel?«, knurrte er vor sich hin.

War das etwa ein Bilderrätsel? Verbarg sich hinter dem Bild der Name des Besitzers?

Er setzte die Wörter Sonne und Meer zusammen und kam auf den merkwürdigen Ausdruck Sonnenmeer. In umgekehrter Reihenfolge, also Meer und Sonne, ergab sich der kauzige Begriff Meeressonne. Fasste man beide Wörter als ein Symbol auf, dann konnte es Morgensonne oder Abendsonne bedeuten. Dachte man sich die Sonne blutrot über dem türkisblauen Meer, so stellte sich der Gedanke an Abendrot oder Morgenrot ein.

Er öffnete die Schublade unter dem Tisch, entnahm ihr das Adressbuch und durchsuchte es von hinten nach vorn. Ein Sonntag, Richard, Unterleutnant wohnte in der Stadt, auch ein Sonnabend, Herbert, Posamentierer, ein Morgenstern, Joseph, Brunnenmacher, ein Morgenroth, Peter, Spezereiwarenhändler und ein Abendroth, Eugen, Eisenbahnkonducteur.

Enttäuscht, denn er hatte sich irgendeinen Anhaltspunkt erhofft, legte er das Verzeichnis zurück.

Die Müdigkeit war zurück. Wagner gähnte und beschloss, morgen den Gottesdienst zu besuchen und anschließend Pfarrer Finkenberger zu fragen, ob es dem Fräulein Sophie erlaubt sei, in seinem fotografischen Salon ein Buch auszuwählen.

Die Sonne strahlte und wärmte. Aus den Werkstätten drang kein Lärm. Die Vögel zwitscherten, während Gustav Wagner neben der Sakristeitür stand und auf Pfarrer Finkenberger wartete. Er hatte ihn schon oft predigen hören, aber bis gestern nicht gewusst, dass der große, schlanke Mann mit dem ehrlichen Gesicht zugleich dem Lehrerinnenseminar vorstand.

Da war Finkenberger auch schon, eben noch im Talar auf der Kanzel, jetzt im schwarzen Anzug mit schwarzer Weste, weißem Hemd und modischer, schwarzer Krawatte.

»Sie warten auf mich?«, fragte er den jungen Mann.

»Ja!«

Wagner hatte sich zurechtgelegt, wie er beginnen wollte. Doch er schluckte aufgeregt, bis es unvermittelt aus ihm herausbrach: »Ich soll im Auftrag des Laternenanzünders Fräulein Sophie ein Buch geben.«

»Und ich soll es der jungen Dame bringen?«

»Hanna Scheus Bücher sind bei mir, weil ich sie dem Laternenanzünder abgekauft habe. Knapp sechzig Bände. Fräulein Sophie kann sich einen bei mir aussuchen.«

»Gut, ich sag es ihr.« Der Schwarzgekleidete wandte sich zum Gehen.

Wagner, ganz verdattert, hielt ihn mit den Worten auf: »Aber sie darf doch das Seminar gar nicht verlassen.«

Finkenberger lachte. »Das war einmal, verehrter Herr. Wie war doch gleich Ihr Name?«

»Wagner. Gustav Wagner. Fotografischer Salon, hier am Marktplatz.«

»Ach, Sie sind das!« Finkenberger wurde erst jetzt bewusst, wen er vor sich hatte. »Bitte entschuldigen Sie, ich war noch in Gedanken. Mit den Sterbebildchen haben Sie dem alten Mann einen großen Dienst erwiesen. Er hat es mir neulich selbst gesagt.«

Eigentlich sei er Kunstmaler, verriet Wagner, aber seit der Erfindung der Fotografie bevorzugten die Leute originalgetreue Ablichtungen statt gemalter Porträts und Landschaften. Die Leute seien wie die Lemminge. Kopflos stürzen sie sich auf alles, was andere haben, und verschmähten das Alte, auch wenn es besser oder wertvoller war. Darum könnten immer weniger Maler von ihrer Kunst leben.

»Und Sie können es?« Finkenberger beeindruckte die Offenheit des jungen Mannes.

Wagner wusste später nicht mehr, warum er dem wildfremden Mann so tiefe Einblicke in sein persönliches Leben gewährt hatte. Jedenfalls gestand er dem Pfarrer, dass auch seine Lage nach dem Kunststudium verzweifelt gewesen sei, bis ihm sein Onkel Karl, der einen Buchverlag betreibe, ein

Darlehen gegönnt und Aufträge beschafft habe. Von dem Geld habe er die Ausrüstung für ein Fotoatelier gekauft und einen Salon eröffnet. Beim Fotografieren komme ihm seine künstlerische Erfahrung sehr zugute, weil er die Kunden vor handgemalten Kulissen ablichte und so zur Person des Porträtierten eine passende Geschichte erfinde. In letzter Zeit stelle er vor allem Visitenkarten mit Foto her. Daraus habe er das erste Sterbebildchen entwickelt und letzte Woche dafür in Stuttgart ein Patent gegen Nachahmung beantragt.

»Wie? Sie kombinieren Gemaltes und Fotografiertes zu einem Bild?«

»Kommen Sie doch einfach vorbei, Herr Pfarrer.« Wagner zeigte über den Marktplatz. »Dort ist mein Salon. Ich zeige Ihnen, wie ich fotografiere und was die neueste Technik vermag. Ich würde mich freuen.«

»Das ist ja interessant.« Finkenberger war nachdenklich geworden. »Ich überlege nämlich gerade, wie ich mein Seminar bekannter machen könnte.« Er sah Wagner freundlich an. »Meinen Sie, die Fotografie wäre dabei nützlich?«

»Aber ja, Herr Pfarrer. Stellen Sie doch Ihr Institut in einem Journal vor. Mit ein paar Fotos im Text können Sie den Lesern zeigen, wie die angehenden Lehrerinnen leben und lernen. Viele Frauen lesen Journale.«

Finkenberger leuchtete das sofort ein. Er schaute auf seine Taschenuhr. »Ein halbes Stündchen habe ich Zeit. Reicht das?«

Schon auf dem kurzen Weg zum Salon pries Wagner die Vorzüge der modernen Fotografie. Sie habe sich in den letzten Jahren viele Anwendungsgebiete erschlossen. Sogar in einer Meerestiefe bis dreihundert Fuß fertige man inzwischen scharfe Bilder. An einem fälschungssicheren Pass mit Lichtbild werde gearbeitet. In Danzig lege man derzeit ein Verbrecheralbum an. Selbst Fälschungen könne man per Fotografie entlarven, denn die lichtempfindliche fotografische Negativschicht sehe anders als das menschliche Auge und mache Übermalungen bei alten Ölbildern ebenso sichtbar wie nachträgliche Korrekturen bei Handschriften. In ein paar Jahren werde es keine Urkundenfälschungen mehr geben, begeisterte sich der junge Mann.

Im Atelier angekommen, interessierte sich Finkenberger zunächst für die gemalten Hintergründe.

»Nur selten«, erklärte Wagner und schob eine große Wiese herbei, auf der Schafe weideten, »ist der Hintergrund eines Fotos mit den Porträtierten im Einklang. Die gemalte Attrappe dagegen schafft eine Umgebung, die sich jeder selbst wählen und seiner Person sowie seinen Wünschen und Träumen anpassen kann.«

An zwei Haken an der Decke hängte er eine Schaukel ein. »Und jetzt stellen Sie sich bitte vor, auf dieser Schaukel säße eines Ihrer Fräulein und träumte vor sich hin, den Kopf gegen das Seil gelehnt. Zu ihren Füßen lernten ein paar Kolleginnen im Gras.« Er schwang sich auf die Schaukel. »Sie werden mir doch zustimmen, dass ein Artikel mit einem solchen Bild mehr Neugier weckt als ein unbebilderter Text.«

Finkenberger war nachdenklich geworden und fragte viel: Was derlei Fotos kosteten? Ob der Herr Fotograf wisse, welche Journale bebilderte Artikel abdruckten? Ob das seriöse Zeitschriften seien? Wie viel ein solcher Beitrag den Autor koste? Wie lange es dauere, bis ein Manuskript veröffentlicht werde?

Wagner konnte den Pfarrer beruhigen: Für einen Zeitschriftenaufsatz genügten ungerahmte Fotos. Sein Onkel Karl Nägele verlege in Stuttgart das sehr gefragte Journal »Die Sonnenblume«, das monatlich erscheine. Gewiss sei der Onkel bereit, einen Bericht über das Seminar abzudrucken. Das koste den Autor in der Regel nichts, im Gegenteil. Manchmal springe noch ein kleines Honorar heraus.

»Reich werden Sie nicht, verehrter Herr Pfarrer, aber draufzahlen müssen Sie wahrscheinlich auch nicht.«

Gustav Wagner hatte keine Lust, schon wieder im Gasthaus zu Abend zu essen. Darum schnitt er gekochte Kartoffeln vom

Vortag in Scheiben, briet sie in der Pfanne, schlug zwei Eier darüber und legte ein paar Gürkchen dazu.

Während er sein Mahl verspeiste und Bier trank, las er im »Eugensburger Anzeiger«.

Die ganze erste Seite betraf Elsass und Lothringen. Deutschland habe ein historisches Recht auf diese Gebiete, behauptete die Zeitung, weil beide einst zum Deutschen Reich gehörten. Außerdem spreche man dort überwiegend deutsch. Auch würde so das deutsche Staatsgebiet territorial abgerundet, womit die Grenze gegen den Erzfeind im Westen sicherer würde.

Die zweite Seite gab einen langen Brief des Preußenkönigs Wilhelm wörtlich wieder, den dieser am 3. September an seine Frau Auguste gerichtet hatte. Darin beschrieb der Monarch aus seiner Sicht die Entscheidungsschlacht bei Sedan, zitierte aus einem Schreiben des französischen Kaisers Napoleon III. an ihn und schilderte, wie umsichtig General Moltke und Ministerpräsident von Bismarck die Kapitulationsverhandlungen mit den Franzosen geführt hätten.

Auf der dritten Seite war ein Augenzeugenbericht aus den »Daily News« abgedruckt, worin ein Franzose dieselben Vorgänge aus der Perspektive eines geschlagenen Offiziers darstellte. Der Beschuss der Stadt sei so heftig gewesen, dass sich die Leichen in den Straßen türmten. Daraufhin habe die französische Generalität überall in der Stadt eine Proklamation anschlagen lassen, dass keine Munition mehr vorhanden sei und die Armee sich nach Montmédy durchschlagen solle. Doch viele Offiziere hätten sich geweigert, woraufhin die Soldaten ihre Waffen vor der Kapitulation unbrauchbar machten. Überall seien zerbrochene Säbel, Flinten, Pistolen, Lanzen, Helme, Kürasse und Mitrailleusen herumgelegen, und dort, wo die Maas durch die Stadt fließt, habe weggeworfenes militärisches Gerät den Fluss gestaut.

Die weiteren Details interessierten Gustav Wagner nicht. Er streckte sich, räumte Geschirr und Zeitung beiseite und setzte sich im Atelier in die kleine Sitzecke, die der Schreiner am

Nachmittag eingerichtet und mit einem neuen Bücherschrank ausgestattet hatte. Kunden, die unangemeldet kamen und warten mussten, konnten künftig hier ungestört schmökern. Ein Paravent schirmte sie gegen neugierige Blicke ab.

Wagner hockte im Dämmerlicht. Ihm ging durch den Kopf, was er aus der Zeitung erfahren hatte. Zwar begeisterten ihn die militärischen Ereignisse in und um Sedan nicht, aber eines gewissen Hochgefühls konnte auch er sich nicht erwehren. Er glaubte, den Herzschlag einer neuen Zeit zu spüren, denn er ahnte, die alte Sehnsucht nach einem vereinten Deutschland, die ihm seit frühester Jugend in Elternhaus und Schule eingeimpft worden war, könnte endlich gestillt werden, trotz aller Trennungslinien, kultureller Unterschiede und sprachlicher Vielfalt der deutschen Völker von der Nordsee bis zu den Alpen.

Überall herrschte Aufbruchstimmung. Wagner hatte keine Angst vor dem Neuen, wie viele seiner Zeitgenossen. Im Gegenteil, er ließ sich von der Euphorie mitreißen und fischte sich heraus, was ihm nützlich schien. Dass er dabei eine glückliche Hand bewies, schrieb er seinen Fähigkeiten und seiner Weitsicht zu. Er war stolz auf das, was er erreicht hatte.

Bei Licht betrachtet war Gustav Wagner tatsächlich ein gemachter Mann. Dennoch fühlte er eine gewisse Leere in seinem Leben. Wer Tag und Nacht nur Geld scheffelt, so ein Kunde neulich, habe am Ende seines Lebens weder Wertschätzung noch Zuneigung verdient, sondern nur Geld. Dieser lässig hingeworfene Satz verfolgte den viel beschäftigten Fotografen bis in den Schlaf.

Wegen der Arbeitsfülle gönnte er sich kaum Freizeit. Darum nahm er selten am geselligen Leben teil, engagierte sich in keinem Gesang- oder Turnverein und traf bei keiner Veranstaltung Gleichaltrige. Schon gar keine jungen Damen im heiratsfähigen Alter. Es war zum Haare raufen.

Umso mehr hoffte er, eines Tages käme die Richtige zur Tür herein und bliebe für immer. Aber die jungen Dinger, die ihn interessieren könnten, verirrten sich selten in einen fotografischen Salon. Darum hatte ihn die rotblonde Seminaristin so entzückt. Seit sie hier war, ertappte er sich immer öfter bei dem Gedanken, er könnte sie für sich gewinnen.

Sie musste demnächst kommen! Oder hatte Pfarrer Finkenberger zu viel versprochen?

Wie eine Spinne im Netz wollte er auf den glücklichen Augenblick warten und sich dann auf sie stürzen. Eine so kostbare Beute konnte er sich doch nicht entgehen lassen.

Er schleppte die vom Laternenanzünder erworbenen Bücher herbei und sortierte sie in den Schrank. Dann setzte er sich auf den Boden, bestaunte seine Anschaffungen und die gerahmten Fotos, die er aufgehängt hatte: Porträts in allen Größen, schöne Häuser, interessante Gassen. Dazu Einblicke in private Räume, in prachtvolle und armselige Wohnstuben, in protzige Arbeitszimmer. Und drei besondere Fotos. Sie zeigten Hannas Kammer.

Jetzt fehlte nur noch, Wagner seufzte, das beeindruckende Gesicht und die elegante Erscheinung der Rotblonden. Ob sie ihm wohl gestatten würde, einen Abzug vom neulich gefertigten Foto hier aufzuhängen?

Er genoss sein neues Ambiente und stellte sich vor, gleich würde Sophie Rössner hereinstürmen und sich mit ihm an seinen Bildern und Büchern erfreuen.

Schon am nächsten Nachmittag erfüllte sich Wagners Herzenswunsch. Sophie betrat lachend sein Atelier, doch leider nicht allein. Sie hatte ein dralles Mädchen im Schlepptau.

Wagner bediente gerade eine gute, aber anspruchsvolle Kundin. Dennoch unterbrach er kurz, geleitete die zwei Fräulein in seine neue Sitzecke und bat Sophie, Hannas Bücher durchzusehen und sich eines auszusuchen.

Während er eine neue Fotoplatte in seine Kamera einlegte und den Sucher justierte, hörte er die beiden hinterm Paravent flüstern und kichern. Er wollte schier verzwatzeln, doch die

Kundin hielt ihn mit immer neuen Wünschen hin, denen er in jedem Fall entsprechen musste. Denn die Dame und ihr Gatte zählten zu seinen wichtigsten Auftraggebern. Erst nach einer halben Stunde konnte er die Anspruchsvolle zur Tür geleiten und mit einer untertänigen Verbeugung verabschieden.

Kaum war sie draußen, begrüßte er die Rotblonde hinterm Wandschirm. Statt eines allerersten Liebesgeflüsters, wie er es sich vorgestellt hatte, gab er Sophie steif die Hand. Keine Spur von Romantik, wie von ihm erhofft.

»Das ist Erna, meine beste Freundin«, sagte Sophie Rössner. »Sie wird auch Lehrerin.«

»Angenehm«, begrüßte Wagner die Brünette.

Erna Schmid stammte aus einem Dorf auf der Schwäbischen Alb. Ein paar Mädchen im Seminar, sie konnten ihre bösen Zungen nicht im Zaum halten, äfften Erna nach, hänselten sie mit höhnischem Putt! Putt! Putt! und taten so, als würfen sie den Hühnern Futter zu. Darum kümmerte sich Sophie, die sich über solche Bosheiten ärgerte, besonders intensiv um Erna.

»Haben Sie sich schon etwas ausgesucht?«

Sophie zog eine Schnute. »Eigentlich gefallen mir alle.« Sie lachte spitzbübisch.

Wagner blieb vor Schreck der Mund offen.

»Reingelegt«, grinste Sophie verschmitzt.

Die beiden angehenden Lehrerinnen hatten die Zeit gut genutzt und die kostbaren Bücher gesichtet. Dabei hatten sie festgestellt, dass alle auf der hinteren Innenseite Bleistiftvermerke trugen. Zum Beispiel X/69 oder III/70. Sie stammten von Hanna, wie die eigenwillige Schreibweise der Ziffern verriet. Die römischen Zahlen liefen von I bis XII, die arabischen endeten bei 70.

»Vermutlich«, sagte Sophie, »notierte Hanna so, in welchem Monat und Jahr sie die Bücher angeschafft hat. Sie war in solchen Dingen sehr genau.«

Wagner wies darauf hin, dass zwei Bücher aus der Reihe fielen. Beide stammten von Pestalozzi.

»Ja«, sagte Sophie, »das haben wir auch schon bemerkt. Sie tragen die Vermerke VII/70 und VIII/70. Das waren wohl Hannas letzte Erwerbungen. Wahrscheinlich hat sie beide Bände heuer im Juli und August gekauft.«

»Oder geschenkt bekommen«, korrigierte Wagner.

»Oder das«, räumte Sophie ein.

»Aber warum gerade jetzt zwei antiquierte Bücher?« Wagner setzte sich zu den beiden an den Tisch. »Was meinen Sie?«

Sophie zuckte die Schultern, nahm eines der Bändchen in die Hand und gab das andere ihrer Freundin Erna. Beim Durchblättern und Vergleichen erkannten sie schnell, was beide Bücher verband. Der siebte Band begann mit Pestalozzis Nachforschungen über den Gang der Natur in der Entwicklung des Menschengeschlechts. Doch auf Seite zweihundertdreiundsechzig setzte unvermittelt eine andere Abhandlung ein, die den Titel trug: »Über Gesetzgebung und Kindermord.« Der achte Band setzte diesen Aufsatz ohne Inhaltsverzeichnis oder Vorrede fort.

»Kindermord?« Wagner war irritiert. »Geben Sie her!«

Laut las er den Anfang der Abhandlung vor: »Kindermord! – Träum ich oder wach ich? Ist sie möglich, die That? Europa! Was bringt deine Gebährerin zum Mord ihres Kindes? Woher quillt die Verzweiflung im Busen eines Mädchens, das es, o Gott! vor der Stunde des Gebährens erbebt und im Fieber seiner Schmerzen ausstreckt die Hand der Wuth und erwürgt das Kind seiner Schmerzen?! Bei seinen Sinnen tötet ein Mensch sein Fleisch und Blut nicht, und ein Mädchen, das bey seinen Sinnen ist, streckt seine Hand nicht aus gegen sein Kind, und würgt nicht seinen Geborenen am Hals, bis es erblasset. Steck ein das Schwert deiner Henker Europa! Es zerfleischt die Mörderinnen umsonst! Ohne stilles Rasen, ohne innere, verzweifelnde Wuth würgt kein Mädchen sein Kind, und von den Rasenden, Verzweifelnden allen fürchtet keine dein Schwert.«

Sophie war blass geworden.

Erna sagte nachdenklich: »Im achten Band hat Hanna auf Seite zehn etwas an den Rand geschrieben.«

»Lass sehen!« Sophie las den Bleistiftvermerk, studierte eingehend die ganze Seite und meinte kopfschüttelnd: »Hannas Notiz lautet: ›Das ist die Quelle des Übels!‹«

»Auf welche Stelle im Buch bezieht sich der Vermerk?«, wollte Wagner wissen.

Sophie trug laut vor: »Ich will nicht wiederholen, was ich schon gesagt, aber ich glaube, es sey nothwendig, daß die Gesetze Verfügungen treffen, daß jedermann, wer er sey, der ein Mädchen geschwängert und schwanger wisse, und nicht für ihn's dahin Sorge trägt, daß es beruhigt und besorgt kindbetten könne, dafür verantwortlich sey, und nach Umständen für die Folgen seiner Unmenschlichkeit an Ehr und Gut gestraft werden soll.«

Sie schwiegen betroffen.

Endlich zerriss Sophie die Stille, als sie erregt feststellte: »Wenn eine blutverschmiert bei Gericht erscheint, dann klagt man den Schläger an. Aber wenn einer einem Mädchen heimlich Gewalt antut, dann ist immer das Mädchen schuld. Erst recht, wenn er ein angesehener Mann ist.«

»Ich verstehe nicht. Was wollen Sie damit sagen, Fräulein Sophie?«

»Das ist es, was Hanna in den Tod getrieben hat!«

Wagner saß mit offenem Mund da.

»Ich zähle nur eins und eins zusammen!« Sophie sprang erregt auf: »Wir müssen den Schweinehund finden!« Sie war wütend.

Gustav Wagner und Erna hockten verdattert da, während Sophie zornig auf und ab ging.

Erna kaute an ihrer Unterlippe. Schließlich wagte sie zu fragen: »Was bedeutet denn das alles?«

Sophie fuhr herum, eine Zornesfalte über der Nasenwurzel. Dann hielt sie einen Augenblick die Luft an und besann sich: »Hanna war schwanger!«

»Das ist doch nicht möglich.« Erna sah verwirrt zu Sophie auf. »Sie war ja gar nicht verheiratet.«

Wagner grinste verstohlen. Sophie schlug sich an die Stirn, begriff jedoch schnell und sagte leise zu ihrer Freundin:

»Doch, doch, das ist sehr wohl möglich. Ich erklär's dir später.« Sprach's und stürmte weiter durch den Raum.

Nach einer gefühlten Ewigkeit blieb sie vor Wagner stehen und fragte, ob er ihr helfen wolle, den Strolch zu fangen. Und als er nickte, setzte sie sich neben ihn.

Sie schwiegen sich an.

Endlich, Wagner befürchtete schon, Sophie wäre verstummt, wollte sie wissen: »Wie sind Sie überhaupt auf den Gedanken gekommen, Sterbebildchen zu machen?«

Wagner berichtete vom Besuch des Laternenanzünders, verriet aber nicht, dass er Hanna nachgerannt war, aus Sorge, Sophie könnte sein fotografisches Interesse missverstehen. Darum erwähnte er auch den Eintrag im Freud- und Leidbuch nicht. Dafür beschrieb er ausführlich, was es mit den Exlibris auf sich haben könnte. Und er erwähnte die Frau, die ihn vor dem Haus des Laternenanzünders auf Hanna angesprochen hatte.

»Eine Frau?« Sophie wurde nachdenklich. »Hanna hat einmal eine Frau erwähnt, die ihr behilflich gewesen sei. Als ich den Laternenanzünder darauf angesprochen habe, war der alte Mann zunächst ratlos, räumte aber ein, Hanna könnte beschenkt worden sein. Mit einer Handtasche, vielleicht auch mit dem einen oder anderen Buch.«

# *Veränderung*

S ophie war sehr erregt. Sie konnte nicht fassen, was die bisherigen Nachforschungen erbracht hatten: Hanna, Opfer eines Schänders!
Am liebsten wäre sie durch die Stadt gerannt und hätte ihre Wut hinausgeschrien. Alle sollten erfahren, was ihrer Freundin zugestoßen war.

Sophie stammte aus dem hohenlohischen Winterhausen, wo ihr Vater seit rund zwanzig Jahren Schulmeister war, den Gesangverein dirigierte und sich im Heimatbund engagierte, weil er liebte, was andere hochtrabend Heimatkunde nannten: die bekannten Stege und Wege, die vertrauten Speisen, die alten Lieder, die volkstümlichen Traditionen bei Geburt, Taufe, Hochzeit und Begräbnis und vor allem die Volksmedizin mit ihrer Heilkräuterkunde.

Sophie hatte sechs jüngere Geschwister und hieß nach ihrer Patentante Sophie, der ältesten Schwester des Vaters. Von Vater und Mutter, die sich mit Pflanzen beschäftigten und Heilkräuter sammelten, wusste sie, dass auf Schutthalden und an trockenen Wegrändern die Sophienrauke wuchs, eine zähe Pflanze, die allen Widrigkeiten trotzte und grünlich blühte.

»Du bist auch so eine Sophienrauke«, sagte die Mutter oft. Und der Vater ergänzte dann mit einem Lächeln: »Unkraut vergeht nicht. Wart's nur ab. Unsere Sophie beißt sich durch. Sie hat ein großes Herz und einen starken Willen.«

In der Tat, Sophie war energisch und umsichtig zugleich. Das Zaudern und das Zögern lagen ihr nicht. So wie die kalte Sophie als Schutzpatronin die Weinbauern gegen Spätfröste schützte, so fühlte sich die angehende Lehrerin für Menschen in Not verantwortlich. Sie war warmherzig und half überall, wo sie konnte. Ihre Herzensgüte war gepaart mit einem klaren Verstand. Was sie tat, war meist durchdacht.

»Sophie heißt Weisheit«, pflegte ihr Vater stolz zu sagen, wenn seine Tochter schon als Kind beim Abendessen über Gott und die Welt philosophierte.

Und trotzdem, aber vielleicht auch gerade deshalb, konnte sie Ungerechtigkeiten und Demütigungen auf den Tod nicht ausstehen. Das lag in ihrem Naturell. Auch war sie so erzogen worden. Wenn sie hörte, dass Männer ihre Frauen schlugen, rastete sie aus. Wenn sie sah, dass Menschen in Angst und Panik leben mussten, ging sie in die Luft.

Am schlimmsten war es für Sophie, Kinder leiden zu sehen. »Kinder sind auch Menschen«, fauchte sie dann. »Wie kann man ein wehrloses Kind schlagen, es malträtieren? Woher nimmt ein Erwachsener das Recht, einem Kind den eigenen Willen aufzuzwingen, es seelisch zu zerbrechen?«

Und jetzt das! Ausgerechnet Hanna. Irgendwer hatte sie um Ehre und Würde beraubt und ihr jede Aussicht auf eine eigene Zukunft genommen.

Sophie machte sich aber auch selbst schwere Vorwürfe. Hätte sie nicht erkennen müssen, dass neben ihr ein lieber Mensch am Leben verzweifelte?

Noch am selben Abend überlegten Erna und Sophie – Wagner hatte ihr beide Pestalozzis geschenkt –, wie sie den Unhold ausfindig machen könnten. Sie kamen zu keinem Ergebnis. Darum baten sie Pfarrer Finkenberger nach dem freitäglichen Pädagogikunterricht um ein Gespräch.

Der Seminarvorsteher nahm sich viel Zeit und ließ sich ausführlich berichten. Er fragte viel und prüfte die fraglichen Textstellen in beiden Büchern.

Schließlich räumte er nachdenklich ein: »Ich glaube, Sie haben recht. Unsere Hanna ist Opfer eines Lüstlings geworden.«

Dass man ihm wiederholt zugetragen hatte, junge Lehrerinnen litten öfters unter den sexuellen Übergriffen gewis-

senloser Männer, vor allem von Lehrern, manchmal auch
von Pfarrern, verschwieg er lieber. Er wusste, entstünde darüber eine öffentliche Debatte, könnte er sein Seminar gleich
schließen.

Weil auch Finkenberger keine Möglichkeit sah, die Sache
aufzuklären, wollte Sophie wenigstens wissen, woher die Bücher stammten. Sie fragte, ob sie mit Erna die Buchhandlungen der Stadt abklappern dürfe. Der Pfarrer erwog das Für
und Wider und stimmte zu. Kann nicht schaden, überlegte er,
wenn künftige Lehrerinnen frühzeitig lernen, sich durchzu-
fragen und in der Männerwelt zu behaupten.

Am Samstag zogen Sophie und Erna nach dem Mittages-
sen los, in ihren Handtaschen die beiden Pestalozzis und jenes
Bild, das der Laternenanzünder im Fotosalon vorgelegt und
Wagner vervielfältigt hatte.

Buchhändler Fischer empfing sie freundlich. Sein Laden
lag in unmittelbarer Nähe zum Seminar und wurde von vielen angehenden Lehrerinnen besucht. Aufmerksam hörte er
zu, ließ sich das Exlibris zeigen und fragte, um sicherzugehen,
seinen Angestellten, bevor er die jungen Damen mit größtem
Bedauern abschlägig beschied. Das Fräulein auf dem Foto sei
nie hier gewesen. Bücher aus den Jahren 1821 und 1822 habe er
seit Jahren nicht mehr verkauft. Im Übrigen seien Pestalozzis
Werke aus der Mode gekommen.

Anschließend eilten sie zu Wagner und notierten aus dessen Adressbuch die Anschriften aller Buchhandlungen in der
Stadt. Dann trugen sie ihr Anliegen in zwei weiteren Buchlä-
den der Altstadt und des Bahnhofsviertels vor. Dort konnte
man ihnen auch nicht weiterhelfen. Immerhin erfuhren sie,
manche Buchdrucker hätten früher ihre Druckwerke mit Exlibris gekennzeichnet.

Niedergeschlagen kehrten die beiden am Abend ins Seminar zurück und hätten sich nach dem Abendbrot am liebsten
ins Bett verkrochen.

Doch Fräulein Krämer hatte einen großen Übungsabend
für den zweiten Ausbildungskurs angesetzt. Merksätze aus

der deutschen Grammatik mussten abgeschrieben, Textaufgaben gerechnet und Bibelstellen auswendig gelernt werden. Die Aufseherin thronte am Pult und verbat sich jeden Mucks. Um Viertel vor neun klopfte sie mit einem Stöckchen auf den Tisch. Wortlos, so war es bei dieser Lehrerin Pflicht, standen die jungen Damen auf und stimmten das Abendlied an: »Der Tag hat sich geneiget, die Nacht hat sich genaht.«

Jeden Montag legte Pfarrer Finkenberger nach der Frühandacht drei Lieder für die Woche fest. Eines für den Morgen, ein zweites für den Mittag und ein drittes für den Abend. Die ganze Woche hindurch mussten die Seminaristinnen diese Lieder aus dem Gedächtnis hersagen und singen, damit sie sich die Verse einprägten.

Finkenberger tat das nicht aus eigenem Entschluss. Er war dazu verpflichtet.

Die Volksschüler hatten nämlich im Königreich Württemberg nichts zu lachen. Sie mussten, anders als die Lateinschüler und Gymnasiasten, rund tausend Memorierstücke in sieben Schuljahren auswendig lernen, weil die Volksschulen den Kirchen gehörten. Ganz im Gegensatz zu den Lateinschulen und Gymnasien, die staatlich waren. Ursprünglich hatten die Volksschüler dafür acht Jahre Zeit. Aber aus Lehrermangel war die Schulzeit vor ein paar Jahren verkürzt worden. Nicht in den höheren Lehranstalten, nein, nur in den Volksschulen. Vor allem Bibelzitate, Kirchenlieder, Merkverse und Kapitel aus dem Katechismus büffelten die armen Volksschüler. Und was man den Kindern abverlange, müsse erst recht für angehende Lehrerinnen gelten, tönte die oberste Kirchenleitung.

Nach dem Abendsingen ging's schweigend hinunter in den Waschsaal im Erdgeschoss zum Waschen und Zähneputzen, von dort aus stumm ins Dachgeschoss, wo die beiden Schlafsäle lagen.

Schlag neun ertönte ein Gong. Augenblicklich erloschen alle Lampen und Kerzen. Finsternis senkte sich über neunzehn müde Seminaristinnen. Ruhe kehrte im Schafstall ein. Nur die Krämerin schlich durchs Haus wie eine Fallenstellerin in der Wildnis.

❦

Sophie lag im Bett und konnte nicht schlafen. Sie ärgerte sich. Hannas Peiniger lief frei herum, und sie konnte nichts dagegen tun. Das machte sie wütend.

Dazu plagten sie Sorgen. Die Mutter hatte geschrieben, dem Vater gehe es wieder einmal nicht gut. Er leide unter großer Atemnot.

Obendrein hatte sie sich heute über das ständige Verseratschen besonders empört. Das stundenlange Memorieren ekelte sie an. Schon als Schülerin hatte sie sich darüber erregt. Als angehende Lehrerin fand sie es nur noch widerlich, nichtsnutzig und dumm. Pure Zeitverschwendung!

Eigentlich war das Memorieren gar kein Schulfach wie Lesen, Schreiben oder Rechnen, sondern nur eine Methode. Vorsagen und auswendiges Nachplappern! Etwas Gescheiteres war den Schulmännern bisher nicht eingefallen. So konnte man doch Schüler nicht zum Lernen animieren!

Beim bloßen Gedanken, wie man den Kindern mit Hosenspannern, Tatzen und Ohrfeigen die Merkverse und Kirchenlieder eintrichterte, wäre Sophie am liebsten aus dem Bett gesprungen. Für die Schwachbegabten hatten sich die Herren Schulmeister und Bezirksschulinspektoren eine besonders üble Pein ausgedacht. Sophie hatte sie in Hannas Klasse selbst erlebt.

Ein kleines Mädchen, gerade einmal sieben Jahre alt, musste am Tag der Visitation vortreten, dem Schulrat mit untertänigster Verbeugung einen Zettel überreichen und sich vor der ganzen Klasse für sein Unvermögen entschuldigen. Auf dem Zettel hatten Gemeindepfarrer und Schulmeister bescheinigt, dass die Kleine nicht in der Lage war, sich die von der Kirchenleitung geforderten Sprüche zu merken. Der Schulinspektor nahm den Memorierzettel, wie der Fetzen in der Amtssprache hieß, mit entsetztem Blick entgegen, spitz die Miene, die Hände vor der Brust zusammengeschlagen, gerade so, als habe die gerade eingeschulte Erstklässlerin die Pest.

Dass ein derart gedemütigtes Kind jede Freude am Lernen verlor und nie mehr angstfrei in die Schule ging, war den Kinderschändern überhaupt nicht bewusst.

Sophie lag im Bett und kochte vor Wut. Am liebsten hätte sie sich beim Großvater den Ochsenziemer geborgt und die hirnlose Brut selbstgerechter Pädagogen im Kreis herumgefitzt. Dass es auch verantwortungsvolle Menschen wie Pfarrer Finkenberger gab, die sich redlich mühten, die unglaublichen Zustände zu verbessern und den Kindern gerecht zu werden, beruhigte sie allmählich.

Doch kaum war dieser Ärger verklungen, schon schoss der nächste Aufreger durch Sophies Kopf. Wieder wälzte sie sich im Bett.

Morgen war Sonntag. Für sie der schlimmste Tag der Woche. Gottesdienst um neun. Danach Gesangsunterricht bei einem Lehrer aus dem Konservatorium, anschließend Kirchenlieder memorieren, unter Aufsicht der Krämerin. Nach dem Mittagessen eine Ehrenrunde im Lehrsaal, wie die Seminaristinnen spotteten: die Morgenpredigt aus dem Gedächtnis aufschreiben. Am Nachmittag ein zweites Mal in die Kirche. Gut, das konnte Sophie noch verstehen, auch wenn ihr ein Kirchgang genügt hätte. Aber danach die peinlichste Veranstaltung überhaupt: der Gänsemarsch, der obligatorische Spaziergang.

»In Zweierreihen aufstellen!«, kommandierte Fräulein Krämer.

Ganz in Schwarz, große weiße Schleifen im Haar, so marschierten die Seminaristinnen durch die Stadt. Meist blieben die Burschen auf der Straße stehen, gafften und schnitten Grimassen. Die Fräulein fühlten sich wie die Affen im Tierpark und streckten den jungen Männern heimlich die Zunge heraus.

Nach dem Abendessen erneut Lieder und Bibeltexte memorieren, dann das Abendlied singen und zu Bett gehen.

Was blieb da vom Sonntag übrig? Fordert die Bibel etwa nicht, am siebten Tage solle man ruhen?

Sophie wäre nicht Sophie, gäbe sie sich mit dieser jämmerlichen Zurschaustellung zufrieden. Morgen, nahm sie sich vor, gleich morgen wollte sie Pfarrer Finkenberger bitten, er möge den sonntäglichen Schafauftrieb einstellen, zumal den angehenden Lehrerinnen das Herumstolzieren vor gierigen Männeraugen eigentlich verboten sein dürfte.

Endlich, die Uhr der nahen Stiftskirche schlug schon zwei, schlief Sophie ein. Aber es war ein zermürbender Schlaf. Mehrmals schreckte sie hoch. Albträume plagten sie in dieser Nacht.

Vor Müdigkeit rutschte sie am anderen Morgen in der Kirchenbank hin und her. Sie riss die Augen weit auf, aus Angst, sie könnten ihr wieder zufallen. Mit Mühe folgte sie der Sonntagspredigt.

Nach dem Gottesdienst nahm sie alle Kräfte zusammen und sprach Pfarrer Finkenberger an. Er hörte sich ihren Vorschlag, den Gänsemarsch ersatzlos zu streichen, ruhig an. Er werde, versprach er, sich die Sache überlegen. Ein kleiner Lichtblick.

Änderungen verkündete Finkenberger meist am Montag nach der Morgenandacht. Sophie hoffte, er werde ein Wort zum sonntäglichen Ausgang in Zweierreihen sagen. Doch der Pfarrer meinte nur, er überlege sich gerade, den gesamten Wochenplan zu aktualisieren. Anregungen und Wünsche seien willkommen.

Immerhin, dachte sich Sophie. Viele Gedanken wollte sie jetzt nicht darauf verschwenden, denn sie war voller Vorfreude. Gleich, um halb zehn, begann für sie die schönste Lektion der ganzen Woche: ihre Klavierstunde!

98

Sophie spielte gern und gut. Beim Vater hatte sie das Klavierspiel gelernt. Und nun der Einzelunterricht bei einem begnadeten Pianisten. Alle im Seminar schwärmten für ihn. Mitte dreißig war er, schwarzhaarig und sehr charmant. Obwohl die Extrastunde freiwillig war und bezahlt werden musste, wollte keine der jungen Damen darauf verzichten. Der Musiker war aber auch besonders. Dieses virtuose Spiel! Diese gepflegte Erscheinung! Diese sanften Augen! Und als Dreingabe diese Grübchen in den Wangen! Und noch etwas begeisterte seine Schülerinnen: Der Schwarzgelockte ließ nicht nur klassische Werke üben, sondern auch moderne Stücke. Lieder zum Mitsingen, Unterhaltsames zur Teestunde und Walzer. Wiener Walzer! Vor allem die von Joseph Lanner und Johann Strauß, zu denen man trefflich tanzen konnte.

Am Dienstagabend genoss Sophie noch so eine wohlige Lektion im sonst tristen Alltag. Die Violinstunde! Diesmal keine Augenweide für männermordende junge Damen, aber eine wertvolle Lektion für Ohren und Hände. Erteilt wurde sie von einem Grauhaarigen, der im Ruhestand lebte und früher am Konservatorium gelehrt hatte. Er kannte viele Kniffe, die das Saitenspiel verbesserten. Und er war ein geduldiger Zuhörer und genauer Beobachter. Er hatte ein Gespür für junge Menschen. An der Mimik und Gestik seiner Schützlinge las er ihre Gefühle ab. In wenigen Worten spendete er nebenher Trost, meist in Nebensätzen versteckt, oder gab einen Hinweis, was zu tun sei. Keine seiner Schülerinnen wollte ihn enttäuschen. Jede übte mehr als üblich und belohnte sich am Ende selbst. Augenblicke des Glücks beim Musizieren.

Für den Mittwochnachmittag erbaten sich Sophie und Erna wieder Ausgang. Die Pestalozzibücher in der Handtasche stürmten sie aus dem Seminar.

Es goss in Strömen. Sie rannten zurück ins Haus, sausten ins Dachgeschoss hinauf, liehen sich von Freundinnen zwei Schirme und machten sich erneut auf den Weg.

Nicht weit vom Haus des Laternenanzünders lag in der Turmgasse die Buchhandlung Waffenschmied. Der junge Mann

hinter der Ladenkasse sah verlegen zur Seite, als die beiden
Fräulein durchfeuchtet zur Tür hereinkamen und sich schüttelten wie nasse Katzen. Als Sophie ihn auf Hanna ansprach,
zuckte er die Schultern und hieß sie einen Moment warten.

Nach ein paar Minuten kam der alte Waffenschmied durch
eine Schiebetür in seinen Laden. Mit schief gelegtem Kopf
fragte er die beiden nach ihren Wünschen und sah sie über
den Rand seiner Brille an.

»Warum wollen Sie das wissen?« Er wirkte distanziert.

Sophie ging auf die Frage nicht ein, sondern zeigte die beiden Bücher vor. »Sind die bei Ihnen gekauft worden?«

»Ich weiß es nicht.«

»Hanna Scheu ist tot.« Sophie legte das Sterbebildchen auf
den Tisch.

Der Buchhändler nahm es in die Hand und sah es lange
an.

Währenddessen betrachtete Sophie den distanzierten
Herrn, bis sie sich ganz sicher war: Sie hatte ihn bei Hannas
Beerdigung gesehen. Warum tat er jetzt so, grübelte sie, als
kenne er die Tote nicht? Was verschwieg er?

»Wie sind Sie an die Bücher gekommen?«, fragte Waffenschmied und kaute auf seiner Unterlippe.

Sophie berichtete wahrheitsgemäß.

Nachdenklich sah er die Besucherinnen an. Schließlich
sagte er: »Ich kann Ihnen leider nicht weiterhelfen.«

Am Donnerstag war Sophie etwas erkältet und schniefte.
Doch am Freitag strahlte sie schon wieder, denn Pfarrer Finkenberger teilte in der Pädagogikstunde mit, der Ausmarsch
am Sonntagnachmittag sei ersatzlos gestrichen. Jede Seminaristin könne nach dem zweiten Gottesdienst tun und lassen,
was sie möchte.

Ja, bestätigte er auf Nachfrage, man dürfe auch das Seminar verlassen. Allein, zu zweit oder in Gruppen. Hauptsache,
man sei bis zum Abendbrot wieder im Haus. Und damit genug
Zeit für Persönliches bleibe, werde das Abendbrot am Sonntag
von sechs auf sieben Uhr verschoben.

Ja, versicherte er, das gelte ab sofort.

Sophie schüttelte Finkenberger die Hand und bedankte sich überschwänglich.

❦

In der darauffolgenden Woche war Oberkirchenrat Ocker erneut zu Besuch. Dieses Mal angemeldet. Den ganzen Tag lang konferierte er mit Pfarrer Finkenberger über notwendige Veränderungen am Seminar.

Zunächst berichtete er über das Aktuellste aus der Landespolitik. König Karl habe sein Kabinett umgebildet und Hermann Mittnacht, den bisherigen Justizminister, zum Präsidenten des Geheimen Rats und Vorsitzenden im Ministerrat bestimmt. Neuer Kultusminister sei Theodor von Geßler, der weithin bekannte und vielseitig gebildete Rechtsprofessor und Kanzler der Universität Tübingen, ein studierter Theologe, Philosoph und Jurist.

Bei Geßler habe letzte Woche eine Besprechung über die Reform der Lehrerbildung stattgefunden, informierte Ocker seinen Freund. »Adalbert, du kannst dir nicht vorstellen, welch frischer Wind jetzt durchs Kultusministerium weht. Wir haben mit dem Minister die aktuellen Zahlen über den Lehrerbedarf erörtert. Verheerend, was da auf uns zukommt!«

Finkenberger lachte. »Ich lese seit Jahren die ›Württembergischen Jahrbücher‹. Sie veröffentlichen regelmäßig die neueste Schulstatistik. Wenn man die aufmerksam studiert, dann weiß man das längst.«

Ocker staunte nicht schlecht, glaubte er doch, er habe Neuigkeiten verkündet.

»Hast du vergessen, Georg, dass ich eines der drei württembergischen Lehrerseminare leite?«

Und dann rechnete Finkenberger vor: Die Seminare Esslingen und Gmünd zusammen bildeten jährlich fünfzig Volksschullehrer aus und das Lehrerinnenseminar in Eugensburg weitere neunzehn Fräulein. Allerdings wollten acht bis zehn nicht in den öffentlichen Schuldienst, sondern nähmen eine besser bezahlte Stelle als Gouvernante oder Hauslehrerin an. Somit könne das Kultusministerium jährlich maximal sechzig junge Leute neu einstellen. Rechne man jedoch dagegen, dass sechzig Schulmeister im Jahr altersbedingt den Dienst quittierten, zehn weitere vor der Zurruhesetzung stürben und noch einmal zehn den Dienst quittierten, weil sie im Schulalltag verzweifelten, dann vergrößere sich der schon seit zehn Jahren herrschende Lehrermangel jährlich um weitere zwanzig Lehrer. Wenn man nicht dreißig bis vierzig Lehrer pro Jahr zusätzlich einstelle, könne man in der Schule mit den rasch steigenden Geburtenzahlen nicht mehr Schritt halten. Also sei wohl klar, dass chaotische Schulverhältnisse bevorstünden.

Ocker konnte nicht umhin, die Berechnungen seines Freundes zu bestätigen.

»Wenn wir erträgliche Bedingungen in den Schulen wollen«, bilanzierte Finkenberger seine Überlegungen, ,»müssen wir jährlich mindestens hundert Junglehrer ausbilden. Männer und Frauen zusammengerechnet. Höchstwahrscheinlich sogar mehr. Die Regierung hat schon die Schulzeit verkürzt. Selbst in der schrecklichen Zeit der napoleonischen Kriege gingen die Kinder acht Jahre in die Schule. Nun steht unser Land wirtschaftlich und finanziell viel besser da als damals, und doch schicken wir unsere Kinder nur noch sieben Jahre in die Schule. Eine Schande ist das!«

»Beruhige dich, Adalbert.«

»Ich bin ganz ruhig, auch wenn mir diese verfehlte Schulpolitik sauer aufstößt.«

»Verfehlt?« Ocker runzelte die Stirn. »Übertreibst du nicht ein bisschen, mein Lieber?«

»Die Schwaben mucken nicht so schnell auf, denken sich die hohen Herren. Aber wart's nur ab. Wenn die Schulzeit um ein weiteres Jahr verkürzt werden sollte, dann kocht die Volksseele über. Wir brauchen nicht so viele Soldaten, empören sich schon viele Leute, sondern klügere Bauern und Handwerker.«

Ocker versuchte zu besänftigen. »Du hast ja recht. Wir müssten jährlich mindestens hundert neue Lehrkräfte einstellen. Aber wir haben sie nicht.«

»Die Einsicht kommt reichlich spät. Und wann lasst ihr Taten folgen?«

»Geßler will zwei weitere Männerseminare gründen. Außerdem will er dein Seminar rasch vergrößern.«

»Gern. Aber dann brauche ich mehr Platz und zusätzliches Personal.«

»Der Minister hat bereits den Auftrag erteilt, geeignete Räume zu suchen. Am besten Gebäude, die schon dem Land gehören, hat er gesagt. Leer stehende Schlösser und ehemalige Klöster zum Beispiel.«

»Hat der Herr Minister auch eine Idee, wie wir genügend Interessentinnen für den Lehrberuf finden?«

»Vielleicht sind deine Aufnahmeprüfungen zu schwer, Adalbert.«

»Pah!« Finkenberger winkte ärgerlich ab. »Die wenigen, die sich zurzeit für den Beruf der Lehrerin interessieren, sind qualifiziert und motiviert. Das sind lauter Idealistinnen.«

»Woran liegt es dann?«

»Die Arbeitsbedingungen für die Lehrerinnen sind miserabel. Außerdem scheint niemand zu wissen, dass es dieses Seminar überhaupt gibt.«

»Dann inseriere doch!«

Finkenberger lachte. »Wenn ich in den Zeitungen zwischen Schuhwichse, Seife und Zahncreme für den Beruf der Lehrerin werben würde, möchte ich die schrägen Kommentare lieber nicht hören.«

»Lösungen sind gefragt, Adalbert, keine Nörgeleien. Also, was schlägst du vor?«

»Artikel in Journalen und Magazinen. Die werden vor allem von Müttern gelesen. Am besten Berichte mit Fotos, wie die Fräulein im Seminar leben und lernen.«

»Glänzende Idee! Warum zögerst du?«

Finkenberger wollte etwas erwidern, doch Ocker schnitt ihm das Wort ab. »Wenn du schon Fotos von deinem Seminar machen lässt, dann solltest du deine Fräulein auch beim Turnen ablichten lassen.«

»Beim Turnen?« Finkenberger stockte der Atem. »Ich glaube, ich höre nicht recht!«

»Ja, Mädchenturnen! Nicht diese vormilitärischen Übungen wie bei Turnvater Jahn. Vielmehr die in Hessen bereits erprobte Körperertüchtigung für junge Frauen. Mit Lauf-, Sprung- und Tanzübungen lassen sich Haltungsfehler korrigieren. Wusstest du das nicht?«

Finkenberger starrte seinen Freund mit offenem Mund an. »Aber das ist doch …«

»Die jungen Dinger«, fuhr Ocker unbeirrt fort, »werden oft zum stundenlangen Stillsitzen verdammt. Sie sind nicht selten blutarm und wegen der neuesten Mode auch noch in Korsetts gezwängt. Beim Turnen könnten die Mädchen lernen, sich anmutig zu bewegen und ihre weiblichen Kräfte zu festigen.«

»Aber das habe doch ich selbst vor drei Jahren …«

Ocker lachte. »Ja, lieber Adalbert, das sind deine Worte. Ich habe deinen damaligen Antrag eingehend studiert.«

»Und jetzt wird er genehmigt? Nach drei Jahren?«

»Ja! Freu dich doch!«

»Wieso gerade jetzt?«

»Weil der neue Kriegsminister Suckow es so will.«

»Lass mich raten, Georg: Der Herr Minister wünscht viele stramme Buben, die er fürs Militär munitionieren kann.«

Dass er sein Seminar ausbauen und Turnunterricht einführen sollte, behagte Finkenberger. Ihm missfiel jedoch die Begründung, denn er spürte eine dumpfe Verachtung für seine Schützlinge heraus. »Auch die idealistischste Lehrerin«, fauchte er, »braucht Luft zum Atmen und Geld zum Leben.«

Ocker grinste. Ihm gefiel, wie sich sein Freund, der schon in den Revolutionsjahren 1848 und 1849 als politischer Heißsporn gegolten hatte, für seine Lehrerinnen ins Zeug legte.

Finkenberger brachte das in Rage. »Mit Hungerlöhnen und liederlichen Unterkünften in den Schulhäusern werden wir niemals genug Mädchen finden, die sich zur Lehrerin ausbilden lassen. Hast du dir schon einmal so einen Verschlag unterm Schulhausdach angeschaut?«

Ocker sagte nichts, denn Finkenberger spuckte Gift und Galle. »Einen solchen Stall, mein lieber Georg, kann man keinem Menschen zumuten! Als Christ gleich gar nicht.«

Ocker schwieg betroffen.

»Und dann diese selbstherrlichen Schulmeister! Kapier doch endlich, Georg! Solange man die Lehrerinnen demütigt und erniedrigt, wird das nichts mit dem Lehrberuf für Frauen.«

»Komm, hör auf, Adalbert!« Ocker wurde ärgerlich. »Die gebildeten Fräulein sind doch froh, dass sie überhaupt einen Beruf erlernen dürfen! Was sollen sie denn sonst tun?« Er hatte laut gesprochen, jetzt mäßigte er sich. »Bleibt ihnen wohl gar nichts anderes übrig! Außer heiraten, in der Fabrik schuften, sich als Dienstmädchen verdingen oder Erzieherin werden!«

»Nein, zynisch bist du nicht, Georg!«

Ocker wies seinen alten Studienfreund zurecht. »Vor zwanzig Jahren hast du schon einmal den Revolutionär gespielt und unseren Staat, die Kirchen und die Schulen umkrempeln wollen. Wie das geendet hat, muss ich dir nicht unter die Nase reiben. Sei froh, dass du damals ungeschoren davongekommen bist.«

Finkenberger schluckte schwer, beharrte aber auf seinem Standpunkt. »Jeden Tag Manöver, Paraden, Marschmusik! Marschieren, marschieren, marschieren!« Verbittert fügte er hinzu: »Und die Schulen krepieren, weil man das ganze Geld für neue Paradeuniformen verpulvert.«

Er hatte sich in Zorn geredet. »Schamlos, diese Argumentation! Lehrerinnen bräuchten kein Geld, weil sie keine Familie ernähren müssten. Dabei ist es genau umgekehrt. Man schreibt ihnen vor, dass sie gefälligst ledig zu bleiben haben. Und dann leitet man daraus ab, sie könnten ganz gut ohne angemessenes Entgelt, ohne Aussicht auf Beförderung und ohne sicheres Einkommen im Alter auskommen.«

Ocker winkte ab.

Finkenberger blieb hart: »Kein Hirngespinst, mein Lieber!«

Ocker wollte sich nicht länger mit seinem Freund streiten. Doch Finkenberger beharrte darauf, dass Lehrerinnen keinen Deut schlechter unterrichteten als Lehrer. Er könne das besser beurteilen als andere, schließlich habe er vor der Gründung des hiesigen Seminars Männer für den Lehrberuf ausgebildet und dann ein Jahr lang in Preußen auch Frauen. Wenn man am Lehrerinnenzölibat und an der miesen Bezahlung der Frauen im Schuldienst festhalte, prophezeite er, werde sich das noch bitter rächen.

Ocker beendete den Disput und kündigte an, Brettschneider werde bald an ein anderes Seminar versetzt. Er habe auch schon einen Ersatz im Auge, einen erfahrenen und klugen Pädagogen, der Feingefühl besitze und jungen Frauen mit Respekt begegne. »Du wirst zufrieden sein, Adalbert.«

»Danke, Georg. Wenn du mich auch noch von der Krämer befreist, bin ich dir auf ewig dankbar. Sie hat so viel Gespür fürs Miteinander wie ein heißes Bügeleisen.«

❧

In der nächsten Schulkundestunde warb Finkenberger fürs Mädchenturnen. Er erzählte seinen Zuhörerinnen von den ersten Versuchen in diesem neuen Schulfach.

In Dresden bestehe schon seit dreißig Jahren eine Turnlehrerbildungsanstalt. Dort würden auch Lehrer für weibliches Turnen ausgebildet, damit Mädchen nicht zu schwächlichen Hausfrauen, verstimmten Gattinnen und kränklichen Müttern verkümmerten. Regelmäßiges Turnen könne Gemütskrankheiten verhüten. Das weibliche Turnen fördere Anmut, Sanftheit und Sittsamkeit und wolle nicht den muskelbepackten, stählernen Körper wie beim Männerturnen.

Die jungen Damen hörten aufmerksam zu.

»Was lernt man denn im Turnen?«

Nicht Exerzierübungen zur Wehrertüchtigung, antwortete Finkenberger, nicht Kraft und Kunst an Reck, Barren und
Pferd, sondern anmutiges Laufen, Springen und Werfen.

»Ist das alles?«

Man dürfe auf dem Schwebebaum balancieren, mit dem
Ball spielen, durchs Schwingseil hüpfen und nach der Musik
tanzen. Auch Turnspiele wie Plumpsack, Katz und Maus, Fang
schon, Gänsedieb und Wanderball seien vorgesehen. Einfach
alles, was Schulmädchen liebten und zum weiblichen Wesen
passe, attraktiv sei und kräftigend wirke.

»Was muss ich fürs Turnen anziehen?«, fragte Sophie.

»Keinen kurzen Rock! Auch keine Pluderhosen!« Finkenberger zwinkerte Sophie zu. »Pöbeleien wollen wir von Anfang an unterbinden.«

Eigentlich spräche viel für Hosen, gestand er. Doch er
stelle sich vor, dass in seinem Institut zunächst in langen,
bequemen Kleidern oder Röcken geturnt wird, bis die Bevölkerung turnfreundlichere Bekleidung akzeptiere. Das
landläufige Vorurteil, Mädchenturnen gefährde die Sittlich-
keit, wolle er mit zu leichter Bekleidung nicht auch noch
nähren.

Erna plagte etwas ganz anderes: »Wer erteilt den Unterricht, Herr Pfarrer?«

Eine Zuhörerin in der hinteren Reihe kam dem Seminarleiter mit dem Zwischenruf zuvor: »Hoffentlich nicht die
Krämer!«

Laute Zustimmung von allen Seiten.

Hätte Finkenberger nicht gewusst, was seine Schützlinge
bewegte, spätestens jetzt wäre ihm aufgegangen, wie verhasst
die Kollegin war.

Er lächelte fein. Nein, Fräulein Krämer werde nicht den
Turnunterricht erteilen. Auch keinem Turnlehrer vertraue er
die Aufgabe an, denn er wolle den neuen Unterricht nicht ins
Gerede bringen. Er kenne eine sehr angesehene Geschäftsfrau.

Die habe in Mannheim das Turnen gelernt und sei hier verheiratet. Diese Dame, er habe schon mit ihr gesprochen, brenne darauf, eine kleine Gruppe ins Turnen einzuführen. Auch bei der Beschaffung der Turnkleidung wolle sie behilflich sein.

Die jungen Damen waren begeistert. Alle wollten mitmachen. Doch der Seminarleiter bremste die Euphorie mit dem Hinweis, das Turnen müsse in der Zeit stattfinden, die seit Kurzem für den Ausgang freigehalten werde. Der Stundenplan sei überfüllt und lasse bis auf Weiteres keine andere Lösung zu.

Bis übermorgen, entschied Finkenberger, könne man sich die Teilnahme überlegen. Dann werde er festlegen, wer teilnehmen darf, sofern das Interesse immer noch zu groß sei.

Am Mittwochnachmittag gegen vier Uhr saßen acht Seminaristinnen im Lehrsaal und schnatterten aufgeregt durcheinander. Die Tür ging auf. Pfarrer Finkenberger trat ein, in seiner Begleitung eine vornehm gekleidete Dame.

Er stellte sie als Frau Neumann vor, die neue Turnlehrerin. Ihrem Mann gehöre die Rats-Apotheke am Marktplatz.

Frau Neumann berichtete, wie sie in Mannheim zum Turnen gekommen sei und was sie dort gelernt habe. Bis heute turne sie täglich zuhause. Zuweilen belege sie Kurse am Stuttgarter Turninstitut und lerne neue Übungen hinzu.

Frau Neumann sprach sich für eine einheitliche Turnkleidung aus, die gesund, praktisch und bequem sein müsse. Kein Kleidungsstück dürfe reiben oder die Blutzirkulation einschnüren. Statt Strumpfbänder, die fürs Turnen meist zu straff säßen, nähe man am besten Knöpfe ans Leibchen, an denen man die Strumpfhalter befestigen könne. Abgerundete Schuhe seien von Vorteil, weil darin die Zehen nicht zusammengedrückt würden. Die Röcke dürften weder eng noch bodenlang sein, denn beim Turnen müsse man die eigenen Füße sehen können.

Die Mädchen machten lange Gesichter. Solche Kleidung hätten sie nicht.

Wilhelmine Neumann lachte und empfahl, die Turnkleider selbst zu nähen. Das habe sie auch gemacht.

Finkenberger schlug vor, übergangsweise im Seminarkleid zu turnen. Er lasse umgehend leichten schwarzen Baumwollstoff besorgen.

»Ein Turnkleid ist schnell genäht«, tröstete Frau Neumann, als Unruhe unter den Seminaristinnen entstand. »Ich helfe Ihnen. Das geht ruck, zuck!«

Ungläubige Gesichter in den Bänken.

»Kinderleicht ist das«, beruhigte die angehende Turnlehrerin mit erhobenen Händen. »Das Turnkleid ist eigentlich eine schwarze Kittelschürze und besteht aus zwei Bahnen, einem Rücken- und einem Vorderteil. Der Saum schwingt etwa zwei Handbreit über dem Boden. Schnittmuster bringe ich mit. Der breite Gürtel aus demselben Stoff wird vorn zu einer Schleife gebunden. Knöpfe ans Leibchen nähen, fertig ist die Sportkleidung!«

Und dann führte Frau Neumann die acht Mutigen zur ersten Turnübung hinunter in den Hof hinterm Haus.

»Sehr wichtig ist, meine Damen«, instruierte Frau Neumann, »wie Sie als Turnlehrerin rasch Ordnung schaffen. Bei den jungen Männern pfeift der Lehrer und schreit: Antreten! Dann stellen sich die Turner so schnell wie möglich in Reih und Glied der Größe nach auf. Die kleinsten vorn, die größten hinten.«

Frau Neumann winkte mit beiden Händen ab. »Mir ist das viel zu militärisch. Ich rufe zu Beginn der Stunde: Aufstellen! Sie suchen sich ein Plätzchen, breiten die Arme aus und drehen sich einmal im Kreis. Dann wissen Sie, dass Sie keine andere Turnerin stören.«

Die acht jungen Damen strahlten ihre neue Lehrerin an. Der Ton stimmte, war nicht bissig und gehässig wie beim Brettschneider und bei der Krämerin. Die Atmosphäre war angenehm und entspannt. Vor allem schien Frau Neumann fachlich beschlagen zu sein. Die Schülerinnen vertrauten ihr.

»Aufstellen!«

Die Arme kreisten, das Turnen konnte beginnen.

»Rumpf vorwärtsbeugen und strecken.«

Frau Neumann machte es vor, acht folgsame Anfängerinnen übten und merkten nicht, dass der Seminarleiter im ersten Stock hinter dem Vorhang stand und sich zu seiner neuen Turnlehrerin gratulierte.

Die Lehrerin klatschte in die Hände. »Danke! Gut gemacht. Eine neue Übung. Ich turne sie vor.«

Sie streckte beide Arme vor und hüpfte viermal vorwärts. Dann streckte sie die Arme aufwärts und hüpfte viermal rückwärts. Sie winkelte die Arme nach links ab und machte vier Hüpfer nach links. Schließlich Armstrecken nach rechts mit vier Hüpfern nach rechts.

»So, meine Damen, jetzt sind Sie dran. Achten Sie bitte auf schnelles Armstrecken und weites Hüpfen.«

Sophie grinste die neben ihr hüpfende Erna an. So viel Spaß hatte sie im Unterricht schon lange nicht gehabt.

Frau Neumann schaute ein Weilchen zu und korrigierte ab und an, was ihr missfiel.

»Halt! Solange Sie verschnaufen, führe ich Ihnen die nächste Übung fünfmal vor.«

Sie erklärte das Rumpfbeugen und die Vorschrittstellung und turnte alles vor.

»Achtung, es geht los! Bitte Rumpfbeugen in Vorschrittstellung links und rechts im Wechsel!«

Diesmal zählte Frau Neumann gleichmäßig mit. So unterstützte sie das Üben im Takt.

Dann stolzierten die Turnerinnen über den Hof, stampften bei jedem vierten Schritt, übten den Zehen- und Fersengang, taten, als stiegen sie einen steilen Berg hinauf, stelzten wie die Reiher im knietiefen Wasser und hüpften in der Hocke wie die Frösche.

Nach wenigen Minuten lehnten sie hechelnd an der Hauswand. Das Hüpfen ging über ihre Kräfte.

Kurze Verschnaufpause.

»Fangball, meine Damen!«

Frau Neumann erklärte das Spiel.

Mit hochroten Gesichtern rannten die jungen Damen wild umher und quietschten vor Vergnügen, wenn der Ball im Gemüsebeet landete.

Ein Fenster im ersten Stock öffnete sich. »Bitte alle in die Küche kommen!« Finkenberger winkte. »Ich habe eine Überraschung für Sie.«

Er hatte eine gekühlte Zitronenlimonade zubereiten lassen. Sie schmeckte den erhitzten Turnerinnen vorzüglich. Und er hatte Bälle, Ringe und Hüpfseile besorgt, die er nun Frau Neumann im Kreise ihrer Schülerinnen feierlich überreichte.

An einem Samstagnachmittag, es war ein goldener Oktobertag, veranstaltete der Turnverein ein Fest auf dem Exerzierplatz am Bahnhof. Freier Eintritt für jedermann, so stand es in der Zeitung. Allerdings wurden die wichtigsten Persönlichkeiten der Stadt per Post eingeladen und dezent darauf hingewiesen, dass die Veranstaltung ein vaterländisches Ereignis sei, das man eigentlich besuchen sollte, würdige man doch bei der Gelegenheit den jüngsten Sieg über die Franzosen.

Also strömten die Massen gegen halb drei hinaus zum großen Übungsgelände. Viele Zuschauer mussten stehen, andere hatten sich einen Platz auf der Tribüne ergattert. Dort waren Bänke und Tische aufgeschlagen, damit der Kriegerverein mit Kaffee und Kuchen bewirten konnte. Der Erlös sollte den heimkehrenden Veteranen der Sedanschlacht zugutekommen.

Pfarrer Finkenberger hatte für sich und seine acht Turnerinnen einen Tisch reservieren lassen. Er wollte sie in lockerer Runde fragen, ob sie sich in Wagners fotografischem Salon ablichten lassen würden. Eine heikle Sache, denn keine war großjährig, wie es im Amtsdeutsch hieß. Zudem sollten die Fotos veröffentlicht werden. Also hoffte er, durch geschicktes Fragen herauszufinden, welche Eltern der Abbildung ihrer Tochter in einer Zeitschrift widersprechen, welche zustimmen würden.

Sophie schaute hinunter auf den Platz und bewunderte den Parcours aus Barren, Reck, Turnpferden, Leitern, Kletterstangen, Böcken und schwingenden Ringen. Davor zeichnete sich ein Karree ab, ausgelegt mit Sägespänen.

Sie stieß die neben ihr sitzende Erna an: »Weißt du, wozu das Spänequadrat gut sein soll?«

Erna drehte sich kurz um und zuckte die Achseln. Dann schäkerte sie weiter mit einem jungen Mann.

Sophie musterte verstohlen den Fremden an Ernas Seite. War das nicht …? Sie blinzelte in die Sonne und inspizierte ihn ein zweites Mal. Nein, nicht möglich. Noch ein prüfender Blick. Tatsächlich, der Verlegene aus der Buchhandlung in der Turmgasse nahm Erna in Beschlag. Und die genoss das auch noch.

»Pass nur auf«, flüsterte Sophie ihrer Freundin ins Ohr, »dass er sich vor dir nicht in den Staub schmeißt.«

Erna lachte schallend und kniff ihr in den Arm.

Von unten schmetterte Marschmusik. Eine Militärkapelle marschierte auf den Platz. Turner in Viererreihen folgten ihr im Stechschritt, alle in langen weißen Hosen und kurzen weißen Trikothemden.

Die Musik verklang. Ein gellender Pfiff, und die Weißen stellten sich auf dem Karree der Größe nach in Turnriegen auf. Jetzt wusste Sophie, wozu das Spänequadrat diente. Es war wohl ein weicher, federnder Turnboden auf dem sich trefflich laufen, springen und hüpfen ließ. Könnte man so nicht an jeder Schule einen kleinen Sportplatz herrichten? Sie nahm sich vor, die Idee später an ihrer Schule zu verwirklichen.

Die Weißgekleideten mit ihren martialischen Schnauz- und Vollbärten zogen die Zuschauer in ihren Bann, wie sie da Befehl um Befehl ausführten und synchron turnten. Sophie dagegen sah das Schauspiel distanzierter und fragte sich: Warum die vielen Pfiffe und Kommandos? Warum die zackigen, steifen Bewegungen ohne jede Geschmeidigkeit? Warum Gymnastik ausgerechnet auf einem Exerzierplatz? Warum Marsch- und nicht Tanzmusik? Warum überhaupt das ganze kriegerische Gehabe?

Die kritische Einstellung hatte sich Sophie von Frau Neumann abgeschaut, die ihr in erstaunlich kurzer Zeit zur Mentorin geworden war.

Und das kam so: Frau Neumann lud ihre Schülerinnen regelmäßig zu sich nach Hause ein. Im ersten Stock über der Ratsapotheke empfing sie die acht mit einer solchen Wärme, dass ihr die Herzen der jungen Damen in Windeseile zuflogen. Sie spielte sich nicht als Lehrerin auf, korrigierte nicht, tadelte nichts. Sie hörte einfach zu und gab ihnen das Gefühl, sie seien ihre besten Freundinnen und jederzeit in ihrem Haus willkommen.

Sophie schwärmte noch von etwas anderem: von Frau Neumanns Wohnung. Dabei stand dort kein ungewöhnliches Mobiliar, protzte der Haushalt nicht mit kostbarer Ausstattung. Gewiss, das weiß gekachelte Bad machte großen Eindruck. Nein, es war vielmehr die Atmosphäre von Freiheit, die Frau Neumanns Arbeitszimmer ausstrahlte. Ein eigener Kosmos, eingerichtet fürs Denken, Schreiben, Malen, Handarbeiten und Musizieren. Modezeichnungen zierten die Wände. Frauenzeitschriften stapelten sich auf und neben dem Schreibtisch. Ein weicher Teppich lag vor dem Fenster. Der sei fürs Turnen, sagte Frau Neumann. Im Regal lockten die Bücher von Fanny Lewald und Louise Otto-Peters, dazu einige von Annette von Droste-Hülshoff und alle bisher erschienenen Werke von Marlitt, von der Sophie ja schon den »Blaubart« gelesen hatte. Marlitt sei kein Mann, sondern eine Frau, verriet Frau Neumann mit Kennermiene. Sophie war sehr überrascht.

»Dieses Zimmer«, erklärte Frau Neumann, »ist mein Rückzugsort fürs Kreative. Hier schöpfe ich Kraft.«

Sie genoss die Bewunderung, die Sophie für sie hegte, und brachte ihr, von der Krämerin unbemerkt, jede Woche ein Buch und ein Frauenjournal zu den Turnstunden mit. Dass sich dahinter ein wohlüberlegtes Programm verbarg, das Sophie die Augen für die Nöte der Frauen öffnen sollte, ging Sophie erst Jahre später auf. Fürs Erste wollte sie wie Frau Neumann sein, wie sie leben und wohnen.

Sophie saß also auf der Tribüne und beäugte kritisch das Spektakel auf dem Exerzierplatz. Es wirkte auf sie eher komisch. Sie kicherte in sich hinein.

Wären nicht genau jetzt Kaffee und Kuchen serviert worden, von Finkenberger bestellt und bezahlt, hätte sie losgeprustet.

Erna schnatterte immer noch mit ihrem Nebensitzer. Anfang, Mitte zwanzig war der Kerl, stellte Sophie mit einem kurzen Blick fest und entnahm ihrer Handtasche Papier und Bleistift.

Das, was ihr eben durch den Kopf geschossen war, wollte sie aufschreiben und ein kleines Liedchen drechseln, wie sie es ihrem Vater abgeschaut hatte. Er sang zuhause oft Couplets und begleitete sich dazu auf dem Klavier. In Stuttgart hatte er im Rahmen einer Tagung des Volksschullehrervereins die Nestroy-Komödie »Die schlimmen Buben in der Schule« gesehen, für ihn ein einschneidendes Erlebnis. Lachend trug er bei jeder Gelegenheit die Streiche der widerspenstigen Schüler vor. Dass sich die schlimmen Buben am Ende klüger zeigten als ihr Schulmeister, riss ihn jedes Mal aufs Neue vom Klavierhocker, wenn er das Couplet von den Abc-Schützen vortrug. Der Refrain von der Katze, die aus dem Haus ist und die Maus ein Freudenfest feiern lässt, gefiel ihm dabei am besten.

Sophie liebte seitdem witzige Verse mit einprägsamem Kehrreim. Schon früh hatte sie begonnen, sich eigene Couplets auszudenken und auf eine bekannte Melodie vorzusingen. Der Vater belohnte jedes neue Verschen, mal mit einem Keks oder einem Apfel, manchmal sogar mit einem kleinen Buch.

Doch seine anerkennenden Worte und sein helles Lachen bedeuteten ihr mehr als alle Geschenke. Und so wurde die Musik im Allgemeinen und das Couplet im Besonderen Teil ihrer akustischen Welt.

»Was machst du da?« Erna schubste absichtlich. Sie wollte Sophie überrumpeln und den winzigen Augenblick der Verwirrung nützen, um das Papier an sich zu reißen. Doch Sophie war schneller, klopfte ihrer Freundin auf die Finger und brachte ihre Notizen in Sicherheit.

Erna schmollte. »Lass sehen!«

»Erst sagst du mir, was du mit dem Schönling da willst.«

»Das ist doch der junge Waffenschmied. Kennst ihn nimmer? Seinem Vater gehört die Buchhandlung in der Turmgasse.«

»Und? Hast du ihn schon gefragt, ob er Hanna gekannt hat?«

»Klar! Hab ich. Verehrt hat er sie. Er nennt sie nur die Schwarzgelockte.«

»Hat er Hanna die Bücher verkauft?«

»Krieg ich noch raus. Verlass dich drauf.« Erna streckte gebieterisch die Hand aus. »Jetzt darf ich's aber lesen.«

Sophie gab ihr den Zettel und fiel über den Kuchen her, während Erna las. Es waren nur Stichwörter: das starke Geschlecht – feuriger Blick – Kotau – pfui, pfui, so wird das wohl nix – hoher Herr – armseliger Wicht – Witwe – Rockzipfel.

Sophie entriss ihr wieder das Papier.

»Was schreibst du da für Zeug?«

»Wart's ab!«

Sophie hatte sich schon ein paar Zeilen ausgedacht. Das Hohenloher Schäferlied hatte eine lustige Melodie, der sie nur einen anderen Text unterlegen musste. Zum Couplet brauchte es glücklicherweise nicht die geschliffenen Reime wie bei einem Gedicht. Hier zählten in erster Linie Witz, Ironie und eine Portion Schadenfreude. Das Ganze wirkte aber nur, wenn man es wie eine Art Ein-Mann-Operette aufführte, wobei der Kehrreim nach jeder Strophe den Text besonders zuspitzen sollte.

Sophie hörte und sah nicht mehr, was auf dem Festplatz geschah. In sich versunken dachte sie angestrengt nach.

Erna beobachtete sie von der Seite und glaubte, ihre Freundin lerne ein Gedicht auswendig, weil sie ihre Lippen bewegte. Und so ähnlich war es ja auch.

Plötzlich sprang Sophie auf, flüsterte Pfarrer Finkenberger etwas ins Ohr und verschwand. Hinter der Tribüne schrieb sie nieder, was sie sich im Kopf zurechtgelegt hatte:

### Das starke Geschlecht

*Von überall tönen die Männer,*
*sie kämen von Lichtmess bis Jänner*
*vollkommen alleine zurecht,*
*denn sie wären das starke Geschlecht.*
*Doch ein feuriger Blick von ner Frau,*
*schon kuschen sie, machen Kotau.*
*Ein einziges liebliches Wort,*
*gleich schwören sie Treue hinfort.*
*Pfui, pfui, so wird das wohl nix!*
*Erhebt euch, und zwar etwas fix!*
*Sonst nennt man euch bald schon zu Recht*
*das dämliche starke Geschlecht.*

*Ein hoher Herr, er schreibt sich »von«,*
*sein Adel ist nur noch Dekoration,*
*in Wahrheit ist er ein ärmlicher Wicht.*
*Tagtäglich liest er den Wetterbericht,*
*denn er hat nur noch Hemd und Hose,*
*nur für'n Sommer, das ist ja die Chose.*
*Doch sieht ihn ne reiche Witwe bloß an,*
*schon hängt er an ihrem Rockzipfel dran.*
*Pfui, pfui, so wird das wohl nix!*
*Erhebt euch, und zwar etwas fix!*
*Sonst nennt man euch bald schon zu Recht*
*das dämliche starke Geschlecht.*

*Brettschneider heißt so ein Exemplar,*
*führt sich auf wie der russische Zar,*
*kräht auf dem Mist wie ein stolzer Hahn,*
*und balzt herum im männlichen Wahn.*
*Doch kommt wer, der vielleicht über ihm ist,*
*gleich schleimt er und viel Kreide frisst.*
*Kriecht am Boden mit hochrotem Kopf,*
*der scheinheil'ge, jämmerliche Tropf.*
*Pfui, pfui, so wird das wohl nix!*
*Erhebt euch, und zwar etwas fix!*
*Sonst nennt man euch bald schon zu Recht*
*das dämliche starke Geschlecht.*

*Doch gibt es auch Männer, lieb und nett,*
*sie geben sich vornehm und sind adrett.*
*Gockeln nicht wie der Hahn auf dem Mist,*
*schreien nicht wie der dümmste Obrist.*
*Schneiden nicht auf mit ihrem Geld,*
*spielen auch nicht den Pantoffelheld.*
*Sind ganz normal, nicht übermütig,*
*haben was drauf und – sind gütig.*
*Jawohl, so mögen euch leiden die Frau'n*
*und setzen auf euch ihr ganzes Vertrau'n.*
*Drum zeigt man auf die völlig zu Recht*
*und sagt: »Das ist das wahre starke Geschlecht.«*

Nach ein paar Minuten nahm sie wieder auf der Tribüne Platz und summte vor sich hin. Das Gedichtchen, sie wusste es wohl, holperte noch etwas, aber es stimmte sie vergnügt und machte sie stolz. Der Brettschneider sollte das erst einmal nachmachen.

»Na, du hast dir wohl einen strammen Turner aus der Nähe angelacht.« Erna grinste spitzbübisch.

»Ach, und du bist dir ganz sicher, dass dein Nebensitzer nicht an Hannas Unglück schuld ist?«

Erna erbleichte. In ihrer Miene spiegelte sich erst Ärger, dann Erstaunen, schließlich Fassungslosigkeit.

»Kitzel aus ihm raus, was er weiß«, raunte ihr Sophie zu.

»Spinnst du?«

»Bearbeite ihn, bis er alles ausspuckt.«

»Was soll das?«

»Immerhin kannte er Hanna. Wahrscheinlich hat er ihr die Bücher verkauft. Vielleicht hat er ihr sogar so viele geschenkt, bis er sie ...«

Erna winkte ärgerlich ab.

# Entscheidung

An ihrem nächsten freien Nachmittag, die Sonne schien kalt vom wolkenlosen Spätherbsthimmel, besuchte Sophie den Laternenanzünder. Sie wollte ihm für die Bücher danken, die ihr Herr Wagner überreicht hatte.

Der alte Mann war noch nicht lang aus dem Schlaf erwacht, hatte aber schon die Glut im Ofen entfacht und saß gerade beim Frühstück.

»Ach, Fräulein, bei mir ist alles verdreht«, klagte er und nahm einen Schluck Eichelkaffee aus einem weiß emaillierten Henkelbecher. »Nachts ist tags, nachmittags ist morgens und abends ist …« Er verstummte.

Sophie ließ ihm Zeit, seine Gedanken zu sammeln.

»Abends«, der alte Mann hatte bemerkt, dass seine Besucherin nach Zeichen der Veränderung Ausschau hielt, »ist alles öd und leer.« Er schluckte. »Meine Hanna«, er sah zu ihrem Bild hinüber, »spricht nicht mehr mit mir. Erst ist meine Frau fort. Dann ist auch noch Hanna fort. Jetzt ist es so still im Haus. Wie auf dem Friedhof. Als Nachtmensch ist man ja die Einsamkeit gewöhnt. Aber diese Grabesstille, wenn ich morgens heimkomme, die schmerzt mich in den Ohren.«

Er schwieg wieder.

Sophie störte ihn nur ungern. »Kennen Sie die Buchhandlung Waffenschmied?«

»Natürlich. Ist ja bloß ein paar Häuser weiter. Drin war ich aber noch nie.«

»Hat Hanna ihre Bücher dort gekauft?«

Er legte den Kopf in den Nacken und sah zur Zimmerdecke auf, als könne er dort die Antwort lesen. Dann warf er Sophie einen kurzen Blick zu. »Weiß nicht. Kann sein.«

»Hat sie diese Buchhandlung nie erwähnt?«

Er kratzte sich verlegen im Genick. »Ich glaub schon. Aber genau weiß ich es nimmer.« Müde Augen ruhten auf ihr. »Warum wollen Sie das wissen?«

»Weil ich rauskriegen will, woher Hanna die schönen Bücher hatte, die jetzt im Fotosalon Wagner am Marktplatz stehen.«

Der alte Mann bekam nasse Wimpern. »Das freut mich, dass Sie noch an meine Hanna denken.«

»Eine Frau hat Herrn Wagner hier vor Ihrem Haus abgepasst. Ob da eine Lehrerin wohnt, wollte sie wissen. Es war eine modisch gekleidete Dame mittleren Alters. Haben Sie eine Ahnung, wer das sein könnte?«

Er trank einen Schluck. »Könnte die Frau vom Waffenschmied sein.« Er dachte lange nach. »Vielleicht auch nicht. Sie hat nämlich ihren Mann vor ein paar Jahren verlassen.«

»Und die Waffenschmieds kannten Hanna?«

»Freilich. Bevor Hanna in die Schule musste, hat sie immer auf der Gass gespielt. Jeder hier kannte das fröhliche Kind mit den schwarzen Locken.«

»Wo wohnt die Waffenschmied jetzt?«

»Ach Fräulein, Sie fragen Sachen.« Der Alte schaute seine Besucherin treuherzig an. »Ich weiß es wirklich nicht. Fragen Sie doch in der Buchhandlung.«

Sophie unterhielt sich noch eine Weile mit ihm. Dann dankte sie erneut für die Bücher und verabschiedete sich. Die Buchhandlung war ja nur ein paar Häuser weiter auf der anderen Straßenseite.

Die Ladentür bimmelte. Der junge Waffenschmied, der hinter dem Zahltisch gesessen und gelesen hatte, klappte das Buch zu und stand verlegen grinsend auf.

»Womit kann ich dienen, Fräulein Lehrerin?«

»Ich habe drei Wünsche«, sagte Sophie, »welchen wollen Sie zuerst hören? Den harmlosen oder den persönlichen?«

Er zog die rechte Augenbraue hoch. »Das ist ja wie in der Geschichte vom Holzfäller, der seiner Frau versehentlich Würste an die Nase hext.«

Sie sah ihn groß an. »Ah, Sie meinen das Märchen von den drei Wünschen?«

»Ja! Nur bin ich nicht der Holzfäller, und Sie sind nicht meine Frau. Leider!«

Sophie schmunzelte. Auf den Kopf gefallen ist er nicht, dachte sie und taxierte ihn mit einem kurzen Blick. Schöne braune Augen hat er, lesen kann er, und belesen ist er auch. »Das Leben an der Seite eines Holzfällers wäre bestimmt nicht lustig.«

»Wie kommen Sie darauf?«

»Weil der Holzfäller in einer kleinen, armseligen Hütte mitten im Wald wohnte.« Sie lachte ihn an. »Sie wären dann das kleine Männchen, das im Astloch einer großen Tanne hausen und meine drei Wünsche erfüllen müsste.«

»Gut«, feixte er, »aber ich bin ein bisschen aus der Übung. Bitte sagen Sie mir zuerst den Wunsch, den ich am leichtesten erfüllen kann.«

»Ich möchte ein Buch von Johann Nestroy.«

»Oh! Sie mögen diesen Possenreißer?«

»Mein Vater verehrt ihn. ›Die schlimmen Buben in der Schule‹, heißt das Theaterstück.«

»Kenne ich nicht. Haben wir mit Sicherheit auch nicht vorrätig. Aber …«

Ihm blieb vor Schreck der Mund offen, denn der alte Waffenschmied kam durch eine Seitentüre herein.

Beim Sohn rastete der unterwürfige Mechanismus ein, er stand sofort auf und nahm tatsächlich Haltung an.

»Vater, das Fräulein möchte ›Die schlimmen Buben in der Schule‹ von Nestroy haben.«

Der Buchhändler warf seinem Sohn einen disziplinierenden Blick zu, dann wandte er sich an Sophie: »Ich glaube, verehrtes Fräulein, dass nur ganz wenige Stücke von Nestroy im Druck erschienen sind. Ich werde es nachschlagen. Einen Augenblick bitte.«

Er verschwand wieder durch die Seitentür.

Beim jungen Waffenschmied lockerten sich die erstarrten Züge. Er lächelte Sophie verlegen an und flüsterte ihr hastig zu: »Die beiden anderen Wünsche erfülle ich Ihnen später.«

Sophie sah ihn verwundert an.

Er lauerte zur Seitentür hinüber. »Ich lade Sie ein, entweder in die Konditorei ›Weber‹, hier gleich nebenan, oder ins Kaffeehaus ›Frühling‹ am Marktplatz.«

»Marktplatz wäre …« Sie verstummte, denn der Buchhändler kam zurück.

»Wie ich bereits vermutete, gibt es das von Ihnen gewünschte Theaterstück leider nicht als Buch. Übrigens ist das bei vielen Bühnentexten so.«

Er sah Sophie zuvorkommend an, doch alles an ihm war auf Distanz bedacht, während seine Augen diskret Informationen sammelten.

Sophie blieb unschlüssig stehen.

»Darf ich Ihnen ein anderes Buch empfehlen?«

Sophie nickte.

»Wozu wollten Sie den Nestroy?«

»Als Geschenk für meinen Vater. Er liebt Couplets.«

»Da wüsste ich Ihnen etwas Besseres.« Der alte Waffenschmied eilte an ein Regal, legte den Kopf schief, damit er die vertikale Schrift auf den Buchrücken lesen konnte, und zog einen schmalen Band heraus.

»Das ist eine Sammlung von Couplets und Bänkelliedern. Wird gern gekauft.«

Er reichte Sophie das Buch, das auf der Vorderseite einen Landstreicher im zerlumpten Frack und mit verbeultem Zylinder zeigte.

»Wolfgang Bernhardi schreibt unterhaltsame Romane und lustige Volksstücke. Seine Sammlung würde Ihrem Herrn Vater bestimmt gefallen. Außerdem ist sie sehr preisgünstig.«

»Gut«, Sophie legte das Buch auf den Ladentisch, »das nehme ich.«

»Darf ich Ihnen meine neue Pädagogikabteilung zeigen?«

Der Buchhändler wartete Sophies Antwort nicht ab, sondern führte sie vor ein Regal, in dem die bekanntesten pädagogischen Klassiker und ein paar aktuelle Schriften zur Schulpädagogik standen.

»Ich habe dem verehrten Herrn Seminarvorsteher bereits gesagt, dass ich mein Sortiment um die pädagogische Fachliteratur erweitere. Alles, was Sie in der Ausbildung und später in der Schule brauchen, werden Sie künftig bei mir finden.«

Er zog eines der Bücher heraus, deutete auf ein anderes, empfahl ein drittes und war sichtlich stolz auf seine Schätze.

Sophie dankte und versprach, ihren Kolleginnen Bescheid zu sagen. Sie zahlte beim jungen Waffenschmied, der ihr die Coupletsammlung mit einem zurückhaltenden Lächeln aushändigte und sie zur Tür geleitete.

»Besten Dank, verehrtes Fräulein Lehrerin. Beehren Sie uns bald wieder.« Er öffnete die Tür, verneigte sich unterm Bimmeln der Glocke, während sein Vater aus einiger Distanz ein »Grüß Gott!« hinterherschickte.

Ein paar Häuser weiter blieb Sophie stehen. Sie zögerte, fühlte sich überrumpelt. Wenigstens hätte sie ins Buch hineinschauen, den Inhalt prüfen und ein paar Sätze lesen sollen. Sie schlug es auf. Vorn steckte ein Zettel: »Verehrtes Fräulein, ich warte am kommenden Samstag ab drei Uhr auf Sie im Kaffeehaus ›Frühling‹ am Marktplatz. Bitte kommen Sie, damit ich Ihnen die noch ausstehenden Wünsche erfüllen kann. Ihr sehr ergebener Heinrich Waffenschmied.«

Versonnen sah Sophie zum Himmel auf, als erwarte sie von dort einen Fingerzeig. Sie zupfte sich am Ohr, schloss für einen Moment die Augen und ging mit sich zurate. Hoffnungen machen durfte sich der gute Heinrich nicht. Sonst wäre ja die ganze Ausbildung zur Lehrerin umsonst. Aber ihn einfach sitzen lassen? Nein, wäre auch nicht fein. Außerdem fühlte sie sich geschmeichelt, von einem Mann umworben zu werden.

Und vor allem war er ihr ja noch ein paar Antworten schuldig. Schließlich könnte er ja der sein, der …

Sie seufzte. Einige Schritte weiter schmunzelte sie schon in sich hinein. Auf den Kopf gefallen ist er nicht, das musste sie ihm lassen. Er kuschte zwar vor seinem Vater, aber in gewissen Punkten wichen seine Vorstellungen doch von denen des alten Waffenschmieds ab. Hätte er sie sonst auf so pfiffige Weise ins Kaffeehaus eingeladen?

Im Vergleich zur viel gerühmten, mondänen Konditorei »Weber« war das Kaffeehaus »Frühling« ein typisch schwäbisches Lokal, bescheiden, gemütlich, geradezu intim, mit einem kleinen, aber feinen Sortiment an Torten und Kuchen. Die Tasse Kaffee kostete hier nur drei Kreuzer und nicht vier oder fünf wie im »Weber«. Und es besaß sogar, einmalig in Eugensburg, ein literarisches Separee, eine Art Lesekonditorei, in der nicht nur exquisite Backwaren und köstliches Eis serviert wurden, sondern auch ein breites Angebot an Zeitungen und Zeitschriften auslag.

Als Sophie unschlüssig vor dem Haus am Marktplatz überlegte, ob es sich ziemte, allein hineinzugehen, denn immerhin hätte es ja sein können, dass sie nicht erwartet wurde, stand plötzlich der junge Waffenschmied vor ihr.

»Ich habe Sie durchs Fenster gesehen. Ich freue mich, dass Sie meiner Einladung gefolgt sind.«

Er geleitete sie hinein und, vorbei am Glasschrank, in dem die leckersten Backwaren lockten, an seinen Tisch, nahm ihr Mantel und Hut ab und rückte ihr den Stuhl zurecht.

Sophie beobachtete ihn, wie er zur Garderobe eilte. Sein wiegender Gang erfreute sie. Das sichere Auftreten gefiel ihr.

Dennoch konnte sie kaum ein Lachen verkneifen, denn der Großvater fiel ihr ein, wie er in seiner unnachahmlich direkten Art sagen würde: »Mädle, guck ihn dir an. Willst ein Hungerleben als Lehrerin führen oder von einem solchen

Mann verwöhnt werden? Blöd ist er nicht. Arm ist er auch nicht. Ein Dummkopf ist er erst recht nicht. Und die Liebe kommt mit den Jahren von allein.«

Ja, ja, die Liebe. Sie mochte ihren Großvater, aber seine sachliche, unromantische Vorstellung von Zweisamkeit teilte sie nun doch nicht. »Du hast keine Ahnung«, hatte sie ihm schon oft unter die Nase gerieben, »das war einmal, dass sich die Liebe von allein einstellt, wenn nur Sach und Sach zusammenpassen. Heute kommt zuerst die Liebe, dann die Hochzeit. Liest du keine modernen Romane?«

Der junge Buchhändler setzte sich ihr gegenüber und umschmeichelte sie mit seinen braunen Augen. »Danke, dass Sie Zeit für mich haben«, sagte er und wollte wissen, ob sie nicht müde sei vom vielen Lernen.

Sophie lächelte ihn an. Er fragte nach der Unterkunft im Seminar, nach den Büchern, die sie lesen müsse, jammerte übers Wetter und erzählte, dass er gern im Laden seines Vaters arbeite. So könne er seine Nase immer in die neueste Literatur stecken und begegne aufregenden Menschen, wie zum Beispiel einem gewissen Fräulein Lehrerin.

Sophie fand es behaglich, in einem so schönen Kaffeehaus zu sitzen. Daheim in Winterhausen gab es das nicht. Artig bedankte sie sich für die Einladung. Aber … Sie nahm sich vor, auf der Hut zu sein. Wer weiß, vielleicht war er der Fiesling.

Er sah sich nach dem Ober um. »Was darf ich Ihnen bringen lassen? Kaffee? Tee? Oder lieber eine heiße Schokolade?«

»Ach, so machen Sie das?« Sophie verzog keine Miene und lag auf der Lauer. »Entscheide ich mich für Kaffee, schon hat das kleine Männchen aus dem Astloch meinen ersten Wunsch erfüllt. Und wenn ich ein Stückchen Kuchen will, dann zaubern Sie mir das an die Backe. Na, da muss ich mich ja vor Ihnen in Acht nehmen.«

Für den Bruchteil einer Sekunde war er überrascht. Dann lachte er und winkte ab. »Wo denken Sie hin, Fräulein Lehrerin.« Er zog ein Buch aus seiner Jackentasche. »Hier«, er sah ihr tief in die Augen, »ein kleiner Dank fürs Kommen.«

Er überreichte ihr das Buch mit einer feierlichen Geste. Sophie nahm es und fühlte die Wärme seiner Hand. Auf dem Deckel stand: »Das Kind nach Leib und Seele. Anthropologische und psychologische Grundlagen.«

»Ei«, grinste sie ihn an, »ist das jetzt eine List? Hat der böse Wolf dem Rotkäppchen nicht auch ein Buch geschenkt, damit er es einlullen und nachher fressen konnte?«

Er lachte schallend.

»Danke«, sagte sie und hörte ihren Großvater raunen: »Hast's gesehen? Zu benehmen weiß er sich auch.«

Der Ober nahte und nahm die Bestellung auf. Zweimal Kaffee und Apfelkuchen.

Sophie blätterte in dem Buch. »Pfarrer Finkenberger hat es neulich in der Schulkunde erwähnt.« Sie war dankbar. Aufgeschlagen ließ sie das Buch auf dem Marmortisch mit der gehäkelten Decke liegen.

»Ja, mein Vater hat Finkenberger um eine Liste der aktuellen Literatur für Pädagogen gebeten. Da steht das Buch ganz oben drauf.«

»Schau, schau, wie geschäftstüchtig er ist«, wisperte es in Sophies Ohr.

Nein, nein und nochmals nein! Sie wollte nicht Großvaters Gedanken zu Ende denken. Aufmerksam studierte sie die weichen Gesichtszüge des jungen Mannes – Wie heißt er noch? Ach ja, Heinrich! – und legte das offene Buch zur Seite. Könnte es sein, dass er doch ein Wolf im Schafspelz war?

»Darf ich einen Wunsch äußern, Heinrich?«, fragte sie.

Der junge Mann sah ihr freudig überrascht in die Augen und versicherte, er werde ihr heute alle Wünsche erfüllen.

Sophie wehrte ab: »Tun Sie das nicht, bevor Sie meine kennen.« Es könnte viel Sprengstoff drin stecken, neckte sie ihn. Ihr genüge es, tröstete sie, als seine Mimik erstarrte, wenn er nach bestem Wissen und Gewissen antworte.

Er massierte sich die Hände, so nervös war er, auch wenn er einen fröhlichen Mund machte.

»Darf ich Sophie zu Ihnen sagen?«

Sie nickte. »Aber ich wünsche mir, dass Sie mir alles sagen, was Sie über Hanna Scheu wissen.«

Er schluckte und war doch irgendwie erleichtert.

»Warum hat Ihr Vater so abweisend reagiert, als ich ihn nach Hanna fragte?«

Offensichtlich hatte er diese Frage erwartet. »Ich weiß es nicht genau. Aber was ich weiß, sage ich Ihnen gern.«

Der Ober servierte und wünschte guten Appetit.

Sophie und Heinrich nippten an ihren Tassen und kosteten den Kuchen.

Dann gestand der junge Mann, dass er Hanna von Kind auf kannte. Sie sei ja nur zwei Jahre jünger gewesen. Er habe mit ihr auf der Straße oder im Hof hinter der Buchhandlung gespielt. Fangen, hüpfen, verstecken, was halt Kinder so tun. Hanna liebte es, sich als Lehrerin zu geben, und er musste immer ihr Schüler sein. Aber je älter sie wurde, desto öfter habe ihn der Vater ins Haus gerufen, wenn er sich mit ihr treffen wollte. Als sie ins Lehrerinnenseminar ging, sei sie einmal im Monat in den Laden gekommen. Sie hätten dann über Gott und die Welt geplaudert.

»Haben Sie ihr die Bücher verkauft?«

Er wehrte mit den Händen ab. »Nein, nein, die hatte sie vermutlich von meinem Vater. Bei dem Geschäft war ich nie dabei.«

»Wie soll ich das verstehen? Ihrem Vater gehört die Buchhandlung. Bestimmt sind Sie bei ihm sogar in die Lehre gegangen. Und jetzt sitzen Sie an der Kasse. Richtig?«

Er nickte.

»Dann müssen Sie doch wissen, wer welche Bücher gekauft hat und zu welchem Preis?«

Er schüttelte den Kopf. »Hanna kam in die Buchhandlung und plauderte ein Weilchen mit mir. Dann holte sie mein Vater ins Hinterzimmer. Und nach etwa einer halben Stunde kam sie wieder zu mir in den Laden. Allein! Sie verabschiedete sich von mir mit Handschlag. Jeden Monat war das so.«

»Ohne Buch? Ich meine, ging sie ohne Buch?«

»Sie hatte immer eine Tasche dabei.«

»Und da waren Bücher drin?«

»Möglich. ... Wahrscheinlich.«

»Bezahlt hat sie nie?«

»Bei mir nicht.«

»Ihr Vater hat Hanna die Bücher geschenkt?«

Er zuckte die Achseln.

Sophie war irritiert. »Das verstehe ich nicht. Ihr Vater hielt Sie von Hanna fern, als sie Lehrerin wurde? Und gleichzeitig beschenkte er sie mit Büchern? Wie passt denn das zusammen?«

»Ich weiß es nicht.«

Sophie sah ihm lange in die Augen. »Ehrenwort?«

»Sie können mir glauben.« Er hielt ihrem Blick stand. »Mir wird zwar irgendwann der Laden gehören. Dennoch hat mein Vater viele Geheimnisse vor mir.«

Sein Vater rede mit ihm nicht viel über die Familie. Erst recht nicht über die eigene Kindheit und die Verwandten. Jede Frage wehre er ab. Vaters Eltern seien tot, und den Kontakt zu Brüdern und Schwestern pflege er nicht. Briefe jedenfalls bekomme er von denen nicht.

»Wie erklären Sie sich das?«

Er druckste herum.

»Liebte Ihr Vater Hanna?«

Er atmete hörbar aus. »Das habe ich mich auch schon gefragt. Ich habe aufgepasst wie ein Luchs, ob etwas an ihr anders war, wenn sie wieder aus dem Nebenraum kam. Nichts!« Er holte tief Luft. »Ich schließe das aus, auch wenn sich mein Vater zugegebenermaßen merkwürdig verhielt.«

»Was dann? Haben Sie eine andere Erklärung?«

»Vielleicht gab es eine verwandtschaftliche Beziehung«, sagte er sehr leise.

Sophie saß da, sah ihn mit großen Augen an und forschte nach irgendwelchen Anzeichen in seinem Gesicht, das Gehörte richtig einordnen zu können. Verwandtschaftliche Beziehung? Meinte er eine eher weitläufige Verwandtschaft? Oder war Hanna seine Halbschwester? Mehr würde er wohl nicht verraten.

Also schwiegen sie ein Weilchen, tranken Kaffee und aßen Kuchen.

Na ja, sagte sie sich, vielleicht war es so. Doch sie blieb skeptisch. Was für eine merkwürdige Geschichte! Konnte man die wirklich glauben? Es gab ja noch andere Erklärungen. Wenn es zutraf, dass Heinrichs Mutter zuhause ausgezogen war, konnte man auf ganz andere Gedanken kommen.

Der junge Mann hielt den Blick gesenkt, als fürchte er die nächste Frage.

Sophie schlug das Buch zu.

Er erschrak.

»Ihre Mutter ist fort?«

Er blickte bestürzt auf.

»Der Laternenanzünder hat es mir erzählt.« Eine Frau mittleren Alters, nach der neuesten Mode gekleidet, im bodenlangen, schmalen Kleid, mit einem kurzen Überjäckchen und einem kleinen Kapotthütchen, habe vor dem Haus des Laternenanzünders nach Hanna gefragt.

»Stimmt! Meine Mutter ist ausgezogen. Aber das war sie ganz gewiss nicht. Sie hat sich vor ein paar Jahren von meinem Vater getrennt und wohnt jetzt in Stuttgart.« Der junge Waffenschmied lachte gallenbitter. »In die Turmgasse würde sie niemals mehr zurückkommen. Hat sie selbst gesagt.«

Ob er sie wohl in Stuttgart besuchte? Sophie hätte es gern gewusst. Doch sie zügelte ihre Neugier. Ganz in Gedanken aß sie ihren Kuchen auf.

Eine Frage brannte ihr noch auf der Zunge, eine heikle und intime Frage, aber sie musste sie loswerden.

»Liebten Sie Hanna?«

Fassungslos sah er sie an und errötete.

Sie ließ ihm Zeit.

»Würden Sie das verstehen?«, fragte er behutsam.

»Ja«, sagte Sophie, »Hanna war ein tolles Mädchen.«

Er nickte mit geschlossenen Lidern.

»Können Sie sich irgendeinen Grund denken, warum Hanna sich das Leben genommen hat?«

Er schüttelte den Kopf.

»Verzeihen Sie, aber ich muss Sie das fragen: Haben Sie irgendetwas mit ihrem Entschluss zu tun, von der Brücke zu springen?«

Er starrte sie mit offenem Mund an.

In diesem Augenblick wusste Sophie, dass er unschuldig war. Er hatte Hanna geliebt. Ihr früher Tod ging ihm nahe.

Sie tranken Kaffee und schwiegen. Dann plauderten sie über Literatur, die Ausbildung im Seminar und die kärglichen Aussichten als Lehrerin, bis der junge Mann neckisch anmerkte, es bestünden schon Möglichkeiten, gewisse junge Damen aus ihrer misslichen Lage zu befreien.

Sophie lachte. »Sie meinen, ich sollte heiraten?«

An einem strahlenden Oktobermorgen um halb acht plapperten dreiundzwanzig Fräulein aufgeregt auf dem Flur im ersten Stock des Seminars. Es waren die Aspirantinnen für den nächsten Ausbildungskurs, der im kommenden April beginnen sollte. Sie drängelten sich vor dem Lehrsaal I, in dem sie heute mehrere schriftliche und mündliche Prüfungen ablegen mussten.

Aus dem ganzen Land waren sie tags zuvor angereist. Vom Bodensee und aus Hohenlohe, vom Schwarzwald und von der Schwäbischen Alb. Alle in Begleitung von Vater oder Mutter oder beiden. Irgendwo in der Stadt hatten sie übernachtet, denn das Seminar bot kein einziges freies Bett. Bis in den Abend hinein wurde examiniert. Darum planten viele, eine zweite Nacht in Eugensburg dranzuhängen. Nicht wenige Eltern hatten über die hohen Ausgaben für Fahrt, Kost und Logis geklagt, woraufhin die Oberschulbehörden großzügig Zuschüsse gewährten, um überhaupt genügend neue Interessentinnen für den Beruf der Lehrerin zu finden.

Sophie, Erna und noch zwei Seminaristinnen hatten sich bereit erklärt, die Aspirantinnen den Tag über zu betreuen. Jetzt galt es, die nervösen Geschöpfe zu beruhigen. Alles werde gut, niemand komme unter die Räder, verkündeten sie wieder und wieder. Pfarrer Finkenberger sei ein besonnener Mann.

Nichts war gut, denn Brettschneider drängelte sich hochnäsig zwischen den zappeligen Mädchen hindurch, gerade so, als gehe ihn das alles nichts an. Bärbeißig schloss er den Lehrsaal auf und ließ die Prüflinge ein. Gottgleich stolzierte er durch den Raum, wies ein Mädchen zurecht, kanzelte ein anderes ab und warnte eindringlich vor jeder Form des Abschreibens. Wer betrüge, verkündete er, während er liniertes Papier austeilte, der müsse augenblicklich das Haus verlassen.

Wie ein Oberfeldwebel schritt der Herr Oberlehrer die Bankreihen ab, die Hände auf dem Rücken, und kommandierte: »Bleistifte vorzeigen!«

Das »Schulwochenblatt«, das jeder Pfarrer abonnieren und lesen musste, beinhaltete nicht nur pädagogische Abhandlungen, sondern vor allem amtliche Mitteilungen. Unter dieser Rubrik warb das Konsistorium für den neuen Beruf der Lehrerin, gab die Anforderungen für die Aufnahmeprüfung ins Lehrerinnenseminar bekannt und veröffentlichte Namen und Wohnorte aller Aspirantinnen, die zur Prüfung zugelassen waren. Der Ortspfarrer hatte die Aufgabe, den Prüfungstermin an die betreffenden Eltern weiterzugeben, jedem Mädchen Mut zu machen und zwei gespitzte Bleistifte für die Prüfung auszuhändigen. Außerdem konnte er den Eltern ein Begleitschreiben mitgeben, in dem er der Oberschulbehörde die finanziellen Verhältnisse der Familie schilderte und um Zuschuss zu den Prüfungskosten oder um ganzen oder teilweisen Erlass des Schulgeldes bat, das am Seminar fällig würde.

Brettschneider setzte sich ans Pult, strich sich mit der Hand über die Glatze und wartete, bis es still war im Saal. Ohne ein Wort der Begrüßung sagte er: »Schreiben Sie Ihren Namen oben aufs Papier!«

Nach einer kleinen Pause das nächste Kommando: »Fertigmachen zum Diktat!«

Gelangweilt leierte er eine Geschichte aus einem Buch herunter, zergliedert in Satzfetzen, die er einmal wiederholte. Das Stück war gespickt mit Rechtschreibfallen.

Kaum hatte er den letzten Punkt diktiert, befahl er: »Bleistift weglegen!«

Das leise Murren ignorierte er. Zum erneuten Durchlesen und Verbessern ließ er keine Zeit.

»Ich muss das Zeug sofort korrigieren«, fauchte er ein heulendes Mädchen an, das noch schnell ein Wort ändern wollte, und entriss ihm das Papier. Dann zog er sich mit den Diktaten in sein Dienstzimmer zurück.

Zurück blieben dreiundzwanzig aufgekratzte und verstörte Aspirantinnen. Manche prahlten, das Diktat sei leicht gewesen. Andere tauschten sich über die Schreibweise verschiedener Wörter aus. Zwei oder drei Mädchen weinten leise vor sich hin.

Sophie und Erna betraten den Saal und wussten sofort, was die Uhr geschlagen hatte. »Mit der bloßen Hand erschlagen sollte man den Kerl«, knurrte Sophie. Sie ärgerte sich maßlos über den aufgeblasenen Oberlehrer.

»Wen wollen Sie erschlagen?« Pfarrer Finkenberger stand plötzlich hinter ihr. Als sie errötete, sah er sie verschwörerisch an und gab ihr die Hand. »Ich biege das wieder gerade«, sagte er leise, ging zur Tafel und schrieb seinen Namen an, während Erna und Sophie neues Papier austeilten und die Aspirantinnen sich wieder setzten.

»Machen Sie sich bitte keine Sorgen«, bat Finkenberger und schaute freundlich in die Runde. »Ich bin der Direktor dieses Seminars. Ich entscheide, wer den neuen Ausbildungskurs besuchen darf. Eigentlich ist das heute gar keine Prüfung. Wir wollen Ihnen auch nicht auf den Zahn fühlen. Vielmehr müssen wir feststellen, was Sie schon können, und was wir Ihnen noch beizubringen haben, wenn Sie Lehrerin werden wollen. Denn wir wissen aus Erfahrung sehr wohl, dass die Schulleistungen von Schule zu Schule unterschiedlich sind. Das liegt nicht an Ihnen, sondern an den Schulen.«

Die Anspannung auf den jungen Gesichtern löste sich. Hier und da zeigte sich sogar ein Lächeln.

Finkenberger kritzelte das Aufsatzthema an die große Wandtafel: »Erzählen Sie zuerst das Gleichnis vom barmherzigen Samariter. Erklären Sie dann, was uns diese Geschichte sagen will.«

Ein Aufatmen ging durch den Saal. Diese Geschichte kannte jedes Kind. Also lag wohl die Schwierigkeit darin, sie schlüssig zu erklären.

Finkenberger stieg vom Podest und schlenderte durch die Bankreihen. Er warf freundliche und aufmunternde Blicke nach allen Seiten, war jedoch in Gedanken weit weg. Er dachte über die Zukunft seines Seminars nach.

Die Zahl der Seminaristinnen verdoppeln oder gar verdreifachen, mehr Mädchen für den Beruf der Lehrerin begeistern, hatte Ocker neulich gefordert. Die hohen Herren in Stuttgart konnten gut reden. Orderten Sekt, aber wollten nur Wasser zahlen. Doch wie konnte der Beruf der Lehrerin attraktiv werden, wenn man die Schulfräulein in Lumpen kleidete und sie wie niedrigste Dienstmägde hielt?

Bewusst hatte er die Aufnahmeprüfung heuer so früh angesetzt. Er wollte, dass man öfters über sein Seminar sprach und in den pädagogischen Journalen darüber berichtete. Bis April blieb noch genügend Zeit, weitere Interessentinnen anzuwerben und zu examinieren. Vor allem setzte er große Hoffnungen in den bebilderten Artikel, der in der Weihnachtsausgabe der »Sonnenblume« erscheinen sollte.

Die Aspirantin, neben der er stand, zupfte ihn an der Jacke. »Darf ich Sie etwas fragen?«, wisperte sie und sah ihn bittend an.

»Gern.« Finkenberger beugte sich zu ihr hinunter.

»Stimmt es, dass die Lehrerinnen in vielen Schulhäusern ganz erbärmlich hausen müssen?«

»Wer sagt das?«

»Mein Vater.«

»Will er nicht, dass Sie Lehrerin werden?«

»Ja«, hauchte sie.

»In einer halben Stunde ist Pause. Dann können wir ausführlich darüber sprechen. Einverstanden?«

Sie nickte und schrieb weiter.

Finkenberger stellte sich ans Fenster und sah hinüber zum Schloss. Was sage ich ihr? Die Wahrheit? Aber dann sind es vielleicht nur noch zweiundzwanzig Schülerinnen im neuen Kurs, wenn nicht sogar weniger. Eine ehrliche Antwort würde sich rasch herumsprechen und abschrecken. Er dachte lange nach. Schließlich eilte er ans Pult, öffnete das Tintenfass, entnahm der Schublade Federhalter und Papier und schrieb einen Brief:

*Lieber Georg!*

*Verzeih, dass ich beim letzten Treffen meine Meinung so kompromisslos formuliert habe. Dabei verfolgen wir doch dasselbe Ziel. Auch du willst, dass es mit dem Beruf der Lehrerin vorangeht. Doch wenn wir unser Ziel erreichen wollen, dann müssen wir aus meiner Sicht drei Fragen schnell klären: Was können wir dem hartnäckigen Widerstand gegen Frauen im Schuldienst entgegensetzen? Wie erreichen alle Lehrerinnen ein Einkommen, von dem sie anständig leben können und nicht länger auf Almosen angewiesen sind? Wie verschaffen wir jeder Lehrerin eine menschenwürdige Bleibe?*

*Zur ersten Frage: Wir, und damit meine ich die Schulpolitik, die Schulbehörden auf allen Ebenen und die pädagogischen Ausbilder, müssen in dieser Sache endlich mit einer Zunge reden und Lehrern und Eltern vor Augen führen, was Frauen im Schuldienst leisten. In amtlichen Berichten, in Zeitschriftenartikeln und in Reden sollten wir die Verdienste der ersten Leh-*

rerinnen herausstellen. Von Pfarrern mit Anstand und Gefühl für Gerechtigkeit würde ich überdies erwarten, dass sie Flagge zeigen und auch einmal in der Predigt auf die himmelschreiende Missachtung der Lehrerinnen hinweisen, denn schließlich ist fast jeder Pfarrer zugleich Schulleiter und damit möglicherweise Vorgesetzter einer jungen Pädagogin.

Zur zweiten Frage: Die Lehrer haben durchgesetzt, dass ihre Kolleginnen nicht am Ortsschulrat und auch nicht an den Schulkonferenzen teilnehmen dürfen. Und die Pfarrer wollen nicht, dass die Lehrerinnen das Mesneramt versehen. Also haben die Lehrerinnen nach dem Unterricht mehr freie Zeit als die Lehrer. Könnte das Konsistorium nicht einen Erlass herausgeben, der jeder Lehrerin erlaubt, bezahlte Nebentätigkeiten anzunehmen? Zum Beispiel als Dirigentin eines Frauen- oder Kirchenchors. Oder als Geigen- und Klavierlehrerin. Oder als Turnlehrerin an der eigenen Schule und im Turnverein. Der Kriegsminister will doch, dass alle Mädchen künftig turnen. Aber im neuen Normallehrplan ist kein Mädchenturnen vorgesehen. Deshalb mein Vorschlag: Könntest du nicht die Ortspfarrer im »Schulwochenblatt« auffordern, die Lehrerinnen gegen zusätzliche Bezahlung Turnunterricht geben zu lassen? Dann ist dem Kriegsminister ebenso gedient wie den Lehrerinnen und den Schülerinnen. Denn bis der Landtag höhere Löhne für Lehrerinnen beschließt, sind die ersten vielleicht schon verhungert. Darum muss man schnell handeln.

Zur dritten Frage: Das Unterkunftsproblem müssen wir so bald wie möglich lösen. Gerade heute, wir examinieren im Augenblick den neuen Ausbildungskurs, hat mir eine Aspirantin geflüstert, ihr Vater wolle nicht, dass sie Lehrerin wird, weil die dienstlichen Unterkünfte ganz erbärmlich seien. Die Schulgemeinde, die für die Bleibe der Lehrer und Lehrerinnen zuständig ist, wird man nicht per Erlass dazu bringen, annehmbare Wohnverhältnisse herzustellen, denn Papier ist bekanntlich geduldig. Aber wir leben in einer obrigkeitsgläubigen Zeit. Das sollten wir uns zunutze machen. Könnte die Oberschulbehörde nicht die Bezirksschulinspektoren anweisen, die erste Visitation jeder Junglehrerin künftig nur noch in Gegenwart eines Vertreters der Oberschulbehörde oder meines Seminars durchzuführen? Dann könnte man schon bald nach Dienstbeginn einer Lehrerin vor Ort kontrollieren, wie es ihr geht, wie sie vom Schulmeister und vom Schulinspektor behandelt wird und, vor allem, wie sie untergebracht ist. Gegebenenfalls müssten wir als Vorgesetzte den Ortspfarrer, den Ortsschulrat und den Schultheißen anweisen, umgehend die Wohnsituation der betreffenden Lehrerin zu verbessern.

Im Dezemberheft der »Sonnenblume« erscheint der bebilderte Aufsatz über mein Seminar. Es wäre sehr hilfreich, wenn du im »Schulwochenblatt« darauf aufmerksam machen würdest. Außerdem bitte ich dich herzlich, noch zwei- oder dreimal bekannt zu geben, dass bis Ende März kommenden Jahres Anmeldungen zum neuen Ausbildungskurs für Lehrerinnen willkommen sind.

Beste Grüße an dich und deine Frau
Adalbert

Finkenberger verstaute das Schreibzeug wieder in der Schublade, verschloss das Tintenfass und sah mit Erstaunen, dass die jungen Damen offensichtlich gar nicht bemerkt hatten, dass er anderweitig beschäftigt gewesen war. Sie hätten keine Aufsicht gebraucht, so vertieft waren sie in ihren Aufsatz. Ein Blick auf seine Taschenuhr zeigte ihm, dass es Zeit war, diesen Prüfungsteil abzuschließen.

Dann stand schriftliches Rechnen auf dem Prüfungsplan. Grundrechenarten, Bruchrechnen und Textaufgaben.

Die Schönschreibprobe kam zum Schluss. Ein Abschnitt aus dem Lesebuch musste zweimal abgeschrieben werden, einmal in lateinischer Schrift und ein zweites Mal in deutscher Kurrentschrift.

Nach dem Mittagessen folgte das mündliche Examen. Gemäß einer Instruktion der Oberschulbehörden sollte jede Aspirantin ihr Können in den Grundrechenarten und in der Münzumwandlung zeigen, einen Abschnitt aus einem Schülerbuch vorlesen, einen komplizierten Satz nach den Regeln der deutschen Sprachlehre zergliedern und eine Strophe eines beliebigen Kirchenlieds vorsingen und erläutern.

Nach jeder Prüfung erhob sich Finkenberger, knöpfte seine Jacke zu und verkündete feierlich mit Handschlag das Ergebnis: »Gratulation zur bestandenen Prüfung. Ich freue mich, Sie nach Georgi hier im Seminar begrüßen zu dürfen. Alles Weitere erfahren Sie von Ihrem Pfarrer.«

Alle hatten bestanden.

❧

»Woran denkst du?«, fragte Sophie.

»An die Liebe«, sagte Erna. Ihre Stimme klang glockenhell und warm.

Was war bloß in Erna gefahren? Wie heiter und beschwingt sie klang! Sophie fühlte es genau. Sie blickte mit gierigen, flackernden Augen zu ihrer Bettnachbarin hinüber. Zum Glück war es stockdunkel im Schlafsaal.

Dann flüsterte sie: »Das freut mich für dich. Doch das geht vorüber.«

»Ich will aber gar nicht, dass es vorübergeht.« Erna stieß Sophie mit dem nackten Fuß.

»Ich dachte, du gehörst zu denen, die ihren Weg gehen wie eine Nachtwandlerin.«

Erna schmollte. »Aber … der arme Junge. Er liebt mich doch. So ein schöner Mann.«

»Ob schön, ob hässlich, ich bleibe ledig.«

»Aber warum denn, Sophie?«

»Weil ich mich nicht für langweilige Männer interessiere.«

Erna empörte sich: »Aber der Heinrich ist nicht langweilig!«

»Mein Zukünftiger muss ein Original sein. Er muss an einem Tag mehr erreichen als andere in einem Jahr. Kommen, sehen und nur mich lieben. Nur mich allein!«

Erna lachte. »Dann bleibst du besser ledig. Du bist eine Ehefeindin, dass du es nur weißt.«

»Ich bitte dich, Erna, schweig!« Sophie drehte sich um und zog sich die Decke über die Ohren.

In dieser Nacht schlief sie schlecht. Zu viel ging ihr durch den Kopf. Sie lag lange wach und dachte an all die Ereignisse und Zwischenfälle, die sie in den letzten Wochen erlebt hatte. An Hannas Tod, an die Strafen an ihrem Geburtstag, an ihren Großvater und ... an den jungen Waffenschmied und Gustav Wagner.

Man merkt es meistens nicht, wann genau die Liebe anfängt. Man spürt es oft erst hinterher. Aber so weit war es bei Sophie nicht. Noch sortierte sie ihre Gedanken und Gefühle. Genau darum konnte sie nicht schlafen.

Sie starrte zur Decke. Der junge Waffenschmied ging ihr nicht aus dem Kopf.

Ein hübscher junger Mann, gestand sie sich ein, zweifellos. Belesen ist er auch. Und witzig.

Aber die Hosen hat er voll. Wo gibt's denn das? Panische Angst vor dem eigenen Vater! Warum nur? Hat er etwas ausgefressen und muss kuschen, weil ihn sein Vater deckt?

Oder ist es genau umgekehrt? ... Ist der Vater vielleicht der Bösewicht. Und der Sohn fürchtet, die Schandtaten des alten Herrn könnten die Familienehre und die Firma ruinieren?

Irgendetwas stimmt da nicht!

Was geht mich der Waffenschmied an? Sophie warf sich wütend herum. Gar nichts! Der Heinrich ist mir so was von schnurz.

Aber vielleicht ... vielleicht ... ahnte der erfahrene Kaufmann, dass sein Sohn das Mädchen aus der Nachbarschaft liebte. Und weil Hanna zur Verwandtschaft zählte, was herauskäme, wenn eine Heirat geplant würde, hat er Heinrich von Hanna fernzuhalten versucht. Ja, so machte das Sinn.

Sophie wälzte sich im Bett hin und her. Ärgerlich versuchte sie, nicht an Heinrich zu denken. Doch so sehr sie sich auch mühte, seine braunen Augen fühlte sie fragend und bittend auf sich gerichtet. Zugleich fiel ihr ein, was Großvater sagen würde: »Guck, Mädle, ist er nicht ein Pfundskerl? Du wirst doch nicht in einer staubtrockenen Schule verdursten wollen und dich von blöden Lehrern ärgern lassen? Da hättest du gleich ins Kloster gehen können. Willst keine eigenen Kinder? Jetzt gib dir einen Ruck und denk noch mal nach!«

Nein, nein und nochmals nein! Gewiss, räumte sie ein, Heinrich ist ein schöner Mann, wahrscheinlich sogar ein reicher obendrein. Aber im Vergleich zu Gustav Wagner ist er …?

Sophie kniff im Halbschlaf die Lider zusammen.

Doch, doch! Heinrich ist ein Schwächling. Oder etwa nicht? Gustav dagegen! Alles, aber auch alles hat er sich hart erarbeitet. Er ist männlicher, kraftvoller, zielstrebiger. Und er steht auf eigenen Füßen.

Sophie blinzelte in die Dunkelheit hinein. Sie musste an ihren Vater denken. Warnte er nicht immer vor unbedachten Entschlüssen? Bestimmt würde er sagen: »Hast du keine Augen im Kopf? Siehst du nicht, dass der Heinrich am Schoßzipfel seines Vaters hängt? Und das will ein Mann sein? Seiner künftigen Frau wird es nicht anders ergehen. Sehenden Auges begibt man sich nicht in eine solche Abhängigkeit.«

Aber Großvater hat …

»Pah«, hörte sie den Vater sagen, »der will bloß, dass du ihm bald Enkelchen schenkst. Dem ist egal, wen du heiratest. Hauptsache, er hat genug Heu. Aber das, meine liebe Sophie, reicht nicht für ein ganzes Leben. Der Heinrich ist zu weich. Der erste Sturm schmeißt ihn um. Glaub mir, mein Mädchen.«

Aber Vater, der Heinrich ist …

»Kein Aber, Sophie! Man muss nicht studiert haben, nicht ständig seine Nase in Bücher stecken, um ein kluger Mann zu sein. Unter den Bauern und Weingärtnern gibt es viele kluge Männer, die beim Nachdenken über Gott, Natur und Mensch reifere Erkenntnisse gewinnen als viele Studierte. Gustav ist so ein Mann, glaub mir.«

Schließlich schlief Sophie ein. Sie träumte wirres Zeug.

Mit Erna ging sie in die Buchhandlung. Der alte Waffenschmied bediente. Auf sein Anraten kaufte sie drei Bücher. Beim Bezahlen grinste er ihr hämisch ins Gesicht. Kaum war sie aus dem Laden draußen, da merkte sie, dass es die falschen Bücher waren. Keines über Schule und Unterricht, wie verlangt. Nein, lauter Fachbücher über Regen, Wolken und Wind. Nichts wie zurück und die Bücher tauschen. Aber die Ladentür war verschlossen. Der Buchhändler stand hinter der Schaufensterscheibe und lachte sie aus.

Sophie wachte auf, schweißnass im Gesicht. Der Mund klebte, so trocken war er. Sie tastete nach dem Wasserglas, das sie jeden Abend auf ihrem Nachttisch abstellte, und trank gierig. Dann kuschelte sie sich wieder unter die Decke. Bald ging ihr Atem gleichmäßig. Sie schlief und träumte erneut.

Jemand hetzte sie durch die Straßen. Warum, wusste sie nicht. Aber eines war ihr klar: Sie musste weg von hier. Endlich gelang es ihr, sich umzudrehen. Himmel hilf! Erna, Heinrich und Gustav waren hinter ihr her. Rennen, rennen, was das Zeug hielt! Aber der Wind blies so stark von vorn, dass sie kaum atmen konnte. Immer näher kamen die Verfolger, noch näher. Zum Glück war der Bahnhof nicht mehr weit. Außer Atem und mit letzter Kraft stürzte sie auf den Bahnsteig. Doch der Zug dampfte gerade aus dem Bahnhof. Gleich, gleich! Die drei saßen ihr schon im Nacken! Hu, Erna griff nach ihr ... .

»Aufstehen!« Erna zog Sophie die Decke weg. »Zehn nach sechs! Höchste Eisenbahn! Los, raus!«

Post für Fräulein Rössner! Aber kein Absender auf dem dicken Brief. Neugierig riss Sophie den Umschlag auf. Vier Abzüge desselben Fotos. Es zeigte vier Turnerinnen vor einer großen Wiese, auf der Schafe weideten. Die beiliegende Karte lüftete das Geheimnis. Gustav Wagner schrieb, das Foto sei eines jener Motive, die er für Pfarrer Finkenbergers Zeitschriftenartikel geknipst habe. »Für jede Ihrer Freundinnen ein Foto. Bitte beehren Sie mich bald wieder«, schrieb er, »ich habe Neues über Hanna erfahren.«

Finkenberger hatte sein Versprechen wahr gemacht und eine neue Hausordnung erlassen. Sie gewährte sogar dreimal Freizeit unter der Woche. Mittwoch- und Samstagnachmittag von vier bis halb sieben und sonntags nach dem zweiten Gottesdienst bis sieben. Wer wollte, durfte das Seminar verlassen und in die Stadt gehen.

Also eilte Sophie am darauffolgenden Samstag, es war der Tag vor dem zweiten Advent, zum fotografischen Salon am Marktplatz.

Ein Mann ließ sich gerade vor einer gemalten Balustrade ablichten. Sophie musste hinterm Paravent warten.

Im neuen Regal fiel ihr ein Buch wegen seines prächtigen Einbands auf. Sie nahm es heraus. Dunkelgrünes Leinen, Rücken und Deckel reichlich mit Gold verziert. Sein Titel lautete: »Die Wunder dieser Erde.«

Neugierig schlug sie es auf und staunte. Von den sieben Weltwundern der Antike hatte sie schon gehört. Aber dass der Koloss von Rhodos, das Riesenstandbild des Sonnengottes Helios, dazugehörte, wusste sie nicht. Sie las und war so in den Text vertieft, dass sie den Fotografen erst bemerkte, als er neben ihr stand und sich über sie beugte.

»Willkommen«, sagte er und gab ihr die Hand. »Darf ich Sophie zu Ihnen sagen?«

Sophie errötete und nickte.

Er sah es mit Wonne. Sie hat etwas übrig für mich, dachte er sich und war entzückt.

»Darf ich mich zu Ihnen setzen, Sophie?«

Bevor sie antworten konnte, stellte er schon einen Stuhl neben sie und setzte sich.

»Ihr Brief hat für Aufregung gesorgt.« Sophie schmunzelte. »Die Seminarlehrerin wollte partout wissen, von wem er ist. Aber ich habe ihr gesagt, das gehe sie nichts an. Und als sie keine Ruhe gab, bin ich zu Pfarrer Finkenberger und habe ihm den Brief gezeigt. Er hat gelacht und die Krämerin angewiesen, sie soll ihre Nase nicht in anderer Leute Post stecken. Seitdem übersieht sie mich. Aber das ist mir egal.«

Wagner hatte aufmerksam zugehört. »Wie verbringen Sie die Weihnachtstage?« Er fragte, weil er die Wärme, die diese junge Frau ausstrahlte, auch am schönsten Fest des Jahres gern genossen hätte.

»Ich muss im Seminar bleiben. Würde ich heimfahren, wäre ich zwei volle Tage unterwegs.«

»Also keine Bescherung an Weihnachten?«

»Bei uns daheim gibt's zu Weihnachten keine Geschenke. Die bringt der Nikolaus.«

»Dann waren Sie am 6. Dezember zuhause?«

»Nein. Ich habe etwas mit der Post geschickt.«

Ob er Sophie auf Weihnachten einladen dürfe, fragte er vorsichtig und leise. Er habe, von einem Onkel abgesehen, keine Angehörigen mehr.

Sie zögerte, dann nickte sie.

Er strahlte vor Freude.

»Sie haben Neues über Hanna erfahren?«

»Ich war am letzten Sonntag in Birkach«, berichtete er.

»Birkach? Kenn ich nicht.«

»Ein Dorf ganz in der Nähe von Stuttgart. Ich durfte einen Blick ins Kirchenbuch werfen. Pfarrer Finkenberger hatte mir ein Empfehlungsschreiben mitgegeben.«

»Und warum waren Sie dort?«

Wagner lachte. »Verzeihen Sie, ich nahm an, Sie wüssten, dass Hannas Mutter aus Birkach stammte.«

»Und woher wussten Sie das?«

»Finkenberger hat es mir verraten.«

»Haben Sie etwas gefunden?«

»Vielleicht.« Wagner sah Sophie belustigt an. Er wollte sie auf die Folter spannen.

Das Kirchenbuch, erzählte er weiter, vermerke unter dem Jahr 1833 Geburt und Taufe einer gewissen Anna Scheu, uneheliche Tochter der Magd Amalia Scheu.

»Ach, das ist schon so lange her. Woher wollen Sie wissen, dass diese Anna mit unserer Hanna verwandt war?«

»Ich vermute es. Anna klingt fast wie Hanna.«

»Ist das die ganze Neuigkeit?«

»Geduld, meine Liebe. In Birkach habe ich einen alten Mann auf der Straße gefragt, ob ihm eine Anna Scheu bekannt sei.«

»Und?«

»Er kannte sie sogar sehr gut.«

»War er mit ihr verwandt?«

»Nein, er war Dorfschulmeister gewesen. Er hat Anna jahrelang unterrichtet, bis sie mit vierzehn aus der Schule kam. Sie sei ein kluges Mädchen gewesen, sagte er, und ein schönes dazu.«

»So, so! Sie haben also eine Reise gemacht und einen alten Mann getroffen. Und nun?«

»Warten Sie's ab. Ich habe den alten Schulmeister ausgehorcht. Er wusste zwar nicht, wer der Vater des Kindes war. Aber er erzählte mir von allerlei Gerüchten. Zu Birkach gehöre, erklärte er, die Hofkammerdomäne Klein-Hohenheim. Dort habe König Wilhelm, der Vater unseres jetzigen Königs, vor einem halben Jahrhundert eine Meierei eingerichtet. Rinder, Schafe, Ziegen, Schweine und vor allem Araberhengste wurden gezüchtet. Gestütsaufseher war ein herrschsüchtiger Rittmeister. Der habe wie die Wildsau gehaust und nichts anbrennen lassen.«

»Und der soll Hannas Großvater sein?«

»Vielleicht«, sagte Gustav verschmitzt.

»Gustav, Gustav! Sie haben mich herbestellt, und jetzt tischen Sie mir lauter halbgare Geschichten auf!?«

»Von allein wären Sie ja nicht gekommen.«

»Warum sollte ich?«

»Ich darf Sie nicht im Seminar besuchen.«

»Untersteh dich, du …!« Sophie drohte ihm mit dem Finger, aber ihre Augen sagten etwas anderes.

Er lachte. »Darf ich auch du sagen?«

Wieder dieses Erröten, das ihm so an ihr gefiel. Jetzt dranbleiben, sagte er sich. Das Eisen muss man schmieden, solange es heiß ist.

»Also, liebste Sophie, du glaubst gar nicht, was für Zufälle es gibt.«

Er beobachtete scharf, ob sie widersprach. Kein Einwand auf Sophies Gesicht, nur aufmerksame Zuwendung.

»Also, liebste Sophie«, wiederholte er, »der alte Schulmeister führte mich ein paar Häuser weiter vor ein herrschaftliches Gebäude. Hier, sagte er, habe der Rittmeister viele Jahre seines Lebens verbracht.«

»Oh Gustav! Was soll das schon wieder?«

Er lachte. »Gleich, gleich.«

Ein prächtiges Portal, fuhr er fort, schmückte das zweigeschossige Haus. Über der Tür war ein Wappen in Stein gemeißelt.

»Es zeigt ... Nun rate mal!«

»Einen Löwen.«

»Nein, die Sonne! Die Sonne, wie sie über dem Wasser aufgeht. Auf meine Frage, was das zu bedeuten hat, nannte mir der alte Schulmeister den Namen des Rittmeisters. Sonne ... Wasser ... du erinnerst dich?«

Sophie schluckte. »Das Exlibris in Hannas Büchern?«

»Genau das, meine liebe Sophie. Der Rittmeister hieß Morgenroth. Ich habe sein Wappen abgemalt.«

Er zog ein Papier aus der Jackentasche. Dann nahm er ein Buch aus dem Regal und schlug es vorn auf. Papier und Buch hielt er Sophie unter die Nase.

»Jetzt verrate mir nur noch, wie Hanna an das Wappen gekommen ist.«

»Weiß ich noch nicht. Aber du hast bestimmt eine Idee, wie wir das rauskriegen könnten.«

»Wahrscheinlich über den alten Waffenschmied. Aber der schweigt lieber. Ich werde seinem Sohn das Exlibris zeigen und ihn aushorchen.«

»Mach das. Und wenn er die Exlibris nicht hat, dann müssen sie noch in Hannas Zimmer sein. Sag, wo würdest du ein paar Blatt Papier verstecken?«

»Hinter Möbeln, hinter Bildern oder unter der Tapete.«

Die folgenden Tage waren angefüllt mit Lernen, Lernen und nochmals Lernen. Das Examen stand bevor.

Im Gegensatz zu den Lehrern, die zwei Prüfungen ablegen mussten, das Lehrgehilfenexamen zum Abschluss der Seminarausbildung und die Anstellungsprüfung nach zwei bis vier Praxisjahren als Provisor, blieb den Lehrerinnen die zweite Prüfung versagt. Denn die hätte dazu berechtigt, unbefristete Stellen und höhere Besoldungen einzufordern. So mussten sich die Frauen lebenslänglich mit einem Hungerlohn und befristeten Arbeitsverhältnissen zufriedengeben und hatten keine Handhabe, etwas zu ändern. Außerdem mussten sie bei Dienstantritt Ehelosigkeit geloben.

Die beiden Weihnachtstage fielen auf Sonntag und Montag. Daraus folgte für die meisten Seminaristinnen, dass sie zum Fest nicht heimfahren konnten. Sophie wäre für eine Nacht bei den Eltern zwei Tage auf Achse gewesen und hätte dafür auch noch viel Geld bezahlen müssen. Mit der Eisenbahn bis Heilbronn, dort umsteigen und weiter nach Hall. Von Hall schließlich mit der Postkutsche zu den Eltern nach Winterhausen. Und am nächsten Tag die ganze Strecke retour.

Das dauerte deshalb so lange, weil die Züge langsam fuhren. Trotzdem waren die Württemberger stolz auf ihre Eisenbahn. Dass sie im übrigen Deutschland als Schneckenpost verschrien war, störte die Schwaben nicht, ließen doch die langen, übermäßig schweren Waggons gar kein schnelleres Fahren zu. Außerdem gab es so viele Haltestellen, dass die Postkutsche oft schneller war als der Zug. Nur kostete die Reise mit Pferden einiges mehr als die Fahrt mit der Dampflok.

Das alles wusste Sophies Vater, darum riet er ihr: »Bleib, wo du bist und ruh dich vom vielen Lernen aus.« Seinem dicken Brief lagen, zwischen zwei Kartons, damit man den Inhalt nicht durch den Umschlag ertasten konnte, zwei Doppelgulden bei. »Erfülle dir einen Herzenswunsch«, bat er.

Wer Weihnachten nicht heimfahren könne, hatte Finkenberger getröstet, der möge am Sonntag im Seminar feiern, das ja für zwei Jahre die Ersatzfamilie sei. Und am zweiten Weihnachtstag dürfe man den ganzen Tag außer Haus, wenn man sich rechtzeitig vom Mittagessen abmelde.

Am Samstag ging Sophie kurz nach vier im dichten Schneetreiben zum Marktplatz. Die Geschäfte hatten, wie samstags üblich, bis sechs oder sieben geöffnet. Hut und Mantel voller Schnee stürmte sie ins Fotoatelier. Gustav bediente gerade einen Kunden und raunte ihr zu, sie solle doch bitte hinter dem Paravent Platz nehmen oder in einer halben Stunde wiederkommen.

Sie blieb und las im Prachtband »Die Wunder dieser Erde« die Geschichte, die vom Ersten der sieben Weltwunder erzählte, der großen Pyramide von Gizeh.

Endlich hörte sie, dass Gustav den Laden abschloss und zu ihr eilte.

»Da ist ja mein Christkindchen!« Er lachte.

Sophie stand auf und strahlte ihn an.

Er umarmte sie, und sie ließ es geschehen.

Jeden Tag nimmt er sich ein Stückchen mehr heraus, dachte sie noch, aber fühlte sich zugleich geschmeichelt.

Er hatte Tee in einer Wärmkanne parat und Weihnachtsgebäck. So saßen sie nun in der Ecke seines Ateliers, gegen neugierige Blicke durchs Fenster geschützt, und freuten sich über das Zusammensein.

Sophie berichtete, sie sei in der Buchhandlung Waffenschmied gewesen und habe Neues erfahren.

Die Großmutter des jungen Buchhändlers, eine gewisse Hermine Keppler, sei eine geborene Morgenroth. Sie wohne in Stuttgart, ganz in der Nähe vom Bahnhof, genieße als Majorswitwe ein sicheres Auskommen und erfreue sich bester Gesundheit. Manchmal besuche der junge Waffenschmied seine Großmutter und begegne dabei auch seiner Mutter. Erst kürzlich, am ersten Advent, sei er mit seinem Vater dort gewesen, weil die Großmutter ihren vierundsiebzigsten Geburtstag gefeiert habe. Auf ihrer Kommode stünden ein paar Fotos. Ja, auch das Bild ihres älteren Bruders, des Rittmeisters und Gestütsaufsehers, der vor fünf Jahren gestorben sei. Und sie bewahre einen Siegelring auf. In den sei das Wappen mit der aufgehenden Sonne eingraviert.

Sophie berichtete sachlich. Dass sie die neuerliche Begegnung mit Heinrich Waffenschmied arg ernüchtert hatte, verschwieg sie.

Zwar hatte sich der junge Mann bemüht, ihr zu gefallen, war zuvorkommend, liebenswürdig und witzig gewesen. Alle Fragen hatte er beantwortet, aber ständig zur Bürotür geschielt. Als sein Vater den Laden betreten hatte, war der Sohn eingeknickt und hatte sich in einen unterwürfigen, willenlosen Knaben verwandelt. Die Angst vor dem Alten schien übermächtig und war nicht zu ignorieren. Sophie hatte sich vorgenommen, Heinrich künftig zu meiden. Sie hatte schon von den Bevormundungen und Bespitzelungen der Krämerin genug. Wie es sich anfühlen würde, mit diesem selbstgefälligen Patriarchen unter einem Dach zu leben, konnte sie sich lebhaft ausmalen.

»Und die Exlibris?«

»Davon wusste er angeblich nichts. Aber ob das die ganze Wahrheit ist, bezweifle ich. Denn als ich danach fragte, kam gerade sein Vater zur Tür herein. Und wenn der Alte da ist, kriegt man aus dem Jungen nichts raus, so eingeschüchtert und zugeknöpft ist er dann.«

Damit, meinte Sophie, seien ihre Möglichkeiten erschöpft. Mehr könne sie nicht tun, das Geheimnis um Hanna zu lüften.

Gustav dagegen war zuversichtlicher. Morgen früh fahre er nach Stuttgart. Dort sei er bei seinem Onkel Karl – das sei der Verleger, der auch die »Sonnenblume« herausgebe – zum

Weihnachtsessen eingeladen. Bei der Gelegenheit suche er Hermine Kepplers Anschrift im Stuttgarter Adressbuch heraus. Er werde ihr dann schreiben. Vielleicht wisse er bald mehr über Hanna.

»Du fährst nach Stuttgart?« Sophies Miene verfinsterte sich. »Ich dachte, wir würden ...?«

»Aber, aber, liebste Sophie!« Wagner lachte. »Ich bin morgen Abend wieder zurück. Glaubst du wirklich, ich würde unser Treffen verpassen? Nein, nein, es bleibt alles, wie wir's abgemacht haben. Übermorgen um zwei in der Konditorei ›Weber‹.«

Vergnügt feierten Sophie und Gustav in der Konditorei »Weber« am zweiten Weihnachtstag mit Sekt, Kuchen, Kaffee und feinen Pralinés. Zum Abschluss stießen sie auf eine gute Zukunft an.

Als Sophie am Abend zu Bett ging, war alles noch schön, licht und hell. Doch in der darauffolgenden Nacht plagten sie Albträume. Schweißgebadet wachte sie auf und zitterte am ganzen Leib. Ihr Herz pochte und hüpfte. Sie hatte geträumt, ihr Vater habe sie zur Strafe in eine Maus verwandelt. Einer Katze konnte sie gerade noch entkommen, weil sie sich in einem Loch in der Wand verkroch. Sie war unendlich traurig und hatte Angst.

Am nächsten Morgen, es war der Dienstag nach den Festtagen, begann der Unterricht mit einem außerordentlichen Frühgottesdienst. Im Anschluss daran stellte Pfarrer Finkenberger die neuen Lehrkräfte vor. Herr Lenz übernehme Brettschneiders Lehrauftrag, und Fräulein Herderich sei die neue Aufseherin. Zwar beginne der Dienst der beiden erst an Neujahr, doch hätten sie bereits ihre Wohnungen bezogen und könnten darum heute hier sein.

Seminaroberlehrer Lenz, ein sympathischer Endvierziger, strahlte Ruhe und Optimismus aus. Er habe, berichtete er, viele Jahre als Mädchenschulmeister unterrichtet und zuletzt ein kleines privates Lehrerseminar auf der Schwäbischen Alb geleitet, unterstützt vom örtlichen Pfarrer. Er sei verheiratet und stolzer Vater von vier Töchtern und drei Söhnen.

Fräulein Herderich wirkte besonnen, lachte viel und versprach, auch am Turnen teilzunehmen. Anders als die Krämerin schien sie nicht der Generation der unterwürfigen Frauen anzugehören. Seit zwei Jahren sei sie Mitglied im ADF, im Allgemeinen Deutschen Frauenverein, gestand sie freimütig. Sie wolle dazu beitragen, dass die Frauen würdiger und selbstbestimmter leben und arbeiten könnten. In Stuttgart, wo sie vorher gewohnt habe, bestünde ein Arbeitskreis gleichgesinnter Frauen, dem sie angehöre.

Sophie war wie gerädert. Sie saß auf den Ohren und war in Gedanken weit weg. War sie zu weit gegangen? Machte es überhaupt noch Sinn, das Examen abzulegen?

Wie sollte es weitergehen? Liebe oder Lehrerin? Gustav, Gustav! Wie hatte sie sich in so kurzer Zeit an ihn gewöhnt! Konnte sie auf ihn verzichten? Wollte sie es überhaupt? Und was würden die Eltern sagen?

Nein, sie himmelte ihn nicht an, vergötterte ihn nicht, verschlang ihn nicht mit den Augen. Kein Blitzschlag voller Leidenschaft, keine unkontrollierte Gefühlswallung. Und doch …

Oh Gott! Sie erschrak. Hatte sie laut gesprochen? Verstohlen sah sie sich um. Erna warf ihr einen besorgten Blick zu.

Ganz allmählich, gestand sie sich ein, hatte sie sich in Gustavs Nähe wohl, geborgen und verstanden gefühlt. Sie hielt große Stücke auf ihn.

Aber, fragte sie sich, ist das die große Liebe? Sie kannte sich mit sich selbst nicht mehr aus.

Erna spürte, dass Sophie in Gedanken woanders war. Sie stellte ihre Freundin nach dem Gottesdienst zur Rede, doch die antwortete ausweichend.

Sophie wich nicht nur ihrer Freundin aus. Auch versuchte sie, Gustav in den kommenden Tagen und Wochen aus dem

Weg zu gehen. Zwar besuchte sie ihn regelmäßig. Sie konnte gar nicht anders. Aber ihre Besuche fielen von Mal zu Mal kürzer aus. Immer entschuldigte sie sich damit, sie müsse lernen.

Gustav dachte sich seinen Teil und schwieg lange. An einem Samstagnachmittag nahm er sie jedoch an beiden Händen und sah ihr in die Augen: »Wir müssen reden, Sophie. Du musst mir sagen, ob du dir ein Leben mit mir vorstellen kannst.«

»Warum jetzt, Gustav? Du weißt doch, dass ich bald Prüfung habe und lernen muss.«

»Gerade darum, liebste Sophie. Gleich nach dem Examen fängt das neue Schuljahr an. Und wenn du dann weit weg bist, als Lehrerin irgendwo in einem verschlafenen Nest hockst, wohin kein Zug fährt, dann sehen wir uns vielleicht nie wieder. Willst du das?«

Sophie brach in Tränen aus.

Er nahm sie in seine Arme und strich ihr sanft übers Haar. Ob sie denn nicht lieber hierbleiben wolle? Vielleicht für immer?

»Ach Gustav, ich weiß es doch selbst nicht«, jammerte Sophie. Sie legte beide Hände auf seine Brust, vermied es aber, ihm ins Gesicht zu schauen. »Das Examen muss ich machen. Das siehst du doch ein. Sonst habe ich mich zwei Jahre lang umsonst geplagt.«

»Willst du wirklich Lehrerin werden?«

Sie zuckte die Schultern, aber ihr Herz schlug schneller. »Verstehst du das?«

Ja, er verstand sie gut. Noch hoffte er. Es machte ihn krank, aber erst wenn keine Hoffnung mehr bestand, wollte er sich geschlagen geben.

Sie sah ihn an. »Jetzt mache ich erst einmal die Prüfung. Dann reden wir weiter. Einverstanden?«

»Das lässt mich hoffen«, sagte er und drückte sie fest an sich. »Vielleicht finden wir eine Lösung. Jedenfalls wünsche ich dir fürs Examen alles Gute.«

»Wirklich?« Sie studierte aufmerksam seine Gesichtszüge. Meinte er es ehrlich? Oder wünschte er insgeheim, sie möge durch die Prüfung rasseln? Sie lehnte ihren Kopf an seine Brust und hörte sein Herz. Es schlug heftig. Für mich, nur für mich allein, dachte sie und fühlte sich erleichtert.

»Weißt du«, sie packte ihn am Revers seiner Jacke, »jeder Mensch muss arbeiten. Seitdem Gott uns Menschen im Paradies das große Gesetz der Arbeit verkündet hat, kann sich dem niemand entziehen.«

»So feierlich, liebste Sophie?«

»Pfarrer Finkenberger hat das neulich im Religionsunterricht gesagt. Ich finde, er hat recht. Manchen verheirateten Frauen in den Städten klingt das Wort Arbeit unangenehm in den Ohren. Sie sind froh, wenn sie wenig zu tun und nichts zu sagen haben. Aber für mich hört sich Arbeit nach Freude und Freiheit an. Wenn ich etwas machen darf, fühle ich mich gut. Ich freue mich jedes Mal, wenn ich etwas geschafft habe.«

Gustav nahm Sophies Kopf zwischen beide Hände und sah ihr liebevoll ins Gesicht. »Aber dass man dazu gleich Lehrerin werden muss, davon steht nichts in der Bibel.«

Sie erschrak.

Er lachte sie an: »Glaub mir, ich habe längst begriffen, dass du nicht ein Leben wie viele Frauen führen willst.«

Sie nickte dankbar. »Ja, ich will nicht aufgehen im Putzen, Kochen, Essen, Trinken und im Schatten der Männer ein bisschen Vergnügen haben.«

Er streichelte ihr die Wangen.

»Weißt du, liebster Gustav, ich möchte einmal so leben wie Frau Neumann. Ich kann nicht nur vor dem Herd stehen und im Wohnzimmer häkeln und sticken.«

»Ich weiß, liebste Sophie. Du bist anders. Gerade das gefällt mir an dir. Jeder Überfluss, jede Oberflächlichkeit und Flatterhaftigkeit ist dir zuwider. Aber meinst du nicht, dass du alles, was du tun möchtest, auch an meiner Seite erreichen könntest? Glaubst du wirklich, ich würde deine Ideale verbiegen?«

»Genau das ist ja das Problem, Gustav. Wenn ich Lehrerin sein will, dann verbietet mir das Gesetz, an deiner Seite zu leben.« Sophie löste sich aus seinen Armen. »Das ist ungerecht und macht keinen Sinn!«, schimpfte sie. »Nenne mir auch nur einen einzigen vernünftigen Grund, warum Lehrer heiraten dürfen, Lehrerinnen aber nicht.« Sie stampfte vor Zorn mit dem Fuß auf den Boden.

Gustav lachte. »Ja, so kenne ich dich, Sophie, und so liebe ich dich. Du gibst nicht klein bei. Du verdrückst dich nicht, wenn es anzupacken gilt. Du willst ändern, was unrecht ist.«

Der 2. März war endlich da, ein geschichtsträchtiger Tag, an dem in Eugensburg und in ganz Deutschland viel von Vaterlandsliebe und Nationalstolz die Rede sein sollte.

Das Barometer stand auf Hochdruck. Schon seit Tagen hatte es nicht geregnet. Die Leute schauten besorgt zum wolkenlosen Himmel auf. Die Zugehfrauen, die für die Fräulein im Seminar kochten, sprachen nur noch über die Trockenheit. Wenn's regnen würde, könnten sie endlich ihre Gemüsegärten einsäen. Die ersten Stare balzten in den Bäumen hinterm Haus. Buntspechte trommelten, und Grünspechte lachten. Das Vogelgezwitscher kündigte den Frühling an.

Sophie hatte diesen Donnerstag herbeigesehnt und ein bisschen auch gefürchtet. Am Dienstag hatte sie ein Päckchen von ihrem Großvater bekommen: Schokolade und eine feine Malz-Kräuter-Seife. Die sei wirklich mild und besonders zart. »Für meine liebe Sophie, die beste Lehrerin aller Zeiten«, hatte er dazu geschrieben. Am Mittwoch war die Post besonders reichlich ausgefallen: ein Brief von Vater und Mutter mit den besten Wünschen, ein Buchgeschenk vom jungen Waffenschmied und eine Schachtel Pralinen von Gustav.

Sophie war gerührt und nahm alles als gutes Omen. Heute stieg sie ins Examen.

Schon beim Aufstehen hörte sie vor dem Haus einen Zeitungsverkäufer schreien: »Extrablatt! Deutsche Soldaten in Paris einmarschiert!«

Im Waschsaal, morgens um Viertel nach sechs, probierte sie Großvaters Seife aus. Sie war tatsächlich weich, cremig und duftete nach Frühling. Beim Frühstücken schaute sie nebenher in ihr Pädagogikbuch und überflog das Kapitel über die Volksschule als Erziehungsanstalt des Volkes. Das war ihre Schwachstelle, sie wusste es genau.

Oberlehrer Lenz vertrat Pfarrer Finkenberger, der an einer Besprechung im Konsistorium teilnehmen musste. Das beunruhigte die Mädchen keineswegs, denn der neue Lehrer war nach zwei Monaten am Seminar schon sehr beliebt. Er führte heute die Aufsicht.

Lenz war in euphorischer Stimmung. Bevor er das Aufsatzthema an die Tafel schrieb und damit die schriftliche Prüfung eröffnete, hielt er eine feierliche Ansprache im Stehen:

»Der heiß ersehnte Frieden ist da! Seit dem 5. Januar haben deutsche Soldaten Paris beschossen. Am 18. Januar ist im Spiegelsaal zu Versailles der preußische König zum deutschen Kaiser proklamiert worden. Nach hundertzweiunddreißig Tagen Belagerung hat die französische Regierung den Waffenstillstand akzeptiert. Gestern sind unsere tapferen Krieger in Paris einmarschiert. Die während des blutigen Krieges zustande gekommene Einigung des deutschen Vaterlandes erfüllt in diesen Tagen alle deutschen Herzen mit hoher Freude und Dank gegen Gott. Wer wollte nicht in tiefer Trauer jener gedenken, welche im Kriege Leben, Glieder und Gesundheit verloren haben. Wir nehmen herzlichen Anteil an dieser Trauer. Aber beim Blick aufs große Ganze, auf Sieg, Frieden und Einigung, müssen doch die Freude und der Dank überwiegen. Gott hat Großes an uns getan. Das Kriegsgewitter ist vorbei. Frankreich muss fünf Milliarden Franc Kriegsentschädigung zahlen. Elsass und Lothringen sind unser. Und morgen ist Wahltag. Die Wahl zum ersten deutschen Reichstag wird uns endlich eine deutsche Regierung bescheren und das Zehnersystem mit Mark und Pfennig, Kilogramm und Gramm, Meter und Zentimeter. Das wird uns das Rechnen im Alltag erleichtern. Vor allem aber bringt sie uns ein einiges Vaterland.«

Er räusperte sich und bat gerührt: »Bitte erheben Sie sich.«

Stehend schmetterten die Fräulein die Kaiserhymne: »Heil Dir im Siegerkranz!«

»Bitte setzen Sie sich!«

Lenz stellte sich vor die Tafel. »Sie haben sich zwei Jahre lang bemüht, den umfangreichen Lehrstoff zu bewältigen. Man weiß niemals alles. Also bewahren Sie bitte Ruhe, wenn Ihnen etwas nicht gleich einfällt. Dann werden Sie, da bin ich mir ganz sicher, ein ansprechendes Ergebnis erzielen.«

Er nahm die Kreide zur Hand. »Übrigens erhalten Sie die gleichen Aufgaben wie die Seminaristen in Esslingen und Gmünd. Ihre Arbeiten werden auch nach dem gleichen Maßstab bewertet.« Er lachte. »Was glauben Sie, wie sich die Lehrer landauf, landab ärgern, wenn Sie bei dieser Prüfung besser abschneiden als Ihre Kollegen.« Aufmunternd schaute er in die Klasse, die ihn erwartungsvoll ansah. »Und jetzt wünsche ich Ihnen viel Erfolg.«

Er schrieb das pädagogische Aufsatzthema an: »Was ist das Ziel der Volksschule, und wie unterscheidet sie sich hierin von anderen Unterrichts- und Erziehungsanstalten?«

Sophie grinste in sich hinein. Genau das Kapitel hatte sie vorhin wiederholt. Ihr Bleistift raste übers Papier. Kaum konnte sie ihren Gedanken mit der Hand folgen, so schnell sprudelten sie hervor.

Nach zwei Stunden war eine halbe Stunde Pause. Dann kam schriftliches Rechnen an die Reihe. Drei Aufgaben standen an der Tafel:

»(a) Wie viel Uhr ist es, wenn sich die beiden Zeiger einer Uhr genau zwischen vier und fünf decken?

(b) Ein Geschäftsmann legt sein Geld so an, dass sich seine Zinsen jährlich um fünfzehn Gulden vermehren. Wenn er nun in zwölf Jahren im Ganzen eintausendeinhundertsiebzig Gulden einnimmt, wie viel betrugen seine Zinsen im ersten, wie viel im zweiten Jahr?

(c) Drei Männer haben zu einem gemeinschaftlichen Handel eintausendeinhundertzwanzig Gulden Kapital zusammengelegt und damit fünfhundertsechzig Gulden gewonnen. Von diesem Gewinn bekam A hundertfünfundvierzig Gulden, B zweihundertdreißig Gulden und C hundertfünfundachtzig Gulden. Wie viel Kapital hat jeder eingelegt?«

Rechnen zählte nicht gerade zu Sophies Lieblingsfächern. Im Kopfrechnen war sie stark, aber bei den Textaufgaben unterliefen ihr Fehler. Als sie ihr Prüfungsblatt abgeben musste, hatte sie dennoch ein gutes Gefühl.

Nach dem Mittagessen folgte die Klausur in Sprachkunde. Lenz teilte das Schulkundebuch aus. Sophie war verwirrt. Der ungeliebte Pädagogikschinken in der Deutschprüfung? Wozu?

Lenz kippte die Tafel. Da stand die Antwort weiß auf schwarz:

»(a) Zergliedern Sie den ersten Satz im Schulkundebuch auf Seite dreiundachtzig oben. Bestimmen Sie seine einzelnen Satzglieder und erklären Sie, in welchem Verhältnis diese zueinander stehen.

(b) Was bedeuten diese Fremdwörter: Zirkulation, Partikulier, Genie, Invasion, Chaos, Separatist, Blasphemie, Kapitulation, fanatisch, Emanzipation?

(c) Was ist ein Nebensatz? Wie viele Arten von Nebensätzen gibt es? Warum nicht mehr?«

Nach anderthalb Stunden war auch das überstanden. Die Uhr an der Schlosskirche schlug halb vier. Freizeit bis sieben, so hatte Finkenberger für alle Prüfungstage versprochen. Und das Abendessen erst um halb acht.

Sophie rannte zum Marktplatz. Sie wollte sich für die Pralinen bedanken. Und Gustav wiedersehen, ihm sagen, dass sie die ersten Prüfungen gut hinter sich gebracht hatte.

Auf dem Marktplatz drängelte sich eine große Menschenmenge um ein kleines Podest, das vor der Stiftskirche aufgebaut war. Dort stand ein Mann in Hut und Mantel und hielt eine Rede. Das sei der Kandidat der Nationalliberalen Partei, flüsterte man Sophie zu. Sie blieb stehen.

Jetzt, da Deutschlands Einheit vollendet sei, schrie der Mann mit hochrotem Kopf, gehe es um die wichtigsten Fragen der Zukunft.

An erster Stelle, forderte er, bedürfe es eines einheitlichen Münzwesens: »Weg mit Gulden, Talern, Franken! Weg mit Hellern, Groschen, Kreuzern und Schillingen! Weg mit der verflixten Rechnerei mit Viertel- und Halbmünzen, mit Zwölfern und Dreißigern. Her mit Mark und Pfennig und dem Zehnersystem! Hundert Pfennig sind eine Mark, das kann jeder rechnen.«

Sodann müssten Strafrecht, bürgerliches und öffentliches Recht vereinheitlicht werden. Dass ein Spitzbube im einen Land hinter schwedischen Gardinen schmore, im anderen aber frei herumlaufe, und das in einem vereinten Deutschland, sei unerträglich. Das könne so nicht bleiben.

Und schließlich brauche Deutschland eine starke Marine, damit es den gerade beschlossenen Frieden auf Dauer sichern könne.

Wähle man ihn ins Parlament, versprach der Mann, der sich heiser geschrien hatte, dann werde er dafür sorgen, dass der erste deutsche Reichstag diese Aufgaben erfülle.

Sophie ärgerte sich. Statt einer starken Marine braucht Deutschland endlich mehr Rechte für Frauen, hätte sie am liebsten dazwischengerufen.

Als Beifall aufbrandete, rannte sie weiter. Sie wollte zu Gustav. Und Heinrich kriegt, das nahm sie sich fest vor, irgendwann einen Dankesbrief. Mehr nicht.

Gustav war da, sonst niemand. Sie flog ihm um den Hals. Er umarmte sie, herzte sie wie nie zuvor, schob sie etwas von sich, sah ihr in die Augen und küsste sie auf den Mund.

Sie war erschrocken, aber hielt still. Er hatte sie geküsst, o Gott, er hatte sie geküsst.

Sophie war entzückt.

Am nächsten Morgen, dem Tag der ersten deutschen Reichstagswahl, waren noch zwei schriftliche Prüfungen zu meistern.

In Religionslehre lautete die Frage: »Auf welche Stellen in der Bibel bezieht sich die Lehre von der Erbsünde, und welche Gründe der Vernunft und der Erfahrung sprechen dafür?«

Nach einer kleinen Pause war das neue Schulfach Weltkunde an der Reihe, das Geschichte und Geografie, Naturlehre und Naturgeschichte zusammenfasste. Die Aufgabe lautete: »Beschreiben Sie die wichtigsten essbaren Pilze nach Gestalt, Farbe und Standort.«

Am Nachmittag trafen sich die neunzehn jungen Damen in der Küche, buken drei Torten, kochten Kaffee und Tee und feierten in die Nacht hinein.

Auch bis zur mündlichen Prüfung am folgenden Mittwoch hielten sie zusammen wie Pech und Schwefel. Freiwillig verzichteten sie auf Freizeit und Ausgang. Stattdessen arbeiteten sie, stundenweise unterstützt von Oberlehrer Lenz, den Prüfungsstoff noch einmal ganz durch und hörten sich gegenseitig ab.

Nur am Sonntagnachmittag unterbrachen sie die Lernerei. Denn in der Stiftskirche fand die örtliche Friedensfeier statt, an der sie teilnehmen mussten.

Nach dem Eröffnungslied »Wer nur den lieben Gott lässt walten« leitete Pfarrer Finkenberger den Dankgottesdienst und predigte über den Lukas-Vers: »Friede sei in diesem Hause.« Im Gedenken an die Gefallenen sang der Kirchenchor Klopstocks Hymne: »Über den Sternen wohnet Gottes Friede, und Siegespalmen winken den Gerechten.« Und zum Schluss stimmte der Liederkranz den alten Choral an: »Verleih uns Frieden gnädiglich, Herr Gott, zu unsern Zeiten.«

Am 8. März, endlich war der schlimme Mittwoch gekommen, verkündeten alle Zeitungen schon am Morgen das Ergebnis der Reichstagswahl. Die Nationalliberalen hatten einen großen Sieg errungen. In zwölf von insgesamt siebzehn württembergischen Stimmbezirken stellten sie den Abgeordneten.

Am Nachmittag fand in Stuttgart vor dem Neuen Schloss die zentrale Friedensfeier im Königreich statt. Von allen größeren Bahnhöfen fuhren Sonderzüge in die Hauptstadt, die abends prächtig illuminiert war.

Nur die Seminaristinnen kriegten von all dem Jubel und Trubel nichts mit. Sie bibberten im Lehrsaal, wiederholten leise den Lehrstoff oder saßen über ihren Büchern. Die Aufregung war groß. Einige jammerten leise, andere zitterten stumm der mündlichen Prüfung entgegen. Manche saßen mit gefalteten Händen still am Tisch, die Augen geschlossen, nur die Lippen bewegten sich.

Um halb zehn kam Lenz und holte Sophie. Im Dienstzimmer des Seminarvorstands durfte sie sich in den Sessel am runden Tisch setzen.

»Damit Sie wenigstens weich sitzen, wenn wir Sie hart prüfen«, sagte Finkenberger und sah sie belustigt an.

Zuerst musste Sophie die größten Feste im Kirchenjahr erklären: Advent, Weihnachten, Jahreswende, Dreikönigsfest, Passion, Ostern, Himmelfahrt, Pfingsten, Dreifaltigkeitssonntag. Dann wollte Finkenberger das Wesentliche über Dänemark wissen, wobei das Volksschullesebuch Grundlage und Grenze der Prüfung bestimmte, wie es in der Prüfungsordnung hieß. Anschließend bat er sie, die wichtigsten Daten aus der griechischen Geschichte aufzuzählen, von der Mythologie bis zu den Perserkriegen.

Lenz stellte drei schwere Einmaleins-Aufgaben und eine mündliche Textaufgabe. Zum Schluss wollte er hören, was Wärme sei, welche Wärmequellen Sophie kenne und was man über Wärmemenge und Wärmetransport wissen sollte.

Nachmittags standen die praktischen Prüfungen an. Zwischen Handarbeiten und Freihandzeichnen durfte man wählen. Sophie entschied sich fürs Zeichnen. Die Aufgabe lautete: »Zeichnen Sie aus dem Gedächtnis eine kugelbauchige Vase, die einen zylinderförmigen Hals hat und auf die von links oben das Licht fällt. Schraffieren Sie den Schlagschatten.«

Kaum hatte Sophie die Vase mit Grautönen modelliert, den Schlagschatten kontrastiert und die Lichtpunkte auf der Vase herausradiert, eilte sie in den zweiten Lehrsaal, wo das Klavier stand. Dort musste sie den drei Musiklehrern ein Volkslied in Dur und einen Choral in Moll vorsingen und etwas auf der Geige vorspielen. Als Kür hatte sie ein freches Couplet vorbereitet. Ob das genehm sei, fragte sie. Der Klavierlehrer sah seine beiden Kollegen fragend an. Alle drei stimmten begeistert zu. Und so sang sich Sophie ihren Ärger über Missstände in der Schule von der Seele:

*Was braucht man in der guten Schul,*
*was braucht man in der Schul?*
*Kinder groß und klein,*
*so viel wie's geht hinein,*
*dass vollgestopft der Schulsaal ist*
*und eins dem andern Platz stibitzt.*
*So spart man sicher sehr viel Geld,*
*auch wenn das Lernen nichts mehr zählt.*
*Drum bleibt es, wie es immer war,*
*ja, die alten Zöpf sogar.*
*Das braucht man in der guten Schul,*
*das braucht man in der Schul.*

Was braucht man in der guten Schul,
was braucht man in der Schul?
Ein Lesebuch darf sein,
am besten dünn und klein.
Sonst tät man lernen viel zu viel
und schösse übers Lehrplanziel.
Die Kinder würden viel zu schlau,
das gäb politischen Radau.
Drum bleibt es, wie es immer war,
ja, die alten Zöpf sogar.
Das braucht man in der guten Schul,
das braucht man in der Schul.

Was braucht man in der guten Schul,
was braucht man in der Schul?
nen Lehrer, treu und stumm,
den Rücken immer krumm,
die Hände an der Hosennaht,
wenn kommt der Herr Bezirksschulrat.
Dazu ein Stecken, frisch und hart,
damit an Tatzen er nicht spart.
Drum bleibt es, wie es immer war,
ja, die alten Zöpf sogar.
Das braucht man in der guten Schul,
das braucht man in der Schul.

Was braucht man in der guten Schul,
was braucht man in der Schul?
Beim Lernen ja kein Freud,
sonst wär die Zeit vergeud.
Und Lehrerinnen braucht es nicht,
gäb viel zu guten Unterricht.
Des Lehrers Ruhe würd es stören,
Missgunst gleich heraufbeschwören.
Drum bleibt es, wie es immer war,
ja, die alten Zöpf sogar.

*Das braucht man in der guten Schul,*
*das braucht man in der Schul.*

Der Gesangslehrer lachte, der charmante Klavierlehrer dirigierte ausgelassen mit, und der grauhaarige Geiger amüsierte sich köstlich.

Am Montag nach der Morgenandacht verkündete Finkenberger die Ergebnisse. Zunächst erläuterte er die Notenstufen: I a bedeute sehr gut und I b recht gut. Auch II (gut), III (genügend oder mittelmäßig) und IV (ausreichend) unterteile man jeweils in a und b, sodass insgesamt acht Notenklassen entstünden, die zum Bestehen ausreichten. Wer schlechter als IV b abschneide, habe leider nicht bestanden.

Sogleich beruhigte er. Alle hätten sich wacker geschlagen. Als Erste rief er Sophie auf. Sie war die Beste mit der Note I b. Er gratulierte ihr und überreichte Zeugnis und Buchpreis. Er hoffe, dass sie dem Lehrberuf treu bleibe und für die Lehrerinnen Ehre einlege.

Als alle neunzehn Absolventinnen ihre Zeugnisse hatten, gab Finkenberger einen kurzen Rückblick über die vergangenen zwei Jahre. Hoffentlich, er klang zuversichtlich, würden die Lehrerinnen bald so geschätzt, wie sie es verdienten. In allen drei Seminaren habe man die gleichen Prüfungsaufgaben gestellt und nach den gleichen Kriterien bewertet, sagte er mit einem süffisanten Lächeln. Und siehe da, die Frauen hätten besser abgeschnitten als die Männer. Für ihn komme das nicht überraschend. Das Ergebnis freue ihn ungemein, denn in Zukunft könne niemand mehr den Lehrerinnen das Fachwissen abstreiten. Zum Schluss dankte er für die gemeinsame Zeit und wünschte allen Gesundheit, Glück und Erfolg.

Für den späten Nachmittag war Sophie mit Gustav verabredet. Bis dahin wollte sie mit sich ins Reine kommen.

Nach dem Mittagessen schlenderte sie hinüber zum Schloss. In den Gärten blühten schon Tulpen und Narzissen. Kohlmeisen besangen vielstrophig den ewigen Kreislauf der Natur und weckten Lebensfreude und Fröhlichkeit. Ein Zitronenfalter wiegte sich im Wind.

Begleitet von der Allee alter, breitästiger Linden spazierte sie bis zum Waldrand. Überall spross neues Grün. Ein Meer von Krokussen lockte Amseln an, die mit aufgerissenem Schnabel stritten und die violetten Blütenkelche respektlos rupften. An den Rainen strahlten Veilchen, Primeln und Schlüsselblumen um die Wette.

Dort, wo der Fluss unter die Bäume kroch und im Dunkel verschwand, setzte sie sich auf eine Bank. Die weißen Sterne der Buschwindröschen leuchteten zu Hunderten aus grünen Blättern. Der Bärlauch verströmte seinen süßlichen Knoblauchduft. Fleißige Hummeln brummten um die ersten blühenden Sträucher.

Die Sonne wärmte, die Natur verströmte Ruhe und Zuversicht. Der Frühling war da. Und der Tag der Entscheidung.

Jahrgangsbeste. Sophie konnte es kaum fassen. Lehrerin! Sie lachte und sah zum Himmel auf. Drosseln und Finken zogen in großen Schwärmen heim.

Und sie musste fort!

Betrübt schlug sie die Hände vors Gesicht und schluchzte zum Herzerweichen.

Nicht zu ändern, wenn man in den Beruf einsteigen wollte! So war es Vorschrift! Sophie schniefte. In den ersten Jahren, hatte Finkenberger gesagt, würden alle Lehrerinnen, wie die Lehrer schon seit einem halben Jahrhundert, weitab vom Seminar eingesetzt.

Dabei wäre eine Einklassenschule in der Nähe der Eltern ein Traum gewesen. Gustav hätte Briefe an ihre Adresse schreiben können. Doch leider blieben kleine Schulen den Lehrerinnen verwehrt, nur an großen durften sie verwendet werden. Offensichtlich fühlten sich die Schulmeister, Unterlehrer und Provisoren nur im Rudel stark genug, eine einzige Frau in ihrem Kollegium in Schach zu halten.

Und Eugensburg? Nein, das konnte sie sich aus dem Kopf schlagen. Die Oberamts- und Residenzstädte waren bei den Lehrern heiß begehrt. Dort unterrichten zu dürfen, musste man sich erst verdienen. Vielleicht später, frühestens in zwei oder drei Jahren, könnte sie sich Hoffnungen machen, eine solche Stelle zu ergattern. Wenn, ja, wenn sie sich zuvor woanders bewährt hatte.

Den Vater dürfte es mächtig freuen, dass seine Älteste nun einen Beruf hatte und ein eigenes, wenn auch sehr schmales Einkommen. Er hoffe, sie bleibe dem Lehrberuf treu und lege als Lehrerin Ehre ein, hatte Finkenberger gesagt und sie merkwürdig angeschaut. Fürchtete er, sie trete den Schuldienst nicht an? Wusste er, dass sie sich regelmäßig mit Gustav traf?

Blieb ihr überhaupt noch die Wahl? Konnte sie angesichts dieser Erwartungen das erste Stellenangebot ausschlagen und bei Gustav in Eugensburg bleiben?

Sie dachte den Gedanken zu Ende, wich ihm nicht aus, wie so oft in den letzten Wochen. Die Mutter hätte gewiss Verständnis, wenn sich ihre Tochter gegen den Beruf entscheiden würde. Aber dem Vater wäre es bestimmt nicht recht, hatte er sich doch viel Geld vom Mund absparen müssen, denn Kost und Logis im Seminar kosteten viel, dazu das Schulgeld. Und Pfarrer Finkenberger wäre entsetzt. Die Examensbeste vergeudet ihr Talent, würde er nicht zu Unrecht klagen.

Ob Gustav …?

Mit weichen Knien stand sie auf. Grübelnd ging sie den Weg zurück. Erst langsam, dann immer schneller. Als sie auf den Marktplatz einbog, rannte sie die letzte Strecke.

Gustav sah sie durchs Fenster. Außer Atem, erregt, aufgewühlt stürmte sie durch die Tür. Er ahnte sofort, was das bedeuten würde.

Liebevoll nahm er sie in die Arme: »Willkommen, mein Engel.«

»Ich bin die Beste«, sagte sie atemlos, »Pfarrer Finkenberger hofft, dass ich …«

Gustav küsste sie auf den Mund. »Ich weiß, mein Schatz, du bist die Beste.«

Sophie brach in Tränen aus.

»Aber, aber, Sophiechen. Du wolltest doch ein gutes Examen. Jetzt hast du es. Meinen herzlichen Glückwunsch!«

Sie sah zu ihm auf. Tränen rollten über ihre Wangen.

»Mir war von Anfang an bewusst, dass du deinen Weg gehen musst«, versuchte er, sie zu trösten.

»Und was wird aus uns?«

Er nahm das Einstecktuch aus seiner Brusttasche und trocknete ihr Gesicht. »Wir werden eine Lösung finden, liebste Sophie. Lass uns in aller Ruhe darüber reden.« Er drückte sie fest an sich.

»Ich will beides, Gustav, mein Liebster. Dich will ich, und Kinder unterrichten will ich auch.«

Er steckte sein Tuch wieder weg.

»Weißt du schon, wohin es dich verschlagen wird?«

Sie schüttelte betrübt den Kopf.

Er hakte sie unter und führte sie zum festlich gedeckten Tisch neben dem Bücherregal.

»Einen Augenblick, bitte.« Kaum war er im Nebenraum verschwunden, schon kehrte er wieder, eine Flasche Champagner unterm Arm und einen bunten Frühlingsstrauß in der Hand.

»Meine Verehrung, Fräulein Lehrerin!« Gustav überreichte ihr die Blumen mit einer tiefen Verbeugung. So konnte Sophie ihm nicht ins Gesicht schauen. Es kam ihn hart an.

Sie stießen auf das gute Examen an. Doch Sophie wirkte irgendwie verzagt.

Gustav fragte besorgt, was sie denn bedrücke. Sie habe sich doch entschieden. Sie werde Lehrerin.

Erst jetzt erkenne sie, gestand Sophie, wie außergewöhnlich die letzten zwei Jahre gewesen seien. Einem lieben Menschen sei sie begegnet und habe viel gelernt: mit anderen auskommen, Konflikten nicht aus dem Weg gehen, sich für eine Sache einsetzen. Manchmal, gestand sie freimütig, sei sie angeeckt. Aber alles in allem habe es sich ausgezahlt, geradlinig zu denken und das zu tun, wovon man überzeugt sei.

Sie redeten sich die Köpfe heiß. Was sollte nun werden? Wie lange konnte man die gemeinsame Zukunft hinausschieben? Wie blieb man in der Zwischenzeit in Verbindung?

Und nach langem Hin und Her legte sich Sophie fest. »Gib mir zwei Jahre, mein Liebling. Oder ist das für dich eine Ewigkeit?«

Gustav sah sie lange an. Schließlich willigte er ein.

Sie reichten sich die Hände und küssten sich.

# Hartingen

25. April, Dienstag nach Georgi, auch Georgstag oder Jörgentag genannt. Tag des bäuerlichen Frühlingsbeginns, der Flurprozessionen, der feierlichen Vereidigung von Hirten, Schäfern und Feldschützen. Auftakt eines neuen Rechnungsjahrs in Kommune und Kirche. Und, nicht zu vergessen: Beginn eines neuen Schuljahrs.

Drei Uhr. Der kleine Bahnhof glänzte in der Sonne.

Sophie sah am Haus hinauf.

Ein zweigeschossiges Gebäude, aus Sandsteinen gemauert. Unten der Wartesaal, daneben, wie durchs Fenster leicht zu erkennen, der Dienstraum mit Fahrkartenschalter. Vorhänge im ersten Stock. Wahrscheinlich die Wohnung des Stationsvorstehers. Links neben dem Haus die Toiletten, dann der Güterschuppen mit Waage und Laderampe.

Hartingen.

In großen schwarzen Buchstaben stand der Name auf dem weißen Emailschild.

Hier war sie zuvor noch nie gewesen. Dabei lag das Städtchen gar nicht so weit von Winterhausen entfernt, dem Wohnort der Eltern. Allerdings führte die Eisenbahn noch nicht bis dorthin. Die Reststrecke musste mit der Postkutsche oder mit dem Pferdeomnibus zurückgelegt werden.

Der Zug, mit dem sie gekommen war, dampfte weiter. Sophie schaute sich ratlos um. Wohin? Sie schleppte ihren Koffer in den Dienstraum und klopfte an den Schalter. Die Milchglasscheibe glitt nach oben.

»Bitte schön, wie komme ich zur Volksschule?«

Der Uniformierte sah sie mit zusammengekniffenen Augen an, musterte ihr Gepäck. Dann schüttelte er den Kopf. »Mit dem Koffer? Fräulein, das schlagen Sie sich aus dem Sinn.«

»Aber wie soll ich dann …?«

Die Scheibe glitt nach unten.

Sophie hörte einen durchdringenden Pfiff, dann ein paar Worte, die sie nicht verstand.

Die Scheibe glitt nach oben.

»Fräulein, draußen wartet der Eugen mit seinem Fuhrwerk. Der nimmt Sie mit.«

Bevor sie sich bedanken konnte, wurde der Schalter wieder geschlossen.

Direkt vor der Bahnhofstür stand ein Fuhrmann, einen schwarzen Schnauzbart im Gesicht, einen Filzhut auf dem Kopf und eine Peitsche in der Hand. Ungefragt schnappte er ihren Koffer und schmiss ihn mit Schwung auf den Wagen, auf dem schwere Säcke lagen.

»Aufsteigen, Fräulein. Ich fahre sowieso an der Schule vorbei.«

Sophie raffte ihren langen Rock mit einer Hand, hielt sich mit der anderen am Aufsteigbügel fest und kletterte auf den Kutschbock.

»Na, Sie sind wohl das erste Mal in Hartingen.«

»Sieht man mir das an der Nasenspitze an?«

Der Fuhrmann lachte. Er hatte ein ehrliches Gesicht. »Sonst hätten Sie gewusst, dass der Bahnhof etwas außerhalb liegt, und hätten leichteres Gepäck dabei.«

Sophie wollte sich nicht aushorchen lassen. Darum lenkte sie das Gespräch auf das gute Wetter, wobei sie aufmerksam nach links und rechts schaute.

Hartingen, hatte ihr der Vater gesagt, sei ein aufstrebendes Landstädtchen mit etwa zweitausend Einwohnern, etwas Weinbau, viel Landwirtschaft und einer blühenden Textilindustrie. Böse Zungen behaupteten, Hartingen liege genau da, wo die Kühe schöner seien als die Mädchen. Dafür könne man die Schule nicht verfehlen; wie fast überall stehe sie in der Nähe der Kirche. Also müsse Sophie nur nach dem Kirchturm Ausschau halten, und schon sei sie da.

Das Städtchen beeindruckte mit prächtigen Villen und auffallend vielen neuen Fabrikhallen. Zur Ortsmitte hin, sie hielten tatsächlich auf den Kirchturm zu, säumten ein paar stattliche und viele kleinere Höfe die Straße. Die mit Gebälk durchzogenen Riegelwände der Häuser waren weiß gekalkt, zu denen die rostbraunen Fensterläden angenehm kontrastierten. Die roten Ziegel auf den spitzen Giebeldächern leuchteten in der Sonne. Neben den Misthaufen blühte und grünte es in den Bauerngärten, wild und üppig und geordnet zugleich. Und zwischen ergiebigen Obstgärten warben Gasthäuser, Werkstätten und diverse Läden um Kunden.

Der Fuhrmann war nicht neugierig. Er fragte nichts, erklärte vielmehr, dass dies die Bahnhofstraße sei und man hier gut einkaufen könne. Er sagte, wer in welchem Haus wohnt, was man wo günstig kriegt und welches Wirtshaus man meiden sollte.

»Wie vertreibt man sich in Hartingen die Zeit?«, wollte Sophie wissen.

»Oh!«, meinte der Fuhrmann. »Bei uns wird's einem nie langweilig. Die Hochzeiten dauern manchmal drei Tage. Getanzt wird viel. Der Liederkranz veranstaltet Feste, der Turnverein auch. Und in fast jedem Gasthaus kann man kegeln.« Er strich sich den Schnauzbart mit dem Finger glatt. »Außerdem haben wir ein kleines Liebhabertheater.«

Dann brachte er auch schon sein Pferd zum Stehen.

»Wir sind da.« Er sprang vom Bock, half Sophie absteigen und stellte ihren Koffer auf die Straße.

»Danke, Herr …«

»War mir ein Vergnügen, Fräulein Lehrerin«, sagte er freundlich, stieg wieder auf und fuhr weiter, ohne sich umzudrehen.

Sophie starrte dem Mann nach. Woher …?

Gegenüber, im ersten Stock eines efeuberankten Gehöfts, ging ein Fenster auf. Eine dralle Mittdreißigerin mit Gretchenfrisur stopfte ein Kissen in den Fensterrahmen und machte es sich bequem. Die Neugier tropfte ihr aus den Augen.

Vor dem Schuppen, der links neben der Schule stand, blieb ein Mann stehen und äugte herüber. Im Fachwerkhaus vis-à-vis bewegte sich der Vorhang.

Hatte es sich schon herumgesprochen, dass eine Lehrerin hier einzog? Erwartete man stündlich ihr Erscheinen? Warum wurden nicht gleich die Glocken geläutet?

Sophie grinste. Schade, dass die Blasmusik nicht auf sie wartete. Offenbar wusste jeder Bescheid, aber niemand redete mit ihr. Das fand sie zum Schießen komisch. »Bekanntmachung!«, hätte sie am liebsten ausgeschellt, »eine Sensation! Die erste Frau in den heiligen Hallen dieser Schule.« Doch der Schalk sollte ihr bald ausgetrieben werden.

Sie wuchtete ihren Koffer ins Schulhaus und stellte ihn unter die Treppe. Grässlicher Mief, eine Mischung aus Bohnerwachs, abgestandener Luft und ungewaschenen Kindern, durchzog den Flur und das Treppenhaus. Das auf- und abschwellende Gemurmel verriet, dass der Unterricht noch in vollem Gang war.

Langsam stieg sie die Treppe hinauf. Hinter den Türen der Klassenzimmer tönten die Kommandos der Lehrer.

Wie in den meisten Volksschulen üblich, wohnte der Schulmeister mit seiner Familie im obersten Stock. An der Wohnungstür stand sein Name: Holzapfel.

Sophie klopfte.

Eine verhärmte, korpulente Frau mit Schürze öffnete: »Was wollen Sie?«

»Sophie Rössner. Ich bin die neue Lehrerin.«

Das Gesicht der Frau fiel augenblicklich auf Tiefdruck. »Mein Mann ist noch nicht da«, fertigte sie Sophie barsch ab und warf die Tür zu.

Sophie schüttelte den Kopf. »Das kann ja heiter werden«, maulte sie vor sich hin.

Etwas nachdenklicher geworden stieg sie in den Schulhof hinab, setzte sich auf eine Bank neben dem Holzschuppen und schaute sich um. Wie bei vielen Volksschulen standen neben dem Schuppen die Wirtschaftsgebäude des Schulmeisters. Die kleine Scheune, der Stall für die Kuh und die Schweine und der eingezäunte Auslauf der Hühner.

Endlich, die Uhr am Dachreiter der Schule zeigte genau auf vier, stürmten die Kinder johlend aus dem Haus und machten sich auf den Heimweg.

Ein paar Minuten später watschelte ein Mann mit Brille auf Sophie zu. Er maß etwa fünfeinhalb Fuß, war bärtig, hatte schwarze, struppige Haare, eine knollige Nase und ein ovales, pockennarbiges Gesicht.

»Da sind Sie ja endlich«, fiel er Sophie an.

Sie wusste sofort, wer dieser Unfreundliche war. »Ich habe erst gestern die Nachricht erhalten, dass ich Ihrer Schule zugeteilt bin«, verteidigte sie sich.

»So etwas ist hier noch nie passiert!«, schimpfte der Vollbart.

Sie nahm das Schreiben der obersten Schulbehörde aus ihrer Manteltasche und reichte es ihm. Er las, faltete es zusammen und gab es kommentarlos zurück.

Seine Lippen zuckten verächtlich: »Holzapfel. Ich bin hier der Schulmeister!«

Aha! Der stramme Ton war unüberhörbar und kontrastierte aufs Schönste zum plattfüßigen Gang. Kein Wort der Entschuldigung. Keine Begrüßung. Dabei hatte doch die Behörde ausdrücklich geschrieben, Dienstag, der 25. April sei für Fräulein Sophie Rössner als Anreisetag vorgesehen

»Das Schuljahr beginnt seit der Vertreibung aus dem Paradies immer an Georgi«, schnarrte er. »Nur weil das heuer ein Sonntag ist, hat der Unterricht erst gestern begonnen.« Ein missbilligender Blick. »Sie sind zwei Tage zu spät«, schimpfte er. Wahrscheinlich ärgerte er sich nicht nur über Sophie, sondern auch über den Schulrat, das Konsistorium und den ganzen pädagogischen Verein bis hinauf zum Kultusminister.

Spätestens jetzt wusste Sophie, was die Uhr geschlagen hatte. Dieses außergewöhnlich ungehobelte Exemplar von Schulmeister gehörte augenfällig zu den Gegnern von Frauen im Schuldienst.

»Gehen wir!«

Er drehte sich auf dem Absatz um und wackelte ins Schulhaus zurück, warf einen missbilligenden Blick auf den Koffer, sagte aber nichts, fragte auch nicht, ob er helfen könne. Ohne sich umzudrehen, stieg er die Treppe hinauf. Sophie ließ ihren Koffer stehen und folgte wortlos. Seiner Wohnung gegenüber war der Zugang zum Dachboden.

Die schmale Stiege, eher eine Art Hühnerleiter, ächzte unter jedem Tritt.

Holzapfel drückte mit der Schulter gegen die Tür. Sie war grob gezimmert und quietschte in ihren rostigen Scharnieren.

»Man muss halt ein bisschen hart zufassen, dann geht sie schon auf«, schnarrte er gleichgültig.

Sophie stand das Entsetzten ins Gesicht geschrieben. Vor ihr tat sich eine Rumpelkammer aus längst vergangener Zeit auf. Sogar den Hühnern gönnte ihre Mutter ein besseres Zuhause, war ihr erster Gedanke.

Vorsichtig betrat sie ihre neue Bleibe. Die Dielen knarrten und seufzten. Durch das kleine Fenster drang nur wenig Licht. Statt einer Zimmerdecke sah man von unten auf unbehandelte Sparren und alte Ziegel.

Oh Gott, blieb da drinnen alles trocken, wenn es einmal stürmte und aus Eimern goss? Und wie würde das im Winter sein?

Holzapfel dagegen drehte sich selbstzufrieden im Kreis. »Ist doch alles da, was der Mensch braucht.«

Ja, den Buchstaben des Gesetzes hatten die Zuständigen, wenn man alle Augen zudrückte, gerade so erfüllt, aber kein Jota mehr.

Bett, Kleiderkasten, Tisch, zwei Stühle und Büchergestell. Dazu ein irdener weißer Krug, eine emaillierte Waschschüssel, ein Kerzenständer und eine Petroleumlampe. Neben der

Tür ein Eimer und ein Haselnussstecken. Überall rostige Nägel in den Wänden, in der Tür und an den Dachbalken. In der Ecke ein Besen und ein Schrubber.

Und diese ewig ächzenden und knarzenden Dielen! Unheimlich! Wie auf dem Heuboden einer gottverlassenen Scheune.

Himmel hilf, das wird was werden!

Die Sachen waren alt, vom vielen Gebrauch angeschrammt und gewiss auch ausgeleiert. Nur der Stock war neu. Nichts passte zusammen. Wahrscheinlich hatte die Nachbarschaft hier ihre überzähligen Möbel und ausrangierten Gegenstände abgestellt.

Sophie spürte die Absicht und war verstimmt. Jedes Stück in dieser Kammer forderte sie auf: Hau bloß ab!

Man wollte sie nicht. Das war klar.

In der Ecke direkt vor dem Schornstein stand der Ofen. Aschenkasten unten, Befeuerung von oben, abgedeckt mit drei Eisenringen. Notfalls konnte man darauf ein Essen wärmen. Aber kochen?

»Der Ihnen gesetzlich zustehende halbe Klafter buchene Holzscheiter ist im linken Schuppen im Schulhofe, kollerte der Schulmeister, der jede ihrer Regungen genüsslich registrierte.

»Wo finde ich den Holzkorb?«

»Im Schuppen.«

»Und wie ist meine Verköstigung geregelt?« Im Seminar hatte man Sophie gesagt, die Frau des Schulmeisters sorge in der Regel gegen Entgelt für eine warme Mahlzeit am Tag. So stand es auch im Schulgesetz, aber Ausnahmen ließ es in begründeten Fällen zu.

»Meine Frau möchte nicht für Sie kochen.«

Sophie musste schlucken. Die knallharte Absage traf sie unvorbereitet, weckte aber ihren Willen, sich hier zu behaupten. Sie biss die Zähne zusammen. Nicht mit mir! So leicht kommst du mir nicht davon.

Sachlich, aber kalt im Ton fragte sie: »Wasser und Klo? Wo ist das?«

Holzapfel blickte überrascht auf. »Der Wasserhahn ist einen Stock tiefer im Flur, das Mädchenklo auf dem Hof.«

Dass die Toilette in seiner Wohnung laut Mietvertrag auch für den Junglehrer vom Dachboden vorgesehen war, verschwieg er. Seine Frau hatte ihn nämlich angefaucht, sie dulde kein fremdes Weibsbild in ihrer Wohnung, nicht einmal auf dem Abtritt.

Wieder diese Kehrtwende auf dem Absatz. Offensichtlich liebte er das Militär.

»Ach«, fiel ihm unter der Tür ein, »der Herr Pfarrer erwartet Sie um fünf.« Fort war er.

Sophie stellte sich vor das winzige Fensterchen. »Morgen putz ich dich«, tröstete sie es, riss die klemmende Klinke auf und streckte den Kopf hinaus.

Unter ihr lag die Straße, auf der sie gekommen war, gegenüber das Bauernhaus mit der Neugierigen. Links davon ein Bretterzaun mit einer Tür. Nebenan der Hühnerstall. Rechts vom Haus ein Hof mit Ziehbrunnen, auf dem ein irdener Krug stand. Dahinter eine offene Scheune voller landwirtschaftlicher Geräte. Davor eine Bank, darauf eine hölzerne Wanne. Drumherum Häuser und Gärten. In der Ferne schimmerten violett ein paar kleine, bewaldete Hügel.

Aller Anfang ist schwer, hatte der Vater gemahnt. Du willst immer gleich loslegen und zeigen, was du kannst. Aber die Leute um dich herum fremdeln anfangs, liebste Sophie, sind reserviert und beobachten ganz genau, was du tust. Sei also vorsichtig! Nein, nein, nicht leise auftreten, so war's nicht gemeint. Durchaus selbstbewusst. Aber lass den Leuten Zeit, sich an dich und deine forsche Art zu gewöhnen.

Ja, so wollte sie es machen. Das hatte sich Sophie fest vorgenommen. Und sollte sich der ungehobelte Kerl auch noch als Ekel aufführen, dann musste sie ihm halt die Zähne zeigen.

Entschlossen stieg sie hinunter ins Parterre und schleppte ihren Koffer unters Dach. Dann holte sie einen Eimer Wasser, wusch sich Hände und Gesicht, putzte auch noch den muffigen Schrank aus und hängte das Lavendelsäckchen hinein, das ihr die Mutter genäht und gefüllt hatte. Morgen, nahm sie sich vor, morgen nach der Schule wird alles gründlich geschrubbt. Mit Essig!

Ihr Blick fiel auf die Uhr. Das Bett überziehen, dafür reichte die Zeit gerade noch.

»Seien Sie herzlich willkommen!« Pfarrer Schumacher nahm Sophie an der Haustür in Empfang. Ein freundlicher älterer Herr, schwarz gekleidet, weißes Hemd mit schwarzer Krawatte, glatt rasiert, das volle silbergraue Haar in der Mitte gescheitelt. Auf der breiten Nase saß ein Kneifer. Über weit geöffneten Lidern wölbten sich buschige Augenbrauen.

Er führte sie ins Amtszimmer und bot ihr einen Platz am gedeckten Tisch an.

»Bitte bedienen Sie sich, Fräulein Rössner.« Er sprach mit voller Stimme, tief und angenehm. Es gab echten Bohnenkaffee und Rührkuchen.

Er strahlte Ruhe und Zuversicht aus. In bald vierzig Jahren als Seelsorger hatte er gewiss heftige Stürme überstanden und vielerlei Zeitgenossen ertragen. Protze und Bescheidene, Heuchler, Lügner, Betrüger und Ehrliche. Einsame, Schweigsame und Verzweifelte. Nichts Menschliches schien ihm fremd zu sein.

Nach ein paar belanglosen Worten skizzierte er mit wenigen Strichen die hiesigen Schulverhältnisse.

Zweitausendeinhundertsiebzehn Einwohner, davon dreihundertfünfundsiebzig Volksschüler in sieben Klassen. Eine voll ausgebaute Schule mit steigender Schülerzahl und derzeit sieben Lehrern. Zwei ständige: erster Schulmeister Holzapfel und sein Stellvertreter, auch er dem Titel nach ein Schulmeister, aber mit geringerer Besoldung. Dazu vier Unständige: ein Unterlehrer, zwei Lehrgehilfen, ein Provisor. Und jetzt also noch eine Lehrerin. Religion in der siebten Klasse unterrichte er selbst, in der vierten bis sechsten Klasse der Vikar. Und in den ersten drei Klassen werde das Fach vom Klassenlehrer erteilt. Im Ort seien dazuhin eine abgewirtschaftete Lateinschule für Jungen und eine private Mädchenschule, an der er auch Religionslehre unterweise. Diese Schule sei aber erst im Aufbau. Die Unterstufe fehle noch, solle aber bald eingerichtet werden.

Hartingen sei seine letzte Dienststelle. Er habe sie erst vor einem halben Jahr angetreten. Dann der rätselhafte Satz: »Auf meine alten Tage steht mir viel Arbeit bevor.«

Schumacher lächelte. Für Sophie hörte es sich an, als wollte er sich entschuldigen.

»Alles in unserer Schule ist eingeschliffen«, stöhnte er. »Offensichtlich seit Jahr und Tag der immer gleiche Trott. Der erste Schulmeister leitet ausschließlich die Abschlussklasse. Der zweite Schulmeister ist auf die vorletzte Klasse abonniert. Der Unterlehrer unterrichtet, wie eh und je, die dritte Klasse. Die zwei Lehrgehilfen sind nur für die vierte und fünfte Klasse da. Der Provisor führt die zweite Klasse. Und der neue Lehrer kriegt seit hundert Jahren die Erstklässler. Das sind ab heute Sie, Fräulein Rössner.«

Seit vielen Jahren gelte an dieser Schule: Der Jüngste des Kollegiums heizt die Öfen ein und putzt die Tafeln. Die Lehrgehilfen erledigen alle anderen Aufgaben, beschaffen die Bücher, verwalten die Kreide, und so weiter und so fort.

Die beiden untersten Klassen lernten, seit das Schulhaus steht, im Erdgeschoss, die Klassen drei und vier im ersten Stock und die Klassen fünf und sechs im zweiten. Nur die Abschlussklasse, das Aktenbehältnis und die Schulmeisterwohnung befänden sich im dritten Stock. Das Schulgebäude spiegele die Hierarchie im Kollegium wider. Der Schulmeister kommandiere und delegiere, wenigstens das könne er wie geschmiert.

Bei dem eingewurzelten Hang, alles beim Alten zu belassen, habe sich die Angst vor dem Neuen längst im Schulhaus eingenistet wie die Motten im Kleiderschrank.

Vor allem den Schulmeister befalle Panik, wolle man etwas ändern. Denn bisher musste er sich noch nie umstellen, weil Schumachers Vorgänger kein Interesse an der Schule gehabt hätten.

Sophie traute ihren Ohren kaum. Schonungslos offen, wie nicht einmal ihr Vater am häuslichen Tisch urteilen würde, sprach der Geistliche aus, was ihm auf der Seele lag. Fassungslos und zugleich gebannt hörte Sophie ihrem Vorgesetzten zu.

»Aber die Herren werden sich wundern«, knirschte Schumacher mit den Zähnen. »Ich habe mir das Treiben ein halbes Jahr lang ganz genau angeschaut. In diesem Schuljahr gilt's. Es muss und es wird anders werden!«

Er habe gleich nach seinem Dienstantritt hier in Hartingen überlegt, ob er die Hackordnung an der Schule über den Haufen schmeißen sollte. Das sei mitten im Schuljahr jedoch ein aussichtsloses Unterfangen gewesen, weil man den Lehrern schon in ihrer Ausbildung eintrichtere, die Schule sei ein Kasernenhof. Darum setze er jetzt zu Schuljahresbeginn alles auf eine Karte. Er werde diesen selbstgefälligen Herren den Marsch blasen. Und auf eine listigere, hoffentlich auch erfolgreichere Taktik setzen. Mehr verrate er später.

Dann sprach Schumacher genauso offen den Ärger um Sophies Verpflichtung für die Hartinger Schule an. Lehrerinnen seien ja mancherorts noch sehr umstritten, so auch hier in Hartingen. Die Lehrer der hiesigen Schule wünschten keine Frau in ihrem Kollegium. Doch das Konsistorium habe klargestellt: Entweder eine Frau oder gar kein neuer Lehrer; der Lehrermangel lasse keine andere Wahl. Darum habe er die Herren ernstlich ermahnt, ihre Vorurteile zurückzustecken und die neue Kollegin willkommen zu heißen. Dennoch, warnte er Sophie, müsse sie sich im Schulalltag auf versteckte Animositäten einstellen.

»Wenn es einer der sechs zu bunt treibt«, Schumacher hatte den Zeigefinger erhoben und sah Sophie ernst an, »dann sagen Sie es mir bitte, Fräulein Rössner. Und zwar umgehend. Ich werde den Herren nichts durchgehen lassen.«

Er sehe die Sache nüchtern. Mit allen Fähigkeiten und Kenntnissen, die man in der Schule braucht, seien die Lehrerinnen ausgestattet. Warum also sollten Frauen nicht auch unterrichten dürfen? Und was das Erziehen betrifft, das ja zum Unterrichten gehört, so seien die Frauen in vielem den Männern sogar überlegen.

Pfarrer Schumacher kam auf den nächsten Tag zu sprechen. Morgen würden die Erstklässler eingeschult, sagte er, fünfunddreißig Mädchen und zweiunddreißig Buben.

Sophie stockte das Herz vor Schreck. O Gott, siebenundsechzig Kinder! Pfarrer Finkenberger hatte im Seminar von höchstens vierzig Kindern gesprochen, die man als Erstklasslehrerin zu betreuen habe. Und Hanna hatte siebenunddreißig Schüler in ihrer Klasse an der Übungsschule unterrichtet. Theorie und Wirklichkeit, wurde Sophie mit einem Schlag bewusst, waren doch zwei paar Stiefel.

Nach der reinen Lehre der Schulpädagogik galt das Unterrichten als Kinderspiel. Man wähle nur einen großen Trichter und einen harten Stecken, schon könne man sogar dem größten Dummkopf das Wissen spielend eintrichtern, prahlten die Gelehrten.

Und nun dieses böse Erwachen. Sieben – und – sechzig! Unvorstellbar! Allein die Zahl machte schwindelig.

Über den ersten Schultag, hatte Finkenberger am Seminar gelehrt, müsse man sich nicht den Kopf zerbrechen. Kaum hätten sich die Erstklässler im Schulsaal gesetzt und ihre Eltern und erwachsenen Geschwister den Raum verlassen, solle man mit dem beginnen, was üblich sei, wenn man neue Gesichter vor sich hat. Zuerst frage man nach den Namen. Dann steige man vom Lehrerpodest herab und gehe auf die Mädchen zu: »Wie heißt du? Wie heißt du? Wie heißt du?«

So hatte Finkenberger gesprochen. Scherzen Sie mit den Kindern, dann nehme alles einen guten Anfang, hatte er gemeint. Man bringe die Kleinen zum Sprechen und gewinne sie rasch für sich.

»Jetzt lass mich einmal raten, wie du heißt«, könnte man zu einem scheuen Buben sagen. »Du heißt wohl Hanna?« Dann werden die Nebensitzer in Gelächter ausbrechen und rufen: »Aber so heißen gar keine Buben.« Oder: »So heißen bloß Mädchen!«

»Aha«, werden Sie als Lehrerin antworten, »es gibt also Buben- und Mädchennamen?«

Und schon sei man im lustigsten Gespräch, das mühelos in den schönsten Anschauungsunterricht über das Schulzimmer und dessen Ausstattung münde. Fertig sei der erste Schulmorgen für die Abc-Schützen. Das reinste Vergnügen für Kinder und Lehrerin.

Sophie seufzte.

Schumacher sah sie aufmerksam an. Er ahnte wohl, was seine Neue bedrückte.

»Machen Sie sich keine Sorgen«, tröstete er, »aller Anfang ist schwer. Aber schon nach einer Woche kennen Sie alle siebenundsechzig Schüler beim Namen.«

Natürlich, gestand er, seien das viele Kinder auf einem Haufen, sogar sehr viele. Aber das novellierte Schulgesetz erlaube wegen des Lehrermangels sogar Klassen mit neunzig Schülern. Erst ab einundneunzig müsse eine weitere Klasse gebildet werden.

Morgen um neun, fuhr Schumacher fort, sei Gottesdienst in der Kirche. Er werde die Kinder herzlich begrüßen und ihnen nach der kurzen Predigt die neue Lehrerin vorstellen. Und die Eltern werde er eindringlich zur vertrauensvollen Zusammenarbeit ermahnen. Gewiss sei das die erste Lehrerin in unserer Gemeinde, werde er den Eltern sagen. Aber sie sei genauso gut ausgebildet wie ihre männlichen Kollegen, habe dasselbe Examen gemacht und ein glänzendes Prüfungsergebnis erzielt. Sie sei also den Lehrern fachlich voll ebenbürtig. In allen größeren Städten würden schon Frauen unterrichten, zum Wohl von Schule und Kindern. Warum also nicht auch hier in Hartingen? Deshalb werde er bitten, der neuen Lehrerin gewogen zu sein und sie nach besten Kräften zu unterstützen.

Sophie dankte und versprach, sie wolle das in sie gesetzte Vertrauen rechtfertigen: »Sie werden es nicht bereuen, Herr Pfarrer.«

Es klopfte. Eine Grauhaarige streckte den Kopf herein. »Ich will nicht stören, nur ...«

»Agathe, komm bitte herein! Fräulein Rössner ist da, unsere neue Lehrerin.«

Frau Schumacher begrüßte Sophie herzlich. »Ich möchte Sie zum Abendessen einladen, Fräulein Rössner.«

Der Pfarrer hob die Hand. »Erst muss ich ihr die Schule und ihr Klassenzimmer zeigen. In einer halben Stunde sind wir zum Essen zurück.«

Sophie bedankte sich. Noch jemand, der ihr gewogen war.

Im Flur des Schulhauses bat Pfarrer Schumacher, Sophie möge warten. Er stieg die Treppe hinauf und kam wenig später mit dem ersten Schulmeister herunter.

»Das ist Ihr neues Reich, Fräulein Rössner.« Der Pfarrer führte Sophie ins linke der beiden Klassenzimmer im Erdgeschoss. Holzapfel schlappte missmutig hinterdrein.

Schumacher probierte die Mechanik der nagelneuen Wandtafel aus. Er stieg aufs Podest und schaute ins Lehrerpult.

»Wo ist die Kreide?«

Holzapfel zuckte die Schultern.

Schumacher begann, laut zu zählen. Sophie konnte sich keinen Reim darauf machen. Ratlos sah sie zum Schulmeister hinüber. Der erwiderte kurz ihren Blick und grinste verlegen.

»Sie, Herr Holzapfel, haben doch im letzten Ortsschulrat selbst gesagt, dass wir heuer siebenundsechzig Erstklässler einschulen.« Schumacher war ungehalten. »Es sind aber nur fünfundsechzig Plätze. Oder habe ich mich verzählt?«

»Fünfundsechzig reichen«, rechtfertigte sich Holzapfel. »Mal ist ein Kind krank oder muss aufs Geschwisterchen aufpassen, mal bringen die Eltern das Schulgeld nicht auf. Es gibt immer einen Schwund. Das ist seit vielen Jahren so.«

In Schumachers Gesicht arbeitete es, aber er sagte nichts. Angesäuert schritt er zum Schrank an der gegenüberliegenden Wand und kontrollierte die Lehr- und Lernmittel. Wieder begann er zu zählen. Dieses Mal die Fibeln.

»Fünfundsechzig!«, schnaubte er. »Auch Schwund?«

Der Schulmeister merkte, dass der Pfarrer nicht locker lassen würde. »Wir haben gedacht …«

Schumacher schnitt ihm das Wort ab, blieb aber sachlich, auch wenn seine Stimme zitterte. »Wir brauchen also noch eine Schulbank mit zwei Plätzen und zwei Fibeln.«

Holzapfel, jetzt servil: »Gewiss, Herr Pfarrer.«

»Und Kreide!« Schumacher sah sich um. »Die Tafel mit den Schulgesetzen für die Kinder fehlt auch!«

Der Schulmeister wurde bleich.

»Morgen muss die Tafel hängen! Das ist Vorschrift. Und was im Gesetz steht, gilt auch für Hartingen.«

»Ich gebe sie nachher dem Fräulein …!«

»Nein!«

Schumacher war jetzt sehr energisch und bestimmt. »Sie, Herr Holzwarth, hängen die Tafel auf. Sie und sonst niemand! Für den reibungslosen Anfang des Schuljahres sind Sie verantwortlich!« Etwas gedämpfter rieb er ihm unter die Nase: »Fräulein Rössner muss morgen früh einkaufen. Von irgendwas muss sie schließlich leben. Bei Ihnen und Ihrer Frau ist sie ja zum Essen nicht willkommen.«

Holzapfel stand wie ein begossener Enterich da, der am liebsten zu seinem Teich gewatschelt und davongeschwommen wäre. Sophie hatte kein Mitleid.

»Damit keine Missverständnisse aufkommen«, der Pfarrer hob drohend den Finger, »Fräulein Rössner heizt auch keinen Schulofen ein. Sie besorgt auch keine Kreide, führt nicht Aufsicht in Ihrer Klasse, wenn Sie sich während der Schulstunden in Ihrer Wohnung aufhalten. Das alles gehört nicht zu ihren Pflichten. Sie erteilt nur ihren Unterricht! Haben Sie verstanden? Sie … hält … nur … ihren … Unterricht!«, schnauzte er ihn an. »Halsen Sie ihr ja keine anderen Dienstpflichten auf! Ich warne Sie! Allenfalls pädagogische Ratschläge können Sie ihr erteilen. Ansonsten kümmere ich mich um die junge Dame!«

Schumacher schickte den Schulmeister hinaus; er wolle mit dem Fräulein noch etwas besprechen.

Kaum war die Tür zu, erklärte sich der Pfarrer. Er wisse wohl, dass er hart gewesen sei. Aber eine andere Sprache verstünden diese Herren im Augenblick nicht. Viel zu lange habe er es mit gutem Zureden versucht. Jetzt müsse gehandelt werden. Denn was wäre die Alternative? Kein Lehrer für siebenundsechzig Erstklässler! Und was käme dabei heraus? Schumacher lachte bitter. Siebenundsechzig Erst- und dreiundsechzig Zweitklässler in einer Klasse? Unmöglich! Kein Raum im Haus wäre groß genug. Auch würden die Eltern dagegen Sturm laufen. Also müsste man entweder kombinierte Klassen bilden, jede bis zum amtlichen Klassenteiler von neunzig Kindern. Oder zwei obere Klassen zusammenlegen. Beides sei Unsinn, das wüssten alle, sogar die Lehrer. Aber eine Frau als Retterin in der Not akzeptieren? Das gehe gegen ihre Ehre, hätten sie ihm ins Gesicht gesagt. Das bedeute den Niedergang ihrer Schule. Als er darauf aufmerksam gemacht habe, keiner der Lehrer bringe auch nur annähernd so gute Noten mit wie die neue Lehrerin, maulten sie wie störrische Esel, die einen Karren ziehen sollen. Jetzt werde er auf seine alten Tage mit der Peitsche knallen, bis die Eltern den bockigen Gesellen auf den Pelz rückten und für ihre Kinder auch so guten Unterricht haben wollten wie die Erstklässler.

»Das heißt nicht mehr und nicht weniger, Fräulein Rössner, dass uns das Schicksal zusammengekettet hat. Damit meine Kriegslist aufgeht, müssen Sie sich ins Zeug legen. Dafür muss ich Ihnen den Rücken frei halten, damit Sie sich überhaupt ins Zeug legen können. Alle Wünsche werde ich Ihnen erfüllen. Sagen Sie mir in den nächsten Tagen frei heraus, was

Ihnen für einen guten Unterricht fehlt. Ich werde es besorgen, soweit es mir möglich ist.«

Er reichte Sophie die Hand. »Wir zwei müssen auf Gedeih und Verderb zusammenhalten. Wir werden den sechs finsteren Gesellen und der ganzen Gemeinde zeigen, was guter Unterricht ist.«

So lagen die Dinge. Sophie hatte verstanden. Die Herren Lehrer wollten keine Frau, obwohl sie wussten, dass es ohne Lehrerin keine sinnvolle Lösung für die Probleme an dieser Schule gab. Und die Eltern sollten merken, dass die neue Lehrerin die bessere Pädagogik bot, und schlussendlich gegen die Lehrer rebellieren.

Sophie schüttelte den Kopf. Die Borniertheit der Lehrer war eigentlich schwer zu ertragen. Hatten sie den letzten Rest an Verstand verloren? Es tröstete sie, dass der Pfarrer auf ihrer Seite war und sich offensichtlich im Ortsschulrat durchgesetzt hatte. Denn ohne Zustimmung dieses örtlichen Gremiums durfte keine Lehrerin eingestellt werden, weil landauf, landab viele Bedenken gegen Frauen im Schuldienst geäußert worden waren.

Der Ortsschulrat bestand, wie man im Seminar lernte, in Gemeinden mit mehr als zweitausend Einwohnern aus sechs stimmberechtigten Mitgliedern: dem Pfarrer, dem Schultheiß, dem Stiftungspfleger und drei Stadträten. Der erste und der zweite Schulmeister nahmen nur beratend an den Sitzungen teil. Nach Adam Riese mussten also mindestens vier der sechs wichtigsten Persönlichkeiten der Stadt für eine Lehrerin gestimmt haben, rechnete Sophie aus.

Damit konnte sie leben. Sie hatte sich auf Gegenwehr eingestellt. Eine Pionierin muss immer auf Widerstand vorbereitet sein, hatte sie der Vater gewarnt.

»Ich werde mein Bestes geben«, versprach sie Pfarrer Schumacher. »Ich lasse mich nicht von den Kollegen provozieren und auch nicht ins Bockshorn jagen.«

Er wies auf die Wandtafel hin. »Die ist nagelneu. Habe ich extra für die erste Klasse angeschafft. Schauen Sie nur: rote

Hilfslinien für die deutsche Kurrentschrift. Und auf der Rückseite ist die Tafel kariert, damit man Zahlen genau untereinanderschreiben kann.«

Den Eltern der neuen Erstklässler habe er ans Herz gelegt, ihrem Kind zu diesem Schulanfang eine Schiefertafel zu besorgen. Seit Neuestem biete die Firma Faber-Castell eine spezielle Erstklässlertafel an, auch sie mit jeweils vier Hilfslinien fürs Kurrentschreiben auf der Vorderseite ausgestattet. Darum habe der Ortsschulrat die Schiefertafel ab diesem Schuljahr zur Pflicht gemacht. Das treffe manche Familien hart, zumal seit zwei, drei Jahren die Unsitte grassiere, den Erstklässlern zum Schulanfang ein Ränzchen zu schenken. Die vier Sattler am Ort hätten seitdem alle Hände voll zu tun. Aber die armen Leutchen könnten sich Schiefertafel und Ranzen nicht leisten. Darum schenke der Armenpfleger morgen nach dem Gottesdienst jedem armen Kind eine Tafel. Die werde als Spende aus dem Armenkasten verbucht. Alle Erstklässler, und das sei neu in Hartingen, hätten ab jetzt eine eigene Tafel. Das ermögliche einen ganz anderen Unterricht als bisher.

»Alles wird gut«, prophezeite Schumacher. »Gehen wir! Meine Frau wartet schon mit dem Abendessen.«

Auf dem Weg zum Pfarrhaus sagte er Sophie, es seien noch ein paar Formalien zu regeln. Auch wolle er ihr nach dem Essen das erste Gehalt ausbezahlen. Leider weniger als dem Provisor, aber so seien nun einmal die Gesetze. Ob ihr fürs Erste fünfzehn Gulden genügten?

Sophie dankte und zeigte sich verwundert. Sie habe angenommen, erst Ende Juni ihr erstes Geld zu bekommen. Hatte nicht die Landesregierung verordnet, der Jahreslohn sei auf vier Mal, jeweils zum Quartalsende, auszubezahlen? Nur das Holz müsse auf einmal, und zwar im Frühjahr, zugeteilt werden.

»Weiß ich«, sagte Schumacher, »doch anfangs hat man immer große Ausgaben. Für den Haushalt, auch wenn er noch so klein ist, für Bücher und nicht zuletzt fürs Essen und ein paar Vorräte. Ich möchte nicht, dass Sie sich Geld borgen müssen.«

Im Übrigen seien fünfzehn Gulden für den Anfang nicht viel, fügte er an. Gemäß der jüngsten Novelle des Schulgesetzes betrage ihr Lohn hundertsiebzig Gulden im Jahr, also zweiundvierzig Gulden und dreißig Kreuzer im Quartal.

Frau Schumacher, bei den Hartingern hieß sie nur die Pfarrerin, wie Sophie schon bald feststellte, hatte einen Henkelkorb gepackt: Pfanne, Topf, Wasserkessel, Teller, Tasse, Besteck, ein Vesper für morgen früh, dazu ein Kännchen mit frischer Milch und ein paar Äpfel.

»Für einen guten Anfang«, hatte sie augenzwinkernd gesagt. »Sie können die Sachen behalten, solange Sie in Hartingen wohnen.« Offensichtlich wusste sie Bescheid über den Widerstand der Lehrer gegen die erste Frau an der Schule.

Und als Sophie schon an der Tür war, hatte sich die Pfarrerin an die Stirn getippt und gesagt: »Ach, ich hab von meiner Tante noch den kleinen Spirituskocher. Den leihe ich Ihnen gern. Damit können Sie sich morgens und abends, wenn der Ofen kalt bleibt, einen Tee oder Kaffee machen.«

Jetzt stand Sophie in ihrer dunklen Kammer am Fenster. Hartingen lag im milden Mondlicht. Hinter ihr köchelte Zichorienkaffee, den sie von zuhause mitgebracht hatte. Irgendwo im Gebälk schnurrte die Uhr, die im Dachreiter über dem Schulhaus hing und die Kinder zu Pünktlichkeit und Verlässlichkeit mahnte.

Sophie lehnte die Stirn an die kalte Scheibe. Die Augen brannten. Seit halb fünf Uhr in der Früh war sie auf den Beinen.

Gustav! Ob er wohl gerade an sie dachte? Viele Meilen trennten sie von ihm, doch mit guten Gedanken und schönen Erinnerungen fühlte sie sich mit ihm verbunden. Sie sehnte sich nach ihm, seinen starken Armen, seinen weichen Lippen.

»Ach Gustav, beschütze mich vor mir selbst. Hilf mir, dass ich keine Lust habe auf lose Sprüche, wenn mich der Schulmeister reizt. Steh mir bei, dass ich meine Aufgabe bewältigen kann.« Sophie hatte es leise vor sich hin gemurmelt.

Nun würde sich zeigen, ob die Sophienrauke auch im Schutt der Vorurteile gedieh, umzingelt von Sticheleien und Bosheiten, eingetopft in eine erbärmliche Behausung. Trostreich, dass da drunten im Städtchen auch barmherzige Menschen wohnten, die ihr ein Plätzchen an der Sonne gönnten und sie notfalls sogar beschützen würden.

Genügsam war Sophie auf jeden Fall. Sie konnte sich anpassen und hatte gelernt zu kämpfen. Die Kollegen sollten nur kommen. Sie würde ihnen schon die Stirn bieten. Sie fühlte sich beileibe nicht als schwache Frau. Den sechs Herren hatte sie sogar einiges voraus. Die Handarbeit, das Turnen, das begeisternde Klavier- und Geigenspiel und die gute Ausbildung. Mit diesen Pfunden wollte sie wuchern.

Pfarrer Schumacher setzte auf sie. Ihn durfte sie auf keinen Fall enttäuschen.

»Kopf hoch, Sophie, du bist stark. Du kannst etwas. Jetzt zeige es.« Mit geballter Faust sagte sie es in den Sternenhimmel über Hartingen hinein. »Und sollten die sechs in Dummheit vereint auftreten, so lasse ich mir von denen nicht den Spaß an der Schule vermiesen.«

Entschlossen ging sie, der Fußboden knarzte bei jedem Schritt, zum Tisch und an die Arbeit. Licht fehlte. Also zuerst die Lampe anzünden. Verflixt, der Schirm war undicht, der Docht funzlig. Beim geringsten Luftzug wollte die Flamme verlöschen.

Kühlen Kopf bewahren, nahm sie sich vor. Was stand an? Ach so, der Einkauf. Sie trank ihren Kaffee aus und aß etwas Brot und von der Wurst, die ihr die Mutter eingepackt hatte. Dann schrieb sie einen Zettel für morgen: Essig, Wurzelbürste, Öl, Salz, Pfeffer, Petroleum, Spiritus, Kerze, Zündhölzer. Im Koffer lagen noch Brot, Butter und ein Glas Marmelade. Aber Kartoffeln, Schmalz und Gemüse fehlten.

Sie legte die Fibel, den neuen Lehrplan und die amtlichen Unterrichtsempfehlungen neben sich.

»Stellen Sie doch den Kindern das kleine i vor«, hatte der Pfarrer beim Abendessen empfohlen. »Dann platzen die Kinder vor Stolz, wenn sie gleich am ersten Schultag zuhause etwas präsentieren dürfen. Die vielen Namen der Schüler können Sie ohnehin nicht erfragen und behalten. Die müssen Sie sich im Lauf der Woche einprägen.«

Das kleine i stand in der Fibel auf Seite drei. Es war der erste Buchstabe, der den Erstklässlern beigebracht werden musste. Der Pfarrer kannte offensichtlich das Buch. Feiner Aufstrich, fetter Abstrich, feiner Aufstrich, Punkt über dem Aufstrich. Fertig war das kleine i, der einfachste Vokal der deutschen Kurrentschrift.

Ja, so wollte sie beginnen und auf das übliche Gespräch mit den Kindern über Buben- und Mädchennamen verzichten. Das kleine i an die neue Wandtafel zaubern, das hatte etwas für sich. Dann den Kindern die kurze Geschichte über den Igel vorlesen, die im amtlichen Lesebuch stand.

Der Text war langweilig. Aber gerade deshalb, hoffte Sophie, könnte er die Kinder reizen, selbst etwas über den Igel zu erzählen. Erlebtes und Erfundenes, wie das Erstklässler gern tun, denen noch allzu oft die Grenze zwischen Wirklichkeit und Fantasie verschwimmt. Sollte die Fabulierlust versiegen, könnte sie immer noch Wörter mit i suchen lassen: Igel, Iltis, Fliege, Ziege, Heidi, Rudi, Isaak oder Inge. Und zum Schluss müsste es den Abc-Schützen Vergnügen bereiten, die nagelneue Schiefertafel aus dem Ränzchen zu holen und eine ganze Reihe i zu kritzeln, ohne das Pünktchen auf der obersten Linie. Das wollte sie am übernächsten Tag einüben.

An den Mittwoch- und Samstagnachmittagen hatten die Kinder unterrichtsfrei, denn da mussten die Lehrer ihren Aufgaben als Kirchendiener und Mesner nachkommen. Was in der restlichen Woche zu tun war, wusste Sophie schon. Dafür gab es Vorschriften. Drei Stunden Religionsunterricht einschließlich biblischer Geschichte, zwei Stunden religiöse Verse und Lieder memorieren, neun Stunden Schreiblesen, drei

Stunden Rechnen, zwei Stunden Singen und zwei Stunden Anfangsunterricht oder Denk- und Sprechübungen, wie es im Lehrplan hieß.

Für morgen noch das Gebet für das Ende des Unterrichts heraussuchen. Fertig, die Vorstellung konnte beginnen.

Sophie gähnte. Sie streifte ihr Nachthemd über und öffnete das Fenster einen winzigen Spalt.

Der Dielenboden ging ihr auf die Nerven. Bei jedem Schritt knarrte und schwankte er leicht. Doch was soll's. Docht herunterdrehen. Ab ins Bett.

Verflixt!

Sophie konnte nicht einschlafen. Zu lange war sie auf den Beinen gewesen. Zu viel hatte sie heute erlebt. Zu mächtig waren die Bilder, die ihr durch den Kopf geisterten. Und zu bedrohlich schien ihr im Nachhinein die Situation, die sie von morgen an meistern musste.

❦

Bis heute Morgen war doch alles gut. War sie nicht frohgemut angereist? Gewiss, es war kalt gewesen im Zug, und sie hatte gefroren. Aber zumindest fühlte sie sich freudig gestimmt. Noch. Na ja, vielleicht auch ein bisschen bange. Man weiß ja nie, was einen erwartet. Aber vorbereitet war sie auf jeden Fall, bestens vorbereitet sogar. Sie kannte den Stoff der ersten Klasse. Sie wusste, welche Regularien und Regeln einzuhalten waren. Auch bei Hanna hatte sie sich allerlei abgeschaut, das ihr jetzt nützlich sein konnte.

Aber wie eine so große Meute von siebenundsechzig Kindern bändigen? Ihr war, als zeigten die Kinder mit den Fingern auf sie. Wie sich die vielen Namen merken? Wie jedem Kind jeden Tag Aufmerksamkeit schenken? Wie die vielen Schiefertafeln kontrollieren? Wie überhaupt Ruhe im Klassenzimmer halten? Wie die hundertvierunddreißig zappelnden Füßchen zur Ruhe bringen? Wie den hundertvierunddreißig zuckenden Händchen Einhalt gebieten? Wie die hundertvierunddreißig wachen Augen auf den Lerngegenstand lenken? Wie die siebenundsechzig flinken Zungen zügeln?

O Gott, wie viel Zeit hatte sie im Seminar mit Nebensächlichkeiten totgeschlagen, aber keine einzige Antwort auf diese banalen und doch so drängenden Fragen bekommen.

Das Pädagogikbuch bot nur zwei Sprüche zur Disziplin im Schulsaal. Beide hatte sie auswendig lernen müssen.

Der erste: »So wie der Gärtner zwar nicht nötig hat, den jungen Baum in ein Glashaus zu versetzen, künstlich das Erdreich für seine Wurzeln zu bereiten, Luft und Sonnenschein ihm zuzumessen, durch Pfahl und Umzäunung seinen natürlichen Wuchs zu hemmen oder seine Äste symmetrisch zu ordnen, so tut der dennoch wohl, wenn er den natürlichen Boden, wofern er hart und rau ist, zuweilen auflockert.«

Und der zweite Spruch lautete: »Die Jugend, und insbesondere die männliche, ist ihrer Natur nach wild und unbändig, ohne deshalb bösartig zu sein. Der unmündige Verstand vermag die Lehren der gereiften Vernunft nicht zu fassen. Die ungezähmte Kraft verlangt daher oft Zaum und Gebiss. So werden die Schulzucht und die polizeiliche Strenge unerlässlich.«

Wäre Sophie nicht so müde und ratlos gewesen, hätte sie laut lachen mögen. Ihr ging mit einem Schlag auf, wie hohl und leer sich doch mancher pädagogische Satz in der Realität erwies. Unruhig warf sie sich im Bett hin und her. Sie fühlte sich schrecklich unvorbereitet.

Und dann die Kollegen, die keine Frau akzeptieren wollten! Wie ihnen begegnen?

Zumindest würde sie sich damit abfinden müssen, misstrauisch beäugt zu werden. Oder könnte ihr Schlimmeres drohen? Zum Glück ging es ja eigentlich gar nicht um sie. Jede Frau, wer immer sie auch war, würden die hochnäsigen Herren Lehrer zum Teufel wünschen.

Die ganze Erholung zuhause schien Sophie mit einem Schlag aufgebraucht. Dabei hatte sie in den fünf Wochen nach dem Examen lauter liebe Menschen getroffen, war viel unterwegs gewesen, hatte nach Herzenslust gelesen, musiziert, Spaziergänge gemacht und die aufblühende Natur genossen.

Im Kreis ihrer Familie hatte sie sich immer pudelwohl gefühlt, soweit sie zurückdenken konnte. Als sie vier oder fünf gewesen war, hatte sie den Vater in seine Klasse begleiten dürfen, hatte den Erstklässlern ein bisschen beim Lesen- und Schreibenlernen geholfen, denn sie konnte schon längst lesen und schreiben, hatte den Siebtklassmädchen beim Handarbeiten zugeschaut. Am schönsten waren jedoch die Abendstunden gewesen, wenn die Mutter nach dem Essen ihre Laute nahm und damit das Zeichen zum Musizieren gab. Der Vater holte seine Posaune, Sophie setzte sich ans Klavier, und die vier ältesten ihrer sechs Geschwister schleppten Flöten und Geigen herbei. Jakob und Else, die beiden Jüngsten, klatschten vor Freude in die Hände. Mopsfidel sausten sie los und suchten ihre Zipfelmützen. Das Lied von den drei Jungfrauen war für die Kinder das Ritual, ohne das sie nicht einschlafen wollten.

*Reite, reite, Rössle,*
*zu Stuttgart steht ein Schlössle,*
*zu Stuttgart steht ein Kuckuckshaus,*
*gucken drei schöne Jungfrau'n raus.*
*Die eine, die spinnt Seide,*
*die andre wickelt Weide,*
*die dritte wickelt Haferstroh,*
*da ist mein Kindchen aber froh.*

Der kleine Jakob und die kleine Else taten, als führten sie einen Auszählreim auf, dann schüttelten sie ihre Zipfelmützen aus und liefen im Takt der Musik im Kreis herum. »Mehr! Mehr!«, kreischten sie und sausten immer schneller, bis sie auf den Boden plumpsten und sich ausschütteten vor Lachen.

Friede, Freude, Fröhlichkeit, bis zu jenem strahlenden Märzmorgen, an dem ein Brief eingetroffen war. Absender: Fotografischer Salon, Eugensburg.

Der Vater, sonst ein Muster an Gelassenheit, wollte wissen, was es mit diesem Salon auf sich habe. Sophie versuchte, sich herauszureden. Sie sei dort gewesen, weil der Großvater Fotos machen ließ. Doch die Lüge stand ihr ins Gesicht geschrieben; sie wurde puterrot und gestand schließlich, sie habe sich hin und wieder mit dem Fotografen getroffen. Ja, den Salon habe sie mehrmals aufgesucht. Nein, so weit …

»Zum Donnerwetter! Da hört der Spaß auf!« Der Vater zürnte. »Männerbekanntschaften vertragen sich schwerlich mit dem Beruf einer Lehrerin«, fauchte er, »zumal zu Beginn der Berufslaufbahn.«

»Aber Hansjörg, versündige dich nicht an deiner Tochter«, bat die Mutter um Milde.

Er grollte: »Aus vielen Diskussionen im Lehrerverband weiß ich, dass nicht wenige Schulmeister solche Post umgehend der Schulaufsicht meldeten. Und dann …?«

»… der Bezirksschulaufseher ist auch kein Herrgott«, fiel ihm seine Frau ins Wort. Das Kind habe doch nichts Unrechtes getan, hielt sie dagegen. Sophie könne doch nicht immerzu nur lernen.

»Aber das Fräulein Lehrerin ist nun einmal nicht großjährig! Merk dir das!« Der schulmeisterliche Ton des Vaters wurde unüberhörbar. »Wer nicht großjährig ist, der untersteht der väterlichen Gewalt. Lehrerinnen sind, wie alle Frauen, nicht geschäftsfähig, ob dir das passt oder nicht. Gesetz ist Gesetz. Und für die nicht großjährigen Lehrerinnen gelten darum verschärfte Regelungen. Sie müssen eine strenge Aufsicht erdulden. Stellvertretend für den Vater handeln ihre Vorgesetzten. Und deren Vorschriften bestimmen klipp und klar: Lehrerinnen dürfen nicht mit Männern in Verbindung stehen.«

Die Mutter hielt zu ihrer Tochter und besänftigte ihren Mann. Die Ausbildung zur Lehrerin verpflichte doch nicht, den Beruf lebenslänglich auszuüben. Das Lehrerinnenzölibat fordere die jungen Frauen geradezu heraus, den Beruf früher oder später an den Nagel zu hängen und zu heiraten. Da sei es doch nicht mehr als recht und billig, wenn man sich zeitig nach einem möglichen Partner umschaut und nicht wartet, bis man für die Männer nicht mehr attraktiv ist.

Nach langem Hin und Her hatten sich die Eltern geeinigt und Sophie gebeten, diese Liaison zumindest vorläufig zu verschweigen.

Sophie fror. Sie stand auf, schloss das Fenster und ging wieder zu Bett.

Sie wälzte sich schlaflos im Bett. Die ganze Litanei, die ihr der Vater in den letzten fünf Wochen heruntergebetet hatte, spukte ihr im Kopf herum.

Noch gestern Abend hatte er ihr ans Herz gelegt: »Sei vorsichtig! Bevor du dort richtig angekommen bist, weiß jeder im Städtchen, wer das Fräulein Lehrerin ist. Ab jetzt stehst du unter Beobachtung! Auf Schritt und Tritt!« Wie recht er hatte. Sogar der Mann hinter dem Bahnschalter und der Fuhrmann wussten Bescheid.

»Und verzichte auf das Erzübel der Schulpädagogik, die Prügelstrafe«, hatte er gemahnt. Leider sei sie in den Schulen immer noch weit verbreitet. Alle, die sie mit mehr oder weniger Genuss gebrauchten, beriefen sich auf den König Salomo. Der habe in seinen Sprüchen, wie im Alten Testament nachzulesen, der Rute reichlich das Wort gesprochen. Viele Lehrer prügelten, weil es angeblich in ihrem Temperament liege. Sie liefen immer mit der Faust im Hosensack herum und prahlten, das sei die mannhafte Art der Erziehung. Andere dagegen begnügten sich mit Tadeln und Zurechtweisungen und lehnten Züchtigungen ab. Natürlich sei es der schwerere, weil arbeitsreichere Weg, wenn man den Schülern täglich guten Unterricht bieten müsse, aber es sei die bessere Methode. Wenn man einmal gelernt habe, auf Ohrfeigen, Tatzen, Kopfnüsse und Hosenspanner zu verzichten, dann komme man sehr gut mit den Kindern auch ohne Strafen zurecht.

Und noch einen Rat hatte der Vater parat: »Lass die hässlichen Unarten vieler Lehrer sein: die Pedanterie und die Rechthaberei!« Als Lehrerin habe sie in ihrer Schulklasse immer das letzte Wort. Aber im Umgang mit Erwachsenen solle sie das bleiben lassen. Auch sei es im Unterricht zwar richtig und wichtig, bei einer Sache zu verweilen und sie bis in alle Einzelheiten zu zergliedern. Doch in der geselligen Unterhaltung liebe man solch pedantisches Analysieren und Dozieren nicht.

Wie der Blitz aus heiterem Himmel hatte der Vater noch kurz vor der Abreise gefragt: »Hat dieser Fotograf deine neue Adresse?« Als sie das verneinte, atmete er erleichtert auf. Dabei sollte es für den Anfang auch bleiben, riet er mit erhobenem Zeigefinger.

Sophie kam es vor, als ob die ganze Welt schliefe, nur sie nicht. Sie hörte keine Schritte, keine Stimme, keinen Wagen vorüberrumpeln. Nicht einmal ein Hund bellte. Sie fühlte sich einsam, verlassen. Die Stille lähmte und flößte ihr Furcht ein.

Sie stieg aus dem Bett und stellte sich ans Fenster. Am Himmel leuchteten die Sterne, und siehe da, in manchen Häusern brannte Licht. Das tröstete sie ungemein. Sie war doch nicht allein.

»Ach Gustav, du fehlst mir.«

Sie legte sich wieder hin und zog die Bettdecke über den Kopf. »Und nun gute Nacht«, sprach sie sich selber Mut zu.

Was war denn das?

Sophie schrak hoch.

Es hämmerte an der Tür.

Sophie war mit einem Schlag wach. Sie sprang aus dem Bett. Rasch öffnen! Halt, doch nicht im Nachthemd! Wer weiß, wer draußen steht. Nein, erst ein Kleid überziehen.

Wieder dieses harte, unerbittliche Hämmern.

Sophie, jetzt im Kleid, aber barfuß und ungekämmt, öffnete die Tür einen Spalt und wollte …

»Unverschämtheit!« Die Frau des Schulmeisters keifte und rollte die Augen. »Kein Auge haben wir zugemacht.«

Sie schäumte. »Was fällt Ihnen ein, so auf unserem Kopf herumzutrampeln!«

Sophie fiel aus allen Wolken. »Aber ich war doch gar nicht laut.«

»Werden Sie nicht auch noch frech!«

Sophie schluckte. Sprachlos starrte sie die Zeternde an.

»Gegen Sie ist eine Herde wild gewordener Kühe ein Dreck!«

Wortlos drückte Sophie die Tür ins Schloss.

»Unglaublich!«, maulte der Zankteufel draußen vor der Tür. »Mein Mann rackert sich schon längst vor seiner Klasse ab, und dieses faule Weibsstück kommt nicht aus den Federn.«

Sophie hätte heulen können. Vor Ärger, dass sie verschlafen hatte. Vor Wut über die Bosheit des Hausdrachens.

Wenn es einer zu bunt treibt, hatte Pfarrer Schumacher gemahnt, dann solle sie es umgehend melden. Solche Dinge sagten sich leicht. Das eben war ja gar nicht einer von den sechs Kollegen, die gegen Frauen im Schuldienst stänkerten. Durfte sie damit ihren Vorgesetzten belästigen? Ging es den Pfarrer überhaupt etwas an, wenn sie von der Frau des Schulmeisters beschuldigt wurde? Und angenommen, sie meldete es und die Hexe würde alles abstreiten und sie als Lügnerin hinstellen, was dann? Sie hatte doch verschlafen, gleich am ersten Schultag.

Sophie war unglücklich. Sie konnte sich gar nicht erinnern, wann sie schon einmal so unglücklich gewesen war. In ihrem Kopf wimmelte es von Bildern, aus jüngster und aus ferner, längst vergangener Zeit. Immer war sie die fröhliche Sophie gewesen. Oder trogen die Erinnerungen? Der Großvater fiel ihr ein. Niemand krümmt meiner Sophie ein Haar, würde er sie trösten, verlass dich drauf.

Jetzt aber schnell. Noch hatte sie keinen Dienst versäumt, doch einkaufen konnte sie vor dem Gottesdienst nicht mehr. Auch aufs Frühstück verzichtete sie.

Katzenwäsche musste genügen. Rasch kleidete sie sich an, raffte ihre Unterrichtsvorbereitungen zusammen und stieg hinunter in ihren Schulsaal. Den Haselnussstecken nahm sie mit. Vielleicht ließ er sich als Zeigestab gebrauchen.

Neben der neuen Schultafel hingen, oh Wunder, die Schulgesetze für die Kinder. Auf dem Pult lagen zwölf weiße und zwei rote Kreiden, ein Tafellappen und, in einer Schachtel, siebenundsechzig blumenverzierte Namenskärtchen, alphabetisch nach dem Nachnamen sortiert, wahrscheinlich von den Zweit- oder Drittklässlern bemalt. Unter der Schachtel ragte die großformatige Schultabelle hervor. Sie war leer, eine stumme Aufforderung, den Vordruck selbst auszufüllen.

Für alle Erstklässler mussten querformatig auf der linken Blatthälfte der Schultabelle eingetragen werden: Name des Kindes, Geburtstag, Name und Anschrift der Eltern, Religionszugehörigkeit, Besonderheiten. Auf der rechten Hälfte waren Spalten vorgegeben, die so überschrieben waren: Fähigkeiten, Sitten, Religionskenntnisse, Memorieren, Lesen, Schreiben, Rechnen, Lokation, Schulversäumnisse.

Glücklicherweise war Sophie vorbereitet. Bei Hanna hatte sie mit eigenen Augen gesehen, was in den ersten Tagen nach der Einschulung getan werden musste, zumindest in der Übungsschule des Seminars. Und ihr Vater hatte sie in den Tagen vor der Abreise nach Hartingen ins Gebet genommen. Württemberg sei pietistisch geprägt, hatte er gewarnt. Hier gingen die Erstklässler ohne Zuckertüte in die Schule. Bewusst verzichte man auf jede Felohnung, jedes Beiwerk bei der Einschulung und betone vom ersten Schultag an die Pflichten des Kindes, damit aus ihm einmal ein ordentlicher Christenmensch werde. Allenfalls im Einvernehmen mit dem Pfarrer und einigen klugen Vätern und Müttern könne sie Neues wagen, aber auch dann nur allmählich.

Er hatte ihr gezeigt, wie man die Schultabelle ausfüllt, und ihr erklärt, dass sie sich die Angaben über ihre Schüler selbst auf dem Pfarramt besorgen müsse. Die Eltern meldeten ihre Kinder beim Pfarrer zur Schule an. Der verlese dann am Palmsonntag die Namen der neuen Abc-Schützen und ermahne zugleich die Eltern, ihre Kinder am ersten Schultag persönlich in die Kirche zu begleiten. Noch vor zehn Jahren, als die Schulzeit acht Jahre betrug, seien die Sechsjährigen eingeschult worden. Jetzt, nach der Verkürzung auf sieben Schuljahre, besuchten Siebenjährige die erste Klasse. Das sei zum Vorteil des Kindes, weil es ein weiteres Jahr zuhause bleiben könne, habe die Regierung die Kürzung begründet. Eine Lüge, denn in Wahrheit verschleierte man so den krassen Lehrermangel.

Der Vater hatte ihr auch erklärt, wie sie nach dem Einschulungsgottesdienst verfahren könne. Wenn du Namenskärtchen hast, sagte er, dann lege sie in alphabetischer Reihenfolge auf die Tische der Kinder, A direkt vor dem Lehrerpult, Z am Ende der Bankreihen. Erstklässler dürfe man erst nach einer gewissen Zeit lozieren, also nach Leistung umsetzen. Dann müsse der beste Schüler dicht beim Lehrer sitzen, der schlechteste auf dem letzten Platz in der hintersten Reihe. Und nicht vergessen, warnte er, jede Lokation sei in die Schultabelle einzutragen. Sollten in Hartingen die Sitzplätze der Schüler noch durchnummeriert sein, möge Sophie das hinnehmen und sich nicht aufregen. Diese Methode komme aber glücklicherweise allmählich aus der Mode.

Sophie seufzte. Sie zählte die Plätze. Siebenundsechzig. Der Schulmeister hatte also auch diese Anordnung des Pfarrers befolgt. Dafür standen jetzt die Subsellien so dicht, dass in der Mitte des Zimmers nur ein schmaler Gang blieb. Zum Fenster hin saßen üblicherweise die Mädchen, zur Innenwand die Buben. Das sei zum Vorteil der ganzen Klasse, hatte Pfarrer Finkenberger im Seminar empfohlen. Mädchen zappelten nicht herum und ließen sich nicht so leicht ablenken. Die Buben dagegen schauten viel zu oft zum Fenster hinaus. Sie seien in dem Alter noch arg verträumt.

Kaum hatte Sophie die Namenskärtchen ausgelegt und den Haselnussstecken in die hinterste Ecke verbannt, klopfte es zaghaft. Eine junge Frau stand unter der Tür, an der Hand ihre Tochter, die eine große, weiße Schleife im Haar und ein nagelneues Ränzchen auf dem Rücken trug.

»Sind Sie die Lehrerin?« Und als Sophie bejahte, sagte sie zu dem Kind: »Gib dem Fräulein die schöne Hand.«

Das kleine Mädchen schmiegte sich ängstlich an seine Mutter und versteckte seine Ärmchen hinter dem Rücken.

»Verrätst du mir deinen Namen?« Sophie beugte sich liebevoll zu der Kleinen hinab. Das Mädchen musterte schüchtern, aber mit großen Augen das Gesicht seiner Lehrerin.

»Sie ist ein Angsthäschen.« Die Mutter strich ihrer Tochter übers Haar. »Magst du deinen Namen nicht sagen?«

Die Kleine schüttelte den Kopf.

Sophie lachte das Kind an: »Siehst du die Kärtchen auf den Tischen?«

Die Kleine nickte.

»Komm«, lockte Sophie, »such deinen Namen. Deine Mutter hilft dir bestimmt dabei.«

Mutter und Kind gingen von Tisch zu Tisch. Plötzlich jubelte die Kleine: »Ich hab's!«

»Ja«, lobte die Mutter, »das ist dein Platz.«

Sophie ging hin und las, was auf dem Kärtchen stand, auf der Bank in der dritten Reihe, direkt am Fenster.

»Du kannst ja schon lesen«, lobte sie. »So, so, Olga heißt du. Das ist ein schöner Name.«

Die Kleine nickte eifrig und flüsterte: »Die Königin heißt auch Olga.«

»Weißt du«, fragte Sophie, »wie viele Knöpfe du an deinem Kleidchen spazieren trägst?«

Olga berührte jeden Knopf mit dem Finger und zählte leise: »Eins, zwei, drei, vier, fünf, sechs, sieben.« Sie sah Sophie nicht mehr ganz so ängstlich an. »Sieben«, sagte sie schon etwas lauter.

»Zählen kannst du auch schon?«

Die Kleine nickte wieder.

Die Kirchenglocken begannen zu läuten.

»Pfarrer Schumacher erwartet uns«, sagte Sophie zur Mutter. »Kommst du mit, Olga?«

Sie fasste das Mädchen an der Hand. Olga ließ es geschehen, griff aber mit der anderen Hand sofort nach ihrer Mutter.

Pfarrer Schumacher stand vor der Kirche und hieß die Kinder samt Vätern, Müttern und Großeltern willkommen. Als er Sophie erblickte, eilte er auf sie zu, begrüßte sie mit Handschlag, tätschelte Olgas Wange und gab auch ihrer Mutter die Hand: »Schön, dass Sie Zeit haben, Frau Ott.«

Er wandte sich an Sophie. »Frau Ott unterstützt unsere Kirche, wo sie kann. Ihr Mann besitzt eine Textilfabrik, ist Stadtrat und Mitglied im Ortsschulrat.«

Sophie verstand sofort, was der Vorgesetzte andeuten wollte. Herr Ott war sicherlich einer von den vier Ortsschulräten, die für eine Lehrerin und damit für sie votiert hatten. Als Fabrikant und Stadtrat galt seine Stimme etwas im Städtchen. Vermutlich stellte er Kleider fabrikmäßig her, nicht maßgeschneidert. Darum machte er sich wohl für Fortschritt und Wandel stark.

Sophie beobachtete Frau Ott, die neben ihr stand, aus den Augenwinkeln. Weshalb war die Frau des Fabrikanten in die Schule gekommen? Als eine, die der Kirchengemeinde verpflichtet war, musste sie doch gewusst haben, dass der erste Schultag mit einem Gottesdienst begann. Was wollte sie mit ihrem kurzen Besuch im Schulhaus andeuten? Wollte sie ihr den Rücken stärken, von Frau zu Frau? Hatte Pfarrer Schumacher sie darum gebeten? Oder hatte sie von sich aus gehandelt, weil sie von ihrem Mann um die Probleme in der Schule wusste?

Der Pfarrer riss Sophie aus allen Überlegungen. »Wenn die Glocken verklungen sind, gehen wir Seite an Seite hinein. Sie setzen sich bitte in die erste Reihe. Nach der Predigt rufe ich Sie auf. Dann kommen Sie auf mich zu. Und nach dem

Gottesdienst gehen Sie den Kindern voran in ihr Klassenzimmer. Ich folge Ihnen mit den Eltern. Dort lege ich den Eltern die Schulgesetze für die Kinder aus. Punkt zwölf schließen Sie den Vormittag mit einem Gebet ab. Heute Nachmittag ist keine Schule. Aber das wissen Sie ja.«

Mit dem letzten Glockenschlag betraten Schumacher und Sophie die Kirche. Als sie durchs Mittelschiff schritten, erhob sich die Gemeinde. Alle Augen richteten sich auf die Neue. Für den Pfarrer interessierte sich heute niemand.

Die Orgel brauste auf. Die Gemeinde sang: »All Morgen ist ganz frisch und neu des Herren Gnad und große Treu; sie hat kein End den langen Tag, drauf jeder sich verlassen mag.«

Der Pfarrer begrüßte die Kinder herzlich und redete dann den Eltern ins Gewissen: »Schicken Sie Ihre Kinder regelmäßig in die Schule. Denken Sie nicht, heute könnte mir mein Bub beim Heuen helfen. Denken Sie nicht, heute könnte meine Tochter auf ihre Geschwisterchen aufpassen. Das wären Verstöße gegen das Gesetz und gegen die Christenpflicht. Der Kirchenkonvent müsste jedes Schulversäumnis mit einem Bußgeld ahnden. Aber viel schlimmer wäre, dass Sie Ihr Kind vom Lernen und von der Gemeinschaft der Kinder abhielten. Denn in der Schule wird nicht nur Lesen, Schreiben und Rechnen gelernt, sondern auch das Miteinander erfahren. Das braucht jedes Kind fürs spätere Leben. Darum bitte ich Sie herzlich: Gönnen Sie Ihrem Kind diese einmalige Chance.«

Schumacher bestieg die Kanzel und predigte über einen Vers aus dem Matthäusevangelium. Kinder seien neugierig, sagte er. Sie wollten den Dingen auf den Grund gehen und fragten ihren Eltern ein Loch in den Bauch, weil sie noch staunen könnten. Manchen Vater, manche Mutter nerve diese ewige Fragerei, glaubten sie doch, die Welt halte nichts Staunenswertes mehr für sie bereit. Doch Jesus sei anderer Meinung: »Lasset die Kinder zu mir kommen, ihnen gehört das Himmelreich.« Er möchte, dass wir uns die Kinder zum Vorbild nehmen.

Dann stieg Schumacher wieder von der Kanzel und rief die Erstklässler zu sich. Er stellte Sophie mitten unter sie, gebot allen Anwesenden, sich von ihren Plätzen zu erheben und ließ die Kinder den Satz nachsprechen: »Wir Schüler geloben … unserer Lehrerin … Ehre … Liebe … und Gehorsam.«

Die Siebtklässler unter der Leitung des Schulmeisters bekräftigten den feierlichen Akt mit dem dreistimmigen Chorsatz:

*Gott, wir sehen hier die Lehrerin,*
*die uns deine Hand gesandt.*
*Segne gütig ihr Geschäfte,*
*gib ihr Weisheit, Mut und Kräfte,*
*dass uns ihre Lehr erbauet,*
*die wir ihr sind anvertrauet.*
*Steh ihr mächtig stets zur Seite,*
*mach durch sie dein Wort bekannt.*

Nach dem Segen blieb Schumacher auf den Stufen zum Altar stehen und überraschte die Gemeinde mit einer kurzen Ansprache. Es gebe immer mehr Kinder. Das sei ein Segen für Hartingen und das ganze Land. Doch damit gehe eine größere Schülerzahl einher. Unglücklicherweise hinke die Ausbildung neuer Lehrer hinterher. Darum bereite man in Eugensburg jetzt auch Frauen für den Schuldienst vor. Lehrerinnen und Lehrer würden nach gleichem Plan ausgebildet und geprüft. In anderen deutschen Ländern unterrichteten schon viele Frauen. Warum also nicht auch hier? Glücklicherweise sei Fräulein Rössner gestern gekommen. Ohne sie gäbe es in diesem Schuljahr nur noch sechs Klassen für die sieben Schülerjahrgänge.

»Ich bitte Sie«, schloss er seine kurze Rede, »unterstützen Sie unser Fräulein Lehrerin nach besten Kräften.«

Unter Glockengeläut tippelten die Erstklässler in Zweierreihen ihrer Lehrerin hinterher, durchs Kirchenschiff, über den Kirchplatz und am Pfarrhaus vorbei hinüber zum Schulhaus. Manche strahlten übers ganze Gesicht, andere wirkten angespannt, wohl, weil sie nicht wussten, wie ihnen geschah. Ein paar Ängstliche drehten sich öfter zu ihren Eltern um, die ihnen, angeführt vom Pfarrer, in den Schulsaal folgten. Manche Kinder trugen voller Stolz ein Ränzchen auf dem Rücken, aus dem ein Tafelschwämmchen herausbaumelte. Andere schwenkten ein Henkelkörbchen. Bei nicht wenigen klemmte die Schreibtafel unterm Arm. Die hatte ihnen der Stiftungspfleger nach dem Gottesdienst geschenkt.

Im Schulsaal bat Pfarrer Schumacher die Erwachsenen, sich hinter den letzten Bankreihen und entlang der Türwand aufzustellen, während die Kinder den für sie bestimmten Platz suchten, unterstützt von ihrer Lehrerin.

Dann nahm er die Schulgesetze von der Wand, erläuterte sie den Eltern und hängte sie wieder auf.

»Bei Fräulein Rössner«, sagte er, »sind Ihre Kinder in den besten Händen. Über Mittag, nie über Nacht dürfen die Schulsachen im Schulsaal bleiben. Ab morgen findet der Unterricht zu den üblichen Zeiten statt. Morgens von acht bis zwölf, mittags von zwei bis vier Uhr. Nur am Mittwoch- und Samstagnachmittag ist unterrichtsfrei.«

Dann segnete er noch einmal die Kinder und forderte die Eltern gestenreich auf, den Raum zu verlassen.

Genau da nahm das Drama seinen Lauf. Ein schüchternes, zartes, durchsichtiges, in Watte gepacktes Bübchen klammerte sich an seine Mutter und wollte nicht von ihr lassen.

»Frau Maurer wurde nach tränenreicher Zeit wie durch ein Wunder mit dem lang ersehnten Kindchen beschenkt«, flüsterte Pfarrer Schumacher Sophie zu. »Der kleine Wilhelm ist ihr Ein und Alles. Haben Sie bitte Geduld mit ihm und mit ihr.«

Die Mutter geleitete ihren Buben an seinen Platz. Sie redete ihm gut zu, sitzen zu bleiben. Aber kaum tat sie einen Schritt in Richtung der Zimmertür, brach der Kleine in Tränen aus und rannte zu ihr hin, worauf auch sie zu schluchzen begann. Alles Zureden half nichts.

Nach dem dritten Versuch, den kleinen Wilhelm von seiner Mutter zu trennen, verlor Schumacher die Geduld. Kurz entschlossen schickte er die Frau hinaus, schnappte sich das Kerlchen, das ihr hinterdrein wollte, klemmte es sich unter den Arm und setzte es etwas unsanft auf seinen Stuhl.

Der Kleine zappelte, japste und schlug um sich, gerade so wie ein Fisch auf dem Trockenen. Mit großen Augen starrte er den Pfarrer und Sophie an und sprach den ganzen Vormittag kein einziges Wort mehr.

Au weh, dachte Sophie, das ist der Anfang vom Ende! Das hat Folgen!

❧

Auf und ab und auf, aufs erste Strichlein ein Pünktchen drauf. Leichter gesagt als getan. Jedenfalls bereitete schon das kleine i, der einfachste Buchstabe der Kurrentschrift, den Kindern große Mühe. Was sollte erst werden, wenn kompliziertere Buchstaben eingeübt werden mussten?

Schräglage, spitze Winkel und verschiedene Strichstärken, Schwellzüge genannt, kennzeichneten diese deutsche Schrift. Die Aufstriche mussten dünn, die Abstriche dagegen dick, geschwollen sein. Die Erstklässler konnten den Griffel mit ihren zarten Fingerchen schlecht fassen, war er doch dünn und glatt. Die Händchen verkrampften, wurden ungelenk und kritzelten mit viel zu viel Druck. Den Abstrich bewältigten die meisten, aber am feinen Aufstrich verzweifelten viele. Ohne Fleiß kein Preis, ohne Zähren kein Gebären, sagten die Alten, wenn sie über ihre eigene Schulzeit sprachen. Man dürfe nicht zimperlich sein, taten sie die Tränen der Kinder ab.

Doch mehr noch als die Strichstärken verwirrten die vier Hilfslinien. Der Abstand von der ersten zur zweiten und von der dritten zur vierten Linie war doppelt so groß wie der von der zweiten zur dritten Linie, weil die Unter- und Oberlängen der Buchstaben doppelt so lang sein mussten wie die Mittellängen.

Sophie hatte es an der Übungsschule erlebt. Mit hochrotem Kopf, hängender Zunge und verschwitztem Gesicht hatten die lieben Kleinen versucht, das Auf und Ab und Auf des kleinen i in den schmalen Zwischenraum zwischen der zweiten und dritten Linie zu pressen. Für eine geübte Hand, die eine spitze Feder führte, war das kein Problem, aber mit einem stumpfen Griffel ...? Mancher Strich war über die Linien hinausgeschossen. Griffel waren unter der Schreiblast zusammengebrochen. O Gott, das i-Tüpfelchen! Das durfte man ja nicht vergessen, saß es doch einsam auf der weit entfernten vierten Linie.

Sophie wusste, dass die deutsche Kurrentschrift für Kinderhände ungeeignet war. Oft genug hatte Pfarrer Finkenberger gewarnt: »Gehen Sie schrittweise vor. Als Erwachsener unterschätzt man die Schwierigkeiten beim Schreibenlernen.« Am Beispiel des kleinen i, dem einfachsten Schreibbuchstaben, und des kleinen s, dem kompliziertesten, hatte er das verdeutlicht. Während man das kleine i schrittweise den Kindern gut beibringen könne, stehe man beim kleinen s vor einem nahezu unüberwindlichen Berg von Problemen. Das liege daran, dass das kleine s in der Kurrentschrift in vier verschiedenen Formen auftrete. Als langes s ( $\int$ ) am Wortanfang und innerhalb eines Wortes. Als rundes oder Schluss-s ( $\delta$ ) am Ende eines Wortes oder einer Silbe. Als scharfes s ( $\beta$ ), das aus einem langem s und hochgestelltem z bestehe. Und als doppeltes s ( $\int\!\!\int$ ), bei dem man zwei lange s zusammenfüge. Es sei denn, es handelte sich um zusammengesetzte Wörter, bei denen eine Silbe mit s endete und die nächste mit s begann. In den Fällen musste man das erste s rund und das zweite lang schreiben.

Um Himmels willen! Wie soll ein siebenjähriges Kind die Silben heraushören? Und dann noch die vielen Ausnahmen! Zum Beispiel musste man ein rundes s am Silbenende auch dann stehen lassen, wenn danach eine Silbe folgte, die mit einem Mitlaut wie bei -lein, -chen, -mus begann. Auch in Fremdwörtern benutzte man die runde und nicht die lange Form. Kein Mensch mit Herz und Verstand, hatte sich Finkenberger eines Tages im Seminar erregt, würde solche Regeln erfinden. Allenfalls kranke Gehirne voller Schadenfreude könnten sich so etwas ausdenken, hatte er geschimpft.

Kaum war Sophie nun mit den Hartinger Erstklässlern allein, hieß sie erst die Buben, dann die Mädchen vor der Tafel auf den Boden sitzen. Mit dem ganzen Arm, mit der Hand, mit dem Zeigefinger schrieben die Kinder Zackenlinien in die Luft. Mit weißer Kreide führte Sophie mehrfach an der Wandtafel vor, wie man dieses Muster zwischen die beiden mittleren Hilfslinien einfügen musste. Mit roter Kreide zog sie die Mittellinien nach, die es dabei einzuhalten galt. Dass der Abstrich fett und über dem ersten Aufstrich ein Punkt sein sollte, erwähnte sie zunächst nicht. Eins nach dem anderen, hatte Finkenberger empfohlen. Vom Einfachen zum Schweren! Allmählich voran!

Immer vier Kinder gleichzeitig durften die Hilfslinien an der Wandtafel mit dem Zickzackmuster füllen. Sie eilten dann an ihre Plätze und übertrugen es auf ihre eigenen Tafeln.

Ein blonder Junge in der dritten Reihe tat sich dennoch schwer. Sein Griffel machte sich selbstständig und flutschte über die Linien hinweg, bis ihm ein Seufzer aus tiefster Seele entschlüpfte: »So ein Mist!«

»Sagt mein Onkel schon lange«, tröstete ein sommersprossiger Pfiffikus, »die Schule ist ein einziger Misthaufen, hat er gesagt.«

Sophie überhörte den kurzen Dialog. Sie ging von Bank zu Bank, machte vor, tröstete, trocknete Tränen, sprach Mut zu. Den Namen las sie am Kärtchen ab, bevor sie das Kind ansprach und beim Vornamen nannte, nicht einmal, sondern so oft es ihr möglich war.

Als die Muster auf den Tafeln ordentlicher wurden und die Schreibkünstler stolz ihre Werke präsentierten, las Sophie die Igelgeschichte aus dem Lesebuch vor und ließ frei erzählen und andere Wörter mit i suchen.

Kurz vor zwölf Uhr hieß sie ihre Klasse aufstehen. Sie sprach dasselbe Gebet, mit dem Hanna den Vormittagsunterricht an der Übungsschule zu beschließen pflegte:

*Was ich jetzt gelernet habe,*
*Gott, ist einzig deine Gabe.*
*Schenke nur auch dies dazu,*
*dass ich nach der guten Lehre,*
*die ich in der Schule höre,*
*auch beständig denk und tu.*
*Amen.*

Mit Handschlag verabschiedete sie jedes Kind. Vom einen und anderen wusste sie schon den Namen.

Eben wollte sie ans Pult zurück, als ein blutjunger Mann, schon nach Aussehen und Benehmen ein ungehobelter Geck, grinsend am Türpfosten lehnte, die Hände in den Hosentaschen.

»Na, Fräulein Lehrerin? Wie ich sehe, haben Sie Ihren ersten Schultag tatsächlich überlebt.« Er strich sich übers pomadisierte Haar.

»Und Sie«, gab Sophie verärgert zurück, »können Sie überhaupt schon schreiben?«

Der freche Kerl brachte vor Schreck kein Wort heraus und fuchtelte hilflos mit den Händen in der Gegend herum.

»Aha, dachte ich mir's doch. Ein Analphabet!«

»Häcker, Provisor.« Das Grinsen war verschwunden. Fassungslos stierte er Sophie an, die schon geahnt hatte, wer vor ihr stand.

Bosheit blitzte aus seinen Augen. »Und was soll das Gekrakel?« Er zeigte mit dem Finger auf die Wandtafel. »Ist das ein neues Strickmuster?«

Sophie funkelte ihn zornig an, verkniff sich aber eine passende Antwort. Überzeugen konnte sie den jungen Kollegen bestimmt nicht, mochte er doch, wie sie von Pfarrer Schumacher wusste, keine Frauen im Schuldienst.

»In welcher Kochschule haben Sie denn das kleine i gelernt? Da fehlt doch der Punkt auf dem i!« Der Grünschnabel, der Sophie um einen Kopf überragte, trat für sein Alter reichlich nassforsch auf, obwohl er ihr nur ein Jahr an Berufserfahrung voraus war. »Wenn das der Bezirksschulinspektor sieht«, höhnte er, »spuckt er Gift und Galle.«

»Dafür werden meine Kinder bis zum Ende der Woche das kleine i beherrschen. Wohlgemerkt ohne Stock und Tatzen und Backpfeifen, Herr Kollege.«

»Pff«, machte der Jüngling. »Weiber!« Er drehte sich auf dem Absatz um, »Frauenzimmer gehören einfach nicht in die Schule!« Weg war er.

»Feigling!«, knurrte ihm Sophie hinterher. »Keine Begrüßung, kein Adieu? Renn nur! Hast wohl Angst, ich könnte dir die Meinung geigen!«

Aber das hörte der Provisor nicht mehr.

»Na, den geistigen Dünnbrettbohrer bin ich erst einmal los.«

Wütend stieg sie die Treppe hinauf. Keiner der anderen Kollegen ließ sich blicken. Ach Gott, was sind die Männer dumm. Der Brettschneider fiel ihr ein. Sie summte die Melodie, dann sang sie leise vor sich hin: » ... führt sich auf wie der russische Zar, kräht auf dem Mist wie ein stolzer Hahn, und balzt herum im männlichen Wahn.«

Ihr wurde besser. Eigentlich konnte sie doch zufrieden sein. Im Unterricht lief alles nach Plan. Mit den siebenundsechzig Kindern kam sie gut zurecht. Was wollte sie mehr?

Mit der Schulter drückte sie die Tür zu ihrer Bude auf. Es rauschte. Regen? Tatsächlich, es regnete.

Im Unterricht war ihr gar nicht aufgefallen, dass das Wetter umgeschlagen hatte. Typisch April.

Sophie fror. Und sie war müde. Die Dielen knarzten. Jetzt einen heißen Tee oder Kaffee. Wasser auf der Spiritusmaschine warm machen oder gleich den Ofen einheizen?

Der Magen knurrte. Sophie hatte seit gestern Abend nichts gegessen. Sie trank die kalte Milch im Stehen, schaute zum Fensterchen hinaus und verschlang zwei Scheiben Brot mit etwas Schweinefett. Dann holte sie Holz aus dem Schuppen auf dem Hof, machte Feuer, goss Wasser in den Topf und setzte ihn auf den Ofen.

Einkaufen? Bestimmt hatte kein Laden über Mittag geöffnet. Sie zog die Schuhe aus und legte sich aufs Bett. Der Regen trommelte aufs Dach. Besorgt schaute sie von unten auf die blanken Ziegel. Vor dem Fenster, schien ihr, schimmerten schon feuchte Stellen. Glänzten dort nicht die ersten Tropfen? Die Dielen darunter waren dunkler als im übrigen Raum. Erst jetzt fiel ihr auf, dass sich genau an der Stelle der Fußboden wölbte. Was, wenn es aus Kübeln goss und Sturm übers Dach fegte und die Ziegel lockerte?

Nach einer Stunde stand Sophie entschlossen auf. Das Wasser auf dem Ofen war heiß. Sie bereitete sich einen Tee und setzte sich an den Tisch, trank und überlegte. Es gab viel zu tun. Einkaufen, Schrank schrubben, den Unterricht vorbereiten, die Namen der Kinder auswendig lernen, die Schultabelle ausfüllen.

Zuerst einkaufen? Oder erst den morgigen Unterricht vorbereiten?

Ach, ihr blieb so wenig Zeit.

Einkaufen, entschied sie. Sonst könnte sie am Abend wieder nur Wurst und Brot essen.

Es nieselte immer noch. Sophie zog sich ein Tuch über den Kopf und rannte durch die Schulgasse zur Bahnhofstraße. Hier, so hatte ihr der Fuhrmann erklärt, könne man gut einkaufen. Doch sie hatte die Rechnung ohne die Hunde gemacht. In jedem Hof, in jedem Haus wachte ein Hund. Sobald Sophie vorüberlief, bellten die Köter und flitzten von allen Seiten herbei. Wachsame, bissige Hunde, die jeden Fremden sofort witterten und die ganze Straße alarmierten.

Sophie war froh, dass gleich im Erdgeschoss des Eckhauses eine Uhrenhandlung war. »Geibel – Schirme, Uhren, Schmuck«

verkündeten große Buchstaben auf dem Vordach, das sich über Ladentür und Treppe wölbte. Dorthin flüchtete sich Sophie.

Ein schmiedeeiserner Ständer, an dem Regenschirme baumelten, stand auf der obersten Stufe. Sophie packte einen Schirm und schlug nach den Bestien, die sich im Kreis setzten, ihre Lefzen leckten und warteten.

Ein dunkelhaariger Mann und ein schwarzäugiger Bub in einer grauen Joppe stürzten aus der Ladentür. Der Mann jagte die Hunde davon.

»Ja, grüß Gott, Fräulein Lehrerin!« Der Kleine war verblüfft. Sophie erwiderte seinen Gruß. Ach, fiel ihr ein, der könnte zu den Erstklässlern gehören.

Der Mann schaute verdutzt auf das Kind, dann blickte er Sophie freundlich ins Gesicht: »Sie also sind die neue Lehrerin?«

Sophie nickte.

»Geibel. Sehr angenehm. Mein Emil hat mir eben von Ihnen erzählt. Er freut sich, dass er bei Ihnen ist und nicht bei einem Lehrer.« Er lachte. »Mein Emil hat mir gesagt, dass Sie in der Schule ohne Stock auskämen. Er fürchtet sich nämlich vor großen Hunden, Tatzen und Hosenspannern.«

Sophie war wieder zum Lachen zumute. »Bei mir musst du keine Angst haben, Emil. Ich komme ganz gut ohne Stock zurecht. Aber vor Hunden habe ich Angst wie du.«

»Ja, ja, mein Emil. Er hat's nicht so mit den strammen Männern. Frauen sind ihm lieber.«

Herr Geibel machte eine einladende Geste. »Kommen Sie doch herein. Sie werden sonst ganz nass. Oder soll ich Ihnen den Schirm leihen?«

»Eigentlich brauche ich dringend einen Wecker.«

»Da kann ich Ihnen mehrere Modelle zeigen.« Er schickte seinen Sohn in die Wohnung und geleitete Sophie in den Laden. Vor einer großen Vitrine und einer Wand voller Uhren blieb er stehen.

»Bisher habe ich keinen Wecker gebraucht«, sagte Sophie und schaute sich suchend um. Sie wusste nicht, wofür sie sich entscheiden sollte. »Zuhause hat mich immer meine Mutter geweckt, und im Seminar meine Freundin. Jetzt wohne ich allein. Ich kann mir nicht erlauben, zu spät zum Unterricht zu kommen.«

»Dem lässt sich abhelfen. Die Wecker sind inzwischen sehr zuverlässig.« Er deutete zur rechten Wand. »Die Wanduhren mit Weckalarm haben sich bewährt. Das sind die Modelle auf dieser Seite. Und hier in der Vitrine stehen die neueren Tischmodelle aus Frankreich und England.«

»Mein Wecker darf nicht zu viel kosten.« Sophie hatte sich entschlossen, reinen Wein einzuschenken. Ehrlich währt am längsten. So war sie erzogen worden, so wollte sie es weiterhin halten.

»Dann empfehle ich Ihnen eine Wanduhr aus dem Schwarzwald. Eine ganz einfache. Rückwand, Uhrkasten und Zifferblatt aus Holz. Aber mit robustem und zuverlässigem Uhrwerk.«

»Was kostet so eine?«

»Ungefähr acht Gulden die billigste.«

Sophie zuckte zusammen. Acht Gulden. Vierzehn Gulden betrug ihr Gehalt für den ganzen Monat. Gewiss, der Großvater hatte ihr zwanzig Gulden geschenkt und der Vater fünf, aber das Geld wollte sie eigentlich als Notgroschen auf die hohe Kante legen.

Herr Geibel ahnte, was seine Kundin plagte. »Ich habe auch gebrauchte Uhren.«

Er führte Sophie in einen Nebenraum, offensichtlich seine Werkstatt. Hier nagten kleine und große Uhren an der Zeit. Manche tickten schnell, andere ratschten langsam. Alle schluckten die Sekunden mal laut, mal leise und sirrten, schnurrten, brummten dazu. Große und kleine Pendel schwangen hin und her. Auf den Regalen protzten goldene und silberne Tischmodelle in Reih und Glied.

»Die hier ist ….«

»Bitte? Hier ist es so laut. Ich verstehe Sie schlecht.«

Er lachte. »Die da ist etwa zehn Jahre alt!«, rief er und zeigte auf eine zierliche Wanduhr mit eisernem Pendel und zwei eisernen Gewichten. Auf weiß lackiertem Holzschild blühten über einem goldumrandeten Zifferblatt roter Mohn und blaue Kornblumen.

Sophie stellte sich davor.

»Die stammt aus dem Nachlass einer Verwandten. Kein kostbares Stück, aber unverwüstlich!«

»Oh, die ist aber schön. Gefällt mir gut.«

Er trat dichter an Sophie heran. »Bei diesem Modell können Sie ruhig schlafen. Kein Glockenschlag, kein Kuckucksschrei wird Sie stören. Kein Gedanke an zu spätes Aufwachen kann Sie quälen. Diese Uhr arbeitet absolut zuverlässig und geräuscharm. Nur das Alarmglöckchen meldet sich zur gewünschten Stunde.«

»Was kostet sie?«

»Sagen wir vier Gulden?«

»Und wie funktioniert sie?«

»Das große Zifferblatt zeigt die Uhrzeit an. Am kleinen, das genau in der Mitte sitzt und golden schimmert, wird die Weckzeit eingestellt.« Er winkte Sophie noch näher heran.

»Auf der kleinen Messingscheibe stehen Zahlen von 1 bis 12, sehen Sie's?« Er deutete mit dem Finger auf die Scheibe, etwa so groß wie eine Taschenuhr.

Sophie nickte.

»Wann wollen Sie geweckt werden?«

»Um sieben.«

»Dann schieben wir einmal das kleine Zeigerchen auf der Messingscheibe auf die Sieben.« Er machte es vor. »Fertig! Jetzt müssen Sie nur noch die Uhr aufziehen. Das linke Gewicht an der groben Kette treibt das Uhrwerk an. Das müssen Sie jeden dritten Tag hochziehen. Das rechte an der feinen Kette ist fürs Hämmerchen. Es schlägt auf ein Glöckchen hinter dem Zifferblatt. Dieses Gewicht müssen Sie jeden Abend aufziehen, wenn Sie anderntags geweckt werden wollen. Fertig! Mehr ist nicht zu tun.«

»Und wenn ich nicht geweckt werden will?«

»Dann ziehen Sie das rechte Gewicht abends nicht hoch.«

»Geht die Uhr genau?«

»Aber ja, Fräulein Lehrerin. Das Uhrwerk sowieso. Den Wecker kann man allerdings nicht auf die Minute genau einstellen. Dafür ist die Messingscheibe zu klein und zu ungenau. Aber auf fünf Minuten hin oder her kommt es ja nicht an.«

Sophie entschied sich für die Uhr. Ihren Geldbeutel musste sie nicht übermäßig strapazieren.

»Wenn Sie noch etwas im Städtchen zu besorgen haben«, schlug Herr Geibel vor, »dann kommen Sie bitte in einer halben Stunde wieder. In der Zwischenzeit öle ich das Uhrwerk. Sie werden mit dem Wecker sehr zufrieden sein.«

Er begleitete sie vor die Tür.

Es regnete immer noch.

Herr Geibel drückte Sophie einen Damenschirm in die Hand. »Den leihe ich Ihnen. Eine junge Dame im Regen, das geht gar nicht«, sagte er energisch. »Einen Schirm muss man haben. Außerdem können Sie sich mit dem Stock die Hunde vom Leib halten.«

❧

Wie recht er hatte. Im Dorf brauchte man keinen Schirm. Aber in der Stadt verließ die Frau, die etwas auf sich hielt, das Haus nie ohne Schirm. Ob bei Regen oder Sonnenschein. Die unverheiratete schon gleich dreimal nicht. Nein, nicht nur der Hunde wegen. Der Schirm übermittelte auch geheime Botschaften. Trug man ihn über der linken Schulter, meldete er: Ich habe mich noch nicht entschieden. Trug man ihn über der rechten Schulter, so hieß das: Begleitung erwünscht. Spannte man ihn auf und ließ ihn vor dem Körper kreisen, dann bedeutete das: Sie gefallen mir. Stieß man ihn jedoch kräftig auf den Boden, dann lautete der Befehl: Verdufte, Kerl! Dann sollte man sich schleunigst vom Acker machen.

Es war gewiss kein kostbares, französisches Modell, das Sophie jetzt aufspannte. Kein Schirm, wie ihn die besseren Kreise bevorzugten, mit weißer Lüstrine gefüttert und blauer Seide überzogen, bestickt, der Stock aus Elfenbein gedrechselt.

Nein, es war ein solides deutsches Fabrikat aus einer Stuttgarter Fabrik, bespannt mit einem modisch fliederfarbenen Stoff, mit schwarzen Fransen rundum und einem hölzernen Stock mit eiserner Spitze.

Was doch so ein kleines Accessoire ausmachte. Sophie fühlte sich gleich besser und gut gewappnet gegen die vielen Straßenköter. Und sie wurde nicht mehr nass.

Ob es hier einen Markt gab? Oder vielleicht sogar eine Markthalle? Sie hätte Herrn Geibel fragen sollen. Sie reihte sich in die Schirmprozession ein, schlenderte die Straße entlang und absolvierte ihren ersten öffentlichen Auftritt in dem für sie noch unbekannten Hartingen.

Zwischen prächtigen Häusern entdeckte sie eine Bäckerei, eine Destille, zwei Gasthäuser, eine Tabagie, einen Weinausschank, einen Schokoladenstand, einen Kolonialwarenladen, eine Molkerei mit Milchausschank, ein Kaffeehaus, eine kleine Fleischerei und dann, endlich, einen Lebensmittelladen.

Die Tür stand offen. Sophie betrat das Geschäft und bereute es sofort. Vor der Theke hechelte die Schulmeisterin gerade das Neueste durch, zur Belustigung einer Rothaarigen, die ihre Kittelschürze prall ausfüllte. Der hageren Frau hinter der Theke war das eher peinlich. Sie sah mit Stirnrunzeln zu Sophie herüber.

Gerade berichtete der Hausdrachen: »Stellen Sie sich vor, um acht hat sie noch gepennt. Verträumt doch das Weibsstück ihren ersten Schultag. Dabei ist sie sowieso schon zwei Tage zu spät aufgekreuzt. Ich hab sie aus dem Bett schmeißen müssen. Und der Provisor hat meinem Mann erzählt, dass die Neue aber auch gar nichts kann. Die Kinder hat sie ein Gekrakel machen lassen und ihnen weisgemacht, das sei das kleine i. Kein Aufstrich, kein fetter Abstrich, kein Punkt. Und letzte Nacht hab ich wegen der kein Auge zugemacht, so hat die oben in ihrer Kammer herumgetrampelt. Ich sag Ihnen, wenn das der Schulinspektor wüsste, dann ...«

»Was dann?« Sophie platzte der Kragen.

Die beiden Frauen vor der Theke fuhren herum.

»Ich verbitte mir diese Lügen!«, polterte Sophie los. »Ich bin nicht zu spät angereist! Ich bin heute Morgen nicht zu spät gekommen! Ich unterrichte die Kinder nach der neuesten Methode! Und ich trample nicht herum! Aber ich muss in einem Saustall wohnen, in den es hineinregnet und in dem der Boden bald durchbricht!«

»Jetzt kann ich gar nicht mehr«, entrüstete sich die Giftschlange. »Mein Herz!« Sie fasste sich an die Brust. Schluchzend schnäuzte sie sich in ihre Schürze. »Mich als Lügnerin hinzustellen! So eine Gemeinheit!«

Sophie machte auf dem Absatz kehrt und stürmte aus dem Laden. Beinahe hätte sie einen alten Mann vor der Tür über den Haufen gerannt.

Sie war so außer Fassung, dass ihr die Beine zitterten. Sie hatte keinen Alkohol getrunken, schwankte aber wie eine Betrunkene. Ihre Knie wurden weich. Der Gehsteig schaukelte unter ihren Füßen. Sie hörte nichts. Sie sah nichts. Fort, nur fort! Sie rannte weiter, einfach weiter, weiter.

Endlich beruhigte sie sich, kam allmählich wieder zur Besinnung. Halt! Da war ja noch ein Laden, in dem man Lebensmittel feilbot. Sie ging hinein und bekam alles, was auf ihrem Zettel stand. Essig, Öl, Salz, Pfeffer, Kartoffeln, Schmalz, einen Winterrettich und eine Wurzelbürste. Petroleum, Spiritus, eine Kerze und Zündhölzer kaufe ich morgen, entschied sie. Dafür nahm sie spontan Quark und einen halben Hering mit.

Auf dem Rückweg holte sie die Uhr ab. Herr Geibel hatte sie in eine kleine Schachtel verpackt und mit einer Trageschnur verknotet.

»Den Schirm«, sagte er bestimmt, als Sophie ihn zurückgeben wollte, »bringen Sie mir morgen oder übermorgen, wenn es nicht mehr regnet.«

Eigentlich wäre jetzt alles gut, wenn ... Sophie ärgerte sich. Wie konnte sie nur so die Beherrschung verlieren.

Nein, korrigierte sie sich selbst, nichts wäre gut! Die Kammer war und blieb ein widerlicher Saustall. Es regnete hinein. Der Wind pfiff durch die Ziegel. Die Fensterwand war feucht, die Tür verzogen, der Dielenboden marode. Sie musste ihn betreten, ob sie wollte oder nicht. Fliegen konnte sie nicht, noch nicht. Also hatte es sich der Schulmeister doch wohl selbst zuzuschreiben, wenn ihn das Quietschen und Ächzen über seinem Kopf störte.

Zurück in ihrem Verschlag fielen Sophie im schräg einfallenden Licht sofort die Fußspuren auf. Jemand musste in ihrer Abwesenheit zum Fenster gestiefelt und auf den feuchten Dielen umhergetappt sein. Was hatte das zu bedeuten? Fehlte etwas?

Sie schaute im Schrank nach, im Koffer, im Bett. Alles noch an seinem Platz. Auf den ersten Blick!

Nachdenklich krempelte sie die Ärmel hoch und begann, den Schrank innen und außen mit Essigwasser zu schrubben.

Es klopfte.

Der Schulmeister riss die Tür auf. Er schäumte. Man sah ihm an der Nasenspitze an, dass er Stunk machen wollte.

Darum fuhr ihm Sophie über den Mund, bevor er etwas sagen konnte: »Waren Sie in meinem Zimmer, während ich fort war?«

Er schaute sie an, als habe sie nicht mehr alle Tassen im Schrank. Die harte Frage machte ihn sprachlos.

»Ja oder nein?«

»Sie wagen es, meine Frau eine Lügnerin …«

»Ja oder nein?«

»Sie unverfrorenes Weibstück, ich werde …«

»Erst will ich eine Antwort! Sind Sie oder Ihre Frau in diesem Zimmer …«

»Geht Sie nichts an!«

»Geht mich sehr wohl etwas an. Sie müssen nicht in diesem Bretterverschlag hausen. Aber ich!«

»Da, lesen Sie!«, herrschte er sie an. Er hielt ihr ein Stück Papier hin.

213

Sophie las widerwillig: »Um die Lockungen zum Müßiggang und zu Ausschweifungen zu unterbinden, sind die Schulmeister dafür verantwortlich, dass die Provisoren in keinem üblen Ruf stehen oder fremde Häuser besuchen, sich nicht an ein müßiges Umherlaufen, an Spielen und Wirtshausbesuch gewöhnen, abends zur rechten Zeit im Bett sind und sich in der Nacht nicht nächtlicherweise aus dem Haus entfernen.«

»Ich bin, wie Sie hoffentlich lesen können, dafür verantwortlich, dass Sie ...«

»Wo steht hier, dass Sie mein Zimmer in meiner Abwesenheit kontrollieren dürfen? Und wo steht hier, dass mich Ihre Frau vor fremden Leuten als faul und unfähig hinstellen darf?«

»Ich bin dafür verantwortlich, dass Sie ...«

»Richtig, Sie sind dafür verantwortlich, dass ich menschenwürdig wohnen kann und nicht in einem Saustall hausen muss, in dem die Tür kaum aufgeht, in dem der Boden morsch ist, das Wasser von den Ziegeln tropft und an den Wänden rieselt, und in dem man im Winter eingeschneit wird.«

»Sie verlassen heute nicht mehr das Haus!«

»O doch, ich werde ...«

Er drohte mit dem Finger. »Sie sitzen ohne männliche Begleitung in kein Restaurant und in kein Kaffeehaus! Sie gehen in kein fremdes Haus und ...«

»... meine Post wollen Sie auch noch kontrollieren?«

»Das ist meine Pflicht, ob es Ihnen passt oder nicht!«

»Ich gehe jetzt schnurstracks in ein fremdes Haus, und zwar ins Pfarrhaus! Und dann schrubbe ich heute diesen Saustall, egal wie lange das dauert. Sollten Sie deshalb einen Stock tiefer nicht schlafen können, dann haben Sie genug Zeit, darüber nachzudenken, woran das liegt!«

Sophie war so zornig, dass sie es in diesem Augenblick mit allen sechs Lehrern auf einmal aufgenommen hätte.

»Sie haben ...!«

»Nichts habe ich! Noch ein Wort, und ich ersäufe Sie in diesem Eimer!«

Sophie pfefferte die Wurzelbürste hinein, dass es spritzte. »Ich lasse mich nicht unterbuttern!«, schnauzte sie ihn an, schnappte sich die Schultabelle und ließ den verdatterten Schulmeister einfach stehen. Nicht einmal die Tür machte sie hinter sich zu.

Der Pfarrer war zuhause. Er führte Sophie in seine Amtsstube und zeigte ihr, wo sie die Angaben über die Erstklässler und deren Eltern finden konnte. Wenn sie die Tabelle ausgefüllt habe, solle sie doch bitte ins Wohnzimmer kommen.

Anderthalb Stunden später packte Sophie ihre Siebensachen zusammen. Die Tür zum Wohnzimmer stand auf. Schumacher saß in einem Sessel und las Zeitung. Seine Frau strickte.

»Kommen Sie, kommen Sie«, bat der Pfarrer und bot Sophie einen Platz auf dem Sofa an. »Wie war der erste Schultag?«

»Mit den Kindern komme ich gut zurecht.«

»Höre ich da ein Aber heraus?«

»Die Dachstube ist feucht. Im Winter kann man da nicht wohnen.«

Frau Schumacher warf ihrem Mann einen fragenden Blick zu. Er fing ihn auf und meinte zögerlich: »Da werde ich noch einmal mit dem Stadtschultheißen reden müssen.«

»Darf ich Sie zum Tee einladen?«, fragte die Pfarrfrau.

»Danke, sehr freundlich«, sagte Sophie, »aber ich muss mich für morgen präparieren und meine Stube gründlich sauber machen.«

Sie hatte den Blick bemerkt und sofort verstanden, was der Pfarrer andeuten wollte. Ihre Stube fiel nicht in seine Kompetenz. Er hatte das Problem offensichtlich schon einmal bei der Stadtverwaltung angesprochen und sich eine Abfuhr geholt.

Was nun? Sie entschied, sich nicht gleich am ersten Tag über den Schulmeister und seine Frau zu beschweren.

Schumacher wirkte bedrückt. Er wusste genau, dass das eine heikle Mission werden würde. Mit dem Stadtschultheißen ins Reine zu kommen, war nicht leicht, fielen doch Schulhaus und Lehrerwohnungen in die Zuständigkeit der Kommune.

Was Sophie nicht wusste: Der hiesige Stadtschultheiß besaß die Kraft eines Stieres und die Schlauheit eines Fuchses. Obendrein war er knausrig wie ein Entenklemmer. Ob sich der breitschlagen ließ, Geld für ein besseres Zimmer freizugeben?

Zurück in ihrem Verschlag setzte Sophie Kartoffeln auf, zündete den Spiritus in der Kochmaschine an, stellte den Wasserkessel auf und notierte, was sie morgen unterrichten wollte. Im Schreibenlesen das Pünktchen auf dem i. In Religion die Schöpfungsgeschichte. In der Memorierstunde das Vaterunser. Im Singen das Lied »Jesu geh voran auf der Lebensbahn.« Im Rechnen die Einführung der Zahl fünf. Und im Anschauungsunterricht das Thema »Unsere Schulstube«.

Dann brühte sie Zichorienkaffee auf und genoss das typische Abendessen, das zur selben Zeit in vielen Häusern auf dem Tisch stand: Pellkartoffeln mit Hering und Brot.

Sie schrubbte den Schrank, den Tisch, den Stuhl, das Bettgestell. Sie reinigte Fenster samt Rahmen, lüftete, fegte und wusch Besteck und Teller ab. Sie hängte den Wecker an einen Nagel; zog beide Gewichte hoch und legte sich ins Bett, noch bevor sie hätte die Lampe anzünden müssen. So konnte sie Petroleum sparen und den Schulmeister besänftigen, der bestimmt in seiner Wohnstube horchte, jeden ihrer Schritte zählte und fein säuberlich notierte.

Sie begann zu träumen. Sie befand sich in einer fremden Stadt, einer Mischung aus Eugensburg und Hartingen. Der Zug fuhr in den Bahnhof ein. Niemand wartete auf dem Bahnsteig und hieß sie willkommen. Sie hatte sich als Mann verkleidet, aber unter ihrer Jacke schauten die Strumpfbänder hervor. Alle Leute drehten sich um und zeigten mit dem

Finger auf sie. Da erbarmte sich ein Fuhrmann und versteckte sie unter Kartoffelsäcken. So gelang ihr die Flucht aus der unwirtlichen Stadt.

Das Glöckchen bimmelte Sophie kurz vor sieben aus dem Bett. Die Uhr weckte zuverlässig, wenn auch fünf Minuten vor der gewünschten Zeit. Doch lieber zu früh als zu spät.

Die Dielen vor dem Fenster schimmerten, als seien sie gezuckert. Tatsächlich! Eis und Schnee im Zimmer. Sophie konnte es nicht fassen. An den Ziegeln funkelten gefrorene Wassertropfen. Sie warf einen Blick hinaus. Die Dächer, weiß gepudert, glitzerten in der Morgensonne. Reif lag auf den Bäumen.

Der Ofen war kalt. Doch bald prasselte das Feuer und spendete heißes Wasser für die Morgentoilette und den Kaffee.

Sophie kramte eine Wäscheleine aus ihrem Koffer, spannte sie quer durch den Raum und hängte ihr Bettzeug auf. Es war klamm.

Noch ein schnelles Frühstück, schon stieg sie ins Erdgeschoss hinunter, trug ihre Geige in den Schulsaal, suchte im Lehrmittelraum die Schulwandbilder fürs erste Schuljahr heraus und stellte sie hinter den Schrank. Dann setzte sie sich ans Pult und wartete auf ihre Schüler.

Eine Verordnung regelte den Anfang und das Ende des Schultages bis in alle Einzelheiten. Da blieb für den Lehrer kaum Spielraum. Zuerst musste er notieren, welches Kind fehlte, dann durch die Bankreihen gehen und schauen, ob alle Kinder gewaschen und gekämmt waren und ein sauberes Taschentuch vorweisen konnten. Dann hatte er seine Schüler anzuweisen, rasch aufzustehen und still zu werden.

Kaum saß Sophie am Pult, schon betrat Frau Maurer den Schulsaal, den kleinen Wilhelm an der Hand. Ihr Junge sei völlig aufgelöst nach Hause gekommen. Auf Nachfrage, was denn passiert sei, habe er geschluchzt, er sei zum Fräulein Lehrerin sehr böse gewesen. Sophie konnte die Mutter beruhigen. Die besorgte Frau zog eine Wurst und zwei Eier aus ihrer Kittelschürze.

»Dank schön, Fräulein Lehrerin«, sagte sie, vor Rührung den Tränen nahe.

Sophie war so verdattert, dass sie weder die Wurst ablehnen noch sich dafür bedanken konnte. Und bis sie sich wieder berappelt hatte, war die Frau schon weg.

Wilhelm setzte sich auf seinen Platz und winkte seiner Lehrerin zu, die Eier und Wurst im Pult versteckte. Das Eis war gebrochen. Fortan gab es keine Probleme mehr mit dem Kleinen.

Der Schulsaal füllte sich. Sophie stand auf, begrüßte die Kinder und tat, was sie tun musste. Als es mucksmäuschenstill im Saal war, sprach sie eines der vorgeschriebenen Gebete:

*Kind, geh nie auf bösen Wegen*
*und denke nie, wer sieht auf mich?*
*Dein Gott ist überall zugegen*
*und sieht und achtet auch auf dich.*

In der ersten Stunde übten die Kinder wieder das Auf und Ab fürs kleine i, bis Sophie sie vor die Tafel rief.

Sie hieß einen kleinen Jungen vortreten, der sie mit großen Augen maß.

»Wie heißt du?«

»Karl.«

»Karl, hast du ein Hütchen?«

Der Bub nickte.

»Wohin setzt du dein Hütchen, Karl?«

»Auf den Kopf.«

»Ja, Karl«, bestätigte Sophie, »auf den Kopf und nicht neben den Kopf.«

Die Kinder lachten.

»Das kleine i hat auch ein Hütchen, ein winzig kleines Hütchen. Das ist so klein, dass man nur noch ein Pünktchen sehen kann.«

Sophie malte ein Auf-ab-auf-Muster an die Tafel und drückte Karl die Kreide in die Hand. »Magst du dem kleinen i das Hütchen aufsetzen?«

Der Junge kringelte einen dicken Punkt genau über den ersten Aufstrich.

»Du kennst schon das kleine i?«

»Meine Mutter hat es mir gestern gezeigt.«

Sie lobte das Kind, nahm die Kreide, machte noch ein Muster, sprach dazu »Auf und ab und auf, aufs erste ein Pünktchen drauf« und setzte genau über den ersten Aufstrich einen Punkt. »Fertig ist das kleine i.«

Die Kinder hatten verstanden. Sie wollten es selbst ausprobieren. Und so kritzelten sie eifrig ihre Tafeln voll und murmelten das Verschen dazu. Die Hütchen saßen wie die Spatzen auf dem Dach, haargenau auf der obersten Linie.

Sophie ging durch die Bankreihen und war sehr zufrieden. Den leichten Aufstrich und den geschwollenen Abstrich üben wir nächste Woche, nahm sie sich vor. Hauptsache, die Kinder beherrschen fürs Erste das Muster und freundeten sich mit den engen Hilfslinien an.

Was die Lehrer ihren Schülern beibringen mussten, war gleich mehrfach reglementiert. Im Lehrplan, dem sogenannten »Normallehrplan für die Volksschulen«, in Erlassen, in verpflichtenden Handbüchern und vor allem im Lesebuch. Nichts, aber auch gar nichts, was nicht in einem der Schriftstücke stand, durfte gelehrt werden. Die Obrigkeit hatte die Hosen voll. Aufsässige Lehrer galten seit den Revolutionstagen vor zwanzig Jahren als gefährliche Zeitgenossen, die es zu überwachen und gegebenenfalls aus dem Schuldienst zu entfernen galt, trotz des Lehrermangels.

Zu Beginn der nächsten Stunde hängte Sophie das Wandbild zur Schöpfungsgeschichte auf. Die Kinder sollten frei erzählen, was ihnen dazu einfiel.

Ein kleiner Junge im Blaukittel, wie ihn früher die meisten Bauern trugen, musste etwas loswerden: »Darf ich dich etwas fragen, Fräulein Lehrerin?«

Sophie nickte.

»Hast du daheim einen Vogel?«

»Nein.« Zur Bekräftigung schüttelte Sophie den Kopf.

»Aber ein Häschen!?«

Sophie verneinte.

»Aber einen Mann!«

Sophie lachte. »Nein!«

Der Bub war fassungslos. Bestürzt stellte er fest: »Aber das geht doch nicht. Was machst du dann daheim so allein?«

»Bist du verheiratet?«, fragte Sophie.

Der Bub war zunächst perplex, dann lachte er: »Spinnst du?«

»Aber das geht doch nicht. Was machst du dann daheim so allein?«

Die ganze Klasse platzte vor Lachen.

Dann deuteten die Kinder die sieben Bilder, als hätten sie zehn Semester Theologie studiert.

Sophie ordnete das Gehörte nach der Schöpfungsgeschichte im Alten Testament und sprach den Kindern den amtlichen Merkvers vor: »Gott hat alles gemacht, er ist allmächtig.« Sie ließ ihn mehrmals laut nachsprechen. In den nächsten Tagen würde sie ihn so oft wiederholen lassen, bis ihn die Kinder im Schlaf aufsagen konnten.

Nach dem Memorieren des Vaterunsers und dem Singen stand Rechnen auf dem Stundenplan. Dabei solle man nicht, hatte sie im Seminar gelernt, mit dem Zählen von eins bis zehn beginnen. Vielmehr müssten die Kinder zuerst erfassen, was Zahlen überhaupt sind.

Fünf sei die Mitte zwischen null und zehn. Darum beginne man mit dieser Zahl. Jeder Mensch habe fünf Finger an einer Hand, fünf Zehen an einem Fuß. Die wilde Rose und die einfache Nelke begnügten sich mit fünf Blütenblättern. Die Schwalbe brüte fünf Junge aus. Mit fünf Sinnen sei der Mensch ausgestattet. Aus fünf Endungen bestehe der Mensch: dem Kopf, den beiden Armen und den beiden Beinen. Und die Bibel erzähle das Gleichnis von den fünf klugen und den fünf törichten Jungfrauen und berichte von den fünf Wunden Christi.

Dann lasse sich der Lehrer von jedem Kind die fünf Finger der rechten, dann der linken Hand zeigen. Jetzt müsse jedes Kind die fünf Finger laut zählen: eins, zwei, drei, vier, fünf. Und noch einmal: eins, zwei, drei, vier, fünf. Wie könnte man das an die Tafel malen? – Richtig: Strich und Strich und Strich und Strich und Strich. Der Lehrer mache es an der Tafel vor, dann die Kinder auf ihrer Schiefertafel nach. Einmal, zweimal, zehnmal. Schon sei man bei den ersten Rechenaufgaben: Striche wegnehmen, Striche hinzufügen.

Und dann müsse man viele Fragen stellen: Wie viel sind vier Äpfel und ein Apfel? Wie viel ein Kreuzer und vier Kreuzer? Zu welcher Zahl muss man eins dazuzählen, um fünf zu erhalten?

Die Kinder waren willig. Mit Feuereifer folgten sie dem Unterricht. Deshalb nahm Sophie gelassen hin, dass manches noch nicht perfekt war. Zuweilen riefen Kinder dazwischen. Einige legten die Hände nicht vorschriftsmäßig auf den Tisch. Wieder andere gähnten, ohne die Hand vor den Mund zu nehmen. Sollte sie das jedes Mal ahnden und den Tatzenstecken schwingen? Wenn sie als Lehrerin Zeit brauchte, sich in ihre Aufgabe hineinzufinden, um wie viel mehr hatten die Kinder das gleiche Recht?

Der Vormittag endete mit Anschauungsunterricht. Sophie fragte: »Was seht ihr, wenn ihr euch im Klassenzimmer umschaut?«

Die Kinder zählten auf, während ihre Lehrerin mit roter Kreide an der Tafel notierte: Häuser, Kirche, Sonne, Wolken. Weiß schrieb sie an: Decke, Wände, Boden, Fenster, Tür, Bänke, Tische, Wandtafel, Schrank, Ofen, Podium, Pult und noch vieles mehr.

Natürlich konnten die Kinder das Geschriebene nicht lesen, aber sie rätselten, warum die einen Wörter rot und die anderen weiß geschrieben waren.

Sophie las ihnen die roten vor.

»Aha«, sagte ein pfiffiges Mädchen in weißem Hemd und bestickter Weste, »das sind lauter Sachen von draußen.«

Die Kinder philosophierten über das, was außerhalb und innerhalb bedeutete.

Mit Wonne zählten sie auf, was draußen auf den Feldern wuchs: Obst und Gemüse, Kartoffeln, Weizen, Gerste, Hafer, Roggen, Mais …

Ein kleiner Pfiffikus wollte partout, dass Sophie auch das Wort Rangersche an die Tafel schrieb.

»Was ist das?«

Gestenreich beschrieb der Junge die Pflanze: »Die wächst im Boden und hat riesengroße Blätter!«

Seine Lehrerin kapierte nicht.

»Ha, du gehst doch jeden Tag dran vorbei!«

Sophie versprach, künftig besser aufzupassen.

Der kleine Kerl, der Verzweiflung nahe, machte ein Angebot: »Soll ich dir eine mitbringen?«

Das war doch einmal eine gute Idee!

»So, liebe Kinder«, sagte Sophie, »gleich ist die Vormittagsschule aus. Heute Nachmittag wollen wir nachdenken, wozu man die Sachen braucht, die in unserem Schulzimmer sind. Bitte steht auf, wir beten:

*Zum Lernen, nicht zum Müßiggang*
*sind wir, o Gott, auf Erden.*
*Drum will ich auch mein Leben lang*
*nicht faul und träge werden.*

Wieder verabschiedete sich Sophie an der Tür von den Kindern, gab jedem die Hand und sagte seinen Namen oder erfragte ihn.

Der Vikar kam zufällig die Schultreppe herunter, begrüßte Sophie mit Handschlag und hieß sie willkommen. Er sei erst seit Januar hier. Aber wenn er irgendwie behilflich sein könne, so solle das Fräulein Lehrerin so frei sein und es ihm sagen.

Sophie packte ihre Siebensachen zusammen. Sie seufzte. Keiner der sechs Lehrer hatte sich blicken lassen. Beschlossen die ihren Unterricht vorzeitig? Oder nahm sie sich zu viel Zeit, wenn sie jedes Kind mit Handschlag verabschiedete? Wie auch immer, auffällig war das Verhalten der Kollegen schon. Wollte man sie täglich mit der Nase darauf stoßen, dass sie nicht willkommen war? Und wie lange wollten die Herren das Spiel treiben? Anfangs hatte sie befürchtet, es käme vielleicht zu einem Nebeneinander im Kollegium, doch nun hatte sie das Gefühl, es könnte sich zu einem Gegeneinander auswachsen.

❧

Zähne zusammenbeißen! Sophie sprach sich selbst Mut zu. Lass dich nicht weich kochen! Die Herren Lehrer warten doch nur darauf, dass dem Fräulein Lehrerin das Schweigen, die fehlende Anerkennung, die Ausgrenzung so große Angst machen, dass sie endlich abhaut. Aber da können die lang …

»Na, Frau Kollegin?«

Sophie zuckte zusammen.

»Huber, Unterlehrer. Verzeihen Sie …«

»Tut mir Leid. Ich war in Gedanken.«

»Und wovon haben Sie geträumt, Fräulein Lehrerin?«

Der lange, dürre Kerl stand jetzt ganz dicht vor ihr. Er hatte schlechte Zähne und roch aus dem Mund.

»Ich nehme an, Sie sind zu viel allein.«

Sie wich zurück.

Doch er rückte ihr noch dichter auf den Pelz. »Es ist nicht gut, wenn ein so hübsches Frauenzimmer seine Nase nur in Bücher steckt.«

Sophie hatte den Eindruck, als wolle er seinen Arm um ihre Schultern legen. Doch sie drehte sich rasch um und gewann wieder Abstand.

»Aber, aber, wer wird denn gleich …« Er rückte unverfroren näher.

223

Sophie fiel ein, was sie mit ihren Kolleginnen im Seminar oft besprochen hatte. Dass nämlich nicht wenige Lehrer, leider auch manche Pfarrer, Lehrerinnen als Freiwild betrachteten, das man jederzeit erlegen durfte. Pfarrer Finkenberger hatte ausdrücklich gemahnt, stets wachsam zu sein.

»Verzeihung«, sagte sie schnell und huschte an ihm vorbei, »aber ich muss mich auf den Nachmittagsunterricht vorbereiten.«

Sie ließ ihn im Klassenzimmer stehen und rannte die Treppe hinauf, als wären zehn Teufel hinter ihr her.

Verflixt! Die Tür zu ihrer Kammer klemmte.

Geschafft! Erleichtert atmete sie auf. Im Ofen war noch reichlich Glut. Sie blies hinein und legte Holz nach. Vor dem Fenster glänzte der Boden. Von den Ziegeln tropfte es. Die Wand neben dem Fenster schimmerte. Sie war feucht. Die Bettwäsche fühlte sich immer noch klamm an.

Niedergeschlagen ließ sich Sophie auf den Stuhl fallen. Seit Tagen regnete es immer wieder. Sobald man glaubte, gleich breche die Sonne durch die Wolkendecke, schon tröpfelte es wieder oder prasselte gar der Regen aufs Dach. Und kalt war es auch.

Sophie schlug die Hände vors Gesicht. Sie musste weinen. Nicht einfach nur so. Nicht vor Heimweh, nicht aus Enttäuschung. Nein, sie weinte vor Wut. Leise, bitterlich, zum Steinerweichen. Aus Wut über den Unterlehrer und die ganze Bagage. Aus Ärger über den Schulmeister. Der musste doch wissen, dass das keine Bleibe für einen Menschen war. Schon gar nicht im Winter. Auch von Pfarrer Schumacher war sie enttäuscht. Warum hatte er sich nicht für eine andere Kammer eingesetzt?

Sophie schniefte, stand auf, kramte aus ihrem Koffer das Schulgesetz heraus. Im Seminar hatte sie es Paragraf für Paragraf durcharbeiten müssen. Gab es da nicht einen Abschnitt …?

Sie sah im Inhaltsverzeichnis nach und schlug die Bestimmungen für die Lehrgehilfen nach, die nun auch für die Lehrerinnen galten. Artikel zweiunddreißig bestimmte: »Wo eine Wohnung nicht vorhanden ist, erhält der Lehrgehilfe dafür eine Entschädigung in Geld.«

Sophie saß da wie ein Häufchen Elend. Was jetzt? Sie hatte gehofft, einen Paragrafen zu finden, der ihr erlaubte, sich selbst eine Wohnung zu suchen. Aber so wie sie das Gesetz verstand, durfte sie das nur, wenn man ihr keine Wohnung stellte. Eine andere Verordnung zählte das Mobiliar auf, das jeder Lehrgehilfe erwarten durfte. Aber keine Vorschrift bestimmte, in welchem Zustand die Lehrgehilfenwohnung sein musste.

Ob sie in einer Hühnerkiste oder in einer nassen Grube schlafen musste, interessierte offenbar niemand, ärgerte sich Sophie. Und wenn sie an die sechs Lehrer dachte, hätte sie Gift und Galle spucken können. Die Herren wollten die neue Kollegin kleinkriegen. Sie hofften, Sophie werde den Mund nicht aufmachen, nichts gegen die Unterdrückung tun und ihre Beugehaft hinnehmen. Wenn sie schon eine Frau in ihrer Schule dulden mussten, dann wollten sie ihr doch jeden Tag zu verstehen geben, dass sie nicht willkommen war und am besten gleich wieder verschwinden sollte.

Sophie war der Appetit vergangen. Sie legte sich aufs Bett und versuchte, an etwas Schönes zu denken. An zuhause, ans Seminar, an die Begegnungen mit Gustav. Wenn sie ihm heute Abend einen Brief schreiben und ihm ihr Leid klagen würde? Aber wie könnte er ihr antworten? Einen eigenen Briefkasten hatte sie nicht. Also würde der Postbote für sie bestimmte Briefe dem Schulmeister oder dessen Frau aushändigen.

Eine Bekannte in Hartingen, das wäre die Lösung. Frau Ott vielleicht? Würde sie Gustavs Briefe annehmen und schweigen? Was würde Herr Ott dazu sagen?

Sophie verwarf den Gedanken wieder. So viel Geheimniskrämerei durfte sie den Otts nicht zumuten. Immerhin war Olga ihre Schülerin und Herr Ott Mitglied im Ortsschulrat.

»Wenn es nur nicht so viel regnen würde und nicht so kalt wäre«, stöhnte sie. »Ein paar Tage Sonnenschein, und alles wäre zwar nicht gut, aber doch erträglicher.«

Sie sprang auf und räumte ihren Koffer leer. Der Schrank war zwar alt und abgestoßen, aber er muffelte nicht mehr. Bei einer Tasse Zichorienkaffee bereitete sie sich auf den nachmittäglichen Unterricht vor. Sie wollte ins Zusammenzählen und Abziehen einführen, damit sie die ersten Rechenaufgaben stellen konnte. Im Anschauungsunterricht sollten die Kinder über ihr Schulzimmer sprechen, die Beschaffenheit des Bodens, der Wände, der Zimmerdecke, des Ofens, der Tische und Bänke. Passende Wörter und Sätze galt es zu finden.

Doch der Nachmittagsunterricht begann mit einer Überraschung. Ein Erstklässler schleppte voller Stolz einen Sack ins Schulhaus. Als er in sein Klassenzimmer abbiegen wollte, kam ihm Pfarrer Schumacher entgegen.

»Ja, Gottlob, sag einmal, was hast denn du in deinem Sack?«

»Eine Rangersche, Herr Pfarrer.«

»Und wo willst du mit deiner Rangersche hin?«

Daraufhin Gottlob: »Die bring ich meinem Fräulein Lehrerin. Das ist eine! Die weiß nicht einmal, was eine Rangersche ist.«

Schumacher geleitete den Bub bis ins Klassenzimmer und meinte verschmitzt zu Sophie, der junge Mann habe eine Beschwerde vorzubringen.

Sophie lachte. »Aber das ist ja eine Rübe.«

»Du kennst sie ja doch!«, empörte sich der Kleine.

»Aber ich habe nicht gewusst, dass man in Hartingen Rangersche zur Rübe sagt«, verteidigte sich Sophie.

# Unglück

prilwetter. Mal gingen heftige Regen- und Graupelschauer nieder. Mal ließ sich für kurze Zeit die Sonne blicken. Gleich darauf klöppelten erbsengroße Hagelkörner aufs Dach, oder es schüttete wie aus Kübeln. Die letzten Tage im April und die ersten im Mai waren kühl und wechselhaft. Zuweilen fegte ein eisiger Wind übers Schulhaus und blies Sophie einen weißen Gruß durch die Ziegel.

Sophie tat ihre Arbeit, so gut sie konnte. Zog sie im Schulsaal die Tür hinter sich zu, fühlte sie sich wohl, obwohl sie vielen, sehr vielen Kindern gerecht werden musste. Stieg sie durchs Treppenhaus, beschlich sie ein beklemmendes Gefühl. Wuchtete sie die Tür zu ihrem Verschlag auf, packte sie die kalte Wut. An das feuchte Loch konnte und wollte sie sich nicht gewöhnen.

Den Lehrern begegnete sie nach und nach auf der Treppe und im Hof. Sie grüßten, taten verlegen. Sie verweigerten ihr den Handschlag. Sie sprachen nur das Nötigste mit der jungen Kollegin. Sie gingen ihr aus dem Weg, wo sie konnten, und gaben ihr zu verstehen, dass sie bei ihren Besprechungen unerwünscht war.

Das alles hatte Sophie schon vorher geahnt. Darum war sie zwar enttäuscht, verlor aber kein Wort über das Possenspiel.

Auch gegenüber Pfarrer Schumacher nicht. Der unterrichtete die siebte Klasse in Religionslehre und biblischer Geschichte. Bevor er das Schulhaus verließ, klopfte er viermal an die Tür im Erdgeschoss, zweimal kurz und zweimal lang, bis es zum Ritual geworden war. Die Erstklässler spitzten schon auf sein Zeichen, sangen lauthals »herein!« und brachen in

227

schallendes Gelächter aus, wenn der fröhliche Kopf des Grauhaarigen im Türspalt erschien.

Schumacher freute sich über den Lerneifer der Kinder. Für ihn schien die neue Lehrerin ganz in ihrer Aufgabe aufzugehen. Jedenfalls klagte sie nie, auch nicht auf Nachfrage. Und die Eltern, die er zurate zog, lobten die Neue über den grünen Klee.

Doch in Wahrheit stand Sophie am Rand der Verzweiflung. Sie empfand ihr Leben als Zerreißprobe zwischen ihren pädagogischen Idealen, die ihr der Vater vermittelt hatte, und den miserablen Bedingungen, die man ihr als unverheirateter Frau zumutete.

Holzapfel und sein Hausdrache passten höllisch auf, dass das Fräulein unterm Dach abends nicht das Haus verließ, keine Besucher empfing, in kein Kaffeehaus und erst recht in kein Wirtshaus rannte. Hörten sie jemand auf der Treppe, schon standen sie unter ihrer Wohnungstür und stellten Sophie zur Rede.

Jeden Abend flehte Sophie Gustavs Beistand herbei. Wenn sie sich doch wenigstens bei ihm ausweinen könnte.

Was blieb ihr noch vom Leben? Arbeit wie im Gefängnis! Und ein bisschen einkaufen und kochen. Aber selbst das nur unter lausigen Umständen.

Den geliehenen Schirm hatte sie für vier Gulden gekauft. So wurde sie bei ihren seltenen Besorgungen wenigstens nicht nass und konnte sich die Köter vom Leib halten.

An einen Spaziergang war bei diesem Wetter aber nicht zu denken. Verließ sie das Haus, was selten genug vorkam, dann beschlich sie zudem das ungute Gefühl, man beäuge sie auf Schritt und Tritt. Tuschelte da nicht eine, als sie die Bäckerei verließ? Spottete da nicht einer über das einsame Fräulein, das allein durch die Gassen huschte?

Sophie hatte keine Bekannte, mit der sie unbefangen plaudern, keine Freundin, der sie ihr Herz ausschütten konnte. Sie wurde unsicher und von Tag zu Tag mutloser. Von der unbekümmerten, selbstsicheren jungen Frau war schon nach wenigen Wochen nicht mehr viel übrig.

Sie überlegte, wem sie schreiben könnte? Ernas neue Adresse kannte sie nicht. Wahrscheinlich hatte man der Freundin eine Schule in Oberschwaben oder auf der Alb zugewiesen, denn von dort stammte sie. Einen Brief an die Eltern? Ihr Vater würde nicht glauben, was sie hier erlebte. Wie auch sollte er verstehen, was seiner Tochter widerfuhr? An seiner kleinen Dorfschule durfte ja keine Lehrerin unterrichten. Dort mutete man auch keinem Menschen einen solchen Verschlag als Wohnung zu.

Oft zog sich Sophie weinend am Abend das Nachthemd an, schlüpfte jammernd unter die Decke, immer auf der Suche nach einem Ausweg. Gustav wollte sie ihre Sorgen und Nöte nicht eingestehen. Wahrscheinlich würde er sofort herkommen und ihr dringend raten, den Bettel hinzuschmeißen.

Doch noch wollte sie nicht klein beigeben.

Endlich wurde Sophies Wille zum Durchhalten belohnt. Am Florianstag brach die Sonne durch die Wolken, wärmte, trocknete, leuchtete und lockte die Menschen ins Freie, auch Sophie.

Zum ersten Mal spazierte sie am Bahnhof vorbei bis zu den Rebhängen, schaute über die grünen Felder, saß im hellen, warmen Sonnenschein auf einer Trockenmauer. Eidechsen huschten, Schmetterlinge gaukelten von Blüte zu Blüte, Elstern lästerten.

Ein alter Mann in Arbeitskleidung schlurfte vorbei, die Haue über der Schulter.

»Ja, Fräulein, so ist's recht. Genießen Sie den Tag. Am Mittwoch wird's wieder anders.«

»Warum?«

»Dann ist Schwendtag.«

»Schwendtag? Was ist das?«, fragte sie ihn besorgt.

»Sie kennen den Schwendtag nicht?«

Er blieb stehen, schob die Mütze ins Genick und kratzte sich am Kopf.

»Schon von alters her bringt der Schwendtag Unglück. Da bleibt man am besten daheim und zieht sich die Bettdecke über den Kopf.«

Genau so kam es.

Am Mittwoch stieg Sophie kurz nach halb acht in ihr Klassenzimmer hinab. Dabei fiel ihr ein, dass sie schon mehr Tage in dem feuchten Loch ausgeharrt hatte, als einem Menschen zugemutet werden durfte.

»Von heute an in vier Wochen treffe ich eine Entscheidung«, schwor sie sich. »So geht das nicht weiter! Bin ich denn ein Frosch, der in einer Pfütze leben will?«

Sie rechnete eine halbe Stunde lang mit den Kindern, dann ließ sie die gelernten Verse und Lieder memorieren. Gerade übte sie das kleine m ein, als es an der Tür klopfte.

Draußen stand Pfarrer Schumacher und machte ein betrübtes Gesicht. Er war in Begleitung eines behüteten Herrn, den er als königlichen Bezirksschulinspektor Mangold vorstellte.

Mangold gab Sophie zwar die Hand, schaute aber den Pfarrer an: »Ah, da ist ja Ihr Schützling, Herr Pfarrer. Nun, haben Sie es noch nicht bereut?«

Sophies Hand zitterte. Gerade hatte sie noch schwungvoll ein paar Wörter an die Tafel geschrieben. Jetzt drohten ihr die Knie weich zu werden.

Der Bezirksschulinspektor machte ein finsteres Gesicht wie ein Scharfrichter. Schweigend hörte und sah er zwei Stunden lang dem Unterricht zu. Er stellte keine Fragen an die Schüler, wie das üblich war. Er überprüfte nicht, was die Kinder in den wenigen Wochen schon gelernt hatten. Nein, er saß grummelnd wie ein drohendes Unwetter hinter der letzten Schulbank, blätterte in der Schultabelle, las Sophies Unterrichtsplanungen quer und starrte immer wieder auf die junge Lehrerin.

Pfarrer Schumacher, der seinen Stuhl neben den des Inspektors gestellt hatte, schaute Sophie aufmunternd an, so oft sie zu ihm hersah.

Sophie war verwirrt. Nach so kurzer Dienstzeit schon Besuch vom Bezirksschulinspektor? Eigentlich durfte das gar nicht sein. Allenfalls bei Beschwerden kam das vor. Aber was, ging ihr die ganze Zeit durch den Kopf, sollte sie falsch gemacht haben?

Sophie wurde unkonzentriert und sehnte sich das Ende des Vormittags herbei.

»Welches Lied können die Kinder schon?«, wollte der Inquisitor wissen.

Sophie sagte es ihm, obwohl es in ihren Unterrichtsplanungen stand.

»Vorsingen!«, befahl er.

Und wieder saß er mit unbeweglichem Gesicht da und passte auf wie ein Luchs, dass ihm ja kein Fehler entging.

Endlich schlug es vom Kirchturm zwölf.

Sophie sprach das Schlussgebet und verabschiedete ihre Klasse. Heute aber nicht unter der Tür, nicht mit Handschlag, sondern nur mit einem einfachen »Ade«.

Die Kinder waren verwirrt, sahen das versteinerte Gesicht ihrer Lehrerin, das den Tränen nahe schien. Sie spürten, dass heute alles anders war, und gingen bedrückt heim.

Bezirksschulinspektor Dankwart Mangold, der in der benachbarten Oberamtsstadt residierte und als rechte Hand des Dekans den Ortspfarrern in Schulsachen vorgesetzt war, winkte Sophie zu sich.

»Kennen Sie den Dichter Karl Gerok?«, überfiel er sie.

Sophie verneinte.

Hochnäsig wandte sich Mangold an Schumacher: »Dachte ich's mir. Literatur und Geschichte sind nicht die Stärke der jungen Dame.«

Sophie hätte platzen können vor Wut. Seit wann ging es in der ersten Klasse und vor allem in den ersten Schultagen der Kinder um Literatur und Geschichte? Oder wollte der hohe Herr ohne Rücksicht auf die Gegebenheiten einfach nur recht haben?

Sophie befahl er mit erhobenem Zeigefinger: »Also fertigen Sie binnen drei Wochen einen Aufsatz über diesen berühmten Mann.«

Dann belehrte er: Vor noch nicht allzu langer Zeit habe Gerok, Oberhofprediger Seiner Majestät, Prälat und Mitglied des Konsistoriums, ein wunderbares Gedicht verfasst. Es beschreibe in fabelhaften Worten, wie man als Fräulein eigentlich sein sollte.

Sibyllinisch fragte er: »Welches Gedicht meine ich wohl? Finden Sie's heraus!«

Sophie saß da wie ein begossener Pudel und schwieg.

Mangold schulmeisterte. »Grüß Gott! Wie herzig klingt dieser Gruß aus deutschem Munde! Das sind übrigens Geroks Worte. So spricht ein wahrer deutscher Patriot. Und«, er stach mit dem Finger auf Sophie ein, »wie haben Sie Ihre Schüler verabschiedet?«

Eine Antwort wünschte er offensichtlich nicht, denn er fuhr unbeirrt fort: »Ein schnödes, nichtssagendes Ade haben Sie Ihrer Klasse gesagt.«

Der Herr Bezirksschulinspektor war jetzt sehr erregt. Er ließ Sophie nicht zu Wort kommen, nicht einmal Pfarrer Schumacher, der es immer wieder versuchte. Ohne Punkt und Komma, von oben herab, monologisierte der Vertreter der hohen Schulbehörde: »Ohne jegliches Nachdenken und Verständnis – ade ist nämlich Französisch und heißt eigentlich adieu – gehen manche junge Frauenzimmer mit diesem französischen Abschiedsgruß auseinander. Und das in diesen Zeiten! Unsere tapferen Krieger haben den feindlichen Nachbarn niedergerungen. Ist es da nicht die Pflicht jedes anständigen deutschen Fräuleins, erst recht einer deutschen Lehrerin, den deutschen Gruß anzuwenden? Richtig wäre: Behüt dich Gott! oder Behüt Sie Gott! Auch Gott behüte dich! lasse ich gelten. Oder meinetwegen Gott behüte euch! Aber niemals ade! Merken Sie sich das für alle Zeiten, Fräulein Lehrerin!«

Endlich ließ Mangold die Katze aus dem Sack. »Man hat mir zugetragen«, knöpfte er sich Sophie vor, »dass Sie den Buchstaben i im Schreiblesen ohne rechten Verstand eingeführt haben. Ein einfaches Gekrakel ohne Auf- und Abstrich und ohne Punkt hätten Sie den Kindern vorgemacht und sie verwirrt nach Hause entlassen.«

»Verzeihung, Herr Bezirksschulrat«, fiel ihm Sophie ins Wort, »aber ich habe das so im Seminar ...«

»Unhöflich sind Sie auch noch!? Da passt ja eines zum anderen! Ich weiß, ich weiß, da gibt es moderne Pädagogen, die neunmalklug behaupten, man müsse den Kindern alles mit dem goldenen Löffel einflößen, am besten noch gezuckert. Ich aber sage Ihnen, was in jahrhundertelanger Erfahrung zur unumstößlichen Wahrheit geronnen ist: Der gute Hirte tritt am Morgen vor seine Herde und prüft, was im Kopf der Kinder sitzt und was ihr Gedächtnis fahrlässigerweise über Nacht verschludert hat. Wie heißt es im Alten Testament? ›Züchtige deinen Sohn, solange Hoffnung da ist.‹ Darum muss der gute Lehrer züchtigen. Er hat keine Wahl, wenn er ein Christenmensch ist, dem etwas an seinen Schäflein liegt. Nur wenn er ein Kind für verloren hält, verzichtet er darauf. Mädchen bekommen Schläge auf die Finger, Buben auf den Hintern. So ist es seit Hunderten von Jahren. Und so ist es recht getan!« Grimmig fügte er hinzu: »Sie, Fräulein Lehrerin, stellen den Stock in die Ecke und meinen, alles besser zu wissen. Oder halten Sie wirklich Ihre Schüler für verlorene Geschöpfe?«

Dass Sophie geknickt vor ihm saß, ließ ihn kalt. Er runzelte die Stirn. »Übrigens sind noch zwei Beschwerden eingegangen.«

Er zog zwei Zettel aus der Jacke. »Hier schreibt eine Frau: Fräulein Lehrerin zieht keinen Schurz an. Schafft sie überhaupt etwas? Ja, ja, so kann's gehen!«

Schumacher räusperte sich und wollte etwas sagen. Doch Mangold winkte ihm zu schweigen und sah Sophie spöttisch an. »Wer als Frau auf dem Land ohne Schürze herumläuft, gilt als Faulenzerin. Jetzt sagen Sie nur noch, das hätten Sie nicht gewusst. Kommen Sie nicht selbst vom Land?«

Sophie sah ihn entgeistert an. Welchem Jahrhundert war denn dieser Folterknecht entsprungen? Oder wollte er sie in

Tracht und Gretchenfrisur sehen? Oder ging das gar nicht gegen sie, sondern gegen alle Frauen in der Schule?

»Und hier«, fuhr der Inspektor unbeirrt fort, »hat ein besorgter Vater geschrieben: Seit wann darf eine fremde Frau meinen Buben herumkommandieren? Steht nicht in der Bibel, das Weib sei dem Manne untertan?«

Er steckte die Zettel wieder weg. »Nicht jedem passt, dass die Frauen ihre gottgewollte Stellung in Haus und Hof verlassen und sich überall dazwischendrängen.«

Aha! Sophie spitzte die Ohren. Dem Herrn Inspektor passte die ganze schulpolitische Richtung nicht. Aber das sagte er vermutlich denen da oben nicht. Nein, dazu war er zu feige. Dafür war er wohl klammheimlich bemüht, die Frauen wenigstens von seinem Schulbezirk fernzuhalten.

Inspektor Dankwart Mangold stand auf und ging hin und her, nahm bald dies, bald jenes in die Hand. »Was haben Sie doch für ulkige Bildchen aufgehängt!«

Er schritt, die Hände auf dem Rücken, von Wandbild zu Wandbild, kommentierte das eine, belustigte sich über ein anderes.

Sophie verteidigte sich. Die Schule besitze nur diese Lernbilder. Ihrer Meinung nach seien sie kindgemäß und für die erste Klasse geeignet. Anschauung sei doch wichtig für Kinder. Sogar Pestalozzi habe …

Doch da geriet sie an den Falschen. Mit einer ärgerlichen Geste wischte der königliche Schulinspektor Sophies Meinung vom Tisch. »Es liegt allerlei herum, Kindchen!«, spottete er. »Die Frage ist nur, was man aufgreift und was man liegen lässt. Man ist heutzutage geneigt«, dozierte er wieder, »die Wirkungen der Schule zu überschätzen. Sie soll für alle Krankheiten des Volkes verantwortlich gemacht werden. Aber unsere Volksschulen sind gut. Da muss man keine neuen Pillen verschreiben!«

Er öffnete den Schrank. Im obersten Fach lag Sophies Lateinbuch. »Sie lernen Latein?«, fauchte er sie an.

»Ich frische meine Lateinkenntnisse auf. Gelernt habe ich es zuhause bei unserem Pfarrer.« Mehr sagte Sophie nicht, denn das hätte ihn noch mehr gegen sie aufgebracht.

Für den Bruchteil einer Sekunde schien er beeindruckt. Doch dann polterte er los: »Sie haben anscheinend nicht begriffen, was Ihre einzige und ausschließliche Pflicht ist!«

Sophie sah ihn ratlos an.

»Da sehen Sie's ja! Sie kennen nicht einmal Ihre erste Pflicht! Deshalb für Sie ganz langsam zum Mitschreiben: Sie haben Ihre Zeit ausschließlich der Schule zu widmen. Während der Schulzeiten, was ja selbstverständlich ist, aber auch außerhalb des Unterrichts. Merken Sie sich: Sie sind immer im Dienst! Das ist Ihre erste und wichtigste Pflicht! Darum kann Ihnen gar keine Zeit fürs Lateinlernen und anderen Unfug bleiben! Kapiert?«

Sophie senkte gehorsam den Kopf.

Der Großinquisitor stöberte weiter im Schrank herum, bemängelte dies, kritisierte das. Dann richtete er sich auf und warnte Sophie. Als Neuling dürfe sie die Schulgemeinde nicht ohne Erlaubnis verlassen. Sie sei an die Weisungen des Schulmeisters gebunden, der nur das Beste für sie wolle, denn er sei ein vorzüglicher Pädagoge und tadelloser Untertan. In dringenden Fällen könne sie ausnahmsweise auch Dispens beim Pfarrer einholen. Männerbekanntschaften seien ihr ebenso untersagt wie Wirtshausbesuche.

Der hohe Herr entschwebte und nahm den Pfarrer mit. Zurück blieb ein Häufchen Elend. Sophie schlug die Hände vors Gesicht und weinte bitterlich.

Was nun? Machte es noch Sinn, in Hartingen zu bleiben? Aber was wäre, wenn sie um eine andere Stelle bäte? Das vernichtende Dienstzeugnis, das ihr der Inspektor in den nächsten Tagen ausfertigte, bliebe in ihren Akten und würde sie an neuer Stelle schwer belasten.

Ganz aufhören? Dem Schuldienst entsagen? Sie seufzte. Das Triumphgeheul der Lehrer konnte sie sich denken: »Haben wir nicht immer gewarnt? Frauen gehören nicht in den Schuldienst. Sie halten die nervliche Belastung nicht aus.«

Nein, so wollte sie sich nicht vom Hof jagen lassen. So nicht! Selbst bestimmen wollte sie, ob und gegebenenfalls wann sie aufhörte.

Gedieh die Sophienrauke nicht im Schutt, zwischen Unkraut, an trockenen Hängen und auf steinigen Äckern? Blühte sie nicht erst nach den Eisheiligen auf?

»Ich kenne dich nicht wieder«, würde der Vater sagen. »Beiß dich durch und zeige, was du kannst und wer du bist. Aufgeben gilt nicht!«

»Aber, aber, Kindchen«, hörte sie ihren Großvater trösten: »Du weißt doch, dass es unter den Pfarrern und Schulmeistern solche gibt und solche. Die einen kommen vor lauter Studieren kaum noch an die Sonne, hängen alles an die große Glocke und kassieren beim ersten Fluchen zehn Kreuzer und beim zweiten schon dreißig. Die anderen betreiben selbst Ackerbau und Viehzucht, singen im Gesangverein mit und haben ihren Platz am Stammtisch. Du hast halt einen von der ersten Sorte erwischt, mein Mädchen, einen Schnüffler vom Dienst, der auf Zuträger hört und nicht mehr weiß, dass Gnade und Barmherzigkeit christliche Tugenden sind.«

Sophie seufzte. Sie raffte sich auf und stieg die Treppe hinauf zu ihrem Verschlag. Doch mit jedem Tritt steigerte sich ihre Wut. Wer, fragte sie sich und nahm Stufe um Stufe, hat den Schulinspektor gegen mich aufgehetzt? Von allein hätte er sie niemals schon so bald nach Dienstbeginn heimgesucht. Aber wer tat so etwas? Pfarrer Schumacher? Bestimmt nicht. Ein betretenes Gesicht hatte er gemacht, als er in Begleitung des hochmütigen Herrn Mangold vor der Tür stand. Aufmunternd hatte er sie angeschaut, hatte sie verteidigen wollen. Aber der Mangold hatte es nicht geduldet. Dem Schulmeister dagegen traute sie alles zu. Sogar einen Brief an den Inspektor, obwohl das nicht die feine Art war. Immerhin war Schumacher sein und ihr direkter Vorgesetzter. Ihn hätte er informieren müssen. Aber so, wie die beiden Männer zueinander standen, hatte der Schulmeister vermutlich den Pfarrer übergangen, weil er den Inspektor auf seiner Seite wusste.

Zum Glück stieß Sophie jetzt nicht auf Holzapfel. Sie hätte ihn angefallen und gewürgt, so geladen war sie.

Als sie außer Atem unterm Dach ankam, war sie sich sicher, Opfer einer Intrige des Schulmeisters und seines Hausdrachens geworden zu sein. Sie warf ihre Bücher und Notizen auf den Tisch. Raus hier, raus an die frische Luft, war ihr einziger Gedanke. Panisch rannte sie aus der Kammer. In der Nähe des Schulmeisters, glaubte sie, müsse sie ersticken.

Draußen strahlte die Sonne vom wolkenlosen Himmel. Überall grünte und blühte es. Die Spatzen pfiffen, die Amseln sangen. Schwalben segelten durch die Lüfte und schossen plötzlich pfeilschnell durch einen Mückenschwarm.

Die Straßen waren menschenleer. Die Hartinger saßen wohl noch beim Mittagessen. Sophie atmete tief durch. Sie musste gehen, musste die Verkrampfung in den Muskeln lösen, wollte sich beruhigen.

Doch die unaufhörlich ratternde Maschine in ihrem Kopf ließ sich nicht anhalten, sie walkte das Erlebte wieder und wieder durch. Kaum nahm Sophie die Umgebung wahr.

»Guten Tag, Fräulein Lehrerin.«

Sophie erschrak.

»Verzeihung, ich wollte nicht ...«

Frau Ott stand direkt vor Sophie und sah sie lange und aufmerksam an.

Sophie bat um Nachsicht. Sie habe sich gerade Gedanken gemacht wegen des heutigen Unterrichts.

»Sie sind so schlank geworden, Fräulein Lehrerin. Wie geht es Ihnen?«

Sophie überlegte kurz, was sie darauf antworten sollte. Die Wahrheit sagen? Die meisten Leute wollten gar keine Antwort auf eine solch inhaltsleere Höflichkeitsformel.

Sophie überhörte die Frage. Stattdessen sagte sie: »Olga ist ein liebes Mädchen und eine gute Schülerin.«

»Sie geht gern zu Ihnen in die Schule«, lobte Frau Ott. Sie musterte verstohlen die junge Frau, die ihr bedrückt, irgendwie unglücklich vorkam. Ihre Tochter hatte ihr nämlich gerade erzählt, zwei heilige Männer seien heute in der Schule gewesen. Der eine komme jeden Tag und sei lieb. Der andere habe ganz böse geguckt. Das Fräulein Lehrerin musste sogar weinen.

»Die Kinder machen mir die Arbeit leicht.« Sophie beschlich das Gefühl, sie müsse sich entschuldigen. Ihr Vater hatte ihr vor Kurzem erzählt, er habe an seiner ersten Dienststelle beim Spazierengehen immer eine Tasche voller Bücher mit sich herumgeschleppt. Aus Angst, man halte ihn für einen Faulenzer, habe er eine Arbeit im Freien vorgetäuscht.

»Bevor ich mich gleich wieder an den Schreibtisch setze«, flunkerte Sophie, »möchte ich bei dem schönen Wetter ein bisschen frische Luft schöpfen.«

»Und ich bin auf dem Weg zum Bahnhof«, sagte Frau Ott. »Mein Mann verreist morgen für ein paar Tage. Er will Kunden in Eugensburg und Stuttgart besuchen. Ich muss für ihn die Fahrkarte holen.«

»Oh, Eugensburg?« Sophie bekam strahlende Augen.

»Stammen Sie aus der Gegend?«

»Nein, aber ich war dort im Lehrerinnenseminar.« Sophie schloss für einen Moment die Augen. »Eine schöne Stadt.« Dass sie nicht für die Stadt schwärmte, sondern an bestimmte Menschen dachte, entging Frau Ott nicht.

»Wenn Sie möchten, kann mein Mann für Sie etwas in Eugensburg besorgen.«

Wie aus heiterem Himmel durchzuckte Sophie ein Gedanke: Pfarrer Finkenberger schreiben? Ihm alles beichten und um Rat fragen?

»Vielleicht ... einen Brief«, grübelte sie laut »aber ich weiß noch nicht genau ...«

»Überlegen Sie es sich. Mein Mann nimmt gern einen Brief mit. Er kann ihn über sein Hotel zustellen lassen. Das macht er öfters.«

»Danke, ich überleg's mir«, sagte Sophie. »Wenn, dann bringe ich den Brief noch im Lauf des Nachmittags bei Ihnen vorbei.«

Ein Handschlag, ein kurzer Gruß, und Sophie eilte weiter. Sie wollte wieder auf der Weinbergmauer sitzen und über die Felder schauen. Doch auf halbem Weg kehrte sie um. Frau Otts Angebot ließ ihr keine Ruhe.

Sophie holte Briefpapier hervor und begann zu schreiben, aber zerriss ein Blatt nach dem anderen. Der erste Entwurf war zu kalt im Stil, der nächste zu aufdringlich, der dritte zu jämmerlich. Nein, sie durfte ihren Gefühlen nicht freien Lauf lassen und ihren Zorn nicht in Worte fassen. Beim vierten Anlauf fand sie den richtigen Ton, auch wenn das Schreiben an Pfarrer Finkenberger lang wurde. Ausführlich und sachlich schilderte sie ihre missliche Lage, die miserable Kammer, die Überwachung durch den Schulmeister und dessen Frau. Sie stellte dar, wie mühsam sie sich ein warmes Essen zubereiten müsse. Sie beklagte, man habe sie völlig isoliert. Und sie berichtete über die unerwartete Visitation, die vernichtende Kritik des Bezirksschulinspektors, seine Vorhaltungen und seine Anordnung, über den Dichter Karl Gerok einen Aufsatz zu schreiben.

Ottokar Ott, ein erfolgreicher Textilfabrikant, fertigte in seiner Firma auch Uniformen und Unterwäsche für die württembergische Armee und den königlichen Hofstaat.

Ott war einer von der raren Sorte. Einer, der die Zeichen der Zeit lesen konnte und wusste, dass die Unterschiede zwischen städtischer und bäuerlicher Kleidung allmählich verwischten, seitdem die Zeitungen und Journale das Leben in der Stadt priesen und über die rückständige Landbevölkerung spotteten. Die Bauern, so witzelten modebewusste Städter, trügen das auf, was die modernen Zeitgenossen längst abgelegt hätten. Das in Ehren gehaltene Sonntagshäs der Landbevölkerung, die sonntägliche Tracht, stammte, wie Ott frank und frei überall verkündete, aus der napoleonischen Zeit oder sei teilweise sogar älter.

Otts Vater, ein zünftiger Leineweber, hatte kaum noch seinen Lebensunterhalt verdient, denn die meisten Stoffe stellte man mittlerweile industriell her. Sein Sohn, zielstrebig, effektiv und resolut, ersann mit schöner Regelmäßigkeit neue Materialien und rationelle Herstellungs- und Vertriebsweisen. Laufend investierte er in die eigene Strumpfweberei und Strickerei.

Ott produzierte Trikotagen aus Seide, Wolle und Baumwolle. Daraus fertigten flinke Frauen in seiner Näherei und in Heimarbeit billige und feine Unterwäsche, Socken und Strümpfe, Unterziehjacken und Leibbinden. Denn mit den vorzüglichen neuen Nähmaschinen konnte man große Stückzahlen in kurzer Zeit produzieren.

Tagtäglich streifte Ott durch seinen Betrieb und sah seinen Maschinenarbeitern und Näherinnen auf die Finger. Dabei war ihm die Idee gekommen, auch Hemden und Blusen in Serie zu fertigen, hatte er doch bei den Trikotagen beobachtet, dass man mit bestimmten Standardgrößen die meisten Wünsche der Kunden befriedigen konnte. Warum also nicht auch Hemden und Blusen in Standardgrößen auf den Markt bringen? Und er dachte schon weiter. Warum nicht auch Hosen und Röcke in bestimmten Größen und in großer Stückzahl herstellen? Dass er damit den letzten Maßschneidern die Arbeit nahm, störte ihn wenig. »Das ist der Lauf der Zeit«, pflegte er zu sagen, wenn man ihn darauf ansprach. »Wenn ich's nicht mache, tut's ein anderer.«

Regelmäßig besuchte Ott seine Kunden, legte die neueste Kollektion vor und nahm Bestellungen entgegen. Auch das Schloss zu Eugensburg belieferte er seit ein paar Jahren.

Als er anderntags seine Kunden in Eugensburg abgeklappert hatte und auf dem Weg vom Schloss zum Marktplatz war, wo er im »Gasthof zum Schwanen« zu nächtigen pflegte, fiel ihm der Brief ein, den ihm seine Frau am Abend zuvor ans

Herz gelegt hatte. Kurz entschlossen entschied er, die Post nicht dem Portier des Gasthauses zu überlassen, sondern sie selbst zu besorgen.

Er klopfte an der Tür zum Lehrerinnenseminar und fragte die Frau, die öffnete, ob Pfarrer Finkenberger trotz der späten Stunde noch zu sprechen sei.

»Da bin ich schon«, hörte er jemanden sagen. Ein Herr in Hut und Mantel, der gerade das Haus verlassen wollte, nahm die Post entgegen, las den Absender und bat den Überbringer um Auskunft, wie er an den Brief gekommen sei.

Herr Ott berichtete, seine Tochter gehe bei der Absenderin in die Schule. Daraufhin komplimentierte Finkenberger den Unbekannten in sein Büro im ersten Stock und bot ihm in der Sitzecke einen Platz an.

Im Stehen las Finkenberger den Brief, schüttelte den Kopf und las noch einmal.

»Verzeihung«, er blickte auf, »ich habe Sie noch gar nicht nach Ihrem werten Namen gefragt.«

»Ott. Ottokar Ott, Textilfabrikant.«

»Angenehm, Adalbert Finkenberger.«

Er reichte dem Fremden die Hand. »Ich bin Pfarrer und Vorsteher dieses Seminars.« Er seufzte und hielt den Brief hoch. »Das hier gefällt mir ganz und gar nicht. Fräulein Rössner war meine beste Schülerin.«

»Meine Olga ist ein zartes Mädchen und sehr zurückhaltend. Sie versteht sich prächtig mit ihrer Lehrerin. Aber gestern muss etwas vorgefallen sein. Meine Tochter kam ganz verstört heim. Sie sagte, ihre Lehrerin habe sogar geweint.«

»Wissen Sie zufällig, wie der Ortsschulrat zu der Lehrerin steht?«

»Manche Leute wollten partout keine Frau in der Schule. Andere, ich zum Beispiel, haben dafür gestimmt. Ich bin nämlich im Ortsschulrat.«

Finkenberger nahm den Hut vom Kopf, zog den Mantel aus, legte beides aufs Sofa und setzte sich neben den Gast. »Wie steht der Pfarrer dazu?«

»Pfarrer Schumacher hat im Ortsschulrat gesagt, er bekomme keinen Lehrer zum neuen Schuljahr. Aber eine Lehrerin stehe bereit. Soviel ich weiß, hält er große Stücke auf Fräulein Rössner.«

»Und die Lehrer?«

»Alle sechs sperren sich gegen eine Frau an ihrer Schule. Das haben sie unserem Schultheißen beim Bier unter die Nase gerieben. Unser Stadtoberhaupt, müssen Sie wissen, ist ein geeichter Wirtshaushocker.«

»Welche Meinung vertritt er?«

»Er hat gegen die Lehrerin gestimmt.«

»Und wie stehen die Eltern zu der Lehrerin?«

»Ach, aufs Geschwätz der Leute gebe ich nicht viel. Schauen Sie, ich zum Beispiel lasse in meiner Fabrik Uniformen, Hosen, Röcke, Schürzen und Trikotagen herstellen. Seit zehn Jahren laufe ich mir die Hacken ab und verkünde jedem, der es hören will oder auch nicht: Die Unterhose ist praktisch! Gewiss, Unterwäsche ist noch als neumodisches Zeug verschrien, aber sie hat zwei große Vorzüge. Sie bedeckt die Blöße. Und, vor allem, sie wärmt. Die schwäbische Hausfrau dagegen zieht lieber fünf bodenlange Röcke übereinander, damit man nicht sehen soll, was jeder weiß: Sie hat drunter nichts an und kriegt darum jeden Winter den Rotz.«

»Sie meinen …«

»… dass viele heute schreien: Keine Frau! Um Himmels willen keine Frau in der Schule! Jetzt ist eine Lehrerin da, und schon sehen die Leute mit eigenen Augen, dass das Fräulein Rössner ihren Mann steht, wahrscheinlich sogar besser als die anderen sechs Lehrer. Aber das muss man erst einmal zugeben.«

Finkenberger lachte. »Das ist auch meine Erfahrung. Was habe ich mir schon den Mund fusselig geredet. Aber nein! Niemals eine Lehrerin, höre ich immer wieder.«

Ott schüttelte den Kopf. »Wie mich das nervt. Am liebsten hätten es die Leute wie vor hundert Jahren. Zum Handwerker gehört die Zunft, zum Soldaten das Exerzieren und Marschieren, zur Frau die Küche und die Bibel. Und die ganze Welt gehört natürlich den Männern, auch und erst recht die Schule. Dann fühlen sich die Leute wohl und merken nicht, dass sie längst aus der Zeit gefallen sind.«

»Mischt der Schulmeister bei der Stimmungsmache gegen die Lehrerin mit?«

»Und wie! Seit bald vierzig Jahren schlägt er in Hartingen die Kinder, die Orgel und seine Frau. Erst als Lehrer, später als Schulmeister. Er hat sie alle schon durchgewalkt, bis hinauf zu denen, die jetzt Großeltern sind. Alle sind ja zu ihm in die Schule gegangen. Außerdem ist er Dirigent vom Liederkranz und Ratsschreiber für den Schultheiß. Als Schulmeister weiß er alles, hört alles, sieht alles, was im Städtchen gemacht und geschwätzt wird.«

»Aber der Pfarrer ist doch sein Vorgesetzter.«

»Gewiss. Aber Pfarrer Schumacher hat's nicht leicht. Er ist neu im Städtchen und geht bald in den Ruhestand. Ich glaube, unser Schultheiß nimmt ihn nicht ernst.«

Finkenberger bat seinen Gast, sich noch ein paar Minuten zu gedulden. Dafür begleite er ihn zum Marktplatz und vielleicht auch noch auf ein Bier.

Dann setzte sich der Pfarrer an den Schreibtisch, richtete ein paar Zeilen an seinen Studienfreund Ocker, Oberkirchenrat in Stuttgart, und legte seinem Schreiben Fräulein Rössners Hilferuf bei.

Herr Ott versprach, den Brief nach Stuttgart mitzunehmen.

Die nächsten drei Tage bestimmten drei ganz andere Herren das Geschehen:

*Pankraz, Servaz, Bonifaz,*
*das sind drei kalte Mann,*
*die ziehen den Herren den Winterpelz*
*und den Bauern die Handschuhe an.*

In der Nacht zum 15. Mai sandte der Winter seinen letzten Gruß. Frost legte sich auf das Land und machte der kalten Sophie alle Ehre. In der Früh kam ein Schneefegen auf. Gegen Morgen setzte Regen ein, der, mit kurzen Unterbrechungen, zwei Tage lang anhielt.

Alles in Sophies Verschlag fühlte sich klamm an. Die Fensterwand war durchfeuchtet, ebenso die Bodendielen, die bei jedem Schritt bedrohliche Klagelieder anstimmten.

Sophie war der Verzweiflung nahe. Sie fühlte sich müde und niedergeschlagen. Im Hals begann es zu kratzen, die Nase lief, die Augen tränten und röteten sich. Im rechten Ohr saß ein stechender Schmerz. Husten und Schnupfen quälten, sie musste oft niesen. Schlafen konnte sie kaum noch. Bald waren die vier Wochen um, die sie sich als Frist gesetzt hatte. Sie sehnte den Tag herbei, an dem sie den Bettel hinschmeißen wollte.

Am Mittwochmorgen schleppte sich Sophie hinunter in ihr Klassenzimmer und wartete apathisch auf ihre Schüler. Ohne die Fröhlichkeit, das Lachen und die Lebensfreude der Kinder wäre sie längst zerbrochen.

Olga überreichte ihr Blumen. »Von meiner Mama für dich«, sagte sie. »Und mein Papa hat gesagt, dass er deinen Brief dem Mann gebracht hat.«

Sophie ging das Herz auf.

Emil, der Sohn des Uhrmachers, drückte ihr ein Blatt Papier in die Hand. Sein Bild, mit Buntstiften gemalt, zeigte eine Kirche mit einem hohen Turm, viele Häuser und eine große Wiese mit weidenden Tieren. Darüber schwebten himmelblaue Sahnewolken und die leuchtende Sonne, die ihre gelben Strahlen bis zur Erde hinabschickte.

»Und wo ist das?«, fragte Sophie heiser.

Der Kleine schaute seine Lehrerin entrüstet an. »Das sieht doch ein Blinder. Guck dir den Kirchturm an. Hartingen ist das!«

»Oh, danke schön. Über die Sonne freue ich mich besonders.«

»Und das bist du mit dem Regenschirm von meinem Papa.« Der Junge deutete stolz auf zwei schwarze Striche neben der Kirche.

Mit dem Regenschirm unter der strahlenden Sonne spazieren gehen, danach sehnte sich Sophie.

Sie lachte. Es war ein befreiendes Lachen. Der Junge strahlte übers ganze Gesicht.

Mit jedem Tag nahm sie deutlicher wahr, wie sehr sie früher die Kinder unterschätzt hatte. Die konnten so einfühlsam und klug sein.

In der ersten Klasse ist es wie in der Natur, dachte sie. Wer die Bäume, Wiesen und Wälder liebt und ein Auge für den Reiz der Blumen hat, dem wird das oft Gesehene niemals gleichgültig. Nur der erkennt die kleinen Veränderungen. Sie zeigen sich jeden Tag. Man muss nur genau hinschauen. Bei den Erstklässlern ist es nicht anders. Sie plaudern unbefangen, vertrauen der Lehrerin ihren geheimsten Kummer an, teilen jede Freude mit ihr. Nur in der untersten Schulklasse stößt Liebe auf Gegenliebe. Nur hier schallt es aus dem Wald heraus, wie man hineinruft. Ein freundliches Gesicht der Lehrerin zaubert ein strahlendes Lachen auf die Gesichter der Kinder.

Sophie straffte sich: Dein nasses Loch ist dort oben unterm Dach. Jetzt bist du bei den Kleinen. Also lasse alle Sorgen und all deinen Kummer hinter dir, schalt sie sich. Auch wenn man dir Licht und Sonne streitig macht, so kommt der Frühling doch. Heiterkeit ist der Himmel, unter welchem alles gedeiht, Giftschlangen ausgenommen, hatte sie bei Jean Paul gelesen.

So ermutigt, zwang sie sich zu einem Lächeln und kontrollierte, ob die Kinder gewaschen und gekämmt waren, saubere Ohren hatten und ein reinliches Taschentuch vorzeigen konnten. Wo das nicht der Fall war, wurde sie nicht laut, schimpfte auch nicht, obwohl ihr nicht wohl war. Sie merkte es sich und sagte es dem Kind unter vier Augen. So hatte sie es sich bei ihrem Vater und bei Hanna abgeschaut.

Mit krächzender Stimme sprach sie das Morgengebet:

*Ich tu die hellen Augen auf*
*und schau, o Gott, zu dir hinauf.*
*Du hast mich in der letzten Nacht*
*sanft schlafen lassen und bewacht.*
*Behüte mich auch diesen Tag,*
*dass mich kein Übel treffen mag!*
*Amen.*

Eine halbe Stunde lang ließ sie die Buben und Mädchen kleine Rechenaufgaben erfinden und im Kopf ausrechnen. Dann holten die Kinder ihre Schiefertafeln hervor. Voller Begeisterung füllten sie die Hilfslinien mit den gelernten Buchstaben i und m. Den feinen Aufstrich und den fetten Abstrich beherrschten sie inzwischen. Gerade erfanden sie aus beiden Buchstaben allerlei Silben: im, mi, mim, imi, mimi.

Es klopfte.

Pfarrer Schumacher stand unter der Tür, wieder in Begleitung eines Herrn. Beide trugen Aktentaschen und Schirme, denn es regnete immer noch.

Nein, nicht schon wieder, fuhr es Sophie durch den Kopf. Sie wollte schon resignieren, da erkannte sie den Fremden wieder. Es war jener Herr, dem sie vor vielen Monaten gebeichtet hatte, dass sie das Seminar ohne Erlaubnis verlassen hatte, weil sie an Hannas Beerdigung teilnehmen wollte. Er kam ihr vor wie ein Bote aus der guten alten Zeit, als sie noch froh und stark war und Bäume ausreißen konnte.

»Der Herr Oberkirchenrat kommt von der obersten Schulbehörde in Stuttgart und möchte mit Ihnen sprechen«, sagte Schumacher. Er machte aber kein betrübtes Gesicht wie noch vor einigen Tagen, sondern sah Sophie aufmunternd an.

»Dann wollen wir uns einmal ein Bild verschaffen«, sagte der hohe Herr und stellte sich auf das Podest. Er redete freundlich mit den Kindern, hieß sie berichten, was sie schon gelernt hatten und stellte allerlei Fragen. Er ließ an der Wandtafel Fünferaufgaben rechnen, begutachtete das Geschriebene auf den Schiefertafeln und bat die Kinder, ihm alles zu erzählen, was sie über ihr Schulzimmer wussten und über die Gegenstände, die darin waren. Zum Schluss wollte er das Lied »Jesu geh voran auf der Lebensbahn« hören. Die Kinder sangen ungefragt alle vier Strophen. Sophie begleitete auf ihrer Geige.

»Das habt ihr gut gemacht«, lobte der Oberkirchenrat. Er sah auf seine Taschenuhr. »Oh, schon halb zwölf.« Er wandte sich an Sophie. »Wie ich sehe, geht es Ihnen nicht so gut.«

Sophie zuckte vielsagend die Schultern.

»Bitte übernehmen Sie wieder den Unterricht. Ich muss den Herrn Stadtschultheiß noch vor der Mittagspause treffen.« Er gab Sophie die Hand. »Machen Sie sich keine Sorgen. Sie haben eine prächtige Klasse. Aber halten Sie sich bitte heute Nachmittag zu meiner Verfügung.«

Die Herren winkten zum Abschied und gingen. Anders als vor einer Woche sahen die Kinder ihre Lehrerin lächeln.

Stadtschultheiß Konrad Köbler sah aus wie einer, der elf gefressen hat und den zwölften nicht hinunterkriegt. Er hatte ein Mopsgesicht und gab sich, als wäre ihm die Butter vom Brot gefallen. Zwar war er Stadtregent, Außen-, Innen- und Finanzminister in einem, aber zu tun hatte er dennoch nicht viel. Und trotzdem dauerte bei ihm alles immer ein halbes Jahr länger als die Ewigkeit. Dabei nahmen ihm zwei Schreiber nahezu alle Arbeiten ab, und die Sitzungen des Stadtrats protokollierte der Schulmeister. Nur die Wirtshausbesuche und den Empfang hochrangiger Gäste behielt er sich höchstpersönlich vor. Er glaubte niemandem und nichts. Sein Lieblingsspruch war: »Wer's glaubt, der wird selig. Wer bäckt, der wird mehlig.«

Die Dorfschultheißen der umliegenden Dörfer verachtete er. Das seien ungebildete Tölpel, lästerte er. Darum bestand er darauf, mit »Herr Bürgermeister« angeredet zu werden, wie es im Badischen und anderswo in Deutschland, vor allem in den großen Städten, längst üblich war. Wenn er schon einmal Einfälle hatte, dann waren sie baufällig wie ein wurmstichiges Haus.

Als ihm einer seiner Sekretäre kurz vor zwölf meldete, Pfarrer Schumacher sei in Begleitung eines Fremden da und müsse ihn dringend sprechen, da wollte er aus der Haut fahren. Der Pfarrer solle gefälligst am Nachmittag wiederkommen, lag ihm schon auf der Zunge. Nur aus reiner Vorsicht, man konnte ja nie wissen, ließ er nachfragen, wer denn der Fremde sei.

»Ein Herr aus Stuttgart«, lautete die Auskunft.

So ließ sich der Herrscher von Hartingen, kleine Souveräne sind immer aufgeblasener als große, unwillig herab, das Mittagessen um ein paar Minuten zu verschieben.

»Womit kann ich dienen«, fragte er den Pfarrer, als die Besucher in sein Büro geleitet wurden, obwohl er nicht die Absicht hatte, dem Geistlichen in irgendeiner Weise zu Diensten zu sein.

»Oberkirchenrat Ocker kommt von der obersten Schulbehörde«, sagte Schumacher, »er hat ein schulisches Anliegen.«

Ocker hatte sich gut vorbereitet. Aus den Schulberichten, die seinem Amt vorlagen, wusste er, dass man sich in Hartingen nicht viel um Vorgaben und Auflagen scherte. Darum trat er sehr bestimmt auf.

Ein Fremder, der zwar ein freundliches Gesicht machte, aber harte Töne anschlug, war für das Stadtoberhaupt etwas Neues und Unerhörtes. Köbler fragte sich schon, ob der Kirchenknecht wohl Streit suchte.

Doch Ocker ließ keinen Zweifel aufkommen, dass er nicht gewillt war, ohne Ergebnisse wieder abzureisen. Er kaufte dem Bürgermeister gleich mit den ersten Sätzen den Schneid ab. Er rang ihm die Zustimmung zu einer außerordentlichen Sitzung des Ortsschulrates ab, und zwar noch am selben Tag um halb zwei, wie üblich im Pfarrhaus. Außerdem forderte er ihn auf, umgehend den Stiftungspfleger, die drei Elternvertreter und den Schulmeister über diesen Termin zu informieren.

Nach dem Mittagessen, zu dem der Pfarrer eingeladen hatte, empfingen die beiden Herren die Mitglieder des Ortsschulrats und den Schulmeister, der nicht stimmberechtigt war und nur auf Anfrage antworten durfte. Auch der Vikar war auf Schumachers Bitte und mit Ockers Zustimmung anwesend, sollte er doch die Aufgaben des Ortsschulrats kennenlernen und alles protokollieren, falls man mit dem Stadtschultheißen in Rechtshändel geraten würde.

Ocker erklärte, eigentlich sei er zur Visitation der neuen Lehrerin angereist. Aber er wolle die Gelegenheit nutzen und das Schulhaus besichtigen. Denn die Verordnung von 1868 schreibe für jedes Schulgebäude eine Überprüfung vor. Infolge des medizinischen Fortschritts und des gesellschaftlichen Wandels habe die Regierung höhere Maßstäbe für Gesundheit und Sauberkeit in den Schulen festgesetzt. Aus den Akten gehe hervor, dass diese vorgeschriebene Inspektion in Hartingen bisher nicht erfolgt sei.

Ocker fragte den Stadtschultheißen: »Ist Ihnen diese Verordnung bekannt?« Der Herr Oberkirchenrat sprach mit schneidiger Stimme und wirkte sehr entschlossen.

»Natürlich!«, erregte sich Köbler, »Wir leben ja nicht hinterm Mond! Aber in der Verordnung steht doch nichts Habhaftes drin. Was soll ich da inspizieren?«

Ocker lächelte fein, entnahm seiner Tasche ein dünnes Heft und hielt es hoch. »In dieser Ministerialverfügung ist in vierzehn Kapiteln und vierzig Paragrafen Punkt für Punkt ganz präzise und bis in die letzten Einzelheiten geregelt, wie ein Schulhaus gebaut, unterhalten und gepflegt sein muss, damit es der Gesundheit der Kinder dient und nicht schadet.«

Köbler bekam einen roten Kopf. Er sah aus wie ein ertappter Schüler beim Schwindeln. Doch es war keine Schamröte, die ihn überfiel. An den angespannten Backenmuskeln konnte man ablesen, dass ohnmächtiger Zorn in ihm hochkochte.

Ocker sah es wohl, fuhr dennoch unbeirrt fort: »Nach der Verordnung hat die Gemeinde als Schulträger die folgenden Punkte regelmäßig zu prüfen.« Er warf einen Blick in seine

Unterlagen und schnarrte herunter: »Allgemeiner Bauzustand des Schulhauses, Raumbedarf, Schulportal, Flure, Wände, Türen, Fenster, Ventilation, Beleuchtung, Heizung, Subsellien und Pulte sowie Lehr- und Lernmittel einschließlich Wandtafeln. Besonderes Augenmerk ist bei der Inspektion auf die Toiletten zu richten. Auch die im Schulhaus vorhandenen Lehrerwohnungen sind zu inspizieren. Dagegen fällt der Unterricht und die Prüfung der Schüler in die ausschließliche Zuständigkeit der Schulbehörde.«

Ocker machte eine kleine Pause und ließ das Gesagte wirken. Dann fuhr er fort: »Doch so viel kann ich hier verraten: Fräulein Rössner leistet sehr gute Arbeit und ist gewiss ein Segen für diese Schule.«

Der Bürgermeister runzelte die Stirn und tappte im Regen missmutig den Herren ins Schulhaus hinterdrein, wo sie Raum um Raum begutachteten. Sehr zu seinem Verdruss wagten es Pfarrer Schumacher und die drei Elternvertreter, Mängel offen anzusprechen: Das ganze Haus sei in keinem ordentlichen Zustand und müsse künftig täglich gekehrt und wöchentlich nass gewischt werden. Flure und Wände in allen Schulsälen müsse man umgehend weißen oder mit bunter Leimfarbe streichen. Die Schülertoiletten bedürften einer grundlegenden Sanierung; so verdreckt, seien sie allenfalls als Schweinestall zu gebrauchen.

Ocker forderte Köbler auf, seinen Pflichten als Schulträger unverzüglich nachzukommen. Er werde einen Bericht an das Oberamt fertigen und den Herrn Oberamtmann um rasche Abhilfe bitten.

Oberamt, Oberamtmann! Dem Bürgermeister verschlug es die Sprache. Das war das Schlimmste, was einem Stadtoberhaupt passieren konnte, bedeutete es doch, dass die Gemeindeaufsicht eingeschaltet und die Behördenmaschinerie in Gang gesetzt wurde.

Schulmeister Holzapfel, der sich bisher im Hintergrund gehalten hatte, musste nun die Kommission in seine Wohnung führen. Es war ihm peinlich. Seine Frau empfand es sogar als beschämend, schwieg aber eisern, solange die Herren die Räume inspizierten und allerlei Bemerkungen fallen ließen.

Erst als sie gefragt wurde, ob sie mit der Wohnung zufrieden sei, antwortete sie verärgert: »Nein! Die Wände müssen geweißt werden. Außerdem trampelt uns das Fräulein Lehrerin so auf dem Kopf herum, dass man hier unten nicht schlafen kann.«

Ocker kam diese Antwort sehr gelegen, wusste er doch aus Sophies Brief, den Pfarrer Finkenberger an ihn weitergereicht hatte, was ihn erwartete. »Dann steigen wir hinauf und schauen uns einmal unterm Dach um«, antwortete er und grinste in sich hinein.

Holzapfel musste vorangehen.

Der Bürgermeister hatte Mühe, in dem Dämmerlicht die Hühnerleiter zu erklimmen, schwieg aber beharrlich. Es brodelte in ihm. Er fühlte sich vorgeführt und überlegte schon, wen er für dieses Desaster verantwortlich machen könnte.

»Da bricht man sich ja den Hals«, schimpfte Herr Ott. Und der Stiftungspfleger stellte sachlich fest, eine solche Treppe sei baurechtlich nicht zulässig.

Ocker sagte nichts, merkte sich aber für den späteren Bericht, was die beiden beanstandet hatten.

Dann drängelten sich sieben Herren vor einer alten Tür. Vor vielen Jahren musste sie weiß gewesen sein, jetzt war sie ramponiert und hing schief in den Angeln.

Ocker klopfte.

»Herein!«

Er kriegte die Tür nicht auf.

Der Stiftungspfleger warf sich dagegen. Die Tür gab nach.

Den Kommissionären verschlug es die Sprache. Ocker war entsetzt. Was er hier sah, übertraf seine schlimmsten Befürchtungen. Er musste an sich halten, sonst wäre er gleich explodiert.

In einem Verschlag mit Ausblick auf Dachlatten und Ziegel saß im schummrigen Licht das Fräulein Lehrerin, in Mantel und Bettdecke gehüllt, schniefend, heiser, offensichtlich fiebrig. Um sie herum war alles feucht. Wasser tropfte vom Dach.

»Schändlich!«, fauchte Herr Ott, der alles genau registrierte und in jede Ecke guckte. »Zustände wie im Mittelalter, als die Menschen noch mit den Säuen schliefen.« Und noch einmal, aber laut und mit großem Nachdruck: »Eine Schande ist das für uns alle!«

Ocker schluckte immer noch. Er fand keine Worte. Und er ärgerte sich maßlos. Bürgermeister und Schulmeister mussten doch gewusst haben, was sie der jungen Frau zumuteten.

Der Stadtschultheiß war unter der Tür stehen geblieben. Er tat so, als ginge ihn das alles nichts an. Nur ab und an warf er dem Schulmeister einen Blick aus halb geschlossenen Lidern zu.

»Geht es Ihnen nicht gut?«, wandte sich der Stiftungspfleger besorgt an Sophie. Der Vikar stand neben ihr und legte seine Hand mitfühlend auf ihre Schulter.

Sophie schüttelte betrübt den Kopf. »Hier ist es immerzu feucht und kalt«, krächzte sie.

»Und wo gehen Sie zur Toilette?«

»Unten auf dem Hof im Schülerabort.«

»In dem Dreckloch?« Der Stiftungspfleger war aufs Höchste erregt.

Ocker nahm den Schulmeister ins Visier: »Hat der letzte Provisor auch in dieser Kammer hausen müssen?«, fauchte er ihn an.

Holzapfel druckste herum.

»Rede ich chinesisch?«, fuhr ihn Ocker an. »Ja oder nein?«

»Nein.«

»Wo dann?«

»Im Städtchen.«

»Und warum bringt man dann die Lehrerin in diesem Loch unter?«

»Weil das Zimmer des Provisors in der Stadt nicht mehr frei war«, meldete sich der Bürgermeister zu Wort.

»Aha!« Jetzt explodierte Ocker. »Das haben Sie sich fein ausgedacht! Eine solche Bosheit ist mir in meiner ganzen Amtszeit noch nicht untergekommen!«

Es hätte nicht viel gefehlt, und er hätte den Schulmeister geohrfeigt und wäre dem Schultheißen an den Hals.

Ott erkannte die Brisanz des Wortgefechts und ging dazwischen. »Wir müssen umgehend Abhilfe schaffen«, bemerkte er sachlich. »Ich beantrage, dass die Gemeinde dem Fräulein Lehrerin binnen dreier Tage eine neue Bleibe sucht.«

Ocker konstatierte: »Kraft Amtes stelle ich fest, dass dies keine Wohnung im Sinne der Visitationsordnung von 1868 ist. Wer stimmt zu? Ich bitte um Handzeichen.«

Fünf der sechs ordentlichen Mitglieder des Ortsschulrats stimmten zu, nur der Bürgermeister rührte sich nicht.

Ocker knöpfte sich den Stadtschultheiß vor: »Falls Sie, Herr Bürgermeister, der Auffassung sein sollten, dies wäre eine zumutbare Bleibe, dann versetze ich Fräulein Rössner mit sofortiger Wirkung in eine andere Gemeinde. Dort weiß man ihre Arbeit zu schätzen und bietet ihr eine anständige Wohnung und eine zumutbare Toilette.« Und warnend fügte er an: »Einen neuen Lehrer bekäme Ihre Schule in dem Fall selbstverständlich nicht!«

Der Herr Stadtpräsident erwachte. »Das ist nicht Ihr Ernst, Herr Kirchenrat!« Bewusst degradierte er den Gast vom Oberkirchenrat zum Kirchenrat. »Unsere Schule hat sieben Klassen«, beharrte er, »also stehen ihr sieben Lehrer zu.«

Während Ocker das Schulgesetz aus seiner Aktentasche nahm, wies er den Schultheißen nebenbei in seine Schranken. »Sie täuschen sich, Herr Ortsvorsteher«, revanchierte er sich für die Degradierung. »Die Zahl der Lehrer bemisst sich nicht mehr nach der Zahl der Schulklassen. Das war einmal!« Er schlug das Buch auf und zitierte: »Die Novelle zum Schulgesetz bestimmt in Paragraf sechs: Bei einer Zahl von mehr als neunzig Schülern sind zwei Lehrer, bei mehr als hundertachtzig Schülern sind drei Lehrer, und bei mehr als zweihundertsiebzig Schülern sind vier Lehrer anzustellen, und in gleichem

Verhältnis ist bei einer noch höheren Zahl von Schülern die Zahl der Lehrer zu vermehren.«

Er schlug das Buch wieder zu und wandte sich an Pfarrer Schumacher: »Wie viele Schüler hat Ihre Schule?«

»Derzeit sind es dreihundertsiebenundfünfzig, verehrter Herr Oberkirchenrat.«

Ocker rechnete vor: »Dreihundertsiebenundfünfzig geteilt durch neunzig ergibt vier. Sie sehen, meine Herren, dass dieser Schule nur vier Lehrer zustehen.«

Er steckte das Buch wieder weg. Dann zog er Bilanz: Wenn die Stadt bis zum Wochenende keine anständige Bleibe biete, weise er Fräulein Rössner einer anderen Gemeinde zu und ziehe zum Monatsende zwei weitere Lehrer aus Hartingen ab.

Schumacher wurde blass. Der Stiftungspfleger schlug die Hände vors Gesicht. Ott sah Pfarrer Schumacher fassungslos an. Nur Stadtschultheiß Konrad Köbler empörte sich. »Das ist unerhört!«

Ocker fragte Sophie: »Fühlen Sie sich in der Lage, Ihre Siebensachen zu packen?«

Sophie nickte.

»Dann tun Sie das bitte. Und zwar jetzt. Sie ziehen noch heute aus. Pfarrer Schumacher wird Ihnen später ein Quartier für die kommende Nacht zuweisen. Und wenn man Sie nicht umgehend anständig unterbringt, dann setzen Sie sich bitte am Samstag früh in den Zug und kommen zu mir nach Stuttgart. Bis dahin finde ich für Sie einen neuen Dienstort.«

Und zu den Mitgliedern des Ortsschulrats sagte Ocker. »Kommen Sie, meine Herren, den Rest besprechen wir im Pfarrhaus.«

Die Ereignisse überschlugen sich. Um fünf kam Frau Schumacher und half Sophie, ihr Gepäck ins Pfarrhaus zu bringen. Dort sollte Sophie bis Samstag bleiben.

»In der anschließenden Sitzung hat Herr Ott dem Bürgermeister kräftig eingeheizt«, berichtete der Pfarrer beim Abendessen. »Er rieb ihm unter die Nase, dass er als Vater, Stadtrat und Ortsschulrat nicht bereit sei, eine so tüchtige Lehrerin ziehen zu lassen. Sie haben in ihm jetzt einen ganz großen Gönner, Fräulein Rössner. Er wird Ihnen so schnell wie möglich ein angenehmes Zimmer besorgen, einschließlich einer warmen Mahlzeit am Tag. Da konnte der Bürgermeister gar nicht anders, er musste klein beigeben. Zimmer und eine warme Mahlzeit am Tag auf Kosten der Gemeinde, das ist jetzt amtlich.«

Nach der Sitzung des Ortsschulrats habe der Herr Oberkirchenrat die fünf Lehrer und den Schulmeister in den Senkel gestellt und ihnen aufgetragen, innerhalb eines Monats einen Besinnungsaufsatz zu schreiben mit dem Thema: Die Bedeutung der Frau für Familie, Gesellschaft und Schule. »Wer den schlechtesten Aufsatz schreibt, werde zum Schuljahresende an eine andere Schule versetzt«, habe Ocker angekündigt.

»Ja, ja, der Herr Oberkirchenrat räumt auf.« Der Pfarrer lachte. »Mir hat er herzliche Grüße an Sie aufgetragen, Fräulein Rössner. Sie sollen sich keine Sorgen machen. Alles komme wieder ins Lot.«

Dann, erzählte Pfarrer Schumacher, habe er Ocker zum Bahnhof gebracht. Auf dem Weg dahin wollte der Herr Oberkirchenrat wissen, warum Mangolds Visitation so miserabel verlaufen sei.

»Ocker hat aufmerksam zugehört und dann gemeint, er werde dem Bezirksschulinspektor wohl ein paar peinliche Fragen stellen müssen. Warum, zum Beispiel, sei die Wohnung im Dachgeschoss nicht inspiziert worden. Auch die Anordnung, einen Aufsatz über Gerok einzufordern, hielt er für unvereinbar mit den Dienstvorschriften.«

Falls vom Bezirksschulinspektorat ein Dienstzeugnis eintreffe, solle er es gar nicht aushändigen, sondern im Pfarramt vernichten. Ocker selbst wolle ein Zeugnis fertigen und sehr gute Leistungen bescheinigen.

Schumacher zählte fünf Gulden auf den Tisch. »Für Sie, Fräulein Rössner. Entschädigung für das jämmerliche Quartier. Beschluss des Ortsschulrats.«

Sophie strich das Geld ein und fragte besorgt: »Und was sagt der Bürgermeister dazu?«

»Er schweigt. Aber das könnte, so wie ich ihn kenne, nichts Gutes bedeuten.«

Sophie dankte. Sie fühlte sich elend und leer, aber auch befreit von Sorgen und Nöten. Am liebsten wäre sie ins Bett gekrochen. Die Pfarrfrau kochte Kamille auf, hängte Sophie ein großes Tuch über Kopf und Schultern und hieß sie die heißen Dämpfe einatmen. Danach servierte sie Salbeitee: »Davon trinken Sie jetzt eine Tasse. Und den Rest nehmen Sie zum Gurgeln mit aufs Zimmer.«

Doch der Tag barg noch eine Überraschung. Um halb acht klopfte es an der Pfarrhaustür. Frau Schumacher eilte und öffnete.

»Kann ich den Pfarrer und die Lehrerin sprechen?«, hörte Sophie eine weibliche Stimme fragen, hochdeutsch und mit spitzem s. Und schon stand die Frau des hiesigen Arztes im Zimmer.

»Ich bin gekommen«, erklärte Frau Neckermann dem Pfarrer, »weil mir Herr Ott geschildert hat, wie übel man mit dem Fräulein Lehrerin umgesprungen ist.«

Im zweiten Stock ihres Hauses sei ein schönes Zimmer frei. Außerdem könne das Fräulein bei ihr zu Mittag essen. Ihrer Köchin sei ein Essen mehr oder weniger egal.

»Darf ich Sie zum Abendessen einladen?«, fragte sie Sophie. »Morgen um fünf bei mir? Dann könnten Sie sich vorher in aller Ruhe das Zimmer anschauen.«

Sophie nahm die Einladung dankend an und begleitete die Arztfrau vor die Haustür.

Als sie sich in ihre Kammer zurückziehen wollte, sagte der Pfarrer: »Ach, bin ich froh, dass wir den Durchbruch geschafft haben. Jetzt kann alles nur noch besser werden. Der Bürgermeister redet mir in der Schule bestimmt nicht mehr drein, und die

Lehrer haben die Hosen voll. Was glauben Sie, wie handzahm die jetzt sind. Und Ihnen, Fräulein Rössner, rate ich sehr, dass Sie sich gleich morgen früh in der Apotheke Salbeibonbons besorgen. Die sind gut für den Hals und Ihre Stimme.«

Seine Frau widersprach und empfahl einen Besuch beim Arzt.

Doch ihr Mann, er war nun allerbester Laune, wollte davon nichts wissen. »Mancher Medikus ist wie ein afrikanischer Medizinmann«, neckte er. »Er macht so lange Faxen, bis die Arznei den Patienten umgebracht oder die Natur ihr wohltätiges Werk getan hat. Und für den Hokuspokus will er auch noch Geld. Nein, nein, liebes Fräulein Rössner, sparen Sie sich das. Der Onkel Doktor schaut Ihnen in den Hals, zieht ein bedenkliches Gesicht und verschreibt Ihnen Hustentee und Lutschbonbons. Da gehen Sie besser gleich zum Apotheker, kaufen sich den Tee und die Bonbons und für die eingesparte Arztrechnung ein paar gute Bücher.«

Frau Schumacher und Sophie mussten lachen. Plötzlich überfiel beide die Lust, nach den Aufregungen des Tages einfach zu plaudern. Grippe hin oder her. Und so kamen sie rasch auf die Besucherin zu sprechen, die vor wenigen Minuten das Haus verlassen hatte.

Frau Neckermann stamme aus Hamburg und heiße eigentlich Cornelia, berichtete Frau Schumacher. Ihr Mann rufe sie Nele. Sie sei eine ehemalige und im Stillen wohl immer noch aktive Frauenrechtlerin. Das habe sie bei einem Kaffeekränzchen selbst erzählt. Ihr Mann gelte als freisinnig und großzügig und sei im Städtchen sehr beliebt, obwohl er bei jeder Gelegenheit gegen Kasernengeist und Bevormundung durch die Behörden wettere.

Sophie hatte mit dem Schlaf zu kämpfen. Immer wieder musste sie ein Gähnen unterdrücken. Der Pfarrer sah es und bat seine Frau, Fräulein Rössner endlich in ihre Kammer zu entlassen.

Der Mond schien durchs Fenster. Der Wind wehte das Rattern und Fauchen einer Lokomotive herüber. Doch in dieser Nacht schlief Sophie wie ein Murmeltier. Vielleicht hatte die bleierne Müdigkeit ihre nagenden Gedanken abgeschaltet. Vielleicht fühlte sie sich nach den kalten und feuchten Tagen endlich warm und geborgen unter dem schweren Federbett. Vielleicht war sie glücklich, dass ihr Leben eine so gütige Wendung genommen hatte.

Anderntags brachte Sophie Ordnung in die Gedanken ihrer Schüler. Sie mussten die Gegenstände in ihrem Klassenzimmer nach folgenden Gesichtspunkten sortieren: Was ist viereckig, was rund? Was ist waage- oder wasserrecht? Was ist senk- oder lotrecht? Was steht? Was liegt? Was hängt?

Ach, wie herrlich war der Tag, wenn man ausgeschlafen hatte! Sophie strahlte mit den Kindern um die Wette. Sogar der Viertklasslehrer machte in einer Pause seine Aufwartung, und der Provisor grüßte freundlich zum Fenster herein, als er über den Schulhof schlurfte, die Hände in den Hosentaschen.

Was für ein junger Spund, dachte Sophie, kommt tatsächlich schon daher wie der verschrobene Schulmeister. Eine verirrte Seele. Ein bisschen Luftveränderung und ein umsichtigeres Kollegium würden ihm bestimmt gut tun.

Nur Schulmeister Holzapfel ließ sich nicht blicken, wie immer. Er ahnte wohl, dass seine gute Zeit in Hartingen abgelaufen war.

Um fünf empfing Frau Neckermann ihre künftige Untermieterin im Wohnzimmer. Ein eleganter Salon mit Mitteltür, die, weit geöffnet, den Blick ins angrenzende Speisezimmer freigab. Rechts und links gingen Seitentüren ab. Vor den Fenstern mit den hellgrün gemusterten Gardinen lud ein bequemer Diwan zum Plaudern ein.

Gegenüber dem offenen Kamin lockte ein herrliches Klavier, schwarz, mit aufmontierten Kerzenständern. Sophie strich verstohlen über das Holz. Schon seit Wochen hatte sie fieberhaft nach einer Gelegenheit gesucht, eine Etüde oder

Sonate zu spielen. Sie konnte nicht ohne Musik sein. So war sie es von zuhause gewohnt. Am liebsten hätte sie sich gleich hingehockt, ein bisschen geklimpert und dann ihrem unterdrückten Zorn auf der Tastatur freien Lauf gelassen.

Man hatte ihr Leben auf den Zustand eines Huhns im Käfig reduzieren wollen, das wurde ihr jetzt klar. Nun, da sie sich endlich wieder frei fühlte wie ein Vogel, juckte es sie in den Fingern, das Couplet über jene Männer anzustimmen, die sich aufplusterten, weil man sie sonst übersehen würde: »Kräht auf dem Mist wie ein stolzer Hahn und balzt herum im männlichen Wahn.«

Die große Standuhr schlug und riss Sophie aus ihren Träumen. Sie erschrak. Nimm dich zusammen, es ist vorbei, sprach sie sich selbst Mut zu.

Sie setzte ein Lächeln auf und bewunderte den Eichentisch mit den sechs Polsterstühlen und die zwei Fauteuils. Porträts und Landschaften in kostbaren Rahmen schmückten die Tapeten in Altrosa.

Frau Neckermann, eine schlanke, elegant gekleidete Frau mit blonden Haaren, komplimentierte ihre Besucherin neben sich auf den Diwan.

»Ich kann nachfühlen, wie es Ihnen geht, liebes Fräulein Rössner«, sagte sie. »Ich bin in Friesland geboren, aber in Hamburg aufgewachsen. Mein Mann hat in Hamburg studiert, dort habe ich ihn kennengelernt. Und so bin ich als norddeutsche Deern nach Hartingen gekommen. Als ich vor sechzehn Jahren hierher gezogen bin, hat es mich schier umgehauen.«

Damals, erzählte sie, war eine Frau in Württemberg ein Nichts, ein rechtloses Arbeitstier, eine entmündigte Hausfrau und willfährige Bettgenossin. Und seitdem habe sich nur wenig geändert.

»Sie können sich vorstellen, wie entsetzt ich war.« Frau Neckermann lachte. »Zum Glück dachte mein Mann anders und hat mich von allem Anfang an als gleichwertig und gleichberechtigt in alle privaten und beruflichen Entscheidungen eingebunden. Ohne ihn wäre ich nach vier Wochen auf den Bahnhof gerannt und mit dem nächsten Zug wieder heimgefahren.«

Sie beschrieb die Verhältnisse in ihrem geräumigen Haus. Im Erdgeschoss sei die Praxis ihres Mannes, und hier im ersten Stock die Wohnung. Darüber hätten die Schwiegereltern bis zum Tod gelebt. Außerdem befänden sich dort oben auch die Zimmer der Haushälterin, des Dienstmädchens und der Praxisgehilfin.

Sie stiegen die breite Holztreppe hinauf, die direkt auf ein geräumiges Zimmer mit schmiedeeisernem Balkon zuführte, wie man durch die aufgezogenen Vorhänge und die offene Flügeltür sehen konnte. Das Dienstmädchen staubte gerade die Möbel ab. Offensichtlich erwartete man schon die neue Mieterin.

Was für ein schöner Raum! Groß, lichtdurchflutet, geschmackvoll möbliert, Blümchenmuster auf den Tapeten, ein weicher Teppich. Sogar ein Damenschreibtisch mit Schubfächern gehörte dazu. Sophie, immer noch heiser, brachte keinen Ton heraus, wiewohl sie tief beeindruckt war.

»Hier wohnte bis vor zwei Jahren meine Schwiegermutter. Wenn Sie möchten, gehört das Zimmer ab jetzt Ihnen.«

Und ob Sophie wollte. So feudal hatte sie noch nie logiert, nicht einmal zuhause. Ach wie schade, dass sie erst jetzt ein so schönes Quartier beziehen durfte. Was wäre das für ein Anfang in Hartingen gewesen.

»Die Fenster gehen nach Süden«, Frau Neckermann deutete zum blauen Himmel hinauf, »da können Sie vom Schreibtisch in meinen Garten sehen und mir beim Arbeiten zuschauen.«

Sie führte Sophie auf den kleinen, überdachten Balkon, auf dem ein Klappstuhl zum Ausruhen einlud.

»Da drunten ist mein Reich«, erklärte die Hausherrin ihren Garten. Sie beschrieb mit Glanz in den Augen, was sie wo gesät und gepflanzt hatte: Karotten, Salat, Kresse, Gurken, Erbsen, Rettiche und Radieschen. Blumenkohl, Weißkohl, Kohlrabi und Zwiebeln. Salbei, Estragon und Melisse.

»Wenn Sie hier eingezogen sind und der Regen endlich aufgehört hat, dann führe ich Sie durch mein kleines Paradies.«

Sie deutete zur rechten Seite, auf der sich grünender Holunder über einen Gartentisch mit vier Stühlen wölbte. »Dort habe ich nach einem alten Klosterbuch eine Kräuterecke angelegt. Ich liebe Kräuter. Zum Geburtstag hat mir mein Mann ein kleines Gewächshaus geschenkt. Wenn es nächste oder übernächste Woche aufgebaut ist, versuche ich mein Glück mit Rosmarin und Oregano. Vielleicht auch mit Ananas. Mein Vater hat mir erzählt, dass die Engländer viel mit exotischen Pflanzen experimentieren.«

»Meine Eltern sammeln auch Heilkräuter.« Sophie sah die Frau an ihrer Seite dankbar an. »Sie kennen viele. Ein paar haben sie im Garten, andere pflücken sie beim Spaziergengehen.«

»Oh, das freut mich. Und Sie? Teilen Sie die Leidenschaft Ihrer Eltern?«

»Ich kenne mich nicht so gut aus. Gern würde ich von Ihnen mehr erfahren.«

Frau Neckermann machte aus ihrer Sympathie für den Gast keinen Hehl. Sie lud Sophie ein, schon am Wochenende einzuziehen: »Zum Beispiel morgen nach dem Unterricht könnte Ihnen das Dienstmädchen beim Umzug behilflich sein.«

Sie setzten sich aufs Sofa und besprachen die Details, die noch zu klären waren.

»Vorhin«, sagte Frau Neckermann schließlich, »haben Sie unser Piano so sehnsuchtsvoll angeschaut. Oder täusche ich mich?«

»Seit meinem fünften Lebensjahr spiele ich Klavier. Mein Vater hat es mir beigebracht, und im Seminar genoss ich einen ausgezeichneten Unterricht. Doch in den letzten Wochen bot sich mir keine Gelegenheit.«

»Ich habe es leider nicht gelernt. Mein Mann auch nicht. Das Klavier gehörte meinem Schwiegervater. Jeden Abend vertraute er der Musik an, was ihn tagsüber beschäftigt hatte.«

261

Frau Neckermann führte Sophie wieder hinunter in den ersten Stock. »Bitte spielen Sie! Mein Mann wird sich freuen.«

Sophie setzte sich ans Klavier, die rechte Hand im Schoß, und spielte zunächst nur mit der linken. Im gleichen Augenblick war um sie nur noch Musik. In tiefen, dunklen Akkorden beschwor sie das Missgeschick, das ihr widerfahren war. Dann mischte ihre rechte Hand helle Töne dazu, bis sie beidhändig den Salon mit jubelnden Klängen füllte. Ihre Finger streichelten die Tasten. Sie ließ ihren Gefühlen freien Lauf, spielte mit Hingabe, virtuos, konzentriert, die Augen geschlossen. Wo sie war, hatte sie völlig vergessen.

»Bravo!«

Sophie blickte verstört auf und sah in strahlende Gesichter.

»Danke!« Ein schlanker Herr mit wachen braunen Augen reichte ihr die Hand. »Sie spielen wunderbar.«

Frau Neckermann sagte: »Mein Mann.« Sie hielt zwei Mädchen im Arm. »Und das sind Elke und Frauke.«

»Nele, hast du unserem Gast schon das Zimmer gezeigt?«

»Hab ich. Und jetzt wollen wir essen.«

# Glück

Jetzt bin ich glücklich«, schrieb Sophie an ihre Eltern. Es war ihr erster ausführlicher Brief nach Hause. Während der Leidenszeit unter dem Dach des Schulhauses hatte sie nicht den Mut gehabt, auf ihre Sorgen einzugehen, fürchtete sie doch, der Vater könnte sie für schwächlich halten.

»Stellt euch vor«, berichtete sie, »da, wo ich jetzt wohne, entscheidet man nicht, ob man Butter oder Wurst aufs Brot haben möchte. Hier schmieren sie immer zuerst dick Butter aufs Brot, dann legen sie eine Scheibe Wurst oder Käse drauf. Das sei hamburgerisch, sagt Frau Neckermann. Und zum Mittagessen gibt es nicht Kartoffeln mit gestandener Milch oder Schmalznudeln mit Kraut. Nein, jeden Tag wird eine Suppe serviert, dann eine Hauptspeise und zum Abschluss immer ein Dessert. Zum Beispiel eine Kaltschale, einen Pudding, ein süßes Gelee oder eine Grießschnitte mit Zimt. Jeden Freitag kommt Fisch auf den Tisch und jeden Mittwoch und Sonntag Rind- oder Schweinefleisch. An den anderen Tagen bereitet die Köchin einen köstlichen Auflauf, eine Eierspeise, ein Nudel- oder Reisgericht zu. Von allem muss ich kosten, sonst fragt mich Frau Neckermann gleich, ob es mir nicht schmeckt und welchen Wunsch mir die Köchin erfüllen darf. Wenn das so weitergeht, bin ich in einem Jahr kugelrund und passe in kein Kleid mehr.«

Ja, Sophie war glücklich. Sie hatte lange nachgedacht, ob Glück das richtige Wort war. Sie fand kein treffenderes. Seit Tagen versank sie nachts in süße Träume, wie sie gewiss jeder schon einmal geträumt hat, wenn Herz und Geist sich zum Hochgefühl fügen. Mit den Neckermanns verband sie nach wenigen Tagen eine Freundschaft. Kam sie mittags von der Schule, durfte sie sich an den gedeckten Tisch setzen. Und abends kochte sie sich in der Küche Tee oder Kaffee. An den schulfreien Nachmittagen half sie gelegentlich der Hausfrau im Garten, und nach dem Abendläuten tummelten sich die beiden Mädchen immer öfter bei ihr im Zimmer. Über die Hausherrin hatte sie Anschluss an eine Frauengruppe gefunden, denn einmal wöchentlich wollten die Damen unter Sophies Anleitung turnen, sobald ein geeigneter Raum gefunden war.

Auch überlegte Sophie in jüngster Zeit hin und her, wie sie ihre Zukunft gestalten wollte. Frau Neckermann hier in Hartingen und Frau Neumann in Eugensburg beeindruckten sie sehr. Beide strahlten Zuversicht und Stärke aus. Beide waren verheiratet und doch selbstständig geblieben. Neugierig und selbstbewusst hatten sich beide einen Freundeskreis erschlossen und wirkten in das gesellschaftliche Leben hinein. Zwei starke Frauen, die halfen, wo sie konnten, und Gutes taten, wo man es nicht vermutete.

Sophie hatte ihr inneres Gleichgewicht wiedergefunden. Sie strahlte Heiterkeit und Frohsinn aus, lachte gern und viel, lieh sich aus der Bibliothek des Hausherrn regelmäßig Bücher aus, übte täglich auf der Geige und spielte Klavier, wann immer sie Lust hatte. Meist saßen dann die beiden Mädchen auf dem Boden und hörten andächtig zu. Dabei bewunderten sie Sophies gewelltes rotblondes Haar, das im Sonnenlicht leuchtete wie ein Madonnenschein.

Eines Tages setzte sich Doktor Neckermann dazu. »Leider haben Elke und Frauke keinen Musikunterricht an ihrer Schule«, begann er das Gespräch.

Er holte weit aus. In Hartingen habe es über Jahrhunderte hindurch außer der Volksschule nur noch eine Lateinschule gegeben. Das sei eine völlig vertrottelte Anstalt. Sie lehre Latein, verteufele Englisch, Französisch und alle Naturwissenschaften und nehme nur Jungen auf. Darum hätten Hartinger Bürger, darunter auch er, eine höhere Mädchenschule gegründet, ein Privatinstitut, das derzeit noch provisorisch im ehemaligen

Zehnthof untergebracht sei. Gegen höheres Schulgeld würden dort Mädchen von der vierten bis zur zehnten Klasse unterrichtet. Der Bürgerverein, der die Schule betreibt, beschäftige einen Philologen und einen in den Realien beschlagenen Lehrer. Wegen des Lehrermangels habe die Schule leider noch keine Anfängerklasse bilden können. Die beiden angestellten Pädagogen seien sachkundig in Deutsch, Geschichte, Geografie, Schönschreiben, Zeichnen und Französisch. Pfarrer Schumacher erteile Religionsunterricht und dessen Frau unterweise die Mädchen neuerdings zweimal wöchentlich in den weiblichen Handarbeiten. Aber einen Lehrer für Musik zu finden, sei dem Verein bisher nicht gelungen.

»Langer Rede, kurzer Sinn«, sagte Doktor Neckermann, »meine Töchter liegen mir seit Tagen in den Ohren. Sie möchten so gern ein Instrument lernen. Und sie wollen partout Sie zur Lehrerin. Sie, Fräulein Rössner, und sonst niemanden. Darum frage ich Sie: Würden Sie Elke und Frauke unterrichten?« Er hob die Hand, um den folgenden Satz zu betonen: »Natürlich gegen Bezahlung.«

Die beiden Mädchen blickten zu Sophie auf, die vor ihnen auf dem Klavierschemel saß.

Sophie sah ihre erwartungsvollen Gesichter und stimmte ohne Zögern zu. Sie wolle Elke und Frauke eine gute Lehrerin sein und sie zum täglichen Üben anhalten.

Herr Neckermann dankte überschwänglich. »Sie werden es nicht bereuen«, versprach er.

Am Abend schrieb Sophie noch drei Briefe. Einen an ihren Großvater, einen an Tante Sophie und einen an Gustav. Trotz aller Warnungen des Vaters fand sie es an der Zeit, dem Menschen, den sie so sehr liebte, ein Lebenszeichen zu senden.

*O du Lieber!*

*Wenn ich doch nur wüsste, wie du meinen Brief aufnimmst. Ich habe lange geschwiegen, ich weiß, zu lange. Aber ich konnte dir nicht eher schreiben, weil ich Schreckliches erlebt habe. Nein, nicht was du vielleicht denkst. Mit den Kindern in der Schule*

ist alles im Reinen, auch wenn ich siebenundsechzig Erstklässler unterrichten muss. Das macht viel Arbeit, gewiss, doch die
Kleinen mögen mich, und ich sie auch. Schlimm, sehr schlimm
war dagegen meine Unterkunft. Jede Scheune wäre besser gewesen. Doch es war ein feuchtes, modriges Loch unter dem offenen Dach des Schulhauses, in das sie mich gesperrt haben. Die
sechs Lehrer wollten keine Frau in ihrer Schule und haben mich
gemieden. Der Schulmeister und seine Frau versuchten, mich
von hier fortzuekeln. Auch dem Bürgermeister war ich wohl ein
Dorn im Auge.

Ich konnte dir das nicht schreiben. Post durfte ich im Schulhaus nicht empfangen, und wenn, dann nicht von einem Mann.
Also hättest du mir gar nicht antworten können. Außerdem
plagte mich die Sorge, mein Brief könnte dich so beunruhigen,
dass du vor lauter Angst um mich mit dem nächsten Zug gekommen wärst. Ja, ich gestehe es dir, mein geliebter Gustav, ich
hätte mich wahrscheinlich liebend gern von dir mitnehmen lassen. Weg von hier, einfach nur fort, weit fort! Zu allem Übel
bewachten mich der Schulmeister und seine Frau wie eine Gefangene und kontrollierten jeden meiner Schritte. Ein kleines
Fräulein Lehrerin kennt nicht den Unterschied von Geld und
Hosenknopf, so dachten sie.

Doch nun ist alles gut. Ein Herr von der Oberschulbehörde hat mich aufgesucht und Alarm geschlagen. Ich weiß immer
noch nicht, ob das Zufall war, oder ob er auf wundersame Weise
Kenntnis von meinem Elend erhalten hat. Jedenfalls wohne ich
jetzt in einem schönen, hellen, warmen Zimmer bei einer Familie Neckermann. Ganz liebe Leute sind das. Endlich kann ich
Mensch sein! Landluft kneipen! Die Seele erfrischen!

Hier in Hartingen sehe ich keine blasierten Stutzer, keine
zusammengeschnürten Dämchen, keine saugroben Droschken-
kutscher! Hier ist alles wie auf dem Dorf, und doch genieße ich
nun die Bequemlichkeiten eines kleinen Städtchens. Bahn, Post,
Geschäfte, Kaffeehaus, alles ist vorhanden.

Frau Neckermann steht einem großen Haus vor. Ihr Mann
ist Arzt. Sie stammt aus Hamburg, ist eine starke Persönlichkeit

*und hat drei Kinder. Elke und Frauke sind zehn und elf Jahre alt. Sie besuchen die höhere Mädchenschule. Ich soll ihnen Klavier- und Geigenunterricht geben. Der älteste Sohn hat das Landexamen bestanden und lebt im Seminar Maulbronn.*

*Bist du mit deinen Nachforschungen über das merkwürdige Verhalten des alten Waffenschmied schon ein Stück weitergekommen? Vor lauter eigenen Sorgen ist mir Hannas elendes Schicksal schier aus dem Sinn gekommen.*

*O Gustav! Wenn du wüsstest, wie viel Liebe für dich in jede Stunde meines Lebens eingewoben ist. Wie gern würde ich mit dir über die blühenden Wiesen spazieren und deine Nähe spüren. Welche Sehnsucht ich habe, mich mit dir zu unterhalten, kannst du nicht einmal erahnen.*

*Ach, mein Liebster, ich will dir jetzt recht oft schreiben. Und du bist bitte auch so gut und schreibst mir gleich. Ich denke immer an dich. Wir wollen uns doch recht lieb behalten. Und wenn wir wieder zusammen sind, dann will ich dir sagen, wie sehr ich dich vermisst habe.*

*Deine wieder glückliche Sophie.*

*Postskriptum: Bitte schreibe mir postlagernd, aber erfinde irgendeinen Frauennamen als Absender. Dann hat der Posthalter nichts zu plaudern, wenn ich bei ihm am Samstagnachmittag vorbeischaue. Auch meine Eltern und Verwandten habe ich gebeten, ans hiesige Postamt zu adressieren. Da fällt ein Brief mehr oder weniger gar nicht auf.*

In den nächsten Wochen verlief der Unterricht wie geplant. Die Kinder hatten ihre Lehrerin gern, und Sophie freute sich jeden Tag auf die pfiffigen Kleinen. Sie wollten lernen und genossen die Stunden ohne Backpfeifen und Tatzen.

An den Abenden bereitete sich Sophie auf die Schule vor und erteilte Elke und Frauke Klavier- und Geigenunterricht. Dafür erhielt sie wöchentlich nicht nur einen Gulden, sondern wurde auch mit Kuchen und Schokolade entlohnt. Einen weiteren Gulden strich sie für den Turnunterricht ein, den sie nun samstagnachmittags für den Frauenkreis gestaltete.

Am Ende eines Schultages klopfte Pfarrer Schumacher an Sophies Klassenzimmertür und überreichte ihr das Dienstzeugnis mit den Worten: »Ausgezeichnet, Fräulein Rössner! Oberkirchenrat Ocker hat Sie im Anschreiben an mich sehr gelobt.«

Das Dienstzeugnis war nach Schrift und Inhalt eine Augenweide. Es lautete:

»Die große Klasse ist in einem tadellosen Zustand. Die Lehrerin besitzt überdurchschnittliche Kenntnisse. Sie hat eine vorzügliche Gabe, mit Kindern umzugehen und sie mit Liebe fortzubilden. Ihr Fleiß ist löblich. Die Schulzucht handhabt sie ohne körperliche Züchtigungen, dennoch ist nichts am Verhalten der Kinder auszusetzen. Die sittliche Aufführung der Lehrerin ist nach Aussage des Ortspfarrers und des Ortsschulrats untadelig. Sie benimmt sich gegen den Geistlichen artig. Lobende Bemerkungen: Fräulein Rössner hat sich wacker behauptet, obwohl ihr eine rechtswidrige Unterkunft zugemutet wurde und die Lehrer, angestiftet vom Schulmeister, sie in ihrer Arbeit behinderten. Dass sie angesichts der widrigen Umstände ihre Klasse dennoch zu erfreulichen Ergebnissen und zu gutem Betragen geführt hat, verdient höchste Anerkennung.«

Sophie strahlte. So großes Lob von maßgeblicher Stelle hatte sie nicht erwartet.

Ein paar Tage später erhielt sie einen Rundbrief. Demnächst finde in der Nähe von Hartingen ein Treffen berufstätiger Frauen statt, kündigte Pfarrer Finkenberger an. Alle Absolventinnen des Seminars seien herzlich eingeladen. Man könne Wiedersehen feiern, erste Schulerfahrungen austauschen und gemeinsam überlegen, ob man nicht einen württembergischen Lehrerinnenverein gründen wolle. Die oberste Schulbehörde sei informiert und habe zugestimmt. Der Ordnung halber möge jede Interessentin dennoch ihren Pfarrer bitten, die Teilnahme zu gestatten.

Sophie zeigte Schumacher den Brief. Die Lehrerinnen müssten sich solidarisieren, meinte er. Gemeinsam sei man stark. Vor über dreißig Jahren hätten das die Lehrer vorgemacht und den »Volksschullehrerverein« gegründet, der inzwischen viel bewirkt habe.

Sophies Vorstellung von der Rolle der Frau in Familie, Gesellschaft und Beruf war noch unscharf. Doch das sollte sich bald ändern. Denn die Frauengruppe, der sie sich angeschlossen hatte, beschäftigte sich genau mit diesem Thema.

Die zwölf Damen trafen sich, außer zum samstäglichen Turnen, reihum alle vierzehn Tage bei Kaffee und Kuchen, immer an einem Mittwochnachmittag. Sie sprachen über ein aktuelles Buch oder einen Menschen in Not, der ihrer Hilfe bedurfte. Und vor allem darüber, wie man Frauen zu mehr Rechten verhelfen könnte.

Die Frau des königlichen Forstrats schlug vor, einen Frauenverein zu gründen. Insgeheim machte sie sich wohl Hoffnungen, zur Vorsitzenden gewählt zu werden und dann als Frau Präsident im Städtle auftreten zu dürfen.

Die Apothekersfrau hatte sich sogar schon einen Namen ausgedacht: Frauen- und Jungfrauenverein.

Nun wollten sich die zwölf ins neue Vereinsgesetz vertiefen. Einen Mann zu befragen, gar einen Juristen, fanden sie unter ihrer Würde und ihrer Sache nicht angemessen. Also lud Frau Neckermann in ihren Garten ein und versprach, sich in die geltenden Rechtsnormen einzulesen und über ihre Hamburger Erfahrungen zu berichten. Dort existierten solche Vereine schon seit Jahrzehnten, hatte sie im Voraus verraten.

Inmitten üppiger Blütenpracht tagten die Damen und erfreuten sich am Duft und an den Farben der Pfingstrosen, Glyzinien, Margeriten und Vergissmeinnicht. Natürlich servierte das Dienstmädchen keinen Muckefuck aus Zichorie, Eicheln oder Getreide, sondern echten abessinischen Bohnenkaffee. Und die Haushälterin bot eine Kostprobe ihrer Backkunst, eine französische Torte aus Mürbteig, geschnittenen Orangen, geriebener Zitronenschale, Mandeln und Sahneschaum.

Zunächst schilderte Frau Neckermann anschaulich die Verhältnisse in ihrer Jugendzeit. Damals, berichtete sie, hatte Hamburg genug Arbeit, aber zu wenig Arbeiter. Darum zogen viele Männer aus dem Umland nach Hamburg. Sie verdienten jedoch zu wenig, um das Bürgerrecht zu erwerben, für das man teuer bezahlen musste. Folglich besaß nur etwa jeder zweite Mann in der alten Hansestadt das Bürger- und Heimatrecht. Doch ohne das konnte man nicht heiraten. Auch Landfräulein strömten auf der Suche nach Arbeit an die Unterelbe. Doch für einen Hamburger galt die Heirat mit einer armen Magd als verpönt. Deshalb lebten viele arme Arbeiter und Dienstmädchen ohne Trauschein und Bürgerrecht zusammen. Gerieten sie in Not, half einer der Frauenvereine.

Diese speziellen Vereine seien schon während der napoleonischen Kriege gegründet worden. Sie pflegten in der Anfangszeit die Verwundeten, stritten aber schon bald für mehr Rechte und inzwischen sogar für die Gleichberechtigung von Mann und Frau und für gleiches Wahlrecht. Sogar eine Frauenhochschule besaß Hamburg.

Die biederen Hartinger Hausfrauen staunten. Dass es anderswo Frauenvereine gab, das wussten sie. Aber Zusammenleben ohne Trauschein, gleiches Wahlrecht für Männer und Frauen, Frauenhochschulen? Warum berichteten die hiesigen Zeitungen und Journale nicht darüber?

»Weil die schwäbischen Männer Angst haben, sie könnten die Hosen verlieren«, höhnte die Frau des Apothekers.

Die Damen lachten und erregten sich zugleich über die Ungerechtigkeiten, die ihnen tagtäglich widerfuhren. Ohne Zustimmung eines Mannes konnten sie kein eigenes Bankkonto eröffnen. Ohne ausdrückliche Zustimmung eines Mannes durfte keine Frau arbeiten. Der Vater, Ehemann oder Bruder hatte sogar das Recht, jederzeit den Arbeitsvertrag seiner Tochter, Frau oder Schwester ohne deren Zustimmung zu kündigen. Und ihren Lohn musste sie dem Mann überlassen, der damit nach Belieben schalten und walten konnte, denn Frauen waren nicht geschäftsfähig.

Frau Neckermann hatte das neue Vereinsgesetz eingehend studiert. Sie zitierte daraus. Den Damen wurde schnell klar, dass sie weder an politischen Versammlungen oder Sitzungen politischer Vereinigungen teilnehmen, noch selbst eine politische Vereinigung bilden durften. Die Männer hatten ihnen per Gesetz praktisch jede politische Betätigung untersagt.

Was nun?

»Das wäre ja gelacht!«, empörte sich die Frau des Nährmittelfabrikanten, der Bohnen und Erbsensuppe in Dosen konservierte und körnige und feine Haferflocken herstellte. »So schnell geben wir nicht klein bei.«

Bei Kaffee und Kuchen beratschlagten die Damen, wie sie der Selbstherrlichkeit der Männer ein Ende bereiten könnten.

»Ha«, sagte die Frau des Herrn Forstrat, »da fällt mir jetzt erst auf, dass die verheirateten Frauen auf allen Fotos immer sitzen müssen und die Männer stehen dürfen. Und manche Herren grinsen auch noch frech über die Köpfe ihrer Familie hinweg in die Kamera, als wollten sie sagen: Seht her, gehört alles mir.«

»Und in den Zeitungen und Journalen spricht man viel und gern von der Freiheit für alle Bürger.« Die Gattin des Notars war sichtlich entrüstet. »Aber die Frauen kommen dabei nie vor. Offenbar meint man mit ›alle‹ nur die Männer.«

»Darum, meine Damen, schlage ich vor, dass wir keinen Verein gründen.« Frau Schneidermeisterin sah triumphierend in die Runde. »Dann kann uns niemand nix verbieten.«

»Aber«, gab Frau Neckermann zu bedenken, »ein Programm sollten wir uns trotzdem geben. Eines, über das wir schweigen und nach dem wir insgeheim handeln.«

Nicken und breite Zustimmung.

»Jawohl! Wir müssen für unsere Rechte streiten!« Die Frau des Apothekers sprach aus, was alle dachten: »So kann es doch nicht bleiben. Sollen Frauen nichts lernen dürfen als stricken und häkeln, kochen und buttern, melken und dreschen?«

In der Kreisstadt finde übernächsten Sonntag ein Treffen berufstätiger Frauen statt, berichtete Sophie. Auch Lehrerinnen träfen sich dort. Pfarrer Schumacher wolle, dass sie teilnehme.

»Dann fahre ich mit«, sagte Frau Neckermann spontan.

»Ich auch!« Die Frau Apothekerin war sehr resolut.

Pfarrer Schumacher hatte, wie alle Geistlichen, die zugleich Schulleiter waren, das »Schulwochenblatt« abonniert. Er las es stets von der ersten bis zur letzten Zeile und brachte es dann anderntags Sophie in die Schule mit: »Studieren Sie das, Fräulein Rössner, dann sind Sie immer bestens im Bilde. Alle Erlasse, Dienstnachrichten und Bekanntmachungen stehen da drin. Außerdem bieten die pädagogischen Abhandlungen interessanten Lesestoff.«

Er verstand sich prächtig mit der neuen Lehrerin, war sie doch bei den Eltern sehr beliebt. Und die Gesichter der sechs Lehrer wurden von Tag zu Tag lang und länger. Auch das gefiel ihm ausnehmend gut. Seine Strategie schien aufzugehen.

An einem sonnigen Montag überreichte er ihr die neueste Ausgabe der Zeitschrift mit der Empfehlung: »Der aktuelle Artikel über Lehrerkonferenzen zeigt beispielhaft, wie widersinnig unser Schulwesen ist.«

Sophie wusste, dass alle Volksschulpädagogen eines Bezirks, Lehrerinnen ausgenommen, bis zu ihrem sechzigsten Lebensjahr an Konferenzen teilnehmen mussten, die der Bezirksschulinspektor halbjährlich abhielt.

Wie alles im Schuldienst, so waren auch diese Konferenzen bis in letzte Details und scheinbar auf Ewigkeit exakt organisiert, reguliert und rubriziert: Eröffnung mit Chorgesang, Gebet, Anwesenheitsappell, Tageslosung, Beobachtung einer Lehrprobe, Aussprache über den gesehenen Unterricht, pädagogischer Vortrag des Bezirksschulinspektors, Ausgabe der zensierten Konferenzaufsätze, Regularien, Gebet, Chorgesang.

Darum, so stellte der Autor des Beitrags in jener Zeitschrift fest, seien die Konferenzen zu steifen Zeremonien verkommen, und, bei Lichte besehen, grad für die Katz. Pure Augenwischerei! Nie kriege man eine Lehrprobe in überfüllten Klassen zu sehen, sondern immer nur in kleinen, mit stets gleichlautender Begründung: In einer großen Klasse könne man keine Lehrer als Zuhörer brauchen.

Vor allem stöhnten die Lehrer über die Konferenzaufsätze. Das für alle gleiche Thema stellte der Bezirksschulinspektor. Ihm musste man den Aufsatz vier Wochen vor der nächsten Konferenz zusenden. Er korrigierte und kommentierte mit reichlich roter Tinte und verkündete auf der Konferenz öffentlich seine Zensuren.

Sophie fand den Artikel erhellend und gab ihn an Frau Neckermann weiter. Die las und meinte: »Unter den Lehrern ist wohl sehr viel Säuernis.«

»Ja«, bestätigte Sophie, »die Herren wähnen sich als Götter und ärgern sich grün und blau, sobald ihnen jemand die Grenzen aufzeigt. Was Wunder also, dass sie es nicht verkraften, wenn ihnen jetzt auch noch Frauen die Herrschaft streitig machen.«

»Umso mehr freue ich mich auf den nächsten Sonntag«, meinte Frau Neckermann.

Und so machten sich drei resolute Hartingerinnen am nächsten Sonntagmorgen auf den Weg. Sie reisten mit dem Zug in die Oberamtsstadt. Die Arztfrau, die Frau Apothekerin und das Fräulein Lehrerin.

Der »Gasthof zur Sonne« lag zum Glück dem Bahnhof genau gegenüber. Allerdings kam der Zug unpünktlich an, weshalb die drei erst im Sitzungssaal eintrafen, als eine resolute Dame, auffällig bekleidet mit einem bodenlangen Rock und westenförmigem Oberteil mit reichlich Rüschen und Spitzen,

273

den Festredner vorstellte. Er sei Arzt in Stuttgart und setze sich seit Jahren für die Belange der Frauen ein

Sophie saß zwischen Frau Neckermann und der Apothekerin in der letzten Reihe. Sie sah sich im Saal um. Schätzungsweise rund hundertfünfzig meist junge Frauen und etwa vierzig Männer waren gekommen. Links vom Rednerpult thronten, erhöht auf einem Podest, acht Frauen und drei Männer, darunter auch Pfarrer Finkenberger. Freundlich nickte er Sophie zu.

Jedes Jahrhundert, begann der Redner, habe seine eigene Thematik. Das vorige sei das Jahrhundert der Aufklärung gewesen. Das jetzige widme sich der gesellschaftlichen Gerechtigkeit. Noch nie in der Geschichte habe man so viel unternommen, um den Schwachen und Unterdrückten aufzuhelfen. Damit komme endlich auch die andere, bisher völlig vernachlässigte Hälfte der Gesellschaft und der Familie in den Blick: die Frauen. Gerade Frauen müssten viel Ungerechtigkeit erleiden. Entbehrungen, Hunger, Schande, Frivolität, Unbildung, Arbeitslosigkeit oder Missbrauch als Arbeitstier. Vor allem gestehe man den Frauen nicht das Recht auf bezahlte Arbeit zu. Und wenn, dann nur als Gnadenakt von Männern. Das sei das Hauptübel.

Die Apothekerin stieß Frau Neckermann an der Schulter an. »Schade, dass wir keine Männer mitgenommen haben. Da hätten sie heute etwas lernen können.« Frau Neckermann lachte und blinzelte Sophie zu.

»Deshalb fordere ich«, so der Redner, »dass Frauen zur Arbeit befähigt werden und ihnen das Recht auf selbstbestimmte Arbeit eingeräumt wird. Frauen dürfen künftig weder von körperlicher noch von geistiger Arbeit ausgeschlossen werden.«

Ein Beifallssturm unterbrach ihn.

»Das A und O der Frauenfrage«, betonte der Arzt, »sind Erziehung und Bildung. Die soziale Stellung der Frau bessert sich erst, wenn Mädchen nicht nur niedere, sondern auch höhere Schulen besuchen dürfen. Letztlich wendet sich jedoch alles erst zum Guten, wenn Frauen die Erziehung und Bildung der Mädchen übernehmen.«

»Sehr richtig!«, pflichtete Frau Neckermann dem Redner laut bei, der daraufhin mit erhobener Hand in die letzte Reihe grüßte.

»Darum«, fuhr er fort, »lauten meine wichtigsten Forderungen: Erstens müssen in allen Schulen Lehrerinnen unterrichten. Und zweitens müssen die Schulabsolventinnen das verbriefte Recht haben, alle Fach- und Gewerbeschulen, Fortbildungsanstalten und Universitäten besuchen zu dürfen.«

Im Vergleich zu anderen Ländern sei die Wertschätzung für Frauen in Deutschland gering. Bereits 1833 immatrikulierten sich die ersten Studentinnen in Amerika. Dann folgten 1867 die Engländerinnen, 1868 die Französinnen und in diesem Jahr die Finninnen und die Holländerinnen.

Die Universität Zürich nehme schon seit sieben Jahren Studentinnen auf, während sich die Hochschulen in Deutschland immer noch weigerten, Frauen zum Studium zuzulassen. Aktuell zähle man in Zürich vierzehn Studentinnen. Zwölf wollten Ärztin und zwei Botanikerin werden. Von diesen vierzehn Damen stammten acht aus Russland, zwei aus England, eine aus der Schweiz und keine einzige aus Deutschland.

Zum Schluss zitierte der Redner aus einer Befragung der Züricher Studentinnen. Einstimmig lehnten sie das Studium an speziellen Frauenhochschulen ab. Die nützten den Frauen nur wenig, weil sie nicht als gleichberechtigt anerkannt würden. Denn die Männer misstrauten den Leistungen an besonderen weiblichen Schulen und Hochschulen und schätzten solche Einrichtungen eher gering ein.

»Zu Recht!«, rief der Redner in den Saal. »Der tief eingewurzelte Glaube an die geringere Kapazität des weiblichen Gehirns wird niemals ausgerottet, wenn wir die Mädchen auf besondere Schulen schicken. Erst wenn sich Mädchen und Frauen der Konkurrenz der Jungen und Männer stellen, werden sie sich als gleichwertig erweisen. Erst dann wird man ihre Leistungen anerkennen.«

Applaus brandete auf. Die Apothekerin sprang auf und klatschte Beifall im Stehen. »Bravo! Bravo!«, schrie sie.

Die Resolute im bodenlangen Rock dankte für den Vortrag und benannte Fachgebiete, über die man in den nächsten zwei Stunden getrennt beraten solle. Danach sei Mittagspause. Wer essen möchte, der bekomme hier in der Gaststube einen schmackhaften und preiswerten Eintopf. Am Nachmittag folgten im Festsaal zwei weitere Reden.

Pfarrer Finkenberger, er war für die Pädagogikgruppe zuständig, begrüßte Sophie mit Handschlag und führte etwa dreißig Lehrerinnen in einen Nebensaal. Einige Gäste schlossen sich an, auch Frau Neckermann, während die Apothekerin eine andere Arbeitsgruppe wählte.

Die personelle Not an den württembergischen Schulen sei inzwischen so groß, eröffnete Finkenberger die Besprechung, dass findige Pfarrer und Schulräte Lehrerinnen aus den Nachbarstaaten anwerben würden, vor allem aus Baden und Hessen. Sein besonderer Gruß gelte daher den Kolleginnen aus dem Ausland.

Dann nahm er zu der These des Redners Stellung, man dürfe keine besonderen Einrichtungen für Frauen schaffen, wenn man die Gleichberechtigung von Mann und Frau anstreben wolle. Sophie war überrascht, dass Finkenberger dieselbe Auffassung vertrat wie der Arzt aus Stuttgart.

Allerdings fügte der Seminarleiter hinzu, müsse man bis zu jenem fernen Tag, an dem alle Pädagogen an den Universitäten ausgebildet würden, übergangsweise andere Wege tolerieren. Leider seien die Lehrerseminare als Internate konzipiert, in denen man nach den derzeitigen baulichen Gegebenheiten Männer und Frauen nicht gleichzeitig unterbringen könne. Aber den Grundsatz der gleichen Ausbildung von Lehrern und Lehrerinnen verwirkliche sein Seminar schon jetzt, weil die Seminaristinnen, bis auf die weiblichen Handarbeiten, dieselben Fächer mit denselben Inhalten studierten und dieselben Prüfungen ablegten wie die Lehrer in den Seminaren in Esslingen und Gmünd. Sein Seminar habe auch schon den Beweis erbracht, dass Lehrerinnen in allen Belangen mit den Lehrern Schritt halten könnten, ja sie fachlich teilweise sogar überträfen.

Anschließend bat Finkenberger die Anwesenden um Erfahrungsberichte.

Eine Lehrerin, Sophie kannte sie vom Seminar, weil sie im Kurs über ihr gewesen war, meldete sich sofort. Der Schultheiß am neuen Schulort habe sie gleich nach ihrer Ankunft zum Kreisphysikus geschickt. Ihm sei zu Ohren gekommen, ein normal gebautes Weib sei zu schwach für den Schuldienst, was auch der Schulmeister bestätigte. Der Amtsarzt habe sie daraufhin körperlich untersucht.

Die Teilnehmerinnen lachten. Eine rief: »Wie hat er das gemacht?«

»Ich habe Kniebeugen und ein paar andere Turnübungen machen müssen«, berichtete die Gefragte lachend. »Dann hat er mich gemessen und gewogen, mich überall betatscht und meine Arm- und Beinmuskeln mit einem Hämmerchen beklopft. Wie halt ein Bauer eine Kuh behandelt, bevor er sie kauft.«

Wieherndes Gelächter im Saal.

Ein Zwischenruf: »Warum hat Sie der Schultheiß nicht gleich zum Kreisveterinär geschickt?«

Finkenberger stand der Ärger ins Gesicht geschrieben. Wütend forderte er: »Dem Kuhhandel muss man rasch, nein, sofort ein Ende bereiten!«

Anhaltender Beifall im Saal.

Dann erregte der Fall einer Lehrerin die Gemüter, die ernsthaft erkrankt war. Sofort habe der Ortsschulrat getagt. Der Schultheiß fürchtete nämlich, die Gemeinde müsse die junge Frau durchfüttern. Darum wollte er die Lehrerin gleich wieder loswerden. Doch der Pfarrer sperrte sich. Daraufhin setzte man allerlei Lügen in Umlauf und zog die Arbeit der Kranken in den Dreck. Letztlich, so gestand die junge Kollegin unter Tränen, sei ihr nichts anderes übrig geblieben, als von sich aus zu kündigen. Jetzt wohne sie wieder bei ihren Eltern und warte auf eine neue Stelle.

Sophie traute ihren Ohren kaum. »O mein Gott«, stöhnte sie vor sich hin. Dass auch ihre Kolleginnen schreckliche Tage und Monate hinter sich hatten, wurde ihr erst jetzt bewusst. Gemessen an all dem Leid, das hier zur Sprache kam, ging es ihr eigentlich glänzend, allerdings erst seit dem Umzug. Sie fühlte unendliche Dankbarkeit für die Neckermanns.

Die Einsamkeit sei das Schlimmste, berichtete eine Schwarzhaarige, die in Hannas Kurs gewesen war und jetzt in Heilbronn unterrichtete. Gelegentlich ergebe sich beim Spaziergang ein Gespräch mit einer Nachbarin oder der Arztfrau, erzählte sie. Aber sonst könne sie nur mit ihren Schülern reden. Manchmal spreche sie tagelang mit keinem Erwachsenen. Private Einladungen anzunehmen, sei ihr verboten, Wirtshausbesuche ebenfalls. Ständig werde sie beobachtet, in der Schule, auf der Straße, beim Einkaufen. Das strenge an und schränke doch sehr ein. Sogar vor den Kollegen müsse sie sich in Acht nehmen. Vor den unverheirateten, weil sich die für sie interessieren könnten. Vor den verheirateten, weil deren Frauen ihr die Augen auskratzten, wenn auch nur der geringste Verdacht aufkäme. Verlasse sie gleichzeitig mit einem Kollegen das Schulhaus, werde sofort getratscht. Beinahe jeden Tag belästige sie der Schulmeister mit neuen Warnungen vor unseriösem Verhalten. Diese Vereinsamung, diese Verunsicherung hielten ihre Nerven nicht mehr lange aus, gestand sie freimütig. Wenn es so weit sei, werde sie ihre Siebensachen packen und sich in den nächsten Zug setzen. Nur fort, weit fort.

Eine, die auch im Eugensburger Seminar gewesen war, berichtete unter Tränen von unglaublichen Zumutungen. Sie unterrichte ein erstes Schuljahr im Schwarzwald. Die Wandtafel sei veraltet und ohne Hilfslinien für die Kurrentschrift. Weil der Bezirksschulinspektor aber auf Hilfslinien bestand, verlange der Schultheiß von ihr, sie solle mit einem spitzen Messer Linien in die Tafel ritzen und diese mit einem feinen Pinsel rot lackieren. Das sei das Einfachste der Welt, ein Kinderspiel, behaupte der Schultheiß. Und für Kinderspiele sei ja das Fräulein Lehrerin zuständig. Jedenfalls lasse die Gemeinde für einen solchen Schmarrn keinen müden Gulden springen. Und nun stehe sie da ohne Geräte und Farbe. Auch sei sie handwerklich nicht besonders geschickt. Dennoch müsse sie bis Ende nächster Woche dem Schultheißen Vollzug melden. »Ich weiß mir keinen Rat mehr, Herr Pfarrer«, flehte sie Finkenberger an. »Am liebsten würde ich davonlaufen.«

Finkenberger hatte zunächst schweigend zugehört. Offensichtlich nahmen ihn die Berichte mit. Man sah, dass er Mühe hatte, die Fassung zu bewahren. Doch jetzt war er direkt angesprochen.

Er stand auf, knöpfte sich die Jacke zu, gerade so, als müsse er sich wappnen. Er stützte sich auf die gespreizten Finger beider Hände. Ohne aufzublicken, begann er, langsam zu sprechen. Ihm hatte das Gehörte so zugesetzt, dass er seine Gedanken sortieren musste, sonst wäre er vor Wut geplatzt. Wohl um Zeit zum Nachdenken zu gewinnen, holte er weit aus.

»Liebe Kolleginnen, Ihre Beiträge zeigen, wie sich ein guter Gedanke in einen bösen verwandeln kann. Denn ursprünglich war das, was Sie als Gängelei und Einsamkeit erleben, einmal zu Ihrem Schutz gedacht. Die meisten von Ihnen sind ja noch nicht großjährig. Auch dann, wenn Sie großjährig wären, also je nach Land und Herkunft über einundzwanzig oder vierundzwanzig Jahre alt, unterstünden Sie weiterhin der väterlichen Gewalt. Die erlischt nämlich nur beim Tod des Vaters bzw. bei Ihrer eigenen Heirat. Dann geht die Zuständigkeit des Vaters auf den Ehemann über. Während der großjährige Sohn automatisch aus der väterlichen Gewalt scheidet und damit rechtlich selbstständig wird, wenn er sich verheiratet oder eine eigene Wohnung bezieht, ist das bei der großjährigen Tochter nicht der Fall. So weit, meine Damen, die Rechtslage.«

Finkenberger holte tief Luft. Er wusste nun, wie er auf die aufgeworfenen Probleme antworten wollte. Die Zuhörerinnen hingen an seinen Lippen.

»Doch das, was ich eben gehört habe, spottet jeder vernünftigen Auslegung der bestehenden Gesetze. Niemand hat das Recht, Sie zu Malerarbeiten an der Wandtafel zu verpflichten. Das ist und bleibt Sache der Gemeinde. Niemand hat das Recht, Sie so zu isolieren, dass Ihnen nur noch übrig bleibt, Tag und Nacht in Ihrem Zimmer zu hocken. Niemand hat das Recht, Sie bei Krankheit aus dem Amt zu drängen. Niemand hat das Recht, Sie zum Arzt zu schicken, nur um festzustellen, ob Sie als Frau kräftig genug sind, vor einer Schulklasse zu stehen. Das alles, meine Damen, ist rechtswidrig! Nein, weit mehr, das sind böswillige, unhaltbare, unzumutbare Zustände. Die muss man umgehend beseitigen.«

»Herr Pfarrer!«, unterbrach eine resolute Stimme. Die Tagungsleiterin stand unter der Tür und fuchtelte mit den Armen. »Bitte kommen Sie bald zum Schluss! In zehn Minuten wird in der Gaststube das Essen serviert!«

Finkenberger erschrak und schaute auf seine Taschenuhr. »Tatsächlich! Dabei haben wir noch so viel zu besprechen. Aber ich werde mich sputen.«

Er setzte sich wieder, überlegte kurz und sagte dann: »Nur wenn wir uns regelmäßig treffen, können wir Missstände aufdecken und sie an höchster Stelle zur Sprache bringen.«

Rauschender Beifall. Frau Neckermann schrie: »Bravo!« Sophie sah sie von der Seite an und lachte.

»Ist doch wahr«, lachte Frau Neckermann zurück. »Man muss den Schwaben Dampf unterm Hintern machen. Bei dem eingewurzelten Hang, alles beim Alten zu belassen, brauchen sie ein starkes Feuer unterm Hintern. Besser noch, eine fauchende Dampfmaschine schiebt sie an.«

Jetzt lachten auch all jene, die in der Nähe saßen.

Finkenberger war irritiert. »Habe ich etwas Falsches gesagt?«

»Nein, Herr Pfarrer«, sagte Frau Neckermann und man hörte sofort, dass sie aus Norddeutschland stammte. »Ich habe nur gemeint, dass man die Schwaben mit einer Dampfmaschine anschieben muss, sonst machen sie in ihrem alten Trott weiter.«

Jetzt lachte der ganze Saal.

»Aha, jetzt versteh ich!« Auch Finkenberger stimmte in das Gelächter ein.

»Dann fasse ich das mal als Zustimmung und Ermunterung auf, einen Lehrerinnenverein zu gründen«, meinte Finkenberger. »Weil uns heute die Zeit dazu fehlt, verfasse ich in den nächsten Tagen ein Rundschreiben an Sie alle. Dazu brauche ich aber Ihre Anschriften.«

Er nahm fünf, sechs Blatt Papier aus seiner Tasche, stand auf, ging von Reihe zu Reihe und gab jeder Außensitzenden ein Blatt. Beim Verteilen erklärte er: »Wir haben nicht mehr viel Zeit. Bitte schreiben Sie mir Ihren Namen und Ihre Adresse auf. Diejenigen, die hier Beschwernisse vorgetragen haben, wollen mir bitte das bis zum Ende der Veranstaltung in Stichwörtern notieren. All jene, die heute nicht zu Wort kamen, mögen bitte dasselbe tun. Ich kümmere mich dann um Ihre Sorgen. Ob ich damit Erfolg habe, kann ich nicht versprechen. Aber so grobe Verstöße gegen Recht und Gesetz darf man nicht auf sich beruhen lassen. Und für alle, die mir schreiben wollen, hier meine Anschrift: Lehrerinnenseminar, zu Händen von Pfarrer Finkenberger, Eugensburg. Das reicht. Eine Straße braucht es nicht.«

»Bravo!«, rief Frau Neckermann. »Gell, Sie sind kein Schwabe?«

Der ganze Saal lachte.

»Doch!«, sagte Finkenberger. »Sogar einer mit Leib und Seele. Über meine Heimat lasse ich nichts kommen. Aber dass sich hier manches noch zum Guten wenden muss, das gebe ich gern zu.«

Er ging wieder nach vorn. Mit geschlossenen Augen ordnete er seine Gedanken, stand da, alle Augen auf ihn gerichtet, und wartete, bis es wieder still im Raum war. Dann straffte er sich und sprach das Schlusswort. Dabei sah er nicht über die Köpfe hinweg, wie das viele Redner tun. Nein, jede seiner Zuhörerinnen nahm er einzeln in den Blick, verpflichtete jede, sich Gedanken zu machen, über das, was er sagte. Er war ein begnadeter Redner.

»Wie Sie wissen, bin ich von Haus aus Pfarrer. Bevor ich mich mit der Ausbildung von Lehrerinnen befasste, diente ich als Gemeindepfarrer. Ich weiß also, was Menschen bedrückt. Darum sage ich Ihnen, dass man zu dem, was wir heute gehört haben, nicht schweigen darf. Ich schon gleich gar nicht. Als Seelsorger habe ich gelernt, dass alles, was kränkt, krank macht. Männer wie Frauen, Kinder wie Greise. Aus dieser Erfahrung heraus urteile ich: Die Art und Weise, wie man mit den jungen Lehrerinnen umspringt, ist frech und dumm. Frech sind jene Männer, ganz gleich ob Schultheiß, Pfarrer oder Schulmeister, die ihren eingeschränkten Horizont zum Maßstab für andere machen. Und dumm sind jene, die nicht einsehen wollen, dass die Beschäftigung von Frauen im Schuldienst rechtens ist. Ja, auch unverzichtbar. In mehr als fünfzig Schulen in unserem Land hätte man ohne die in meinem Seminar oder im deutschen Ausland ausgebildeten Lehrerinnen keinen geordneten Unterricht mehr. Man könnte die großen Klassen nur noch beaufsichtigen. Lernen wäre nicht mehr möglich. Man muss auch kein Prophet sein, um zu erkennen, dass sich der Lehrermangel wegen der steigenden Zahl an Kindern noch verschärfen wird. Wer also den Lehrerinnen das Leben und damit das Arbeiten in der Schule schwer macht, ist dumm und frech. Lassen Sie uns gemeinsam gegen diese Dummheit und Frechheit kämpfen.«

Einzige Attraktion Hartingens war der Dreilöwenbrunnen. Die Beförderung des gewaltigen Kunstwerks aus dem Odenwald über Berge und Täler, so hatte man Sophie erzählt, sei einst schwierig gewesen. Seitdem der Brunnen aus rotem Sandstein aber auf dem Holzmarkt unterhalb des Rathauses stand, markierte er den Mittelpunkt der Stadt.

Pulsierendes Leben füllte am Wochenende diesen Platz. Drei Gasthäuser standen dort. Und um die uralte Linde, deren ausladende Äste gestützt werden mussten, traf sich Jung und Alt zu einem Schwätzchen. Marktfrauen in langen, schwarzen Kleidern und weißen Kopftüchern boten Obst und Gemüse feil. Auch Metzger und Bäcker, Gärtner, Köbler und Korbmacher buhlten um Kunden.

Sophie hatte sich inzwischen angewöhnt, am Samstagnachmittag gleich nach der Schule auf dem Holzmarkt einzukaufen. Von da aus eilte sie dann zum Postamt, das im Bahnhof untergebracht war.

Ungefragt legte sie ihren Ausweis vor und fragte, ob postlagernd etwas angekommen sei.

Der Posthalter sah sie freundlich an, als er ihr gleich vier Briefe und ein kleines Paket reichte. Sie hätte Luftsprünge machen mögen. Neugierig sah sie sofort nach, wer an sie gedacht hatte. Das Paket kam vom Großvater, unschwer am Zigarrenduft zu erkennen. Ob da wohl wieder Süßigkeiten drin waren? Auf dem ersten Brief erkannte sie die Handschrift ihrer Mutter. Den zweiten hatte Tante Sophie geschickt. Der dritte stammte von Pfarrer Finkenberger. Auch die Schrift auf dem vierten erkannte sie sofort, auch wenn der Absender lautete: Gunhild Rössner, Eugensburg, Marktplatz 12.

Sophie strahlte übers ganze Gesicht. Marktplatz 12, dort rackerte Gustav Tag und Nacht und schoss seine Fotos vor gemalten Landschaften.

»Ach, Fräulein Lehrerin, ich beneide Sie um Ihre Verwandtschaft«, sagte der Posthalter. »So viel Post auf einmal! Das würde mir auch gefallen.«

»Wahrscheinlich wollen alle wissen, wie es mir in Hartingen gefällt.«

»Und wie geht es Ihnen bei uns, wenn ich mir die Frage erlauben darf?«

»Danke, jetzt fühle ich mich wohl.«

»Jetzt? Ja war es denn zu Anfang anders?«

Sophie sah den älteren Herrn an und schwieg.

»Gell, die vielen Kinder machen Ihnen das Leben schwer. Ich könnte das nicht.«

»Die Kinder? Nein, nein, die sind ganz lieb. Aber woher wissen Sie …«

Er machte eine vielsagende Geste. »Meine Enkelin ist in Ihrer Klasse. Luise heißt sie und wohnt im gleichen Haus wie ich. Sie ist ganz begeistert von Ihnen. Jeden Abend erzählt sie mir, was sie bei Ihnen gelernt hat.«

»Ja, Luise ist ein kluges Kind. Und so aufgeweckt. Sagen Sie ihr einen schönen Gruß.«

»Danke, da wird sie sich freuen.«

Sophie verstaute die Briefe in ihrer Handtasche, klemmte das Paket unter den Arm und verabschiedete sich.

Nichts wie heim. Gustav hat geschrieben! Sie war selig. Und neugierig. Sie hastete die Bahnhofstraße entlang, vorbei an einer Bank. Halt! Sie hielt es nicht mehr aus, setzte sich, riss den Umschlag auf und las.

*Meine liebste Sophie!*

*Dein Brief hat mich tief angerührt. Tag für Tag habe ich auf ein Zeichen von dir gewartet. Wie mag es wohl meiner heiß geliebten Sophie gehen, habe ich mich morgens gefragt, wenn ich aufstand, und abends, wenn ich zu Bett ging. Du weißt doch, dass die Liebe und die Anteilnahme an deinem Alltag zu meinem Leben gehören wie das Atmen.*

*Schrecklich, in welches Chaos man dich gestürzt hat. Ja, hätte ich gewusst, dass man dich wie eine Gefangene hielt, noch in derselben Stunde wäre ich zu dir geflogen, um dich aus deinem Verlies zu befreien. Was musst du gelitten haben, du Ärmste! Verzeih, dass ich nicht bei dir war.*

*Jetzt bin ich etwas beruhigt, wenn auch noch nicht ganz. Darum berichte mir gleich, ob dein Wohlbefinden wirklich anhält. Ich mache mir doch große Sorgen um dich.*

*Natürlich beschäftigt mich Hannas Schicksal immer noch. Ich habe inzwischen mit Hermine Keppler gesprochen. Du erinnerst dich gewiss an die Majorswitwe. Sie wohnt in Stuttgart, gleich beim Bahnhof in der Königstraße. Sie ist eine lebenslustige Dame, schon vierundsiebzig Jahre alt, aber bei bester Ge-*

sundheit. In der Tat steht auf ihrer Kommode ein Bild ihres älteren Bruders, des Rittmeisters Morgenroth. Sie hat mir das Foto gezeigt, auch den Siegelring mit dem eingravierten Wappen. Ihr Bruder sei, bevor er vor fünf Jahren starb, krank und bettlägerig gewesen. Da habe er sehr viel Zeit gehabt, über sein stürmisches Leben nachzudenken. Dabei fielen ihm, den Tod vor Augen, wohl seine Sünden ein. Dass er Amalia Scheu ins Unglück stürzte, habe er zutiefst bereut. Er wusste, dass Amalias Tochter Anna sein Kind war. Darum wollte er wissen, was aus dem kleinen Mädchen geworden sei. Er gab seiner Schwester Geld mit dem Auftrag, sie solle Anna ausfindig machen und ihr ab und zu eine Freude bereiten.

Als ich die alte Dame fragte, wie sie denn Anna auf die Spur gekommen sei, hat sie gelacht. Alles wolle sie nicht verraten, sagte sie mir, nur so viel: Nach der Beerdigung ihres Bruders vor fünf Jahren habe man sich im engsten Familienkreis zusammengesetzt, habe Erinnerungen an den Verstorbenen ausgetauscht und seine Fotos herumgereicht. Heinrich Waffenschmied, der Enkel der Majorswitwe, sei auch dabei gewesen, zusammen mit seinem Vater, ihrem Schwiegersohn. Eines der Fotos zeigte Anna, aufgenommen als Schulkind in Birkach. Kaum hatte Heinrich das Bild in der Hand, behauptete er steif und fest, das sei nicht Anna, sondern Hanna, das Mädchen aus seiner Straße. Mutter und Tochter, so scheint es, sahen sich wohl als Kinder zum Verwechseln ähnlich. Ihr Schwiegersohn habe vertraulich nachgeforscht und entdeckt, dass Hanna die Enkelin jener unglücklichen Amalia Scheu war. Die alte Dame, die unbekannt bleiben wollte, wies daraufhin ihren Schwiegersohn an, auf ihre Kosten Hanna regelmäßig Bücher und anderes zukommen zu lassen. Der junge Waffenschmied sei nicht eingeweiht worden.

Jetzt, liebste Sophie, wissen wir also, woher Hanna die wertvollen Bücher und all die anderen Geschenke hatte und wer sie bezahlte. Aber das Geheimnis, wer jene Frau war, die mich vor dem Haus des Laternenanzünders ansprach, konnte ich noch nicht lüften. Ich bemühe mich weiter, versprochen!

*Pfarrer Finkenberger nutzt jetzt regelmäßig meine Dienste. Er veröffentlicht in der Zeitschrift meines Onkels schon den zweiten Artikel. Auch der erscheint wieder bebildert. Er kämpft wie ein Löwe für sein Seminar und die Anerkennung der Lehrerinnen.*

*Ich brauche dir nicht zu sagen, dass du die Frau bist, die ich von ganzem Herzen liebe, die so feinfühlig jede Regung meines Herzens erwidert. Du bist so lieb, so wunderbar. Den ganzen Tag denke ich an dich. Warum kann ich dich nicht sehen? Gibt es nicht doch einen Weg?*

*Dir tausend herzlich innige Grüße und Küsse*
*Dein Gustav*

*Postskriptum: Habe ich nicht einen schönen Namen erfunden? Gunhild soll Kämpferin bedeuten. Außerdem fängt der Name auch mit G wie Gustav an. Gunhild Rössner – klingt das nicht nach einer Cousine oder Tante von dir? Pass bitte auf, dass der Brief nicht in falsche Hände fällt, sonst bekommst du bestimmt Ärger.*

Sophie saß da, sah sehnsüchtig die Straße hinab und wischte sich eine Träne aus dem Gesicht. Sie weinte vor Glück und vor Sehnsucht nach Gustav.

»Ach, Fräulein Lehrerin, schön, dass ich Sie treffe.«

Sophie erschrak und rieb sich geschwind die Augen aus. Frau Ott stand vor ihr.

»Guten Tag«, erwiderte Sophie, sprang auf die Füße, steckte den Brief in die Handtasche und griff sich das Paket.

»Sind Sie mit Ihrer neuen Unterkunft zufrieden?«

»Danke. Sehr zufrieden sogar. Ich vermute, dass ich das Ihrem Mann zu verdanken habe.«

Frau Ott wehrte ab. »Eigentlich wollten wir Sie bei uns aufnehmen, aber Pfarrer Schumacher meinte, das sei nicht gut, weil Olga in Ihrer Klasse ist. Pfarrer Finkenberger und Herr Ocker haben alles in die Wege geleitet.«

»Ich weiß gar nicht, wie Herr Ocker erfahren hat, dass … «

»… oh, hat man es Ihnen nicht gesagt? Mein Mann war bei ihm. Das heißt, erst hat er Pfarrer Finkenberger aufgesucht. Der hat Ihren Brief gelesen und ein paar Zeilen dazu geschrieben. Dann ist mein Mann nach Stuttgart ins Konsistorium und hat Ihren Brief samt Begleitschreiben diesem Herrn Ocker persönlich übergeben.«

Ocker? Sophie staunte. Schon zweimal hatte dieser Herr in ihr Leben eingegriffen, und in beiden Fällen zu ihrem Vorteil. Zufall? Laut sagte sie: »Bitte sagen Sie Ihrem Mann meinen besten Dank. Ja, unterm Schulhausdach hätte ich's nicht mehr lange ausgehalten. Aber jetzt ist alles gut. Die Neckermanns sind sehr, sehr nette Leute. Und im Vergleich zu der Bruchbude, die Ihr Mann ja auch gesehen hat, ist mein neues Zuhause das reinste Luxushotel.«

Frau Ott verabschiedete sich und wünschte ein schönes Wochenende.

Sophie sauste heim. Stolz breitete sie ihre Schätze auf dem Schreibtisch aus. Das Päckchen war so verschnürt, dass sie es nicht aufknoten konnte. Schade um die schöne Schnur, dachte sie, und schnitt sie mit der Schere ab. Beim Auspacken war ihr, als spüre sie die Zuneigung ihres Großvaters. Zum Vorschein kamen ein Fläschchen Pfirsichlikör, ein Gläschen Marmelade, eine geräucherte Wurst, zwei Tafeln Schokolade, ein Tütchen und eine Karte. Darauf stand: »Guten Appetit wünscht dir dein Großvater.« Das Tütchen barg, in Zeitungspapier gewickelt, fünf Zweiguldenstücke und einen Zettel: »Für gesundes Futter, nicht fürs Sparschwein geeignet.«

Sophie musste lachen. Offenbar befürchtete der Großvater, sie sei kurz vor dem Verhungern. Er meinte es gut. Zehn Gulden, fast ein ganzer Monatslohn!

»Danke, Großvater, danke, danke!«, sang sie vor sich hin.

Der Brief der Mutter klang sorgenvoll. Georg Ocker, der Jugendfreund des Vaters, habe sich per Post gemeldet. Er sei jetzt Oberkirchenrat im Konsistorium, wie Sophie ja inzwischen auch erfahren habe. »Das ist ja ganz schrecklich, Kind, was sie dir angetan haben«, schrieb die Mutter. »Georg hat berichtet, in welch erbärmlicher Verfassung er dich antraf, was er veranlasste und dass du trotzdem deine Klasse vorzüglich in Schuss hättest. Dein Vater ist stolz auf dich, aber wütend auf diesen Schulmeister Holzapfel. Er überlegt, ob er ihm einen gesalzenen Brief schreiben soll. Erst wollte er sofort nach Hartingen fahren und seinem Kollegen den Marsch blasen, aber ich habe ihn davon abgehalten. Bitte schreibe umgehend, damit er sich wieder beruhigt.«

»Dann muss ich ihm wohl gleich ...« Sophie dachte den Gedanken nicht zu Ende und schlitzte den dritten Brief auf. Wie immer, formulierte die Tante kurz und zackig. Das hatte sie wohl von ihrem Vater. Sie wünschte eine gute Zeit als Lehrerin, lauter brave Kinderchen in der Klasse und keine überzwerchen Kollegen. »Und in den Ferien, liebste Sophie, kommst du an den Bodensee und erholst dich bei uns«, schrieb sie.

Pfarrer Finkenberger dankte in seinem zweiten Rundbrief für die Teilnahme an der Tagung und schlug regelmäßige regionale Treffen vor. So könnten sich die Kolleginnen etwa vier Mal im Jahr besprechen und gegenseitig beraten. Fürs erste Treffen benannte er fünf Tagungsorte samt Ansprechpartnerinnen. Genaueres teile er demnächst mit. Eines der fünf Treffen sollte im »Gasthaus zur Sonne« stattfinden, in dem kürzlich die Frauen konferiert hatten.

Sophie jubelte. Wenn sich die Kolleginnen alle drei Monate dort trafen, könnte Gustav doch auch hinfahren. Vor oder nach den Sitzungen blieb gewiss genug Zeit für ein Schwätzchen im Kaffeehaus.

Sie schob alles zur Seite, entnahm der Schublade Papier und Tinte und schrieb ihrem Gustav, weich und zärtlich, wie sie im Augenblick gestimmt war.

Die Pfarrer mussten während der größten Feldgeschäfte, sei es Heuet, Getreideernte, Hopfenzopfen oder Traubenlese, den Schülern die Mithilfe im elterlichen Betrieb gestatten, ob sie wollten oder nicht. So forderte es das Schulgesetz. Allerdings schrieb es auch vor, den Unterricht bei Regen sofort wieder aufzunehmen. Das hatte zur Folge, dass die Lehrer in der Vakanz stets auf Abruf bereitstehen mussten. Ohne zwingenden Grund durften sie ihren Schulort selbst in der Ferienzeit nicht verlassen.

In Hartingen, dem aufstrebenden Industrieort, gab es noch viele Bauern und etliche Weingärtner. Darum teilte man seit alters her die Hauptvakanz auf. Zwei Wochen für die Getreideernte, ein Woche für die Traubenlese. Den Erntebeginn, meist Mitte August, verkündete der Pfarrer in der Kirche. Zur Sicherheit schellte der Büttel die Nachricht mehrmals aus.

Nach der Sonntagspredigt verkündete Pfarrer Schumacher, in der kommenden Woche beginne die zweiwöchige Getreideernte und demzufolge auch die zweiwöchige Erntevakanz. Das hätten die Herren Stadträte nach einer Feldbegehung beschlossen. Sollte schlechtes Wetter aufziehen und die Ernte unterbrechen, dann finde sofort wieder Unterricht statt.

Die Gemeinde erhob sich spontan und sang, geführt und gestützt von der Orgel, den überlieferten Erntechoral:

*Die Ernt ist da, es winkt der Halm*
*den Schnitter in das Feld;*
*laut schalle unser Freudenpsalm*
*dem großen Herrn der Welt.*

*O Höchster, deine Wunder sind*
*so gut, so zahlenlos,*
*so groß im Regen, Sonn und Wind,*
*im kleinsten Korn so groß.*

*Die Donnerwolke zog einher*
*und droht' Gewitterschlag,*
*das Kornfeld wallte wie ein Meer,*
*stand auf und glänzt' im Tag.*

*Dein Segen ist's der alles tut;*
*wenn Halme kärglich stehn,*
*o lass uns mit getrostem Mut*
*auf deinen Reichtum sehn.*

Bei der letzten Strophe, in die auch der Posaunenchor ein-
stimmte, klirrten die Kirchenfenster, so inbrünstig flehte die
Gemeinde die Gnade des Allmächtigen herab:

*Wohlauf, das Kornfeld gilbet schon,*
*jetzt wird die Ernte sein.*
*O schenk uns gnädig einen Lohn,*
*wir wollen dankbar sein.*

Schumacher beendete den Gottesdienst mit der Bitte, der
Herr möge volle Scheuern schenken. Dann sprach er den
Erntesegen.

Am Nachmittag zogen die Hartinger saubere Wäsche und
frische Kleider an. Die Männer trugen weiße Schürzen, die
Frauen weiße Blusen. Man nannte das im Städtchen den Auf-
zug in Weiß. Jeder, der noch gehen konnte, wanderte hinaus
in die Flur, kniete vor seinen Feldern nieder und sprach: »Das
walte Gott!«

Sophie begleitete den Pfarrer und den Vikar beim Spaziergang durch die Felder. Sie plauderten über die kommende
Woche.

»Meinen Sie, Herr Pfarrer, das Wetter hält?«

Schumacher sah Sophie verschmitzt an und meinte: »Sie
würden gern heimfahren, stimmt's?«

Sie lachte verschämt und nickte.

»Sie kennen ja die Vorschriften, Fräulein Rössner«, sagte
er. »Oder wie denken Sie, Herr Vikar?«

Der junge Mann meinte verständnisvoll: »Aber drei bis
vier Tage könnten Sie das Fräulein Lehrerin schon dispen-
sieren, Herr Pfarrer. Notfalls würde ich die erste Klasse den
einen oder anderen Tag betreuen.«

»Also dann in Gottes Namen. Fahren Sie, Fräulein Röss-ner. Aber bis Donnerstagabend sollten Sie wieder zurück sein. Bitte grüßen Sie Ihre Eltern von mir.«

Die Heimreise war beschwerlich. Sophie konnte es kaum erwarten, ihre Familie wiederzusehen. Sie hatte ihren Besuch nicht ankündigen können, so unvermittelt setzten die Ernte und die Vakanz in Hartingen ein.

Die Mutter schlug die Hände über dem Kopf zusammen, als Sophie plötzlich zur Küchentür hereinkam. »Ist etwas passiert?«

»Erntevakanz!«

Der Vater und die Geschwister waren in der Schule, denn die Ernte in Winterhausen begann erst in zwei Wochen. Die Mutter buk einen Nusskranz.

Um halb fünf saß die ganze Familie um den Tisch, aß Kuchen, trank Zichorienkaffee und tauschte Neuigkeiten aus.

Sophie berichtete, ihr ehemaliger Seminarleiter habe kürzlich eine Zusammenkunft für Lehrerinnen arrangiert. Dort habe sie viele Kolleginnen aus anderen Schulen getroffen.

»Du kannst dir nicht vorstellen, Vater, wie mit den Frauen im Schuldienst umgesprungen wird.«

Der Vater war sprachlos, die Mutter schüttelte den Kopf.

»Zum Glück bin ich nun in Sicherheit«, sagte Sophie. »Mein Schulmeister traut sich keinen Mucks mehr, und der Schultheiß geht mir aus dem Weg. Dafür habe ich einflussreiche Fürsprecher gewonnen, die mich unterstützen. Der Pfarrer steht sowieso hinter mir. Ich glaube nicht, dass ich in Hartingen noch einmal in Schwierigkeiten kommen kann.«

Sophie genoss die drei freien Tage zuhause. Nach dem Frühstück wanderte sie auf vertrauten Wegen in die Umgebung, am Nachmittag half sie ihrem Vater im Unterricht.

Am Donnerstag reiste sie in aller Frühe wieder nach Hartingen. Das Wetter hielt, also ging die Ernte weiter.

Anderntags schlenderte Sophie durchs Städtchen. Beim Nachbarn, einem Vierzigjährigen, der einen großen Hof bewirtschaftete, war keine Menschenseele weit und breit. Auch nicht der kleine Richard, der bei Sophie in die erste Klasse ging. Alle Hände wurden bei der Ernte gebraucht.

Vor einigen Scheunen drosch man schon. Die Flegel schlugen im Takt auf die Ähren ein. Meist waren es Kleinbauern oder arme Handwerker, die wenig zu ernten hatten. Leineweber, Nagelschmiede, Gerber und Seiler, die von ihrem Handwerk nicht mehr leben konnten und sich mit dem, was ein paar ererbte Äcker und Wiesen abwarfen, vor dem Ruin retten wollten.

Die reichen Bauern, das wusste Sophie von zuhause, droschen ihre vielen Garben erst zwischen Martini und den Feiertagen aus. Die Flegel sollen nicht auf den Lebkuchen fallen, sagten die Leute. Also legte man Wert darauf, dass man noch vor Weihnachten fertig wurde. Denn das neue Jahr, so war es Brauch, durfte den Dreschtakt nicht hören.

Das Drescherlied fiel Sophie ein, das die Bauern vor allem frühmorgens und gleich nach dem Mittagessen laut sangen, wenn sie wieder in den strengen Takt der Flegel hineinfinden mussten. Denn sonst schlug man sich gegenseitig auf die Dreschhölzer. Schon von Weitem hörte man, ob im Dreier-, Vierer-, Fünfer- oder, wenn auch selten, im Sechsertakt geflegelt wurde. Dann wusste man, wie viele Drescher in der Scheune schufteten. Beim Vierertakt klang das so:

*Eins, zwei, drei, vier! Eins, zwei, drei, vier!*
*Brot und Most mir! Kraut und Speck mir!*
*Schlag fest drauf und halt gut Takt,*
*dass dich nicht der Teufel packt*
*und dir haut auf deinen Kopf.*
*Wärst dann gleich der ärmste Tropf!*
*Wer den Takt nicht halten kann,*
*der darf nicht ans Dreschen ran.*
*Der bleibt von der Scheuer weg,*
*kriegt kein Most und auch kein Speck!*
*Brot und Most mir! Kraut und Speck mir!*
*Eins, zwei, drei, vier! Eins, zwei, drei, vier!*

Sophie hatte Mitleid mit den armen Leuten, die von ihrem Beruf nicht mehr leben konnten. Ihr Vater, der sich eingehend mit Leben, Arbeit und Sonntagsvergnügen in früheren Jahren befasste, hatte sie längst auf den Wandel im dörflichen Leben aufmerksam gemacht. Darum wusste sie, dass eigentlich nur noch Wagner, Schuster, Schneider und Schreiner von ihrer Hände Arbeit leben konnten und alle anderen Handwerker sich nach einer Fabrikarbeit umschauen mussten, wollten sie nicht als Knechte oder Tagelöhner enden.

Seltsam, dachte Sophie, als sie auf den Weg zu den Weinbergen abbog, uralte Berufe sterben aus und neue wie Kindergärtnerin und Lehrerin entstehen.

Bewusst hatte sie diese Richtung eingeschlagen. Hier war sie allein und konnte nachdenken, denn das muntere Treiben bei der Weinlese folgte erst in ein paar Wochen.

# Schulkampf

Jedes Landeskind kannte Friedrich Schillers »Wilhelm Tell« und konnte den einen Satz aufsagen, der längst zum Sprichwort geworden war: »Es kann der Frömmste nicht in Frieden leben, wenn es dem bösen Nachbarn nicht gefällt.«

Das bekam auch Sophie zu spüren. Dass sie ihren Eltern gesagt hatte, sie werde in Hartingen nicht noch einmal in Nöte kommen, bereute sie schon bald.

Kurz vor Mittag öffnete sich nämlich die Tür zu ihrem Klassenzimmer. Sophie erschrak, denn sie war sich sicher, dass es nicht geklopft hatte.

»Aber …« Ihr blieb das Wort im Hals stecken.

Schulmeister Hartmut Holzapfel watschelte gruß- und wortlos herein. Er bestieg das Podest, auf dem das Pult thronte, und … sah pfeilgerade an Sophie vorbei.

Er behandelte sie wie Luft. Als wäre sie überhaupt nicht im Raum.

»Hans Klein und Rolf Becker«, schnarrte er. »aufstehen!«

Nichts rührte sich.

»Aufstehen!«

Keine Reaktion.

»Himmeldonnerwetter …!«

Die Kinder schauten sich verdattert an. Eben hatten sie noch Rechenaufgaben gelöst, jetzt sollten sie …? Ja, was eigentlich?

»Aufstehen!« Der Schulmeister verlor langsam die Geduld. »Wird's bald!«

Die ganze Klasse erhob sich und blickte den Fremden teils ängstlich, teils neugierig an.

Ein paar Vorwitzige in der letzten Bank tuschelten: »Das ist der Schulmeister.«

»Setzen!«

Der Mann auf dem Podest wusste aber auch gar nicht, was er wollte, dachten die Kinder. Erst hieß er sie aufstehen, jetzt wollte er, dass sie sich setzten. Die Erstklässler waren empört.

Einer spritzte auf, zittrig und bang. »Was will der böse Mann?«, schniefte er. »Ich geh jetzt heim zu meiner Mama!« Er schlüpfte aus der Bank und wollte … Sophie fing ihn ein, nahm ihn in die Arme und strich ihm übers Haar.

Als wäre nichts geschehen, kommandierte der Schulmeister: »Hans Klein und Rolf Becker! Wo sind die zwei?«

Die beiden Buben standen auf, verlegen, unsicher, verwirrt. Zwei siebenjährige Knirpse, strohblond der eine, sommersprossig der andere.

»Ihr seid gestern auf der Obstwiese hinter der Ziegelei gewesen! Stimmt's?«

»Ja.« Einstimmig bestätigten sie die Frage.

»Und habt Kirschen geklaut!«

»Nein!«, sagte der Blonde.

Und der Sommersprossige wollte ergänzen: »Wir haben doch bloß …«

»… bloß, bloß!«, äffte sie der Schulmeister nach. »Der Feldschütz hat euch ganz genau gesehen. Ihr habt einen Felddiebstahl begangen.«

Diebstahl? Felddiebstahl? Die beiden schauten sich entgeistert an. Was ist das? Was will der böse Mann von uns?

»Nein!«, widersprach der Blonde vorsichtshalber.

»Wir wollten bloß …«, versuchte der Sommersprossige.

»… papperlapapp!« Der Schulmeister schnitt dem Jungen das Wort ab. »Jeder kriegt zwei Schläge auf den Hosenboden!«

Er drehte sich zu Sophie hin: »Also, Fräulein Lehrerin, walten Sie Ihres Amtes!«

Sophie wusste nicht, wie ihr geschah.

»Ich warte!«

Sophie, immer noch benommen von dem frechen Gebaren ihres Kollegen, verstand nicht, was das alles sollte. Das heißt, den Satz hatte sie wohl gehört, aber sie begriff nicht, was er von ihr wollte. Oder musste sie tatsächlich …? Aber das war doch ungeheuerlich!

»Jeder zwei Schläge auf den Hosenboden! Sind Sie schwer von Begriff?« Der Schulmeister runzelte die Stirn. »Raustreten!«

Er winkte die beiden Buben nach vorn.

Hans, der Blonde, und Rolf, der Sommersprossige, zwängten sich zögerlich aus ihrer Bank und traten vor, während der Schulmeister umständlich seine Brille putzte. Offenbar wollte er das Schauspiel ganz genau verfolgen.

»Über die Bank legen!«

Die Buben fingen an zu weinen.

»Wir haben doch bloß …«, schluchzte der blonde Hans.

Und der sommersprossige Rolf wimmerte: »Wir haben keine Kirschen …«

»Raufrutschen!«

Die beiden Unglücklichen legten sich über die Bank und heulten zum Steinerweichen. Sie hatten wohl von ihren älteren Geschwistern schon von dieser Prozedur gehört und beklagten im Voraus die zu erwartenden Schmerzen.

Die Klasse war wie gelähmt. Man hätte eine Stecknadel fallen hören.

»Nun, Fräulein Lehrerin …!«

Sophie hielt immer noch das Kind im Arm. Sie erwachte aus ihrer Starre und schüttelte den Kopf. Die Aufforderung empfand sie als Zumutung, mehr noch, als Frechheit. Doch ihr dämmerte zugleich, dass das der Auftakt zu einem neuen Ränkespiel war.

Ironisch lächelnd belehrte der Schulmeister »Der Lehrer kann als Stellvertreter der Eltern begangene Verfehlungen bestrafen. Wussten Sie das nicht?«

»Kann bestrafen, sagten Sie ja gerade selbst«, wehrte sich Sophie. »Dann muss er wohl nicht.«

»Doch, wenn es angeordnet ist.«

»Und wer hat das angeordnet?«

»Der Herr Bürgermeister.«

»Und was sagt Pfarrer Schumacher dazu?«

»Gehört die Obstwiese hinter der Ziegelei etwa dem Herrn Pfarrer?«, höhnte Holzapfel. »Nein, sie gehört der Gemeinde, also uns allen. Und wer ist der gewählte Vertreter von uns allen? Jetzt raten Sie einmal, Fräulein Lehrerin.«

»Ich will trotzdem zuerst mit Pfarrer Schumacher sprechen. Schließlich ist er für diese Schule verantwortlich.«

Der Schulmeister stieg naserümpfend vom Podest und wackelte zur Tür, drehte sich aber noch einmal um: »Bis morgen müssen Sie dem Herrn Bürgermeister Vollzug melden!«

Kaum war Holzapfel draußen, führte Sophie die drei Buben an ihre Plätze zurück.

Die ganze Klasse hatte das Schauspiel atemlos verfolgt. Jetzt konnten die Kinder nicht mehr an sich halten. Sie plapperten und schnatterten in einem fort und waren kaum zu bändigen.

Ein Blick auf die Uhr, und Sophie wusste, dass es sich nicht mehr lohnte, den Unterricht fortzusetzen. Sie holte ihre Geige aus dem Schrank und spielte »Jesu geh voran auf der Lebensbahn«.

Die Kinder beruhigten sich allmählich, doch sie waren noch so verwirrt, dass sie gleich zweimal dieses alte Kirchenlied sangen.

Die Glocken vom nahen Kirchturm läuteten die Mittagspause ein.

Wie Bienen aus ihren Stöcken flogen die Kinder aus dem dumpfen Schulsaal hinaus in die Sonne, als sei der böse Mann hinter ihnen her.

Auch Sophie beeilte sich, an die frische Luft zu kommen. Im Laufschritt stürmte sie am Provisor vorbei.

Er lehnte grinsend an der Schulhaustür, die Hände in den schwarzen, fadenscheinigen Hosen, und sah dem munteren Kindertreiben zu. »Ja, ja, die ängstlichen Fräulein haben es immer eilig«, spottete er.

Sophie streckte ihm die Zunge heraus.

»Vor wem laufen Sie denn diesmal davon?«, höhnte er. Als Lehrerin verachtete er sie, dennoch hätte er sich ihr so gern genähert.

Sophie rannte, als wäre der Teufel hinter ihr her. Außer Atem erreichte sie das Pfarrhaus und informierte den Pfarrer über den Vorfall in ihrer Klasse.

Schumacher hörte aufmerksam zu und schwieg zunächst. Es hatte ihm die Sprache verschlagen. Er wusste sich keinen Rat. Dann stand er auf und entnahm seinem Schrank einen Stapel Hefte.

»Wenn ich nur wüsste …« Umständlich begann er, die Hefte durchzublättern.

»Was suchen Sie denn, Herr Pfarrer?«

»Wenn ich mich recht erinnere, dann ist zu Jahresbeginn …«

Endlich schien er das Richtige gefunden zu haben. »Aha! Hier ist sie, die neue Ministerialverfügung zur Handhabung der Schulzucht.«

Er las leise, nur seine Lippen bewegten sich. Plötzlich sah er auf und fragte: »Haben Sie eigentlich im Mai Ihre Kinder gewarnt?«

»Wovor?«

»Dass sie nichts von den Bäumen reißen dürfen. Auch nicht in Friedhöfe einsteigen und keine Blumen pflücken?«

»Nein. Hätte ich das tun sollen?«

»Ich weiß es nicht genau.«

Er vertiefte sich wieder in den Text.

»Dann läge ja …«, wollte Sophie sagen.

»Bitte?«

»Dann läge ja die Schuld bei mir und nicht bei den beiden Buben!?«

»Warten Sie! Warten Sie!« Er deutete mit dem Finger auf eine Textstelle. »Das hier regelt nur die Schulstrafen.«

Er kratzte sich am Kopf. »Ich meine, da muss es noch eine Verordnung geben, wonach die Lehrer verpflichtet sind, ihre Schüler vor Felddiebstählen zu warnen.«

Er tippte mit dem Finger an seine Stirn. »Aber ob die noch gilt?« Er begann aufs Neue, seine Sammlung zu sichten.

»Und wenn ich Schuld habe?« Sophie schüttelte betrübt den Kopf.

Schumacher grinste. »Fürchten Sie sich vor den zwei Schlägen? Die müsste dann wohl ich Ihnen verabreichen.«

Sophie lachte.

»So gefallen Sie mir schon besser, Fräulein Rössner.«

Er legte die Gesetzestexte zurück in den Schrank.

»Das wächst sich langsam zur Schmierenkomödie aus. Unser Bürgermeister ist arg nachtragend. Wussten Sie das nicht?«

»Ich hatte mit ihm kaum zu tun gehabt.«

»Na, da haben Sie auch nichts versäumt. Bestimmt hat er sich irgendeine Bosheit ausgedacht. Er ist nämlich ein versierter Fallensteller.«

»Was hat er gegen mich?«

»Weiß ich nicht. Wahrscheinlich ärgert er sich, dass er klein beigeben musste, als Oberkirchenrat Ocker hier war.«

»Wenn er mich weghaben will, soll er's nur sagen. Mein Koffer ist schnell gepackt.«

»Um Himmels willen, Fräulein Rössner. Tun Sie mir das bitte nicht an.«

»Sie wissen, Herr Pfarrer, dass ich kein Hasenfuß bin. Aber ein zweites Mal lasse ich mich nicht durch den Schmutz ziehen.«

»Sachte, sachte, Mädchen. Ich gehe jetzt zum Stadtschultheißen und rede mit ihm.«

»Nehmen Sie mich mit?«

»Sie wollen sich …?«
»Ich will wissen, was er gegen mich hat.«

Und so eilten Pfarrer und Lehrerin aufs Rathaus, trafen dort jedoch nur noch seine Schreiber an. Der Herr Stadtschultheiß sei außer Haus und komme heute auch nicht wieder, beschied man die Besucher.

»Wetten, dass der beim Bier im Ochsen hockt?« Schumacher war jetzt bissig und schlecht gelaunt. »Regieren ist ein durstiges Geschäft.«

Sie gingen zum Gasthaus, das nur ein paar Häuser vom Rathaus entfernt lag, betraten die Wirtsstube und hörten im gleichen Moment den Herrn Stadtschultheiß regieren.

»Dann werden wir ja sehen, was das Fräulein …«

Der Stadtpräsident ließ den Satz in der rauchgeschwängerten Luft hängen, denn eben betraten der Pfarrer und die Lehrerin die Schankstube. Er runzelte die Stirn. Die beiden kamen tatsächlich auf ihn zu.

Der Schulmeister, er saß neben Köbler und hatte vom vielen Bier schon einen glasigen Blick, zog das Genick ein und wurde feuerrot. Hatte er vorzeitig seinen Unterricht beendet, um dem Stadtoberhaupt zu berichten?

»Ich muss mit Ihnen reden, Herr Bürgermeister«, eröffnete Schumacher das Gespräch.

»Nur zu«, sagte Köbler und nahm einen gewaltigen Schluck aus seinem Maßkrug.

Holzapfel starrte auf den Tisch. Wahrscheinlich dämmerte ihm just in diesem Augenblick, auf was er sich da eingelassen hatte.

»Nicht hier und nicht im Beisein des Schulmeisters«, erwiderte Schumacher.

»Das entscheide ich, Herr Pfarrer, nicht Sie!«

»Wie Sie wollen, Herr Bürgermeister. Aber bitte hinterher keine Klagen.«

Schumachers Gesicht war rot vor Zorn. Er stierte Köbler an, als würde er ihn gleich auf die Hörner nehmen. Dass im Wirtshaus jedes Gespräch erstarb und alle Gäste zu ihm herstarrten, sah und hörte er nicht.

»Fräulein Rössner«, sagte er so sachlich wie möglich, »hat mir berichtet. Als ihr Vorgesetzter teile ich Ihnen mit, dass sie die geforderte Prügelstrafe nicht vollziehen wird.«

»So, so, Prügelstrafe.« Der Bürgermeister lachte. »Jetzt machen Sie keinen Elefanten aus einer Mücke.«

Holzapfel rutschte auf seinem Stuhl hin und her, wagte aber immer noch nicht, den Pfarrer anzusehen.

Schumacher baute sich vor dem Schulmeister auf. »Der Elefant sind doch wohl Sie, Herr Holzapfel.« Und als der Schulmeister ihn von unten her anstarrte, fauchte er ihn an: »Ein Elefant im Porzellanladen sind Sie!«

Der Schulmeister ging hinter seinem Maßkrug in Deckung, und der Bürgermeister lachte.

Das brachte Schumacher noch mehr in Rage.

»Ich untersage Ihnen hiermit«, donnerte er den Schulmeister an, »Fräulein Rössner ohne meine Zustimmung Weisungen zu erteilen. Sollte Ihnen der Herr Bürgermeister auf dem kleinen Dienstweg übers Bierglas hinweg einen Auftrag erteilen, dann führen Sie ihn künftig gefälligst selbst aus. Aber auch nur dann, wenn ich Ihnen zuvor die Erlaubnis erteilt habe. Verstanden?«

Mit einer energischen Handbewegung gebot der Bürgermeister dem Schulmeister zu schweigen. Dann sah er aus schmalen Augen zum Pfarrer und zur Lehrerin auf, die vor seinem Tisch standen. Ein Zucken um seine Mundwinkel verriet, dass er sich über beide lustig machte. »Bevor Sie hier große Reden schwingen, Herr Pfarrer, sollten Sie erst die Rechtslage studieren.« Seine Miene wurde gönnerhaft. »Bei sittlichen Verfehlungen der Schüler ist der Lehrer verpflichtet, das Züchtigungsrecht anzuwenden. So steht's geschrieben. Und das gilt auch, wenn die Verfehlung außerhalb der Schule begangen wurde. Erkundigen Sie sich nur. Übrigens gilt diese Verordnung ganz besonders bei Forst- und Feldfrevel.«

»Trotzdem«, widersprach Schumacher, »können Sie nicht ohne meine Zustimmung in die Schule hineinregieren. Die Volksschule gehört der Kirche, das wissen Sie ganz genau. Schließlich mische ich mich ja auch nicht in Ihre Amtsgeschäfte.«

»O Herr Pfarrer, Sie sollten sich erst kundig machen, bevor Sie sich mit mir anlegen. Erstens gehört das Schulhaus der Stadt. Nein, nicht nur das Schulhaus, auch alles, was darin ist. Zweitens sind alle Schüler nicht nur Mitglieder Ihrer Kirche, sondern in erster Linie Bewohner dieser Stadt. Und drittens ist die Bestrafung der Kinder bei Feldfrevel glasklar geregelt.«

»Selbst wenn das so wäre, habe ich ein Recht darauf, dass Sie mich vorab informieren. Vom Anstand ganz zu schweigen.«

Der Bürgermeister runzelte die Stirn. »Wie du mir, so ich dir.« Er hob warnend den Finger. »Sie haben mich ja auch vor vollendete Tatsachen gestellt. Anstatt mit mir über die Beschwerden des Fräulein Lehrerin zu reden, haben sie ohne Vorwarnung gleich die oberste Schulbehörde eingeschaltet. Das ist bestimmt nicht die feine Art.«

Jetzt nahm Stadtschultheiß Köbler die Lehrerin ins Visier: »Darum rate ich Ihnen gut, Fräulein: Halten Sie sich an das Gesetz!« Er blitzte sie zornig an. »Bis morgen erwarte ich Ihre Vollzugsmeldung!«

»Da können Sie lange warten«, gab Sophie erregt zurück. »Ich nehme nur Weisungen von meinem Vorgesetzten entgegen!«

Der Bürgermeister lachte, und der Schulmeister grinste unsicher und frech dazu.

Das brachte Sophie aus der Fassung. »Sie wissen ganz genau, dass ich keinen Stock brauche, um meine Schüler zum Lernen anzuhalten«, herrschte sie Holzapfel an. »Ich werde niemals ein Kind züchtigen.« Und zum Bürgermeister sagte sie, allerdings schon etwas gefasster: »Ich glaube, das hier wird nur veranstaltet, damit ich ...«

»Was fällt Ihnen ein! Sie Rotznase! Sie wissen wohl nicht, wen Sie vor sich haben.« Jetzt kochte Köbler.

»Doch!« Sophie wurde ganz ruhig. »Einen Schultheißen, der mich weghaben will, und einen Schulmeister, der mich nicht wie eine Kollegin behandelt. Für ihn bin ich nur Luft, wie er mir heute wieder gezeigt hat.«

Der Bürgermeister nahm einen großen Schluck und ersäufte seinen Ärger im Bier. »Ich wünsche einen schönen Abend«, zischte er, ohne die beiden vor seinem Tisch noch eines Blickes zu würdigen.

Schumacher drehte sich grußlos um und verließ das Gasthaus. Sophie rannte hinterdrein.

Dass sich der Streit im Gasthaus schon am Abend wie ein Lauffeuer durchs Städtchen fraß und von Minute zu Minute heller loderte, war beiden nicht bewusst.

»Das war ein Rausschmiss erster Klasse«, ärgerte sich Pfarrer Schumacher.

»Und ich bin schuld.« Sophie wusste, dass sie mit Bürgermeister und Schulmeister nie mehr ins Reine kommen würde. Und sie ahnte, dass sie an dieser Schule möglicherweise keine Zukunft mehr hatte.

»Nein, nein! Sie sind nicht die Schuldige. Sie sind das Opfer.« Schumacher blieb mitten auf der Gasse stehen. »Dass der Schultheiß hinter dem Ränkespiel steckt, ist sonnenklar. Nur war mir bis heute nicht bewusst, dass der Schulmeister so gewaltig unter seinem Pantoffel steht. Der weiß doch, dass ich sein Vorgesetzter bin. Und trotzdem ...« Den Rest des Satzes verschluckte er im Zorn.

Sie gingen ein paar Schritte. »Dass es früher oder später zum Eklat kommen musste«, sagte der Pfarrer und schüttelte betrübt den Kopf, »weiß ich schon lange. Aber wenn ich nicht alles beim Alten lassen möchte und die Schule vom Mief befreien will, bleibt mir keine andere Wahl. Ich muss Köblers verheerenden Einfluss auf meine Schule ein für alle Mal brechen.«

»Und wie wollen Sie das anstellen?«

»Weiß ich auch noch nicht.«

Stumm gingen sie nebeneinander her. Während Sophie ernsthaft überlegte, den Bettel hinzuschmeißen, durchdachte der Pfarrer alle Möglichkeiten, wie er den Konflikt lösen könnte.

Vor dem Pfarrhaus angekommen, brach Schumacher sein Schweigen. »Jetzt kommen Sie erst einmal herein. Meine Frau macht uns einen Kaffee. Frisch gestärkt können wir dann in aller Ruhe beraten, was wir als Nächstes tun.«

Im Dienstzimmer des Pfarrers sprachen sie sich aus und kamen überein, zuerst die Sache zu klären. Und zwar in doppelter Hinsicht. Was hatte der Feldschütz gesehen? Und was hatten die Erstklässler wirklich angestellt? Immerhin bestritten beide Buben, Kirschen gestohlen zu haben.

Das war die eine Seite. Und auf der anderen Seite mussten sie sich Klarheit verschaffen, wie die Sache rechtlich zu bewerten war. Der Bürgermeister schien bestens informiert, sonst hätte er nicht so aufgetrumpft.

Frau Schumacher servierte Kaffee und Sandkuchen. Während Sophie schwieg und sich trübseligen Abschiedsgedanken überließ, genoss der Pfarrer den Kuchen und war gesprächig. Er schlug vor, die Eltern der beiden Buben aufzusuchen.

»Jetzt?«, fragte Sophie.

»Ja, gleich! Und morgen befrage ich den Feldschütz. Danach berate ich mich mit Herrn Schulz.«

»Wer ist das?«

»Sie haben noch nie von ihm gehört? Aber, aber, Fräulein Rössner! Herr Schulz ist Advokat und ein Spezialist für öffentliches Recht. Übrigens ein ganz patenter Mann.«

Sophie zuckte mit den Achseln und genoss den Kuchen.

»Schulz ist im Städtchen sehr beliebt. Könnte gut sein, dass der Bürgermeister seine Weisheiten von ihm hat.«

Schumacher erhob sich. »Gehen wir?«

»Nun lass doch das Fräulein Lehrerin in Ruhe ihren Kuchen essen, Paul.« Frau Schumacher warf ihrem Mann einen mahnenden Blick zu.

»Entschuldigung«, sagte Schumacher und nahm wieder Platz. »Vielleicht finden wir heraus, was auf der Obstwiese hinter der Ziegelei wirklich passiert ist.«

Eine halbe Stunde später saßen Pfarrer und Lehrerin bei Familie Klein in der Wohnstube.

Herr Klein, ein hemdsärmeliger Mann, den blauen Arbeitsschurz umgebunden, und Frau Klein, eine verhärmte Frau mittleren Alters, hörten Pfarrer Schumacher aufmerksam zu.

Ja, bestätigten sie, ihr Hans sei ganz verstört von der Schule heimgekommen. Unter Tränen habe er seine Unschuld beteuert. Sie verstünden das ganze Theater nicht.

Der Herr Bürgermeister bestehe auf einer Bestrafung, sagte der Pfarrer.

»Wenn der Junge aber nichts getan hat, warum …«

»Wenn, wenn, wenn«, unterbrach Herr Klein seine Frau. »Wenn der Hund nicht die Wurst gefressen hätte, dann wäre sie noch da.« Er stand auf und ging zur Tür. »Hans«, rief er in den Flur hinaus, »komm mal runter! Aber gleich!«

Schon war er da, der blonde Junge. Als er den Pfarrer und seine Lehrerin sah, bekam er einen großen Schreck.

»Ich hab nichts gemacht«, beteuerte er und war den Tränen nahe. »Ehrlich nicht.«

»Warst du auf der Obstwiese?«, fragte der Pfarrer.

»Ja, mit dem Rolf.«

»Und was hast du mit dem Rolf auf der Obstwiese gemacht?«

Der Junge senkte trotzig den Kopf und schwieg.

Sophie versuchte ihr Glück: »Es ist gar nicht nett von dir, dass du uns nichts sagen willst.«

»Machs Maul auf!« Herr Klein verlor langsam die Geduld.

Hans heulte los und stammelte: »Der Rolf … sammelt Raupen … Und da hat er … da hat er … eine ganz schöne gesehen. … Mit roten Punkten … und weißen Härchen.«

»Wo?«, herrschte ihn sein Vater an.

»Auf einem Kirschbaum.«

»Da hast du dir die Raupe aber genau angeschaut«, lobte Sophie den Jungen. »Und was habt ihr mit der Raupe gemacht?«

»Ich hab den Ast runtergezogen, und Rolf hat die Raupe in ein Schächtelchen getan.«

»Und da habt ihr«, Sophie strich ihrem Schüler beruhigend über den Kopf, »die Kirschen auch gleich mit runter?«

»Nein«, widersprach Hans sofort, »bloß ein Zweig ist abgefatzt.«

»So, so, abgefatzt!«, schimpfte der Vater und verpasste seinem Sohn zwei Ohrfeigen.

Hans heulte auf. Die Mutter schalt ihren Mann einen Grobian, und der Hausherr schnaubte wütend: »So ein Geschrei wegen nichts und wieder nichts.«

Pfarrer und Lehrerin verabschiedeten sich hastig.

»Strafe vollzogen!«, rief Herr Klein den Besuchern hinterher. »Können Sie dem Bürgermeister melden.«

Auf der Straße sahen sich Schumacher und Sophie an und lachten. »Das wird ja immer toller«, sagte der Pfarrer. »Jetzt gehen wir noch zu den Beckers. Mal sehen, was ihr Sohn zu sagen hat.«

Herr Becker begrüßte die Besucher an der Haustür mit einem breiten Grinsen. »So, so, Herr Pfarrer, Sie haben wegen meinem Buben Streit mit dem Bürgermeister?«

Schumacher staunte den Hausherrn an, während Sophie furchtbar erschrak.

»Jetzt kommen Sie erst mal rein.« Herr Becker ging voraus und führte die Besucher in die gute Stube.

Als sie Platz genommen hatten, drohte Herr Becker schelmisch mit dem Finger. »Aber, aber, Herr Pfarrer, wie können Sie nur unserem Bürgermeister widersprechen. Sie sind noch nicht lange hier und wissen wohl nicht, dass er das nicht verträgt?«

Paul Schumacher wusste von nichts. Und Sophie Rössner kannte sich nicht mehr aus.

Herr Becker wollte sich ausschütten vor Lachen. Seine Frau klärte schließlich die beiden Ahnungslosen auf. Ja, der Auftritt im Ochsen sei bereits Stadtgespräch. Ja, ihr Rolf sammle Raupen und habe eine wunderschöne heimgebracht. Ja, ein Zweig sei wohl abgebrochen. Aber da seien gar keine Kirschen mehr dran gewesen.

»Nichts für ungut, Herr Pfarrer«, sagte Becker, »aber wegen einer solchen Lappalie lass ich meinen Buben nicht vermöbeln. Auch nicht auf Weisung des Bürgermeisters.«

Er bot den Besuchern einen Schnaps an. Doch die lehnten ab. Da trank er ihn allein, und gleich noch einen.

Er ging nach nebenan und kam mit einer Schachtel zurück. »Schauen Sie nur!«

Voller Stolz präsentierte Becker eine Bürstenspinner-Raupe, auf frische Kirschblätter gebettet, rot gepunktet, mit langen gelben und braunen Härchen auf dem Rücken.

»So ein schönes Tierchen. Können Sie es meinem Buben verdenken, Herr Pfarrer, dass er das genau anschauen muss?«

Er rief seinen Rolf. Und als der kam, verlegen, verheult, mit hochrotem Kopf, zog sein Vater ein Sechskreuzerstück aus dem Hosensack und schenkte es seinem Sohn.

»Brav, mein Sohn«, sagte er, »schau dir ruhig die Welt ganz genau an. Auch wenn der Schultheiß etwas dagegen hat. In der Schule kriegst du so schöne Sachen nicht zu sehen.«

Während Sophie unruhig schlief und sich schon mit dem Gedanken vertraut machte, in den nächsten Tagen ihren Koffer packen zu müssen, saß Pfarrer Schumacher bis tief in die Nacht hinein am Schreibtisch und wälzte diverse Bücher.

Eins stand für ihn fest: Nachgeben konnte und wollte er nicht. Und das gleich aus mehreren Gründen. Erstens gönnte er dem Schulmeister den Triumph nicht, denn damit wären all die schönen Pläne dahin, die Schule neu zu gestalten. Zweitens würde Fräulein Rössner sich niemals dreinschicken, den Rohrstock zu schwingen. Drittens hatte der kleine Hans schon zwei Ohrfeigen kassiert. Und viertens würden sich die

Beckers mit Händen und Füßen gegen eine Bestrafung ihres Buben wehren.

Obwohl er nur wenig geschlafen hatte, machte er sich am nächsten Morgen in aller Herrgottsfrühe auf den Weg, denn er wollte den Feldschütz noch zuhause antreffen, bevor der zu seinem Rundgang durch die Fluren rund um Hartingen aufbrach.

Ein paar verspätete Nachtschwärmer schwankten vorüber. Männer hetzten zur Arbeit. Dienstmädchen eilten zum Bäcker, um frische Brötchen für ihre Herrschaft einzukaufen.

Schumacher nahm nichts wahr. Er strebte dem Nachtwächterturm zu, in dem seit Jahren der Feldschütz hauste, weil es keinen Nachtwächter mehr gab.

Er habe es genau gesehen, beteuerte der Fluraufseher, die Buben hätten an einem Kirschbaum etwas abgerissen.

»Mutwillig abgerissen oder aus Versehen abgebrochen?«, wollte Schumacher wissen.

»Herr Pfarrer, das ist doch Jacke wie Hose«, meinte der Schütz treuherzig.

»Haben die Buben Kirschen gegessen?«

»Nein, hab ich nicht beobachtet. Aber das ist auch egal. Ein Feldfrevel ist es allemal.«

»Was macht Sie so sicher?«

»Wären die zwei sonst ausgerissen?«

»Das beweist doch nichts!«

»Das schlechte Gewissen plagt sie, weil sie etwas auf dem Kerbholz haben«, philosophierte der Schütz.

Schumacher dankte und suchte schleunigst Rechtsanwalt Schulz auf.

Der Advokat war bestens präpariert. Der Bürgermeister habe ihn in gleicher Sache schon kontaktiert.

»Die Rechtslage ist eindeutig«, belehrte der Rechtskundige. »In der Ministerialverfügung vom 28. Dezember 1870 ist alles haarklein geregelt.«

Er nahm ein Buch aus dem Regal, setzte seine Brille auf und schnurrte den Paragrafen 38 herunter: »Beim Gehen und Stehen soll von den Schülern eine gerade und aufrechte, jede Schlaffheit vermeidende Haltung verlangt werden. Beim mündlichen Unterricht, wo die Schüler sich bloß zuhörend oder sprechend ohne Gebrauch eines Lehrmittels verhalten, sollen die Schüler gerade sitzen, sodass die Rückgratslinie sich in senkrechter Stellung befindet und der Rücken im Kreuz eingebogen ist. Das Verstecken der Hände unter der Tischplatte oder in den Taschen sowie jede unangemessene oder unanständige Stellung der Beine ist nicht zu dulden und muss mit Anwendung körperlicher Züchtigung unterbunden …«

»Herr Schulz«, unterbrach der Pfarrer, »in dieser Sache geht es doch um Feldfrevel.«

»Ja, ja, schon richtig. Aber Bürgermeister Köbler sagte mir, das Fräulein Lehrerin weigere sich grundsätzlich, Kinder zu bestrafen.«

»Woher will der Bürgermeister das wissen?«

»Er beruft sich auf Schulmeister Holzapfel.«

»So, so. Wie mir scheint, hat sich der Schulmeister beim Bürgermeister ausgeweint.«

»Das kann und will ich nicht beurteilen, Herr Pfarrer. Ich stelle nur fest, dass die genannte Ministerialverfügung eindeutig ist.«

»Woraus schließen Sie das?«

»Ich zitiere: Bei der körperlichen Züchtigung darf bloß ein dünnes Stöckchen von einem halben Meter Länge gebraucht werden. Auch muss der Lehrer hierbei stets auf die individuelle Beschaffenheit des zu strafenden Schülers Rücksicht nehmen. Bei älteren Schülern darf die Strafe mehr als vier Streiche nicht übersteigen, bei jüngeren nie mehr als zwei Streiche. Das Stöckchen soll an einem geeigneten Orte aufbewahrt und erst zum jedesmaligen Strafvollzug herbeigeholt werden.«

Schumacher schüttelte unwirsch den Kopf.

»Noch Fragen, Herr Pfarrer?«

»Aber das sagt doch noch lange nicht, dass der Lehrer vom Stöckchen auch Gebrauch machen muss.«

»Sehe ich anders.«

»Sie meinen, jeder Lehrer muss körperlich züchtigen, ob er will oder nicht?«

»Genau! Diese Vorschrift, die noch nicht einmal ein Jahr alt ist, schreibt zweifelsfrei vor: Das Verstecken der Hände unter der Tischplatte oder in den Taschen sowie jede unangemessene oder unanständige Stellung der Beine ist nicht zu dulden und muss mit Anwendung körperlicher Züchtigung unterbunden werden.«

Er legte das Buch zur Seite und setzte die Brille ab. »Verstehen Sie? Der Lehrer muss ... mit Anwendung körperlicher Züchtigung ... unterbinden. Er hat da keinen Spielraum. Beim Zappeln mit den Beinen nicht. Und erst recht nicht beim Feldfrevel.«

»Und warum beauftragt der Bürgermeister damit nicht den Feldschütz?«

»Weil der die Kinder nur züchtigen darf, wenn polizeiwidrige Handlungen begangen wurden. Das Kirschenabreißen ist aber nicht polizeiwidrig, sondern nur ein einfaches Vergehen. Das muss der zuständige Lehrer in der Schule bestrafen. Anders dagegen bei polizeiwidrigen Handlungen. Da züchtigt ein Beauftragter des Bürgermeisters, zum Beispiel der Feldschütz, den Täter auf dem Rathaus.«

Pfarrer Schumacher kniff die Augen zusammen. »Das soll verstehen, wer will. Ich jedenfalls nicht. Und ich werde Fräulein Rössner auch nicht anweisen, die Buben in der Schule zu bestrafen. Zumal sie gar nichts gestohlen haben.«

Der Advokat lächelte nachsichtig. »Das könnte Sie teuer zu stehen kommen, Herr Pfarrer, wenn Sie der Bürgermeister anzeigt.«

»Vielen Dank, Herr Schulz«, entgegnete Schumacher, »aber ich bleibe dabei: Keine verordneten Hiebe in meiner Schule!«

Am nächsten Morgen eilte Schumacher aufs Rathaus und teilte dem Bürgermeister mit, dass er in seinem Zuständigkeitsbereich keine fremde Anweisung zur Prügelstrafe dulde. Die beiden Buben würden nicht bestraft, jedenfalls nicht in der Schule.

Köbler lachte. Er werde noch heute gerichtlich dagegen vorgehen. Wenn sich schon der Herr Pfarrer von einer Lehrerin zum Affen machen lasse, so werde er dafür sorgen, dass in seiner Gemeinde wieder Ordnung herrsche.

Schumacher verließ wutschnaubend das Rathaus. Hätte er zurückgeschaut, dann hätte er Köbler voller Schadenfreude am Fenster stehen sehen.

Auf der Straße atmete Schumacher tief durch. Jetzt erst recht! Mehr denn je war er fest entschlossen, standhaft zu bleiben.

Mit geballten Fäusten in der Tasche rannte er zur Schule und klopfte an der Erstklässlertür.

Die Klasse war gerade beim Kopfrechnen.

Er bat Sophie kurz ins Treppenhaus und teilte ihr mit, der Bürgermeister wolle eine gerichtliche Entscheidung.

Sophie war zutiefst beunruhigt. »Nein, Herr Pfarrer, nicht schon wieder Streit! Ich will nicht vor Gericht!«

»Verstehe ich vollkommen«, sagte Schumacher. »Aber Sie müssen den Richter nicht fürchten. Er schafft nur Klarheit. Ich bin überzeugt, dass wir am Ende doch recht behalten.«

Sophie schlich niedergeschlagen in ihr Klassenzimmer zurück. Den ganzen Vormittag hindurch konnte sie keinen klaren Gedanken fassen. Sie war entsetzt. Noch nie hatte sie sich vor Gericht verantworten müssen.

Sie stellte sich vor, man werde sie dort wie eine Diebin behandeln und vielleicht sogar zu einer Gefängnisstrafe verurteilen. Bei Wasser und Brot hinter Gittern? O Gott, das wäre weit schlimmer, als in der Bruchbude unterm Schuldach zu hausen.

Beim Mittagessen war sie so durcheinander, dass Frau Neckermann fragte, ob ihr die Geschichte mit der saublöden Prügelstrafe auf den Magen geschlagen habe.

Sophie nickte wahrheitsgemäß und war den Tränen nahe.

311

Doktor Neckermann lachte. Das ganze Städtchen wisse schon um die Posse. Sophie solle sich keine Sorgen machen. Die meisten Leute seien auf ihrer Seite.

»Aber jetzt muss ich deswegen vor Gericht. Der Stadtschultheiß hat den Pfarrer und mich angezeigt«, jammerte Sophie.

Der Arzt setzte sich kerzengerade und wurde ernst. »Das ist allerdings starker Tobak. So viel Dummheit hätte nicht einmal ich unserem Bürgermeister zugetraut.«

Er dachte nach. Beim Essen hörte man keinen Mucks. Die beiden Mädchen wagten nicht zu flüstern und schauten betroffen auf ihre Teller.

»Was halten Sie von Folgendem?« Doktor Neckermann legte Messer und Gabel zur Seite. »Wir wollten an unserer privaten Mädchenschule schon von Anfang an eine Eingangsklasse für das erste bis dritte Schuljahr einrichten. Aber wir fanden bisher keinen geeigneten Lehrer. Wie wär's, wenn Sie an unsere Privatschule wechseln?«

Die Mädchen jubelten. Frau Neckermann atmete erleichtert auf. Nur Sophie meldete Zweifel an. »Da müsste ich ja beim Konsistorium meine Stelle kündigen.«

»Aber, aber, Fräulein Rössner«, lächelte Herr Neckermann, »ist das so schlimm? Bedenken Sie die Vorteile. Sie verdienen mehr, weil unser Verein höhere Gehälter zahlt. Kein besserwisserischer Bezirksschulinspektor kann unangemeldet in Ihr Klassenzimmer einfallen wie einst die Hunnen ins Donautal. Kein selbstgefälliger Schulmeister watschelt an Ihnen vorbei, als wären Sie Luft. Und die vielen blöden Vorschriften gibt es bei uns auch nicht. Außerdem ist das Prügeln in unserer Schule gar nicht erlaubt.«

Sophie hatte aufmerksam zugehört. »Ich weiß nicht recht. Immer geht mir im Kopf herum, was wohl Pfarrer Schumacher dazu sagen würde. Und meinen Vater müsste ich ja auch vorher fragen. Schließlich bin ich ja noch nicht großjährig. Ohne seine Unterschrift geht gar nichts.«

Frau Neckermann legte ihre rechte Hand auf Sophies linke. »Was wäre denn die Alternative? Sie lehnen die Prügelstrafe ab. Das ist gut so. Sie können nicht nachgeben, sonst verlieren Sie das Gesicht. Außerdem geht der Streit vor Gericht an Ihre Nerven. Und am Ende gewinnt vielleicht der Bürgermeister. Was dann? Koffer packen und davonschleichen wie eine Diebin? Den Triumph sollten Sie dem Bürgermeister nicht gönnen. Und dem Schulmeister erst recht nicht. Bleiben Sie hier bei uns. An der Mädchenschule sind Sie frei und können unterrichten, wie Sie es für richtig halten.«

»Ich schlage vor«, sagte der Doktor, »Sie schreiben Ihrem Herrn Vater und fragen ihn, was er dazu meint. Und ich rede unverbindlich mit dem Pfarrer. Ich tu so, als wüssten Sie noch gar nichts von meinem Angebot. Er hält große Stücke auf unsere Schule. Er und seine Frau unterrichten ja auch bei uns.«

Nach dem Essen setzte sich Sophie ans Klavier und suchte Trost in der Musik. Aus dem anfänglichen Moll wurde schließlich doch ein Dur. Ihr wurde wieder besser.

Beim Nachmittagsunterricht ertappte sie sich dabei, wie sie überlegte, welche Mädchen wohl an die Privatschule wechseln würden, wenn sie dort die Eingangsklasse übernähme.

Nach Schulschluss eilte sie zur Post, obwohl es nicht Samstag war.

Der Posthalter lachte schon von Weitem und händigte ihr zwei Briefe aus, als sie vor den Schaltertisch trat.

Die Mutter hatte geschrieben, und Gustav, wie sie mit einem Blick feststellte.

»Der Schulmeister hat die Kinder ja arg verstört. Meine Enkelin Luise ist immer noch empört. Den Buben wegen nichts und wieder nichts den Hintern versohlen! Und jetzt zieht der Bürgermeister deswegen auch noch vor Gericht, wie man sich erzählt.«

»Ja«, bestätigte Sophie, »für Sie ist das gewiss eine Komödie, aber für mich ist es ein Trauerspiel.«

»Das tut mir sehr leid für Sie«, sagte der Posthalter, »doch ich hoffe für meine Luise, dass Sie sich von Ihrem Kurs nicht abbringen lassen. Die meisten Eltern Ihrer Klasse stehen hinter Ihnen. Das weiß ich genau, denn bei mir weinen sich viele aus.«

»Entschuldigen Sie«, sagte Sophie, »ich muss die beiden Briefe beantworten. Vor allem meine Mutter wartet auf Post. Sie macht sich immer solche Sorgen.«

Das Königreich Württemberg war eine Monarchie, aber auf kommunaler Ebene zugleich ein Muster an Demokratie.

Der Stadtrat setzte sich aus Männern von Rang und Namen zusammen, die auf Lebenszeit gewählt und zum Zeitpunkt ihrer Wahl mit irdischen Gütern reich gesegnet waren. Den Frauen traute man bloß das Kinderkriegen, Kochen, Kühemelken und Jubilieren im Kirchenchor zu.

Der Stadtschultheiß wurde von der Einwohnerschaft auf Zeit gewählt. Er war örtlicher Regierungschef und zugleich Vorsitzender des Stadtrats und des Bürgerausschusses. Darüber hinaus hatte er Sitz und Stimme im Ortsschulrat, im Ruggericht und im Kirchenkonvent. Nach allgemeiner Übereinstimmung musste er die Kraft eines Stieres haben, die Weisheit eines Elefanten, die Würde eines Bischofs, die Schlauheit eines Fuchses, die Freiheit eines Vogels und die Geduld eines Esels. Es gab nichts, zu dem nicht ein schwäbischer Schultheiß seinen Senf gab. Denn davon hatte er reichlich, besaß er doch in aller Regel ein eigenes Wirtshaus, in dem er meist sein bester Gast war.

Nach der württembergischen Landordnung von 1495 musste jede Gemeinde die Entscheidungen des Ruggerichts klaglos hinnehmen. Es kontrollierte die öffentlichen Behörden und nahm zugleich Beschwerden der Bürger entgegen. Es tagte in der Regel einmal jährlich, rügte Übertretungen, bestrafte leichte Polizeivergehen und nahm die Erbhuldigung entgegen.

Mächtiger als das Ruggericht war der Kirchenkonvent. Seit 1644 wirkte er als Sittengericht in den Alltag jedes Bürgers hinein. Ihm gehörten Pfarrer, Schultheiß, Heiligenpfleger und zwei Vertreter des Stadtrats an. Er tagte jeden zweiten Sonntagnachmittag und behandelte Beschwerden über den lästerlichen Lebenswandel liederlicher Personen, sprach Strafen bei Schulversäumnissen und Schwänzen des Gottesdienstes aus und kümmerte sich um jeden Dreck in der Stadt, über den sich jemand erregt hatte. Zum Beispiel wie in jenem andächtigen Zweizeiler, den der Volkszorn über die Allmacht des Kirchenkonvents reimte:

*Die Emma trägt ein zu kurzes Hemd,*
*jetzt muss sie vor den Kirchenkonvent.*

Und dann gab es noch den Ortsschulrat, dem der Pfarrer vorstand und in dem der Schultheiß, der Stiftungspfleger und drei gewählte Stadträte stimmberechtigt waren.

Von diesem Geflecht örtlicher Instanzen wusste Sophie wohl, aber sie hatte sich nicht vorstellen können, selbst einmal in deren Protokollen verewigt zu werden.

Sie hatte gerade ihre Schüler mit Handschlag verabschiedet und wollte zum Mittagessen, als Pfarrer Schumacher aufgeregt auf sie zustürzte. »Heute Nachmittag tagt das Ruggericht. Da müssen wir hin.«

»Ich dachte, der Gerichtstermin ist erst in ein paar Wochen.«

»Irrtum, Fräulein Rössner«, korrigierte Schumacher, »heute tagt nicht das Amtsgericht, sondern das Ruggericht. Das ist so etwas Ähnliches wie eine öffentliche Beschwerdeinstanz. Jeder Bürger kann vortreten und das Ruggericht bitten, irgendeinen Missstand aus der Welt zu schaffen.«

»Und da kommt unsere Sache zur Sprache?«

»Ja!«

»Woher wissen Sie das?«

»Weil mir einer der Stadträte vorhin verraten hat, dass sich der Bürgermeister über uns beschweren will.«

Und so saßen der Pfarrer und die Lehrerin am Nachmittag einträchtig nebeneinander und lauschten dem Ruggericht.

Den Vorsitz hatte, wie immer, der Oberamtmann. Und wie immer gab es vier Tagesordnungspunkte.

Zuerst verlas ein Oberamtsschreiber eine Übersicht über die wichtigsten Gesetze und Verordnungen, die seit der letzten Sitzung in Kraft getreten waren.

Dann mussten alle jungen Männer über sechzehn Jahre mit erhobener Schwörhand den Erbhuldigungseid nachsprechen, den ihnen der Oberamtmann Satz für Satz vorlas:

»Wir geloben einen leiblichen Eid zu Gott dem Allmächtigen und schwören, dem Allerdurchlauchtigsten Herrn Karl, König von Württemberg, Seiner königlichen Majestät Thronerben und Nachfolgern treu und gewärtig zu sein, Höchst Ihren Nutzen zu fördern und Schaden zu wehren, den Königlichen Gesetzen und Verordnungen den verfassungsmäßigen Gehorsam zu leisten, überhaupt alles zu tun und zu lassen, was einem treuen und rechtschaffenen Untertanen zu tun und zu lassen obliegt, und somit eine aufrichtige, redliche Erbhuldigung zu leisten. Alles getreulich und ohne Gefährde.«

Mit dem Eid verfolgte das Oberamt zugleich einen hinterlistigen Gedanken. Es konnte so auf einen Schlag die waffenfähige Jugend erfassen, wollte doch der Landesherr alljährlich wissen, mit wie viel Soldaten er künftig rechnen konnte.

Unter Punkt drei fragte der Oberamtmann, wer eine Beschwerde gegen das Rathaus oder eine andere Behörde vorbringen wolle. Ein Mann trat vor und beklagte, dass der Stadtrat seit dem Tod eines Mitglieds bereits ein halbes Jahr unvollständig sei. Der Bürgermeister gelobte, umgehend die Ergebnisse der letzten Stadtratswahl zu sichten und einen Nachrücker zu nominieren.

Für alle Anwesenden völlig überraschend ergriff der Oberamtmann nun selbst das Wort. Ihm liege eine schriftliche Beschwerde des Konsistoriums über die Stadtverwaltung vor. Beschwerdeführer sei ein gewisser Oberkirchenrat Ocker. Er werfe der Stadt vor, sie lasse das Schulhaus verwahrlosen,

316

führe vorgeschriebene Inspektionen nicht durch und habe der Lehrerin ein Zimmer zugewiesen, das menschenunwürdig sei. Der Beschwerde beigefügt sei ein Protokoll einer außerordentlichen Sitzung des Ortsschulrats, das die Mängel in allen Einzelheiten beschreibe.

Der Bürgermeister wollte etwas sagen, doch der Oberamtmann winkte ab und rief die beiden anwesenden Stadträte auf, die zugleich Mitglied des Ortsschulrats waren. Als Augen- und Ohrenzeugen der Schulhausbesichtigung fragte er sie auf Ehr und Gewissen, ob die Beschwerde ihre Richtigkeit habe. Herr Ott bestätigte das, auch im Namen seines Kollegen. Das Schulhaus weise erhebliche Mängel auf, und die dem Fräulein Lehrerin zugemutete Bleibe sei unbewohnbar. Inzwischen habe man der Lehrerin aber auf Kosten der Gemeinde ein anderes Zimmer zuweisen können.

»Wünscht jemand in dieser Sache eine Ortsbesichtigung?«, fragte der Oberamtmann. Und als niemand darauf bestand, verkündete er gleich das Urteil: »Die Stadtverwaltung ist verpflichtet, binnen Jahresfrist sämtliche Mängel am Schulhaus zu beseitigen. Sie darf den Raum unterm Schulhausdach künftig nicht mehr als Wohnraum ausweisen.«

Schultheiß Köbler bekam einen roten Kopf, denn das Urteil des Oberamtmanns enthielt eine saftige Rüge, die ihm gar nicht schmeckte.

Noch mehr brachte ihn in Rage, dass ein Gastwirt vortrug, die Stadtverwaltung verletze ihre Pflichten nicht nur in Schulsachen, sondern auch in anderen Fällen. Zum Beispiel beim Brandschutz. Weder im gesamten letzten Jahr noch in diesem Frühjahr sei die halbjährlich vorgeschriebene Feuerschau durchgeführt worden. Die Stadt vernachlässige den Brandschutz vorsätzlich und sträflich. Und wenn es dann tatsächlich brenne, wasche der Herr Bürgermeister seine Hände in Unschuld.

Der Oberamtmann fragte den Kommandanten der freiwilligen Feuerwehr, ob der Vorwurf zutreffe. Der nahm Haltung an und sagte nur: »Jawoll!« Auf die Frage, ob er im

317

Rathaus vorstellig geworden sei, antwortete er knapp: »Drei Mal.«

Der Oberamtmann runzelte die Stirn und ordnete eine umgehende Brandschau an. Binnen vierzehn Tagen sei ihm Vollzugsmeldung zu machen. Und auf jeden 1. April und 1. Oktober wolle er künftig eine schriftliche Meldung sehen, vom Bürgermeister persönlich unterschrieben.

Der Stadtpfleger stellte dar, dass die angeordnete Renovierung des Schulhauses die Finanzen der Stadt erheblich belaste. Er bat die königliche Kreisregierung gemäß dem Gesetz von 1858 um Genehmigung, das Schulgeld über den gesetzlichen Betrag von achtundvierzig Kreuzern auf einen Gulden erhöhen zu dürfen. Der Oberamtmann stimmte gnädig zu.

Dann hatte der Bürgermeister seinen Auftritt. Er stand gehörig unter Dampf, denn er hatte sich über die Anschuldigungen gewaltig geärgert und zudem ein paar Bier intus. Sein aufgedunsenes Gesicht färbte sich dunkelrot, als er das angeblich renitente Verhalten des Pfarrers und vor allem der Lehrerin schilderte.

Einige Zuhörer murrten oder lästerten, doch der Oberamtmann gebot ihnen zu schweigen. Dann bat er Schumacher um Stellungnahme.

»Es trifft zu«, sagte der Pfarrer, »dass ich die vom Bürgermeister angeordnete Prügelstrafe nicht vollziehen lasse. Erstens bin ich der Auffassung, dass die beiden Buben keinen absichtlichen Feldfrevel begangen haben. Und zweitens bin ich für die Schule verantwortlich, nicht der Bürgermeister. Es geht nicht an, dass Schüler in meiner Schule bestraft werden sollen, ohne dass ich informiert werde.«

»Die Rechtslage ist in diesem Fall eindeutig«, konterte der Bürgermeister. »Überdies weigert sich das Fräulein Lehrerin grundsätzlich, Kinder zu bestrafen. Auch das ist rechtswidrig.«

Sophie musste vortreten. Sie komme ohne Strafe in ihrer Klasse zurecht, sagte sie mit zittriger Stimme. Nein, die Disziplin leide nicht, betonte sie auf Nachfrage. Die Kinder seien lernwillig, auch ohne Tatzen und Ohrfeigen. Mit dem Stock in der Hand könne sie nicht unterrichten. Sie habe da immer ihre eigene Schulzeit vor Augen. Als Kind habe sie den Stock ihres Lehrers als Bedrohung empfunden. Sie sei nicht bereit, ihre Schüler in Angst lernen zu lassen. Lieber verzichte sie dann und suche sich eine andere Stelle.

Beifall brandete auf, doch der Oberamtmann rief das Publikum zur Ordnung. Kaum war wieder Ruhe eingekehrt, bat er Advokat Schulz um seine Meinung.

»So leid es mir tut«, sagte Schulz, »aber ich fürchte, der Herr Pfarrer ist im Unrecht, ebenso wie das Fräulein Lehrerin. Die körperliche Züchtigung ist Bestandteil unseres Schulrechts.«

»Darum«, pflichtete ihm der Bürgermeister bei, »blieb mir gar nichts anderes übrig, als ein ordentliches Gericht anzurufen. Unsere Schule ist kein rechtsfreier Raum. Pfarrer und Lehrerin können nicht machen, was sie wollen.« Er fügte an, im Handbuch zum gleichförmigen Verfahren bei Streitigkeiten sei doch klipp und klar geregelt, dass ein Verfahren nach über dreißigjähriger Gewohnheit als Recht anzusehen sei. Die körperliche Züchtigung sei sogar schon seit dem Alten Testament üblich. Also könne sie doch nicht von heute auf morgen von einer jungen Lehrerin außer Kraft gesetzt werden, die noch nicht einmal großjährig sei.

»In Ordnung«, sagte der Oberamtmann. »Warten wir also die gerichtliche Klärung ab. Aber ich bitte Sie um Verständnis, Herr Bürgermeister, wenn ich von Ihnen verlange, bis zum Gerichtsurteil nicht auf dem Vollzug der Strafe zu beharren.«

Erst gegen neun Uhr kam Doktor Neckermann heim. Er sei nach dem Ruggericht mit vier anderen Stadträten auf ein Bier geblieben, berichtete er. Mit ernster Miene setzte er sich zu seiner Frau aufs Sofa, Sophie genau gegenüber.

Die beiden Frauen waren schon über zwei Stunden ins Gespräch vertieft. Denn als Sophie bleich und verstört in ihr Zimmer verschwinden wollte, um sich auszuweinen, hatte Frau Neckermann sie aufgehalten. Mit einem Blick sah die lebenserfahrene Frau, dass sich ihre Mieterin in einem schlimmen Zustand befand. Den Grund musste sie nicht erfragen. Sie konnte ihn in Sophies Gesicht lesen.

»Fräulein Rössner hat mir alles erzählt«, begann Frau Neckermann. »Unser Bürgermeister sucht offensichtlich Streit. Er stellt sich gegen den Pfarrer und will keine Lehrerin an der Schule dulden.«

»Ja«, bestätigte ihr Mann, »aber die Mehrheit meiner Stadtratskollegen ist anderer Meinung.«

Fabrikant Ott sei besonders erbost, berichtete er. Weil die Amtsperiode des Bürgermeisters in einem Jahr endet, gehe Köbler rücksichtslos vor. Ott wolle im Ortsschulrat nicht mehr mit dem Stadtschultheißen zusammenarbeiten. Das Tischtuch sei zerschnitten.

Frau Neckermann hatte eine klare Meinung: »Wenn Ott sein Amt niederlegt, gibt es Nachwahlen für den Ortsschulrat. Dann sieht man schwarz auf weiß, wo die Mehrheit der Eltern steht.«

Sophie schwieg. Sie dachte sich ihren Teil.

Frau Neckermann tröstete ihre Untermieterin: »Ich weiß, Fräulein Rössner, für Sie ist das nicht leicht zu ertragen. Aber wir Frauen müssen den Kampf um unsere Zukunft durchstehen, sonst ändert sich für uns nie etwas.«

»Stimmt schon! Ich verstehe nur nicht, warum dieser schmutzige Streit gerade auf meinem Rücken ausgetragen werden soll.«

»Jeder, der auch nur einen Funken Verstand hat, weiß genau, dass es nicht um Sie geht, Fräulein Rössner.« Doktor Neckermann verbreitete Zuversicht. »Bewahren Sie bitte Ruhe. Es wird ein gutes Ende nehmen.«

Sophie schüttelte den Kopf. »Egal, wie man's auch dreht und wendet, ich bin immer die Dumme. Ich höre schon, wie die Schulmeisterin in den Läden über mich herzieht und mich als zickige Kuh hinstellt, die sich in kein Kollegium fügen kann. Vergessen Sie nicht, dass der Schulmeister den Liederkranz dirigiert und im Vorstand vom Turnverein ist. Und das schon seit bald vierzig Jahren. Der hat längst seine Leute hinter sich geschart.«

Neckermann lachte unvermittelt laut auf. Die beiden Frauen sahen ihn verwundert an.

»Entschuldigung«, sagte er, »mir ist eine Geschichte aus meiner Schulzeit eingefallen.«

»War Holzapfel auch Ihr Lehrer?«, fragte Sophie.

»Ja, fast alle im Städtchen sind schon von ihm vermöbelt worden. Ich war damals vielleicht neun oder zehn Jahre alt. Wir mussten beim Holzapfel ein Gebet auswendig lernen. Darin kam der Satz vor: ›O Gott, der du die Herzen der Könige in der Hand hast.‹ Mein Vater hat jeden Samstagabend mit Freunden Skat gespielt. Ich habe oft zugeschaut. Darum habe ich das Gebet so verstanden: ›O Gott, der du den Herzkönig in der Hand hast.‹ Und als ich das am nächsten Morgen aufsagte, hat mich der Holzapfel über die Bank gelegt und so verdroschen, dass ich drei Tage lang nur unter Schmerzen sitzen konnte.«

Alle lachten. Es wirkte befreiend.

»Bleiben Sie bei uns, Fräulein Rössner«, bat Frau Neckermann. »Geben Sie sich einen Ruck und sprechen Sie mit Pfarrer Schumacher. Er ist ein kluger Mann mit viel Herz. Er nimmt es Ihnen nicht übel, wenn Sie Ihr Amt aufgeben. An der Privatschule sind Sie solchen Machenschaften nicht ausgesetzt.«

Sophie bat um Verständnis. Sie wolle erst die Antwort ihres Vaters abwarten.

Doktor Neckermann stand auf und streckte sich. Er sei müde und müsse ins Bett. Morgen Abend tage der Bürgerverein. Es gehe um die Eingangsklasse der Töchterschule. Im ehemaligen Zehnthof könne man kurzfristig Platz für einen dritten Schulsaal schaffen. Das habe er heute erfahren.

Sophie dankte den Neckermanns für die Unterstützung und zog sich auf ihr Zimmer zurück. Sie hatte das Gefühl, ihr Leben sei ein einziger Scherbenhaufen.

Sie legte sich voller Sorgen schlafen, und voller Sorgen stand sie nach einer durchwachten Nacht wieder auf.

Am darauffolgenden Mittwochnachmittag war Sophie bei ihrem Vorgesetzten zu Gast. Pfarrer Schumacher empfing sie hemdsärmlig. Die Sonne schien vom wolkenlosen Himmel.

Der gedeckte Tisch stand auf der Terrasse unter einem blauen Sonnenschirm. Frau Schumacher reichte einen selbst gebackenen Obstkuchen herum, belegt mit frischen Himbeeren. Dazu servierte sie echten Bohnenkaffee.

Der Pfarrer war nach all den Aufregungen der letzten Wochen erstaunlich aufgeräumt. Er plauderte und scherzte, als sei nie etwas vorgefallen.

»Mein Mann hat Ihnen viel zugemutet«, sagte Frau Schumacher mitfühlend.

»Viel zu viel«, witzelte er, »fast hätte der böse Wolf das Fräulein Lehrerin gefressen.«

Sophie lächelte gequält. Als er ihr die Einladung am Montag überbrachte, schwante ihr Böses. Wollte er gutes Wetter machen? Sie unter Druck setzen? Jetzt war sie sich sicher. Gleich würde er seine Hand auf ihren Arm legen und sie beschwören, die gemeinsam begonnene Arbeit fortzusetzen und an seiner Seite zu bleiben.

Doch das Gegenteil geschah.

»Hören Sie auf, sich zu quälen«, bat er. »Ich weiß doch, dass Doktor Neckermann und Herr Ott Sie abwerben wollen.«

Sophie traute ihren Ohren nicht.

»An Ihrer Stelle hätte ich längst den Bettel hingeschmissen«, sagte er und lachte.

»Meinem Mann tut es leid, dass man Ihnen den Anfang als Lehrerin so schwer gemacht hat«, tröstete Frau

Schumacher. »Seit Sonntag spricht er von nichts anderem.«

Der Pfarrer setzte seine Kaffeetasse ab. »Am Sonntag tagte der Ortsschulrat. Wissen Sie schon, was wir besprochen und beschlossen haben?«

Sophie schüttelte den Kopf. Sie hatte den Überblick über die vielen Sitzungen und Termine verloren.

»Na dann wird es wohl Zeit, dass ich Sie ins Bild setze.«

Stadtschultheiß Köbler habe die Sitzung geschwänzt, berichtete Schumacher. Gleich zu Beginn habe Herr Ott mitgeteilt, er wolle sein Amt als Ortsschulrat niederlegen. Falls die Prügelstrafe für alle Klassen vorgeschrieben werde, und davon gehe er nach der Sitzung des Ruggerichts aus, sei das nicht mehr seine Schule. Die Prügelstrafe passe nicht mehr in die moderne Zeit. In London fahre man schon mit der Untergrundbahn. In Stuttgart fotografiere man bereits farbig. In Berlin probiere man gerade den Fernsprecher aus. Und in unserer Schule habe man nichts Besseres vor, als kleine Kinder zu verdreschen. Ott wolle, falls an der privaten Mädchenschule eine Eingangsklasse zustande komme, seine Olga dort anmelden. Auch andere Eltern überlegten bereits, ihre Kinder von der Volksschule abzumelden.

»Das tut mir leid, Herr Pfarrer.« Sophie blickte ihren Vorgesetzten betroffen an.

»Wenn die kombinierte Eingangsklasse an der Mädchenschule zustande kommt, könnten wohl bis zu dreißig Erst- bis Drittklässlerinnen unsere Schule verlassen«, bilanzierte Schumacher.

»Trifft das Ihre Schule hart?«

»Ja! Wir hätten dann nur noch etwa dreihundertdreißig Schüler. Andererseits bin ich's zufrieden, weil an unserer Schule endlich ein frischer Wind weht. Meine Strategie ist aufgegangen, dank Ihrer guten Arbeit.«

Sophie schob den Teller von sich. Sie schluckte schwer. »Für den Streit und den Rückgang der Schülerzahlen bin wohl ich verantwortlich.«

»Sie können nichts dafür«, widersprach Schumacher und versuchte zu trösten. »In der Sitzung hat man übrigens spekuliert, ob Sie an die Privatschule wechseln würden. Schließlich habe man Ihnen mehr zugemutet, als eine junge Frau vertragen könne.«

»Ich weiß wirklich noch nicht, Herr Pfarrer, was ich machen soll.«

»Jedenfalls haben wir im Ortsschulrat beschlossen, das Konsistorium umgehend über die neueste Entwicklung in Kenntnis zu setzen. Herr Ott und ich reisen am kommenden Montag nach Stuttgart und informieren Oberkirchenrat Ocker über die brenzlige Lage an unserer Schule.«

Frau Schumacher, sie hatte bisher geschwiegen, füllte die Tasse ihres Mannes. »Ich brühe frischen Kaffee auf«, sagte sie zu Sophie und verschwand in der Küche.

»Ich bitte Sie, Fräulein Rössner«, wandte sich Schumacher an seine Kollegin, »sagen Sie mir bis Sonntagabend vertraulich, wie Sie sich entscheiden. Ich von mir aus rechne fest mit Ihrer Kündigung auf Martini.«

Sophie war perplex.

»Wissen Sie, ich verfolge einen Plan. Was ich jetzt sage, behalten Sie bitte für sich.«

Er hoffe, dass der Schulmeister zu Martini wegversetzt werde. Mit Holzapfel könne und wolle er nicht mehr zusammenarbeiten. Das werde er Oberkirchenrat Ocker am Montag in aller Deutlichkeit sagen. Damit hätte, Sophies Abgang eingerechnet, seine Schule an Martini nur noch fünf Lehrer. Bleibe das Konsistorium hart, dann werde es keinen neuen Lehrer nach Hartingen versetzen. Die deutlich geringere Schülerzahl würde das sogar rechtfertigen. Seien die Herren in der Oberschulbehörde jedoch gnädig und bewilligten eine Ersatzkraft, dann erbitte er sich eine Lehrerin.

Frau Schumacher kam zurück und bediente Sophie. »Na, was hat mein Mann schon wieder ausgeheckt?«

Ihr Mann grinste, und Sophie sagte aus Verlegenheit, der Kuchen sei exzellent. Dabei war das gar nicht gelogen.

324

»Außerdem…«, der Pfarrer hustete. Er hatte zu hastig gegessen und sich verschluckt. Ein paar Krümel waren ihm wohl im Hals stecken geblieben.

»Sag ich nicht immer, du sollst langsam essen?«, schimpfte seine Frau. Und zu Sophie meinte sie: »Wissen Sie, mein Mann schlingt das Essen hinunter. Es kann ihm nicht schnell genug gehen.«

Schumacher rümpfte die Nase, denn die Vorhaltungen seiner Frau kannte er zur Genüge. »Ich möchte«, nahm er den Gesprächsfaden wieder auf, »dass an meiner Schule ab Martini endlich Mädchenturnen stattfindet. Und ich wäre Ihnen sehr dankbar, Fräulein Sophie, wenn Sie diesen Unterricht übernähmen, auch wenn Sie dann nicht mehr zu meiner Schule gehören sollten. Mit dem Bürgerverein werde ich gewiss einig.«

Und zu seiner Frau sagte er: »Von dir wünsche ich mir, dass du ab Martini die Oberstufenmädchen der Volksschule im Kochen und Schneidern unterrichtest. Ich habe genug von den Maulbrauchern, die den lieben langen Tag an die Kinder hinschwätzen. Ich will künftig mehr praktischen Unterricht an meiner Schule.«

Sophie staunte nicht wenig. Im Seminar hatte Pfarrer Finkenberger erwähnt, dass man in Skandinavien Werken und Hauswirtschaft bereits als Pflichtfächer eingeführt hatte.

»Wie sind Sie auf die Idee gekommen?«, fragte Sophie.

Der Pfarrer lachte. »An meinem letzten Dienstort habe ich einen Vortrag gehört. Da hat einer das Lernen mit Kopf, Herz und Hand gepriesen. Jeder Knabe müsse die wichtigsten Handgriffe des Tischlers, Schusters, Schneiders und Bäckers beherrschen. Darum möchte ich, dass meine Oberstufenschüler das auch lernen. Ich werde ein paar Handwerksmeister fragen, ob sie meine Buben jede Woche zwei Stunden in ihrer Werkstatt tolerieren.«

»Mein Mann ist ein Schlitzohr«, sagte Frau Schumacher zu Sophie. »Wenn Sie Turnen an seiner Schule unterrichten und ich Handarbeit, und wenn noch ein paar Handwerker

Stunden geben, dann ergibt das unterm Strich fast einen halben Lehrer. Dann hat er ab Martini für die rund dreihundertdreißig Schüler mehr Lehrerstunden zur Verfügung als jetzt.«

Sophie lachte. Es war ein befreiendes Lachen. Denn sie wusste nun, dass der Pfarrer ihr nicht die Freundschaft aufkündigen würde, falls sie an die Privatschule wechselte.

Der Samstag brachte Klarheit. Sophie nahm im Postamt zwei Briefe in Empfang.

Ihr Vater riet ihr, das Angebot der Privatschule anzunehmen. Kein anständiger Pädagoge könne es bei einem solchen Schulmeister aushalten. Wenn sie sich ihren beruflichen Elan bewahren wolle, müsse sie sich auch aus dem Würgegriff des Bürgermeisters befreien.

Und Gustav beschwor seine Freundin, so schnell wie möglich ihre Stelle zu kündigen. Ein unbeherrschter Stadtschultheiß sei wie ein wild gewordener Stier, bösartig und gefährlich. Außerdem sei es ihr an der Privatschule hoffentlich nicht verboten, sich mit Männern zu treffen. Dann könnte er sich in Hartingen blicken lassen, ohne gleich die Schulaufsicht auf den Plan zu rufen.

# Befreiung

A n einem strahlenden Nachmittag im September klopf-te es heftig. Sophie lag gerade auf dem Sofa und las.
»Herein!«
Nichts rührte sich. Sie sprang auf und öffnete die Tür.

Ihr Großvater stand draußen, den Hut in der Hand, und strahlte übers ganze Gesicht.

Er war gekleidet wie immer. Lange, schwarze Joppe mit Samtkragen, weißes Leinenhemd, Tuch um den Hals. Dazu eine rote Samtweste mit silbernen Rosettenknöpfen. Im Knopfloch die unverwüstliche silberne Uhrkette samt Taschenuhr. Über den Schaftstiefeln bauschte sich eine schwarze Manchesterhose.

»Da bist du ja, mein Kind«, brummte er und lachte. »Schön, dich mal wieder zu sehen.« Zufrieden strich er sich über den Bart.

Er warf seinen Hut aufs Sofa, nahm sie in seine festen Arme und tätschelte ihren Rücken.

»Und darum hast du dich auf den weiten Weg gemacht, Großvater?« Sophie konnte es kaum glauben.

»Aber ja, mein Kind. Für meine große Kleine ist mir kein Weg zu weit. Vor allem dann nicht, wenn man das Fräulein Lehrerin so schäbig behandelt, dass ich den bösen Männern aufs Maul hauen muss.«

Er verzog den Mund, und Sophie wusste, er meinte es nicht wörtlich.

»Aber diesen rotzfrechen Bürgermeister will ich mir schon aus der Nähe anschauen.« Er schüttelte die Faust. »Zertreten werde ich den Wurm.«

»Jetzt gleich?«

»Hat Zeit bis morgen. Ich gönne ihm eine letzte Nacht, bevor ich ihn auf den Misthaufen schmeiße.«

Sophie lachte ihn an. »Und wo wirst du heute Nacht schlafen? Bei mir schickt es sich doch nicht.«

»Ach, mach dir keine Sorgen. Ich habe mich im ›Ochsen‹ einquartiert.«

»Im ›Ochsen‹?« Sophie kam aus dem Staunen nicht heraus. War das nicht das Stammlokal des Bürgermeisters und des widerwärtigen Schulmeisters?

»Ich bin vom Bahnhof ins Städtchen getrabt und hab mich umgeschaut. Steht alles beisammen, wie in jedem anderen schwäbischen Dorf: Kirche, Rathaus, Schule, Pfarrhaus und Gasthaus. Nur eines ist hier anders, hat mir ein alter Mann auf der Straße verraten. Das Gasthaus neben dem Rathaus gehört nicht dem Schultheißen, wie sonst üblich in Schwaben. Der Herr Stadtschultheiß besitzt überhaupt kein Gasthaus, hat man mich belehrt.«

Das war nur die halbe Wahrheit. Der alte Rössner hatte sich nämlich vor dem Rathaus umgeschaut und einen Passanten gefragt, welches Gasthaus denn dem Schultheißen gehöre. Keines, beschied man ihn. Aber im »Ochsen« trinke der Herr Ortsvorsteher immer sein Bier.

Darum war der alte Herr aus dem oberschwäbischen Sommerfelden schnurstracks zum »Ochsen« gegangen und hatte um ein Quartier gebeten. Er wollte nämlich das Miststück von Bürgermeister ganz aus der Nähe betrachten.

»Bist du eigentlich schon meinen Hausleuten begegnet?«, erkundigte sich Sophie.

»Natürlich! Oder glaubst du, ich schleiche mich wie ein Dieb durch die Hintertür? Du kennst mich doch. Ich komme immer aufrecht durch das Hauptportal.« Er sah sich im Zimmer um und nickte anerkennend. »Übrigens, deine Vermieter sind nette Leute. Gratuliere!«

»Du hast schon mit ihnen geplaudert?«

»Aber ja! Wäre ich sonst hier? Der Herr Doktor hat mir einen Schnaps kredenzt und seine Frau einen Apfelkuchen offeriert. Ist eine patente Dame. Glaub mir, ich kann die Leute nach Handschlag taxieren.«

Sophie bot ihm einen Platz an, doch er widersprach.

»Du kostümierst dich jetzt, und dann gehen wir zum Abendessen. Ich habe schon einen Tisch für uns reserviert.«

»Wo?«

»Im ›Schwanen‹.«

»Ich denke, du wohnst im ›Ochsen‹.«

»Schon, aber der ›Schwanen‹ ist das beste Speiselokal im Städtchen, hat man mir gesagt. Du weißt doch, das Beste ist mir gerade gut genug für dich.«

Von jeder halben und ganzen Wahrheit ist bekanntlich auch das Gegenteil wahr. Natürlich sagte der alte Herr die Wahrheit. Aber es war wieder nicht die ganze. Vielmehr wollte er nicht im »Ochsen« mit seiner Enkelin gesehen werden. Denn er plante, dem Herrn Bürgermeister eins ans Schienbein zu geben, ohne ihm auf die Nase zu binden, dass er mit dem Fräulein Lehrerin aufs Engste verwandt war.

Er nahm seinen Hut vom Sofa und wandte sich zur Tür. »Wir sehen uns gleich.«

»Wo willst du hin, Großvater?«

»Einen Stock tiefer«, brummte er und setzte den Hut auf. »Ich muss doch deinen Hausleuten danken, dass sie dir Asyl gewährt und ein so schönes Zimmer gegeben haben.«

Als er die breite Treppe hinabpolterte, nahm ihn der Hausherr in Empfang und bat ihn ins Wohnzimmer. Den zugewiesenen Platz verschmähte er, auch den zweiten Schnaps. Seine Enkelin komme gleich herunter, erklärte er. Aber er würde gern einen Blick in den wunderbaren Garten werfen.

»Woher wissen Sie …«, fragte erstaunt Frau Neckermann.

Der alte Herr grinste bis hinter beide Ohren. »Erstens«, lachte er verschmitzt, »ist kein Garten vor Ihrem Haus. Ein so prächtiges Gebäude und kein Garten davor? Hab ich mir gedacht, wird er wohl hinterm Haus sein. Zweitens ist er durch Sophies Fenster zu bestaunen.«

329

Frau Neckermann war gerührt. Wunderbarer Garten, hatte der Besucher gesagt, und ihr prächtiges Haus gewürdigt.

Er lüftete den Hut und verließ Garten und Haus. Sophie trippelte neben ihm her.

Im »Schwanen«, wo es penetrant nach Bier, Rauch und Sauerkraut roch, verzehrte Sophie Ochsenfleisch mit Meerrettich und Salzkartoffeln. Ihr Großvater labte sich an Linsen mit Spätzle und vier Saitenwürsten. Dazu tranken sie Bier.

»Wie geht es dir, mein Mädchen?«, fragte der Rössnerbauer und säbelte sich ein großes Stück von der Wurst ab.

»Mir?« Sophie legte die Gabel zur Seite. »Mir geht es ganz gut. Wieder gut. Seit ein paar Tagen. Davor war es scheußlich.«

»Du tanzt doch hoffentlich nicht nach der Pfeife von diesem Neandertaler auf dem Rathaus?«

»Nein, nein!« Sophie musste sich die Augen trocken reiben. Der Meerrettich war so scharf, dass ihre Kopfhaut juckte. »Am Sonntagabend habe ich Pfarrer Schumacher meinen Entschluss mitgeteilt. Ab Martini unterrichte ich an der privaten Mädchenschule. Übrigens ist mein Hausherr, Doktor Neckermann, der Vorsitzende des Bürgervereins, der diese Schule betreibt.«

»Brav. Freut mich für dich.« Er schob eine Portion Linsen mit dem Messer auf seine Gabel. »Die Linsen sind köstlich. Muss ich mir merken. Mit Zitrone schmecken sie saugut.«

Er balancierte die Linsen in den Mund und kaute mit geschlossenen Augen. »Mhm! Weich und zitronig.«

»Kriegst du zuhause keine Linsen mit Spätzle?« Sophie wusste wohl, dass ihre Tante aus dem bayerischen Allgäu stammte. Sie war mit Onkel Wilhelm verheiratet, dem jüngeren Bruder ihres Vaters, und waltete jetzt als Bäuerin auf dem Rössnerhof. Aß man im Allgäu keine Linsen?

»Doch, doch, die Marga kocht gut. Aber sie schmeckt die Linsen immer mit Essig ab. Manchmal sind sie mir zu sauer.«

Sie aßen, in gehörige Gespräche vertieft, in aller Seelenruhe zu Ende. Dann orderte der Großvater zwei Kaffee und eine dicke schwarze Kubazigarre.

»Also«, er rieb sich die Hände, »heute Abend gönne ich mir das größte Vergnügen.«

»Soviel ich weiß, gibt's hier keine Veranstaltungen.«

»Hast du eine Ahnung!« Er lachte. »Ich guck mir den Neandertaler aus der Nähe an.« Er hob den Zeigefinger. »Und diesen Holzkopf.«

»Du meinst den Holzapfel?«

Der Ober kam, servierte den Kaffee und zündete die Zigarre mit einem neumodischen Feuerzeug an.

Der alte Herr paffte, nickte und stieß schwarze Rauchwolken durch die Nase aus.

»Hast du schon mal einen Holzapfel gegessen?« Er schüttelte sich.

»Was willst du mit den beiden anstellen, Großvater?«

Er grinste.

»Du wirst dich doch nicht mit ihnen prügeln wollen?«

»Seh ich so aus?« Mit grimmiger Miene machte er gegenläufige Handbewegungen, gerade so, als wringe er Wäsche aus. »Nur ein bisschen den Kragen umdrehen und dann in die Gülle schmeißen.«

Sophie machte ein erschrockenes Gesicht.

Er lachte. »Keine Sorge, Sophiechen. Ich kann mich beherrschen. Nur gucken will ich, was das für Mostköpfe sind.«

Der Rössner paffte noch ein Weilchen vor sich hin, fragte dies und das und zerdrückte schließlich den Rest seiner Zigarre im Aschenbecher. Ächzend stand er auf und murmelte etwas von kaputtem Kreuz.

»Und jetzt geh ich in den Zoo«, sagte er.

»Wo ist hier ein Zoo, Großvater?«

Er grinste. »Im ›Ochsen‹.«

Als Sophie am Donnerstag zum Mittagessen kam, saß ihr Großvater schon am Tisch und unterhielt sich blendend mit Frau Neckermann.

»Stellen Sie sich vor, Fräulein Rössner, Ihr Großvater hat den ganzen Vormittag in meinem Garten gearbeitet. Stroh hat er ausgebreitet, Gemüse gehackt und Tomaten und Bohnen geerntet.«

Der so Gelobte wandte sich an seine Enkelin: »Und wie erging es dir heute in der Schule? Waren die Kinderchen brav?«

»Alles bestens. Wir haben im Schreiblesen die Wörtchen mein, meine, meiner geübt und im Anschauungsunterricht über die Sinnesorgane gesprochen.«

Doktor Neckermann stand unter der Tür. »Bin gleich so weit. Nur noch die Hände waschen. Wo sind Elke und Frauke?«

»Kommen gleich«, sagte Frau Neckermann.

Im selben Moment rannten die beiden Mädchen herein und begrüßten den Gast aus Oberschwaben mit Handschlag und Knicks. Gleich darauf setzte sich der Hausherr neben ihn. Er hatte den alten Herrn schon am Morgen in Empfang genommen und mit ihm ein kleines Schwätzchen abgehalten.

»Habt ihr euch die Vorderfüße gewaschen?«, wollte Doktor Neckermann von seinen Töchtern wissen.

»Ja, Papa«, lautete die einstimmige Antwort, »Vorderfüße und Hinterfüße! Mit Seife!«

Die Haushälterin servierte eine Kartoffelsuppe.

»Ich habe Ihnen ab und zu durchs Fenster zugeguckt«, eröffnete der Hausherr das Gespräch mit seinem Gast. »Die Arbeit geht Ihnen aber immer noch flott von der Hand. Da erkennt man gleich den Fachmann.«

»Geschuftet hat er«, verbesserte seine Frau. »Und dafür haben will er auch nichts.«

»Aber ich bitte Sie«, wehrte der alte Herr ab. »Ich stehe in Ihrer Schuld. Ohne Sie wäre meine Enkelin längst nach Neuseeland ausgewandert.«

Sophie löffelte ihre Suppe aus und wischte sich den Mund an der Serviette ab. »Warum ausgerechnet nach Neuseeland, Großvater?«

»Weil es dort keine Stadtschultheißen gibt.«

»Apropos Bürgermeister«, berichtete Doktor Neckermann, »der soll krank sein.«

»Nanu! Hat sich der Neandertaler an einem Mammut überfressen?«, fragte der Großvater arglistig.

Doktor Neckermann lachte. »Dem Hörensagen nach sitzt er tatsächlich seit Tagen auf dem …« Er hüstelte, denn er wollte bei Tisch das Wort vermeiden.

»Komisch«, rätselte Sophie, »auch der Holzapfel fehlt in der Schule.«

»Wahrscheinlich hat er zu viel Gülle gesoffen«, meinte der alte Rössner und grinste vor sich hin.

»Wie kommst du darauf, Großvater?«

»Ja, weißt du nicht, dass er furchtbar Schlagseite hatte und in die Jauchegrube gefallen ist?«

Doktor Neckermann bog sich vor Lachen. Seine Frau gluckste. Die beiden Töchter wieherten.

»Woher weißt du, Großvater, dass er in die Jauche gefallen ist?«

»Woher, woher«, amüsierte sich der Alte. »Ich war doch dabei! Er konnte nicht mehr geradeaus laufen.«

»Und da hast du …«

»Der eiert wie meine Enten, wenn der Hund hinter ihnen her ist.« Der alte Rössner strich sich vergnügt den Bart glatt. »Aber das wisst ihr ja schon.«

»Großvater!? Was ist passiert?«

»Ich bin unschuldig! Ich habe ihn sogar untergehakt. So wie es im Sprichwort heißt: Der Mensch braucht einen Halt, dass er net fallt.«

»Und trotzdem ist er in die Jauche geplumpst?«, wunderte sich Frau Neckermann, »Ihnen ist aber nichts passiert, oder?«

»I wo! Ich hatte ja keinen in der Krone. Er ist gestolpert.« Der alte Herr lachte. »Und weg war er.«

Sophie kniff die Augen zusammen. »Und ausgerechnet du, Großvater, hast ihn nicht halten können?«

»So ist es, mein Schätzchen.« Der Rössnerbauer grinste vor sich hin, und man sah an seinem Bauch, dass er ein La-

333

chen unterdrückte. »Glaubst du, ich hüpf auch in die Grube, bloß weil der besoffene Schulmeister ein Bad nehmen will?«

»Dass der Schulmeister trinkt, ist bekannt. Aber dass er so besoffen war?« Doktor Neckermann kam das alles spanisch vor.

Die Haushälterin sammelte die Suppenteller und die Löffel ein, während das Dienstmädchen gefüllte Krautwickel mit Salzkartoffeln auftrug.

»Ein paar Schnäpse im Bier hauen den stärksten Säufer um«, philosophierte der altersweise Rössner.

»Der Schulmeister kippt Schnaps ins Bier?« Der Doktor sah seinen Gast verblüfft an. Ihm schwante, dass da etwas nicht mit rechten Dingen zugegangen sein könnte.

Der Rössner schmunzelte. »In einer Schankstube fällt so allerlei ins Bier.«

Jetzt kicherte der Doktor vor sich hin und schnitt einen dampfenden Krautwickel auf. Er fragte lieber nichts mehr.

»Köstlich!«, lobte der Gast das Essen. »Erst eine vorzügliche Suppe. Und jetzt Krautwickel. Ich glaube, Mädchen«, wandte er sich an seine Enkelin, »du lebst hier wie Gott in Frankreich.«

»Wir müssen das Fräulein Lehrerin ja bei Laune halten«, erklärte Frau Neckermann. »Ohne Ihre Enkelin hätten meine Töchter keinen Klavier- und Geigenunterricht und die Mädchenschule zu Martini keine Eingangsklasse. Darum sind wir Ihrer Enkelin sehr zu Dank verpflichtet.«

»Dann müssen wir dem Schultheißen am Ende auch noch dankbar sein. Nicht wahr, Sophiechen? Wäre er nicht so rotzfrech gegen dich gewesen, hättest du nicht an der Volksschule gekündigt.«

Sophie schaute ihren Großvater verwundert an.

Der prustete unvermittelt los. »Dann hätte er auch nicht so viel Rizinus saufen müssen.« Ihm saß der Schalk im Nacken.

»Woher wissen Sie …?«, fragte der Doktor.

»Ach«, orakelte der Großvater, »die durchfallartige Erkrankung der beiden Herren lässt doch medizinisch keinen anderen Schluss zu. Oder sind Sie anderer Meinung, Herr Doktor?«

Doktor Neckermann legte Messer und Gabel zur Seite und lachte aus vollem Hals.

»Rizinus …«, philosophierte der alte Rössner, »… Rizinus mit Pflaumensirup hat eine durchschlagende Wirkung. Hilft sogar bei kranken Kühen. Ist ein altes sibirisches Rezept.«

»Und Sie meinen nicht«, fragte der Doktor lachend, »dass man da ein bisschen nachgeholfen haben könnte?«

»Aber gewiss, Herr Doktor«, bestätigte der Alte, »ein Löffelchen für die vielen dreisten Reden. Noch ein Löffelchen für das rotzfreche Benehmen. Und einen ganz großen Schuss in den Kaffee. Der süße Geschmack vom Likör überdeckt übrigens das Tranige vom Rizinus vorzüglich.«

»Auch ein sibirisches Rezept?« Der Hausherr konnte vor lauter Lachen nicht mehr weiteressen.

»Wo denken Sie hin, Herr Doktor. Nein, nein, dieses spezielle Rezept stammt aus der Mongolei. Soll ich es Ihnen aufschreiben?« Er schaute treuherzig, biss sich aber auf die Wangen, damit er nicht mitlachen musste.

»Großvater, Großvater, du bist mir ein Schlingel«, schalt Sophie, konnte aber nicht mehr an sich halten. »Was machst du nur für Sachen!«

»Ich?«, fragte der Rössner mit Augenaufschlag. »Ich wasche meine Hände in Unschuld. Kann ich etwas dafür, dass der Bürgermeister und der Schulmeister so große Schluckspechte sind?«

»Und wann hört die durchschlagende Wirkung bei den beiden wieder auf?«, japste der Hausherr. Selten hatte er so gelacht. Er fand den Alten köstlich.

»Keine Sorge, Herr Doktor. Schon bald. Voraussichtlich am Sonntag.«

»Und warum nicht schon morgen?«

»Weil ich erst morgen abreise, Herr Doktor. Und weil erst heute Abend das Mittelchen mit der segensreichen Wirkung aufgebraucht ist«, sagte der Rössner. »Sofern die zwei heut Abend wieder in den ›Ochsen‹ kommen.«

Er zog ein braunes Glasfläschchen aus seiner Joppe und hielt es gegen das Licht. »Munition nur noch für einen Abend!« Er grinste hinterhältig.

Am Sonntagmorgen stand Sophie mutterseelenallein auf dem Bahnsteig. Sie wollte mit dem Frühzug in die Oberamtsstadt. Heute fand das erste Regionaltreffen für die Lehrerinnen der Umgebung statt. Treffpunkt »Gasthof zur Sonne«, zehn Uhr, hatte Pfarrer Finkenberger geschrieben.

Mehr noch als auf ihre Kolleginnen freute sich Sophie auf das Ende des Treffens. Endlich war der große Augenblick da, den sie so lang herbeigesehnt hatte. Er warte auf sie gegen halb vier vor dem Rathaus, hatte Gustav geschrieben. Vom Gasthaus zum Rathaus sei es nur ein Katzensprung. Durch den kleinen Park hinterm Gasthaus, schon sei sie da.

Woher wusste er, dass …?

Brieflich hatte sie mit ihm das Für und Wider einer solchen Verabredung erwogen und lange gezögert. Aber zwei Tage nach dem Gespräch mit Pfarrer Schumacher hatte sie den Neckermanns ihre Beziehung zu dem Eugensburger Fotografen gebeichtet. Sie wollte sich nicht länger durchmogeln.

Frau Neckermann hatte gelacht und gemeint, so etwas Ähnliches habe sie auch durchmachen müssen, als sie ihren Heinrich kennenlernte. Sophie solle sich deswegen keine grauen Haare wachsen lassen.

Und Doktor Neckermann hatte prophezeit: »Ab Martini ist sowieso alles anders.«

»Wieso?«

»Für Privatschulen gilt das Lehrerinnenzölibat nicht.«

»Tatsächlich?« Sophie war ein großes Licht aufgegangen. Daran hatte sie bisher noch gar nicht gedacht. »Wenn ich an der Mädchenschule unterrichte, muss ich mich wirklich nicht mehr an das Kontakt- und Eheverbot halten?«

»Aber nein!« Doktor Neckermann hatte den Kopf geschüttelt.

»Und Briefe?«

»Schreiben Sie Ihrem Verlobten zwei Briefe am Tag, wenn Sie mögen. Uns ist das egal.«

Sophie musste ihren Hausherrn wohl sehr ungläubig angeschaut haben, denn er hatte gelacht.

»Laden Sie Ihren Bekannten ein und flanieren Sie mit ihm durchs Städtchen. Am besten gehen Sie mit ihm vor dem Schulhaus auf und ab, bis der Schulmeister platzt vor Wut.«

»Darf Herr Wagner seine Briefe künftig an dieses Haus adressieren?«

»Natürlich. Das Versteckspiel ist vorbei.«

Sophie war aus dem Staunen nicht herausgekommen. »Ist das bei allen Privatschulen so?«

»Zumindest bei vielen privaten Mädchenschulen vermute ich es«, hatte Frau Neckermann gesagt. »Man kann doch nicht die Gleichberechtigung von Mann und Frau wollen und in einer Mädchenschule, die genau das erreichen soll, nur Lehrer beschäftigen. Oder Lehrerinnen nur dann, wenn sie sich all den Blödsinn und die hirnrissigen Vorschriften gefallen lassen, die sich ein paar Finsterlinge ausgedacht haben, damit wir Frauen nicht aufmucken.«

»Darf ich dann auch andere Kleider anziehen? Als Kirchendienerin muss ich immer schwarze Kleider tragen. Das ärgert mich schon lang.«

Doktor Neckermann hatte Sophie amüsiert angeschaut. »Ab Martini sollten Sie nicht mehr wie zur Beerdigung herumlaufen. Ziehen Sie an, was Ihnen gefällt. Ihre Schülerinnen werden es Ihnen danken.«

Und seine Frau hatte Sophie ermuntert: »Blautöne stehen Ihnen besonders gut. Aber auch ein kräftiges Rot oder ein sattes Grün würden gut zu Ihren wunderbaren Haaren passen.«

Das alles ging Sophie durch den Kopf, als sie auf dem Bahnsteig hin und her ging und auf den Zug wartete. Leicht und beschwingt war ihr ums Herz, seitdem sie mit dem Pfarrer und ihren Hausleuten ins Reine gekommen war.

Blieb nur noch die bange Frage, was ihr Vater zu ihrem Treffen mit Gustav sagen würde.

Der Zug dampfte in den Bahnhof, und Sophie stieg ein. Heute ist heute, beruhigte sie ihr Gewissen und setzte sich auf eine Holzbank in der dritten Klasse ans Fenster.

Eigentlich hätte sie sich auch ein Billett für die zweite Klasse leisten können. Aber sie wollte sparen, für Notfälle und vielleicht für …

Auf der Fahrt träumte sie von einem großen Fest und vielen Gästen.

Fräulein Herderich, die zu Jahresbeginn die Krämerin als Seminarlehrerin abgelöst hatte, empfing Sophie im »Gasthof zur Sonne« wie eine alte Bekannte.

Dreizehn Kolleginnen waren gekommen. Etwa die Hälfte von ihnen war mit Sophie im Seminar gewesen.

»Wir sollten uns zunächst miteinander bekannt machen«, eröffnete Frau Herderich das Gespräch. »Wie wär's, wenn Sie sich reihum vorstellen und Ihre Arbeitsbedingungen schildern?«

Alle stimmten zu. Die jungen Damen waren heilfroh, dass sich jemand ihrer Sorgen annahm. Außerdem platzten sie vor Neugier. Wie war es den Kolleginnen in der Zwischenzeit ergangen?

Eine nach der anderen schilderte ihre Erlebnisse. Wie zu erwarten war, ergab sich ein tristes Bild. Dreizehn beklagten, ihre wirtschaftliche Lage sei wesentlich schlechter als die aller Lehrer. Dreizehn jammerten, sie kämen sich wie Freiwild vor. Nicht nur die Hunde würden ihnen nachrennen, sondern auch die Hagestolze am Ort, unverhohlen und unverfroren. Dreizehn versuchten in Worte zu fassen, wie miserabel ihre Unterkunft sei, oder, wenn keine Wohnung gestellt wurde, mit welch erbärmlichem Wohnungsgeld man sie abspeise.

338

Dreizehn fragten sich, ob ihr Erspartes zum Überleben reichte, wenn sie krank würden, oder ob sie ihre Verwandten um Hilfe anbetteln müssten. Dreizehn gaben an, sie fürchteten sich vor dem Alter. Ihnen stehe ja keine Versorgung zu, weil die Unterstützungskassen der Lehrer nur für Familienväter bestimmt seien.

Sophie, die als Letzte an die Reihe kam, gestand freimütig, sie habe ihre Stelle zum 11. November gekündigt. Glücklicherweise sei in ihrer Gemeinde eine private Mädchenschule, an der sie mit Beginn des zweiten Schulhalbjahrs die Eingangsklasse unterrichten dürfe. Damit werde sie auf einen Schlag alle Sorgen los. Zudem verdiene sie mehr als bisher.

Über die finanziellen Sorgen hinaus empörten sich die Teilnehmerinnen über die Missachtungen in ihrer Gemeinde. Vielfach begegne man ihnen mit Vorbehalt. Man erwarte, dass sie zurückgezogen lebten. Die Schulmeister forderten, sie müssten nahezu unsichtbar sein. Nur dann genügten sie den Vorschriften. Kleinste Eigenmächtigkeiten lege man ihnen als Verfehlung und Pflichtverletzung aus. Letztendlich führe das dazu, dass sie jedes Selbstvertrauen verlören und immer unsicherer würden.

»Stellen Sie sich vor«, rundete Frau Herderich das triste Bild ab, »da hat sich doch kürzlich ein hochrangiger Beamter des Kultusministeriums vor den Seminaristinnen aufgebaut und verkündet, Lehrerinnen seien in unserem Schulwesen nur als Notlösung gedacht. Denn es gelte weiterhin das Wort aus dem Alten Testament: ›Das Weib gehört eher in die Kirche als in die Schule; es sei nur Gehilfin ihres Mannes.‹ Pfarrer Finkenberger hat sich umgehend in Stuttgart beschwert.«

»Mein Pfarrer berichtete neulich«, erzählte eine dunkelhaarige Schöne, »er habe im ›Schwäbischen Merkur‹ gelesen, Lehrerinnen sähen schon nach drei, vier Berufsjahren wie verblühte, alternde Jungfern aus. Der Lehrberuf gehe über die Kräfte einer Frau. Hätten die ersten Lehrerinnen erst einmal ihr vierzigstes Lebensjahr erreicht, entlarve sich die Mär von selbst, sie könnten pädagogischen Schwung in die Schulen bringen. Die Gemeinden müssten dann die kranken und siechen Lehrerinnen durchfüttern.«

»Deshalb müssen wir uns zusammentun«, mahnte Frau Herderich. »Pfarrer Finkenberger bereitet die Gründung eines Lehrerinnenvereins vor. In Berlin ist man schon weiter. Dort besteht bereits der erste überregionale Verein deutscher Lehrerinnen und Erzieherinnen. Er sammelt Geld für ein Feierabendhaus, in dem alte und kranke Lehrerinnen ihren Lebensabend verbringen können.«

»So etwas brauchen wir dringend auch bei uns«, rief eine aufgebrachte Kollegin dazwischen.

»Wenn unser Verein existiert, werden wir so schnell wie möglich in Stuttgart ein solches Haus einrichten und eine Unterstützungskasse für kranke und alte Lehrerinnen aufbauen. Erst wenn wir organisiert sind, können wir unsere Forderungen auch an die Politiker herantragen. Einen ganzen Verein können die hohen Herren nicht so leicht zurückweisen wie die Beschwerde einer einzelnen Lehrerin.«

Nach dem Mittagessen stellten die Lehrerinnen einen Katalog ihrer Forderungen zusammen und übergaben ihn an Frau Herderich. Pfarrer Finkenberger möge ihn in seine Überlegungen einbeziehen.

Zum Abschluss wählten sie Sophie zur Schriftführerin. Sie solle die Korrespondenz unter den Mitgliedern fördern und jedes Treffen protokollieren.

Kurz vor halb vier ging das Treffen zu Ende. Sophie verabschiedete sich hastig und eilte aus dem Gasthaus, rannte durch den Park und …

Eine Hand packte sie und zog sie ins Gebüsch. »Da bist du ja, mein Schatz«, flüsterte Gustav. Er bedeckte ihr Gesicht mit Küssen. »Du kannst dir gar nicht vorstellen, wie ich mich nach dir gesehnt habe.«

»Oh Gustav, mein Gustav! Endlich, endlich!«

»Du hast mir so sehr gefehlt, mein Schatz. Darum bin ich vorletzten Sonntag extra hergefahren, um herauszufinden, wo ich dich ungestört drücken und liebkosen kann.«

»Und ich habe mich schon gewundert, woher du den Weg vom Gasthaus zum Rathaus so genau kanntest.« Sophie küsste ihn auf den Mund.

»Seit wir uns zum letzten Mal gesehen haben, ist kein Tag vergangen, an dem ich nicht voller Sehnsucht an dich gedacht habe, meine Liebste.«

»Glaubst du, mein lieber Gustav, mir ist es anders ergangen? Hätte ich nicht genau gewusst, dass es dich gibt und dass du auf mich wartest, hätte ich die Schikanen im letzten halben Jahr nicht ertragen.«

»Ich habe jeden deiner Briefe verschlungen, liebste Sophie. Und jetzt bist du endlich da.«

Er drückte sie fest an sich, strich ihr übers Haar und ließ ihr vor lauter Küssen kaum noch Luft zum Atmen.

Dann machte sie sich los, nahm ihn bei der Hand, wenigstens solange sie keinen Leuten begegneten. Erst als sie aus dem Schatten der Bäume heraustraten, hakte sie sich bei ihm unter.

»Ich habe schrecklichen Hunger«, gestand sie ihm. »Vor lauter Aufregung habe ich im Gasthaus nichts essen können.«

Er drückte ihre Hand, und sie spürte seine Wärme und sein heißes Begehren.

Sophie war glücklich. Wüsste sie einen Weg, wie sie ihren Beruf noch ein paar Jährchen ausüben und zugleich an Gustavs Seite bleiben könnte, hätte sie ihn am liebsten auf der Stelle geheiratet.

Er empfand wie sie, denn er lächelte sie so zärtlich an, dass ihr die Knie weich wurden.

Im Gasthaus setzten sie sich nebeneinander, damit er sie unter dem Tisch berühren und ihre Hand drücken konnte.

Für ein warmes Mittagessen war es zu spät. Die Gasthäuser boten nur bis zwei Uhr warme Speisen an. Und in den Kaffeehäusern gab es außer Kuchen, Torten und zuweilen noch Brezeln nichts zu essen. Also begnügten sie sich mit einem

Tee und einem Kuchen und spazierten hungrig aus dem Städtchen hinaus in eine entlegene Ecke der Gemarkung.

Ein Bauer pflügte sein Feld, obwohl es Sonntag war. Sophie schaute fasziniert zu, wie er mit starker Hand den zweirädrigen Pflugkarren so führte, dass das linke Rad, das größer war als das andere, in der Furche rollte, wodurch die Pflugschar gerade Linien zog.

Kiefern und Birken säumten den Weg. Die Wacholderbüsche dufteten nach Herbst. Das Heidekraut stand in voller Blüte. Seine Teppiche in Rosa, Lila und Violett leuchteten das ganze Tal aus.

In diesen weiten Fluren konnten sich die zwei nach Herzenslust drücken und küssen. Und als sie sich, liebestrunken und beschwingt, gegen halb sechs in einem Gasthaus satt aßen, waren die Ängste und Nöte der letzten Wochen großer Freude und Glückseligkeit gewichen.

»Vergiss nicht, Liebster, mir bald zu schreiben. Nicht mehr postlagernd, sondern an meine Adresse«, bat Sophie.

Gustav sah sie fragend an.

»Das Versteckspiel ist vorbei. Du kannst mich sogar übers Wochenende in Hartingen besuchen. Hat mir Frau Neckermann gestern Abend extra angeboten. Und einen Gruß soll ich dir auch sagen.«

Er begleitete sie zum Bahnsteig und wartete, bis sie im Zug saß.

»Ich brauche dich.« Sie sah ihn liebevoll an. »Besuch mich bald in Hartingen.«

Als die Lokomotive aus dem Bahnhof dampfte, lief er neben dem Fenster her, aus dem ihm Sophie zuwinkte, und blieb erst stehen, als ihm die Puste ausging.

Sophie wälzte sich die ganze Nacht im Bett. Zuweilen schlief sie vor Erschöpfung ein, dann wieder träumte sie schlecht und wachte schweißgebadet auf. Im ersten Moment wusste sie nicht, wo sie war. Nicht einmal, wer sie war, hätte sie sofort sagen können. Erst allmählich fand sie sich zurecht. Ihre Nerven lagen blank.

Sie musste in aller Herrgottsfrühe mit Pfarrer Schumacher verreisen. Das lag ihr auf der Seele. Denn es würde keine lustige Reise werden, kein Besichtigungsprogramm mit Mittagessen in fideler Runde. Nein, sie musste sich vor Gericht verantworten. Eine Lehrerin vor dem Richter! Ein unerhörter Fall.

»Stadtschultheiß Köbler gegen Pfarrer Schumacher und Lehrerin Sophie Rössner in Sachen Verstoß gegen das Schulrecht.« So stand es im amtlichen Schreiben, das ihr der Postbote vor ein paar Tagen in der Schule gegen Unterschrift ausgehändigt hatte.

Rechtlich, erläuterte der Pfarrer im Zugabteil, sei Sophies Auftritt vor Gericht ein Problem, denn sie sei ja noch nicht großjährig. Darum habe er in Stuttgart nachgefragt, ob sie überhaupt aussagen dürfe. Man habe ihm mitgeteilt, er als Pfarrer und Schulleiter sei in diesem Fall ihr gesetzlicher Vertreter und könne das nach Belieben entscheiden. Eigentlich hätte der Schulmeister heute auch vor dem Richter erscheinen sollen, aber das sei nicht nötig. Denn der Stadtschultheiß bestreite ja gar nicht, dass er den Schulmeister zum Auftritt in Sophies Klasse angestiftet hatte.

Als sie den Gerichtssaal betraten, saß Köbler schon an seinem Platz. Er blickte nur kurz auf und vertiefte sich gleich wieder in seine Unterlagen.

Rechtsanwalt Schulz eilte auf den Pfarrer zu, reichte ihm feierlich die Hand und bat um Nachsicht. Er vertrete heute die gegnerische Seite. Bürgermeister Köbler habe ihn eher kontaktiert. Auch Sophie begrüßte er höflich.

Der Amtsrichter, ein in Würde ergrauter Herr, erschien pünktlich auf die Minute durch eine Tür hinter dem Richtertisch, nahm umständlich Platz, putzte seine Brille und eröffnete die Sitzung.

Bedächtig trug er die Klageschrift vor und fragte den Bürgermeister, ob er Ergänzungen machen wolle. Der verneinte.

Daraufhin wandte sich der Richter an Pfarrer Schumacher und wollte wissen, wie es zu dem Streit gekommen sei.

Der Pfarrer schilderte den Vorgang in aller Einzelheiten, vergaß auch nicht, die Auseinandersetzung im Gasthaus zu erwähnen.

»Ja, sind Sie sich denn nicht bewusst, Herr Pfarrer, dass die körperliche Züchtigung nichts Ungesetzliches ist?« Der Richter sah Schumacher ungehalten an. »Sie sind doch selbst einmal zur Schule gegangen und müssten also wissen, dass eine Ohrfeige zur rechten Zeit wahre Wunder wirken kann.«

»Mag im einen oder anderen Fall schon sein, Herr Richter«, antwortete Schumacher ausweichend, »aber mir geht es um etwas anderes.«

Der Richter atmete hörbar ein. Er ließ sich nur ungern belehren. »Sie wollen mir doch hoffentlich nicht weismachen, dass ich die Klage des Herrn Bürgermeister nicht verstanden habe.«

»Bedauere, Herr Richter. Aber die körperliche Züchtigung an sich ist nicht mein Problem. Für mich ist im vorliegenden Fall vielmehr entscheidend, dass der Herr Bürgermeister über meinen Kopf hinweg in die Schule hineinregiert und ohne mein Wissen angeordnet hat, die beiden Erstklässler zu bestrafen. Außerdem verstehe ich überhaupt nicht, warum man die Buben bestrafen soll, wenn sie gar nichts Unrechtes getan haben.«

»Ja, haben Sie denn die Buben befragt?«

»Gewiss doch, Herr Richter. Noch am selben Abend. Zusammen mit dem Fräulein Lehrerin. Der eine Vater verpasste seinem Jungen in unserem Beisein zwei Backpfeifen, obwohl der Bub bestritt, Kirschen gestohlen zu haben. Der andere Vater war von der Unschuld seines Buben überzeugt und kündigte Widerstand gegen die körperliche Züchtigung an.«

Der Richter wandte sich an Schulz: »Können Sie, Herr Rechtsanwalt, kurz erklären, warum Sie die Bestrafung der Buben überhaupt fordern?«

Schulz entnahm seiner Aktentasche ein Schreiben und überreichte es dem Richter.

»Hier ist die schriftliche Aussage von Feldschütz Hartlieb. Er hat gesehen, dass die Buben einen Ast abgerissen haben. Wohlgemerkt an einem Kirschbaum der Gemeinde. Ob die Buben Kirschen gegessen haben, konnte der Feldschütz nicht mit Sicherheit sagen. Aber ein Felddiebstahl ist es nach geltender Rechtslage allemal, Herr Richter.«

Der Amtsrichter schob seine Brille auf die Stirn und sah Pfarrer Schumacher durchdringend an: »Damit dürfte die Sache doch klar sein, Herr Pfarrer, auch wenn es sich, zugegebenermaßen, um eine Lappalie handelt. Oder sind Sie immer noch anderer Meinung?«

Schumacher erhob sich. »Bisher dachte ich, vor Gericht gilt der Grundsatz: Im Zweifel für den Angeklagten.«

Beim Richter kam das schlecht an: »Sie haben doch eben selbst gehört, dass die Buben sehr wohl einen Schaden angerichtet haben, wenn auch nur einen kleinen. Außerdem, so steht es hier in der Erklärung des Feldschützen, haben die zwei Reißaus genommen. Nach meiner Lebenserfahrung deutet das auf ein schlechtes Gewissen hin.«

Schumacher gab sich nicht geschlagen. Er wies auf die neben ihm sitzende Sophie hin. »Fräulein Rössner ist seit Georgi an meiner Schule. Sie unterrichtet die erste Klasse. Dass sie eine ausgezeichnete Lehrerin ist, steht außer Frage. Bis heute ist keine Klage an mein Ohr gedrungen. Dafür loben viele Eltern ihre Arbeit und stehen hinter ihr. Nicht zuletzt deshalb, weil sie eine große Klasse mit immerhin siebenundsechzig Schülern so gut führt, dass sie bisher ohne jede Strafe ausgekommen ist. Warum also, frage ich Sie, Herr Richter, soll eine so beliebte und erfolgreiche Lehrerin ihre Grundsätze über Bord werfen? Ich jedenfalls sehe keine Veranlassung dazu. Wenn also dem Herrn Bürgermeister die Erziehung der jungen Lehrerin nicht gefällt, so soll er es mir sagen, Herr Richter. Ich bin für die Schule verantwortlich. Ich bin der Vorgesetzte von Fräulein Rössner. Aber über den Schulmeister, der mir auch untersteht, darf der Bürgermeister nach meinem Rechtsempfinden nicht in meine Schule hineinregieren. Wenn er etwas von meinen Lehrern will, muss er es mir sagen.«

Der Richter forderte Sophie auf, vorzutreten und den strittigen Sachverhalt aus ihrer Sicht zu erläutern.

Sophie stellte dar, Schulmeister Holzapfel sei grußlos in ihr Klassenzimmer gekommen und habe von ihr verlangt, die beiden Buben sofort mit zwei Stockhieben zu bestrafen. Auf Nachfrage, wer das angeordnet habe, berief er sich auf den Bürgermeister und den Feldschützen.

Die Art und Weise, wie sich der Schulmeister aufgeführt hatte, ließ Sophie unerwähnt. Aber sie betonte mit Nachdruck, dass sie die Strafe abgelehnt habe und auch weiterhin nicht vollziehen wolle.

Köbler rief etwas dazwischen. Der Richter gebot ihm zu schweigen.

»Es ist doch so, Herr Richter«, sagte Sophie mit fester Stimme, aber klopfendem Herzen, »dass die Kinder jeden Lehrer schon nach kurzer Zeit in- und auswendig kennen. Man mag sich anstellen, wie man will, man kann sogar ein perfekter Schauspieler sein, die Kinder sehen ins Herz hinein und merken recht schnell, ob man sie gern hat oder bloß den Stoff einbimsen will. Gerade die Erstklässler sind dem Lehrer sehr zugetan. Darum muss man ihnen ihre Liebe mit Liebe vergelten und nicht mit Prügelstrafen.«

Sie werde auch in Zukunft auf den Stock verzichten. Außerdem, und das sei entscheidend, habe sie die Züchtigung abgelehnt, weil sie sich ohne Weisung des Schulleiters dazu nicht berechtigt gesehen habe.

»So, so, Fräulein«, der Richter lächelte nachsichtig, »Sie haben also feste pädagogische Prinzipien. Soll das heißen, dass Sie Ihre eigene Meinung über das geltende Schulrecht stellen wollen?«

»So ist das bei dieser Dame!«, warf der Bürgermeister ein. »Stellt sich selbstherrlich über das Recht!«

Augenblicklich fing er sich einen mahnenden Blick des Richters ein.

»Ich sehe nicht ein«, beharrte Sophie auf ihrer Meinung, »warum ich die Buben bestrafen soll. Sie haben nichts Unrechtes getan. Seit wann wird jemand bestraft, wenn er unschuldig ist? Nur weil sich der Herr Bürgermeister ärgert, dass ihn die oberste Schulbehörde und das Oberamt in Schulsachen gerügt haben, verlangt er nun von mir, Schüler zu züchtigen. Dabei geht es ihm gar nicht um die Bestrafung der beiden Kinder. Mich will er treffen! Er will mich weghaben.«

Der Richter wies Sophie energisch zurecht. Es sei unzulässig, sich auf Vorgänge zu berufen, die nichts mit dem anhängigen Verfahren zu tun hätten.

Genau in diesem Augenblick stand ein Herr im grauen Anzug unter der Tür. Alle Blicke richteten sich auf ihn. Sophie erkannte ihn sofort.

»Bitte warten Sie vor der Tür«, schnauzte der Richter den Fremden an.

»Verzeihen Sie die Störung, Herr Richter«, sagte der grau Gekleidete höflich, »mein Name ist Ocker, Oberkirchenrat Ocker aus Stuttgart.«

»Tut das etwas zur Sache?«

»Sehr wohl, Herr Richter.«

Der Richter rückte seine Brille auf der Nase zurecht und begutachtete durchdringend den Fremden. Dann blickte er kurz zu den Klägern hinüber. Der Bürgermeister wurde sichtlich nervös und ärgerlich.

»Sind Sie mit der Befragung des Herrn Oberkirchenrats nicht einverstanden, Herr Bürgermeister?«

»Nein!«, zischte Köbler. Sein Rechtsanwalt deutete ihm mit einer beschwichtigenden Geste an, er möge sich zurückhalten.

»Verzeihung, Herr Richter!« Pfarrer Schumacher erhob sich. »Oberkirchenrat Ocker vertritt genau die Behörde, die jene Verordnung erlassen hat, auf die sich der Bürgermeister beruft. Also muss es doch auch im Interesse des Bürgermeisters sein, von höchster Stelle zu erfahren, was die Ministerialverfügung wirklich bezweckt.«

Der Richter besann sich kurz. Dann bat er Ocker, die Rechtslage aus seiner Sicht zu erläutern.

Die Oberschulbehörden, referierte Ocker, würden in jüngster Zeit mit Anfragen und Beschwerden bezüglich der körperlichen Züchtigung an Schulen überhäuft. Darum sei dieses Gerichtsverfahren für seine Behörde vor. grundsätzlicher Bedeutung.

Ocker entnahm seiner Tasche ein Heft, augenscheinlich war es ein Gesetzestext. Er führte detailliert aus, warum und weshalb seine Behörde eine neue Verfügung zur Schulstrafe erlassen habe.

Pfarrer Schumacher strahlte übers ganze Gesicht. Vor Freude stieß er Sophie mit dem Ellbogen an.

»Die Verfügung vom Dezember letzten Jahres fasst altes Recht zusammen«, sagte Ocker. »Sie verfolgt nicht die Absicht, die körperliche Züchtigung den Lehrern vorzuschreiben und in den Schulen verpflichtend zu machen. Ganz im Gegenteil. Sie setzt Grenzen. Zum Beispiel schreibt sie vor, dass bei körperlichen Züchtigungen nur noch Stöckchen von höchstens einem halben Meter Länge erlaubt sind. Auch die Zahl der Streiche ist nun begrenzt. Maximal zwei bei Unterstufenschülern und vier bei älteren Schülern. Bisher durchaus übliche Prügelorgien sollen damit unterbunden werden. Auch darf nur noch auf die Handinnenflächen geschlagen werden, keinesfalls auf den Handrücken oder auf die Finger.«

Köbler bekam einen roten Kopf, weshalb ihm Rechtsanwalt Schulz vorsorglich zuflüsterte, der Herr Bürgermeister möge die Verhandlung nicht mit einem Zwischenruf stören, weil das seinem Anliegen nicht dienlich sei.

»Insgesamt gesehen«, räumte Ocker ein, »ist die Verordnung vielleicht nicht glücklich formuliert. Darum werden wir sie präzisieren. Aber der Tenor der Verfügung steht zweifelsfrei fest: Sie will die körperliche Züchtigung in den Schulen einschränken. Es geht nicht um die Fortschreibung der bisherigen Praxis.«

Der Richter sah Ocker nachdenklich an. »Sie meinen also, Herr Oberkirchenrat, dass der Feldfrevel der beiden Buben in der Schule nicht durch körperliche Züchtigung geahndet werden muss?«

»Nicht nur das, Herr Richter«, ergänzte Ocker. »Vor allem kann es nach Auffassung der obersten Schulbehörden nicht angehen, dass eine schulfremde Person Anweisungen an einen Lehrer gibt. Dazu sind nur der Schulleiter und der Ortsschulrat ermächtigt. Bürgermeister Köbler hätte diese Sache dem Schulleiter vortragen müssen. Weil Pfarrer Schumacher die Bestrafung ablehnte, hätte sich der Bürgermeister hilfsweise an den Ortsschulrat wenden können, zumal er ja selbst Mitglied dieses Gremiums ist.«

»Sie fahren ein starkes Geschütz auf, Herr Oberkirchenrat«, sagte der Richter lächelnd. »Können Sie vor Gericht auch ausführen, wie sich Ihre Meinung rechtlich belegen lässt?«

Ocker zog ein Buch aus seiner Aktentasche. Es war eine Sammlung schulrechtlicher Verfügungen und Verordnungen. »Nichts einfacher als das, Herr Richter.«

Er schlug das Buch auf, las vor und erläuterte: »Rechtsanwalt Schulz als auch Bürgermeister Köbler haben offenbar die Ausführungen zur Geschäftsordnung für den Ortsschulrat übersehen. Darin ist der vorliegende Fall klipp und klar geregelt.«

Ocker legte den Erlass auf den Richtertisch.

Der Richter setzte seine Brille auf, las bedächtig, runzelte die Stirn und sah die beiden Kläger durchdringend an: »Nun, der Herr Oberkirchenrat hat zweifelsfrei recht. Weshalb haben eigentlich Sie, Herr Bürgermeister, die Sache nicht im Ortsschulrat zur Sprache gebracht?«

Bürgermeister Köbler winkte ärgerlich ab, schwieg und sah zum Fenster hinaus. Der neben ihm sitzende Rechtsanwalt packte seine Unterlagen zusammen. Er gab sich offensichtlich geschlagen.

Der Richter erhob sich und verkündete das Urteil: »Die Klage gegen Pfarrer Schumacher und Lehrerin Rössner wird kostenpflichtig abgewiesen.«

Er schloss die Sitzung mit dem Hinweis, die ausführliche Urteilsbegründung gehe schriftlich zu.

Pfarrer Schumacher eilte auf Bürgermeister Köbler zu und lud ihn auf einen Kaffee ein. Er wolle Versöhnung und keinen Streit, nicht zuletzt im Interesse der Schule. Köbler zögerte, die ausgestreckte Hand anzunehmen, doch Rechtsanwalt Schulz forderte ihn auf, wieder die Zusammenarbeit zu suchen. Denn dazu sei er als Stadtoberhaupt gesetzlich verpflichtet. Den Kaffee lehnten beide Herren ab.

Oberkirchenrat Ocker und Pfarrer Schumacher nahmen Sophie in die Mitte und suchten ein Kaffeehaus auf.

Schumacher dankte Ocker für den rechtlichen Beistand, um den er neulich gebeten hatte, als er mit Herrn Ott im Konsistorium gewesen war.

Dann kamen sie auf die Zukunft der Hartinger Volksschule zu sprechen.

»Wie viele Schülerinnen sind denn schon von Ihrer Schule abgemeldet worden?«

»Siebzehn, Herr Oberkirchenrat«, sagte Schumacher. »Doch bis Martini werden es bestimmt über dreißig sein. Das hängt auch davon ab, wie viele Freiplätze die Mädchenschule gewährt und was die Volksschule künftig zu bieten hat. Doktor Neckermann und Herr Ott sind im Städtchen beliebt und die Privatschule des Bürgervereins gefragt. Darum muss ich die Volksschule für die Eltern der Mädchen attraktiver machen. Ich bitte Sie herzlich, Herr Oberkirchenrat, gönnen Sie meiner Schule sechs Lehrerstellen. Sie haben ja eben selbst erlebt, wie zerrissen Hartingen in Schulsachen ist. Meine Gemeinde muss endlich zur Ruhe kommen.«

Ocker versprach, die Sache zu prüfen. Die Lehreraufsätze, die er bei seinem Schulbesuch in Hartingen eingefordert habe, seien inzwischen eingegangen. Sobald er sie ausgewertet habe, wolle er entscheiden.

Anfang Oktober ballten sich dunkle Wolken über Hartingen zusammen. Es regnete in Strömen. Und passend zur tristen Stimmung der Hartinger sickerte durch, der Schulmeister werde an Martini auf die Schwäbische Alb versetzt. Zugleich ging es wie ein Lauffeuer von Haus zu Haus, auch die Erstklasslehrerin verlasse endgültig die Schule, trotz des gewonnenen Rechtsstreits. Sie unterrichte künftig, wie schon seit Längerem gemunkelt, an der privaten Mädchenschule.

Vielerlei Gerüchte machten daraufhin die Runde.

Das Fräulein Lehrerin sei schuld, beklagten die Sängerfreunde vom Liederkranz, dass sie nun keinen Dirigenten mehr hätten.

Die Turner, bei denen Holzapfel dreißig Jahre lang Mitglied gewesen war, schimpften auf den Pfarrer und die Lehrerin. Die zwei hätten den verdienten Lehrer weghaben wollen.

Und die ganz Frommen in der Gemeinde schüttelten den Kopf über den Pfarrer. Liest der denn keine Bibel? Für sie gehörte es zum christlichen Leben, den Kindern regelmäßig den Hintern zu versohlen und sie mit ein paar Ohrfeigen zur Vernunft zu bringen. Das sei doch gottgewollt. Wie könne da ein Pfarrer eine Lehrerin in seiner Schule dulden, die außerhalb der göttlichen Ordnung stehe?

Sophie litt unter den Anfeindungen. Der Ärger fraß Löcher in ihre Seele. Aber sie bekam auch viel Zuspruch, sehr viel sogar. Eltern, die sich bisher noch nie zu Wort gemeldet hatten, lobten ihren Unterricht und ihr Geschick im Umgang mit den Kindern. Einige brachten ihr Blumen, Bauersfrauen auch Brot, Honig und Eier.

Ein kleiner Bub legte ihr vor der ersten Stunde etwas Eingewickeltes aufs Pult: »Da, Fräulein Lehrerin, lass dir's schmecken.« Es war eine schöne, dicke Wurst. Sophie war sprachlos. Gerade wollte sie das Geschenk ablehnen, da winkte der Kleine ab: »Kannst sie ruhig nehmen. Von meiner Schwester hat der Schulmeister jeden Monat eine gekriegt. Aber meine Mutter mag den Schulmeister jetzt nimmer.«

In den Gasthäusern ging es hoch her. »Ohne diese Lehrerin«, erregte sich einer im »Ochsen«, er saß am Nebentisch des Bürgermeisters, »ist die Volksschule trostlos wie eine Wüste. Und wem haben wir das zu verdanken?« Er gab sich die Antwort gleich selbst, aber so laut, dass Köbler sie nicht überhören konnte: »Unserem kaum noch respektierten Stadtschultheißen. Der hat doch das Fingerspitzengefühl eines Trampeltiers und die Weitsicht einer Laus.«

Spätestens da wusste Köbler, dass sich seine Regentschaft über Hartingen dem Ende zuneigte. Er zahlte und ging grußlos. Es war das letzte Mal, dass er hier gesehen wurde.

Advokat Schulz suchte Pfarrer Schumacher auf. Man hatte ihm die schriftliche Urteilsbegründung zugestellt. Daraus las er dem Pfarrer vor und regte an, einen Bericht in die Zeitung zu setzen. So könnte man den Verleumdungen und Verdächtigungen, die im Städtchen kursierten, ein Ende setzen.

Der Pfarrer schüttelte den Kopf. »Ich will aber keinen Artikel schreiben!«

»Und wie wäre es, wenn ich den Redakteur der ›Hartinger Zeitung‹ darum bitten würde? Ich bin mit ihm befreundet. Er könnte von sich aus über den Prozess berichten.«

Schumacher stimmte zu. Und so berichtete die Zeitung eingehend über die Entscheidung des Gerichts.

Der Artikel hatte eine durchschlagende Wirkung. In allen Familien mit schulpflichtigen Kindern stritt man über die Schule und die Lehrer. In allen Gasthäusern befassten sich die Stammtischbrüder mit der Zukunft des Bürgermeisters und des Schulmeisters.

Sogar im »Ochsen«, wo Köbler bisher die Meinungshoheit hatte, wetterte man nun gegen die Obrigkeit.

»Bei der letzten Bürgermeisterwahl hat mich meine Frau gefragt«, spottete einer an Köblers verwaistem Stammtisch, »ob ich die krummen Haxen vom Köbler gesehen hätte. Wer so scheps und schiech sei, hatte sie damals gesagt, der kann doch nicht geradeaus denken. Und jetzt sieht man, dass meine Frau recht gehabt hat.«

Und ein anderer lästerte: »Der halbe Kerl von dem ist bloß Ranzen. Da weiß man gleich, dass bei dem der Verstand nicht im Kopf sitzt.«

Einer schimpfte: »Und jetzt? Wer garantiert uns, dass die Lehrer, die an der Schule bleiben, unsere Kinder anständig unterrichten? Hätte der Köbler seine Gosch gehalten, hätte der Pfarrer seine Lehrerin behalten.«

❧

Beim Schulmeister hing der Haussegen schief. Seine Frau schmiss für zwei Gulden Geschirr an die Wand und weigerte sich, ihm das Abendessen zu richten.

»Du weißt doch sonst immer alles besser«, kläffte sie ihn an, »also mach dir dein Essen selber!« Sie jammerte in einem fort, sie könne sich im Städtle nicht mehr sehen lassen. Alle Leute zeigten mit dem Finger auf sie. Und warum? Weil ihr Mann ein Trottel sei und sich mit dem Bürgermeister gegen den Pfarrer gestellt habe.

Ihr Mann zog das Genick ein und schwieg in der Hoffnung, das Gewitter ziehe bald vorbei.

»Dabei weiß doch ein jedes Kind, dass bei uns im Königreich die Pfarrer immer im Recht sind. Bloß mein Holzkopf weiß es nicht!«

Der Schulmeister hatte genug gehört. Er winkte wütend ab, verließ knurrend die Wohnung, schmiss die Tür hinter sich zu und wollte seinen Kummer im Bier ersäufen.

Doch als er den »Ochsen« betrat, konnte er sich der vielen Fragen und Pöbeleien kaum erwehren. Also kaufte er sich sechs Flaschen Bier, hockte sich in seinem Klassenzimmer ans Pult und besoff sich jämmerlich.

Zur selben Zeit wurde der alte Herr vom Postamt, der bisher Sophies postlagernde Briefe verwaltet hatte, bei den Neckermanns vorstellig. Er müsse dringend das Fräulein Lehrerin sprechen, sagte er zu dem Dienstmädchen, das ihm die Tür öffnete. Sie geleitete ihn in die Wohnstube ihrer Herrschaft, denn sie wusste, dass Sophie dort mit der Hausherrin beim Tee saß und plauderte.

»Verzeihung, dass ich störe«, sagte der Postbeamte. »Aber ich wollte das Fräulein Lehrerin etwas fragen.«

»Darf ich Ihnen einen Tee oder Kaffee anbieten?« Frau Neckermann erhob sich und begrüßte den Mann mit Handschlag. »Oder wollen Sie lieber mit Fräulein Rössner unter vier Augen sprechen?«

»Nein, nein«, beschwichtigte der Postmann, und es war ein doppeltes Nein. Er wolle weder das eine noch das andere. »Ich stehe lieber, weil ich gleich wieder gehen muss. Mir ist's sogar ganz recht, wenn Sie mithören, gnädige Frau. Es geht nämlich um meine Enkelin.«

Und dann berichtete der im Postdienst Ergraute, seine Enkelin könne nicht mehr schlafen, weil sie jetzt vielleicht einen Lehrer bekomme. Deshalb möchte er sie an der Privatschule anmelden. Aber dort sei das Schulgeld doppelt so hoch wie an der Volksschule, nämlich zwei Gulden statt einem. So viel könne er leider nicht aufbringen, sein Sohn erst recht nicht. Darum erlaube er sich die Anfrage, ob das Fräulein Lehrerin oder die gnädige Frau Doktor einen Ausweg wüssten.

Frau Neckermann versprach, das Anliegen ihrem Mann vorzutragen, denn der Bürgerverein, der die Privatschule betreibt, tage gerade. Wenn der Herr Postbeamte übermorgen Abend nach sechs Uhr nochmals vorsprechen wolle, könne er mit ihrem Mann selbst verhandeln.

Der Mann dankte mit einer tiefen Verbeugung und verließ sichtlich erleichtert die Wohnstube.

Am selben Abend suchte Uhrmachermeister Geibel den Pfarrer auf. Sein Emil, klagte er, wolle nicht mehr in die Schule, wenn das Fräulein Lehrerin nicht mehr da sei. Der Kleine weine sich die Augen aus und habe Angst vor den Lehrern. Die würden ihre Schüler beim Lernen schlagen. Sogar der Provisor, noch ein ganz grüner Lümmel, schmeiße mit Ohrfeigen, Tatzen und Kopfnüssen nur so um sich. Nähme die Privatschule auch Buben auf, hätte er seinen Emil dort längst angemeldet. Aber zum Mädchen könne er ihn leider nicht umfrisieren. Darum bitte er den Herrn Pfarrer inständig, wieder ein Fräulein Lehrerin an der Volksschule einzustellen.

Vier Tage später bilanzierte Pfarrer Schumacher die Abmeldungen von seiner Schule und stellte mit Entsetzen fest, dass es schon über dreißig waren und vielleicht noch mehr werden könnten, je näher es dem Ende des Schulhalbjahrs zuging.

Die Ursache lag auf der Hand. Fräulein Rössner war bei den Erstklässlern so beliebt, dass die Mädchen ihre Eltern bedrängten, mit ihrer Lehrerin an die Privatschule wechseln zu dürfen.

Schumacher wusste natürlich längst, wie er diese schlimme Entwicklung aufhalten könnte. Eine neue Lehrerin musste her, die sich mit den Kindern verstand und, wie Fräulein Rössner, auf körperliche Züchtigungen ganz verzichtete.

Spontan bat er den Vikar am nächsten Morgen, den gesamten Religionsunterricht zu übernehmen. Dann eilte er zum Bahnhof, setzte sich in den Zug und fuhr erneut nach Stuttgart.

Im Konsistorium suchte er Oberkirchenrat Ocker auf und schilderte ihm die bedrohliche Lage an seiner Schule.

Ocker imponierte, wie Pfarrer Schumacher um seine Schule kämpfte. Er wollte ihm helfen. Darum erwähnte er eine junge Lehrerin, die zu Schuljahresbeginn ihren Dienst auf der Schwäbischen Alb angetreten hatte, aber dort todunglücklich war, weil Schulmeister und Schultheiß sich gegen eine Frau an ihrer Schule wehrten.

»Das kenne ich zur Genüge«, sagte Schumacher bitter. »Darf ich den Namen und die Anschrift der jungen Dame erfahren?«

»Sie wollen ihr schreiben?«

»Ich will sie fragen, ob sie nicht nach Hartingen kommen möchte.«

Ocker hatte ein Einsehen und versprach, diese Lehrerin nach Hartingen zu versetzen, wenn sie einverstanden sei.

In Hartingen zurück, eilte Pfarrer Schumacher in die Praxis von Doktor Neckermann und machte ihm klar, dass sich die hiesige Volksschule in wenigen Jahren zur reinen Knabenanstalt zurückbilde, wenn die Abwanderung der Mädchen nicht unterbunden würde. Darum bitte er, zumindest vorübergehend keine weiteren Anmeldungen zur Privatschule anzunehmen.

»Das ist ganz in unserem Sinn«, sagte Neckermann. »Wir haben unsere Privatschule gegründet, damit wir den Mädchen bessere Lernmöglichkeiten bieten können. Große Klassen wie in der Volksschule wollen wir gar nicht.«

»Und wie regeln Sie das?«

»Der Bürgerverein hat gestern Abend eine Obergrenze von vierzig Schülerinnen je Klasse festgelegt. Die ergibt sich aus unseren pädagogischen Ansprüchen und unseren finanziellen Möglichkeiten.«

Schumacher ging zur »Hartinger Zeitung« und bat den Redakteur, einen zweiten Artikel zu veröffentlichen, der am nächsten Tag bereits erschien. Darin wurde berichtet, an Martini werde eine neue Lehrerin an die hiesige Volksschule kommen. Außerdem werde endlich auch Turnunterricht für Mädchen angeboten.

❦

Sophie fühlte sich nicht mehr einsam und ausgegrenzt. Morgens kochte sie sich einen Tee oder Kaffee und frühstückte in ihrem Zimmer. Dann eilte sie in die Schule, setzte sich mittags an den gedeckten Tisch der Neckermanns, bereitete sich auf den Nachmittagsunterricht vor, sauste erneut zur Schule, kam wieder zurück und verbrachte den Abend meist in ihren vier Wänden oder auf dem Balkon. Sie notierte, was sie ihren

Schülern anderntags beibringen wollte, spielte Klavier, übte auf der Geige oder gab Elke und Frauke Musikunterricht.

Vor allem las sie viel.

»Sie sind ein wahrer Bücherwurm«, sagte Doktor Neckermann eines Abends lachend zu ihr, als sie vor seinem Bücherschrank stand und ein Buch in der Hand hielt.

»Wohl eher eine Wurmin«, scherzte Sophie.

»Ganz wie Sie meinen.« Er warf einen Blick aufs Buch. »Oh!« Er sah sie schelmisch an. »Da haben Sie sich aber eine schwere Lektüre ausgesucht.«

»Wieso?«

»Weil der Schopenhauer ein eigenwilliger Kauz ist. Aber seine ›Aphorismen zur Lebensweisheit‹ kann ich nur empfehlen. Vor allem seine Ausführungen über die Liebe sollten Sie lesen.«

Sophie errötete. Aber sie nahm sich den Rat zu Herzen. Wenn sie an den folgenden Mittwoch- oder Samstagnachmittagen spazieren ging, hatte sie das Buch in der Handtasche dabei, setzte sich irgendwo hin und las.

Gerade jetzt, da sie aller drängenden Sorgen ledig war, dachte sie viel über ihr Leben nach. Tiefschürfende Fragen kamen ihr in den Sinn. Was hatte sie schon erreicht? Was wollte sie noch unbedingt verwirklichen? Und immer wieder fragte sie sich, ob ihre Liebe zu Gustav stark genug für ein ganzes Leben sei.

An eine Begebenheit musste sie oft denken. Im Seminar hatte sie abends mit ihren Kolleginnen, die Öllampen in den Schlafräumen waren schon heruntergedreht, kluge und absurde Gedanken über die Liebe gewälzt. Wie es wohl wäre, wenn sie sich nicht dem Lehrerinnenzölibat unterwürfen, sondern heirateten und viele Kinderchen bekämen. Martha, die altkluge Tochter eines Stuttgarter Kommerzienrats, die älter war als alle anderen, hatte einmal großspurig in die Dunkelheit hinein geprahlt, genau zu diesem Thema gebe es ein tolles Buch von einem gewissen Arthur Schopenhauer. Das müsse man gelesen haben.

357

»Schoppenhauer, wer ist das?«, hatte Sophie gefragt, und alle hatten gelacht.

»Schopenhauer, nicht Schoppenhauer«, hatte Martha schnippisch korrigiert. »Unser glatzköpfiger Mathelehrer ist vielleicht ein Schoppenhauer. Dem traue ich zu, dass er jeden Abend ein paar Schoppen die Kehle hinunterhaut.«

Die Mädchen hatten gekichert, und Martha hatte ärgerlich geschnaubt: »Ja, lacht nur. Ich bin wohl unter lauter dumme Schafe geraten.«

»Selber Schaf«, hatten die Kolleginnen geneckt. »Lebst du denn nicht auch im Schafstall? Also halt den Mund und lass uns in Ruhe mit deinen Weisheiten.«

»Aber den Schopenhauer muss man doch gelesen haben.« Martha hatte störrisch auf ihrem Vorschlag beharrt.

»Die Liebe ist blind«, hatte Erna verkündet. »Bei uns auf der Alb fällt sie manchmal auf ein Rosenblatt, manchmal auf einen Kuhfladen.«

Ein paar Tage später hatte Pfarrer Finkenberger in der Pädagogikveranstaltung einen Satz von Arthur Schopenhauer an die Tafel geschrieben: »All unser Übel kommt daher, dass wir nicht allein sein können.«

Martha hatte ihren Kameradinnen voller Schadenfreude die Zunge herausgestreckt.

Sie mussten den Satz erörtern, und der Pfarrer empfahl seinen Schülerinnen zum Schluss, sich baldmöglichst mit diesem berühmten Philosophen zu beschäftigen.

Anfangs konnte Sophie Schopenhauers Gedanken kaum folgen. Seine Sprache war antiquiert, die Sätze oft verschachtelt und mit vielen Fremdwörtern gespickt. Dennoch quälte sie sich durch viele Seiten, bis sie auf den ersten Satz über die Liebe stieß: »Alle wahre und reine Liebe ist Mitleid, und jede Liebe, die nicht Mitleid ist, ist Selbstsucht.«

Liebe nur Mitleid? Und wenn nicht Mitleid, dann Selbstsucht? Merkwürdige Ansicht. Oder lag es an ihr, weil sie nicht wusste, wie sie die Wörter ausdeuten musste?

Dann diese Stelle, die ihr fraglich erschien: »Was auch Güte, Liebe und Edelmut für andere tun, ist immer nur Linderung ihrer Leiden, und folglich ist, was sie bewegen kann zu guten Taten und Werken der Liebe, immer nur die Erkenntnis des fremden Leidens, aus dem eigenen unmittelbar verständlich und diesem gleichgesetzt. Hieraus aber ergibt sich, dass die reine Liebe ihrer Natur nach Mitleid ist.«

Konnte das sein? Zeigte sich wahre Liebe tatsächlich erst im Unglück und im Leid? Dann grenzten sich ja Liebe und Mitleid kaum gegeneinander ab. Oder ließe sich vielleicht doch ein Unterschied finden? Könnte sie einen Hund so lieben wie ihren Gustav?

Nein, entschied sie, nein, und dreimal nein. So wie Gustav könnte sie kein Tier lieben. Mitleid, ja, das könnte sie schon mit Hunden und Katzen empfinden, aber doch nicht wahre Liebe. Die Liebe konnte ewig währen, so stand es ja auch in der Bibel, aber Mitleid empfand man wohl nur in dem Augenblick, in dem ein Lebewesen große Not litt.

Zuhause, in ihrem Zimmer, las sie am Abend weiter. »Ja, es sei herausgesagt: So auch Freundschaft, Liebe und Ehe Menschen verbinden, ganz ehrlich meint jeder es am Ende doch nur mit sich selbst und höchstens noch mit seinem Kind. Je weniger einer, infolge objektiver oder subjektiver Bedingungen, nötig hat, mit den Menschen in Berührung zu kommen, desto besser ist er dran.«

»Dummes Zeug!« Sophie ärgerte sich. Sie wollte mit Menschen zusammen sein, verflixt und zugenäht. So oft wie möglich sogar.

Sie begann zu zweifeln. Meinte Schopenhauer wirklich, was er schrieb? Oder provozierte er nur, damit seine Leser gründlicher nachdachten? Sind denn die Menschen wilde Tiere, die man fürchten muss? Wem sollte das Alleinsein nützen? Den Menschen gewiss nicht!

Sie hatte das Alleinsein doch selbst durchlitten, unterm Dach der Schule, abgeschnitten von der Welt. Hätte sie nicht tagsüber mit ihren Schülern reden können, wäre sie vor lauter Einsamkeit zugrunde gegangen.

»Nein!« Sophie war sich jetzt sicher. Schopenhauers Behauptung konnte nicht stimmen!

Ein paar Seiten weiter im Buch stand ein Satz, der sie in Rage brachte: »Alle Verliebtheit, wie fein sie sich auch gebärden mag, wurzelt allein im Geschlechtstrieb.«

Sophie las ihn dreimal. Die Schamröte schoss ihr ins Gesicht. »Was hat dieser Mensch nur für eine schmutzige Fantasie«, schimpfte sie vor sich hin.

Und dann stockte ihr der Atem: »Heiraten heißt, das Mögliche tun, einander zum Ekel zu werden, seine Rechte zu halbieren und seine Pflichten zu verdoppeln. Heiraten heißt, mit verbundenen Augen in einen Sack greifen und hoffen, dass man einen Aal aus einem Haufen Schlangen herausfindet.«

Sophie pfefferte das Buch an die Wand. Sie hatte genug von Schopenhauers Hassgesängen auf die Liebe. »Pfui, so dummes Zeug kann dieser Menschenfeind anderen erzählen. Mir nicht!«

Sogleich klopfte es an der Tür. Das Dienstmädchen fragte, ob etwas passiert sei.

»Nein, nein!«, wehrte Sophie ab. »Mir ist nur etwas heruntergefallen.« Sie deutete auf den Boden. »Sehen Sie, da liegt es, das böse Buch.«

Kaum war die Hausgehilfin wieder weg, fragte sich Sophie, warum sie so heftig reagiert hatte. Dass Schopenhauers Menschenverachtung einen tiefen Pessimismus verströmte, lag auf der Hand. Aber, fragte sie sich, wurzelte das Verliebtsein vielleicht doch im Geschlechtlichen? Warum war es eigentlich so schön, Gustav nahe zu sein, in seinen Armen zu liegen, seine Küsse zu spüren, seine Haut zu berühren?

Sie fühlte sich ertappt, hob das Buch vom Boden auf und legte es weg. Zum Glück war es nicht beschädigt.

Nein, sie wollte jetzt nicht weiter darüber nachdenken. Gustav kam morgen zu Besuch. Hierher zu ihr nach Hartingen. Darauf wollte sie sich freuen.

Natürlich verstieß sein Besuch gegen die Konventionen. Ihr Vater hätte mit ihr gehadert, ihre Mutter allerdings Verständnis gezeigt. Ganz anders ihr Großvater. »Ja, Mädchen, genau so macht man das«, hätte er gesagt und ihr Schokolade geschenkt. »Lass dich nicht verbiegen. Geh deinen Weg. Es ist schließlich dein Leben.«

Am nächsten Morgen um elf, einem Sonntag, stand sie auf dem Bahnsteig und konnte es nicht erwarten, ihren Gustav ein paar Stunden ganz für sich zu haben. Gleich nach dem Gottesdienst hatte sie das schwarze Kleid abgelegt, das schon von Weitem nach Lehrerin roch, und ihr grünes übergestreift, das mit Rüschen gesäumte und mit Spitzen besetzte. Dass sie darin höchst begehrenswert aussah, wusste sie. Genau das war ja ihre Absicht. Dasselbe Kleid hatte sie getragen, als sie Gustav zum ersten Mal in seinem Atelier begegnet war. Sie konnte sich noch gut daran erinnern, wie er sie angehimmelt und nicht mehr aus den Augen gelassen hatte.

Endlich stand er vor ihr, einen Strauß roter Rosen in der Hand. Verlegen sah er Sophie an, unschlüssig blickte er um sich, unsicher lächelte ihn Sophie an.

Ihm in aller Öffentlichkeit um den Hals fallen? Nein, das geziemte sich nun doch nicht. Ihn hier vor allen Leuten küssen, das durfte sie auch nicht. Noch stand sie ja unter kirchlicher Aufsicht. Also gab sie ihm die Hand, dankte für die Blumen und strahlte ihn verführerisch an.

Ihr Blick genügte, er hatte verstanden.

»Komm, mein Liebster, komm weg von den vielen Leuten«, flüsterte sie ihm zu. »Wir gehen rasch zu mir nach Hause und versorgen die Blumen. Die Neckermanns wollen dich kennenlernen. Und dann machen wir einen ganz langen Spaziergang.« Sie lachte ihn vielsagend an.

Doktor Neckermann hieß den Gast willkommen.

»So, so, Fotograf sind Sie«, sagte er, »Fotograf und Porträtmaler. Und in Karlsruhe haben Sie an der Akademie studiert. Sophie hat es uns erzählt.«

»Ja«, Sophie war stolz auf ihren Gustav, »er ist ein Hansdampf in allen Gassen: Fotograf und Maler, Buchautor, Hersteller von Visitenkarten, Erfinder und erfolgreicher Geschäftsmann.«

Gustav lachte schüchtern und verlegen. Erfinder? Was hatte er denn erfunden? Ach ja, bestimmte Bildtechniken. Die aufklappbaren Visitenkarten mit Bild zum Beispiel. Und die Sterbebildchen.

»Buchautor sind Sie auch?«, fragte Doktor Neckermann.

»Ich habe zwei Bildbände gemacht. ›Ansichten von Eugensburg‹ war mein erstes Buch. Es war erfolgreich. Hat sogar eine zweite Auflage erlebt. Mein zweites erscheint demnächst und zeigt faszinierende Gesichter. Und gerade plane ich auch Bücher über andere Städte.«

»Oh, das ist interessant.« Doktor Neckermann sah seine Frau an. »Ein Bildband über Hartingen, das wär doch was. Meinst du nicht auch, Nele?«

Frau Neckermann stimmte zu. »Wenn wir einen neuen Stadtschultheißen haben, kann man in unserem Städtchen endlich auch einmal an so etwas denken.«

Sie plauderten ein wenig über die neueste Fototechnik, bis Frau Neckermann ihren Mann bat, die jungen Leute allein zu lassen.

»Darf ich Sie und Herrn Wagner zu Kaffee und Kuchen einladen?«, fragte sie Sophie. »Um halb vier?«

Sophie nahm dankend an.

Die beiden beeilten sich, Hartingen und seine neugierigen Bewohner hinter sich zu lassen. Sittsam, als wären sie ein altes Ehepaar, gingen sie zügig nebeneinander her.

Die Felder waren längst abgeerntet, die Leute zuhause beim Mittagessen. So konnten sie allein durch die weite Flur spazieren. Eng umschlungen schlugen sie die Richtung ein, die Sophie den Weg der Hoffnung nannte. Sie

362

war ihn schon oft gegangen. Erst wenn man oben bei den drei Birken stand, erkannte man, wo der Weg steil und steinig war, wo man abgebogen war, wie man hätte abkürzen können und welche Strecke man schon zurückgelegt hatte. Diese Übersicht verlieh Kraft, wenn man in Nöten steckte.

Genau hier setzten sie sich ins Gras. Die Sonne stand hoch im Zenit. Für einen Oktobertag war es erstaunlich warm, fast schon sommerlich heiß.

Gustav legte seine Jacke ab. Sophie schmiegte sich an ihn und schob ihre Hand unter sein Hemd.

»Oh, ist mir warm«, sagte er.

Sie sah seinen herrlichen Körper. Sein Gesicht war jung und klug, sein Blick voller Zärtlichkeit. Da wusste sie, dass Schopenhauer recht hatte. Sie begehrte ihren Gustav mit Haut und Haaren. Leidenschaftliche Erregung ergriff sie, eine Vorahnung, dass sie irgendwann mit ihm jenen Gipfel des Entzückens erreichen würde, der sie ein für alle Mal von allen wilden Träumen kurieren sollte.

Er küsste sie und legte seine Hand auf ihre Brust. Sie spürte seine weichen Lippen. Er küsste ihren Hals, in dem die Adern schwollen und rauschten. Er liebkoste ihre Kehle, ihre Ohren, ihre Wangen, ihre Nase, ihre Stirn.

Sophie schloss die Augen und fand es herrlich, neben ihm zu liegen. Sie riss einen Grashalm ab und kitzelte ihn im Gesicht, am Hals, unter den Armen, am Bauch. Ihr Blick trübte sich, so erregt war sie.

Jäh wandte sich Gustav von ihr ab. »Da kommt jemand«, flüsterte er. Schnell zog er sich die Jacke an.

Er sprang auf, und sie sah zu ihm hoch. Ein gut gewachsener, anmutiger Mann mit einem schönen Gesicht. Seine Augen funkelten grün und rot wie das Laub der Bäume. Die Sonne schimmerte auf seiner Haut. Sein Mund war geschwungen und voller Sinnlichkeit. Wie sie ihn begehrte, ihren Gustav.

»Sophie«, fragte er, »liebst du mich?«

Sie spürte, dass er ihr sehr nahe war und doch Abstand halten musste. »Ja«, hauchte sie und stand auf.

Er schmeichelte ihr wegen ihres Aussehens, ihres Kleides, ihrer Klugheit. Aber er berührte sie nicht.

Ein alter Mann näherte sich, einen Stock in der Hand. Der Kleidung nach offensichtlich ein Bauer. Man sah ihm an, dass ihn jeder Schritt schmerzte.

»So«, sagte er, »genießt ihr auch das schöne Wetter?«

»Ja«, antwortete Sophie. »Gibt es etwas Schöneres als einen goldenen Herbst, wenn sich die Blätter färben?«

Er blieb stehen. »Sind Sie aus Hartingen?«, fragte er. Es war keine neugierige Frage. Er wollte nur reden. Wahrscheinlich war er viel allein.

»Ich bin Lehrerin an der Volksschule.«

»Oh«, sagte er, »dann habe ich schon von Ihnen gehört. Schade, dass man Sie vertrieben hat. Der Holzapfel ist doch ein Rindvieh, und unser Schultheiß auch.«

Sophie sah ihn aufmerksam an. Dass die Leute wussten, wer sie war, damit musste sie rechnen. Zu viel war um sie herum in den letzten Wochen geschehen und über sie geredet worden. Auch wenn man die Leute selbst nicht kannte, über die Lehrerin wusste jeder im Städtchen Bescheid. Das ließ sich nicht ändern und musste man hinnehmen.

»Herr Wagner«, sie deutete auf Gustav, »ist heute zu Besuch hier. Er ist Fotograf und will mit eigenen Augen sehen, ob er in Hartingen und Umgebung ein paar interessante Bilder machen kann.«

»Na dann«, sagte der Alte, »will ich nicht länger stören und wünsche einen schönen Sonntag.«

Der Heimweg war lang, denn sie kosteten die verträumten Stellen am Waldrand aus, wo sie sich nach Herzenslust liebkosen und küssen konnten.

Aus dem Kaffee bei den Neckermanns wurde ein Abendbrot, so viel hatte man sich zu erzählen. Dann kam der Abschied, gemildert von Gustavs Versprechen, in ein paar Wochen wiederzukommen.

Sophie nickte. Bis dahin war sie nicht mehr im Kirchendienst und frei wie ein Vogel. Vielleicht nicht ganz, aber doch viel freier als jetzt.

Von jetzt an war ihre Liebe anders. Sie wartete nicht mehr, hoffte nicht mehr. Von nun an forderte sie ihren Gustav geradezu heraus, er solle sich mit ihr beschäftigen, sie herzen und knuddeln und in ihren Armen liegen.

Und er schrieb ihr ein paar Tage später: »Als ich dich verließ, meine geliebte Sophie, kam ich mir vor wie neu geboren. Ich weiß jetzt, dass wir eine gemeinsame Zukunft haben. Und sie wird schön sein.«

Drei Tage vor Martini, an einem Mittwoch, Sophie wollte sich gerade an den Mittagstisch setzen, gab ihr Frau Neckermann einen Brief. Adressiert war er an: Fräulein Sophie Rössner, Volksschule Hartingen. Der Absender lautete: Erna Schmid.

Sophie strahlte. »Eine alte Bekannte.«

»Hoffentlich gute Nachrichten«, sagte Frau Neckermann.

»Ich weiß es nicht. Erna war meine beste Freundin im Eugensburger Seminar.«

»Ach, lesen Sie doch den Brief. Wir müssen mit dem Essen sowieso auf meinen Mann warten.«

Erna teilte mit, sie komme am Freitag um halb fünf mit dem Zug in Hartingen an. Auf eigenen Wunsch werde sie versetzt. Sie habe gehört, dass Sophie auch in Hartingen wohne. Himmel und Hölle habe sie in Bewegung gesetzt, als ihr Pfarrer Schumacher schrieb, er suche eine Lehrerin für die erste Klasse, als Nachfolgerin für Sophie Rössner, die an die Mädchenschule am Ort wechseln wolle. Fräulein Rössner werde ihr für den Anfang gewiss eine wertvolle Hilfe sein, hatte Schumacher gelockt.

Gleich nach dem Essen sauste Sophie ins Pfarrhaus. Schumacher bestätigte Ernas Versetzung. Gestern sei der schriftliche Bescheid gekommen. Ein komfortables Zimmer habe er auch schon für Fräulein Schmid, und zwar bei den Otts. Das sei unbedenklich, weil Herr Ott zwischenzeitlich seine Tochter an der Volksschule abgemeldet habe.

»Sie kennen Fräulein Schmid?«

Sophie erzählte ihm, was sie über Erna wusste. »Mit der lieben Erna werden Sie sehr zufrieden sein, Herr Pfarrer. Ich jedenfalls freue mich auf sie.«

»Sie meinen, Fräulein Schmid kann Ihre Klasse nahtlos weiterführen?«

»Aber ja, Herr Pfarrer. Sie hat die gleiche Ausbildung wie ich. Schon in der Übungsschule hat sie die Erstklässler durchs ganze Schuljahr begleitet. Und im letzten halben Jahr wird sie vermutlich auch eine erste Klasse unterrichtet haben.«

Als Sophie die Übungsschule erwähnte, fiel ihr Hanna ein. Mittlerweile war es schon anderthalb Jahre her, dass ihre Freundin aus dem Leben geschieden war. Wie schnell doch ein Mensch aus dem Gedächtnis verschwand, wenn man ihn längere Zeit nicht mehr gesehen hatte.

»Übrigens, Herr Pfarrer, Erna Schmid könnte auch Turnen geben. Wir haben zusammen den ersten Turnkurs am Seminar besucht. Sie wird sich gewiss ein paar Gulden extra verdienen wollen.«

Im Nachhinein schien es Sophie, als habe sie eine Vorahnung gehabt. Denn am nächsten Tag händigte ihr Frau Neckermann einen Brief von Pfarrer Finkenberger aus. Er teilte mit, Kollege Wienzle von der Friedhofskirche habe ihn um Amtshilfe gebeten. Das Freud- und Leidbuch der Friedhofskirche enthalte eine mysteriöse Notiz, die Wienzle schon lange beschäftige. Gemeinsam hätten sie Hannas Schrift im Klassenbuch der Übungsschule mit jenem Eintrag verglichen und zweifelsfrei festgestellt, dass Hanna ihn verfasst haben musste. Kurz vor ihrem Tod hatte sie wohl die Kirche aufgesucht. Wahrscheinlich wollte sie sich auf ihren letzten Gang vorbereiten.

Hannas Eintrag lautete: »Aus tiefster Not schrei ich zu dir, o Herr. Bitte vergib mir, was ich an Sünde und Unrecht in meinem Leben getan habe. Nur du weißt, dass ich in dieser Sache unschuldig bin. Vergib mir, dass ich am Leben verzweifle. Aber ich sehe keinen Ausweg mehr. Mein Leben hat so keinen Sinn. Mein innigster Berufswunsch, für den ich viel auf mich genommen habe, wird nun nicht mehr in Erfüllung gehen, denn man wird mich mit Schimpf und Schande davonjagen. Nur du allein weißt alles, weil du meine Gedanken lesen kannst, auch meinen letzten Brief. Darum muss ich jetzt mei…«

Der Eintrag, so Finkenberger, breche mitten im Wort ab. Möglicherweise sei Hanna beim Verfassen gestört worden. Oder sie sei seelisch am Ende gewesen und konnte einfach nicht mehr weiterschreiben.

Finkenbergers Brief endete mit einer Frage: »Wann genau Hanna Scheu das verfasst hat, lässt sich leider nicht auf die Stunde genau sagen. Aber es muss an ihrem Todestag gewesen sein, denn der davor stehende Eintrag ist auf den Vortag datiert. Sie erwähnt einen letzten Brief. Davon ist jedoch weder Pfarrer Wienzle noch mir etwas bekannt. Könnten Sie uns vielleicht mit einem Hinweis behilflich sein?«

Sophie war den Tränen nahe. Wieder und wieder las sie Hannas Vermächtnis.

Frau Neckermann, die neben ihr saß, schwieg eine Weile. Dann fragte sie: »Schlechte Nachrichten?«

Sophie erzählte ihr, was Hanna angetan wurde und dass Erna Schmid, Gustav Wagner und sie immer noch versuchten, die genaueren Umstände zu klären, die zu Hannas Tod geführt hatten. Nun habe man im Freud- und Leidbuch einer Kirche Hannas letzte Notiz gefunden. Hanna erwähne einen Abschiedsbrief, doch der sei verschollen.

»Haben Sie mit allen gesprochen, die mit Ihrer Freundin in Verbindung standen? Verwandte, Bekannte, Freunde und Nachbarn?«

Sophie nickte unter Tränen. »Herr Wagner hat sogar Hannas Zimmer auf den Kopf gestellt und ihre Habseligkeiten durchsucht.«

»Vermuten Sie, dass jemand den Brief verschwinden ließ, weil er ihn belasten könnte?«

Sophie sah ihre Vermieterin nachdenklich an. »Sie hat bei einem Laternenanzünder gewohnt. Aber der hat mit Hannas Tod bestimmt nichts zu tun.« Sie schüttelte den Kopf. »Eher schon ein Buchhändler aus der gleichen Straße.« Sie seufzte. »Vielleicht sogar dessen Sohn, auch wenn das wenig plausibel erscheint. Immerhin liebte er Hanna.«

»Die größten Tragödien spielen sich oft im engsten Bekanntenkreis ab«, meinte Frau Neckermann.

Nach der Mittagsschule schrieb Sophie einen langen Brief. Sie schilderte Gustav die Ereignisse der vergangenen Tage, zitierte Hannas letzte Notiz und bat ihn, Herrn Waffenschmied und die Majorswitwe Keppler zu befragen. Schließlich regte sie an, Hannas letzte Stunden zu rekonstruieren. Was tat sie? Mit wem traf sie sich? Wohin ging sie? Wem könnte sie geschrieben haben?

Halb fünf. Der Zug aus Heilbronn dampfte in den Hartinger Bahnhof und hielt quietschend. Eine junge, schlanke Frau stieg aus, einen großen Koffer in der rechten Hand, eine Tasche in der linken.

Sophie musste zweimal hinschauen. Das sollte Erna sein? So abgemagert? Im Seminar galt sie noch als dralles Bauernmädchen von der Alb, das die Kolleginnen hänselten und verspotteten.

»Sophie!«

Erna stellte ihr Gepäck ab, rannte auf ihre Freundin zu und umarmte sie.

»Da bist du ja! Ich hab dich so vermisst. Gut siehst du aus.« Sie hielt Sophie auf Armlänge von sich, schaute ihr ins Gesicht und meinte: »Ach, Sophie, du warst und bleibst ein Sonntagskind. Bei uns auf der Alb würde man sagen: Du bist auf allen Vieren beschlagen und hast noch ein Hufeisen in der Tasche.«

368

»Und du hast dich sehr verändert, meine liebe Erna«, stellte Sophie erstaunt fest. »Geht es dir gut?«

»Ach, du kannst dir gar nicht vorstellen, was ich durchgemacht habe. Ich erzähl's dir später.« Erst jetzt bemerkte Erna den Herrn an Sophies Seite.

»Willkommen!«, sagte Pfarrer Schumacher und reichte ihr die Hand. Er sah mit einem Blick, dass die Neue viel durchlitten haben musste.

»Danke, Herr Pfarrer, dass Sie mir Ihr Vertrauen schenken. Ich will mich nach besten Kräften bemühen und hoffe, ich werde Sie nicht enttäuschen.«

»Ihr Gepäck lassen wir hier«, schlug der Pfarrer vor. »Sie werden bei den Otts wohnen, die lassen es nachher abholen. Also gehen wir. Meine Frau hat eine Kleinigkeit zubereitet. Dann zeige ich Ihnen die Schule und Ihr Klassenzimmer. Und gegen sechs bringe ich Sie zu Familie Ott, wo Sie zum Abendessen eingeladen sind.«

»Danke«, sagte Erna mit belegter Stimme. Die Erleichterung war ihr ins Gesicht geschrieben. Wann hatte sie sich zuletzt an einen gemachten Tisch setzen können?

Sophie hakte sie unter. Zu dritt spazierten sie plaudernd zum Pfarrhaus, wo Frau Schumacher Kaffee, Kuchen und belegte Brote servierte.

»Greifen Sie kräftig zu, Fräulein Schmid«, forderte der Pfarrer seine neue Lehrerin auf. »Sie haben eine lange Reise hinter sich.«

Erna ließ sich das nicht zweimal sagen. Sie aß schweigend. Doch dann legte sie kurz die Hände in den Schoß und seufzte: »Dass der Hass auf die Lehrerinnen so groß ist, hätte ich mir nie träumen lassen.« Mehr verriet sie vorerst nicht.

Der Pfarrer stellte mit wenigen Worten die veränderten Schulverhältnisse dar: sieben Klassen, sechs Lehrer. Die Stelle des ersten Schulmeisters sei vakant, weil die Schulbehörde den bisherigen gerade wegversetzt habe. Die freie Stelle werde bald im »Schulwochenblatt« ausgeschrieben und vermutlich erst zum neuen Schuljahr wieder besetzt.

Bis dahin müsse ein weiterer Lehrer weichen. Von den Kollegen gehe keine Gefahr mehr aus. Sie hätten ihre Lektion gelernt. Nur der Bürgermeister könne seine Niederlage vor Gericht immer noch nicht verschmerzen. Darum verweigere er die Mitarbeit im Ortsschulrat. Der Uhrenhändler Geibel sei zum Nachrücker gewählt worden. Das sei ein Glücksfall, denn Herr Geibel befürworte Lehrerinnen an der Schule, habe einen Sohn in der ersten Klasse und sei für Schulreformen aufgeschlossen.

Sophie lachte Erna an. Sie spürte, dass die alte Freundin bedrückt war und viel Zuspruch brauchte. »Du kannst mich jeden Abend besuchen«, versicherte sie. »Ich helfe dir, wo ich kann. Sei unbesorgt, du wirst dich schnell zurechtfinden.«

»Was nun die Organisation der Klassen betrifft«, meinte Schumacher, »so habe ich mir folgende Lösung ausgedacht. Sie, Fräulein Schmid, übernehmen die verbliebenen Erstklässler und die wenigen Mädchen der zweiten Klasse. Der Provisor behält die Buben seiner zweiten Klasse und bekommt die Drittklässler dazu. Alle anderen Klassen bleiben unverändert. Aus der ersten Klasse sind neunzehn Mädchen an die private Mädchenschule gewechselt. Damit besteht Ihre Klasse, Fräulein Schmidt, nun aus achtundvierzig Erstklässlern, überwiegend Buben, und sechzehn Zweitklässlerinnen. Das macht zusammen vierundsechzig. Eine große Klasse, aber ich hoffe, Sie trauen sich die Arbeit zu.«

Erna lächelte schüchtern.

Schumacher sah seine Neue besorgt an.

»Auf der Alb hatte ich zwölf Schüler mehr«, sagte Erna. »Damit komme ich zurecht. Hauptsache, ich muss mich nicht mehr mit den Lehrern und dem Bürgermeister herumstreiten.«

Der Pfarrer atmete erleichtert auf.

Sie gingen hinüber zum Schulhaus und ins Klassenzimmer im Erdgeschoss.

Erna erwachte zu neuem Leben. »Das ist viel schöner als mein bisheriges«, sagte sie. Und nach einem Blick in den Lehrmittelschrank: »Und besser ausgestattet ist es auch.«

Sophie übergab ihr das Klassenbuch und die Schultabellen.

»Viel Erfolg, Erna«, munterte sie ihre Freundin auf. »Die Kinder sind lieb und machen dir das Unterrichten leicht. Wirst schon sehen.«

# *Privatschule*

Nach dem Abendbrot setzte sich Sophie an ihren Schreibtisch und starrte in den nachtschwarzen Garten hinaus. Endlich! Ab morgen war sie von allen fesselnden Vorschriften befreit und konnte schalten und walten, wie sie wollte. Morgen begann ein neuer und interessanter Lebensabschnitt.

Sie dachte zurück. An ihre Ankunft in Hartingen. An die schrecklichen Wochen unterm Schulhausdach. An die Reibereien mit den Lehrern und dem Stadtschultheißen.

Alles vorbei! Mitten im grauen November erstrahlte Sophies Welt im warmen Licht. Der Schimmer einer neuen Verheißung blitzte auf und machte sie froh. Gewiss, es würde gelegentlich auch schlechte Tage geben. Aber al es in allem fühlte sie sich auf der Sonnenseite des Lebens angekommen. Neue Aufgaben lockten.

Sie bilanzierte, was auf sie zukam.

Morgen warteten neununddreißig Mädchen auf sie. Neunzehn im ersten Schuljahr, die sie natürlich alle kannte. Dazu elf im zweiten und neun im dritten Schuljahr.

Sie hatte dem Bürgerausschuss in Anlehnung an den Lehrplan der öffentlichen Schulen folgende Organisation vorgeschlagen: neun Stunden Schreibleseunterricht für die Erstklässlerinnen, neun Stunden Lesen, Schreiben, Schönschreiben und Aufsatz für die Zweit- und Drittklässlerinnen. Und für alle Kinder vier Stunden Religion und Memorieren, fünf Stunden Rechnen, zwei Stunden Anschauungsunterricht, zwei Stunden Singen und Gesangslehre und eine Stunde Turnen. Zusätzlich wollte Frau

Schumacher den Mädchen zwei Stunden Handarbeit erteilen.

Der Bürgerausschuss hatte freudig zugestimmt und mit Sophie einen Lehrauftrag über zweiunddreißig Wochenstunden vereinbart, dem ihr Vater per Post zugestimmt hatte.

Statt hundertsiebzig Gulden verdiente sie jetzt zweihundertvierzig Gulden im Jahr. Eigentlich sollten es nur zweihundertzwanzig sein, aber man hatte Sorge, Sophie könnte es sich noch einmal anders überlegen, nachdem die Widerstände an der Volksschule beseitigt waren.

Zwanzig Gulden im Monat! Das war ein Wort! Dazu kamen Zuwendungen von Doktor Neckermann für die Klavier- und Geigenstunden und vom Frauenkreis für den samstäglichen Turnunterricht.

»Wer's Glück hat, dem kalbt sogar der Ochs«, hätte ihr Großvater kommentiert. Denn zur Glückseligkeit gehört auch, pflegte er immer zu sagen, dass man sich seinen Anteil von den Gütern dieser Welt nimmt.

Natürlich durfte sie nicht all ihr sauer verdientes Geld ausgeben. Aber anständige Kleider und gute Haarpflege, das musste schon sein. In Sack und Asche wollte sie nicht mehr gehen, wollte sich nicht mehr verstecken, wollte promenieren und flanieren, wie andere Frauen auch. Und sie wollte sich dabei wohl in ihrer Haut fühlen. Natürlich hatte sie nicht vor, ausstaffiert wie eine Gräfin durchs Städtchen zu stolzieren und einen Kopfputz zu tragen, an dem sich eine Kuh satt fressen könnte.

Sie musste lachen. Nein, nein, so nicht! Gut gekleidet, aber nicht protzig, so wollte sie sich in der Schule und im Städtchen zeigen.

»Brav, Mädchen, mach was aus dir«, hörte sie ihren Großvater loben. »Zeig den Hornochsen, dass du was kannst und wer du bist. Aber außen Honig und inwendig Taubendreck, dass es zum Himmel stinkt? Nein, liebste Sophie, das würde mir nicht gefallen.«

Und mit erhobenem Zeigefinger würde Großvater sie mahnen: »Jeden Monat solltest du mindestens fünf Gulden auf die hohe Kante legen!«

Gleich um die Ecke residierte der Hartinger Darlehensverein. Dort wollte sie in den nächsten Tagen ein Sparbuch anlegen.

Verflixt! Konnte sie ja gar nicht, fiel ihr ein. Ein Mann musste bürgen und unterschreiben. Aber wer? Gustav? Aber dann müsste er ja an einem Werktag … Nein, besser Doktor Neckermann fragen. Notfalls Pfarrer Schumacher.

Alles in allem, überlegte Sophie, würde sie für Unterricht und Vorbereitung wöchentlich rund fünfundvierzig Stunden benötigen.

Gott sei Dank, damit würde ihr noch genug Zeit für eigene Interessen bleiben. Für die Musik, aber auch fürs Lesen. Und ab und zu müsste sie wohl als Schriftführerin des geplanten Lehrerinnenvereins Protokolle verfassen und Briefe schreiben.

Sophie begann zu träumen.

In ihrer Schulzeit hatte sie ganze Schulhefte vollgekritzelt, hatte Sagen notiert, Märchen aufgeschrieben, Hexen und Gespenster erdacht. Schriftstellerin wollte sie damals werden. Nein, Lehrerin und Schriftstellerin. Ja, so war's. Tagsüber wollte sie ganz brav ihre Schüler unterrichten und abends wilde Geschichten erfinden. Dazu wollte sie sich einen Männernamen zulegen. Baron von …?

Der Name fiel ihr nicht mehr ein. Die ganze Welt sollte rätseln, wer denn der erfolgreiche Autor eigentlich sei. Schon als Mädchen hatte sie geahnt, dass nur ein Mann große Erfolge auf dem Buchmarkt feiern konnte. Noch besser, er war Offizier oder stammte von altem Adel ab.

Sophie lachte vor sich hin. Ja, zum Schreiben hätte sie jetzt Lust. Fürs Verseschmieden fehlte ihr das sprachliche Feingefühl, das wusste sie wohl. Aber für pfiffige Couplets könnte es reichen, zumindest ab und zu.

Gewiss, das eine oder andere Liedchen war ganz nett für den Hausgebrauch. Doch damit auf der Bühne bestehen?

Der Beifall könnte endenwollend sein, überlegte sie. Außerdem müsste sie für jeden Auftritt einen Mann verpflichten, der das Vertragliche regelte und das Honorar kassierte.

Ob Gustav …? Nein, der hatte ja seinen Salon.

Sich mit einem wildfremden Mann zusammentun? Und wenn sich der samt Kasse aus dem Staub machte? Nein! In diese Abhängigkeit wollte sie sich nicht begeben.

Aber Geschichten erfinden und aufschreiben, das müsste zu schaffen sein, zumal dann der Vater oder Gustav das Vertragliche regeln könnte.

Sie erwog dies und das. Zur Einübung vielleicht über Land und Leute berichten? Oder die eigene Kindheit in einem Roman verpacken? Oder die noch frischen Erfahrungen in Hartingen schildern?

Ein Buch über Aberglauben und Hexerei hätte sie gern geschrieben. Aber davon gab es schon viele: »Das sechste und siebte Buch Mose« , »Der magische sympathische Hausschatz« und »Die Geheim- und Sympathiemittel des alten Schäfers Thomas«.

Ihr fiel ein, dass ihr Vater einmal erwähnt hatte, in jüngster Zeit sei kein einziges Buch über Heilpflanzen veröffentlicht worden. Die Medizin gehe gegenwärtig andere Wege, aber viele Leute auf dem Land seien nach wie vor von der magischen Wirkung bestimmter Kräuter und Pflanzen überzeugt. Sophie solle sich doch gelegentlich der Sache annehmen, hatte er empfohlen. Seine umfangreiche Sammlung dürfe sie gern ausschlachten.

Martini war da, Samstag, der 11. November. Nach dem Bauernkalender der Tag des Winteranfangs. Für die Landwirte und Weinbauern ein besonderer Tag, der sogenannte Zahl- und Ziehtag, an dem alle Zahlungen fällig wurden, die Mägde und Knechte ihren Jahreslohn kassierten und sich einen neuen Arbeitgeber suchen konnten oder mussten.

Für Tagelöhner und Fleckendienstler wie Feldschütz und Weinbergschütz sowie für alle armen Schlucker fing an Martini die bittere Jahreszeit an. Arbeit gab es im Winter nur selten. Jetzt rächte sich, wenn man keine Vorräte angelegt hatte. An Martini zählte man sein Sach, sagten die Bauern. Zuerst das Bargeld im Strohsack oder auf der hohen Kante. Dann stieg man in den Keller und bilanzierte. Was und wie viel war für den Magen gehortet? Mehl, Kartoffeln, Kraut, Bohnen, Linsen, Marmelade, Honig, getrocknete Früchte, eingemachtes Fleisch und Gemüse, Nüsse, Hagebuttenmark, eingelegte Gurken und Zwiebeln, Schmalz und Bucheckern. Und wie lang konnten das Lesholz und die Tannenzapfen die Kammer wärmen?

Für die reichen Raffer und für jene, die vorgesorgt hatten, war Martini ein Freudentag. Der Winter konnte kommen. Für alle anderen war es ein Jammertag. Reichte das bisschen Sach, um gut über den Winter zu kommen? Oder musste man Schulden machen?

An Martini bekam der Pfarrer von jedem Bauern eine Gans und von jedem Weinbauern ein paar Flaschen Wein. Der Lehrer kriegte vom Pfarrer zwar nicht mehr, wie noch vor dreißig, vierzig Jahren üblich, eine abgelegte Hose und ein Paar gebrauchte Schuhe. Wohl aber, je nach örtlichem Brauch, einen Laib Brot oder sogar eine fette Gans.

An Martini gingen die kleinen Kinder mit ihren Laternen auf die Straße, während die älteren Buben und Mädchen mit ihren geschnitzten Rübengeistern bei hereinbrechender Nacht die Nachbarn erschreckten.

Heuer war der Martinstag genau so, wie er nach der Bauernregel sein sollte: Hat Martini einen weißen Bart, dann wird der Winter lang und hart.

Als Sophie sich auf den Weg zu ihrer neuen Schule machte, glitzerten die Dächer in der Morgensonne, strahlten die Bäume im silbrigen Reif. Und als sie frohgemut in die Gasse zum Zehnthof einbog, sah sie schon Doktor Neckermann und Herrn Ott vor der Mädchenschule stehen.

Doch … Was war denn da los? Beide blickten ihr todernst entgegen, als sie sich näherte. Kein Winken, kein freundliches Lächeln.

»Die Pockenepidemie hat Hartingen erreicht.« Doktor Neckermann war bleich und niedergeschlagen. Er hatte Ringe unter den Augen und rieb sich das übernächtigte Gesicht.

»Ein Mann und eine Frau sind an der Seuche gestorben«, sagte Herr Ott. »Wir mussten noch in der Nacht die ersten Notmaßnahmen ergreifen.«

Sophie erschrak zu Tode. Gewiss, sie hatte in der Zeitung gelesen, dass irgendwo im Land die Leute an Pocken starben. Aber das schien weit weg zu sein. Auch hatte sie beim Aufstehen die Unruhe im Haus gehört, konnte sich aber keinen Reim darauf machen.

»Heißt das, dass ich die Kinder wieder heimschicken muss?«

»Nein, um Himmels willen, nein!« Herr Ott hob beschwörend die Hände. »Keine Panik! Bitte, Fräulein Rössner, so viel Normalität wie möglich.«

»Wir haben heute Nacht einen Seuchenausschuss gebildet.« Doktor Neckermann klang sehr müde. »Und wir zwei«, er deutete auf Ott, »gehören ihm an. Alle, die mit den beiden Verstorbenen in Berührung gekommen sein könnten, sind bereits in Quarantäne. Vor beiden Häusern sind Warntafeln aufgestellt. Gerade werden die Räume mit Schwefel- und Chlordämpfen gereinigt und die Wände abgelaugt. Die Kleider der Toten werden verbrannt, die der Angehörigen mit Schwefel geräuchert.«

Sophie musste unwillkürlich schlucken. Ihr war nicht wohl in ihrer Haut. Könnte eines der Kinder …?

»Gleich schellen die Gemeindediener aus, was man tun muss, um sich zu schützen«, berichtete Herr Ott. »Dann wird's vielleicht im Städtchen rumoren, aber das kann nicht schaden. Im Gegenteil. Die Leute waschen sich gründlicher und beseitigen endlich den Unrat, der überall herumliegt.«

»Und was kann ich tun?«

»Wie Herr Ott schon sagte: Ruhe bewahren Fräulein Lehrerin!«, beschwichtigte Doktor Neckermann. »Hauptsache, Sie wissen, wie gefährlich die Seuche ist. Aber versetzen Sie bitte die Mädchen nicht in Angst und Schrecken. Es genügt, wenn Sie die Kinder zur absoluten Sauberkeit anhalten. Wir haben bereits alle Vorkehrungen getroffen, damit Sie ganz normal unterrichten können.«

Die beiden Herren weihten Sophie in ihren Plan ein. Dann warteten sie gemeinsam, bis die Mädchen vollzählig auf dem Schulhof versammelt waren.

»Liebe Kinder«, Herr Ott bat mit erhobener Hand um Ruhe, »passt mal auf! Leider ist der Ofen in eurem Klassenzimmer nicht rechtzeitig eingeheizt worden. Bis es dort warm ist, gehen wir in den Turnsaal. Weil alles neu ist, müsst ihr saubere Schuhe und saubere Hände haben. Das versteht ihr doch.«

»Ja, ja«, riefen die Kinder und drängelten zum Eingang, vor dem eine breite, bräunliche Fußmatte lag, getränkt mit Schwefel. Doktor Neckermann und Herr Ott passten auf, dass sich jedes Mädchen ordentlich die Schuhe abtrat.

Im Treppenhaus roch es merkwürdig. Die Kinder rümpften die Nase, aber stiegen kommentarlos ins Obergeschoss hinauf.

Im Turnsaal warteten schon vier Frauen, Mitarbeiterinnen aus Herrn Otts Textilfabrik. Neben jeder stand ein Waschbecken, gefüllt mit heißem Wasser. Die Frauen halfen den Kindern, die Ärmel zurückzustreifen und sich die Hände und das Gesicht gründlich zu waschen.

Herr Ott lobte die Mädchen und schenkte jedem ein Stück Schokolade.

»Vielleicht habt ihr schon gehört«, sagte er, »dass manche Leute arg krank sind. Darum müsst ihr euch jeden Morgen und jeden Abend die Hände und das Gesicht waschen. Mit warmem Wasser und Seife. Auch müsst ihr saubere Kleider tragen, weil ihr ja jetzt in eine neue Schule geht. Versprecht ihr das?«

Die Kinder nickten eifrig.

»Und jeden Morgen auf der Matte vor dem Eingang die Schuhe abtreten und im Turnsaal Hände und Gesicht mit Seife waschen! Einverstanden?«

»Ja, ja!«, riefen die Mädchen im Chor.

Doktor Neckermann trat vor und überreichte Sophie einen Blumenstrauß. »Das, liebe Kinder, ist eure Lehrerin. Viele von euch kennen sie schon aus der Volksschule. Seid nett zu ihr, sonst läuft sie euch davon.«

Die Schülerinnen lachten.

»Wisst ihr, was heute für ein Tag ist?«, fragte Doktor Neckermann.

»Martini!«, schallte es ihm aus neununddreißig Kehlchen entgegen.

»Und was machen die Kinder an Martini?«

»Laterne laufen«, rief ein kleines Mädchen in der ersten Reihe.

»Ganz recht. Möchtet ihr heute Abend um sechs Uhr mit eurer Laterne hierher in unseren Turnsaal kommen?«

Die Kinder waren begeistert.

»Bringt eure Eltern mit! Vergesst es nicht! Wir feiern ein kleines Fest, weil ihr doch jetzt in eine neue Klasse geht.«

Doktor Neckermann und Herr Ott verschwiegen wohlweislich, dass sie mit Pfarrer Schumacher, der auch dem Seuchenausschuss angehörte, noch in der Nacht verabredet hatten, im Blick auf die Ansteckungsgefahr auf den Morgengottesdienst in der Kirche zu verzichten. Dafür wollte Schumacher zur kleinen Willkommensfeier am Abend da sein und die neuen Räume im Beisein der Eltern segnen. Das dürfte ungefährlich sein, denn die Pocken nisteten sich nur dort ein, wo Mäuse und Ratten hausten und die Armut zum Fenster herausschaute.

Sophie führte die quietschfidelen Mädchen hinunter ins Erdgeschoss. Einige trödelten und ließen sich ihre Schokolade schmecken. Andere hängten sich an ihre Lehrerin und plapperten munter drauflos.

»Fräulein Lehrerin«, sagte Olga, die sich im letzten halben Jahr prächtig entwickelt hatte und nicht mehr ängstlich versteckte, »weißt du, warum man die Schafe scheren muss?«

»O Heimatland!« Sophie lachte. »Du fragst mich Sachen.«

»Weil sie keine Federn haben. Sonst müsste man sie doch rupfen!« Olga wollte sich ausschütten vor Lachen.

»Und weißt du«, drängte sich Luise an ihre Lehrerin heran, »warum der Hahn die Augen zumacht, wenn er kräht?«

Sophie wusste es, aber sie wollte keine Spielverderberin sein und schwieg.

Luise hatte Mühe, vor lauter Kichern die Antwort zu geben: »Weil er es schon auswendig kann.«

Die Kinder drängelten in ihr neues Klassenzimmer. Es war frisch gestrichen und nagelneu ausgestattet. Die Mädchen kamen aus dem Staunen nicht heraus.

»Da sind ja nur Zweierbänke!«

»Und sogar zwei große Tafeln!«

»Und viele Kleiderhaken!«

Betrat man diesen Saal, so blickte man auf die gegenüberliegenden fünf Fenster. Rechts, an der Stirnseite des Raumes, befand sich das Lehrerpodest mit Pult, eingerahmt von zwei großen Wandtafeln. Zwischen Podest und dem vordersten Fenster stand die große Wandtafel, nicht auf Rädern, sondern auf einem eisernen Gestell, das im Boden des Schulzimmers verankert war. Zwischen Podest und Tür war eine zweite, etwas kleinere Tafel mit Erstklässlerlineatur an der Wand verschraubt. Genau gegenüber stand der große Lehr- und Lernmittelschrank. Erst wenn man sich im Klassenzimmer umschaute, bemerkte man die hölzernen Kleiderrechen an der Türseite, angebracht auf Augenhöhe der Kinder.

In der Tat standen in diesem Schulsaal nur Zweierbänke. Sophie hatte darum gebeten. Die Kinder könnten aus kurzen Bänken schneller und geräuschloser aufstehen und zur Tafel kommen als aus langen Subsellien.

Sophie erklärte den Kindern, dass man in diesem Raum nicht nach Leistung sitzt, die besten Schülerinnen vorn, die schlechtesten hinten, sondern nach Schuljahr. Das sei für sie als Lehrerin unverzichtbar, weil sie mal mit den Erstklässlerinnen das Schreiben üben müsse, mal den Zweitklässlerinnen das Rechnen mit Hundertern beibringen wolle, mal mit den Drittklässlerinnen einen Aufsatz erarbeiten möchte. Dass diese Sitzordnung die Lokation verhinderte, freute Sophie besonders.

Die Kinder nickten altklug. Sie wussten schon, dass drei Jahrgänge eine Klasse bildeten.

»So«, sagte Sophie und bat um Aufmerksamkeit, »jetzt wird's ernst. Bitte gut aufpassen!«

Zuerst hieß sie die Mädchen ihre Mäntelchen, Jäckchen und Mützchen an den Kleiderhaken aufhängen und trug ihnen auf, das jeden Morgen gleich beim Hereinkommen in den Schulsaal zu erledigen.

Dann mussten die neun Mädchen des dritten Schuljahrs aufstrecken und sich in die hinteren Bänke am Fenster setzen. Als Nächstes beorderte sie die elf Mädchen des zweiten Schuljahrs in die Bänke davor. Und schließlich durften sich die neunzehn Erstklässlerinnen einen Platz in den Reihen an der Türwand aussuchen. So hatten sie die Wandtafel mit den roten Hilfslinien direkt vor sich.

Viele der neununddreißig Kinder trugen große Schleifen oder Spangen im Haar. Alle waren herausgeputzt. Augenscheinlich freuten sie sich auf den Unterricht. Sie strahlten ihre Lehrerin an.

Sophie setzte sich aufs Pult und schaute. Die Mädchen waren fein herausgeputzt. Alle besaßen eine eigene Tafel und hatten einen Schulranzen. Bis auf die wenigen, denen der Bürgerverein Freiplätze gewährt hatte, darunter auch Luise, die Enkelin des Postbeamten, stammten die Kinder offensichtlich aus begütertem Haus.

Doch halt! Die meisten Ranzen lagen auf dem Boden.

»An jeder Bank sind zwei Haken«, erklärte Sophie, »einer auf der linken und einer auf der rechten Seite. Bitte hängt euren Schulranzen auf!«

381

Die Mädchen gehorchten aufs Wort. Sie hatten verstanden. Das Fräulein Lehrerin wollte, dass alles schön aufgeräumt war.

Nicht wenige Pädagogen, oft die eifrigsten und strebsamsten, litten an der Doziersucht, hatte Pfarrer Finkenberger seine Seminaristinnen gewarnt. Sie wollten alles selbst machen, redeten in einem fort, verlören im Eifer den Boden unter den Füßen und flögen hoch daher, während die Schüler dasäßen und gähnten.

Doch gemäß dem Sprichwort von den allzu fleißigen Müttern, die gern faule Töchter erziehen, bildeten allzu redselige Lehrer meist schläfrige Schüler aus, mahnte Finkenberger. Nur wenn man die Kinder viel beschäftige und zur Selbsttätigkeit anhalte, wirke man dem entgegen.

Darum überlasse der gute Lehrer seine Schüler mehrmals täglich einige halbe Stunden sich selbst. Zum Beispiel könnten sie den Memorierstoff aus dem Gedächtnis aufschreiben oder ein Gedicht in Prosa übersetzen. Im Rechnen setze man ihnen einen ordentlichen Berg Übungsaufgaben vor. Auch das Schönschreiben eigne sich gut für die Selbsttätigkeit. Man denke nur an die reinliche Abschrift einer Geschichte aus dem Lesebuch. Und beim Rechtschreiben, einem der schwierigsten Fächer in der Schule, könnten die Kinder bestimmte Wortarten aus einem Lesestück herausschreiben. Oder Hauptwörter in die Mehrzahl setzen. Oder Verben in eine andere Zeitform übertragen.

Bei der Vorbereitung auf Martini hatte Sophie zunächst befürchtet, der gemeinsame Unterricht für drei Jahrgänge könnte sie überfordern. Doch bei der detaillierten Stundenplanung erinnerte sie sich an Finkenbergers mahnende Worte. Sie erkannte, dass sich alle neununddreißig Kinder mit einigem Geschick ganz gut beschäftigen ließen, gerade weil hier drei Altersklassen zusammensaßen.

Die Erst- und Zweitklässlerinnen, die leicht und schnell lernten, könnten sich an den Drittklässlerinnen orientieren und die Schwächerbegabten an den guten und schnellen Schülerinnen. Und die mutigen Mädchen könnten die ängstlichen anspornen, mehr aufs eigene Können zu vertrauen.

Als Lehrerin hätte sie dann nur darauf zu achten, dass alle Kinder gut zu tun hatten. Dann dürfte eigentlich keine müßige Langeweile aufkommen.

Darum hatte sich Sophie vorgenommen, Finkenbergers Empfehlung an der neuen Schule vom ersten Tag an in die Tat umzusetzen.

»Willkommen!« Sophie flog ihrem Liebsten entgegen. Die Leute blieben verwundert auf dem Bahnsteig stehen. Sophie war es herzlich egal.

»Alles Gute zum Geburtstag!« Sie küsste ihn auf den Mund. Ein Umstehender grinste, eine Dame sah säuerlich herüber.

»Danke, danke.« Gustav lachte. »Ich bin ja so froh, dass ich dich besuchen darf.«

Sie hakte sich bei ihm unter. Turtelnd verließen sie den Bahnhof und schlenderten nach Hartingen hinein. Der grimmigen Kälte, die über Nacht hereingebrochen und noch nicht gänzlich gewichen war, trotzten sie, denn sie hatten ja sich.

»Sieben Wünsche zu deinem dreißigsten Geburtstag habe ich für dich, liebster Gustav.«

»Dann sag ich schon einmal siebenfachen Dank. Aber warum gerade sieben und nicht sechs oder acht?«

»Du weißt aber auch gar nichts«, neckte sie ihn. »Die Sieben ist doch die Zahl der Weisheit.«

»Ah! Ich bin dir also nicht klug genug?«

»Untersteh dich, du Frechdachs!« Sie drohte ihm mit dem Finger. »Gerade weil du so klug und weise bist, müssen es doch sieben Wünsche sein.«

»Oh! Verstehe! Dann lass hören.«

»Zuerst wünsche ich dir ein ganzes Jahr voller lustiger Tage.«

»Na, das kann ja heiter werden. Hoffentlich komme ich vor lauter spaßigen Erlebnissen auch noch zum Arbeiten.«

»Du könntest ja umsatteln und Hofnarr werden oder Humorist.«

»Und du meinst, von ein paar Späßen könnte ich dich und mich ernähren?«

»Oh, gute Komiker verdienen gutes Geld. Du gibst den dummen August, und ich spiele auf dem Klavier dazu.«

»Sophie, Sophie! Deine Fantasie geht mit dir durch.« Er lachte. »Hast du noch mehr solcher Wünsche für mich?«

»Ich wünsche dir ...«, sie deutete auf die Sonne, die in diesem Augenblick durch die Wolken brach, »jeden Tag eitel Sonnenschein.«

»Der ist mir gewiss, denn du, mein Schatz, bist bei mir. Du bist mein Sonnenschein.«

»Dann wünsche ich dir als Drittes viel Glück.«

»Aber das habe ich doch schon. Du bist mein Glücksstern!«

Sie dankte ihm mit einem Kuss. »Und Erfolg bei allem, was du dir vornimmst, mein Liebster, wünsche ich dir auch.«

»Ja«, sagte er nachdenklich. »Manchmal ist es mir selbst nicht ganz geheuer, dass ich mit meiner Fotografiererei so erfolgreich geworden bin.«

»Das hast du dir doch hart erarbeitet. Also freue dich.«

»Und fünftens?«

»... wünsche ich dir Siebenmeilenstiefel, mit denen du schneller laufen kannst als der kleine Muck.«

»Konnte der mit seinen Pantoffeln nicht sogar fliegen?«

»Ja, das wäre wunderbar, mein lieber Gustav. Dann wärst du jeden Abend im Handumdrehen bei mir, und wir wären vereint, wo auch immer ich wohnen würde.«

»Ich wüsste, wie es noch einfacher ginge.«

Sie lachte ihn sehnsüchtig an. »Geduld, mein Liebster. Darum lautet mein sechster Wunsch: heitere Gelassenheit für dich und für mich!«

Er sah sie verschmitzt an und drückte sie an sich. »Und wie lautet dein siebter Wunsch für mich?«

»Ich wünsche dir nicht enden wollende Gesundheit, mein Herzallerliebster. Denn ohne Gesundheit ist alles nichts.«

Er nahm sie in die Arme und küsste sie mitten auf der Straße. »Ich danke dir, liebste Sophie, dass du für mich da bist. Du bist klug und schön, aber das weißt du ja selbst.«

Sophie tat geheimnisvoll. Sie habe ein kleines, klitzekleines Geschenk für ihn. Nein, nichts Gekauftes! Etwas Selbstgemachtes. Aber das bekomme er erst zum Abschied am Abend.

Sie statteten den Neckermanns einen Höflichkeitsbesuch ab. Doktor Neckermann war ernst und abgespannt. Seine Praxis sei wegen der Pockenseuche ständig überfüllt. Dazu kämen unzählige Hausbesuche. Die Leute lebten in ständiger Angst. Viele wollten geimpft werden, weil ein Obermedizinalrat aus Stuttgart über die Zeitungen verbreiten ließ, wenn etwas in der Medizin unwiderlegbar feststehe, dann der Nutzen der Impfung. Er dagegen sei anderer Meinung, sagte Doktor Neckermann. Er halte bei dieser Krankheit nicht viel vom Impfwahn, sondern setze auf Hygiene und Aufklärung, weil Hauptursache der Pocken die mangelnde Sauberkeit sei. Aber in der gegenwärtigen Hysterie sei es sinnlos, mit den Leuten über den Streit unter Medizinern zu diskutieren. So impfe auch er, halte aber jedem seiner Patienten einen Vortrag über Sauberkeit, Händewaschen, den Vorteil eines warmen Bades und über penible Reinigung von Kleidern und Bettwäsche. Das koste natürlich viel Zeit und Nerven.

Sophie und Gustav hörten ihm aufmerksam zu, baten dann jedoch um Verständnis, dass sie zum Mittagessen nicht bleiben könnten. Eng umschlungen spazierten sie in die leeren Felder und abgeernteten Weinberge hinaus.

Sie genossen die Natur, bewunderten, wie der Reif unter der Sonne schmolz, staunten, wie die Spatzen eifrig Samen pickten. Sie fühlten sich beschwingt und beseelt, denn Gustav verstand sich glänzend darauf, Sophie das zu sagen, was sie beglückte.

»Du bist mein Ein und Alles«, hauchte sie. »Ich wüsste auch nicht, was schöner wäre, als an deiner Seite zu leben.«

»Wenn ich dich so sprechen höre, liebste Sophie, dann würde ich dich am liebsten auf der Stelle heiraten.«

»Hier in Hartingen? «

»Ja, jetzt gleich.« Er küsste sie auf den Mund, die Nase, die Wangen, die Stirn.

»Ich bin so glücklich, lieber Gustav, dass du da bist.«

Er sah ihr in die Augen. »Sag, mein Herz, wie lange … wie lange muss ich noch warten?«

Sie presste sich an ihn. »Wie ich's dir versprochen habe, soll's auch weiterhin gelten. Mehr als zwei Jahre bleibe ich nicht in Hartingen.«

Er streichelte ihre Wange. »Im einen Moment bin ich einfach nur traurig und niedergeschlagen, im nächsten wieder glücklich, dass die Warterei in absehbarer Zeit ein Ende haben wird.«

Stundenlang hätte er seine Sophie küssen, streicheln und bewundern mögen.

Sie hatte ihm so viel zu erzählen. Fast ohne Atem zu holen, redete sie über ihre ersten Versuche mit wechselseitigem Unterricht, in dem sie zwei Gruppen mit Stillarbeit beschäftigte und die dritte direkt unterrichtete. Über ihr neues Klassenzimmer, über die kleine Feier am Abend des 11. November und über ihr Erspartes. Sie schimpfte über das Unrecht, als Frau beim Darlehensverein kein Konto eröffnen zu dürfen. Und sie erzählte ihm, was ihr die kleinen Mädchen tagtäglich anvertrauten.

Gustav hörte gut zu und lachte.

»Siehst du, darum gehe ich so gern in die Schule. Egal, was die Kinder zuhause erwartet, ob man sie prügelt oder ihnen nichts zu essen gibt, wenn sie morgens zur Klassenzimmertür hereinkommen, lachen sie und sind neugierig.«

»Darf ich dich etwas ganz anderes fragen?«

»Was?«

Gustav wurde ernst. »Willst du meine Frau werden?«

»Und wenn nicht?«

»Dann wandere ich aus. Nach Kanada. Dann siehst du mich nie wieder.«

»Gut, dann bleib hier. Bevor dich die Eisbären in Kanada fressen, erbarme ich mich.«

Gustav strahlte wie die aufgehende Sonne.

Sie hatten einiges zu besprechen. Wann sie heiraten könnten. Wen sie zur Hochzeit einladen sollten. Wo und wie sie künftig leben wollten.

Dann fragte Sophie viel. Ob Gustav sich schon bei den beiden Waffenschmieds und bei der Majorswitwe erkundigt habe, an wen Hannas Abschiedsbrief adressiert sein könnte.

»Habe ich erledigt, Liebste. Alle drei versicherten glaubhaft, sie wüssten nichts von einem Abschiedsbrief. Und sie hätten in den letzten Tagen vor Hannas Tod nicht mit ihr gesprochen. Ja, ich habe sogar noch einmal den Laternenanzünder aufgesucht. Er hat mich in Hannas Kämmerchen geführt, wo ich die Bilder von der Wand nahm und dahinter ein paar Druckbögen mit Exlibris fand. Aber das bringt uns auch nicht weiter.«

»Heißt das, Gustav, dass wir denjenigen, der Hanna ins Unglück gestürzt hat, niemals finden?«

»Scheint so.«

Sie hingen ihren Gedanken nach und bewunderten das winterliche Panorama.

Gustav schrieb wenige Tage später und bedankte sich für den Aufsatz, den Sophie ihm beim Abschied auf dem Bahnhof in die Hand gedrückt hatte.

»Meinst du, ich könnte den Artikel in die Zeitung oder in ein Journal setzen lassen?«, hatte sie ihn gefragt, als er in den Zug kletterte. Ihre Stimme hatte unsicher geklungen.

Nun lobte Gustav den Aufsatz über den Schellenkönig. Sein Onkel habe am Montag in Eugensburg zu tun gehabt und den Aufsatz gelesen. »Klar im Gedankengang und erfrischend formuliert« seien des Onkels Worte gewesen. Er wolle den Aufsatz unbedingt einem größeren Publikum zugänglich machen. Wenn Sophie einverstanden sei, drucke er ihn gleich in der nächsten Ausgabe der »Sonnenblume« ab.

Gustav legte seinem Brief die Anschrift des Onkels bei und bat, weil es eile, direkt nach Stuttgart zu antworten.

Darum setzte sich Sophie sofort an ihren Schreibtisch und schrieb einen Brief an den Buchverleger Karl Nägele. Sie habe ihren Aufsatz nochmals überarbeitet und bitte darum, die beiliegende verbesserte Fassung abzudrucken.

Allerdings stellte sie eine Bedingung: Der Artikel müsse anonym erscheinen. Auch auf Nachfrage dürften weder ihr Name noch ihre Anschrift bekannt werden. Andernfalls könne sie so offen und frei nie mehr über die Anliegen ihres Berufsstandes schreiben.

### Zur Lehrerinnenfrage
*Eine anonyme Zusendung*

*Man pflegt uns Frauen gern vorzuwerfen, wir seien sparsam bis zum Geiz oder leichtsinnig im Umgang mit dem Geld. Ja, was nun, meine Herren? Ist es nicht vielmehr so, dass die Herren das alleinige Sagen haben, wenn es ums Geld und ums Vermögen geht? Und ist es nicht auch so, dass in den Wirtshäusern fast nur Männer sitzen und ihren Lohn, der eigentlich für den Unterhalt der ganzen Familien bestimmt ist, in Bier und Würsten anlegen, obwohl es zuhause genug und vor allem billiger zu essen gäbe?*

*Der Frau aus dem Volk bleibt gar keine andere Wahl, als das bisschen Geld, das ihr der Mann bis auf den letzten Kreuzer hinzählt, sparsam zu verbrauchen, sonst würde es dem Herrn des Hauses nicht mehr für Bier und Zigarren reichen.*

*Verschwendungssucht kann man allenfalls bei gewissen Damen aus besseren Kreisen beobachten, wo es auf den Gulden nicht ankommt. Der Toiletten- und Möbelluxus, der zuweilen so zerstörend grassiert, als wollten diese Frauen mit dem Spielen und Zechen ihrer Männer wetteifern, rührt doch daher, dass solche Frauen den Wert der Arbeit nicht zu schätzen wissen. Sie sind unzureichend im Rechnen geschult und verstehen rein gar nichts von der Buchhaltung.*

*Genau da liegt das Problem, das Bildungsproblem! Eigentlich werfen uns die Männer mangelnde Bildung vor, aber vergessen hinzuzufügen, dass sie das alles genau so herbeigeführt* haben. Jungen stehen alle Bildungswege offen, Mädchen sind fast alle verschlossen.

Das A und O aller Bestrebungen für die Frau liegt daher in einem Wort: Bildung. Erst wenn man den Mädchen die gleiche Bildung zugesteht wie den Jungen, wird sich etwas grundsätzlich ändern. Erst wenn die Fach- und Gewerbeschulen, Fortbildungsanstalten und Universitäten auch für Frauen geöffnet oder übergangsweise eigene für sie geschaffen werden, haben wir Frauen die Möglichkeit, unsere Kräfte zu entfalten. Damit sich jedoch alle Wege für Schule und Beruf auch für Mädchen und junge Frauen öffnen, ist es zwingend nötig, in allen Einrichtungen, die mit Bildung und Ausbildung zu tun haben, Frauen zu beschäftigen, die ihre schützenden Hände über die Mädchen halten. Denn die in diesen Einrichtungen tätigen Männer, das ist jedenfalls meine Erfahrung und die meiner Kolleginnen, werden freiwillig den Mädchen keine Rechte einräumen und den Frauen keinen Fußbreit Platz machen.

Die wenigen Lehrerinnen an den öffentlichen Schulen, die es bisher in unseren Schulen gibt, haben nahezu alle dieselben schlechten Erfahrungen gemacht. Es sträubt sich mir das Haar, wenn ich daran denke, wie vielen Quälereien und Plackereien die Lehrerinnen ausgesetzt sind. Man lässt sie absichtlich zappeln und klagen, hofft man doch, dass sie bald verschwinden. Wo nicht, sperrt man sie in eine üble Kammer, die eher Gefängnis ist als Wohnung. Von der Einrichtung dieser Verliese ganz zu schweigen. Da hocken gebildete Fräulein oft in feuchten Löchern, dass Kleider, Bett und Möbel schimmeln. Und erst der Ofen, die zerfallenen Fenster, der eklige Geruch! Ja, weiß denn die oberste Schulbehörde nicht Bescheid? Nein, sie weiß es nicht, weil die Gemeinde in ihren Berichten so tut, als sei alles in Ordnung.

Man erspare mir weitere Einzelheiten, weil sie so unbeschreiblich sind, dass es mir die Schamröte ins Gesicht treibt. Aber fragen Sie nur einmal eine der Unglücklichen, die man tagtäglich malträtiert. Eine Zusammenfassung möge hier genügen: Viele Lehrer reißen sich sechs Beine aus, um Frauen aus den

Schulen hinauszuekeln, auch wenn sie sonst vor Bequemlichkeit keinen Fuß vor den anderen zu setzen vermögen. Nicht wenige Schultheißen, insbesondere jene, die mehr im Wirtshaus als im Rathaus sitzen, rotten sich mit den widerspenstigen Lehrern zusammen, damit die Schulen frauenfrei bleiben und ja nichts von den männlichen Privilegien verloren geht. Und sogar einzelne Bezirksschulinspektoren, eigentlich den politischen und gesetzlichen Weisungen verpflichtet, geben sich dazu her, die ersten Lehrerinnen in ihrem Bezirk so zu schikanieren, dass sie von allein das Weite suchen.

Was Lehrerinnen sich wünschen, lässt sich in einem Satz zusammenfassen: Wir wollen das gleiche Recht auf Arbeit wie die Lehrer. Wir haben die gleiche Ausbildung wie sie, haben dasselbe Examen bestanden wie sie, leisten dieselbe Arbeit wie sie. Warum dann diese Missachtung, diese Häme und dieser Futterneid, wenn irgendwo eine Lehrerin an einer Schule aufzieht?

Die Lehrer wollen uns nicht an ihrer Schule dulden. Sie behaupten, wir seien körperlich und seelisch dem Unterrichten nicht gewachsen. Diesen Unsinn streuen sie wie Gift in ihrer Gemeinde, obwohl sie wissen müssten, dass es gerade die Bauersfrauen sind, die in der Erntezeit zwölf bis sechzehn Stunden am Tag schuften und dann, wenn sich ihre Männer und Knechte dem Bier und Most widmen, noch in der Küche stehen, um für die Herren der Schöpfung das Essen zu richten. Die Behauptung, Frauen seien zu schwach für den Unterricht, ist gerade so wahr wie die Mär von der Wäsche, die, in der Wurstbrühe gewaschen und im Schornstein getrocknet, dennoch schneeweiß wird.

Denen, die nicht ganz blind sind, sei gesagt, dass die neuzeitlichen Bestrebungen der Frauen zwei Hauptrichtungen haben.

Die eine ist die in Haus und Familie anfallende Arbeit für das Wohl ihrer Angehörigen. Die andere ist auf Teilhabe an der Arbeitswelt gerichtet.

Die erste ist traditionell, bedarf aber umfassender Reformen. Die zweite ist neu und muss sich erst eigene Regeln und Gesetze schaffen. Die erste richtet sich auf die Beseitigung von Missständen. Zum Beispiel auf die Geschäftsfähigkeit der Frau und

*Mutter, die zwar zuhause das Geld treulich verwaltet, doch au-
ßerhalb ihres Hauses völlig entmündigt ist und nicht einmal ihr
eigenes Sparbuch bedienen darf, weil sie in allen Rechtsfragen
dem Manne nachgeordnet ist, auch wenn der nicht des Rech-
nens mächtig ist.*

*Die zweite Bestrebung will den ungehinderten Zugang der
Mädchen und Frauen auf allen Ebenen der Bildung und der Arbeit. Das wird nicht kampflos abgehen.*

*Also müssen wir Frauen uns selbst helfen. Vorbild kann
hier Bremen sein, wo vor vier Jahren ein Verein von Frauen für
Frauen gegründet wurde. Er unterhält eigene Schulen und Fortbildungsanstalten, beispielsweise für Buchhaltung und Maß-
und Gewichtsordnung. Ihm gehört eine Krankenpflegeschule. Er
vergibt Kredite an Frauen, die sich eine eigene Nähstube, einen
Galanteriewarenladen, eine Blumenmacherei, einen Zitronen-
handel oder dergleichen mehr einrichten wollen. Und er betreibt
eine Bibliothek, die sich ausschließlich der Frauenfrage widmet.*

*Wir Lehrerinnen folgen dem Bremer Beispiel. Wir sind gera-
de dabei, uns zu einem Lehrerinnenverein zusammenzuschlie-
ßen, wie das die Lehrer vor dreißig Jahren auch getan haben.
Also gleiches Recht für alle. Jedenfalls werden wir Lehrerinnen uns künftig zu wehren wissen gegen Demütigungen und
Verunglimpfungen.*

Eine Woche später händigte Frau Neckermann ihrer Untermieterin einen dicken Brief aus. Ein Blick auf den Absender,
und Sophie wusste Bescheid.

Verleger Nägele dankte für den Beitrag. Auch werde er
nichts über die Autorin verlauten lassen. Aber er wünsche
sich sehr, dass Sophie ihm weitere Beiträge anvertraue. Ihre
Sprache und ihr Stil seien modern. Der Artikel werde gewiss
bei den Lesern seiner Zeitschrift gut ankommen. Sollte sich
jedoch jemand ärgern, dann sei das nur gut und diene dem
liberalen Renommee seines Verlags. Das Honorar werde er
Gustav ausbezahlen, der ja in regelmäßiger Verbindung zu ihr
stehe. So bleibe die Anonymität der Autorin gewahrt.

Beigefügt war die letzte Ausgabe der Zeitschrift.

Als Sophie das Journal aufblätterte, sagte Frau Neckermann bewundernd: »Oh, Sie lesen die ›Sonnenblume‹?«

»Ja«, log Sophie, »ich habe mir eine Probenummer zusenden lassen. Ich will künftig öfter über den Horizont meines Berufs hinausschauen.«

Der Wechsel an die Privatschule brachte Sophie einen weiteren Vorteil. Sie musste sich im Singen nicht mehr auf die Kirchenlieder beschränken.

In der Volksschule diente das Singen ausschließlich der Vor- und Nachbereitung des Gottesdienstes, auch wenn einige Volksschullehrer mit ihren Schülern heimlich Volkslieder trällerten. Erlaubt war das nicht, forderte doch der Lehrplan, die bekanntesten Choräle und Kirchenlieder zu pauken. Die Kirchenoberen erhofften sich davon einen besseren Kirchengesang. Darum zählte das Singen im Schulgesetz zu den wesentlichen Gegenständen des Unterrichts. Eine erst kürzlich erlassene Spezialverfügung verlangte von den Pfarrern sogar, jährlich auf Georgi einen Gesangsbericht vorzulegen. So hoffte man, die weltlichen Lieder aus dem Singunterricht heraushalten zu können.

Sophie dagegen hatte nun alle Freiheiten. Sie nahm sich vor, die beliebtesten Kirchenlieder zu lehren und die schönsten Volkslieder einzuüben. Vor allem wollte sie ihre Schülerinnen zum mehrstimmigen Chorgesang hinführen und ihnen das Singen nach Noten beibringen.

In Württemberg wurde viel musiziert. In jedem Haus strich einer die Fiedel oder blies die Posaune. In jeder Kirchengemeinde erfreute man sich sonntags am Posaunenchor. Bis zum kleinsten Weiler herab rühmte jede Gemeinde ihre Blaskapelle. Vor allem die Männer sangen bei jeder Gelegenheit, seit Friedrich Silcher eine große Zahl an Volksliedern vertont und neue Kirchenlieder komponiert hatte. Darum galt in jeder Stadt, jedem Dorf der Gesangverein als heilige Institution. Sogar jede Firma, die etwas auf sich hielt, gönnte sich einen Chor.

Silcher hatte auch zweistimmige Kinderlieder komponiert und eine Gesangslehre für die Schule verfasst, die den Musikunterricht für Sieben- bis Neunjährige Schritt für Schritt erläuterte. Das Büchlein war gut und billig und wurde von den obersten Schulbehörden wärmstens empfohlen.

Sophie hielt sich an Silchers Lehre. Sie hatte sich vorgenommen, bis Weihnachten ein paar Lieder einzuüben.

Also malte sie eines Morgens für die Drittklässlerinnen eine Leiter an die Tafel. Darauf ließ sie Töne auf und ab spazieren und sang dazu. Die Erst- und Zweitklässlerinnen, eigentlich mit stillem Ab- und Aufschreiben beschäftigt, kicherten, bis sich schließlich die ganze Klasse vor Lachen kugelte.

Sophie wiederholte ihre Vorführung am nächsten Tag. Wieder erntete sie Lachsalven.

Am dritten Tag durften die Kinder selbst Noten anschreiben, die Sophie auf ihrer Geige spielen musste.

»Mehr! Mehr! Mehr!«, kreischten die Mädchen und wollten von da an täglich etwas von dieser Zauberleiter mit den auf- und abhüpfenden Noten wissen. Sie hatten dabei so großen Spaß, dass sie spielerisch schwere Lektionen wie süße Limonade aufsogen.

Nach einer Woche malte Sophie eine Notenfolge an die Tafel und ließ die Kinder raten, welches Lied sich wohl dahinter verbergen könnte.

Nicht ein, nicht zwei, nein fünf Finger flogen hoch. Und jedes der fünf Mädchen wusste die Antwort: »Alle meine Entchen!«

Sophie war baff!

»Woher …?«

»Da steht's doch!«, war die simple Antwort.

Gemeinsam sangen sie das Liedchen, wobei Sophie mit der linken Hand auf die Tafel zeigte und mit der rechten die Richtung der Melodie anzeigte. Ob hoher oder tiefer Ton, die Kinder waren mit Feuereifer dabei.

Passend zum Winterthema, das Sophie im Anschauungsunterricht über mehrere Tage hinweg beleuchtet hatte, stellte
sie ihren Schülerinnen ein Lied vor, das sie sich zuhause am
Klavier ausgedacht hatte:

### Winterzeit

*Kinder, 's ist Winter, der silbrige Schnee*
*wärmet die Felder, deckt Täler und Höh.*
*Horch, wie der Wind vor den Fenstern pfeift.*
*Bäume und Sträucher sind längst schon bereift.*

*Seht an den Fenstern die Blumen von Eis,*
*Häuser und Ställe und Scheunen sind weiß.*
*Alt und ehrwürdig in glitzerndem Flor,*
*ragt mitten im Ort der Kirchturm empor.*

*Lasst ihn nur pfeifen und toben, den Wind.*
*Denn in der Schule, da friert es kein Kind.*
*Sicher und fest wie im blumigen Mai*
*führt uns die Schule am Winter vorbei.*

*Kinder, 's ist Winter, wie lieblich und schön*
*ist es, im Winter zur Schule zu gehn,*
*ist es, im Winter viel Samen zu streun,*
*damit uns im Sommer viel Früchte erfreun.*

Jeden Tag übte sie das Lied, denn die Mädchen brannten vor
Ehrgeiz. Sie wollten zur Weihnachtsfeier, die der Bürgerverein trotz der Seuchengefahr angekündigt hatte, ihre Eltern
überraschen.

An einem Mittwochnachmittag im Dezember stapfte Sophie aus dem Städtchen hinaus in den unberührten Schnee, der
in allen Weiß- und Violetttönen in der Sonne glitzerte.

Sie war überglücklich. Gustav hatte geschrieben. Sie summte ihr Winterlied vor sich hin und spürte, dass die Musik die

Sprache ihrer Seele war. Alles ließ sich in Tönen ausdrücken. Höchste Gefühle, Freiheit und Recht, Liebe und Entsagung, Natur und Kunst. Die Musik feuerte sie an, begeisterte, tröstete, entzückte und belebte sie bei tristem Wetter und mieser Stimmung.

In ihrer Euphorie nahm sich Sophie vor, noch ein Lied einzuüben. Ein richtiges Weihnachtslied fehlte in der Feier. Eines, das zu den bevorstehenden Festtagen passte.

Sie eilte heim und blätterte in Silchers Sammlung von Kinderliedern. »Alle Jahre wieder kommt das Christuskind« schien ihr geeignet, auch wenn man es mit viel Pathos vortragen musste, weil es sonst öd und langweilig klang. Es würde ein hartes Stück Arbeit werden, die Kinder so weit zu bringen.

»Macht den Schnabel auf«, mahnte Sophie bei den ersten Proben. »Ein A ist ein A und darf nicht schillern wie ein Chamäleon, mal tiefer, mal höher. Der Ton muss rein und klar sein.«

Sie übte und übte und verlangte den Kindern viel ab. »Nicht durch die Nase singen!«, verbesserte sie. »Der Ton wird sonst unangenehm und spitz. Tief einatmen!« Sie machte es vor. »Aus voller Brust singen! Dann ist der Ton rund und kräftig.«

Und so gaben die Kleinen ihr Bestes. Sie jubilierten und tirilierten, bis ihre Lehrerin zufrieden war.

O Wunder, trotz der strengen Übungen erlosch die Freude der Kinder an der Musik nicht. Ganz im Gegenteil, sie loderte hell auf.

In Württemberg ging der Bau neuer Eisenbahnstrecken mit der Herstellung neuer Telegrafenleitungen Hand in Hand. Die Telegrafie machte es nämlich möglich, dass Nachrichten, als elektrische Impulse verschickt, praktisch ohne Zeitverzögerung beim Empfänger eintrafen. So konnte man mittels Telegrafie die ein- und auslaufenden Züge von Station zu Station weitermelden und für einen reibungslosen Zugverkehr sorgen.

Darum gab es auf jedem größeren Bahnhof nicht nur Diensträume für das Bahnpersonal, Wartesäle erster, zweiter und dritter Klasse, ein Postamt, eine Bahnhofsrestauration und einen Güterschuppen, sondern auch ein Zimmer für den Telegrafen.

Der Bahnhof wurde so schnell zum Nabel der Welt. Hier begegneten sich Menschen, bekannte und unbekannte. Hier stapelten sich die einheimischen Waren, die mit der Eisenbahn fortgeschafft wurden, und die fremden, die Fuhrleute, die Eisenbahnspediteure, übers Land verteilten. Und hier liefen die Nachrichten aus aller Welt zusammen.

Wen sonntags die Langeweile plagte, der pilgerte zum Bahnhof, trank ein Bier oder auch zwei, sah sehnsüchtig den Zügen hinterher und hörte die neuesten Nachrichten, wenn der Telegrafist aus seinem Dienstzimmer wetzte und mit seinem Wissen prahlte.

Von morgens sieben bis abends neun herrschte auf den meisten Bahnhöfen voller Tagesdienst, wie die Eisenbahner sagten. Nur auf kleinen Bahnhöfen galten eingeschränkte Dienstzeiten. Dafür gab es in den größeren Städten wie Stuttgart und Ulm sogar einen Nachtdienst.

Die württembergische Post, inzwischen nicht mehr vom Fürsten von Thurn und Taxis als Privatunternehmen betrieben, sondern verstaatlicht und in der Verkehrsabteilung des Innenministeriums angesiedelt, wetteiferte mit der Bahn um Macht und Einfluss. Sie erschloss jene Regionen, wohin noch keine Züge fuhren: Hohenlohe, die Schwäbische Alb, den Schwarzwald und Oberschwaben. Dorthin wurden Telegrafenleitungen entlang der Staatsstraßen verlegt und Telegrafenzimmer in Postämtern eingerichtet.

Als Sophie nach Hartingen kam, stand das württembergische Verkehrswesen bereits in voller Blüte. Es wurde so oft mit dem Zug gereist, so viel Post verschickt und so heftig telegrafiert, dass die Regierung die Fahrkarten, das Briefporto und die Depeschen nicht verteuerte, um damit noch mehr Geld zu scheffeln, sondern verbilligte. Für eine einfache Depesche bis zu zwanzig Wörtern, die bei einer Entfernung von siebzig Meilen ursprünglich zwei Gulden oder hundertzwanzig Kreuzer gekostet hatte, zahlte man jetzt nur noch achtzehn Kreuzer, Zustellung frei Haus inbegriffen. Sogar ärmere Leute bedienten sich zuweilen der Telegrafie, wenn ein unvorhergesehenes Ereignis eingetreten war.

Es war der 23. Dezember, ein Samstag. Sophie saß im Wohnzimmer der Neckermanns und strahlte vor Freude und Stolz. Ihre Schülerinnen hatten bei der nachmittäglichen Weihnachtsfeier geglänzt. Sie hatten den Schnabel aufgemacht, hatten nicht durch die Nase gesungen, nicht geknödelt. Jede Note hatte gesessen. Die Eltern waren begeistert gewesen, was der Beifall bewies. Er hatte nicht enden wollen.

Eben schlug die Wanduhr halb sechs, als sich Doktor Neckermann anschickte, einen Champagner zu öffnen. Da erschien das Dienstmädchen unter der Tür und winkte Sophie herbei.

»Eine Depesche für Sie, Fräulein Rössner«, sagte sie und überreichte Sophie ein verschlossenes Kuvert.

Sophie erschrak. Man hatte ihr noch nie depeschiert. Fragend sah sie zu Frau Neckermann hinüber.

»Lesen Sie erst in aller Ruhe«, sagte die Hausherrin und deutete ihrem Mann, mit dem Champagner noch zu warten.

Sophie öffnete den Umschlag, las und wurde kreidebleich.

»Schlechte Nachrichten?«, fragte Frau Neckermann und eilte auf Sophie zu, die ihr das Telegramm wortlos weiterreichte.

Frau Neckermann überflog die kurze Nachricht: »Dein Vater schwer erkrankt. Komm bitte schnell! Gruß. Mutter.«

Stille im Raum. Niemand sprach ein Wort. Doktor Neckermann erkannte an den Gesichtern der beiden Frauen, dass etwas Ernstes vorgefallen sein musste.

Frau Neckermann gab ihm die Depesche. Ein Blick genügte, und er ahnte die Tragweite der Nachricht.

Morgen war vierter Advent und zugleich Heiliger Abend. Drei Tage ruhte das öffentliche Leben. Sogar die Arztpraxis blieb geschlossen. Auch der Schulbetrieb machte Pause bis Mittwoch.

Was nun?

»Sie sollten reisen, Fräulein Rössner.« Doktor Neckermann sagte es mit Nachdruck.

Sophie war so konsterniert, dass sie nichts erwidern konnte. Sie stand nur da und dachte an ihren Vater.

»Aber das … das kann doch … gar nicht sein«, stotterte sie. »In der Erntevakanz war er noch so … lebenslustig … so … zuversichtlich.«

Doktor Neckermann konnte sich als erfahrener Arzt einiges zusammenreimen, aber es ging jetzt nicht um irgendwelche Diagnosen, sondern einzig darum, der liebenswerten Untermieterin den Rücken zu stärken und ihr die Heimreise zu ermöglichen.

»Sie fahren gleich morgen früh, Fräulein Rössner«, sagte er energisch.

»Aber am Mittwoch ist doch wieder Schule«, wandte Sophie zaghaft ein.

»Ihr Vater ist wichtiger!« Doktor Neckermann rief nach dem Dienstmädchen und erteilte ihr den Auftrag, sofort zum Bahnhof zu eilen und für Fräulein Rössner eine Fahrkarte zu kaufen.

»Wo wohnen Ihre Eltern?«, fragte er Sophie.

»In Winterhausen im Hohenlohischen.«

»Kommt man mit dem Zug dorthin?«

Sophie schüttelte den Kopf.

»Und wo ist die nächste Bahnstation?«

»In Hall oder Crailsheim.«

Er schärfte dem Dienstmädchen ein, zuerst die nächstgelegene Station zu Winterhausen zu erfragen und dann ein Billett zweiter Klasse zu lösen, gleich für den ersten Zug morgen früh. Geld gab er ihr auch mit. Sophies Angebot, die Fahrkarte selbst zu bezahlen, wies er freundlich, aber bestimmt zurück.

Kaum hatte das Dienstmädchen das Haus verlassen, fiel Sophie ein, dass Gustav morgen zu Besuch kommen wollte.

Sie fragte Frau Neckermann um Rat. Die empfahl ihr, dem Dienstmädchen nachzueilen und noch heute Abend eine Depesche an Herrn Wagner aufzugeben. Morgen früh könnte es zu spät sein, weil er dann vielleicht schon im Zug säße.

Bei Eis und Schneetreiben traf Sophie gegen halb zwei Uhr zuhause ein. Sie hatte den Morgenzug um halb sieben genommen. Für die letzten fünfzehn Meilen konnte sie gerade noch einen Platz in einem Omnibus ergattern, der von vier Pferden gezogen wurde.

Die Hauptstraße in Winterhausen war menschenleer. Die Leute saßen wohl noch beim Mittagessen oder hatten im Haus oder im Stall zu tun. Bei dem Wetter jagte man nicht einmal einen Hund auf die Straße.

Sophie setzte ihren Rucksack auf, nahm ihre Tasche und ging los. Der Schnee knirschte bei jedem Schritt. Die Eltern wohnten nicht weit im eigenen Haus, bezahlt vom Großvater als vorweggenommenes Erbe.

Vor dem Elternhaus stand der Doktorwagen, der leichte Einspänner von Doktor Mühsam, der aus dem benachbarten Städtchen herüberkutschiert war. Der Schimmel hatte einen Futtersack vor dem Maul und fraß Hafer und Heu.

Sophie strich nachdenklich über den Hals des Pferdes. Das mächtige Tier musterte sie mit großen Augen, aber ließ sich beim Fressen nicht stören.

Die Zwillinge Jakob und Else purzelten zur Tür heraus und stürmten auf ihre große Schwester zu.

»Ich hab dich durchs Fenster gesehen«, rief Else schon von weitem. Und Jakob fragte verschmitzt, als er zu ihr aufsah: »Hast du uns etwas mitgebracht?«

»Aber ja«, versprach Sophie, stellte ihre Tasche ab, ging in die Hocke und nahm die beiden Kleinen in den Arm. »Aber erst möchte ich nach Vater schauen. Wie geht's ihm denn?«

»Der Doktor ist da«, berichtete Else.

»Gestern war er auch schon da«, ergänzte Jakob, »und vorgestern auch.«

Sophie klopfte sich die Schuhe ab und stieg die Treppe hinauf. Die Zwillinge plapperten in einem fort. Übers Schlittenfahren, über den lustigen Schneemann, den sie im Hof gebaut hatten, über die Geschenke, die ihnen der Klos, der Nikolaus, gebracht hatte.

Die Mutter stand unter der Wohnungstür und umarmte ihre älteste Tochter: »Danke, mein Schatz, dass du gleich gekommen bist. Der Doktor ist gerade da. Zum dritten Mal in drei Tagen.«

»Sophie hat uns etwas mitgebracht«, strahlte Jakob seine Mutter an, die ihren beiden Kleinen über die Haare strich und sie in die Wohnstube schickte. Sie schloss die Wohnungstür hinter sich.

»Geht es Vater nicht gut?«, fragte Sophie. Es beunruhigte sie, dass die Mutter so geheimnisvoll tat und sie allein und vor der Wohnung sprechen wollte.

»Heute vielleicht ein bisschen besser als gestern.« Die Mutter redete sehr leise. »Du kennst ihn ja. Doktor Mühsam hat mir verraten, dass er viel Blut im Urin hat und nur unter Schmerzen Wasser lassen kann. Vater macht ja nie viele Worte, wenn es um ihn geht. Auch mir hat er nichts gesagt. Aber geahnt habe ich schon, was ihn plagt. Doktor Mühsam hat ihm heute zum dritten Mal mit Alaun die Blase gespült. Das nimmt den Vater sehr mit.«

Die Mutter deutete mit dem Finger auf den gespitzten Lippen an, Sophie möge das alles für sich behalten. Dann öffnete sie die Tür hinter sich.

Sophie stellte ihr Gepäck in den Flur und ging direkt zum Schlafzimmer ihrer Eltern. Die Tür war nur angelehnt.

Sophie klopfte.

Ihre Mutter kam hinterher. »Geh ruhig hinein.« Sie schob die Tür auf.

»Ah, da ist ja meine Große.« Der Vater lächelte verlegen. Doktor Mühsam saß auf der Bettkante, fühlte den Puls und tastete die Leistenbeuge des Patienten ab.

»Ich mache euch Kummer«, sagte der Vater. »Aber mir geht es schon wieder viel besser.«

Für den Bruchteil einer Sekunde sah Sophie von der Seite, dass der Arzt die rechte Augenbraue hob, als wolle er widersprechen. Doch dann drehte er sich um und sah Sophie mit seinen leicht schräg stehenden Augen lächelnd an. »Oh, da ist ja unser Fräulein Lehrerin.«

Sophie kannte den Doktor, seit sie mit vier Jahren hohes Fieber gehabt hatte. Sie mochte ihn, weil er alle Leute respektierte und Kinder ernst nahm. Man konnte Tag und Nacht nach ihm schicken, sonntags wie werktags. Früher oder später kutschierte er auf seinem Wägelchen mit dem ledernen Klappverdeck herbei, steckte die Pfeife in die rechte Jackentasche, hob sein Arztköfferchen vom Kutschbock und hörte sich geduldig an, wo's wehtat.

Doktor Friedrich Mühsam musste wohl um die sechzig sein. Stets trug er eine dicke englische Tweedjacke und genagelte Stiefel, weil er ja winters bei Eis und Schnee und sommers bei Sturm und Regen unterwegs sein musste. Seine rechte Jackentasche hatte er mit schwerem Leder auskleiden lassen, damit er da seine brennende Pfeife hineinstecken konnte, wenn er sie unverhofft aus dem Mund nehmen musste. Mancher Patient hatte ihn schon darauf aufmerksam machen müssen, es qualme aus seinem Kittel.

Der Doktor murmelte etwas von einer heftigen Blasenentzündung und geschwollenen Lymphknoten in der Leiste. Er stellte eine Flasche mit einer rosa Flüssigkeit auf den Nachttisch. »Regt die Blutbildung an. Helga, gib ihm alle zwei Stunden einen Teelöffel davon«, sagte er zur Mutter. »Aber vorher gut schütteln. Den Saft meine ich, nicht den Patienten!«

Er grinste. Aber so war er halt. War jemand ernsthaft krank, dann überspielte er das mit einem Späßchen.

»Und lass ihn, so oft wie's geht, einen Brennnesseltee trinken. Hast ja genug von dem Zeug.«

Er stand auf und legte seine Hand auf Sophies Schulter. »Begleitest du mich hinaus?«

Doktor Mühsam verstaute ein kugeliges Gerät aus Messing in seiner Bügeltasche, warf das Stethoskop hinterher und schnappte den Handgriff. »Gehen wir.«

An der Tür drehte er sich um. »Ich komme morgen gegen Mittag nochmals vorbei«, sagte er zur Mutter. Und den Vater warnte er: »Brav im Bett bleiben, Hansjörg, auch wenn bald Weihnachten ist und es nicht mehr so zwickt.« Er hob mahnend den Finger. »Und die Medizin nicht vergessen!«

Sophie ging ihm auf der Treppe voraus. Vor der Haustür fragte sie ihn, ob der Vater sich vielleicht mit Pocken infiziert haben könnte.

»Wo denkst du hin! In Winterhausen haben wir keinen einzigen Fall von Pocken gehabt. Die Leute sind viel an der frischen Luft und hocken nicht so dicht aufeinander wie in der Stadt. Außerdem ist die Epidemie am Abklingen. Gott sei Dank! Hat fast viertausend Opfer gefordert, allein bei uns im Königreich Württemberg.«

Er zog seine geliebte Pfeife aus der rechten Jackentasche und zündete sie an. Dann fragte er, ob an Sophies Schule am Mittwoch auch wieder unterrichtet wird, wie hier in Winterhausen.

Als Sophie bejahte, blickte er sie lange aus seinen müden, alten Augen an. »Er hat eine schwere Blasenentzündung. Aber noch ist seine Zeit nicht abgelaufen. Er hat viel Blut verloren und braucht jetzt Ruhe. Darum rate ich dir: Fahr bald wieder. Das ist das Beste für ihn. Sonst meint er am Ende noch, er müsse deinetwegen den strammen Max spielen. Die Füße wird er zwar nicht mehr über dem Kopf zusammenschlagen können, aber fürs Schulehalten und Händefalten sollte es reichen. Vielleicht geht er anfangs noch ein bisschen scheps und

402

krumm. Doch was soll's. Immerhin ist er fürs Erste über dem Berg. Aber gut möglich, dass ...«

Er sprach den Satz nicht zu Ende, sondern gab ihr die Hand, nahm seinem Schimmel den Futtersack vom Maul, hockte sich auf den Kutschbock und schnalzte mit der Zunge. Der Einspänner ruckelte übers Pflaster davon.

Sophie eilte zurück, immer zwei Stufen auf einmal, und begrüßte ihre Geschwister, die im Wohnzimmer ratlos beisammensaßen. Die Krankheit des Vaters hatte offensichtlich alle Weihnachtspläne zunichtegemacht.

Helene, sechzehn, blond und sanftmütig wie die Mutter, eiferte ihrer älteren Schwester nach und wollte Lehrerin werden. Seit anderthalb Jahren war sie aus der Schule, half im Haushalt und bereitete sich unter Anleitung des Vaters auf die Aufnahmeprüfung fürs Eugensburger Lehrerinnenseminar vor.

Der vierzehnjährige Thomas hatte drei Jahre lang beim Pfarrer Latein gebüffelt und kürzlich das Landexamen mit Bravour bestanden, das zum Besuch eines der vier berühmten Knabenseminare berechtigte. Dort musste er kein Schulgeld bezahlen und genoss überdies freie Kost und Logis. Diese altehrwürdigen Spezialschulen, die aus Klosterschulen hervorgegangen waren und ihre Schüler aufs Studium in Tübingen vorbereiteten, lagen in Maulbronn, Schöntal, Blaubeuren und Urach. Die ganze Familie hoffte, Thomas dürfe an Georgi nach Schöntal, weil er von da am schnellsten und bequemsten in den Ferien und an den Feiertagen heimkommen könnte.

Lina und Matthias, elf und acht Jahre alt, gingen noch in die Volksschule. Matthias in die Unterstufenklasse im Erdgeschoss, die der Unterlehrer führte, Lina zu ihrem Vater in die Oberstufenklasse im ersten Stock.

Als sich Sophie aufs Sofa setzte, kamen die Zwillinge angerannt, hüpften ihr von links und rechts auf den Schoß und schmiegten sich an ihre große Schwester, die sie schon so lange vermissten.

Die Mutter stellte eine Tasse Tee und etwas Weihnachtsgebäck vor Sophie auf den kleinen Beistelltisch. »Wir haben schon gegessen. Aber du wirst hungrig sein. Wärm dich erst einmal mit einem heißen Tee auf.«

Sophie aß und trank, während die Mutter berichtete, allerdings optimistischer als vorhin. Wahrscheinlich wollte sie den Kindern die Weihnachtsfreude nicht verderben. Drei Tage lang sei es dem Vater sehr schlecht gegangen. Jetzt bekomme er wieder Farbe und könne etwas essen, wenn auch nur wenig. Unterlehrer Geiger versorge Vaters Klasse mit. Sie sei dem jungen Mann unendlich dankbar, weil er alle anstehenden Aufgaben des Vaters ungefragt übernommen habe. Die Weihnachtsfeier der Schüler, die vorgestern gewesen sei, ebenso wie die Chorproben des Kirchenchors und des Gesangsvereins. Sogar den Mesner- und Organistendienst über die Feiertage.

»Darum habe ich ihn für heute Abend zum Essen eingeladen. Ich hoffe, du bist mir nicht böse.«

»Nein, Mutter, wie könnte ich. Was gibt's denn Gutes?«

»Gefüllte Gans mit Kartoffeln und Rotkohl. Ich habe die Gans gestern schon ein Weilchen köcheln lassen. Nachher schiebe ich sie noch für zwei, drei Stunden in die Röhre. Dann haben wir ein Festessen für die Feiertage.«

»Mama, kriegen wir heuer keinen Christbaum?« Elsa sah ihre Mutter bekümmert an.

»Aber ja. Gleich kommt Herr Balbach und bringt uns einen schönen Baum. Macht er doch jedes Jahr.«

Johannes Balbach war der Nachbar, ein reicher Bauer, der einen eigenen Wald besaß. Unterlehrer Kurt Geiger wohnte bei ihm, weil das Schulhaus aus der ersten Generation des Schulhausbaus um 1830 stammte, eng war und weder eine Wohnung für den Schulmeister hatte, noch eine Kammer für den zweiten Lehrer. Bei Balbachs aß Geiger auch zu Mittag.

Es klopfte. Bauer Balbach, klein und feist, und Unterlehrer Geiger, ein großer, magerer Mann mit eckigen Bewegungen, schleppten eine Tanne herein, die in einem Holzständer steckte.

»Grad ist der Doktor fort«, sagte Balbach in seiner linkischen Art, die Anteilnahme und Herzlichkeit verbarg, »da hab ich mir gedacht, dass ich dem Hansjörg jetzt eine Freude machen muss.« Er kratzte sich verlegen im Genick.

»Dank dir, Johannes, für den schönen Baum«, sagte die Mutter, ging zur Kommode und entnahm ihr zwei kleine Flaschen. »Einen Pfirsichlikör für deine Frau, Johannes. Und der Zwetschengeist ist für dich, Kurt.«

»Wie geht's unserem Hansjörg?«, wollte Balbach wissen.

»Wieder besser!«, hörte er den Schulmeister aus dem angrenzenden Zimmer rufen.

»Aufstehen darf er noch nicht, aber schwätzen kann er«, sagte die Rössnerin und führte die beiden Männer in die Schlafstube.

»Ja, das freut mich«, sagte der Schulmeister und wollte sich aufrichten, doch seine Frau ermahnte ihn: »Bleib liegen! Du hast es dem Doktor versprochen.«

Der Schulmeister gab beiden Besuchern die Hand, dankte dem Nachbarn für den Christbaum und dem Unterlehrer für die großherzige Hilfe in den letzten Tagen.

»Wird wieder«, tröstete der Bauer und studierte die Arzneien auf dem Nachttisch.

»So, so«, sagte er und sein Gesicht klarte auf, »der Doktor hat dir einen Saft und Brennnesseltee verschrieben. Ich wüsst dir ein besseres Mittel gegen Blutharn und Wasserschneiden, Hansjörg. Musst dir einen Knoten in den linken Hemdzipfel machen und dazu einen Schoppen guten Wein trinken. Hilft garantiert! Hat sogar meinem Großvater geholfen, als er mit dem Napoleon nach Russland marschiert ist.«

Die Rössnerin verzog das Gesicht, aber das sah zum Glück nur ihr Mann.

»Also dann, gesegnete Weihnacht«, sagte der bettlägerige Schulmeister, »und ich dank schön für alles.«

Die Mutter geleitete die Männer vors Haus und bat Unterlehrer Geiger, er möge um sechs zum Essen und Musizieren wiederkommen. Derweil schickte Sophie ihre vier jüngsten Geschwister in die Küche und schmückte mit Helene und Thomas die Tanne mit Äpfeln, Nüssen, Zapfen und Lebkuchensternen. Sie sammelten alle Kerzenständer ein und stellten sie im Kreis unter dem Christbaum auf.

Sophie öffnete leise die Tür zum Schlafzimmer. Sie wollte schauen, ob der Vater schlief. Doch er schien auf sie gewartet zu haben. Mit einem Lächeln winkte er sie herein.

Alles wollte er wissen. Wie die Fahrt gewesen sei. Wie es ihr an der Privatschule gefalle. Ob eingetroffen sei, was sie sich ersehnt habe, und ob sie nun frei von lähmenden Vorschriften arbeiten und leben könne.

Er hörte ihr aufmerksam zu. Von Minute zu Minute wurde er ruhiger. Ein Strahlen huschte über sein Gesicht, als sie ihm von ihren ersten Gesangsstunden und der Weihnachtsfeier in Hartingen erzählte.

»Es tut mir so leid, dass du bei Eis und Schnee reisen musstest«, gestand er, »das ganze Weihnachtsfest habe ich dir verdorben.«

Sophie lachte hell auf. »Aber, aber, Vater, ich bin doch gern gekommen. Und jetzt feiern wir Weihnachten. Du bleibst im Bett, aber wir lassen die Türen auf, dann kannst du mitsingen, wenn du magst.«

Er möge nicht böse sein, wenn sie am Abend ein paar Geschenke verteile. Ihr sei sehr wohl bewusst, dass man in Winterhausen zu Weihnachten nichts schenken sollte. Aber am Nikolaustag habe sie nicht hier sein können.

Die Kinder wurden nämlich schon am Nikolausabend beschert. Sie stellten vor dem Zubettgehen Schüsseln voller Heu und Rüben vor die Tür. In der Nacht, wenn alles schlief, holte der Nikolaus das Futter für seinen Esel ab und bedankte sich mit dringend benötigten Kleidungsstücken, heiß ersehntem Spielzeug, Äpfeln, Nüssen und allerlei Naschwerk. Im Verlauf der nächsten Tage kamen die Verwandten und Paten zu Besuch und brachten Geschenke mit. Und an den drei letzten Donnerstagen vor Weihnachten zogen die Kinder durch die Gassen, klopften mit hölzernen Hämmerchen an die Fenster und sagten ihr Sprüchlein auf:

*Anklopfen Hämmerle,*
*'s Brot liegt im Kämmerle,*
*'s Messer liegt daneben,*
*sollst uns etwas geben.*
*Äpfel raus, Birnen raus,*
*erst dann geh'n wir ins nächste Haus.*

So wurden auch jene Kinder beschenkt, die allein im Armenhaus leben mussten oder deren Eltern zu arm waren, um ihren Lieben etwas zu kaufen oder selbst herzustellen.

Darum gab es an Weihnachten keine Geschenke. Man freute sich auf den gemeinsamen Kirchgang, den geschmückten Christbaum und das gute Festtagsessen. Doch hauptsächlich gedachte man der Geburt Christi.

Sophies Vater wusste alles über die volkskundlichen Überlieferungen, über den Glauben, die Sitten, die Gebräuche und die traditionelle Heilkunde. Er begeisterte sich für die lokalen und regionalen Traditionen und dabei besonders für die Gepflogenheiten in den zwölf Nächten, der Zeit zwischen dem 24. Dezember und dem 6. Januar.

»Auf dem Dachboden steht ein großer Schrank«, sagte er zu Sophie und hüstelte. »Da sind Bücher, Hefte und Schachteln drin. Alles, was ich finden konnte, habe ich aufbewahrt. Später einmal …«, er schluckte verlegen, »wollte ich darüber ein Buch verfassen. Aber ich bin nicht der große Schreiber. Du kannst das besser, das schnelle und glatte Formulieren. Nimm das Zeug und mach etwas daraus.« Er sah seine Tochter bittend an. »Es gehört dir.«

Punkt sechs, Unterlehrer Geiger war zurück und hatte seine Posaune und seine Geige mitgebracht, stellte die Mutter den Weihnachtsbraten auf den Tisch. Ihrem kranken Mann servierte sie eine kleine Portion ans Bett.

Nach dem Essen zündete Sophie die Kerzen unterm Christbaum an. Dann holte die Mutter ihre Laute, und die vier ältesten Geschwister schafften ihre Flöten und Geigen herbei. Sophie setzte sich ans Klavier. Unterlehrer Geiger, wie der Vater ein versierter Musiker, beherrschte mehrere Instrumente, natürlich auch die Orgel, wie alle Volksschullehrer. Heute blies er die Posaune oder spielte die zweite Geige.

Zur Einstimmung trug Sophie ihr Winterlied vor: »Kinder, 's ist Winter, der silbrige Schnee wärmet die Felder, deckt Täler und Höh.« Dann spielten und sangen sie die bekanntesten Weihnachtslieder, die sie alle auswendig konnten. Von »Alle Jahre wieder kommt das Christuskind« bis »O Tannenbaum«. Der Unterlehrer las die Weihnachtsgeschichte aus dem Lukasevangelium vor. Und zum Schluss stimmten sie »Stille Nacht, heilige Nacht« an. Den Kranken hörte man aus dem Nebenraum mitbrummeln.

Jakob und Else wollten schier verzwatzeln. Hatte ihnen Sophie nicht ein Mitbringsel versprochen? Die flinken Augen der Kleinen spähten alle Winkel aus und blieben an der Tasche hinterm Christbaum hängen. Was mochte da wohl drin sein?

Sophie hatte die suchenden Blicke längst bemerkt und erlöste die Zwillinge, die an Georgi zu Erstkläss_ern wurden, worauf sie stolz waren. Sophie nahm die Tasche auf ihren Schoß und überreichte Jakob und Else je ein Stück Schokolade, einen Griffel und eine nigelnagelneue Schiefertafel. Die beiden waren überglücklich, gehörten sie doch nun zu den wenigen Winterhausener Erstklässlern, die ihre eigene Tafel hatten. Helene freute sich über einen blauen Seidenschal, der mit ihren blonden Haaren wunderbar harmonierte, und Thomas über eine Schachtel Buntstifte, denn er zeichnete für sein Leben gern. Matthias bekam ein Taschenmesser und Lina neue Wasserfarben. Der »Neueste Atlas über alle Teile der Erde« war für den Vater bestimmt, enthielt er doch zweiunddreißig Karten im Farbdruck, darunter sogar die Interimskarte des neuen Generalgouvernements Elsass-Lothringen. Marlitts neuester Roman »Das Heideprinzesschen« entzückte die Mutter. »Herrliches Lesefutter für kalte Winterabende«, sagte sie und umarmte ihre Älteste.

Sophie plagten schlimme Gedanken. Ihr ging nicht aus dem Sinn, wie Doktor Mühsam die Augenbraue gehoben hatte, als der Vater sagte, es gehe ihm schon viel besser. Und sie hatte den Rat des alten Arztes genau im Ohr: »Fahr bald wieder. Das ist das Beste für ihn. Sonst meint er am Ende noch, er müsse deinetwegen den strammen Max spielen.«

Worauf wollte Doktor Mühsam hinaus?

Wieder in Hartingen zurück, berichtete Sophie am Dienstagabend ihrem Vermieter ausführlich über die Erkrankung ihres Vaters. Sie erzählte, was sie gesehen und gehört hatte und erwähnte auch das kugelige Gerät.

Ihr schien es, als sei Doktor Neckermann sehr besorgt. Zumindest fragte er viel.

»Und was hat er verschrieben?« Doktor Neckermann wollte alles haarklein wissen.

Nein, Sophie täuschte sich nicht. Der Arzt war wirklich beunruhigt. Blut im Urin, Probleme beim Wasserlassen, geschwollene Lymphknoten in der Leiste, drei Blasenspülungen mit der Messingkugelspritze, Eisenpräparat zur Blutbildung, Brennnesseltee. Doktor Neckermann hatte genug gehört, um sich ein Bild machen zu können. Hatte man in der »Deutschen Klinik« nicht einen ähnlichen Fall abgehandelt? Er entschuldigte sich für einen Augenblick, stieg in seine Praxis hinunter und suchte ältere Hefte der Zeitschrift heraus, die regelmäßig über neueste Beobachtungen in Kliniken berichteten. Schnell fand er, was er suchte. Beschrieben wurde eine krebsartige Erkrankung der Prostata mit stark angeschwollenen Lymphknoten in der Leiste.

Als er wieder ins Wohnzimmer trat, war ihm längst klar, dass man dieser Krankheit mit den üblichen Methoden und Arzneien gar nicht beikommen konnte. Kein Sterbenswörtchen darüber, nahm er sich felsenfest vor, weder zu Fräulein Rössner noch zu seiner Frau. Aber der weitreichenden Konsequenzen war er sich sofort bewusst. Nun galt es zu handeln, lautlos, aber zielstrebig.

Der Stachel des Zweifels hatte, natürlich, schon sehr tief gesessen, als Sophie wieder nach Hartingen zurückkehrte. Jetzt bohrte er sich noch tiefer hinein. Doktor Neckermann stellte gar zu viele Fragen mit ernster, vielsagender Mimik. Beunruhigend auch, dass er seine Praxis aufgesucht hatte, denn das tat er abends nur, wenn er sich um einen Notfall kümmern musste. Sein Gesicht sprach Bände, als er sich versteinert zu seiner Frau und Sophie gesetzt und nichts mehr gefragt und gesagt hatte.

Was wusste er?

Sophie saß bedrückt am Fenster und sah in den nachtschwarzen Himmel hinaus. Die schweren Vorhänge schloss sie selten. Seit frühester Kindheit war sie an das Abend- und Morgenlicht gewöhnt. Sie brauchte die Dämmerung, um einzuschlafen und erfrischt wieder aufzuwachen.

Sophie wähnte sich wie im Wartesaal. Trübes Licht, triste Wände, niemand sprach ein Wort. Aber jeder wusste, gleich war es so weit. Der Zug dampfte in den Bahnhof. Man musste aufstehen und einsteigen. Oder man blieb ein paar Stunden sitzen und wartete auf den nächsten Zug.

Der Vater hatte diese Wahl wohl nicht mehr. Und das wusste er vermutlich auch. Hätte er ihr sonst seine umfangreiche Sammlung vermacht? Am ersten Weihnachtstag war sie auf den Dachboden geklettert und hatte in dem Schrank gestöbert. Wie berauscht von der Überfülle an Sagen, Märchen und alten Liedern, heillosem Aberglauben und unschuldigen Belustigungen, den vielen Erzählungen über Hexen, Zwergen und Riesen und den Berichten über getrocknete Kräuter und allerlei Heilsteine war sie ans Bett ihres Vaters geeilt.

Er hatte sie lange und sehnsüchtig angeschaut. »Mach dir einen Namen damit. Hörst du!?«

»Aber ich verstehe doch nichts von Kräutern, Vater.«

»Das kommt von allein, wenn du dich in meine Unterlagen hineinliest«, hatte er fast schon flehentlich geantwortet. »Du musst nur meine Aufschriebe verbessern. Das ist doch deine Stärke, das gefällige Schreiben. Und wenn du etwas nicht weißt, dann wende dich an Pfarrer Schütz, meinen alten Freund, oder an deine Mutter. Auch Doktor Mühsam kannst du fragen.«

Sophie weinte. Warum wollte er, dass sie sich nicht an ihn wandte? Wusste er …? Der Arme! Ob sie ihn noch einmal sehen würde? Mit ihm sprechen konnte?

Sie kramte den Kalender fürs kommende Jahr heraus. Der Ostersonntag fiel auf den 31. März.

Gestattete man ihr, am Gründonnerstag heimzufahren, dann könnte sie vier Tage der Mutter zur Hand gehen. Denn Thomas musste über Ostern ins Seminar. Jakob und Else wurden kurz danach eingeschult; sie konnten es gewiss kaum erwarten. Und Helene? Würde sie aufs Lehrerinnenseminar wechseln oder vorläufig verzichten und zuhause bleiben?

»Eigentlich müsste ich …«, gestand sich Sophie ein und rieb sich schuldbewusst die Augen. Warum sollte ausgerechnet Helene ihrem Berufswunsch entsagen?

Sie überlegte hin und her. Weilten die vier jüngsten Geschwister den ganzen Tag in der Schule und lebten die beiden ältesten weit weg von zuhause, dann müsste die Mutter eigentlich mit der häuslichen Arbeit zurechtkommen. Aber reichte das Geld?

Vaters Gehalt bestand, wie das der meisten Lehrer, von alters her aus Bargeld, Gütergenuss und Naturalien, den regelmäßigen Emolumenten und den eher zufälligen Akzidenzien. So viel wusste Sophie, mehr nicht. Solange ein Schulmeister kräftig zupacken konnte, war alles möglich. Doch wehe, er

wurde krank. Wer bearbeitete dann die Wiesen und Felder?
Wer half beim Ernten? Wer trieb das Schulgeld ein?

Ob Bauer Balbach sich bereit erklären würde, die anfallenden Feldarbeiten zu übernehmen? Gegen Bezahlung, natürlich.

Halt! Könnte sich Mutter überhaupt einen Helfer leisten?
Wie viel Geld bliebe ihr, wenn sie Witwe würde? Der Vater war ja noch keine fünfzig.

Sophie war verwirrt. Gehalt, Pension, Gütergenuss, Naturalien, Emolumente, Akzidenzien. Was bedeutete das alles?
Als Lehrerin bekam sie ihren Lohn in bar, sonst nichts. Doch solange sie zuhause gewesen war, hatte sie ihren Vater oft klagen hören. Naturalien und viel Zufälliges würden in sein Gehalt eingerechnet, worauf er zwar einen Anspruch habe, aber oft nicht durchsetzen könne.

Sophie suchte das kleine Büchlein heraus, das alle Absolventinnen des Lehrerseminars bekommen hatten, und in dem die wichtigsten Rechtsvorschriften abgedruckt waren.

Sie las, dass der Pfarrer dem Bezirksschulinspektorat den Tod eines Lehrers anzeigen musste, unter Angabe der bisherigen Dienstzeiten und Besoldungen. Daraus wurde dann das Ruhegehalt errechnet. Es betrug etwa die Hälfte des letzten Gehalts, zuzüglich eines kleinen Zuschlags für jedes eheliche Kind unter achtzehn Jahren.

Aber …

Sophie schlug die Hände vors Gesicht. Mit dem Tod, so stand es im Gesetz, erloschen alle anderen Vergünstigungen, weil sie auf den Nachfolger im Schulmeisteramt übergingen.
Das Recht zur Bearbeitung bestimmter Wiesen und Wälder, Gärten und Felder. Die Entschädigungen als Mesner, Vorsänger, Organist und Glöckner in Form von Mesnerlaiben, Mesnergarben und Läutfrucht wie Hafer, Dinkel, Stroh und Holz. Das Recht auf die Kerzenreste in der Kirche. Die oft großzügigen Gaben bei Taufen, Hochzeiten und Beerdigungen. Und die Entgelte für diverse Nebenämter in Kirche und Kommune.

Solange der Vater lebte, war seine Familie versorgt, auch wenn er vielleicht nicht mehr unterrichten könnte. Starb er, dann würde das Geld in Mutters Haushalt hinten und vorn nicht reichen.

Das, so ungefähr, ging Sophie durch den Kopf.

Angst befiel sie. Angst um ihre Mutter, um ihre Geschwister und um ihre eigene Zukunft.

Konnte sie angesichts des aufziehenden Elends hier in Hartingen ruhig sitzen bleiben? Durfte sie nur an sich denken? Oder musste sie möglicherweise ihr eigenes Glück aufs Spiel setzen?

Verstört entnahm sie ihrem Schreibtisch Papier und Tinte und schrieb sich ihren Kummer von der Seele.

Gustav! Ob er einen Rat wüsste?

Die nächsten Tage verbrachte Sophie damit, sich im Zweifel einzurichten. Denn für sie stand fest, dass ihr Vater eine schwere Zeit vor sich hatte. Natürlich gab sie die Hoffnung nicht auf, aber die bange Ahnung war allgegenwärtig.

Als sie sich an Silvester, es war ein Sonntag, nach der Kirche auf den Heimweg machte, stand Gustav plötzlich vor ihr.

Wortlos nahm er sie in die Arme und drückte sie fest an sich. Ach, war das wohltuend. Sie spürte, dass sie mit ihm über ihre Sorgen und Nöte reden konnte.

»Ruhig, Liebste! Alles wird gut.«

Endlich nicht mehr einsam, nicht mehr allein gelassen. Sie küsste ihn auf die Lippen und trank seine Liebe. Ja, es war so erlösend, so gut, mit Gustav die Sorgen zu teilen und die Ängste abzuschütteln.

»Verzage nicht, liebste Sophie. Kümmere dich um deine Arbeit«, riet er, »alles andere findet sich.«

»Und Helene?«

»Lass sie ziehen. Warum sollte sie ihre Zukunft opfern, wenn noch nicht einmal bestimmt ist, was bis Georgi geschieht?«

»Und wenn die Mutter Hilfe braucht?«

»Dann hilfst du ihr. Was denn sonst?«

»Du meinst, ich soll …«

Er lachte. »Doktor Neckermann weiß doch längst Bescheid. Er rechnet damit, dass du vielleicht von einem Tag auf den anderen heimfahren musst. Glaub mir, er hat sich längst eine Lösung für deine Klasse ausgedacht.«

»Und was kann ich tun?«

»Aufstehen und weitergehen. Unterrichte deine Klasse, als wäre es dein letzter Tag. Und schreibe, Liebste! Schreibe, schreibe, schreibe! Du hast Talent, sagt mein Onkel. Er hat viele Anfragen, wer die unbekannte Autorin sei. Und mit der letzten Ausgabe der ›Sonnenblume‹ hat er neue Abonnenten hinzugewonnen. Mein Onkel sagt, das sei deinem Aufsatz geschuldet.«

»Woher weißt du das?«

»Als ich deine Depesche erhielt, wusste ich nicht, wo ich an Weihnachten hin sollte. Da habe ich mich kurz entschlossen in den Zug nach Stuttgart gesetzt und meinen Onkel besucht.« Er griff in die Jackentasche. »Hier ist dein Honorar.«

Vier silberne Doppelgulden! Sophie staunte. So viel Geld für einen einzigen Aufsatz. Könnte sie nicht …?

Das Honorar war für sie Befreiung und Ansporn zugleich. Befreiend, weil sie sich künftig aus schwierigen finanziellen Lagen selbst zu helfen wüsste. Anspornend, weil sie Lust verspürte, über Frauen im Allgemeinen und Lehrerinnen im Besonderen zu schreiben, und weil mit einem Schlag die Idee in ihr war, es recht bald mit einem Buch zu versuchen.

Das neue Jahr begann mit einem Paukenschlag. Im Königreich Württemberg, es war inzwischen dem Deutschen Bund beigetreten und damit zum Teilstaat des neu gegründeten Deutschen Reiches geworden, blieb kein Stein auf dem anderen. Zahllose Gesetze traten am 1. Januar in Kraft und pflügten den Alltag auf vielen gesellschaftlichen und beruflichen Feldern um.

Besondere Probleme und berechtigten Ärger bereiteten vor allem die neuen Maße und Gewichte, aber auch die neue Währung.

Wer wollte denn Malaufgaben mit neun, zehn oder zwölf Stellen hinter dem Komma rechnen? Da brauchte man ja einen halben Tag, bis man württembergische Ruten in Meter und Zentimeter umgerechnet hatte. Man konnte doch die Zeit nicht mit Multiplikations- und Divisionsaufgaben vertrödeln. Schließlich hatte man Wichtigeres zu schaffen.

Also liefen alle Leute mit kleinen Umrechnungstabellen herum, Schnellrechner oder Faulenzer genannt, womit man Schätzwerte ermitteln konnte. Aber in vielen Fällen blieb tatsächlich nichts anderes übrig, als mit Papier und Bleistift lange Kolonnen zu rechnen, immer in der Ungewissheit, das Ergebnis könnte auch falsch sein.

Sophie wurde schnell klar, dass sie in den kommenden Monaten höllisch aufpassen musste. Andernfalls würde man sie beim Einkaufen über den Tisch ziehen. Wer, außer gewieften Händlern, war schon mit den neuen Maßeinheiten vertraut?

Denn auch Kubikmaße wie Schachtrute und Klafter, Hohlmaße wie Fuder und Eimer, Getreidemaße wie Simri und Scheffel und Baumaße wie Zuber, Kasten und Kübel galt es umzurechnen. Hinzu kamen die Handelsgewichte Quent und Loth, die man nun in Gramm und Kilogramm angeben musste, ebenso wie die Apothekergewichte Gran, Scrupel, Drachme, Unze und Pfund.

Die oberste Schulbehörde setzte auf die Mithilfe der Lehrer. Sie forderte dazu auf, mit den Schülern möglichst rasch die metrischen Maße und Gewichte einzuüben und zugleich die Umrechnung von den alten in die neuen Einheiten aus den Schulen fernzuhalten. Sollten sich die Erwachsenen damit herumschlagen.

So bekam jede Schülerin in Sophies Klasse ein Lineal mit Millimeter- und Zentimetereinteilung geschenkt. Damit durften die Kinder allerlei vermessen: die Schiefertafel, die Fibel, das Rechenbuch, den Ranzen, den Tisch. Die Ergebnisse ließ

Sophie an die Tafel schreiben. Im Chor und in Gruppen sagten die Kinder die neuen Maße auf.

Mit besonderer Freude rutschten die Mädchen auf dem Boden herum und maßen ihr Klassenzimmer mit den neuen Meterstäben aus. Schon bald hatten sie eine ungefähre Vorstellung von der Größe der neuen Maßeinheiten.

In der Woche darauf stiftete der Bürgerverein eine Tafelwaage mit einem geeichten Gewichtssatz. Jetzt durften die Kinder die neuen Gewichte in die Hand nehmen und die wichtigsten Waren des täglichen Bedarfs abwiegen: hundert Gramm Zucker, ein Kilogramm Mehl, zweihundert Gramm Butter, fünfzig Gramm Salz. Das war doch so einfach.

Darum konnten die kleinen Mädchen, wenn sie von der Schule nach Hause kamen und ihre Eltern über die neuen Maße und Gewichte schimpfen hörten, überhaupt nicht verstehen, worüber sich die Erwachsenen ärgerten. Verzeihlich, wussten sie doch nicht, dass es siebenundvierzig württembergische Maße und Gewichte gab, die man in die neudeutschen umrechnen musste, von den vielen Spezialmaßen ganz zu schweigen.

Alle waren von den Neuerungen betroffen. Kaufleute und Händler, Bauern und Weingärtner, Handwerker und Dienstboten, Apotheker und Goldschmiede, Waldbauern und Förster. Und natürlich jede Hausfrau beim Einkaufen, aber auch beim Nähen, Stricken und Kochen, denn die Frauenjournale enthielten nur noch neue Maß- und Gewichtsangaben.

An den Stammtischen stritt man, dass die Fetzen flogen. Deutsche Einheit, schön und gut! Aber doch nicht so! Wer blickte in dem Gesetzeswust überhaupt noch durch? Wozu war man denn in die Schule gegangen und hatte die Schlussrechnung geübt? Ein Tischbein misst ein Fuß, sieben Zoll und sechs Linien. Wie lang sind dann alle vier Beine zusammen? Das wusste man aus dem Effeff. Kann man aus einem Kantholz mit einer Länge von einer Rute vier Beine drechseln? Nichts leichter als das! Aber Meter und Zentimeter! Wer hatte sich den Blödsinn ausgedacht?

Über allem wachte das örtliche Eichamt, das die Umstellung kontrollierte und Verstöße mit saftigen Strafen ahndete.

Der Wirt vom »Löwen« verlor die Beherrschung. Er jagte einen selbstherrlichen Eichbeamten mit geladener Flinte aus seiner Gaststube. Hatte doch der rotzfreche Maßmeister gedroht, er könne auch anders, denke sogar daran, den »Löwen« zusperren zu lassen.

Und das nur, weil der »Löwen«-Wirt noch keine neuen Gläser und Krüge mit eingeschliffenem oder eingebranntem Eichstrich hatte. Die Gläser seien unterwegs, kämen aber erst nächste Woche, hatte der Händler den Wirt vertröstet.

Das wiederum war dem Eichbeamten egal, denn auch das gestempelte Kontrollglas, das jeder Wirt bereithalten musste für den Fall, dass ein Gast das ihm verabreichte Quantum nachmessen wolle, konnte der »Löwen«-Wirt nicht vorzeigen.

Also wurde amtlich verfügt: zehn Gulden Strafe und eine Woche Schankverbot.

Und dann war da noch das Münzgesetz. Es schaffte die sieben verschiedenen Währungssysteme in Deutschland ab zugunsten der Mark, unterteilt in hundert Pfennige.

Als erste Reichsmünze wurde Anfang Januar ein goldenes Zehn-Mark-Stück ausgegeben. Silbermünzen zu fünf, zwei und einer Mark, fünfzig und zwanzig Pfennige sollten demnächst folgen, auch zehn und fünf Pfennige aus Nickel und zwei Pfennige und ein Pfennig aus Kupfer. Zum Glück behielten die Landeswährungen noch zwei Jahre ihre Gültigkeit.

Eine weitere Neuerung im selben Monat erregte die Gemüter: das erste Papiergeld. Vor zwanzig Jahren hatten es mutige Bürger schon einmal erfolgreich verhindert. Nun wurde eine Zehn-Gulden-Note in Umlauf gesetzt; sie sollte später durch mehrere Scheine in Markwährung ersetzt werden.

Die Leute schimpften und spuckten Gift und Galle. Das neue Geld sei nichts wert! Jeder Hanswurst könne es fälschen!

Also garantierte die Regierung jedem Bürger, abgenützte oder beschädigte Noten jederzeit gegen neue Scheine oder Silbergeld umzutauschen.

Das ganze Städtchen war in Aufruhr. Etliche hetzten hinter vorgehaltener Hand, die Regierung nütze die Pockenseuche aus, um ungeliebte Gesetze ohne Gegenwehr der braven Bürger durchzudrücken.

Sophie dagegen blieb gelassen. Sie ging morgens und mittags in die Schule. Abends und am Wochenende saß sie am Schreibtisch. Sie wollte in der Schule Maßstäbe setzen. Man sollte sie hier nicht vergessen, auch wenn sie nicht mehr lange bleiben könnte. Darum schenkte sie ihren Schülern spannende Unterrichtsstunden. Und sie behandelte jedes Kind mit Güte und Respekt.

Auch brütete sie oft bis tief in die Nacht hinein über ihren Texten für die »Sonnenblume«. Sie formulierte, korrigierte, fing wieder von vorn an, kürzte und vereinfachte. Denn sie erkannte schon bald, dass die Sätze am schönsten klangen, die aus kurzen Wörtern bestanden. Goethes kleines Gedicht »Ich ging im Walde so für mich hin« nahm sie sich zum Maßstab. Mit wenigen Silben viel ausdrücken, das war ihr Ziel.

So ging es bis ins Frühjahr hinein.

Während sich die Hartinger mit der Umstellung auf Mark und Pfennig, Meter und Zentimeter, Kilogramm und Gramm schwer taten, freuten sich die Leser der »Sonnenblume« über die regelmäßigen Beiträge der namenlosen Lehrerin.

Anregungen für ihre Aufsätze holte sich Sophie aus Gesprächen mit Frauen in Hartingen und bei Kolleginnen auf den regionalen Lehrerinnentreffen.

Anfang März spazierte sie an einem Samstagnachmittag hinüber zu den Rebhängen, setzte sich auf eine Weinbergstaffel und wärmte sich in der Sonne.

Eine Bäuerin stiefelte vorbei und blieb stehen. »Ja, Fräulein Lehrerin, der Frühling ist da.«

Sie kamen ins Gespräch, und die Bäuerin berichtete, was sie jetzt zu tun habe. Zuerst richte sie die Rebstöcke wieder auf, die sie nach der Lese zum Schutz vor der Winterkälte mit Erde bedeckt hatte. Dann hacke sie den Boden und schneide die alten Geschosse von den Reben. Nur drei Ruten seien lebensfähig, auf die konzentriere sie sich beim Schneiden. Alle Arbeiten erledige sie mit ihrem Mann gemeinsam, bis auf das Ausbessern der Trockenmauern. Das sei Sache der Männer. Die abgeschnittenen Ruten sammele sie, unterstützt von ihren Kindern, binde sie zu Büscheln und trage sie heim als Anfeuerholz. In vier Wochen müsse sie die Schösslinge an den Rebstöcken biegen. Dafür sei sie allein zuständig, weil sich ihr Mann dann um die Felder kümmere. Sie forme die Ruten so, dass die Augen, die neuen Triebe, das Sonnenlicht voll aufnehmen und senkrecht in die Höhe wachsen könnten. Und weitere vier Wochen später binde sie die Reben mit einem Strohband an die Pfähle, die ihr Mann demnächst setzen werde.

Für Sophie war das alles neu, aber sie verstand, dass die Arbeit im Weinberg viel Schweiß kostete. »Und zu alledem versorgen Sie noch die Küche und den Stall?«

Die Bäuerin lachte. »Freilich! Ich koche jeden Tag, habe einmal in der Woche große Wäsche, guck nach den Kindern und geh mit aufs Feld.«

»Viel Arbeit.«

»Ja«, sagte die Bäuerin, »mehr als der Tag Stunden hat.«

Aus solchen Begegnungen schöpfte Sophie die Kraft für ihre Zeitschriftenartikel.

Sie geißelte die Geringschätzung der Frauen bei der Arbeit, auf den Feldern, im Weinberg und in der Fabrik. Sie prangerte die Missachtung der Lehrerinnen an. Sie verglich die Arbeitsbedingungen der Lehrer mit denen der Lehrerinnen. Sie belustigte sich über jene, die vom Berge Sinai herab verkündeten, nur Männer könnten gründlich unterrichten.

Sie nahm Zeitgenossen aufs Korn, die von den geringen Geisteskräften des weiblichen Geschlechts faselten. Und sie empörte sich über die Benachteiligung der Mädchen in den Schulen und die borniert Haltung der Hochschulen, die keine Frauen duldeten.

Die Zeit wird kommen, schrieb sie prophetisch, in der man auf den Unterschied der Geschlechter keine Rücksicht mehr nehmen wird.

Sophie sprach viel mit den Neckermanns und den Otts, oft mit Erna und Pfarrer Schumacher. Mehrmals kam man dabei auf die Beiträge der namenlosen Lehrerin in der »Sonnenblume« zu sprechen. Und jedes Mal tat Sophie, als wüsste sie zwar um diese Artikel, hätte aber die zuletzt erschienenen noch nicht gelesen. So musste sie sich anhören, was sie selbst verfasst hatte.

Das hatte sie sich ausgedacht, weil das Geflunkerte auf die meisten Leute glaubhafter wirkte als die Wahrheit. Außerdem hätten ihr wohl die wenigsten zugetraut, die Sache ihres Standes ebenso leidenschaftlich zu vertreten wie jene Unbekannte in der Zeitschrift. Also gab sie sich lieber ahnungslos.

Eines Tages bat Frau Neckermann, Sophie möge die Thesen der anonymen Autorin im Frauen- und Jungfrauenverein referieren. Sophie zierte sich; sie müsse sich erst aneignen, was andere längst gelesen hätten. Schließlich sagte sie doch zu, und die Damen lauschten Sophies Vortrag, nicht ahnend, dass die Verfasserin vor ihnen stand. Ja, sie beauftragten Frau Neckermann, dem Verlag der »Sonnenblume« für sein Engagement in der Frauenfrage zu danken.

In der Woche darauf las Frau Neckermann beim Abendessen die Antwort aus Stuttgart vor. Unter anderem bat der Verleger, der Referentin Rössner seine besten Grüße zu übermitteln. Sophie musste sich unter dem Tisch ins Bein zwicken und sich auf die Zunge beißen, sonst wäre sie in schallendes Gelächter ausgebrochen.

Ein andermal schaute Erna unverhofft bei Sophie vorbei und brachte die neueste Ausgabe der »Sonnenblume« mit. Pfarrer Schumacher sei der Meinung, jede Lehrerin sollte sich die Ausführungen der unbekannten Autorin zu eigen machen. Als Sophie flachste, sie könnte ja auch einmal ihre Erfahrungen zu Papier bringen, lachte Erna sie aus. Gegen die Unbekannte komme niemand an. Also solle Sophie es erst gar nicht probieren.

Gustav kam jetzt regelmäßig zu Besuch. Und jedes Mal fühlte sich Sophie wie im siebten Himmel. Für diesen einen Tag vergaß sie, dass ihr Vater leiden musste.

Trotz der Fülle an Arbeit blühte Sophie auf. Sie war bis über beide Ohren verliebt, und sie wusste, dass Gustav der Richtige war. Das ließ sie von innen heraus strahlen und attraktiv aussehen. Im Städtchen galt sie inzwischen nicht länger als armes Schulfräulein, sondern als glänzende Partie.

»Du bist meine einzige, meine ganz große Liebe«, versicherte sie Gustav ein ums andere Mal, wenn ihr die jungen Männer nachstarrten.

�֍

Während dieser ganzen Zeit fuhr Sophie dreimal heim, mehr war nicht möglich. Ostern und Pfingsten verbrachte sie jeweils vier Tage an der Seite ihres kranken Vaters, in der Sommervakanz sogar zwei volle Wochen.

Thomas hatte endlich Bescheid bekommen; er durfte, wie erhofft, ins Seminar Schöntal. Und Helene hatte im Februar die Aufnahmeprüfung ins Lehrerinnenseminar bestanden.

Beiden half Sophie am Karsamstag, sich auf den Abschied von zuhause vorzubereiten. Aufgrund eigener Erfahrungen in Eugensburg riet sie ihnen, was sie ins Internat mitnehmen sollten und auf was sie verzichten konnten. Sie schenkte ihnen Hefte und Bleistifte, Seife und Kamm, Nagelschere und Zahnbürste. Sie kaufte zwei gebrauchte Koffer bei Nachbarsleuten. Und schließlich drückte sie Thomas und Helene jeweils fünf Gulden in die Hand. »Notgroschen«, sagte sie und bat, es dem Vater und der Mutter nicht zu verraten.

Am Ostersonntag fiel Sophie auf, dass der Vater mit großen Augen am Tisch saß, aber fast nichts aß. Fleisch war ihm zuwider, er könne es nicht einmal mehr riechen, ohne sich zu übergeben. Er hatte stark abgenommen.

Am Pfingstmontag bat er Sophie um einen Spaziergang. Mit keinem Wort erwähnte er seine Krankheit, aber Sophie schien es, als wolle er ihr etwas sagen. Und genau das geschah.

Er schlurfte neben ihr her, hing an ihrem Arm und fragte: »Hast du schon einmal nachgedacht, was du zuerst veröffentlichen möchtest?«

Sie überlegte ein Weilchen und gestand ihm dann, dass bereits mehrere Aufsätze von ihr in einer Zeitschrift abgedruckt worden seien.

Er wurde munter und wollte alles wissen. Sie sagte es ihm, und er hatte seine Freude daran. Sie habe die beiden letzten Artikel mitgebracht; er könne sie nachher lesen, wenn er ihr verspreche, es niemandem zu verraten. Nicht einmal der Mutter, erst recht nicht Helene.

»Und aus meiner Sammlung willst du nichts publizieren?«

»Aber ja! Ich hab's dir doch versprochen, Vater. Ich weiß nur noch nicht, wo ich anfangen soll.«

»Schreib etwas über die Volksheilkunst. Doktor Mühsam hat mir erst neulich wieder gesagt, dass die Medizin gerade große Fortschritte macht und sich ganz neu erfindet. In wenigen Jahren sei von der alten Kräuterkunde nicht mehr viel übrig.«

Sophie ließ die Sätze in sich nachklingen. Sie lauerte. Vielleicht redete er endlich auch über seine eigene Krankheit und sein Befinden. Doch genau dazu sagte er nichts.

»Wäre dir etwas anderes lieber?«

»Nein, Vater, nein! Das Thema gefällt mir.«

»Deine Mutter kann dir dabei zur Hand gehen. Sie ist fast schon eine Heilkundige. Schau dir nur einmal ihren Kräutergarten an. Und deinen Großvater kannst du fragen. Er hat in der Ackerbauschule viel über Kräuter gelernt.«

»Ja, Vater, ich frage ihn.«

»Ein ganzes Buch verfassen, das ist ein großes Stück Arbeit. Davor habe ich einfach zu viel Respekt. Du kannst das besser.«

Er kam ins Schwärmen und sprach über den Zauber der Pfefferminze und des Rosmarins, über Erdbeeren und Holunder und über die Wirkung verschiedener Teemischungen.

»Ich denke mir schon bald ein Konzept für das Buch aus«, versicherte sie ihm.

Er sah sie unsicher von der Seite an. Und sie spürte, dass er dachte, er werde das vielleicht nicht mehr erleben.

Am Abend, Sophie war allein in der Küche und arbeitete an einem neuen Beitrag für die »Sonnenblume«, setzte er sich neben sie.

»Du traust dich was, Sophie.« Seine Stimme klang ruhig. »Ich bewundere dich.«

»Mit allem einverstanden, Vater? Wirklich mit allem, was ich geschrieben habe?«

Er druckste herum.

»Sag mir bitte, was dir missfällt. Mir liegt doch sehr an deiner Meinung.«

»Du kümmerst dich in deinen Aufsätzen nur um die Nöte der Lehrerinnen. Dabei vergisst du, dass ihre Besoldung an die der Provisoren gekoppelt ist. Wenn du also für eine bessere Entlohnung streiten willst, dann musst du zugleich für ein höheres Einkommen der Provisoren kämpfen. Dann gewinnst du sie zu Mitstreitern. Noch gibt es viel zu wenig Lehrerinnen, als dass sich ein Politiker für sie interessieren würde.«

Er suchte ihr ein paar Notizen heraus, die er gemacht hatte, als er selbst noch Provisor gewesen war. Sophie blätterte sie durch und wurde nachdenklich.

Als sie in der Sommervakanz zu Besuch kam, war er nur noch Haut und Knochen. Pfarrer Schütz, mit dem er sich vor Jahren angefreundet hatte, führte ihn in den Garten und setzte ihn in die Sonne.

Schütz, inzwischen Witwer und Ruheständler, wohnte in einem Seitenflügel des Schlosses, war er doch ein Vertrauter des Fürsten und spielte mit Seiner Durchlaucht jeden Tag eine längere Partie Gaigel.

Die Mutter nahm Sophie beiseite und verriet, der Vater habe Bauchwassersucht. Sophie fiel vor allem auf, dass er einen unangenehmen Geruch verströmte. Das komme von der Leber, erklärte die Mutter und jammerte, der Vater könne seine Felder nicht mehr bestellen. Und ihr fehle die Kraft dazu, denn sie wolle und müsse sich ganz der Pflege des Vaters widmen.

Sophie suchte den Nachbarn auf und zog ihn ins Vertrauen. Bauer Balbach wusste Rat. Er erklärte sich bereit, die Grundstücke und Emolumente, die Teil des Schulmeisterlohns waren, der Gemeinde abzukaufen. Dann müsse der liebe Hansjörg heuer nimmer das Korn schneiden und dreschen. Zugleich erhöhe sich der Bargeldanteil am Schulmeisterlohn.

Als Sophie Balbachs Angebot mit dem Schultheißen besprach, stimmte der sofort zu.

Die Mutter war sehr froh, meinte aber zugleich, das könnte sich künftig nachteilig auswirken, weil sie nun Mehl und Fleisch kaufen müsse.

Sophie sah ihre Mutter entgeistert an. »Ich dachte, du schaffst die Arbeit auf dem Feld nicht mehr. Hätte ich nicht um Ablösung des Gütergenusses und der Emolumente bitten sollen?«

Die Mutter brach in Tränen aus. »Doch, doch«, schluchzte sie. »Ich schaff's ja nimmer. Zum Glück habe ich noch den großen Garten. Ich bring die Kinder schon durch.«

Da war Sophie klar, dass die Mutter nicht mehr auf Genesung hoffte. Es war das einzige Mal, dass die Mutter auf das nahe Ende des Vaters anspielte.

# Winterhausen

Noch vier Tage bis Heiligabend. Sophie werkelte in der Küche, sie half ihrer Mutter beim Kochen. Gerade hatte die Kirchturmuhr zwölf geschlagen, da klopfte es an der Tür zum Treppenhaus.

Jakob öffnete einen Spalt, spickte hinaus, drückte die Tür schnell wieder ins Schloss und rannte in die Küche: »Mutter, Mutter, draußen steht ein fremder Mann.«

Die Mutter trocknete sich die Hände ab und eilte, den Unbekannten zu begrüßen.

Nach einer Weile kehrte Jakob in die Küche zurück. Er war betrübt: »Mutter sitzt mit einem schwarzen Mann in der Stube und heult.«

Und schon schaute Lina grinsend zur Tür herein: »Mutter sagt, wir haben einen Gast zum Mittagessen.«

»Wer ist es denn?«, fragte Sophie missvergnügt und hoffte, es sei keiner von den Langweilern, denen das Gesicht beim Essen einschläft.

Lina zuckte die Achseln. »Guck doch selbst.«

Wird wohl ein Beileidsbesuch sein, dachte sich Sophie. Die Haustür stand ja seit vorgestern sperrangelweit offen. Das war in Winterhausen so üblich. Das Trauerhaus musste in den ersten fünf Nächten nach dem Begräbnis unverschlossen bleiben, damit die Seele hinauskonnte, wenn sie zurückgeblieben sein sollte oder noch etwas holen wollte.

Vor fünf Tagen war Dorfschulmeister Hansjörg Rössner nach langem und schwerem Leiden gestorben und vorgestern beerdigt worden. Ganz Winterhausen hatte ihm das letzte

Geleit gegeben. Sogar Fürst Gottfried war zum Trauergottesdienst erschienen.

Es war eine große Leich, wie man hier sagte. Den Leichenschmaus musste man teilen. Im Trauerhaus hockten die engsten Verwandten, die Nachbarn und die Totenträger aufeinander, von Sophie umsorgt. Im Wirtshaus ging die Mutter, unterstützt vom alten Rössner, von Tisch zu Tisch und sprach dem ganzen Dorf zu, sich im Gedenken an ihren Mann zu stärken.

Das sei er seinem Hansjörg schuldig, hatte der alte Rössner am Abend zu Sophie gesagt. In dieser schweren Zeit müsse er Helga zur Seite stehen.

Und heute Morgen hatte er sich, begleitet von seiner ältesten Tochter Sophie und seinem Sohn Wilhelm, nach tränenreichem Abschied auf die Heimreise gemacht.

Sophie bat Lina, sie möge Helene suchen und in die Küche schicken

Endlich bequemte sich Helene herbei, wusste aber auch nicht, mit wem sich die Mutter unterhielt.

»Bitte decke den Tisch in der Stube«, bat Sophie.

»Immer ich«, maulte Helene, besann sich aber. »Mach ich, wenn's was Gutes gibt.«

»Suppe, Krautwickel mit Salzkartoffeln und Birnenkompott. Würde das dem Fräulein munden?«

»Ah!« Helene strahlte. »Krautwickel hab ich schon lange nicht mehr gegessen. In Eugensburg kommt immer so fades Zeug auf den Tisch.«

»Mir hat's im Seminar geschmeckt«, widersprach Sophie und trieb ihre Schwester an, endlich Geschirr und Besteck aufzulegen, denn gleich sei das Essen fertig.

Als Sophie die Suppe in die Wohnstube trug, hätte sie die Schüssel vor Schreck fast fallen lassen.

»Schade, dass wir uns unter diesen Umständen wiedersehen«, sagte Oberkirchenrat Ocker. Die Kanzlei des Fürsten von Hohenlohe-Winterhausen habe ihm geschrieben, Schulmeister Hansjörg Rössner sei schwer erkrankt, und in der

Schule gehe es seit Wochen drunter und drüber. Weil Hansjörg aber sein bester Jugendfreund gewesen sei, habe er sich gleich auf den Weg gemacht.

»Doch leider …«, sagte Ocker mit tränenerstickter Stimme, »bin ich zu spät gekommen.«

Sie aßen schweigend.

Nach dem Essen bat Ocker um Verständnis, dass er kurz weg müsse. Er wolle rasch etwas erledigen, komme aber in spätestens zwei Stunden zurück. Der Fürst habe um Auskunft gebeten, wie man wieder geregelten Unterricht gewährleisten könne.

»Was geht das den Fürsten an?«, fragte Sophie. Sie ärgerte sich. Konnten es die Herren von der fürstlichen Kanzlei nicht erwarten, bis ihr Vater unter dem Boden war?

»Die Schule in Winterhausen ist eine Patronatsschule.«

»Patronatsschule? Was ist denn das?« Sophie hatte das Wort zwar schon gehört, aber sich bisher keine Gedanken gemacht.

»Einerseits eine ganz normale Schule, wie jede andere Volksschule auch«, erklärte Ocker. »Andererseits eine besondere, denn der hiesige Fürst muss vor allen wichtigen Entscheidungen gefragt werden. Einige Standesherren haben sich nämlich bei Gründung des Königreichs Württemberg ein Mitspracherecht bewahrt und dürfen auf ihrem alten Territorium zum Beispiel Lehrer einstellen und entlassen oder über den Lehrplan mitbestimmen.«

Ocker eilte ins Pfarramt und ließ sich vom Pfarrer über die örtlichen Schulverhältnisse genau informieren. Dann bat er im Schloss um Audienz, die ihm umgehend gewährt wurde.

Wieder zurück bei den Rössners nahm er Sophie beiseite und teilte ihr das Anliegen des Fürsten mit.

»Sofort?« Sophie war irritiert. »Ich soll gleich nach den Feiertagen anfangen?«

Ocker war erstaunt. »Trifft etwa nicht zu, was mir Ihre Mutter verraten hat?«

»Was hat sie Ihnen denn gesagt?«

»Dass Sie ihr in den nächsten Monaten beistehen wollten. Sie hätten ihr das versprochen.«

»Schon, aber …«

»Wenn Sie sowieso hier bleiben, warum dann nicht gleich als Lehrerin? Sie könnten die Arbeit Ihres Vaters fortsetzen.«

Sophie sah Ocker mit großen Augen an. Alles hätte sie sich vorstellen können, aber nicht, dass sie einmal auf diese Weise in die Fußstapfen ihres Vaters treten würde.

»Ich bitte Sie herzlich, geben Sie sich einen Ruck«, bat Ocker. »Unterlehrer Geiger hat viel zu lang alle Schüler hüten müssen. Auch wenn er nicht jammert, ist er bestimmt überfordert. Darum sollten so schnell wie möglich wieder zwei Lehrer unterrichten. Glauben Sie mir, der Fürst weiß, was Hansjörg geleistet hat. Er will nur geordnete Verhältnisse. Aber ich kann ihm keinen Lehrer aus dem Hut zaubern.«

Sophie zögerte, doch Ocker ließ nicht locker. Es werde sich für sie auszahlen.

»Inwiefern?«

»Zu Jahresbeginn tritt ein neues Gesetz in Kraft«, lockte er. »Provisoren und Lehrerinnen werden gleichgestellt. Beide bekommen fünfzig Gulden mehr im Jahr. Dann ist, zumindest was die Besoldung betrifft, der Unterschied zwischen Privatschule und öffentlicher Schule nicht mehr groß. Es lohnt sich also auch finanziell für Sie, hier in Winterhausen zu bleiben.«

Sophie war noch nicht überzeugt: »Ich dachte, dass Lehrerinnen nur an großen Schulen mit mehr als fünf bis sechs Lehrern unterrichten dürfen.«

»Stimmt, aber das hier ist, wie ich schon sagte, eine Patronatsschule. Da sind Ausnahmen möglich. Der Fürst bittet Sie herzlich, die Unterklasse zu übernehmen. Zumindest so lange, bis ein zweiter Lehrer gefunden ist. Dann könnte Unterlehrer Geiger die Oberstufe unterrichten.«

»Aber in Hartingen sind doch noch meine Bücher und Kleider. Auch müsste ich mich persönlich von Familie Neckermann und meinen Schülerinnen in der Mädchenschule verabschieden.«

»Gewiss, Fräulein Sophie. Darum schlage ich vor, Sie reisen mit mir nach Hartingen. Den kleinen Umweg auf der Heimreise nehme ich gern in Kauf. Dann kann ich nämlich mit dem Vorstand Ihrer Schule sprechen.«

»Und wie steht's mit der Kleidung?«

»Ich verstehe nicht …«

»Muss ich in Winterhausen wieder ganz in Schwarz herumlaufen?«

»Ich dachte, Sie tragen sowieso Trauerkleidung.«

»Ja, aber die Kinder eines Verstorbenen tragen sie nur ein halbes Jahr. So ist's hier üblich.«

»Und danach wollen Sie …?«

»Hat man mir im letzten Jahr an der Privatschule auch zugestanden.«

»Verstehe.« Er dachte laut. »Eine Lehrerin an einer Patronatsschule gab's in Württemberg noch nie.« Er machte eine vage Geste, setzte aber eine zuversichtliche Miene auf. »Ich gehe davon aus, dass man Ihnen in dieser Sache auch entgegenkommen kann.«

Sophie rang mit sich.

»Tut mir leid, wenn ich Sie zur Entscheidung dränge. Aber morgen muss ich fahren.«

»Morgen schon?«

»Leider, ich muss vor Weihnachten noch einiges erledigen.«

»Morgen?« Sophie dachte nach. »Morgen ist doch Samstag.« Sie nickte. »Gut, dann kann ich in aller Ruhe meine Sachen in Hartingen packen und mich von allen Bekannten verabschieden … Und am Montag und Dienstag könnte ich noch einmal meine alte Klasse unterrichten, wenn …«

»Wenn?«

»Wenn mich der Schulverein so Knall auf Fall aus meinem Vertrag entlässt.«

»Das lassen Sie mal meine Sorge sein, Fräulein Rössner.«

Ocker verabschiedete sich. Der Pfarrer habe ihn zum Abendessen eingeladen. Dort werde er auch übernachten.

Am nächsten Morgen reisten Ocker und Sophie mit dem Pferdeomnibus nach Hall und von dort mit dem Zug nach Hartingen. Unterwegs informierte der Herr aus Stuttgart die junge Lehrerin über alles, was er vom Pfarrer und vom Kanzlisten des Fürsten erfahren hatte.

Der Pfarrer, ein junger Mann mit modernen Ansichten, werde sich nach der Trauerzeit nicht gegen farbige Kleider sperren, sie sollten nur nicht allzu bunt sein. Und der Mutter stehe noch fünfundvierzig Tage lang das volle Gehalt ihres Mannes zu, dann ein Witwengeld, das zu einem Drittel von der Kanzlei des Patrons und zu zwei Dritteln von der Gemeindepflege ausbezahlt werde.

Am 27. Dezember, einem Freitag, hantierte Sophie schon in aller Herrgottsfrühe im neuen Klassenzimmer. Jetzt ging sie auf und ab und wartete auf ihre Schüler.

Draußen dämmerte der Tag. Pferdehufe verhallten. Ein Wagen rollte über die nahe Brücke. Drüben im Schloss wurden die Laternen gelöscht. Sophie lachte in sich hinein. Der fürstliche Laternenanzünder hatte es wohl nicht eilig, denn daraus, wie lange er brauchte, bis ein Licht nach dem anderen verglühte, ließe sich möglicherweise auf den Eifer des Schlosspersonals schließen. Bald schon würden die Kirchturmglocken zum Acht-Uhr-Gebet läuten.

Und wieder ein Neuanfang, kam Sophie in den Sinn. Schon der dritte in so kurzer Zeit.

Gleich aus mehreren Gründen war das heute für sie ein denkwürdiger Tag.

Vor vielen Jahren hatte ihr Vater genau an gleicher Stelle gestanden, hatte am selben Pult gesessen, hatte auf dieselbe Wandtafel geschrieben und sich am selben schönen Schulsaal erfreut.

Sophie erinnerte sich ganz deutlich. Mit fünf konnte sie schon lesen und schreiben und durfte, genau in diesem Raum, in der letzten Bank am Fenster sitzen und dem Unterricht zuschauen. Seit damals kannte sie jede Ecke und jeden Fleck in diesem fast quadratischen Saal. Darum wusste sie auch genau, was der Vater in der Zwischenzeit verändert hatte.

Hinter dem Pult hatte er rechts neben die große Wandtafel eine kleinere mit Erstklässlerlineatur anbringen lassen. Dazu drei Öllampen. Eine links neben der großen Tafel, eine zweite zwischen den Tafeln und eine dritte rechts neben der kleineren Tafel. Alle drei leuchteten die Tafelanschriebe so aus, dass sie für die Kinder nicht spiegelten. Beide Tafeln waren in gutem Zustand. Neben der großen stand auf einem schmiedeeisernen Gestell eine Waschschüssel, gefüllt mit sauberem Wasser. Und unter der mittleren Lampe mahnten die Schulgesetze für Kinder zu Demut im Alltag und Ordnung im Schulsaal.

In der Ecke zur Tür hin bullerte der Ofen, genau wie früher. Sophie hatte ihn noch am Vorabend eingeschürt.

Sechs große Sprossenfenster dicht an dicht nahmen die ganze Fensterwand ein. Die Scheiben reichten von der Decke bis auf Bankhöhe herab. Unter den Fenstern war die Wand mit Holz vertäfelt.

Drei gusseiserne Säulen, in der Mitte des Raumes in Linie angeordnet, stützten die Holzdecke. Darüber befand sich das Klassenzimmer der Oberstufe.

Sophie stellte sich ans Fenster. Noch war es draußen nicht ganz hell. Aber sobald die Sonne aufging, hatte man eine herrliche Aussicht auf Schloss und Park des Fürsten von Hohenlohe-Winterhausen. Dann war der Schulsaal lichtdurchflutet.

Sophie prüfte den Ofen, legte etwas Holz nach und drosselte die Luftzufuhr.

Jetzt drehte sie die drei Öllampen herunter, setzte sich in die erste Bankreihe und überflog den Text, den sie am Abend angeschrieben hatte und gleich den Drittklässlern vorlesen wollte:

*Die Bäume hatten einmal Streit untereinander, welcher von ihnen der vornehmste sei. Da sagte die Eiche: »Seht mich an, ich*

431

bin doch hoch und dick und habe viele Äste, und meine Zweige sind reich an Blättern und an Früchten.«

»Früchte hast du wohl«, sagte der Pfirsichbaum, »aber es sind nur Früchte für die Schweine. Die Menschen mögen sie nicht essen. Aber ich, ich liefere die rotbackigsten Pfirsiche für die Tafel des Königs.«

»Das hilft nicht viel«, sagte der Apfelbaum, »von deinen Pfirsichen werden nur wenige Leute satt; auch sind sie nicht lange haltbar, dann werden sie faul, und niemand kann sie mehr brauchen. Da bin ich ein anderer Baum, ich trage alle Jahr Körbe voll Äpfel, die brauchen sich nicht zu schämen, wenn sie auf eine vornehme Tafel gesetzt werden, aber sie machen auch die Armen satt. Man kann sie im Ofen dörren oder Saft und Most daraus keltern. Ich bin der nützlichste Baum.«

»Was bildest du dir ein«, schimpfte die Tanne, »du irrst dich! Mit meinem Holz heizt man die Öfen und baut man die Häuser. Mich schneidet man zu Brettern und macht Tische, Stühle, Schränke, ja sogar Kähne und Schiffe daraus. Dazu bin ich im Winter nicht so kahl wie ihr. Ich bin das ganze Jahr hindurch schön und grün. Und ich habe noch einen Vorzug. Wenn es Weihnachten wird, dann kommt das Christkind und hängt goldene Nüsse und Äpfel, Mandeln und Rosinen an meine Zweige. Ich begeistere die Kinder am allermeisten. Ist das nicht wahr?«


Sophie freute sich auf ihre neuen Schüler, die sie in wenigen Augenblicken erstmals als Lehrerin begrüßen durfte. Eigentlich war das der schönste Moment im Lehrerleben. Fröhliche Gesichter, strahlende Augen, flinke Gesten, verschmitztes Lächeln. Alsdann war der Tag gerettet. Man musste nur die kindliche Freude in knisternde Sehnsucht verwandeln. Aber genau das war die Kunst, den lieben Kleinen das Lernen behaglich zu machen, bis sie nicht mehr der helfenden Hand des Lehrers bedurften. Oh, wie fad wäre die Welt ohne Kinder. Ihr Eifer, ihr Schwung, ihr Appell, ihr Elan begeisterten Sophie jeden Morgen aufs Neue.

Sie wartete auf siebenundfünfzig Buben und Mädchen. Keine Stadtkinder, sondern brave Sieben- bis Neunjährige, deren Eltern sie alle kannte. Bauernkinder, klug und bescheiden. Gewiss auch ein paar Söhne und Töchter von Handwerkern. Und vereinzelt sogar geschniegelte Sprösslinge von Höflingen, die, wie sie aus eigener Erfahrung als Schülerin wusste, galanter sein wollten als ihre Herrschaft im Schloss.

Sie berührte den Ring an ihrer linken Hand, den sie seit Sonntag trug, einen Rubin, Zeichen der Liebe und letzte Erinnerung an Hartingen.

Oberkirchenrat Ocker hatte Sophie, wie versprochen, zu den Neckermanns und Otts begleitet, die Not in Winterhausen geschildert und Sophies Wunsch erläutert, ihrer Mutter beistehen zu wollen.

Doktor Neckermann reagierte vollkommen gelassen. »Ich habe damit gerechnet«, sagte er lächelnd.

»Wieso?«, fragte Herr Ocker.

»Als Fräulein Sophie vor einem Jahr berichtete, an welchen Symptomen ihr Vater litt, habe ich sofort gewusst, dass es eine Krankheit auf den Tod war. Darum habe ich mich mit Herrn Ott beraten.«

Gemeinsam hätten sie sich in aller Ruhe nach einer neuen Lehrerin umgeschaut. Und seien fündig geworden. In Heidelberg. Dort bestehe seit ein paar Jahren ein privates weibliches Lehrinstitut, das ein früherer Studienkollege leite. Der habe eine Lehrerin vermittelt, die bereit sei, nach Hartingen zu kommen. Depesche genüge, schon sei sie da. Zwar habe sie ihr Lehrzeugnis im badischen Ausland erworben, aber für eine Privatschule wie die Hartinger Mädchenschule dürfte das kein Hindernis sein, was Ocker umgehend bestätigte.

Kaum war Oberkirchenrat Ocker am Nachmittag nach Stuttgart weitergereist, schon stand Gustav vor seiner geliebten Sophie. Die hatte nämlich die morgendliche Wartezeit im Haller Bahnhof genutzt und Gustav depeschiert: »Vater gestorben. Bin nur noch bis Dienstag in Hartingen und ab Freitag Lehrerin in Winterhausen.«

»Wir gehen jetzt zum Goldschmied«, erklärte Gustav feierlich. »Ich möchte dir einen schönen Ring schenken.«

»Du willst so viel Geld ausgeben?«, sagte Sophie, aber ihre Augen verrieten etwas anderes.

Er wischte alle Bedenken beiseite. »Krimskrams, Tand und Trödel gibt's genug auf der Welt.«

»Du bist mir nicht böse?«

»Warum denn?«

»Weil ich im Trauerjahr nicht heiraten kann.«

Er küsste sie. »Du Dummerchen. Das ist mir doch längst klar.«

»Warum dann jetzt der Ring?«

»Damit du im Jahr deiner Trauer immer etwas bei dir trägst, das dich an mich und unsere gemeinsame Zukunft erinnert.«

»Ich schwör's dir.«

»Was?«

»Dass du mich dann heiraten darfst.«

Und so gaben sie sich das große Ehrenwort, im übernächsten Frühling den Bund fürs Leben zu schließen, komme, was da wolle.

»Aber meiner Mutter müssen wir es bald beichten«, gab Sophie zu bedenken.

»Darf ich dich in Winterhausen besuchen?«

»Ich bitte darum.«

»Und wenn der Pfarrer und der Schulmeister etwas dagegen haben? Immerhin bist du dann nicht mehr an der Privatschule.«

Einen Schulmeister, der sie kujonieren dürfe, gebe es derzeit in Winterhausen glücklicherweise nicht, entgegnete Sophie. Und den Pfarrer werde sie gleich nach Neujahr einweihen. Sollte er unwirsch reagieren, könnte sie seinen Amtsvorgänger, einen Freund ihres Vaters, immer noch um Vermittlung bitten.

»Und wann willst du es deiner Mutter sagen?«

»Wenn ich wieder in Winterhausen bin, schenke ich ihr reinen Wein ein. Das törichte Versteckspiel, das ich an der Hartinger Volksschule aufführen musste, will ich nicht wiederholen. Ich versprech's dir.«

»Darf ich an deine Adresse schreiben? Oder muss ich wieder einen Absender erfinden?«

»Schreib mir bitte, bitte, so oft du kannst. Und für deine Besuche in Winterhausen werde ich eine Lösung finden.«

Anfang der letzten Woche des Jahres hatte Sophie letztmals ihre Klasse in Hartingen unterrichtet. Alle neununddreißig Mädchen waren zu Tränen gerührt, als sich ihre geliebte Lehrerin von ihnen verabschiedete. Aber die Eltern zeigten viel Verständnis. Dass sie in Hartingen nicht im Unfrieden geschieden war, freute Sophie besonders.

⚮

Sophie hatte noch genau im Ohr, was der Vater am Pfingstsonntag gesagt hatte: »Wenn du für eine bessere Entlohnung der Lehrerinnen streiten willst, dann musst du für ein höheres Einkommen der Provisoren kämpfen.«

Seitdem hatte sie seine Notizen gelesen, Kollegen befragt und einschlägige Aufsätze in den Lehrerzeitschriften studiert. Und tatsächlich saßen Provisoren und Lehrerinnen in einem Boot. Also schrieb sie an Silvester den folgenden Artikel und sandte ihn am übernächsten Tag nach Stuttgart:

### Provisoren und Lehrerinnen
*Von unserer anonymen Zusenderin*

*Es ist gerade einmal fünfzig Jahre her, da suchte sich ein findiger Schulmeister, wenn er mit seinen hundertachtzig Schülern nicht zurechtkam oder seine Felder bestellen musste, einen aufgeweckten Jungen in der Abschlussklasse und hieß ihn die*

Memoriersprüche abhören und auf die Mitschüler aufpassen,
während er selbst seinen umfangreichen Nebentätigkeiten und
Feldgeschäften nachging.

Wenn sich der Junge nicht allzu dumm anstellte und der
Schulmeister ihn für den Beruf eines Pädagogen geeignet fand,
so nahm er ihn in die Lehre. Der gute Junge musste weiter-
hin Sprüche abhören, beim Lesen aufpassen und alles tun, was
ihm der Schulmeister auftrug. Vielleicht gab ihm der Pfarrer
des Orts ein paar Stunden in Bibelkunde. Vielleicht durfte er
auch schon für seinen Meister den Orgelbock anwärmen, den
Blasebalg treten oder beim Vorsingen am Sonntag assistieren.
In jedem Fall musste er die Glocken läuten, das Uhrwerk im
Turm aufziehen und all das in der Schule tun, was eigentlich
Aufgabe des Schulmeisters war, aber wozu der keine Zeit oder
Lust hatte.

Nach drei Jahren war die Lehrzeit aus, und der junge Mann
konnte sich nun nach Art der Gesellen eine neue Bleibe suchen. Erfuhr er, dass irgendwo ein Schulmeister einen Gehilfen
brauchte, so begab er sich dorthin mit einem Zeugnis seines
Heimatpfarrers, stellte sich seinem künftigen Meister und natürlich dem Pfarrer vor, der ihn einem kleinen Examen un-
terzog und prüfte, ob er wenigstens des Lesens und Schreibens
kundig war. Wurde er für brauchbar befunden, durfte er sich
ab jetzt Provisor nennen. Aber als Gehalt versprach man ihm
Zeisigfutter, oft nicht mehr als zwei Gulden vierteljährlich. Die
Schulmeisterin zeigte ihm hierauf die Schule und sein Bett. Gewöhnlich stand es auf dem Dachboden unter oder neben dem
Taubenschlag. Die Kost reichte ihm die Schulmeisterin. Und
der junge Mann träumte von künftiger Provisorenherrlichkeit,
von einem Schulmeisteramt in der Stadt und von einer glän-
zenden Karriere.

Dabei war er nun ganz und gar der armselige Gehilfe des
Schulmeisters. Sonntags musste er für seinen Meister die Sonn-
tagsschule versehen, ohne dafür eigens belohnt zu werden.
Werktags führte er schon bald gekonnt den Stecken und hieb
den Kindern den Hosenboden blau, versah sie mit Tatzen und

*allerliebsten Kopfnüssen oder malträtierte sie mit Maulschellen, bis ihnen das Hören und Sehen verging. Auch zum Mesnerdienst wurde er herangezogen, schaufelte auf dem Friedhof die Leichengruben aus und hockte neben seinem Meister auf dem Orgelbock, weil er die Seiten im Notenheft umblättern musste. Ja, es wurde sogar von ihm erwartet, dem Meister auf dem Feld behilflich zu sein. Dafür war es ihm verboten, Kost und Wohnung außerhalb des Schulhauses zu nehmen. Der Schulmeister hingegen war verpflichtet, ihn als Haus- und Tischgenossen anzunehmen und ihn zu beaufsichtigen. Dass es dabei eine Menge von Unzuträglichkeiten gab, lässt sich denken.*

*Alle sechs bis acht Wochen musste der junge Mann beim Pfarrer vorreiten und Rechenschaft über seine Privatstudien ablegen. Es gehörte sich, dass er auch dem Pfarrer bei vielerlei Geschäften zu Gefallen war.*

*Doch wehe dem Provisor, der aufbegehrte oder sich etwas zuschulden kommen ließ!*

*Mit dem Schulgesetz von 1836 griffen nun die Schulbehörden in die Ausbildung der Lehrer ein. War sie bisher ganz privater Willkür überlassen und in keinem guten Zustand, so besserte sie sich allmählich, denn es entstanden nach und nach zunächst private, dann öffentliche Lehrerseminare. Dasselbe Schulgesetz sprach dem Provisor erstmals ein festes Gehalt zu, hundertzwanzig Gulden, die von der Schulgemeinde aufzubringen waren. Aber davon musste der Provisor gleich wieder achtzig Gulden an den Schulmeister für Kost und Logis zahlen. Somit blieben dem Provisor nur vierzig Gulden zur freien Verfügung. Seine Wohnung bestand nicht etwa aus einem beheizbaren Zimmer, denn das durfte er nicht beanspruchen. Der Schulmeister hatte ihm nur ein Bett zu stellen, einen verschließbaren Schrank für Kleider und Wäsche, einen Tisch und einen Stuhl zum Arbeiten. Natürlich waren das unhaltbare Zustände.*

*Dreißig Jahre später, mehrere Teuerungen waren inzwischen übers Land gegangen, gewährten die Schulbehörden den Provisoren gnädigerweise zwölf Gulden Teuerungszulage, appel-*

*lierten aber zugleich an die Gemeinden, die Verköstigung der Provisoren zu übernehmen. Viele Gemeinden taten das nicht, sondern reduzierten das ohnehin dürftige Gehalt und gaben dafür vier oder fünf Scheffel Dinkel. Doch was konnte der junge Mann damit anfangen? Sollte er das Getreide etwa gegen teures Geld mahlen lassen? Oder sollte er sein Brot selbst backen? Wie denn, womit denn?*

*Wen wundert's, dass niemand mehr Provisor werden wollte. Jedenfalls nahm die Zahl der Schüler stetig zu, die Zahl der Provisoren dagegen stetig ab.*

*Da erfand man ein neues Spiel: Man warb junge Frauen an, versprach ihnen das Blaue vom Himmel, aber behandelte sie wie die Provisoren vor fünfzig Jahren: Bett unterm Taubenschlag, Abtritt auf dem Hof, Brosamen als Lohn und Verbote zum Hohn. Wirtshausverbot, Kontaktverbot, Reiseverbot, Leseverbot, Fortbildungsverbot, Schreibverbot, Heiratsverbot. Erlaubt nur: Händchen falten, Köpfchen senken, immer nur der Schul gedenken.*

*Jetzt frage ich Sie, geneigter Leser, würden Sie Provisor werden wollen? Und Sie, gnädige Frau, wollten Sie oder Ihre Tochter vielleicht Lehrerin werden?*

*Sehen Sie! Solange man die jungen Pädagogen, egal ob Provisor oder Fräulein Lehrerin, nicht besser hält als den eigenen Hofhund, wird's nichts mit unseren Schulen. So einfach ist das!*

Sophies Vater hatte bei seinen vielen Nachforschungen das Winterhausener Neujahrslied entdeckt, das der Nachtwächter bis zum Ende des vorigen Jahrhunderts in der ersten Stunde des neuen Jahres gesungen hatte. Auf Bitte von Pfarrer Schütz hatte der Liederkranz den alten Brauch wieder aufleben lassen.

Weil Winterhausen keinen Nachtwächter mehr hatte, zog seit etlichen Jahren ein Sangesbruder in alter Tracht durch den Ort und überbrachte um Mitternacht den Mitbürgern die guten Wünsche:

*Weil wir in dieser Nacht*
*das Jahr zu Ende bringen,*
*so will ich nach Gebrauch*
*das neue Jahr ansingen.*
*Drum danket Gott mit mir,*
*der in dem alten Jahr*
*uns gab so vieles Gut's*
*und uns recht gnädig war.*

*Viel Heil und großes Glück*
*woll Gott uns allen geben,*
*wie auch den Heil'gen Geist,*
*gesunden Leib daneben.*
*Das wünsch als Wächter ich*
*der ganzen Christenschar*
*in dieser ersten Nacht*
*zum guten, neuen Jahr.*

Pfarrer Schütz stand neben Sophie am offenen Stubenfenster. Die Hände in den Taschen seiner schwarzen, abgetragenen Hose, sah er lächelnd dem munteren Treiben in den Gassen zu.

Sophie schloss das Fenster.

Er reichte ihr die Hand: »Ich wünsche Ihnen, liebes Fräulein Sophie, ein gutes, neues Jahr.«

Sie dankte dem alten Herrn, mit dem ihr Vater, wiewohl weit über zwanzig Jahre jünger, in letzter Zeit einen regen Gedankenaustausch gepflegt hatte.

»Auch Ihnen, Herr Pfarrer, ein gesegnetes Jahr. Die Mutter lässt sich entschuldigen. Sie ist zu Bett gegangen. Die letzten Tage haben sie doch sehr angestrengt.«

Helene und Thomas waren am zweiten Weihnachtstag wieder abgereist und die vier jüngsten Geschwister schliefen schon.

Schütz lächelte nachsichtig. »Sogar Fürst Gottfried legt sich an Silvester demonstrativ um zehn Uhr schlafen. Neujahr sei ein Tag wie jeder andere, belehrt er mich jedes Jahr. Irgendeinem Kalendermacher habe es gefallen, den ersten Januar zum ersten Tag eines neuen Jahres zu küren. Doch ein Fürst zu Hohenlohe tanze nicht nach der Pfeife eines dahergelaufenen Kalendermachers, pflegt Seine Durchlaucht zu lästern. Genauso gut hätte man den siebten Februar oder den neunten September zum Neujahrstag küren können.«

Sie setzten sich. Doch Sophie sprang gleich wieder auf und stellte allerlei Backwerk auf den Tisch: Zimtsterne, weiche Mandelplätzchen, Pfeffernüsse und Lebkuchen, Spitzbuben und Nussmakronen, buttrige Ausstecher und Springerle. Dazu bot sie Wein an.

Schütz bediente sich ausgiebig. Das süße Naschwerk schmeckte zu verführerisch. Niemand konnte so gute Springerle backen wie die Schulmeisterin. Mit ihren alten Holzmodeln formte sie jedes Jahr um Nikolaus herum süßen Teig zu wahren Kunstwerken, erst recht zum letzten Weihnachtsfest, hatte sie ihrem Mann doch noch eine Freude machen wollen.

»Alles hätte ich mir vorstellen können, Fräulein Sophie, aber dass mein lieber Hansjörg vor mir gehen musste ...« Schütz schüttelte betrübt den Kopf.

Er schwärmte von der umfassenden Bildung und dem pädagogischen Geschick seines verstorbenen Freundes, der noch so viel vorgehabt habe.

»Alles, was Hansjörg über Hohenlohe erfahren konnte, hat er gesammelt. Viele Illustrationen hatte er schon gezeichnet, etliche Geschichten bereits formuliert. Es sollte ein Kunstwerk werden, hat er mir öfter gesagt. Ein Handbuch zu Ehren Hohenlohes, das inzwischen untergegangen beziehungsweise im Königreich Württemberg aufgegangen ist.«

Schütz stellte sein Glas ab und tupfte sich mit dem Taschentuch die feuchten Lider ab. »Er hat sein Werk nicht mehr vollenden können. Nicht einmal das Weihnachtsfest hat er erlebt, was er sich so gewünscht hat.«

Auch Sophie bekam wässrige Augen.

»Für jeden hatte er ein freundliches Wort.« Der alte Pfarrer seufzte. »Ach ja, und ganz nebenbei polierte er auch das Ansehen der Schule auf und verbesserte den Unterricht.«

Aber im letzten Jahr habe er sich nur noch für Heilmittel interessiert. »Bis zuletzt gab er die Hoffnung nicht auf, ein Kraut zu finden, das ihn wieder gesund machen könnte. Er war von der Heilkraft der Pflanzen felsenfest überzeugt.«

Plötzlich hielt der alte Pfarrer inne. »Ich rede und rede. Und Sie wollen vielleicht ins Bett.«

»Nein, nein«, wehrte Sophie ab, »ich höre Ihnen gern zu.« Sie merkte wohl, dass der alte Herr um ihren Vater trauerte und das Bedürfnis hatte, seinen Schmerz mit jemandem zu teilen.

Anderthalb Jahre schon lebte Schütz völlig zurückgezogen. Es gehöre sich nicht, dass man seinem Nachfolger ins Handwerk pfuscht, beschwichtigte er, wenn man ihn darauf ansprach. Ihm genüge es, ein Stündchen mit dem Fürsten zu gaigeln, wann immer Durchlaucht Lust aufs Kartenspiel verspüre.

»Ihr Vater verriet mir im Herbst, Sie würden seine gesammelten Aufzeichnungen zu einem Buch über heilende Pflanzen verarbeiten.« Er knabberte mit sichtlichem Genuss an einem Lebkuchen, der mit Schokolade überzogen und mit Mandeln verziert war.

»Ja, ich hab's ihm versprochen, obwohl ich von der Sache nicht viel verstehe.«

Schütz widersprach: »Sie haben außergewöhnliche Fähigkeiten, Fräulein Sophie. Schon als Kind waren Sie anderen weit voraus.« Eigentlich habe er sie immer nur lesend erlebt, solange sie in Winterhausen wohnte. Ihr Vater sei kaum nachgekommen, neues Lesefutter zu besorgen. Darum habe die kleine Sophie nach der Lektüre der vorhandenen Bilder- und Kinderbücher schon bald im Schrank des Vaters gestöbert und die bekanntesten Klassiker verschlungen. Goethe und Schiller natürlich, aber auch Uhland, Hauff und Mörike. Sogar die zeitgenössischen Romane, von denen der Vater nicht viel hielt, die aber der Mutter gefielen, habe sie aufgeschnappt, so hungrig nach Buchstaben sei sie gewesen.

Sophie lachte. Sie erinnerte sich, dass das viele Lesen ihrem Vater gar nicht recht war. Wenn sie so weitermacht, dann kriegt sie einmal keinen Mann, klagte er der Mutter, als sie in die sechste Klasse kam. Für diese Welt werde sie bald zu schlau, und vielleicht auch zu gefährlich. Männer, insbesondere jene, die sich für den Nabel der Welt hielten, verkrafteten keine klugen Frauen.

»Wenn jemand schreiben kann, dann Sie, Fräulein Sophie. Sie haben schon so viel gelesen, da sprudeln doch die Sätze ganz von selbst aus Ihnen heraus.«

»Na, na, Sie haben aber eine blühende Fantasie.«

Er spülte den Lebkuchen mit Wein hinunter. »Ihr Vater hat so viele Aufzeichnungen hinterlassen. Die müssen Sie nur noch ausformulieren. Also schreiben Sie, schreiben Sie! Und wenn Sie wollen, helfe ich Ihnen, wo ich kann.«

Sophie sah ihn nachdenklich an. Die Freundschaft ihres Vaters zu Pfarrer Schütz musste inniger gewesen sein, als sie bisher gedacht hatte.

Er druckste herum und meinte schließlich. »Aber ich rate Ihnen, nicht unter Ihrem richtigen Namen zu veröffentlichen.«

Sophie runzelte die Stirn »Warum das denn?«

»Weil man einer Frau vom Land nicht viel zutraut.« Und als er ihren kritischen Blick bemerkte, setzte er rasch hinzu. »Schauen Sie sich nur einmal auf dem Buchmarkt um. Die meisten Sachbücher und Romane stammen von Männern. Und die wenigen Frauen, die sich zu Wort melden, protzen mit ihrer adeligen Herkunft oder sind Städterinnen mit vielfältigen Beziehungen in die besseren Kreise.«

Sophie schluckte. Das hatte sie vom Freund ihres Vaters nun doch nicht erwartet. »Was schlagen Sie vor?«

»Legen Sie sich ein Pseudonym zu.«

Sophie überlegte lang. Sie hatte es ja selbst einmal erwogen. Doch dann schüttelte sie den Kopf. »Ich will aber keinen Männernamen annehmen. Wofür bin ich denn Lehrerin geworden?«

Schütz hob beschwichtigend die Hand. »Ich weiß, ich weiß. Sie leisten Großartiges in Ihrem Beruf und wollen mehr Rechte für die Frauen erstreiten. Ihr Vater hat es mir oft genug gesagt.« Er sah Sophie wohlwollend an. »Aber ich bleibe dabei: Einer Frau vom Land nimmt man nicht ab, dass sie viel mehr als einen einfachen Brief schreiben kann.« Er trank sein Glas leer. »Ich könnte es nicht ertragen, wenn Ihr Buch unbeachtet bliebe. Das wäre für mich so, als würde man Ihren Vater verachten. Immerhin war er mein bester Freund.«

Sophie schenkte nach. Sie war sehr nachdenklich geworden.

»Ich werde mit dem Fürsten reden.«

Sophie zuckte zusammen. »Wozu?«

»Ich will ihn fragen, ob er Ihnen gestattet, unter adligem Namen zu veröffentlichen. Fürst Gottfried ist ein großer Freund der Literatur. Vergessen Sie das nicht.«

Sophie sah den alten Herrn fassungslos an. »Und wie sollte ich mich Ihrer Meinung nach nennen?«

»Freiin Sophie zu Winterhausen.« Er verbesserte sich: »Nein, noch besser wäre: Sophie Freiin zu Winterhausen. Wenn Sie schon kein männliches Pseudonym verwenden wollen, dann, bitte schön, wenigstens einen adligen Künstlernamen.«

Sophie schüttelte energisch den Kopf. »Ich werde das Buch unter meinem Namen veröffentlichen. Erstens habe ich es meinem Vater versprochen. Und zweitens will ich es ihm widmen und seine Vorarbeiten im Vorwort würdigen. Das geht nur, wenn ich Ross und Reiter nenne.«

Als der Pfarrer widersprechen wollte, sagte sie bestimmt, man könne nicht auf mehr Gerechtigkeit für Frauen im Allgemeinen und Lehrerinnen im Besonderen hoffen, wenn man immer nur das tue, was gerade verlangt werde oder erwünscht sei. Sie wolle lieber den geraden Weg gehen, auch wenn er steinig und gefährlich werden könnte und am Abgrund enden sollte.

Schütz gab klein bei und versprach, den Fürsten zu informieren, denn der Patronatsherr müsse ja zustimmen, wenn einer seiner Pfarrer oder Lehrer einer Nebentätigkeit nachgehe. Ein Buch verfassen, das sei eine Nebentätigkeit und bedürfe der Genehmigung, ganz im Gegensatz zum Aufsatz, den man jederzeit publizieren könne.

Auch in Winterhausen saßen die Kinder montags bis samstags von acht bis zwölf Uhr in der Schule und nachmittags, Mittwoch und Samstag ausgenommen, nochmals von zwei bis vier. Ihr Schulweg war weder weit noch beschwerlich, denn Winterhausen war eigentlich ein kleines Dorf, auch wenn es einst als Fürstenresidenz geglänzt hatte.

Sophie hielt sich an den morgendlichen Auftakt, wie ihn der Vater vor vielen Jahren eingeführt hatte. Eine Viertelstunde vor Unterrichtsbeginn schloss sie den Schulsaal auf und setzte sich ans Pult. Kam ein Kind herein, ging es still an seinen Platz, suchte sich eine Arbeit und verhielt sich ruhig. Sobald die Kirchturmuhr achtmal schlug, schloss Sophie die Tür. Mit Gebet und Morgenlied eröffnete sie den Schultag und kontrollierte die Sauberkeit der Hände und Fingernägel, wie es ihre Pflicht war. Dann ließ sie die Zuspätgekommenen eintreten, die vor der Tür warten mussten, und fragte sie einzeln im Verlauf des Vormittags, natürlich nebenbei und nicht vor der Klasse, warum sie säumig waren. So erzog sie ihre Schüler ohne Strafe zur Pünktlichkeit und erfuhr zugleich, wo die Kinder der Schuh drückte.

Schon nach wenigen Tagen war sie mit der neuen Klasse vertraut. Sie organisierte das Lernen nach dem Modell des indirekten Unterrichts, den sie in der Hartinger Töchterschule zur Genüge erprobt hatte. Die Schulstunden teilte sie in drei Abschnitte zu je zwanzig Minuten ein. So konnte sie sich mehrmals täglich jedem der drei Schuljahre direkt zuwenden, während die anderen Schüler etwas leise lesen, einen Text abschreiben oder ein paar Aufgaben rechnen mussten. Mit der ganzen Klasse ein Thema besprechen oder ein Lied einüben, war damit auch möglich. Hauptsache, jedes Kind war beschäftigt. Müßige Langeweile durfte keinesfalls aufkommen.

Sophie bereitete sich intensiv von einem Tag auf den nächsten vor, galt es doch, jedem Kind so viel Lernfutter vorzuschneiden, dass es immer zu tun hatte. Im Unterricht zahlte sich das aus. Die Buben und Mädchen arbeiteten ruhig und konzentriert. Auch setzte Sophie die besten Schüler unter den Zweit- und Drittklässlern als Helfer ein, die sich der ängstlichen und schwer Lernenden annahmen.

Nach Schule und Unterrichtsvorbereitung widmete sich Sophie täglich mindestens zwei Stunden ihrem Buch.

Sie hatte sich eine einfache Gliederung überlegt. Im ersten Teil wollte sie die bewährten Heilmittel beschreiben: Kräuter, Beeren, Wurzeln und Rinden, aber auch kalte und warme Bäder, Schwitzkuren, Honig und Salz. Im zweiten Teil sollten die Beschwerden, denen man mit Hausmitteln zu Leibe rücken konnte, lexikonartig aufgelistet werden. Von Abführmittel über Halsschmerzen und Wundbehandlung bis zu Zahnweh. Und im dritten Teil wäre dann zu erläutern, wie man bestimmte Hausmittel selbst herstellen konnte.

Sophie kam aus dem Staunen nicht heraus. Wie viele brauchbare Mittel hatten die Leute doch im Lauf der Jahrhunderte gegen allerlei Alltagsbeschwerden ausprobiert. Bei Kopfweh wirke ein Tuch mit frischen Holunderblättern auf der Stirn wahre Wunder. Auch ein Wickel mit geschabter Holunderrinde, in Essig getränkt, könne hilfreich sein. Noch besser sei ein Sud aus frischen Tannenspitzen und fein gehackten Zwiebeln. Der bändige das Geschoss, wie die Leute sagten, den pochenden Kopfschmerz. Saure Essigumschläge, versetzt mit Brotrinde und Salz, galten als besonders heilungsträchtig, ebenso wie Umschläge, getaucht in frische Kuhmilch und versetzt mit Rindertalg.

Der Vater hatte gut vorgearbeitet, sich allerdings nicht auf die Volksheilkunde beschränkt, sondern überlieferte Bräuche rund um Krankheit und Heilung ebenso notiert wie Zauber- und Segenssprüche und sonstigen Aberglauben.

Sophie war skeptisch, was dieses Beiwerk betraf, fand es auf der anderen Seite aber schade, ganz auf die abergläubischen, zuweilen würzigen Sprüche zu verzichten.

So sagte zum Beispiel der Volksmund um Winterhausen: »Spitze Nase, spitzes Kinn, da steckt wohl der Teufel drin.«

Die alten Leute schlossen offensichtlich vom Aussehen auf eine bestimmte Anfälligkeit, in diesem Fall auf Heiserkeit, Atemnot, verstopfte Nase und ständigen Schnupfen. Einem solchen Menschen musste doch die Nase an acht von sieben Wochentagen triefen, ob er wollte oder nicht, orakelte man. Da half kein Schmer, erst recht keine gedämpfte Zwiebel und kein Kamillensud.

Wenn ein Kind an Wundfäule litt, dann sollte die Mutter dreimal, vor dem Morgen-, Mittag- und Abendessen, dieses Sprüchlein laut aufsagen:

*Mundfäule, du Ursäule,*
*geh aus meines Kindes Mäule,*
*geh aus meines Kindes Rachen,*
*fahr hinein in ein Mistlachen.*

Dazu musste sie dreimal in den Mund ihres Kindes blasen und ihm mit einem Löffel über den Mund streichen.

Auch für Bettnässer hatte der Vater einen Zaubervers notiert. Diesen geplagten Menschen empfahlen die Kräuterweiber, am Abend ein Glas Wasser zu trinken, vor ihr Bett zu knien und zu beten:

*O Heiliger Sankt Veit,*
*weck mich heute Nacht bei Zeit,*
*wecke mich zur rechten Stund,*
*eh mich der schnelle Brunz ankummt.*

Wenn Sophie solche Sprüche las, konnte sie sich oft das Lachen nicht verkneifen, obwohl das Fröhlichsein im Trauerhaus nicht wohlgelitten war.

Als Sophies eifrigster Mitstreiter entpuppte sich Pfarrer Schütz. Er streifte durch den Ort und notierte, was ihm alte Bauersfrauen verrieten. Hausrezepte gegen Katarrh und Kropf, Angina und Asthma, Rheuma und Rachenentzündung brachte er heim. Und wussten die alten Leutchen nicht weiter, steuerte Doktor Mühsam etwas bei. Schütz suchte ihn regelmäßig auf und bat um Unterstützung. Der Doktor paffte, überlegte und gab dann sein Wissen bereitwillig preis. Er wusste unendlich viel über Verstopfung und Erbrechen, Bauchschmerz und Kolik.

Schütz berichtete Sophie: »Anders als so mancher moderne Mediziner, der auf schnellen Reibach aus ist, behält Doktor Mühsam seine Kenntnisse nicht für sich, sondern freut sich über jeden, der sich selbst helfen kann.«

Das gefiel Sophie und spornte sie an.

Auch ihre Mutter half mit. Sie ließ sich gern einspannen, vergaß sie doch in diesen Stunden ihren Kummer. Sie hörte sich an, was ihr Sophie erzählte oder vorlas, berichtigte, ergänzte, fragte ein paar Kräuterweiber um Rat, wenn sie unsicher war. Vor allem lehrte sie ihre Tochter, wie man Salben, Tinkturen, Tees und Kräuterweine zubereitete.

»Wenn ich an dich denke, Geliebter, muss ich weinen«, schrieb Sophie Ende Februar an Gustav. »Nach meinem Examen hatte ich dir versprochen, in zwei Jahren deine Frau zu werden. Nun musste ich dich um ein weiteres Jahr Geduld bitten, und du hast es mir ohne Murren gewährt.«

Sophie schlug Töne tiefer Zuneigung an. Sie fand Worte der Bewunderung für Gustavs kreative Arbeit, und sie ließ ihrer Leidenschaft vollen Lauf, sprach von Sehnsucht nach einem Leben an seiner Seite, von Zärtlichkeit und Sanftmut.

Sie berichtete in diesem Brief aber auch eingehend über ihre Schriftstellerei. Sie habe inzwischen schon viel über Heilpflanzen gelernt. Das Thema beanspruche sie mittlerweile sehr, nicht zuletzt auch deshalb, weil ihr die Mutter tagtäglich Vorträge halte über Kamille, Kerbel und Knoblauch, über Lindenblüten und Löwenzahnblätter, über Quendel und Schafgarbe. Die Aufschriebe des Vaters habe sie durchgearbeitet und festgestellt, dass sie viele Seiten fast wörtlich in ihr Manuskript übernehmen könne. Aber von einer Kräuterfee sei sie weit entfernt. Heilkundige dürfe sie sich, wenn das Buch fertig sei, erst recht nicht nennen, und Kräuterhexe wolle sie nicht werden. Ihre Aufgabe bestehe vornehmlich darin, das vorhandene Material und Wissen zu sichten, zu ordnen und verständlich und klar gegliedert an die Leser weiterzugeben.

»Das alles, mein Geliebter, kann ich nur leisten, weil ich mich in der Schule wohlfühle.« Die Kinder seien allerliebst. Und wenn mal eines bockt, dann mache es das spätestens am nächsten Tag wieder gut. Auch profitiere sie von ihren Hartinger Stundenentwürfen, die sie bis in kleinste Details ausformuliert hatte. Dadurch spare sie sich viel Vorbereitungszeit und könne dennoch einen interessanten Unterricht bieten.

»Ich kann manchmal kaum glauben«, schrieb sie weiter, »dass dies schon meine dritte Dienststelle ist.« Doch gemessen an dem, was man vielen Lehrerinnen zumute, die alle zwei Monate ihren Koffer packen und woanders hinmüssten, habe es das Schicksal gut mir ihr gemeint. Niemand im Ort stelle sie als Lehrerin infrage, wohl auch deshalb, weil der Vater angesehen war und die Leute sie als Einheimische akzeptierten.

Zum Schluss des Briefes verriet sie Gustav ihre geheimsten Gedanken. Der Tod des Vaters bedrücke sie, denn täglich werde sie an ihn erinnert. Sei es in der Schule, die sie wie sein Vermächtnis empfinde, sei es in der Familie, wenn die Mutter still vor sich hin weine oder die Zwillinge nach ihm fragten. Vor allem, und das raube ihr den Schlaf, habe die Mutter ein Heft gefunden, das er offensichtlich in seinem letzten Jahr führte. Ihm vertraute er an, worüber er nicht sprach: über Leben und Tod.

Das Leben, notierte er, sei für ihn so etwas wie ein Arbeitspensum. Jedoch eines ohne klar definiertes Ziel, ohne geregelte Arbeitszeit und ohne vereinbarten Lohn. Darum erfordere es Mut, diese Unwägbarkeiten auszuhalten, vor allem dann, wenn die Hoffnung auf Gesundheit schwinde und die Kräfte nachließen. Dann müsse man kämpfen und sich auf einen Tanz einlassen wie bei einer Springprozession: zwei Schritte vor und drei zurück. Sterben, das sei eigentlich ganz leicht, weil es jedem irgendwann zuteilwerde. Unverhofft, gleichmacherisch, untrüglich. Der Tod halte sich an keinen Kalender, sei aber gerecht, weil ihm nichts und niemand entginge. Leben dagegen sei schwer. Ständig müsse man überlegen, wie man leben wolle und was man tun solle. Und doch geschehe das meiste zufällig. Darum, so würden die Franzosen sagen, solle der Mensch wenigstens jedem Tag mehr Leben geben, wenn er seinem Leben schon nicht mehr Tage schenken könne.

Dasein, so der Vater in seinem Heft, sei eines seiner Lieblingswörter, weil es den Sinn des Lebens am besten treffe. Da sein, zugegen sein, das Hier und Jetzt bejahen, die Bürde des Lebens tragen, das sei der wahre Sinn. Darum genüge es völlig, jeden Tag so hinzunehmen, wie man es eben vermag. Man müsse sich keine hehren Ziele setzen, denn damit greife man nur in eine uns unbekannte Ordnung ein. Weil keiner weiß, was für ihn bestimmt ist, scheitere jeder Versuch kläglich, ein Lebensziel zu präzisieren. Niemand dürfe mehr erwarten, als jeden Tag da zu sein und die Herausforderungen so gut wie möglich zu meistern.

»Das Trauerjahr geht rasch vorbei«, tröstete Sophie ihren Gustav, »dann heiraten wir. Versprochen! Doch bis dahin erhoffe ich mir viele Briefe von dir und vor allem auch Besuche. Schließlich müssen wir ja unsere Hochzeit und unser gemeinsames Zuhause planen.«

»Welch freudige Überraschung!« Sophies Herz hüpfte. Sie fiel ihrem Gustav um den Hals. Mit allem hatte sie gerechnet, aber nicht mit seinem baldigen Besuch.

Gerade hatte die Uhr am Kirchturm zwölf geschlagen. Die Kinder flogen jubelnd aus den dumpfen Schulsälen heraus, denn am Nachmittag fand kein Unterricht statt, wie jeden Samstag.

»Mutter wird sich freuen. Sie liegt mir schon lange in den Ohren. Sie will dich endlich kennenlernen.«

»Dann kommen Sie, Fräulein Lehrerin. Gehen wir.« Er küsste sie auf die Nase.

Im selben Augenblick polterte Unterlehrer Geiger die Treppe herab.

»Oh!«, lachte er. »Erwischt!«

Sophie machte die beiden Herren miteinander bekannt.

»So, so Fotograf.« Geiger schüttelte Gustav die Hand. »Ein moderner Beruf. Stelle ich mir irgendwie spannend vor.«

»Ach!«, sagte Gustav, »Mädchenhändler wäre viel aufregender.«

Sophie hämmerte mit ihren zarten Fäusten auf ihren Gustav ein. »Untersteh dich, du Schuft!«

Die Herren lachten herzlich und verständnisvoll.

»Gott sei Dank, dass Sie da sind, Herr Wagner. Endlich kommt Ihr Fräulein Braut auch mal an die frische Luft.« Geiger wandte sich zum Gehen. »Sie hockt nämlich tagaus, tagein am Schreibtisch.«

Er hob die rechte Hand zum Abschied und machte sich eilig davon.

Gustav sah Sophie nachdenklich an. »Woher weiß er, dass …«

»Weil ich allen Leuten gesagt habe, dass wir nächstes Jahr heiraten. Oder willst du es dir noch einmal anders überlegen?«

Er verschloss ihr den Mund mit einem langen Kuss. »Nein, ich habe lange genug gewartet.«

»Siehst du, jetzt müssen wir uns nicht mehr verstecken. Du kannst mich also jederzeit besuchen.«

Gustav sah ihr prüfend ins Gesicht. »Du siehst tatsächlich blass aus. Dein Kollege hat recht. Bist du nur noch am Schreiben?«

»Jawohl«, bestätigte Sophie, »schließlich will ich das Buch bald fertig haben. Und allein durch Feld und Flur? Das schmeckt mir nicht. Du musst mich halt öfter besuchen, mein Schatz, und von der Arbeit abhalten.«

Er packte sie an den Ohren. »Du bist ein fleißiges Mädchen!«, lobte er, zog sie an sich und küsste sie auf den Mund.

Sie stürmte nach Hause, und er hatte einigermaßen Mühe, mit ihr Schritt zu halten.

Die Mutter saß auf der untersten Treppenstufe, in ein schlichtes, schwarzes Kleid gewandet. Gesicht und Hände waren blass.

Als sie ihre Tochter mit einem fremden Mann kommen sah, sprang sie auf.

»Was machst du da, Mutter?«

»Ausruhen, Sophiechen, und auf dich und die Kinder warten. Ich habe heute schon so viele Treppen steigen müssen, dass ich einen Augenblick verschnaufen wollte.«

Sie war entzückt, Gustav zu sehen und begrüßte ihn wie einen alten Bekannten.

»Sie sind herzlich zum Mittagessen eingeladen, Herr Wagner.«

Sophie war erleichtert. Sie hatte sich ein bisschen vor diesem Augenblick gefürchtet. Konnte man's wissen, wie die Mutter auf einen Mann reagiert, der die Tochter in eine fremde Stadt entführen würde?

Die Mutter fragte unbekümmert: »Lebt Ihre Frau Mama noch, Herr Wagner?«

»Nein, meine Eltern sind tot. Aber ein Onkel wohnt in Stuttgart.«

»Na, dann könnten Sie ja auch nach Winterhausen ziehen.«

Sophie erschrak. Sie wusste wohl, dass die Mutter es gut meinte. Am liebsten hätte sie Tochter und Schwiegersohn in ihrer Nähe.

Dennoch musste Sophie wohl unwillkürlich ein säuerliches Gesicht gezogen haben, als sie sagte: »Du vergisst, Mutter, dass Gustav ein sehr erfolgreicher Fotograf ist und in Eugensburg und Umgebung viele Kunden hat.«

Ihre Mutter bemerkte es und wollte einlenken: »Hier gibt es doch auch viele Menschen, die man fotografieren kann ...«

»... und die alle in vier Wochen abgelichtet sind.« Sophie widersprach ihrer Mutter nur ungern. »Und dann?« Sie hob abwehrend die Hände »Nein, nein, daraus wird nichts. Bitte schlag dir das aus dem Kopf.«

Gustav hielt sich bedeckt. Er wollte seine Braut diesen kleinen Zwist allein ausfechten lassen.

»Ach so«, sagte die Mutter entschuldigend.

Zum Glück stürmten Sophies Brüder und Schwestern heran, hungrig wie die Wölfe und neugierig bis in die Nasenspitzen.

Gustav schenkte jedem der vier eine Tafel Schokolade, und die kindliche Scheu war überwunden. Jakob und Else plapperten munter drauflos, nur ihre beiden älteren Geschwister verhielten sich abwartend.

Die Zwillinge erzählten dem Gast, was sie am Morgen in der Schule gelernt hatten.

»Und wie redet ihr eure Schwester im Unterricht an? Sagt ihr Sophie zu ihr?«

Else hielt sich die Ohren zu. »Du bist aber dumm. Die Sophie ist doch unsere Lehrerin.«

»Dann sagt ihr Fräulein Lehrerin zu ihr?«

Jakob fand die Frage offensichtlich abwegig: »Ha, was denn sonst? Wie ein Schulmeister sieht sie wohl nicht aus.«

Gustav lachte. »Und ist sie streng mit euch?«

»Zu den anderen Kindern ist sie ganz lieb«, beschwerte sich Jakob, »aber ich muss immer ganz brav sein, sonst zieht sie mich nach der Schule an den Ohren.«

»Du lügst!« Else war wütend. Und zu Gustav sagte sie: »Das stimmt nicht. Der Jakob denkt sich immer solche Lügengeschichten aus.«

Sophie schmunzelte. Lina und Matthias kicherten, waren doch beide schon in der Oberstufe und fühlten sich den kleinen Geschwistern überlegen.

»Und was macht ihr nach dem Essen?«, wandte sich Gustav an Jakob und Else.

»Auf die Gass gehen«, antwortete Jakob.

»Und was macht ihr auf der Gass?«

»Mit den Kindern ›Quickerle, quäckerle‹ spielen«, erzählte Else.

»Und wie geht das?«

Die beiden mühten sich redlich, ihr Spiel zu erklären. Letztlich gelang es ihnen mit vereinten Kräften. Offensichtlich mussten sich alle Kinder im Kreis aufstellen. Eines schickten sie fort, es durfte nicht spicken. Die anderen suchten sich einen kleinen Gegenstand, einen Ring, ein Stückchen Holz, eine verschrumpelte Kastanie oder eine Nuss. Hauptsache, er war klein und passte in eine Kinderfaust. Den Gegenstand reichten die Kinder herum oder taten so, als gäben sie ihn weiter. Jetzt wurde das fortgeschickte Kind herbeigerufen. Es musste den Gegenstand erraten und sagen, wer ihn im Augenblick versteckte. War das Ding richtig geraten, begann das Spiel von Neuem, aber mit einem anderen Gegenstand.

»Spiel doch mit«, bettelte Jakob.

Sophie widersprach. »Geht nicht. Wir müssen zu Pfarrer Schütz. Er weiß nämlich noch nicht, dass er heute Nacht einen Gast hat. Hoffentlich ist er daheim.«

Und ob! Der alte Herr mit dem kühnen Gesicht, dem regen Mienenspiel und den wachen blauen Augen war zuhause. Nicht nur das, er war sogar höchst erfreut, hatte er sich doch schon vor Wochen erboten, Sophies Bräutigam bei sich aufzunehmen, denn in Winterhausen gab es kein Gasthaus, in dem man übernachten konnte.

Schütz erwiderte den Gruß der beiden. »Willkommen, Herr Fotograf. Sophie hat schon so viel von Ihnen erzählt, dass Sie mir völlig vertraut sind.«

Er reichte Wagner seine schmale Hand. »Ich bin Ihnen dankbar, dass Sie mich beehren. Wieder ein Abend vor der Langeweile gerettet.«

Er zeigte, wo Gustav schlafen konnte, und erwähnte nebenbei, Seine Durchlaucht rege an, Herr Wagner könnte sein Atelier ja auch hier in Winterhausen einrichten. Ein Fotograf stünde seiner Residenz gut an.

Schütz bemerkte Sophies belustigenden Blick. Er habe doch, entschuldigte er sich, den Fürsten in Kenntnis setzen müssen. Schließlich gehöre ihm das Schloss. Und die Heirat habe er nur deshalb Seiner Durchlaucht mitgeteilt, weil Sophie es ihm aufgetragen habe. Denn der Fürst habe ja als Patronatsherr Anspruch auf vorzeitige Information.

»Gewiss, Herr Pfarrer«, beschwichtigte Sophie. »Der Wunsch seiner Durchlaucht in Ehren, aber ein Fotosalon in Winterhausen rentiert sich nicht. Oder was denkst du, Gustav?«

»Leider, verehrter Herr Pfarrer, ist Winterhausen zu klein für ein Fotoatelier. Außerdem ist es nicht mit der Eisenbahn erreichbar. Da müsste ich ja ständig mit der Postkutsche reisen oder mir eine eigene Kutsche samt Pferden zulegen. In Eugensburg dagegen kann ich mit dem Zug schnell und überall hinfahren. Das ist für mein Geschäft unverzichtbar.«

Pfarrer Schütz war den jungen Leuten nicht böse, wusste er doch, dass Sophie nach der Hochzeit in ihrem Beruf bleiben wollte, zumindest mit ein paar Stunden in der Woche. Darüber hatte sie mit ihm eingehend gesprochen. Für eine Privatschule, die Schütz ins Spiel gebracht hatte, war Winterhausen zu klein. Und Sophie musste früher oder später, längstens jedoch zum Jahresende, damit rechnen, dass hier ein neuer Schulmeister oder ein junger Lehrer aufzog und ihren Platz in der hiesigen Schule einnahm.

»Wär so schön gewesen«, sagte Schütz. Er schmollte nicht, auch wenn er Sophie und ihren Verlobten am liebsten hierbehalten hätte. Mit Durchlaucht immer nur zu gaigeln, gestand er, das empfände er mittlerweile nicht mehr als so prickelnd.

»Junger Mann, Sie gefallen mir«, sagte Schütz und zog ein Zigarrenetui heraus.« Er hielt es Wagner unter die Nase. »Mögen Sie? Bedienen Sie sich.«

Wagner lehnte dankend ab, er rauche nicht. Dann brach er mit Sophie zu einem ausgedehnten Spaziergang auf.

Der Weg schlängelte sich an einer Felskante entlang, von der man auf Baumwipfel hinabblickte. Jetzt lichtete sich der Wald, und Schloss und Ortschaft lagen unter ihnen.

»Wann ist dein Buch fertig?«, fragte Gustav besorgt.

Sie bearbeite gerade das Kapitel über die Wegwarte, antwortete Sophie ausweichend.

»Die Wegwarte gehört zu den Heilpflanzen?«

Sophie blieb stehen und erklärte ihm, dass diese blau blühende Pflanze sogar ein sehr wichtiges Heilkraut sei, wenn auch, zugegebenermaßen, ein verkanntes. Blüten, Blätter und die Wurzeln könne man verwenden. Das Bittere rege den Appetit und die Verdauung an und komme Galle, Magen und Milz zugute. Teekuren hülfen bei Gicht und Rheuma. Und eine zerdrückte Wegwarte auf den geschlossenen Lidern lindere Augenentzündungen.

Sie schreibe in ihrem Buch jedoch nicht nur über die Heilkunde, sondern auch über geheimnisvolle Pflanzen, um die sich viel Aberglaube aus Jahrhunderten ranke.

»Mystische Pflanzen? Noch nie gehört! Klär mich bitte auf, Sophiechen«, bat Gustav, was Sophie umgehend tat.

»Danke, Frau Professor! Sehr spannend, aber irgendwie gruselig.«

Sophie schüttelte den Kopf. »Du nimmst mich wohl nicht ernst!?«

Gustav packte sie an den Schultern und küsste sie lang und innig.

❦

Wer in Winterhausen nach Sehenswürdigkeiten oder Lustbarkeiten gierte, wurde bitter enttäuscht. Es gab keine. Auch in den beiden Gasthäusern fanden sich keine Spuren berühmter Dichter oder Musiker. Bis auf das Schloss der Fürsten zu Hohenlohe-Winterhausen bestand der Ort nur aus einfachen

Häusern, Höfen und Werkstätten. Tagein, tagaus und jahr-
ein, jahraus drehte sich alles um Ackerbau und Viehzucht.
Noch konnten die Bauern vom Ertrag ihrer Felder leben, von
ihrem Vieh und vom Holzeinschlag, auch wenn sich schon
die ersten Spuren eines dörflichen Wandels zeigten. Sogar die
wenigen Handwerker waren ganz auf die bäuerliche Kundschaft eingestellt.

Die Abende in Winterhausen waren winters finster und
fad, wenn man mit sich selbst nichts anzufangen wusste,
und sommers randvoll mit Arbeit ausgefüllt. Bäuerliche und
kirchliche Feste und Feiern bestimmten den Jahreskalender
und den Rhythmus in der Schule.

Weil jährlich zwei- bis dreimal Heu für die Kühe, Schafe
und Pferde gemacht werden musste, teilte man die Schulferien
auf. Eine Woche Vakanz zur großen Heuete und zwei Wochen
für die beschwerliche Getreideernte.

Für die Heuete galt in Winterhausen die Regel: Das saftige Grün zeitig mähen, beizeiten im Jahr und frühmorgens
vor Tau und Tag, wenn es noch im Mondlicht glänzte. In
jedem Fall musste es geschnitten sein, bevor die Unkräuter
aussamten, die Halme strohig wurden und die Blätter ver-
holzten. Ausgereiftes Gras schmeckte keiner Kuh, erst recht
keinem Gaul. Zudem lief man bei später Mahd Gefahr, die
Heuernte in den oft regnerischen Sommermonaten einbrin-
gen zu müssen.

Heuer fand die Heuvakanz in der dritten Maiwoche statt.
Pfarrer, Schultheiß und Gemeinderat hatten das nach einer
Feldbegehung so bestimmt.

Sophie eilte zum Pfarrer und bat um Dispens für eine Woche. Sie müsse einiges in Eugensburg regeln, wo sie künftig
wohnen werde. Der Pfarrer murrte, ließ sich jedoch erwei-
chen, als sich Unterlehrer Geiger erbot, er werde, falls es wider Erwarten doch regnen sollte, die Klasse seiner Kollegin
mitversorgen.

Sophie reiste also am Sonntagmorgen nach Eugensburg
und überraschte ihren Gustav in seinem Atelier. Er war

gerade dabei, Bilder zu rahmen. Gemeinsam trugen sie Sophies Gepäck in den »Gasthof zum Schwanen«, der ein paar Häuser weiter auch am Marktplatz lag. Hier wollte sie nächtigen.

Danach half Sophie beim Passepartoutschneiden. Den Abend verbrachten sie im Kaffeehaus »Frühling«, direkt neben dem »Schwanen« gelegen, wo man außer Kaffee und Kuchen auch kleine schwäbische Gerichte kredenzte.

Anderntags fuhr Sophie mit dem Zug allein nach Stuttgart. Sie wollte durch die Straßen schlendern, die von älteren Giebelhäusern und großen, kasernenähnlichen Gebäuden aus jüngster Zeit gesäumt waren. So viele Menschen auf engstem Raum hatte sie noch nie erlebt. Sie drückte sich in eine ruhige Ecke und schaute sich verwundert um. Wo kamen nur all die Menschen her?

Endlich fasste sie sich ein Herz und fragte sich durch. Und da war sie schon, die gesuchte Adresse.

Überall im Haus und im Hof machten sich Männer mit speckigen Mützen zu schaffen, Arbeiterschürzen umgehängt und die Ärmel aufgekrempelt. Das Hämmern, Schmieden, Lärmen dröhnte in den Ohren. Ein undefinierbarer Gestank aus vielerlei Gerüchen verpestete die Luft.

Parterre rechts logierten ein Wagenbauer und ein Nähmaschinenfabrikant, links standen Tür an Tür die verschiedensten Namen und Berufe: Tanzlehrer, Musikmeister, Schreiber, Putzmacherin. Im ersten Stock hatten eine Wäschestopferin, ein Schuhwichsfabrikant, ein Barbier, ein Gürtler und eine Haarflechterin ihr Quartier. Dann im zweiten Stock, Sophie war schon außer Atem, ein Porzellanschild: Karl Nägele, Buch- und Zeitschriftenverleger.

Sie schellte.

Eine zierliche Blondine stand unter der Tür. Sie war wohl noch keine zwanzig Jahre alt, hatte lange Zöpfe und trug ein schwarzes Kleid mit weißem Kragen und blauer Schürze.

»Kann ich Herrn Nägele sprechen?«

»Wen darf ich melden?«

»Sophie Rössner, die Lehrerin.«

Die Bezopfte bat die Besucherin herein und führte sie in einen großen Salon.

Als Erstes stach Sophie ein großer Vogelbauer ins Auge, in dem ein aufgeregter Stieglitz flatterte. Von den Wänden blickten einige Herren herab, in moderne, lasierte Holzrahmen gefasst und von Efeu umrankt. Hinter dem Schreibtisch, der mit einem rötlichen Wachstuch bespannt war, stand ein Bücherschrank, vollgestopft mit Romanen, Zeitschriften und Lexika. Gegenüber luden ein Sofa und drei Sessel zum Plaudern ein. Auf dem Fensterbret grünten Kakteen in Töpfen.

Gleich kam ein Herr herein, groß und kräftig gebaut. Seine langen, braunen Haare fielen gelockt bis in den Nacken. Er mochte wohl um die sechzig Jahre alt sein.

»Wie ich mich freue, Fräulein Rössner, Sie endlich persönlich in meinem Verlag begrüßen zu dürfen. Seien Sie herzlich willkommen.«

Nägele reichte Sophie die Hand und schüttelte ihre überschwänglich, als müsse er Wasser aus einem Brunnen pumpen. Augenscheinlich hatte er das Gemüt eines jungen Mannes, denn der ersten Begrüßung folgte kein verlegenes Schweigen, wie so oft bei fremden Besuchern, vielmehr alberte und scherzte er in einem fort.

Er führte sie vor die Wand mit den Fotos. »Das hier ist meine verehrte Autorenschaft. Ich darf doch hoffen, gnädiges Fräulein Lehrerin, dass ich Sie hier auch bald aufhängen darf.«

Sophie fiel auf, dass es nur Herrenporträts waren. Hatte Gustav die Fotos gemacht?

Nägele bat sie, auf dem Sofa Platz zu nehmen, und bemerkte: »Mein Neffe hat mir verraten, dass Sie an Ihrem ersten Buch schreiben.«

Von Gustav, der sie am Abend zuvor informiert hatte, wusste Sophie, dass Nägele eine gediegene Bildung besaß. Nach dem Studium der Theologie in Tübingen hatte er drei Jahre als Pfarrer in einem elenden Dorf verbracht und sich in den revolutionären Stürmen des Jahres 1848 auf die Seite der Demokraten geschlagen. Vor dem drohenden Hochverratsprozess war er in die Schweiz geflohen, wo er seinen Lebensunterhalt mit dem Redigieren von Zeitschriften und mit eigener Schriftstellerei verdient hatte. Als er unters württembergische Amnestiegesetz fiel und begnadigt wurde, kehrte er ins Schwabenland zurück und eröffnete in Stuttgart einen Verlag. Mit der »Sonnenblume« und eigenen literarischen Arbeiten traf er den Geschmack des Publikums, konnte er doch angenehm erzählen. Und er bot jungen Literaten eine verlegerische Heimat, was seinen eigenen Ruhm mehrte. Doch stets achtete er darauf, dass er keinen Untertanengeist förderte.

Sophie gab ihm das Inhaltsverzeichnis ihres Buches und die fertigen Seiten über die Wegwarte.

»Darf ich's gleich lesen? Interessiert mich sehr.«

Er wartete die Antwort nicht ab, sondern setzte sich an seinen Schreibtisch und las.

Sophie blätterte in einer Zeitschrift, die auf einem kleinen Beistelltisch neben dem Sofa lag.

Nach einigen Minuten sprang Nägele auf und ging im Zimmer auf und ab. Für einen Moment schien er in sich gekehrt. Sophie dachte schon, gleich werde er ihr Manuskript zerpflücken. Doch dann sprudelte er über vor Begeisterung. Das Buch, dozierte er, ohne stehen zu bleiben, werde ein voller Erfolg.

Als Sophie Bedenken äußerte, mahnte er: »Wer nicht wagt, kann nicht gewinnen! Mut, Kraft und Ausdauer werden letztlich belohnt, Fräulein Sophie. Vertrauen Sie mir.«

Er wollte wissen, bis wann er mit dem ganzen Manuskript rechnen dürfe. So ein Buch könne er im Weihnachtsgeschäft gut an die Frau bringen.

»Ich weiß nicht recht«, meinte Sophie, »ob ich die Kräuter erschöpfend beschrieben habe.«

Nägele lachte. Ein Sachbuch gebe immer den aktuellen Sachstand wieder. Man könnte immerfort Ergänzungen und

Korrekturen einfügen. Doch die paar Seiten, die er gelesen habe, zeigten ihm, dass das Buch seinen Pegel gesetzt habe und niveaumäßig nicht zu verbessern sei.

»Darum bitte ich Sie«, sagte er energisch, »machen Sie baldmöglichst einen Punkt.«

Ob Sophie, wie bei der Artikelserie über Lehrerinnen, ungenannt veröffentlichen wolle, fragte er. Frauen, die mit der Feder umzugehen wüssten, blieben gern hinter dem Schleier der Anonymität verborgen.

Sophie entgegnete, sie wolle bei ihrem ersten Buch mit offenem Visier kämpfen, mit ihrem eigenen Namen geradestehen für das, was sie den Lesern vorsetze. Schließlich sei sie schon über einundzwanzig.

Nägele verstand nicht sofort, worauf seine Besucherin anspielte. Doch Sophie wies ihn darauf hin, dass Anfang März das Volljährigkeitsalter von dreiundzwanzig auf einundzwanzig Jahre herabgesetzt worden sei. Also müsse sie niemand mehr fragen und dürfe selbst entscheiden, weil sie inzwischen großjährig sei.

Nägele lächelte fein. Und dennoch, wandte er ein, bleibe die großjährige Frau weiterhin nicht geschäftsfähig. Folglich müsse Sophie einen Mann ihres Vertrauens benennen, der den Autorenvertrag unterschreiben und das Honorar einstreichen dürfe.

»Gustav!«

»Wenn er für Sie unterschreibt.«

»Wir heiraten sowieso bald.«

»Gratulation! Hat mir der Schlingel noch gar nicht verraten. Na, dann bleibt ja alles in der Familie.«

Den Johannistag feierte man in Winterhausen ausgiebig. Heuer fiel er auf einen Samstag. Wie ein Blick in den Bauernkalender lehrte, konnte man für diesen Tag mit gutem Wetter rechnen. Am Abend sollte es sommerlich lau sein. Die Heuernte lag schon vier Wochen zurück. Erst in ein paar Wochen würde die Getreideernte beginnen.

Die Schulkinder waren kaum zu bändigen. Sie hatten nur noch das Fest im Sinn. Doch mit List und gutem Zureden ließen sie sich schließlich herbei, die eingeübten Lieder samt einstudierten Gesten zu repetieren. Am Donnerstag und Freitag flitzten sie jedoch gleich nach dem nachmittäglichen Schulschluss heim.

Immer drei bis vier Buben taten sich zusammen und spannten sich vor ein Leiterwägelchen. Sie zogen durch die Gassen und sagten das alte Sprüchlein auf:

*Bald ist Sankt Johanns Tag,*
*wirf mir gleich ein Holz herab,*
*lass ein Scheitle fliegen,*
*lass dich's nicht verdrießen.*

Auch die Mädchen, schon ganz ihrer künftigen Aufgabe als Hausfrau verhaftet, gingen bettelnd von Haus zu Haus. Sie mussten sich ums traditionelle Kindermahl kümmern. Dabei sangen sie, was ihnen die Mütter gelehrt hatten:

*Ist eine gute Frau im Haus?*
*Gib uns gleich viel Erbsen raus.*
*Rückst sie aber nicht heraus,*
*kommt dir der Fuchs ins Hühnerhaus.*

Das gesammelte Holz karrten die Buben auf den Marktplatz. Dort halfen ein paar alte Männer, es kreisförmig aufzuschichten.

Die Mädchen trugen die gespendeten Erbsen zu vier oder fünf erfahrenen Frauen, die auf dem Marktplatz neben dem Holzstoß eine Kochstelle errichteten.

Nach der Stallarbeit am Freitagabend stiegen ein paar Burschen auf die Höhe über Winterhausen und flochten aus Reisig und Stroh große Räder.

Am Samstag nach dem Sechseläuten stellten Männer Tische und Bänke um den Holzstoß und errichteten vor dem Rathaus eine kleine Bühne. Frauen brachten Brot, Käse, Wurst, Rettiche und Most herbei.

Um sieben begann der Umzug am Schulhaus. Sophie, als Schäferin kostümiert, marschierte ihren Schülern voran. Die Kinder hatten sich als Schafe verkleidet und blökten unentwegt. Unterlehrer Geiger trug die Uniform eines Dorfbüttels. Alle paar Meter schellte er aus, heute könne man auf dem Marktplatz ein unterhaltsames Spektakel über die Bürger von Irgendwo bewundern. Seine Schüler, als Bauern, Handwerker, Dienstboten und Kaufleute ausstaffiert, lockten die Zuschauer am Straßenrand, ihnen zum Marktplatz zu folgen.

Alle kamen. Ganz Winterhausen hockte schließlich rund um den Holzstoß, freudig gestimmt.

Endlich war es so weit. Der Schultheiß, kein Mann der großen Worte, erhob sich. Der Dirigent der Blaskapelle, die auf den Treppen zum Rathaus stand, übergab ihm den Taktstock. Die Musiker grinsten, wussten sie doch, dass sie nicht auf das Gefuchtel des Schultheißen achten durften. Mit einer flotten Polka eröffneten sie das Fest.

Unterlehrer Geiger winkte seine Schüler auf die Bühne, und schon entführten die jungen Schauspieler ihre Zuschauer zu einer Komödie nach Irgendwo. Ein reicher Jungbauer verliebte sich in eine arme Magd. Als er sie heiraten wollte, widersprachen Eltern und Verwandte. Schließlich siegte die Liebe, und der Pfarrer gab seinen Segen dazu.

Das Spiel gefiel den Zuschauern, obwohl sie sich die Kulisse selbst dazudenken mussten. Sie lachten und lästerten über die dummen Leute von Irgendwo. Dass ihnen ein Spiegel vorgehalten wurde, schienen sie nicht zu bemerken.

Nun hüpften viele Schafe aufs Podium. Sophie dirigierte die Herde, die mit allerlei lustigen Weisen, mit Schelmenstrophen, Liebesliedern und Handwerkerspott begeisterte. Die Darbietung endete mit dem Schäferlied:

*Schäferle sag, wo willst du weiden?*
*Draußen im Feld auf grüner Heiden*
*tun die lustigen Schäfer weiden,*
*und ich sag, es bleibt dabei:*
*Lustig ist die Schäferei.*

*Schäferle sag, wo hast deine Schippe?*
*Draußen im Feld bei meiner Hütte*
*hab ich meine Schäferschippe,*
*und ich sag, es bleibt dabei:*
*Lustig ist die Schäferei.*

*Schäferle sag, wo willst du schlafen?*
*In dem Feld bei seinen Schafen*
*tun die lustigen Schäfer schlafen,*
*und ich sag, es bleibt dabei:*
*Lustig ist die Schäferei.*

Der Fürst von Hohenlohe-Winterhausen mischte sich nur selten unters Volk. Bei einem solchen Anlass schon gleich gar nicht. Also musste, wie jedes Jahr, der Pfarrer die große und der Schultheiß die kleine Rede schwingen.

Der noch junge Geistliche dankte salbungsvoll den Kindern und den beiden Lehrern, denn er war ja zugleich ihr Schulleiter, und wünschte der ganzen Gemeinde ein friedvolles Fest.

Der altgediente Schultheiß, schon angesäuselt, weil er sich immer noch vor jeder Rede fürchtete, erhob sich ächzend und verzichtete, wie jedes Jahr, mit hochrotem Kopf auf große Worte. Dafür wies er mit generöser Geste den Feldschütz und den Scharwächter an, als Präsent der Gemeinde Rosinenwecken an die Schüler zu verteilen. Dazu bekam jedes Kind einen Teller Erbensuppe mit Speck.

Das war das Zeichen für die Erwachsenen, sich an dem zu laben, was sie selbst mitgebracht hatten. Mit reichlich Most feierten sie den gelungenen Auftritt ihrer Kinder. Die Mütter hatten Tränen in den Augen. Die Väter schnäuzten sich geräuschvoll.

Sophie saß am Ehrentisch zwischen Pfarrer und Schultheiß. »So ist das also mit den Lehrerinnen«, meinte der Pfarrer, der noch unverheiratet war. Er prostete Sophie zu. »Stellen sich einfach aufs Podest und zeigen, was sie können. Wer hätte das gedacht. Respekt, Respekt, Fräulein Rössner!«

»Kochen können Sie auch noch?«, fragte der Schultheiß. Aber das Sprechen fiel ihm sichtlich schwer.

Jetzt wurde geklatscht. Der Männergesangverein nahm Aufstellung. Frisch gestärkt und schon etwas angeheitert gaben die Sänger eine Kostprobe ihres Könnens. Vom »Ännchen von Tharau« bis »Mädele ruck, ruck ruck an meine grüne Seite« hatten sie alles im Programm, was Silcher komponiert hatte. Als sie »Es löscht das Meer die Sonne aus« intonierten, brach die Nacht herein.

Gleich darauf rollten die Strohräder Funken sprühend zu Tal, von vielen Ahs und Ohs auf dem Marktplatz begleitet. Das war das Zeichen für den Kommandanten der Feuerwehr. Mit einer Fackel entzündete er den Holzstoß.

Jetzt war im Dorf die Hölle los. Die Dorfmusiker spielten zum Tanz auf. Die Burschen und Mädchen sprangen Hand in Hand in endloser Reihe über das Feuer. Auf Umwegen durch finstere Seitengassen kehrten sie zum Feuer zurück, sprangen wieder und entschwanden wieder den neugierigen Blicken der Zuschauer. Die Mütter und Väter drückten großzügig die Augen zu, wussten sie doch aus eigener Erfahrung, was in der Dunkelheit geschah.

Wer sich beim Springen verbrannte, musste ein Pfand geben, so war es Brauch. Aber es durfte nur ein Kleidungsstück sein, das man am eigenen Leib trug. Dabei fing man oben an, also beim Hut. Verbrannte man sich ein zweites Mal, musste man ein zweites Pfand geben. Und das geschah so lange, bis, wie immer, das erste Mädchen im Hemd dastand, denn die Burschen konnten höher springen.

Ein paar kräuterkundige Frauen machten sich nun, wie jedes Jahr, barfuß auf, Johanniskraut zu sammeln, weil es, in dieser Nacht gepflückt, als besonders heilkräftig galt.

Das Feuer war bereits weit heruntergebrannt, als der Pfarrer aufstand und Sophie die Hand gab. »Schlafen Sie gut, Fräulein Lehrerin.«

In Windeseile leerte sich der Marktplatz. Nächtliche Ruhe senkte sich über Winterhausen.

Am darauffolgenden Tag betrat ein groß gewachsener Herr mit Bart und Brille den fotografischen Salon in Eugensburg.

Weil Gustav Wagner gerade eine Kundin vor der Linse hatte, bat er ihn, er möge in der Sitzecke hinter dem Paravent Platz nehmen.

Doch der Herr konnte offensichtlich nicht still sitzen. Er stolzierte im Atelier umher und studierte gründlich die Bilder an der Wand.

Als er endlich vor der Kamera saß, gab er sich als Nervenarzt zu erkennen.

»Sie haben da ein merkwürdiges Foto«, schwärmte er. »Ein höchst interessantes Sujet! Gratuliere!«

»Welches meinen Sie?«

»Das, auf dem ein Schreibtisch zu sehen ist.«

Wagner räusperte sich. »Ein bescheidenes Motiv.« Er konnte sich nicht vorstellen, was an Hannas Schreibtisch merkwürdig oder geheimnisvoll sein sollte.

»Es ist so vielsagend.«

Der Besucher lobte das Foto in den höchsten Tönen. Es wirke wie ein Stillleben und strahle doch eine rätselhafte Dynamik aus. Man spüre, dass sich da jemand eilig davongemacht und alles stehen und liegen gelassen hatte. Als Betrachter frage man sich unwillkürlich, was vorgefallen sein könnte.

»Wem gehört der Schreibtisch?«, fragte er.

Doch bevor Gustav Wagner antworten konnte, gebot ihm der Besucher mit einer raschen Geste zu schweigen.

»Lassen Sie mich raten!« Und nach kurzer Bedenkzeit sagte er: »Einer Frau! Stimmt's? Der Schreibtisch gehört einer Frau.«

»Woraus ersehen Sie das?«

Der Nervenarzt sprang unvermittelt auf, obwohl die Kamera schon auf ihn gerichtet war, und rannte zu dem Bild hin.

»Sehen Sie nur«, belehrte er, »Kerzenständer, Schale, Döschen, Öllampe. Alles steht in einer Linie, parallel zur hinteren Tischkante. Der Zettel unter der Lampe ist so akkurat platziert, dass er mit der rechten Tischkante genau abschließt. Und die Schreibunterlage aus Löschpapier liegt mittig zur vorderen Tischkante. Was lernen wir daraus? An diesem Schreibtisch arbeitet eine sehr ordentliche Frau.«

»Es gibt auch ordentliche Männer.«

Der Besucher wies lächelnd auf die Schale hin, die auf dem Schreibtisch stand, und fragte süffisant: »Was sehen Sie da?«

»Vier Stifte, einen Federhalter und zwei Schreibfedern.«

Der Herr lachte. »Sie sind mir ein schöner Fotograf.« Er lästerte: »Sie haben wohl noch nie eines Ihrer Bilder genau betrachtet?«

Tatsächlich, auf den zweiten Blick konnte Wagner zwei kleine, dünne Gegenstände erkennen, die zwischen den Stiften lagen.

»Haarklammern!«, belehrte der Doktor triumphierend, »das sind zweifellos Haarklammern. Die verirren sich für gewöhnlich höchst selten auf den Schreibtisch eines Mannes.«

Er deutete mit dem Finger auf die Schreibunterlage. »Aber jetzt schauen Sie, wie die Unbekannte die beiden Bücher abgelegt hat. Das eine sieht aus, als habe sie es auf den Tisch geknallt. Das andere ist noch aufgeschlagen. Und auf ihm liegt der Federhalter. Da hat es eine ansonsten ordentliche Dame plötzlich eilig gehabt.«

»Wie sonst sollte sie ...?«

»Nein, nein!« Er grinste Wagner an: »Die entscheidende Frage lautet anders.«

»Ich weiß nicht, was Sie meinen.«

Der Nervenarzt seufzte mitleidig. »Warum wohl hat die ordentliche Dame ihren Schreibtisch so plötzlich und so unaufgeräumt verlassen?«

Gustav Wagner schwieg.

Er kenne das zur Genüge aus seiner Praxis, belehrte der Nervenarzt mit erhobenem Finger. Ausgebrochen sei sie aus ihrem gepflegten Kosmos, weil … Er dachte nach. Weil sie … nahm er den Gedanken wieder auf … weil sie offensichtlich in einer Krise war. Frauen seien zuweilen sprunghaft, doch bei einer so auf Ordnung bedachten Dame sei das höchst selten.

Wagner sah ihn interessiert an.

»Natürlich! Das ist es! Aber warum, Herr Fotograf, warum? Was hat sie aus ihrer heilen Welt gerissen?«

»Ich weiß es wirklich nicht!«

»Ich verrate es Ihnen: Das, was sie eben verfasste, hat sie so erregt!«

Der Fremde wurde Gustav Wagner immer unheimlicher. Wie konnte er wissen, dass Hanna etwas geschrieben hatte?«

»Kennen Sie die Dame?«

Wagner wollte ihm nicht alles auf die Nase binden. Darum verneinte er die Frage und erwähnte nur, der Schreibtisch sei Teil eines Nachlasses.

»Das sieht man doch, dass da etwas in höchster Erregung verfasst worden ist. Wahrscheinlich hat die Dame das Geschriebene mitgenommen, als sie fluchtartig ihre Schreibstube verließ.«

Gustav Wagner starrte ihn entgeistert an.

Der Fremde lachte. »Ja, so muss es gewesen sein!«

Endlich setzte sich der Mann wieder vor die Kamera, konnte es aber kaum erwarten, fertig zu werden. Er habe dringende Termine.

Gustav Wagner schloss die Tür hinter ihm ab. Es war schon nach sechs. Er stellte sich vor das Bild und studierte es aufmerksam. Tatsächlich! Die ganze Anordnung auf dem Tisch konnte nur bedeuten, dass Hanna an jenem verhängnisvollen Tag etwas geschrieben hatte und morgens noch glaubte, am Abend wieder zuhause zu sein.

Er grübelte, bis ihm ein Licht aufging. Es musste etwas an jenem Freitagvormittag passiert sein, das Hanna schlagartig den Glauben an ihre Zukunft geraubt hatte.

Gustav Wagner setzte sich an den Schreibtisch in seinem Büro und schrieb Sophie einen langen Brief. Er schilderte ausführlich den merkwürdigen Besucher.

»Wie kann das sein?«, fragte er. »Hanna stand doch den ganzen Vormittag vor ihrer Klasse, inmitten von vierzig oder fünfzig Erstklässlern. Was kann da schon Dramatisches vorgefallen sein? Und doch ist sie am Mittag in den Abgrund gesprungen. Weißt du eine Antwort, liebste Sophie?«

Sophie und Gustav suchten Anfang August den Winterhausener Pfarrer auf und sprachen mit ihm über den Hochzeitstermin.

Sophies Vater sei im Ort noch sehr beliebt, meinte der Pfarrer. Darum wolle der Gesangverein etwas zum Fest beisteuern. Also müsse das Brautpaar wohl oder übel eine größere Hochzeit akzeptieren, auch wenn es nicht am Ort wohnen bleiben wolle. Das sei Winterhausen dem verstorbenen Schulmeister schuldig, habe er doch viele Jahre lang die Orgel geschlagen, den Kirchenchor und den von ihm selbst gegründeten Gesangverein dirigiert und das Dorfleben mit seiner geselligen Art bereichert.

Nach alter Väter Sitte feierte man in Winterhausen große Hochzeiten nur dienstags und donnerstags. Weil jedoch in der geschlossenen Zeit zwischen dem 24. Dezember und dem 6. Januar keine Hochzeiten, Tanzvergnügen und Rechtshändel stattfinden durften, schlug der Pfarrer vor, gleich nach Dreikönig zu feiern. Denn es müsse ja auch noch bedacht werden, dass das Trauerjahr erst an Weihnachten zu Ende sei.

Der 6. Januar fiel auf einen Sonntag. Dienstag, der 8. Januar war somit der frühestmögliche Hochzeitstermin. Darauf verständigte man sich.

Gustav hätte zwar eine kleine Feier bevorzugt, aber es blieb ihm nichts anderes übrig, als sich zu fügen. Dafür luchste Sophie dem Pfarrer die Zusage ab, sie während der zweiwöchigen Erntevakanz für ein paar Tage zu beurlauben. In dieser Zeit, erklärte sie ihm, müsse sie Vorhänge und Möbel in Auftrag geben sowie Geschirr und die wichtigsten Küchengeräte kaufen.

Gustav hatte eine ideale Wohnung gefunden. Genau über seinem Atelier waren vier Zimmer im ersten Stock frei geworden, für zwei Personen der wahre Luxus.

Gleich zu Beginn der Erntevakanz reiste Sophie nach Eugensburg. Als sie bei Gustav ankam, bediente der gerade eine Kundin. Also brachte sie ihr Gepäck allein in den »Gasthof zum Schwanen«. Wieder zurück, schloss Gustav das Atelier ab und nahm seine geliebte Braut in die Arme, herzte und küsste sie. Dann führte er sie stolz in ihre künftige Wohnung. Sophie schaute aus allen Fenstern, überlegte, wohin welche Möbel passen würden und räumte in Gedanken ihr neues Zuhause ein. Sie war glücklich. Zum Marktplatz hin sollte das Wohnzimmer sein, zur Rückseite ihre Studierstube.

»Und wo willst du künftig arbeiten?«

»Ich behalte mein Büro im Erdgeschoss«, sagte Gustav. »Praktischer geht es nicht, weil es mit dem Atelier verbunden ist.«

Sie aßen im »Schwanen« zu Mittag und träumten von ihrer neuen Bleibe.

Gustav hatte schon vorgeplant, beim Tapezierer Tapeten zur Auswahl bestellt und bei einer Näherin die Fenstermaße hinterlegt. Auch der Möbelschreiner war im Bild.

Sophie konnte also am Nachmittag die Handwerker aufsuchen und sich die Tapeten, die Vorhänge und die Möbel überlegen. Am Abend und am folgenden Tag wollten sie gemeinsam entscheiden, wie sie künftig wohnen wollten.

Am späten Samstagnachmittag eilte Sophie ins Lehrerinnenseminar. Pfarrer Finkenberger wartete schon. Zwei Jahre habe das Ministerium gezaudert, die schon lange geplante Erweiterung seines Seminars endlich in die Tat umzusetzen. Er habe sich bereits Gedanken gemacht, welche Arbeiten er Sophie anbieten könne. Sobald er mit ihr einig sei, wolle er Oberkirchenrat Ocker um Zustimmung bitten.

Das Seminar brauche dringend neues Personal, erklärte er, denn die Ausbildungskapazität werde zu Jahresbeginn verdoppelt.

»Sie wissen ja, Fräulein Rössner«, sagte er, »dass ich eigentlich gegen besondere Einrichtungen für Frauen bin, weil das die Gleichberechtigung behindert. Doch wenn ich aus rechtlichen und baulichen Gründen schon kein gemeinsames Seminar für Lehrer und Lehrerinnen einrichten darf, dann will ich wenigstens mehr Frauen in der Ausbildung. Angehende Lehrerinnen nur von Männern unterweisen zu lassen und zu hoffen, die jungen Frauen bedürften keiner weiblichen und fürsorglichen Hand, ist doch abwegig.«

Insbesondere suche er fachkundiges Personal für die erste Klasse der Übungsschule und für die Betreuung der unterrichtspraktischen Versuche der Seminaristinnen.

Sophie gab zu bedenken, dass sie sich Zeit fürs Schreiben freihalten wolle. Ihr erstes Buch werde gerade gedruckt, und sie plane, Romane folgen zu lassen.

Finkenberger lächelte sie wissend an. »Oh, Sie haben schon mehr als einen Roman geschrieben.«

Sophie zog die Augenbrauen hoch. »Was denn?«

»Sie, Fräulein Sophie, sind die anonyme Autorin in der ›Sonnenblume‹. Sie, und keine andere.«

»Aber … wie kommen Sie darauf?« Sophie war überrascht und irritiert.

»Man muss nur zwei und zwei zusammenzählen.«

»Na, dann zählen Sie bitte zusammen, Herr Pfarrer. Ich bin gespannt, was rauskommt.«

Finkenberger sagte belustigt: »Erstens können nicht viele Lehrerinnen so geschliffen formulieren wie Sie. Zweitens sind Sie Schriftführerin im angehenden Lehrerinnenverein. Und wenn ich die Formulierungen in Ihren Protokollen mit so manchen Sätzen in der ›Sonnenblume‹ vergleiche …«

Sophie musste ein ungläubiges Gesicht gemacht haben, denn Finkenberger beharrte auf seiner Meinung: »Und drittens ist Ihr Verleger der Onkel Ihres künftigen Mannes.«

»Das klingt tatsächlich überzeugend.«

Finkenberger sah sie spitzbübisch an. »Ich habe Ihre Aufsätze genossen und stimme Ihnen in allen Punkten zu.«

»Und wenn es so wäre, würden Sie mich dennoch an Ihrem Seminar beschäftigen?«

Finkenberger lächelte mild. »Dann erst recht.« Er legte den Finger auf die Lippen. »Ich kann schweigen.«

Sophie holte tief Luft. Dann breitete sich ein schelmisches Grinsen über ihr Gesicht aus, und sie gab sich, ohne zu zögern, als Verfasserin der anonymen Artikelserie zu erkennen.

Finkenberger lachte. »Potz Blitz! Ich gratuliere! So eine Frau gehört doch an ein Lehrerinnenseminar, oder nicht?«

Dann kam er auf die personelle Ausstattung seines Seminars zurück. Er würde Sophie gern an drei bis vier Vormittagen in der Übungsschule einsetzen. Gemäß einer ministeriellen Anordnung ändere sich zum Jahresbeginn die schulpraktische Ausbildung. Hatten die Seminaristinnen bisher dem Unterricht an der Unterstufe des Mädchenlyzeums nur zugeschaut, so müssten sie ab dem neuen Jahr regelmäßig selbst unterrichten, wie es die angehenden Lehrer bereits seit zwei Jahren praktizierten. Auf Sophie käme hauptsächlich die Aufgabe zu, die jungen Damen bei der Vorbereitung der Lehrproben zu betreuen und sie nach dem Probeunterricht zu beraten.

Die Übungsschule, bisher eigentlich nur auf dem Papier vorhanden, weil vollständig in das Mädchenlyzeum integriert, werde zum Januar selbstständig. Seither habe man nicht recht gewusst, wo die Übungsschule anfängt und das Mädchenlyzeum aufhört. Das habe immer wieder zur Reibereien zwischen Seminarleitung und Mädchenlyzeum geführt, zumal Direktor Wackernagel ein sehr selbstherrlicher Mensch sei.

Künftig, so Finkenberger, hospitierten die angehenden Lehrerinnen nur noch in jenen Klassen, in denen Ausbildungslehrer unterrichteten. Koordiniert werde die Ausbildung von einem Oberlehrer, der dienstrechtlich nicht mehr dem Direktor des Mädchenlyzeums, Herrn Wackernagel, unterstehe, sondern ihm als Leiter des Seminars.

»Ah, verstehe! Die Übungsschule ist dann die zum Seminar gehörende Vorschule des Mädchenlyzeums.«

»Ganz recht, Fräulein Sophie. Die drei ersten Klassen zählen ab Januar zum Seminar. Ein Oberlehrer, der noch zu bestellen ist, soll den Seminaristinnen wöchentlich zwei Schulstunden vorführen. Und jede angehende Lehrerin muss alle vier Wochen eine Stunde selbst halten. Sogar Turnunterricht wird eingeführt. Wenn Sie wollen, können Sie zusätzlich zu Ihrer Aufgabe als schulpraktische Ausbilderin auch noch ein paar Turnstunden übernehmen.«

Sophie dachte nach. Würde ihr genug Zeit zum Schreiben bleiben?

»Summa summarum wären Sie dann zwanzig Stunden in der Woche am Seminar.«

»Oh!« Sophie fand das Angebot verlockend und gab Pfarrer Finkenberger ihre Zustimmung.

Glückstrahlend eilte Sophie zum Marktplatz zurück. Sie erzählte Gustav, der gerade sein Atelier aufräumte, dass ihre kühnsten Träume wahr würden. Da stach ihr jene Aufnahme ins Auge, die Hannas Schreibtisch zeigte.

»Merkwürdig«, Sophie schüttelte den Kopf, »dass der Nervenarzt so viel aus dem Bild herauslesen konnte.«

»Was er sagte, klang aber schlüssig.«

Sophie stellte sich vor das Foto. »Hanna ist doch an einem Freitag gestorben, richtig?«

»Ja.«

»Freitags hatte sie bis elf Uhr Schule.«

»Und ihre Schüler?«

»Hatten bis zwölf Musikunterricht. Bei einem Lehrer vom Lyzeum.«

»Dann verblieben ihr nur noch anderthalb Stunden.«

»Schrecklich!« Betroffen legte sich Sophie die Hand auf den Mund. »Ich mag mir gar nicht vorstellen, was die Arme in der Zeit durchgemacht hat.«

»Anderthalb Stunden«, murmelte Gustav vor sich hin. »Ich glaube nicht, dass sie die ganze Zeit geweint und gezittert hat.«

»Was hätte sie sonst tun sollen?«

»Sie ist ziellos durch die Stadt gerannt. Und dann zur Brücke.«

»Dafür brauchte sie höchstens eine halbe Stunde.« Sophie kaute auf ihrer Unterlippe herum. »Aber vielleicht war sie vorher noch zuhause. Wenn sie zur Brücke wollte, musste sie ohnehin an der Turmgasse vorbei.«

»Nein, nein, Hanna war nicht daheim. Der Laternenanzünder hat's mir doch selbst gesagt. Erinnerst du dich nicht mehr?«

»Dann weiß ich auch nicht weiter.«

Gustav fasste Sophie von hinten an den Schultern und flüsterte ihr ins Ohr. »Der Brief, liebste Sophie! Wir haben nicht an ihr letztes Schreiben gedacht.«

Sie schlug sich an die Stirn. »Klar! Der Brief! Sie musste ja noch den Brief zur Post bringen.«

»Warum denn? Sie könnte ihn doch dem Empfänger persönlich übergeben haben.«

Sophie setzte sich. Entgeistert starrte sie Gustav an. »Genau! Du hast recht! Sie ist zu dem Kerl hin!«

Gustav ging erregt auf und ab. »Hanna schrieb morgens, kurz bevor sie das Haus verließ, einen Brief. Fürs Aufräumen blieb ihr keine Zeit mehr. Dann hielt sie ihren Unterricht. Und kurz nach elf suchte sie den auf, an den der Brief adressiert war.«

»Das muss derselbe sein, der ihr die Schande angetan hatte, vermute ich!«

Gustav blieb vor Sophie stehen und legte den Finger an seine Nase. »Dann muss er in der Nähe des Seminars wohnen. Sonst hätte sie das nicht in der Zeit geschafft.«

»Sie hat ihn zur Rede gestellt und ihm den Brief auf den Tisch geknallt.«

»Vielleicht hat sie ihm sogar ein Ultimatum gestellt.«

Sophie sprang auf. »Ja, so muss es gewesen sein. Sie hat ihn angefleht: Sorg für mich und mein Kind!‹

»Womöglich hat sie ihm sogar gedroht, sie werde andernfalls von der Brücke springen.«

»Aber er hat abgelehnt und bloß gelacht.«

»Vielleicht hat er sogar gehöhnt und gesagt: Spring doch!«

# Eugensburg

Monate später war Sophie an einem Punkt angekommen, von dem aus sie sich ihre Zukunft vorstellen konnte. Sie wollte glücklich und erfolgreich sein. Privat und beruflich.

Und obwohl sie stolz auf sich war, unterschätzte sie nicht den weiten, beschwerlichen Weg, den sie, wie alle Frauen, die einen Beruf ausübten, noch vor sich hatte.

Sie wusste, dass sie es als Lehrerin schon sehr weit gebracht hatte. Ausbilderin für Seminaristinnen, wie es in ihrem Arbeitsauftrag hieß, oder, wie die angehenden Lehrerinnen sagten: Frau Seminarlehrerin! Es klang wie Musik in ihren Ohren! Noch vor drei Jahren hätte sie es nicht für möglich gehalten, dass sie das jemals schaffen würde, zumal sie ja inzwischen verheiratet war.

Alles ging seinen geordneten Gang. Vier Vormittage in der Woche half sie den Anfängerinnen, ihre ersten Unterrichtsstunden zu planen und in der Übungsschule zu verwirklichen. Zugleich oblag ihr in dieser Zeit die gesamte Aufsicht über Haus, Hof und Küche, wenn Pfarrer Finkenberger nicht anwesend war.

Sie musste lachen, als sie sich ins Gedächtnis rief, dass noch vor wenigen Jahren im selben Raum, in dem sie jetzt residierte, Berta Krämer auf der Lauer gelegen und durch eine große Glasscheibe in der Wand die Ein- und Ausgehenden überwacht hatte. Das Kontrollfenster war inzwischen zugemauert, die Möbel ausgetauscht worden. Alle Erinnerungen an Berta, den Wachhund, hatte Pfarrer Finkenberger tilgen lassen.

Wöchentlich an zwei Nachmittagen unterrichtete sie Turnen, dienstags die Erstklässlerinnen der Übungsschule, donnerstags die Seminaristinnen im ersten Ausbildungsjahr. Die älteren Semester turnten unter Frau Neumanns Anleitung.

Sophie, meist kurz nach zwölf vom Seminar zurück, bereitete bis gegen ein Uhr das Mittagessen zu. Gustav hatte die Öffnungszeiten seines Ateliers um eine Stunde nach hinten verschoben. So konnten sie gemeinsam zu Tisch sitzen und über ihre vormittägliche Arbeit plaudern. Danach rüstete sich Sophie für den nächsten Arbeitstag, half ihrem Mann im Atelier, schnitt Passepartouts und rahmte Bilder. Natürlich hielt sie auch die Wohnung sauber, kaufte ein, wusch ab, buk und kümmerte sich jeden Montagnachmittag um die Wäsche.

Merkwürdig, wie sich alles gefügt hatte. Sie umsorgte ihren Gustav, und er liebte sie heiß und innig. Denn sie befeuerte ihn, neue Techniken zu wagen. Nach etlichen Versuchen war es ihm gelungen, zu schwach belichtete Fotoplatten mit Hilfe von diffusem Rotlicht aufzuhellen. So konnte er bei Porträtaufnahmen die Belichtungszeit bis zur Hälfte verkürzen, was für seine Kunden sehr angenehm war und sich schnell in der Gegend herumsprach. Er probierte auch verschiedene Farbanstriche im Inneren seiner Kamera aus, tapezierte sie innen weiß, pinselte sie blau an und fand schließlich heraus, dass schwarz die besten Ergebnisse erzielte. Das Kamerainnere strahlte nicht zurück und erzeugte schärfere Bilder. Ja, er experimentierte sogar mit diversen Lichtfiltern und hatte eines Tages die Idee, durch eine große blaue Glasscheibe hindurch zu fotografieren. Das Ergebnis war im wahrsten Sinne traumhaft. Weiche und zarte Fotografien entstanden, als ob man Träume abbilden würde. Porträts von zerbrechlichen, feenhaften Frauen fertigte er jetzt oft auf diese Weise.

Selbstbewusst saß Sophie in ihrer häuslichen Studierstube am Schreibtisch, sah zum Fenster hinaus und überließ sich ihren Gedanken.

Die Hochzeit am 8. Januar war feierlich gewesen. Gustav hatte mit dem Winterhausener Pfarrer alles genau abgesprochen. Keine Hochzeitslader, kein Polterabend, keine der gebräuchlichen Anspielungen auf Liebschaft und Ehestand am Hochzeitstag, keinen Einzug der Braut mit Aussteuerwagen und erst recht keine derben Scherze der Dorfjugend vor und nach der Trauung. Als Städter konnte und wollte er sich den verzopften ländlichen Bräuchen nicht beugen.

Der Pfarrer erfüllte Gustavs Wünsche gern. Die oft sinnentleerten Hochzeitsbräuche waren ihm zuwider. Umso mehr begrüßte er die zeitgemäße Hochzeit seiner Lehrerin, die vielleicht neue Maßstäbe im Dorf setzte.

Den Dorfbewohnern war die Liebschaft des Brautpaars weitgehend entgangen. Natürlich hatte es sich herumgesprochen, dass das Fräulein Lehrerin vergeben war. Auch sah man sie ab und zu mit ihrem Verlobten. Aber kaum einer hatte mit ihm schon mehr als ein Grußwort gewechselt. Zudem wollten die Brautleute künftig in Eugensburg wohnen, wo sie sich schon eingerichtet hatten. Also verhielten sich die Hochzeitsgäste distanziert, zumal eine Lehrerin, anders als in der Stadt, für Jung und Alt als Respektsperson galt.

Sophie heiratete, wie im Königreich üblich, im schlichten schwarzen Kleid. Auch Gustav kleidete sich ganz in Schwarz.

Die Hochzeit fand um zehn Uhr morgens statt. Brautführer war Sophies Großvater, der alte Rössner. Er strahlte übers ganze Gesicht, vom Wohnhaus seines verstorbenen Sohnes bis zur Kirche. Gustav folgte seiner Braut mit heiterer Miene. Endlich war der Tag gekommen, den er schon seit drei Jahren herbeisehnte. An seiner Seite schritt sein Onkel Karl, der Stuttgarter Verleger, der sich die Fahrt ins Hohenlohische nicht hatte nehmen lassen, war er doch der einzig verbliebene Verwandte des Bräutigams. Sophies Mutter ging am Arm ihrer Schwägerin, der älteren Sophie, die mit ihrem Mann gekommen war.

Vor der Kirche standen die Sänger Spalier und verhinderten, dass junge Männer aus Jux und Tollerei den Weg versperrten. Also musste Gustav kein Wegegeld entrichten und auch keinen Schnaps ausschenken, wie sonst gang und gäbe in Winterhausen.

477

Die Trauung war feierlich, vom Posaunenchor und vom Gesangverein musikalisch umrahmt. Der Pfarrer predigte über einen Vers aus dem Römerbrief: »Seid fröhlich in Hoffnung, geduldig in Trübsal, haltet an am Gebet.« Und dabei verströmte er so viel Heiterkeit und Zuversicht, dass auch Sophies Mutter ihren Kummer über den Tod ihres Mannes vergaß.

Nach der Kirche wünschten die Schülerinnen und Schüler Glück und Segen. Ein Junge entbot den traditionellen Hochzeitsgruß:

*So viel Dorn ein Rosenstock,*
*so viel Haar ein Zottelbock,*
*so viel Flöh ein Pudelhund,*
*so viel Jahr bleibt ihr gesund.*

Der alte Rössner klatschte vor Freude in die Hände und warf seinen Hut in die Luft. Ein Mädchen übergab der Braut einen Blumenstrauß.

Dann luden Böllerschüsse zum Essen ein. Wie in Winterhausen üblich, waren zum Mittagessen alle Verheirateten willkommen, nach dem Abendessen auch die Ledigen.

Vor dem Gasthaus drückte der Wirt dem Bräutigam eine kleine Pfanne in die Hand. Sophie und Gustav mussten das frisch gekochte Mus kosten. Kaum hatten alle Gäste Platz genommen, schon trugen emsige Serviererinnen die traditionelle Hochzeitssuppe auf. Danach servierten sie knusprigen Schweinebraten und süßen Reis mit Zimt und Sultaninen.

Nach dem Mittagessen folgte ein Feuerwerk an Geselligkeit, Kurzweil, Musik und Gaumenfreuden. Bei Kaffee und Kuchen beglückte der Gesangverein die Gäste mit einem Potpourri fideler Lieder. Vor dem Abendessen beeindruckte ein Zauberkünstler die Hochzeitsgesellschaft, den Gustavs Onkel engagiert hatte. Der Magier verwandelte Wasser in Wein, verwirrte mit allerlei Zahlenspielereien, verblüffte mit schwebenden Geldscheinen und verdampfenden Golddukaten, ließ

Uhren, Krawatten und Strumpfbänder verschwinden und begeisterte mit lustigem Hokuspokus.

Als die Blaskapelle nach dem Abendessen zum Tanz aufspielte, strömte die Dorfjugend herbei.

Zu vorgerückter Stunde, das rauschende Fest war noch in vollem Gang, verabschiedete sich das frisch vermählte Paar heimlich von Sophies Mutter, bestieg die Nachtkutsche und war gegen Morgen in seiner Wohnung in Eugensburg. Zwei Tage lang bekam sie niemand zu Gesicht.

Am darauffolgenden Samstagnachmittag, Gustav bereitete sich in seinem fotografischen Salon auf die neue Woche vor, während Sophie in ihrer neuen Wohnstube saß und las, klopfte es an der Tür. Als Sophie öffnete, schleppten zwei Männer ein Klavier herein und stellten es in der Wohnstube ab.

Sophie war sprachlos. Sie setzte sich ans Piano und entlockte ihm freudige und sanfte Klänge, bis Gustav aus seinem Atelier heraufgeflitzt kam und sie in die Arme nahm.

»Mein Hochzeitsgeschenk, Liebste.«

Sophie weinte vor Glück.

Die ersten Wochen des frisch vermählten Paares hatten vieles gemeinsam: Dunkelheit und Einsamkeit verschwanden. Licht und Wärme spendeten Wohlbehagen. Die Schatten wurden kürzer. Jetzt kam die Zeit, in der man vor allem nach außen lebte.

Eines Nachmittags stand Wilhelmine Neumann vor der Wohnungstür, zwei Paar Schlittschuhe in einer Tasche, und überredete Sophie, sie zu den Talauen zu begleiten.

Auf den Uferwiesen, an vielen Stellen noch von einer dicken Eisschicht bedeckt, tummelten sich fröhliche Kinder und einige mutige Frauen. Die Landschaft zeigte sich in klaren und hellen Farben. Die Bäume und Sträucher, von Blättern und allem Ballast befreit, waren auf Stamm und Geäst reduziert.

Sophie genoss das Gleiten in klirrender Kälte und den anschließenden Kaffee in Frau Neumanns herrlichem Arbeitszimmer.

Noch einige Male verabredeten sich die beiden Turnerinnen zum Schlittschuhlaufen, bis eine innige Freundschaft entstand.

Nun traf sich Sophie häufig mit Wilhelmine zum Plausch oder Büchertausch. Von der Rats-Apotheke zum Fotoatelier war es ja nur ein Katzensprung, lagen doch beide Häuser am Marktplatz.

Gemeinsam besuchten sie, wann immer sie Zeit fanden und Lust hatten, Veranstaltungen der Lesegesellschaft, der sie beigetreten waren. Sophie begleitete ihre Freundin sogar zum Turninstitut nach Stuttgart, wo sie neue Übungen kennenlernten, die sie im Seminar anwenden konnten.

Auf der Bahnfahrt erörterten sie die Frauenfrage. Wilhelmine behauptete, die Unterdrückung der Frau wurzele in der Ungleichheit der Familien. Je gebildeter der Ehemann, desto größer die Freiheiten der Ehefrau. Sophie gestand das unumwunden zu, forderte aber zugleich eine andere Politik. Die Regierung müsse die völlige Gleichberechtigung von Mann und Frau anstreben, die geltenden Gesetze entsprechend umgestalten und in die Bildung der Mädchen und Frauen investieren.

Tage später kam ein Brief von Nele Neckermann. Herr Ott habe aus Stuttgart Sophies Kräuterbuch mitgebracht. Alle Damen des Hartinger Frauenkreises besäßen es inzwischen. Und in deren Auftrag fragte sie an, ob Sophie aus ihrem Werk etwas zum Besten geben würde. Sie und Herr Wagner seien herzlich eingeladen, Übernachtung im Hause Neckermann selbstverständlich inbegriffen. Für Elkes und Fraukes Instrumentalunterricht habe sich leider noch keine Lösung gefunden. Wie von betroffenen Eltern zu hören sei, kämen die Kinder aber mit der neuen Lehrerin an der Mädchenschule gut zurecht. Frau Neckermanns Vater widme sich inzwischen der Malerei. Er sei bei einem seiner Londonbesuche auf bemerkenswerte englische Ölfarben gestoßen, die das endlose Anrühren der Farbpigmente überflüssig machten. Die fertigen Ölfarben in Zinntuben mit praktischem Schraubverschluss erlaubten sogar das Malen in freier Natur.

Sophie besorgte ein Schächtelchen dieser bemerkenswerten Farben und schenkte sie ihrem Gustav. Er war begeistert. Und so verbrachten sie den darauffolgenden Sonntagnachmittag im Freien. Schneeglöckchen und Narzissen blühten im feuchten Laub. Tulpen und Bärlauch spitzten schon aus dem Boden. Gänseblümchen und Löwenzahn leuchteten weiß und gelb.

Gustav hatte seine zusammenklappbare Staffelei in die herrliche Natur gestellt und zauberte im strahlenden Sonnenschein eine hügelige Landschaft auf die Leinwand. Mittendrin als Augenweide eine prächtige Buche mit weit ausladendem Geäst. Klar zeichnete sich ihre Gestalt gegen die tief stehende Sonne ab. Jeder Zweig glänzte im Licht und ließ das große Wurzelwerk unter der Erde erahnen.

Sophie saß auf einem gefällten Baum und bewunderte das Können ihres Mannes. In Gedanken bilanzierte sie die letzten Monate.

Eigentlich hatte sie, objektiv gesehen, nichts Ungewöhnliches geleistet. Aber sie war standhaft geblieben, als Lehrer sie aus dem Schuldienst ekeln wollten. Im Streit zwischen Pfarrer und Bürgermeister hatte sie sich behauptet. Und ihre ersten Veröffentlichungen waren geglückt.

Nun galt es, einen eigenen schöpferischen Weg zu finden. Aus dem kreativen Chaos, das sich in ihr regte, wollte sie, die Zeichen ihrer Zeit deutend und sich die eigenen Veränderungen eingestehend, etwas schaffen, das ihrem Herzen entsprang und ihrem Verstand genügte.

Ein Roman, der von den großen Gefühlen handelte, sollte es werden. Von Liebe und Hass, Macht und Gewalt, von Rache oder der brennenden Suche nach irgendwas oder irgendwem.

Der Leseverein, den Sophie regelmäßig aufsuchte, hatte sie zu einem Vortrag über Heilkräuter verpflichtet, war doch den Anhängern der literarischen Gesellschaft natürlich nicht entgangen, dass eines ihrer Mitglieder in der Bücherwelt debütierte, noch dazu mit großem Erfolg. Die zweite Auflage war schon fast ausverkauft, die dritte wurde bereits geplant.

Es kostete Sophie einige Mühe, ihre Befürchtungen, man interessiere sich nicht für ihre Darbietung, aus ihren Gedanken zu verbannen, aber schließlich gelang es ihr, teilweise wenigstens, und sie überlegte, wie sie ihre Zuhörer fesseln könnte. Ihr kam der Gedanke, mehr zu bieten als nur eine Lesung. Nein, sie wollte dem Publikum etwas zum Anfassen, Schnuppern, Probieren und Lachen präsentieren.

»Du willst also einen Koffer voller Kräuter, Salben und Tinkturen hinschleppen?« Gustav schüttelte den Kopf.

»Mach dir nichts draus, mein Geliebter«, tröstete ihn Sophie. »Wir Pädagogen verzieren alles mit einem Schleifchen und servieren es mit einem Löffelchen Zucker. So sind wir halt.« Sie lachte ihn entwaffnend an. »Alles wird gut, mein Liebling, und wenn du dich meiner schämst, kannst du ja in die letzte Reihe sitzen oder ganz zuhause bleiben.«

Noch ehe sich Gustav von seinem Staunen erholte, hatte ihm Sophie schon einen Kuss auf die Wange gedrückt.

Gustav tippte mit dem Finger ganz sanft an ihre Stirn. »Piep, piep, piep«, sagte er und nahm sie in die Arme. »Lehrer sind schon schlimm genug. Aber Lehrerinnen …«

Sie kniff ihn ins Ohr. »Du Schuft!«, schimpfte sie und strahlte ihn zugleich an.

Gustav küsste und streichelte sie, und sie hielt still. »Du bist mir auch so ein Heilkraut, meine Liebe. Sag mal, wozu ist eigentlich die Sophienrauke gut?«

Sophie grinste breit. »Gegen widerborstige Männer.« Sie befreite sich aus seinen Armen und zupfte an ihrem Kleid. »Ich muss arbeiten.« Und fort war sie.

An besagtem Abend schleppte Gustav tatsächlich einen schweren Koffer in den Vereinssaal.

Kein Mensch war da.

Sophie erschrak zu Tode. Eine fast unheimliche Stille umfing sie, wo sie brausenden Jubel erhofft hatte. Sie war so fassungslos, dass sie nur zuschauen konnte, wie Gustav in aller

Seelenruhe ihre Exponate auspackte und auf dem Tisch neben dem Rednerpult ausbreitete.

Unvorstellbar! Die größte Blamage, die einer Autorin je zuteilwurde, sah sie auf sich zukommen.

Und wieder ein entsetzter Blick zu Gustav, der in aller Gelassenheit die Gläser, Flaschen und Tiegel zurechtrückte, vor diesem Glas verweilte, in jene Flasche schnupperte.

»Und?«, fragte er. »Ist es so schön genug?«

Sie wollte eben aus der Haut fahren, da betraten die ersten Zuhörer den Saal, eilten auf Sophie zu, schüttelten ihr und ihrem Mann die Hände und bestaunten den reich gedeckten Tisch.

Kurz vor acht, Sophie musste immer neue Gäste begrüßen, schleppte der Hausmeister weitere Stühle herbei.

Schließlich, mit zehnminütiger Verspätung, hieß der Vorsitzende des Vereins die Gäste willkommen. Er war ein Herr alter Schule, belesen zwar, aber eitel wie ein Pfau. Offensichtlich waren Frauen für ihn nur hübsches Beiwerk, denn er schwadronierte von der grassierenden Emanzipation der Weibspersonen, die sich sogar schon auf den Buchmarkt wagten und dort auch noch behaupteten. Schließlich wünschte er gönnerhaft einen angenehmen Abend.

Gewiss, Sophie sah anfangs alles andere als glücklich und entspannt aus, aber nach wenigen Sätzen hatte sie sich freigesprochen und beobachtete die Männer und Frauen vor sich, während sie über Kamille, Kerbel und Knoblauch parlierte. Viele bekannte Gesichter sah sie, einige unbekannte. Freundliche und müde, blasse und markante, längliche und breite. Alle starrten sie an. Aber das kannte sie ja aus der Schule. Also modulierte sie ihre Stimme, machte kleine Pausen, redete mit den Händen und zog die Zuhörerinnen und noch viel mehr die Zuhörer in ihren Bann.

Sie reichte Gläser voller Kräuter herum, forderte zum Schnuppern auf, gab diverse Tiegel mit selbst gemachten Salben durch die Reihen, ließ die Gäste vor dem Rednerpult von ihrem Wacholdersaft und Brennnesselwein kosten.

Dazu rezitierte sie Segenssprüche aus der Volksheilkunde und gab einiges aus dem medizinischen Aberglauben zum Besten.

Sie erzählte vom Farnsamen, den man genau vier Wochen vor Weihnachten zwischen elf und zwölf Uhr nachts einem Unbekannten auf dem Friedhof abschwatzen müsse. Auch von Erbsen berichtete sie, die man sich in der Karfreitagnacht in den Mund stecken müsse, um unsichtbar zu werden. Und sie erzählte von der Springwurzel, von der kein Mensch wisse, wo sie wächst. Wenn man aber einen hohlen Baum entdeckt habe, in dem ein Wiedehopf niste, dann müsse man den Eingang zu seiner Höhle vernageln. Der Wiedehopf hole die Springwurzel herbei, halte sie vor sein vernageltes Nest, worauf das Brett abspringe und die Wurzel zu Boden falle. In ihrem Sud habe Siegfried der Drachentöter gebadet und sei unverwundbar geworden. Trage man die Wurzel in der rechten Tasche, dann könnten einem selbst Gewehr- und Pistolenkugeln nichts mehr anhaben.

Nach und nach entlockte Sophie ihren Zuhörern ein befreiendes Lachen, zustimmendes Kopfnicken und interessierte Zwischenrufe. Nach anderthalb Stunden endete ihr Vortrag in stürmischem Applaus. Sofort war sie von Zuhörern umringt, musste ihr Buch signieren, Fragen beantworten und Komplimente anhören.

Gustav hatte, als er ein Glas voll getrockneter Salbeiblätter in die Reihe hinter sich reichte, den Blick einer Dame erhascht, die sich sofort abwandte. Zu spät. Er hatte sie erkannt. Es war jene, die ihn vor dem Haus des Laternenanzünders angesprochen hatte. Wieder war sie nach der neuesten Mode gekleidet: bodenlanges, schmales Kleid, über dem Gesäß mit einer großen Schleife drapiert, kurzes Überjäckchen und ein kleines Kapotthütchen, große, bestickte Handtasche mit vergoldetem Bügel.

Kaum brauste der Beifall auf, stürmte er zum Ausgang und passte die Unbekannte ab.

»Sie erinnern sich an mich?«

»Ich wüsste nicht, dass wir schon miteinander bekannt gemacht worden wären.«

»Sie haben mich vor etlicher Zeit in der Turmgasse nach einer schwarzhaarigen Lehrerin gefragt, die im Mädchenlyzeum beim Schloss unterrichtete.«

Die Frau errötete. Sie tat, als könne sie sich nicht mehr erinnern.

»Sie wissen, was mit jener jungen Frau passiert ist?«

Sie wandte sich abrupt um und ging grußlos hinaus.

Gustav stand da und schaute ihr fassungslos hinterher.

Sophie plauderte gerade mit Wilhelmine Neumann und warf ihm einen fragenden Blick zu. Er eilte zu ihr hin.

»Da bist du ja«, sagte Sophie. »Warum hat sich denn die Dame so erregt, mit der du geplaudert hast?«

»Kennst du sie?«

»Nein, wie sollte ich?«

»Das ist die Frau des Direktors des Mädchenlyzeums«, sagte Frau Neumann. »Seit Jahren lebt sie völlig zurückgezogen. Ich wundere mich, dass sie heute gekommen ist. Dafür trumpft ihr Mann überall auf, wo er geht und steht.«

»Wohnt sie hier in Eugensburg?«, wollte Gustav wissen.

»Die Wackernagels haben ein Haus in der Nähe der Turmgasse«, sagte Frau Neumann.

»Wollen Sie sich mir nicht anvertrauen?«, fragte Sophie die Seminaristin Clara Fröhlich, die schon das zweite Jahr hier im Schafstall hauste.

»Ich weiß es nicht«, sagte Clara. »Vielleicht ...« Sie schluckte. »Ich ... ich werde darüber nachdenken.« Sie nickte, ohne den Kopf zu heben. Dann ging sie wortlos weg.

Vor einigen Tagen hatte Sophie das Mädchen am Ende des Flurs in einer dunklen Ecke entdeckt, still vor sich hin weinend. Sophie war stehen geblieben und hatte sie aufmunternd angeschaut, und Clara hatte geschnieft und gelächelt.

Nur einem glücklichen Umstand war es zu verdanken, dass Sophie in jenem abgelegenen Winkel des Hauses etwas besorgen musste. In all dem rastlosen Tun wäre sonst vielleicht unbemerkt geblieben, dass sich Clara schon seit Wochen abkapselte.

Es schien Sophie, als säße Hanna vor ihr. Mit ihren großen, dunklen Augen und den schwarzen Haaren hatte Clara etwas Geheimnisvolles. Genau wie Hanna.

Geißblatt lindert Liebeskummer, kam Sophie in den Sinn. Denn was denn sonst könnte Clara plagen. Heimweh? Das müsste sie nach einem Jahr im Schafstall überwunden haben. Und bei körperlichem Schmerz hätte sie längst nach einem Arzt verlangt. Also litt sie wohl an irgendeiner seelischen Qual. Oder sollte sie Angst vor dem Examen haben?

Sophie kam es vor, als vergeude sie ihre Zeit. Seit Tagen bemühte sie sich, mit Clara ins Gespräch zu kommen. Doch aufgeben kam für sie nicht infrage. Aber wie könnte man …?

Helene fiel ihr ein. Helene! Dass sie daran nicht schon eher gedacht hatte, ärgerte sich Sophie. Helene war ja im gleichen Ausbildungskurs wie Clara.

In der Morgenpause winkte sie ihre Schwester beiseite: »Schläfst du mit Clara in derselben Stube?«

Helene sah überrascht auf. »Warum fragst du?«

»Versteh bitte, ich kann es dir nicht sagen.«

»Ja«, gab Helene zurück. »Aber das willst du doch gar nicht wissen.«

»Stimmt!«, gab Sophie nachdenklich zu. »Ich weiß nur nicht, wie ich es ausdrücken soll, ohne …«

»Dann sag einfach, was du von mir willst, Sophie«, unterbrach Helene. »Ich kann den Mund halten.«

»Mir ist aufgefallen, dass Clara traurig ist, viel weint und sich einigelt.«

»Ach, und das hast du erst jetzt bemerkt?«

»Bitte, Helene!«, zischte Sophie. »Ich versuche schon seit Tagen, mit Clara zu reden. Aber sie weicht mir aus. Weißt du, warum?«

»Ich weiß es nicht genau. Aber mir scheint, sie hat Angst, ins Mädchenlyzeum zu gehen.«

»Aber …«, eine Ahnung stieg in Sophie auf, »Clara entwirft doch gute Lehrproben. Und jede Stunde, die sie bisher gehalten hat, war durchdacht. Warum sollte sie in der Übungsschule nicht zurechtkommen?«

»Habe ich auch nicht behauptet«, beharrte Helene auf ihrer Meinung. »Sie hat Angst, ins Schulhaus zu gehen …«

»Hat sie Beklemmungen?«

»Was weiß ich!«

»Lauert ihr jemand auf?«

Helene sah ihre ältere Schwester erstaunt an. Dann brach sie in schallendes Gelächter aus. »Sophie, du hast zu viele Gespenstergeschichten in Vaters Papieren gelesen.« Sie holte tief Luft und meinte: »Von Geistern und Hexen im Lyzeum habe ich noch nie gehört. Aber einige Lehrer sind schon zum Fürchten.«

Helene verabschiedete sich, und Sophie blieb nachdenklich zurück. »Einige Lehrer sind zum Fürchten.« Dieser Satz brannte sich ihr ein.

Sie passte Clara in der Mittagspause ab und stellte sie zur Rede. »Was quält dich? Ich muss es wissen, wenn ich dir helfen soll.«

Clara schwieg.

»Dann formuliere ich meine Frage anders: Wer quält dich?«

Clara schreckte auf. Sie warf Sophie einen ängstlichen Blick unter tränennassen Wimpern zu.

»Ist es ein Mann?«

Clara senkte verschämt die Augen.

Sophie packte die Seminaristin am Arm. »Komm mit. Wir müssen reden.«

Clara widersetzte sich nicht. Willig folgte sie Sophie ins Dienstzimmer und ließ sich auf das Sofa unterm Fenster fallen. Sie weinte hemmungslos.

Sophie stand neben ihr und hielt ihre Hand. Sie wusste wohl, dass sie eigentlich nach Hause müsste, um zu kochen.

Aber das hier schien ihr wichtiger zu sein. Gustav würde Verständnis haben.

Nach einer Weile putzte sich Clara die Nase. »Ich schäme mich so«, flüsterte sie.

Sophie setzte sich neben Clara aufs Sofa. »Was du mir anvertraust, bleibt unter uns. Ich verspreche es dir hoch und heilig.«

»Er belästigt mich«, gestand Clara.

»Ein Lehrer?«

Clara nickte und zerknüllte ihr Taschentuch.

»Ein Lehrer unseres Seminars?«

Clara schüttelte den Kopf.

»Also ein Lehrer vom Lyzeum«, bilanzierte Sophie. »Einer, der auch in den unteren Klassen unterrichtet?«

»Nein«, sagte Clara. Sie sah Sophie aufmerksam in die Augen. »Der …«, sie schluchzte auf, »… der Direktor stellt mir nach … und bedrängt mich.«

Sophie verschlug es die Sprache. Clara sah es wohl und schaute betreten zu Boden.

»Direktor Wackernagel?«

Clara nickte.

Sophie überlegte. Was tun? Schließlich fasste sie einen Entschluss. »Ich rede mit ihm.«

»Mit dem Direktor?« Clara schien entsetzt.

»Ja, mit dem Direktor! Er ist doch nicht der liebe Gott! Ich werde ihm verbieten, sich dir zu nähern. Hab keine Angst, Clara.«

»Der lässt sich nichts verbieten.«

»Wenn er nicht spurt, dann betrittst du nur noch in meiner Begleitung das Schulhaus. Das fällt niemand auf, wenn wir es geschickt anstellen.«

»Und wenn er mir immer noch nachstellt?«

Sophie lachte. »Dann verkleiden wir uns als Straßenräuber und hauen ihm eins auf die Rübe.«

Clara lachte. »Danke!«, sagte sie und berührte Sophies Hand.

»Geh jetzt. Ich hoffe, du kriegst noch etwas zu essen. Gegen sechs komme ich wieder und berichte dir.«

Am Nachmittag eilte Sophie zum Mädchenlyzeum und klopfte an die Tür zur Schulleitung.

»Herein!«

Sophie sah sich Direktor Wackernagel gegenüber. Er saß hinter seinem Schreibtisch, mit Blick zur Tür.

»Ah!«, sagte er und verzog das Gesicht zu einem breiten Grinsen. »Welch hübsche Dame sucht mein Begehr?«

Dir wird dein Begehr gleich vergehen, schoss es Sophie durch den Kopf. Sie erinnerte sich, dass das altertümliche Wort Begehr etwas mit Gier zu tun hatte.

»Ich komme wegen Clara Fröhlich.«

»Kenne ich nicht.«

»Clara sagt, Sie würden sie bedrängen.«

Er glotzte, er stutzte, dann lachte er. Nicht schüchtern, nicht pflichtschuldig, nein, er lachte von unten nach oben, aus seiner natürlichen Stimmlage die ganze Tonleiter hinaus, bis es schrill und unangenehm in den Ohren klirrte. Da wusste Sophie, woran sie war.

»Doch, doch, Herr Direktor. Clara hat mir alles erzählt. Sie ist am Ende, müssen Sie wissen. Darum mein guter Rat: Lassen Sie die Finger von Clara, sonst …«

»Was fällt Ihnen ein! Sie Schandmaul! Sie freches Luder!« Er spritzte auf und brüllte mit hochrotem Kopf. »Verschwinden Sie, oder ich rufe die Gendarmen!«

Sophie blieb ganz ruhig. Sie hatte sich beim Hergehen auf allerlei Reaktionen vorbereitet. Und sie wusste, er schrie nur deshalb, weil er sich in die Enge getrieben fühlte. »Gern, Herr Direktor«, sagte Sophie so sanft wie möglich, »mir wäre es sehr angenehm, wenn sich die Polizei der Sache annähme.«

Sie wandte sich langsam zur Tür, drehte sich im letzten Moment noch einmal um. »Ich warne Sie. Ein falsches

Wort, und ich fahre umgehend nach Stuttgart und berichte den zuständigen Herren, was Sie für ein schäbiger Charakter sind.«

Sophie eilte heim. Gustav bediente gerade eine Kundin, darum setzte sie sich in sein Arbeitszimmer. Im Nachhinein klopfte ihr das Herz bis zum Hals. Was wäre gewesen, wenn der Direktor sie geschlagen hätte?

Gustav schaute kurz herein. Sie berichtete ihm in wenigen Worten, was vorgefallen war. Er riet ihr, Frau Wackernagel in Kenntnis zu setzen.

»Ich weiß nicht, wo sie wohnt.«

Gustav holte das Adressbuch. »Schau im alphabetischen Teil nach.« Die Tür zum Atelier bimmelte. Er eilte. Der nächste Kunde wartete schon.

Isidor Wackernagel, Schuldirektor, Amalienstraße 11. So stand es im Adressbuch.

Sophie betrat das Atelier, nickte dem Kunden zu und fragte ihren Mann: »Weißt du, wo die Amalienstraße ist?«

Gustav zuckte die Achseln. »Muss in der Gegend der Turmgasse sein. Aber schau mal«, er deutete mit einer Kopfbewegung zum Fenster, »es regnet. Gönn dir eine Droschke. Der Kutscher weiß den Weg.«

Sophie holte ihren Schirm aus der Wohnung, genau den, der ihr in Hartingen schon so gute Dienste erwiesen hatte, und bestieg auf dem Marktplatz eine Droschke.

Frau Wackernagel war zuhause. Auch wenn sie nicht auf Besuch eingestellt war, wies sie dennoch ihr Dienstmädchen an, die Besucherin in die Wohnstube zu bitten.

»Ah, Frau Wagner, wenn ich mich nicht irre«, sagte sie. »Ich freue mich, Sie in meinem Haus begrüßen zu dürfen. Ich habe Ihren Vortrag genossen und mir Ihr Buch besorgt.«

Sie wies das Mädchen an, Kaffee zu servieren. »Ich darf Sie doch einladen.«

Sophie registrierte mit einem Blick, dass diese verhärmte Frau sehr einsam war.

Sie nahmen am Esstisch Platz, tranken Kaffee und plauderten über Heilkräuter. Ihre Mutter, sagte Frau Wackernagel und blühte für einen Augenblick auf, habe viele Segenssprüche aus der Volksmedizin auf Lager gehabt und bei jeder passenden und unpassenden Gelegenheit zitiert.

Nach reichlich einer halben Stunde lenkte Sophie das Gespräch auf den Grund ihres Kommens. Ihr schien es, dass die Gastgeberin genau das zu verhindern suchte. Ahnte sie, was Sophie berichten würde?

So feinfühlig und sanft, wie es Sophie nur möglich war, erzählte sie, was Clara ihr anvertraut hatte. Frau Wackernagel schwieg, den Blick starr auf den Tisch geheftet.

Eine kleine Pause entstand, als Sophies Bericht zu Ende war. Frau Wackernagel saß zusammengesunken auf ihrem Stuhl. Erst als Sophie erwähnte, sie sei heute im Rektorat des Lyzeums gewesen, blickte Frau Wackernagel auf. Ihr Gesicht zuckte. Die Wimpern wurden nass.

»Tut mir leid, wenn ich Ihnen Kummer bereite. Noch ist es ja nur ein Verdacht.«

Frau Wackernagel sah Sophie in die Augen und hielt lange Blickkontakt. Dann sagte sie: »Ich danke Ihnen, Frau Wagner, für das Vertrauen. Ich werde mit meinem Mann heute Abend ein ernstes Wort reden.«

Das muntere Gespräch zu Anfang war einer bleiernen Schwere gewichen. Sophie spürte, dass die Frau jetzt allein sein wollte. Sie verabschiedete sich, meinte aber unter der Tür: »Danke, dass Sie sich nach Hanna erkundigt haben. Sie wissen, dass sie tot ist?«

Frau Wackernagel brach in Tränen aus, gab Sophie die Hand und drückte schnell die Tür ins Schloss.

Halb sechs. Es hatte aufgehört zu regnen. Sophie entschied, den langen Weg zum Seminar zu Fuß zurückzulegen. Nach all dem Wirbel wollte sie frische Luft schnappen und zur Besinnung kommen.

In der Nähe des Schlosses querte sie die Bahnhofstraße. Eine Droschke fuhr vorbei. In ihr erkannte sie auf den letzten Blick Frau Wackernagel. Ließ sie sich ins Lyzeum bringen? Nein, die Droschke bog nicht in die Schlossgasse ein, sondern rumpelte weiter in Richtung Bahnhof.

Sophie erreichte das Seminar Viertel nach sechs. Sie schritt durch den vertrauten Rundbogen aus grauem Sandstein, über dem ein steinerner Leopard wachte, und suchte den Speisesaal auf.

Clara erhob sich sofort, als Sophie auf sie zukam. Im Flur vor der Tür sprachen sie sich aus.

»Alles wird gut, Clara. Ich war bei Direktor Wackernagel. Er kratzt und beißt, aber dich wird er in Ruhe lassen. Kannst dich darauf verlassen. Auch seine Frau habe ich eben besucht und sie informiert. Sie wird ihm die Hölle heißmachen. Und zur Sicherheit begleite ich dich die nächsten drei Mal in die Übungsschule. Dann sehen wir, ob er sich noch einmal blicken lässt.«

Clara war gerührt und zugleich erleichtert. Sie strahlte Sophie an und bedankte sich überschwänglich.

Mit besonderem Eifer waren die Seminaristinnen in den folgenden Tagen bei der Sache, als Sophie mit ihnen Lehrproben entwarf, Unterrichtsabläufe strukturierte und Tafelanschriebe übte.

Der Zufall wollte es, dass in der Übungsschule ein paar Stunden über Heilkräuter anstanden. Sophie konnte aus dem Vollen schöpfen. Also lehrte sie die angehenden Lehrerinnen, wie man aus Pflanzen heilsame Tinkturen und Salben herstellte. Eine Seminaristin schlug vor, die Schüler sollten einfache Rezepturen selbst ausprobieren. So käme man mit den Kindern gut ins Gespräch.

Ein Herr mit Backenbart, nach der neuesten Mode gekleidet, stand plötzlich unter der Tür. Sophie erschrak.

»Pardon, Frau Seminarlehrerin, aber ich habe geklopft. Darf ich Sie einen Moment stören?«

Sophie ging mit dem Fremden vor die Tür.

Er lüftete den Hut und gab Sophie die Hand. »Mein Name ist Johannes Hellmann. Ich bin Advokat.«

Sophie erschrak zu Tode. Ihr erster Gedanke war, Wackernagel wollte sie vor Gericht zerren.

Der Fremde sah es mit Verwunderung und bemerkte zugleich, dass die junge Frau blass wurde.

»Verzeihung, wenn ich Sie erschreckt habe, Frau ...«, er stockte und sah auf einem Zettel nach, den er seiner Rocktasche entnahm, »... Frau Wagner. Wenn ich nicht irre.«

Sophie sah ihn mit großen Augen an und wartete, was er ihr zu sagen hatte.

»Sie kennen doch Herrn Direktor Wackernagel und ...«

Weiter kam der Fremde nicht. Sophie schlug die Hände vors Gesicht. »Nein, nicht schon wieder«, stöhnte sie.

Der Advokat seinerseits geriet nun aus dem Konzept. »Ich sehe Sie derangiert, gnädige Frau. Verzeihen Sie mein Ungeschick. Wann dürfte ich Sie in aller Ruhe sprechen?«

Sophie atmete tief durch. Sie befürchtete, man werde sie wegen ihres Auftritts bei Direktor Wackernagel zur Rechenschaft ziehen. Also überlegte sie, wie und wo sie sich mit dem Herrn gütlich vergleichen könnte.

»Wir sind gerade mitten im Unterricht. In einer halben Stunde ist Mittagspause. Dann muss ich allerdings nach Hause. Wäre es Ihnen möglich, mich zu Hause aufzusuchen?«

»Wenn es nicht weit von hier ist.«

»Nein, nur die Schlossgasse vor bis zum Marktplatz. Linker Hand finden Sie das Fotoatelier Wagner. Das gehört meinem Mann. Ich erwarte Sie dort kurz nach zwölf, wenn es Ihnen recht ist.«

Der Herr lüftete den Hut und versprach, pünktlich zu sein.

Viertel nach zwölf betrat der Advokat das Atelier. Gustav hieß ihn willkommen, schloss die Tür hinter ihm ab, hängte seinen Hut auf und führte ihn hinter den Paravent, wo Sophie schon wartete.

»Tut mir leid, gnädige Frau«, sagte der Fremde, »dass ich Sie im Seminar aus dem Konzept gebracht habe. Wo soll ich anfangen?«

»Am besten wird sein«, schlug Gustav vor, »wir setzen uns erst einmal.«

»Wie ich schon sagte«, rekapitulierte der Besucher, während er Platz nahm, »komme ich aus Stuttgart, wo ich als Advokat einer renommierten Kanzlei vorstehe.« Er hüstelte. »Meiner eigenen, wie ich in aller Bescheidenheit anfügen möchte.«

Gustav blinzelte Sophie kurz zu. Er begann, sich über den Fremden zu amüsieren, der ihm vorkam, als sei er einer Operette entsprungen.

»Sie müssen wissen«, begann der Blasierte erneut, »dass ich die Interessen meiner Schwester vertrete. Sie kennen ja meine Schwester. Zumindest hat sie mich so informiert.«

Sophie sah Gustav fragend an, der die Achseln zuckte.

»Meine Schwester hat mich vor einer Woche in meiner Kanzlei in Stuttgart aufgesucht. Sie war völlig aus dem Häuschen, wie man zu sagen pflegt. Ihr Besuch, Frau Wagner, ist meiner Schwester doch arg an die Nieren gegangen.«

Sophie dämmerte, auf wen der Besucher abzielte. »Sie sprechen von Frau Wackernagel?«

»Ja! Erwähnte ich das nicht?«

Sophie schüttelte energisch den Kopf.

»Oh, Pardon!« Er schlug ein Bein über das andere. »Wie gesagt, hat mich meine Schwester kontaktiert. Sie war so aufgewühlt und hat mir so viel erzählt, dass sie in ihrer Erregung die Fakten wohl nicht richtig erfasst hat. Darum bin ich hier, um authentisch von Ihnen zu hören, was Sache ist.«

Sophie gab alles genau so wieder, wie es Clara ihr gestanden hatte. Und sie erwähnte, wie Direktor Wackernagel reagiert hatte.

»Mein Schwager hat Sie beleidigt und der Tür verwiesen, gnädige Frau?« Und als Sophie das bestätigte, setzte er hinzu: »So ist er, seit ich ihn kenne. Isidor, der Frauenjäger! Immer muss er um junge Damen herumwieseln. Vor allem auf die Schwarzhaarigen hat er es abgesehen.«

Dann erzählte er ausschweifende Geschichten, wie sein Schwager sich hemmungslos in ein Abenteuer nach dem anderen verstrickte. Nicht lange, und er fragte, was mit jenem Fräulein eigentlich passiert sei, deretwegen Herr Wagner neulich seine Schwägerin angesprochen habe.

Gustav schilderte in allen Einzelheiten, was er inzwischen mit Unterstützung seiner Frau herausgefunden hatte. Und er kam auch auf den gemeinsamen Verdacht zu sprechen, Hanna müsse wohl schwanger gewesen sein. Das und nur das könne die Ursache für ihren Freitod gewesen sein. Sie habe keinen Ausweg mehr gesehen, nicht privat und erst recht nicht beruflich.

Der Advokat zuckte zusammen. Offenbar war das neu für ihn. »Worauf stützen Sie Ihre Vermutung?«

Sophie beschrieb Hannas letzte Buchkäufe, ihren Randvermerk in einem der Pestalozzibände und vor allem die Tatsache, dass Hanna ein sehr lebenslustiges Mädchen gewesen war, das sich nichts sehnlicher gewünscht hatte, als Lehrerin zu werden.

»Warum, frage ich Sie, Herr Advokat, sollte Hanna sonst ihr Leben wegwerfen, wenn nicht aus Verzweiflung über das, was man ihr angetan hat?«

Gustav kramte Hannas Eintrag im Kirchenbuch heraus und las ihn vor. Dann führte er den Anwalt vor die Fotografie, die Hannas Schreibtisch zeigte, und erläuterte ihm die Interpretation des Nervenarztes.

Johannes Hellmann fasste sich an die Nase und dachte nach. »Sie sind also felsenfest überzeugt, dass diese Hanna an ihrem letzten Tag einen Abschiedsbrief geschrieben hat?«

»Ja«, versicherte Sophie.

Und Gustav ergänzte: »Wir werden so lange bohren, bis wir wissen, was an jenem Freitagvormittag passiert ist. Und wenn wir jede Schülerin und jeden Lehrer des Lyzeums befragen müssen.«

»Haben Sie einen Verdacht?«

Wie ein Blitz aus heiterem Himmel durchzuckte Sophie ein Gedanke. »Nach dem, was Clara passiert ist, werden wir Direktor Wackernagel als Ersten ins Gebet nehmen.«

»Sie vermuten also, dieses Fräulein Hanna hat meinem Schwager an ihrem letzten Tag einen Brief übergeben?«

Sophie und Gustav nickten.

»Und wenn er den Brief vernichtet hat?«

»Dann«, bekräftigte Sophie, »werde ich die Lehrer, die Schülerinnen und den Pedell befragen. Irgendjemand hat Hanna auf ihrem Weg zum Direktor gesehen. Davon bin ich felsenfest überzeugt. Immerhin muss sie ziemlich aufgewühlt gewesen sein. In einem Schulhaus mit ein paar Hundert Kindern und etlichen Erwachsenen kommt man doch nicht unbemerkt vom Erdgeschoss in den vierten Stock, zumal damals gerade Unterrichtspause und Lehrerwechsel war.«

Die Sonne warf schwarze Schatten und wärmte Fluren und Häuser, Tiere und Menschen. Der Marktplatz lag im gleißenden Licht. Herren paradierten, Damen promenierten und hinterließen sanfte Parfümdüfte. Dienstboten flitzten. Kutscher warteten auf Kundschaft.

Sophie, sie hatte vor einer Stunde gut zu Mittag gegessen, trat aus der Haustür und winkte ihrem Mann durchs Fenster seines Ateliers zu. Vergnügt betrachtete sie für einen Moment das Treiben auf dem Marktplatz. Sie fühlte sich in letzter Zeit ausgezeichnet, lachte viel und sang bei jeder Gelegenheit, oft schon beim Aufstehen, auf dem Weg zum Seminar, in der Küche, manchmal sogar beim Bügeln. Seit sie mit Gustav zusammenlebte und bei der Ausbildung der angehenden Lehrerinnen mitwirken durfte, wähnte sie sich wunschlos glücklich. Darum nahm sie sich vor, heute besonders aufmerksam und einfühlsam zuzuhören.

Frau Wackernagel wartete schon. Sie hatte Sophie ein Briefchen geschrieben und um dieses Treffen im Kaffeehaus »Frühling« gebeten.

Der Ober kam und nahm die Bestellung entgegen: Kaffee und Kuchen für beide.

»Sie sind mein Gast«, sagte Frau Wackernagel. Sie hatte Sophies Kräuterbuch dabei und bat zunächst um eine Widmung. Diesen Auftakt hatte sie sich ausgedacht, weil sie so unendlich nervös war.

»Sie sollen es als Erste wissen: Ich verändere mich. Vielleicht sehen wir uns nie wieder.« Sie machte eine kleine Pause. »Ich ziehe nach Stuttgart.«

Sophie war wirklich überrascht.

»Ich will mich aus Eugensburg zurückziehen und mir endlich freudvollere Tage gönnen.«

Sophie sah der Älteren prüfend ins Gesicht. Spuren von Trauer, Resignation und Enttäuschung las sie darin. Aber in den Augen war doch ein winziges Flackern wie bei einem abgebrannten Feuer. Die Glut war noch nicht erloschen.

»Ich bin nicht zum Rächer und Richter geboren«, gestand Frau Wackernagel, »darum bleibt mir nichts anderes übrig, als das Feld zu räumen.« Sie schluckte und rang nach Fassung. »Der Kerl hat mich nur noch belogen und betrogen. Seit Jahren missbraucht er seine Stellung als Schulleiter, pirscht sich an junge Frauen heran. Auch ältere Schülerinnen belästigt er. Sogar die aus der eigenen Schule. Und mich beleidigt er jeden Tag.« Sie schloss die Lider und hüstelte. Ein paar Tränen rollten über ihre Wangen.

Der Frau hat schon lange niemand mehr zugehört, ging Sophie durch den Kopf. Also beschloss sie, ganz Ohr zu sein und nur eher Beiläufiges anzusprechen. Alles andere würde sich finden. »Warum gerade nach Stuttgart?«, fragte sie. »Weil Ihr Bruder dort Advokat ist?«

»Auch. Aber ich komme aus Stuttgart.« Frau Wackernagel tupfte sich mit einem Taschentuch die Wangen ab. »Ich bin dort geboren und aufgewachsen.«

»Wann ziehen Sie weg?«

»Übermorgen. Mein Bruder hat alles in die Wege geleitet.«

Der Ober servierte das Bestellte und wünschte einen guten Appetit.

Nachdenklich löffelte Frau Wackernagel Zucker in ihren Kaffee, gab Milch hinzu und rührte um. »Ich habe es gründlich satt. Der Kerl hat mich schon so oft betrogen, dass ich mich in den letzten Jahren kaum noch aus dem Haus gewagt habe.«

Sie habe ihrem Bruder laufend über die fiesen Machenschaften ihres Mannes berichtet. Der rate ihr schon seit geraumer Zeit, sich von ihm zu trennen. So, warnte er, gehe sie vor die Hunde und verliere ihr letztes Renommee, von der Selbstachtung ganz zu schweigen. Er habe einen Plan und wolle alles regeln, wenn sie sich nur endlich von ihrem Mann lossagen würde. Aber sie habe sich lange nicht entscheiden können.

Nach dem neuerlichen Vorfall mit dieser Clara habe sie endlich begriffen, dass ihr Mann auch für sie selbst eine große Gefahr war. Der Tag sei nicht mehr fern, orakelte sie, an dem die erste Anzeige eingehe und ihn das Amt koste. Dann seien er und seine Angehörigen dem Gespött der ganzen Stadt preisgegeben. Das habe sie ihm hundert Mal gesagt, aber … Frau Wackernagel winkte ab. Zum Glück, sie schluckte wieder heftig, seien die Kinder schon außer Haus und wohnten nicht mehr hier.

Sophie schwieg und hörte aufmerksam zu.

»Der Lump glaubt doch tatsächlich, dass alles so weitergeht wie bisher. Er hat nur noch junge Weiber im Sinn.«

Noch am selben Tag, an dem Sophie bei ihr war, sei sie zu ihrem Bruder nach Stuttgart geflüchtet. Der habe daraufhin begonnen, alles zu notieren, was sich dieser widerliche Schuft bisher zuschulden kommen ließ.

»Ihr Bruder war auch bei uns.«

»Ich weiß. Er ist übrigens überzeugt, dass der Sauhund auch diese Hanna auf dem Gewissen hat.«

Jedenfalls habe ihr Bruder für sie die Scheidung eingereicht. Damit aber nicht genug, habe er ihren Mann so lange mit den belastenden Fakten bedroht, bis der auf das Haus in der Amalienstraße eine große Hypothek aufgenommen und das Geld auf ein Konto bei einer Stuttgarter Bank eingezahlt habe. Das Konto laute zwar auf den Namen ihres Bruders, aber dürfe vertraglich ausschließlich von ihr genutzt werden. Von dem monatlichen Zinsertrag könne sie leidlich leben. Außerdem werde sie ihrem ledigen Bruder den Haushalt führen. Auch dürfe sie für einen anständigen Lohn in seiner Kanzlei mitarbeiten.

Heute sei ihr Dienstmädchen zum letzten Mal im Haus; sie habe ihm leider kündigen müssen. Und übermorgen, sagte sie mit festerer Stimme und lächelte schüchtern, würden ein paar Möbel, einige Bilder, ihre Kleider, ihre Bücher und ihr Geschirr von einer Spedition abgeholt und per Bahn nach Stuttgart verfrachtet. Sie habe schon alles gepackt. Wenn sie hier zum letzten Mal in den Zug steige, schlage die Stunde ihrer Freiheit. Und am Abend werde sie in der hübschen Wohnung ihres Bruders den Beginn eines neuen Lebens feiern.

»Das freut mich für Sie, Frau Wackernagel.« Sophie strahlte sie an. »Wenn Sie mögen, dann geben Sie mir bitte Ihre neue Anschrift. Ich schreibe Ihnen gern.«

Frau Wackernagel entnahm ihrer bestickten Handtasche mit vergoldetem Bügel einen Zettel und notierte ihre künftige Adresse. »Aber bitte nicht weitergeben.« Sie malte mit dem Zeigefinger Figuren auf den Tisch. »Wenigstens Sie, liebe Frau Wagner, sind von ihm verschont worden. Das freut mich unendlich.«

Sophie dankte und steckte den Zettel in ihre Jackentasche. »Erlauben Sie mir eine indiskrete Frage?«

»Bitte.«

»Warum würden Sie von mir Post annehmen? Sie ziehen doch gerade einen Schlussstrich unter Ihr Leben in Eugensburg.«

Frau Wackernagel sah Sophie lange ins Gesicht, als wolle sie es sich einprägen. Schließlich sagte sie: »Weil ich spüre, dass Sie an einer besseren Zukunft für uns Frauen arbeiten.«

»Sagen wir so: Ich versuche es.«

»Nein, nein, meine Liebe, Sie haben Mut. Sie können sich nicht vorstellen, wie der Halunke, den ich früher meinen Mann nannte, über Sie hergezogen ist.« Sie lachte schrill auf. »Gehöhnt und geflucht hat er dass Pfarrer Finkenberger in seiner Übungsschule nicht nur Fräulein beschäftige, sondern neuerdings sogar eine verheiratete Frau.«

»Und damit hat er mich gemeint?«

»Ja!«

»Sind Sie ganz sicher?«

»Wenn ich's doch sage. Er hat von Ihnen nur von der aufgeblasenen Kräuterhexe gesprochen.«

Eine ganze Weile blieb Sophie ruhig sitzen, obwohl es in ihr brodelte. Dann atmete sie tief durch. Ein Schmunzeln lief über ihr Gesicht. »Von dieser Sorte selbstherrlicher Protze, die sich aufführen wie der russische Zar und herumbalzen, habe ich schon zu viele erlebt.« Sie summte den Anfang des Couplets leise vor sich hin, das sie vor ein paar Jahren bei der Sedanfeier kreiert hatte.

Frau Wackernagel lächelte. »Gell, Sie nehmen solche Kerle nicht ernst.«

»Warum sollte ich? Das sind doch keine Männer. Gockel, die prahlen und nicht merken, dass sie auf einem Misthaufen stehen, sollte man nicht zu nahekommen, denn sie stinken miserabel. Dagegen kommt nicht einmal der Duft echten Weihrauchs an.«

Frau Wackernagel lachte. Tatsächlich, sie lachte. Und sie staunte selbst am meisten darüber.

»Ich kann mir vorstellen«, sagte Sophie, »dass es für Sie nicht angenehm ist, die nächsten Tage mit Ihrem Mann unter einem Dach zu wohnen.«

Frau Wackernagel schüttelte den Kopf. »Er darf das Haus erst wieder betreten, wenn ich fort bin. Er schläft in seinem Büro. Dort hat er sich ein Bett hinstellen lassen, damit er sich immer mit den jungen Dingern verlustieren kann.«

Sie ballte die Fäuste und blickte angestrengt zu Boden. »Mein Bruder hat das für mich geregelt.«

»Kann ich Ihnen in irgendeiner Weise behilflich sein?«

»Danke, ich komme zurecht.«

»Wollen Sie die beiden letzten Nächte wirklich allein in dem Haus bleiben?«

Frau Wackernagel dachte lange nach. »Wo soll ich denn hin? Ich kann doch nicht ohne männliche Begleitung in einem Hotel absteigen und meine Eugensburger Adresse angeben. Da wäre der Skandal perfekt, bevor ich fort bin.«

»Sie könnten bei uns nächtigen.«

»Das ist sehr zuvorkommend.« Sie dachte nach. »Ich weiß Ihr Angebot zu schätzen, aber ich will Abschied nehmen. Von meinem Haus, auch wenn es nun ihm gehört. Von meinen Möbeln. Schließlich ist alles, was darin ist, von mir angeschafft worden.« Sie lachte schrill. »Keine Sorge, ich schließe gut ab. Aber von mir will diese Missgeburt sowieso nichts mehr wissen.«

Sie plauderten über den Leseverein und die aktuelle Literatur. Dann meinte Frau Wackernagel unvermittelt: »Es tut mir in der Seele weh, dass der Saukerl Ihre beste Freundin auf dem Gewissen hat. Ich habe so etwas geahnt, als mir ein Kollege meines Mannes verriet, mein Mann bedränge eine junge Lehrerin, die in der Turmgasse wohne. Wenn ich wüsste, wie ich das wieder gutmachen könnte, würde ich es tun.« In ihren Augen blitzte Schadenfreude. »Es wäre mir eine Genugtuung, wenn man ihm wenigstens eine seiner Schandtaten schwarz auf weiß nachweisen könnte.«

Am übernächsten Tag fand Sophie einen Umschlag in ihrem Briefkasten. Kein Absender, keine Briefmarke. Also konnte der Brief nicht mit der Post gekommen sein.

Sie rannte in ihre Wohnung hinauf und öffnete ihn. Zwei Schreiben lagen darin, beide in derselben Handschrift abgefasst. Sie las zuerst den mit Anrede. Er lautete:

*Liebe Frau Wagner!*

*Wenn Sie diese Zeilen lesen, sitze ich schon im Zug nach Stuttgart. Mein Mann hat mich nicht belästigt. Also konnte ich in aller Ruhe von meinem Heim Abschied nehmen und ihm ein hübsches Andenken hinterlassen. Zugegebenermaßen kein schönes, eher ein hässliches, dazu eines, das ihm hoffentlich viel Arbeit und wenig Freude macht. Erst habe ich einen Haufen Geschirr zerdeppert und seinen Schreibtisch zerkratzt. Dann seine Anzüge mit Fett bespritzt und in seine Krawatten Löcher geschnitten, alle Schränke und Kommoden durchwühlt und die Bilder ausgesucht, die ich mit nach Stuttgart nehme. Die anderen, die ihm verbleiben, habe ich abgehängt und auf einen Haufen geschmissen. Dabei ist zwar einiges zu Bruch gegangen, aber ich habe endlich den Schlüssel für seinen Schreibtisch gefunden. Jahrelang habe ich ihn gesucht. Dabei war er bloß hinter einem Bild versteckt. Und in seiner ewig verschlossenen Schreiblade fand ich einen schlimmen Brief. Ich füge ihn in Abschrift bei. Das Original bekommt mein Bruder für den Fall, dass der Dreckskerl vor dem Scheidungsrichter alles abstreitet. Schade, dass ich Ihnen nicht schon früher begegnet bin, dann hätte ich mich wenigstens ab und zu bei einem einfühlsamen Menschen ausweinen können. Ich schreibe Ihnen bald aus Stuttgart.*

*Allerbeste Grüße!*

*Ihre Emilie Wackernagel*

Auf dem zweiten Briefbogen stand:

*Sie, Herr Direktor, Sie sind wie eine Bestie über mich hergefallen. Sie haben mich verletzt, mich entehrt, mich rücksichtslos ins Elend gestoßen. Ich habe Ihnen schon zweimal gesagt, dass ich ein Kind erwarte. Es ist Ihr Kind, wie Sie wissen! Sie haben es mit brutaler Gewalt gezeugt! Darum müssen Sie mir jetzt helfen, mir und dem Kind. Sie müssen! Ich kann schon bald nicht mehr Lehrerin sein und werde nirgendwo mehr Arbeit finden. Ersparnisse habe ich nicht, weil ich aus sehr beengten Verhältnissen stamme, wie Ihnen bestens bekannt ist. Man wird mich mit Schimpf und Schande davonjagen. Darum flehe ich Sie an,*

*helfen Sie mir, helfen Sie Ihrem Kind! Denn ich verzweifle am Leben und weiß keinen Ausweg mehr.*
    *Hanna Scheu*

Sophie studierte Hannas Brief ein zweites und drittes Mal. Sie schlug die Hände vors Gesicht und weinte.

So fand sie Gustav. Er las beide Schreiben, und mit jeder Zeile wurde er wütender, bis ihm der flammende Zorn die Sinne raubte.

»Mir ist das Essen vergangen«, stöhnte er. »Verzeih, Schatz, aber ich muss an die frische Luft und mir ein bisschen die Beine vertreten. Sonst verbrenne ich. Diese eklige Kröte ...« Mit zwei Sätzen war er schon an der Tür. »Bis zum Nachmittag muss ich mich wieder beruhigt haben. Das bin ich meinen Kunden schuldig.«

Im Laufschritt querte er den Marktplatz, stürmte die Schlossstraße hinab und rannte im Lyzeum die Treppen in den vierten Stock hinauf. Das Schulhaus war leer. Mittagspause.

Er klopfte und stand im gleichen Augenblick im Direktorat. Wackernagel saß hinter seinem Schreibtisch, einen Teller mit einem belegten Brot vor sich. Er sprang auf, doch Gustav war schon bei ihm und drückte ihn auf den Stuhl nieder.

»Hör mir gut zu, du Hund, du Mistkerl!« Ein Faustschlag traf den Direktor mitten ins Gesicht. »Du hast die Hanna Scheu in den Tod getrieben! Und ausgerechnet du Halunke willst eine Mädchenschule leiten?«

Noch ein Hieb.

»Hast du dir fein ausgedacht, du Schwein! Du miese Ratte!« Noch ein Hieb.

»Zeig mich an, damit alle Welt erfährt, was du für ein Mistkerl bist!«

Ein letzter Schlag auf die blutende Nase.

»Oder verschwinde von hier, bevor ich dich stinkende Kreatur öffentlich zur Schau stelle!«

Gustav jagte aus dem Zimmer, die Treppe hinab und aus dem Schulhaus hinaus. Sein Puls raste.

Vor dem Schulhaus zwang er sich, langsam zu gehen. Die Ohren dröhnten vom hämmernden Puls, der ihm bis zum Hals schlug. So drehte er im gegenüberliegenden Schlosspark Runde um Runde, bis eine große Zufriedenheit und Gelassenheit über ihn kam.

Mit einem Lächeln auf den Lippen schlenderte er heim, bat Sophie um Verzeihung und berichtete ihr von seinem schlagfertigen Treffen mit Direktor Wackernagel.

Sophie lachte und war zugleich besorgt. »Und wenn er sich rächt?«

»Wie denn? Kann er doch gar nicht. Dann käme ja heraus, warum ich ihm ein paar Hiebe verpasst habe. Nein, mach dir keine Sorgen.«

Er aß eine Kleinigkeit und stieg ins Erdgeschoss hinab. Höchste Zeit! Eine Kundin stand schon vor dem Atelier und wartete auf Einlass.

🙰

Gleich nach Ladenschluss stürmte Gustav in seine Wohnung hinauf: »Mir ist eingefallen, dass wir dem Laternenanzünder Bescheid sagen müssen.«

Sophie schüttelte den Kopf. »Wir sollten den alten Mann in Ruhe lassen.«

»Aber ich hab's ihm doch in die Hand versprechen müssen. Erinnerst du dich nicht mehr?«

Sie ließen sich in die Turmgasse kutschieren. Der Alte saß gerade am Tisch und vesperte. Als er die beiden eintreten sah, freute er sich.

»Wissen Sie schon das Neueste?«, fragte er und setzte gleich hinzu: »An Ostern ist ultimo. Ich hör auf. Mit meinen müden Knochen kann ich nicht mehr jede Nacht fünfzigmal die Leiter rauf und runter.«

Sie ließen ihn reden, bis er ein Loblied auf seinen Sonnenschein anstimmte. Erst jetzt berichteten sie. Endlich stehe fest, wer Hanna auf dem Gewissen habe.

Er sprang auf. »Wer ist der Lump?« Er rannte im Zimmer umher. »Ich muss es wissen!«, schrie er. »Zertreten werde ich ihn wie eine Laus!«

Gustav bat ihn, sich zu beruhigen und wieder Platz zu nehmen. Erst dann verrieten sie ihm den Namen.

»Der Direktor aus der Amalienstraße?« Der Laternenanzünder erschrak. Fassungslos, verstört stierte er Sophie an.

Sophie nickte.

Es verschlug ihm die Sprache. Er traute seinen Ohren kaum. Wie vom Donner gerührt saß er da. Apathisch schob er den Teller von sich.

»Ich möchte jetzt allein sein«, sagte er mit tonloser Stimme, »allein mit meinen Gedanken.«

»Kommen Sie zurecht?«, fragte Sophie besorgt.

»Um mich muss man sich keine Sorgen mehr machen«, flüsterte er. Nach einer Weile stand er wie in Trance auf, reckte sich und schüttelte die bleierne Schwere aus den Beinen. »Die Pflicht ruft.«

Gustav zuckte zusammen. Was war denn das? Hatte es geklingelt? Konnte gar nicht sein! Er richtete sich im Bett auf und sah auf den Wecker. Elf Uhr. Die Straßenlaterne auf dem Marktplatz verbreitete ein schummriges Licht im Schlafzimmer. Er tastete mit den Füßen nach den Hausschuhen und …

Jemand läutete Sturm. Sophie schreckte hoch und schaute mit weit aufgerissenen Augen verwirrt um sich.

»Ich geh«, sagte Gustav und machte eine beruhigende Geste. »Bitte bleib liegen.«

Vor der Tür stand der junge Waffenschmied.

»Der Laternenanzünder …«, stammelte er, »… er dreht durch!«

Gustav stand unschlüssig an der Tür. Sophie kam hinzu; sie hatte sich ihren Morgenmantel übergestreift. »Was ist los?«

»Der Laternenanzünder … Er ist völlig verwirrt und ruft immer wieder nach Hanna und Ihnen.«

»Sollen wir kommen?«

»Ja, bitte!«

Sophie bat den jungen Buchhändler, im Wohnzimmer zu warten. Sie müssten sich erst ankleiden.

Vor dem Haus wartete die Droschke, die den jungen Mann hergebracht hatte. Im Trab ging's zur Turmgasse zurück.

Über der Südstadt stand ein Feuerschein. Leute hasteten durch die Straßen.

»Das sind Gaffer«, sagte der Kutscher. »In der Amalienstraße brennt es.«

Sophie warf Gustav einen besorgten Blick zu. Der junge Buchhändler schwieg während der ganzen Fahrt. Dass aus dem Fräulein Lehrerin, das er verehrt hatte, eine Frau Wagner geworden war, machte ihm wohl zu schaffen.

»Die Feuerwehr ist schon vor Ort und hat ein paar Straßen abgesperrt«, erklärte der Kutscher. »Darum müssen wir einen Umweg fahren.«

Schließlich hielt er vor der Buchhandlung in der Turmgasse. Funken stoben über die Dächer. Flammen loderten am Himmel.

Gustav sprang aus der Droschke und half seiner Sophie beim Absteigen. Er bat den Kutscher zu warten. Männer hasteten mit Eimern und Leitern vorüber.

Der Laternenanzünder saß in der Buchhandlung zusammengekauert auf einem Stuhl, vor ihm stand der alte Waffenschmied, einen Schäferhund an seiner Seite.

»Meine arme Hanna, meine arme Hanna«, stammelte der Laternenanzünder immer wieder. Seine rechte Hand umkrampfte seinen Zündstock, die kleine Öllampe an der Spitze brannte.

Sophie ging zu ihm hin. »Kann ich Ihnen helfen?«

»Schön, dass Sie gekommen sind, Fräulein …« Er schüttelte den Kopf. »Ich hab Ihren Namen vergessen. Entschuldigen Sie.« Er sah auf, direkt in ihre Augen. »Wissen Sie vielleicht«, bettelte er, »wo meine Hanna ist?«

»Haben Sie sie gesucht?«

»Ja, aber ich kann sie nicht finden. Auch bei ihrem Direktor in der Amalienstraße war sie nicht.«

»Waren Sie dort?«

»Ja, ja. Es brennt. Alles ist voller Rauch und Feuer.«

Er habe mit seinem Hund noch eine Runde gedreht, mischte sich der alte Waffenschmied ein, wie so oft, wenn er nicht schlafen könne. Der Laternenanzünder sei in der Amalienstraße auf der Gartenmauer gesessen, den Zündstab mit beiden Händen umklammert, und habe zum brennenden Haus gestarrt. Aus den Fenstern im Erdgeschoss schlugen Flammen. Nachbarn hatten schon die Feuerwehr alarmiert.

Er dankte Gustav und Sophie für ihr Kommen. Er habe sich keinen Rat mehr gewusst. Ihn habe der Laternenanzünder wie Luft behandelt. Auch den Zündstab habe der Alte nicht aus der Hand gegeben. Alles Bitten und Betteln sei vergeblich gewesen. Er habe nur mit Hanna oder dem anderen Fräulein Lehrerin reden wollen.

»Welches Haus brennt denn?«, fragte Gustav.

»Das von Direktor Wackernagel«, antwortete der Buchhändler. »Aber der sei gar nicht zuhause, sagt man. Und seine Frau wohne nicht mehr hier.«

Sophie legte die Hand auf die Schulter des Verwirrten. »Kommen Sie, wir gehen und suchen Hanna. Aber dazu brauchen wir kein Licht. Es ist hell genug.« Sie löste den Ladestock aus seinen verkrampften Fingern. Gustav löschte die Zündflamme.

Der Alte stand langsam auf, gestützt auf Sophie. »Gehen wir jetzt zu Hanna?«

Sophie und Gustav hakten ihn unter, führten ihn hinaus auf die Straße und halfen ihm beim Einsteigen in die Droschke.

»Fahren wir jetzt zu meiner Hanna?«

»Ja«, sagte Sophie, während Gustav den Kutscher bat, auf den alten Herrn aufzupassen, dass er nicht wieder ausstieg. Sie kämen gleich zurück.

Zu viert berieten sie in der Buchhandlung, was zu tun sei.

»Erst einmal ins Spital mit ihm«, sagte der alte Waffenschmied. »Er braucht dringend einen Arzt oder zumindest eine Arznei, damit er sich beruhigt und schläft. Sie sehen doch, wie verwirrt er ist.«

Sophie seufzte. »Ja, in dem Zustand kann er nicht zurück in sein Haus. Dort passt ja niemand auf ihn auf.«

Sonntagabend. Sophie saß an ihrem Schreibtisch. Ein herrlicher Tag lag hinter ihr, und ein denkwürdiger dazu.

Um halb elf hatte sie mit Gustav den Gottesdienst in der Stiftskirche besucht, danach Pfarrer Finkenberger über alles informiert, was sich in den letzten Tagen und Stunden ereignet hatte.

Dass Wackernagel als Schuldiger entlarvt war, wusste Finkenberger noch nicht. »Wie bitte?! Der Wackernagel? Unser Direktor Wackernagel soll Hanna Scheu auf dem Gewissen haben?«

Dass der Brand am Vorabend, der sich schon bis zu ihm herumgesprochen hatte, das Haus des Direktors betraf, war ihm auch neu.

»Wackernagel hat mich etwa eine halbe Stunde vor Beginn des Gottesdienstes in der Sakristei aufgesucht«, hatte Finkenberger stöhnend berichtet. »Sein Gesicht war zerbeult, ein Auge blau unterlaufen. Er hat mir eine wilde Geschichte aufgetischt. Wegen seiner liberalen Haltung sei er direkt vor seiner Schule von Vermummten verprügelt worden. Darum überlege er, von seinem Amt zurückzutreten und wegzuziehen. Hier sei er seines Lebens nicht mehr sicher.«

Gustav war empört gewesen. »Unglaublich! Der Kerl lügt dreist und frech!«

Finkenberger hatte die Hände vors Gesicht geschlagen und nach einem Augenblick der Besinnung erzählt: »Wackernagel sprach von einer momentanen Verlegenheit, die jedem einmal an einem Sonntag zustoßen könne. Er bat mich um fünfzig Gulden oder hundert Mark. Sobald seine Bank am Montag öffne, werde er mir das Geld zurückgeben, versprach er.«

Gustavs Einwurf, er mache sich aus dem Staub, weil ihm hier der Boden zu heiß werde, hatte Finkenberger zunächst nicht glauben wollen. Aber beim Hinweis, Wackernagel habe auf das gerade zerstörte Haus eine hohe Hypothek aufgenommen, war der Pfarrer ins Grübeln gekommen.

Als Sophie ihm dann noch erzählte, sie habe sich mit Frau Wackernagel getroffen, die von mehreren Übergriffen ihres Mannes auf Lehrerinnen und insbesondere auch Schülerinnen wusste, war für Finkenberger eine Welt zusammengebrochen.

»Und ich habe ihn für einen Ehrenmann gehalten.« Finkenberger hatte ein ums andere Mal den Kopf geschüttelt. »Jetzt muss ich mir wohl eingestehen, dass der Direktor unserer Schule ein Lump ist.« Er hatte sich schwer atmend an eine Wand gelehnt und verstört zu Boden geblickt. »Meinen Sie, der Wackernagel braucht das Geld, weil er sich noch heute auf und davon machen will?«, hatte er schließlich konsterniert gefragt.

»Aber ja, Herr Pfarrer«, hatte Gustav bestätigt, »nicht nur sein Haus ist bis auf die Grundmauern niedergebrannt, auch der Halunke selbst ist völlig abgebrannt. Er hat einen riesigen Berg Schulden. Darum will er ja ins Ausland, bevor ihn morgen seine Bank auffordern kann, umgehend seine Hypothek zu begleichen. Nein, nein, Herr Pfarrer, der saubere Herr Direktor ist in Wahrheit ein Sittenstrolch und ein Bankrotteur dazu. Ihm bleibt nur noch der Strick oder die Flucht.«

Finkenberger hatte die Hände vors Gesicht geschlagen: »Und ich Esel habe ihm hundert Mark gegeben.«

Nach dem Mittagessen waren Sophie und Gustav im strahlenden Sonnenschein zum Friedhof an der Friedenskirche spaziert und hatten Blumen auf Hannas Grab gelegt, dann den Laternenanzünder im Hospital besucht. Der erkannte zwar die Besucher, aber fragte unentwegt nach Hanna.

»Hanna lässt Sie herzlich grüßen«, hatte Sophie aus Barmherzigkeit gelogen.

»Haben Sie meinen Sonnenschein besucht?«

»Ja, Hanna geht es gut.«

Der Pfleger hatte Sophie anvertraut, der Patient sei nicht mehr von dieser Welt. Obwohl er mit Brom ruhig gestellt sei, plappere er unentwegt vor sich hin, rufe zuweilen nach einer Hanna und stöhne immer wieder auf, er sei von Flammen umzingelt.

Sophie hatte sich bei ihrem Gustav eingehängt und war mit ihm zum Schloss geschlendert. In den Gärten blühten Tulpen und Narzissen. Durch die alte Allee spazierten sie bis zum Waldrand. Überall sprießte neues Grün. An den Rainen strahlten Veilchen, Primeln und Schlüsselblumen.

Vor drei Jahren hatte sich Sophie dort, wo der Fluss unter die Bäume kroch und im Dunkel verschwand, auf eine Bank gesetzt und überlegt, ob sie Lehrerin oder Gustavs Frau werden wolle. Wie damals strahlten die Buschwindröschen zu Hunderten aus grünen Blättern. Der Bärlauch verströmte seinen süßlichen Knoblauchduft. Hummeln brummten in den blühenden Sträuchern. Die Sonne wärmte, und die Natur verströmte Ruhe und Zuversicht.

Nun saß Sophie ganz gelöst am Schreibtisch, an ihrer zierlichen Schreibkommode, nicht euphorisch, aber doch glücklich. Sie hatte tagsüber im Gespräch mit Gustav den Plan gefasst, noch heute Abend ihren ersten Roman zu beginnen.

Es sollte eine Geschichte sein, die Menschliches in den Mittelpunkt stellt, keine elitäre Fantasiewelt vorgaukelt, wie bei vielen zeitgenössischen Schriftstellerinnen, keine heile Welt vortäuscht, mit adligen Offizieren, beruflich erfolgreichen Ehegatten, müßiggängerischen Salondamen und strickenden Heimchen am Herd. Vielmehr wollte sie arbeitende Menschen würdigen, vor dem Banalen nicht die Augen verschließen, erst recht nicht vor dem Schrecklichen in dieser Welt. Sie würde den unterdrückten, gekränkten und misshandelten Frauen eine Stimme geben und die Ursache für das große Unrecht ihrer Zeit herausarbeiten, die rechtliche und gesellschaftliche Ungleichheit zwischen Mann und Frau. Die Bewunderung für die männliche Aktivität, Tatkraft und Stärke und das Mitleid für weibliche Passivität, Zurückhaltung und Schwäche wollte sie endlich als Trugbilder entlarven.

Die Ereignisse der letzten Tage bestärkten sie darin, aus Hannas Lebensweg, eigenen Erlebnissen und den Berichten ihrer Kolleginnen eine Biografie zu erfinden, die zeigen sollte, welche Zumutungen junge Frauen aushalten müssen, wenn sie ihrem Beruf nachgehen und um ihr Recht auf Respekt und Anerkennung kämpfen. Frauen, die gebildet und klüger waren als viele Zeitgenossen, und die ungerechte Einschränkungen und üble Schmähungen nicht hinnahmen.

Einen Buchtitel hatte sich Sophie auch schon ausgedacht: »Hanna, unser Fräulein Lehrerin.«

# Die Hauptpersonen

Die handelnden Personen und die Romanhandlung sind frei erfunden. Herr Dr. med. Lothar Göbel, Würzburg, hat wertvolle Hinweise zur Medizingeschichte des 19. Jahrhunderts gegeben. Ihm sei an dieser Stelle herzlich gedankt.

Sophie Rössner . . . . . . . . *Lehrerin und Autorin*

Hansjörg Rössner . . . . . . . *Sophies Vater, Schulmeister an der Volksschule in Winterhausen*

Helga Rössner . . . . . . . . . *Sophies Mutter*

Hans Rössner . . . . . . . . . *Sophies Großvater*

Helene Rössner . . . . . . . . *Sophies Schwester, Seminaristin im Eugensburger Lehrerinnenseminar*

Thomas Rössner . . . . . . . . *Sophies Bruder, Internatsschüler des Seminars Kloster Schöntal*

Lina Rössner . . . . . . . . . . *Schwester von Sophie*

Matthias Rössner. . . . . . . . *Bruder von Sophie*

Jakob Rössner . . . . . . . . . *Bruder von Sophie*

Else Rössner . . . . . . . . . . *Schwester von Sophie*

Gustav Wagner . . . . . . . . *Maler und Fotograf in Eugensburg*

Laternenanzünder. . . . . . . *wohnte in Eugensburg, Turmgasse*

Adalbert Finkenberger . . . *Vorsteher des Lehrerinnenseminars*

Berta Krämer . . . . . . . . . . *Lehrerin am Lehrerinnenseminar*

Eugen Brettschneider . . . . *Oberlehrer am Lehrerinnenseminar*

Georg Ocker . . . . . . . . . . *Oberkirchenrat in Stuttgart*

Karl Wienzle . . . . . . . . . . *Pfarrer in Eugensburg*

| Paul Schumacher | *Pfarrer in Hartingen* |
|---|---|
| Hartmut Holzapfel | *Erster Schulmeister in Hartingen* |
| Dankwart Mangold | *Bezirksschulinspektor* |
| Hanna Scheu | *Junglehrerin* |
| Erna Schmid | *Seminaristin und Sophies Freundin* |
| Wilhelmine Neumann | *Turnlehrerin und Apothekerfrau* |
| Nele Neckermann | *Arztfrau in Hartingen* |
| Heinrich Neckermann | *Arzt in Hartingen* |
| Heinrich Waffenschmied | *Sohn eines Buchhändlers* |
| Hubert Lenz | *Nachfolger von Brettschneider* |
| Hermine Herderich | *Nachfolgerin der Krämer* |
| Konrad Köbler | *Stadtschultheiß von Hartingen* |
| Ottokar Ott | *Textilfabrikant in Hartingen* |
| Karl Nägele | *Buchverleger in Stuttgart* |
| Friedrich Mühsam | *Arzt in Winterhausen* |
| Kurt Geiger | *Unterlehrer in Winterhausen* |
| Johannes Balbach | *Bauer in Winterhausen* |
| Richard Schütz | *Pensionierter Pfarrer, Winterhausen* |
| Emilie Wackernagel | *Frau des Schuldirektors, Eugensburg* |
| Clara Fröhlich | *Seminaristin* |
| Johannes Hellmann | *Advokat aus Stuttgart* |

# Kurze Geschichte der Lehrerin

**10. Jahrhundert** | Nonnen unterrichteten in Klosterschulen die Töchter des Adels in Lesen, Schreiben, Psalmensingen, Spinnen, Weben und Sticken.

**11. Jahrhundert** | In ganz Süddeutschland entstanden Vereinigungen von »Betschwestern«, sogenannten Beginen, zu gemeinsamem Leben vereinigte Ehelose ohne Klostergelübde, die sich oft als »Schulfrauen« oder »Schuljungfrauen« der Bildung und Erziehung der Mädchen widmeten.

**13. Jahrhundert** | Vereinzelt lehrten inzwischen auch »Schulmeisterinnen« an weltlichen Schulen in den Städten. Fast immer unterrichteten sie die Mädchenklassen.

**1481** | In Nürnberg sangen »lerfrawen mit irn maidelein und kneblein« vor dem deutschen Kaiser.

**16. Jahrhundert** | In einigen Städten gab es neben den vom Rat verordneten Schulen auch private Mädchenschulen, in denen »Lesemütter« lehrten.

**1533** | Martin Luther forderte von den »Lehrfrauen«, sie sollten auch Rechnen, Singen, Sprachen und andere Künste und Historien unterrichten.

**1535** | Magdalena Heymair (»Heymairin«), in Regensburg geboren, unterrichtete als Schulmeisterin in Cham und Regensburg, schrieb Kirchenlieder und verfasste pädagogische Schriften. Sie war eine der ersten weltlichen Lehrerinnen, die Berühmtheit erlangte.

**1589** | In Tübingen nahm eine von Frauen geleitete Mädchenschule ihren Lehrbetrieb auf, die bis zum Ende des 18. Jahrhunderts bestehen blieb.

**17. Jahrhundert** | Ursulinen, Englische Fräulein und Salesianerinnen gründeten Mädchenschulen.

**1652** | Die Kirchenordnung von Magdeburg schrieb Schulmeisterinnen in Mädchenklassen vor.

**1721** | Georg Paul Hönn, Jurist und populärer Schriftsteller, schrieb in seinem satirischen »Betrugs-Lexicon«: »Schulmeister betrügen … wenn sie unter Vorschützung anderer die Schule betreffender Geschäfte, ihrem Feldbau und häuslichen Verrichtungen nachgehen und unterdessen das Schulwesen versäumen, auch wohl ihre Weiber einstweilen informieren lassen.« Dass Ehefrauen und Töchter von Schulmeistern ohne behördliche Genehmigung in der Schule unterrichteten und dabei ihre Sache besser machten als die angestellten Lehrer, war seit dem 16. Jahrhundert in ganz Deutschland bekannt.

**1783** | Pfarrer Bernhard Overbeck wurde Schulinspektor in Münster / Westfalen und organisierte bald darauf die ersten Ausbildungskurse für Lehrerinnen.

**1792** | Ernst Christian Trapp, einer der ersten Pädagogikprofessoren in Deutschland, schrieb: »Da man annimmt, dass Mädchen bei Männern etwas Gründliches lernen können, so folgt ja daraus, dass der weibliche Geist der Gründlichkeit nicht unfähig sei. Können die Weiber nun aber gründlich lernen, so ist nicht einzusehen, warum sie nicht auch sollten gründlich lehren können.«

**19. Jahrhundert** | Die Schwestern Unserer Lieben Frau gründeten Schulen für Mädchen.

**1811** | Das Luisenstift in Berlin wurde eröffnet. Hier wurden Achtzehn- bis Zweiundzwanzigjährige zu Lehrerinnen und Erzieherinnen ausgebildet.

**ab 1820** | Aus dem Lehrerstand kam heftiger Widerspruch gegen Frauen im Schuldienst. Der Pädagoge und Jugendschriftsteller Bernhard Heinrich Blasche schrieb 1828 im »Handbuch der Erziehungswissenschaft«: »Der Mann ist vorzugsweise Erzieher, das Weib Ernährerin, Pflegerin; denn der Mann ist Repräsentant des schaffenden Geistes, das Weib Repräsentantin der passiven Natur.«

**1832** | Drei Lehrerinnenseminare wurden eröffnet: in Berlin das Königliche Lehrerinnenseminar, in Münster und Paderborn je ein katholisches Seminar.

**1848/49** | Die revolutionären Abgeordneten in den Länderparlamenten und in der Frankfurter Paulskirche sprachen sich nach harter Diskussion für den Einsatz von Lehrerinnen aus; die Leitung der Schule müsse aber in männlicher Hand bleiben. Weil die Revolution niedergeschlagen wurde, blieb alles beim Alten.

**ab 1850** | Überall in Deutschland entstanden erste staatliche und kirchliche Lehrerinnenseminare. Ausgebildet wurden allgemeine Lehrerinnen für die verschiedenen Schularten sowie Speziallehrerinnen für spezielle Mädchenfächer in den Schulen: moderne Fremdsprachen, Handarbeit, Hauswirtschaft, Mädchenturnen, Gesang und Zeichnen.

**ab 1855** | In ganz Deutschland entstanden, gegen den erbitterten Widerstand der Lehrer, erste Schulgesetze, die bestimmten, dass in Mädchenklassen und unteren Knabenklassen Lehrerinnen unterrichten dürfen. Die Begründung lautete: In den Volksschulen seien Mädchen und Buben »ebenso zu erziehen wie zu unterrichten, und für die

Erziehungsarbeit sei nicht zu leugnen, dass weibliche Sitte und Tugend, dass der Sinn der Frauen für Anstand, Ordnung, Reinheit des Innern und Äußern, wie zu Hause, so auch in der Schule unter der weiblichen Leitung die volle Pflege finden können«.

**1869** | Der erste deutsche Lehrerinnenverein wurde in Berlin auf Anregung von Auguste Schmidt (Leipzig) und Marie Calm (Kassel) gegründet.

**1876** | Die Pfälzerin Helene Adelmann gründete den »Verein deutscher Lehrerinnen in England« als Selbsthilfeorganisation für die vielen deutschen Erzieherinnen und Lehrerinnen, die in England arbeiteten, weil sie in Deutschland keine Arbeit fanden. Dieser Verein rief viele regionale Selbsthilfevereine für Lehrerinnen in Deutschland hervor.

**1880** | Das Lehrerinnenzölibat wurde per Ministerialerlass im Deutschen Reich festgeschrieben. Den Lehrerinnen wurde generell untersagt zu heiraten. Bei Missachtung erfolgte die sofortige Entlassung.

**1885** | Der »Verein katholischer deutscher Lehrerinnen« wurde gegründet.

**1890** | Der »Allgemeine Deutsche Lehrerinnenverein« wurde als Dachverband in Friedrichsroda (in der Nähe von Gotha) gegründet. Erste Vorsitzende wurde Helene Lange. 1900 gab es bereits rund 70 regionale Lehrerinnenverbände mit zahlreichen Vereinen. In Preußen wurden die ersten Lehrerinnen zu Oberlehrerinnen befördert.

**1899** | Rosalie Büttner, Vorsitzende des Leipziger Lehrerinnenvereins, veröffentlichte ihr aufrüttelndes Buch »Die Lehrerin«, das viel Aufmerksamkeit erregte.

**1900** | In vielen Staaten der Welt unterrichteten verheiratete Lehrerinnen, oft gab es sogar schon gesetzlichen Schwangerschafts- und Mutterschaftsurlaub. Dagegen hielt man in Deutschland eisern am Lehrerinnenzölibat fest und entfernte Lehrerinnen aus dem Schuldienst, wenn sie heirateten oder unverheiratet schwanger wurden.

**1901** | Auf dem Provinziallehrertag in Hannover erklärte ein Gymnasiallehrer unter stürmischem Beifall seiner Kollegen, dass »das Weib wegen seiner körperlichen Eigenart« für den Schuldienst ungeeignet sei. Dabei waren im selben Jahr bereits fünfzehn Prozent aller Lehrerstellen in Deutschland mit Frauen besetzt. Die Lehrer begannen, sich massiv gegen die weibliche Konkurrenz zu wehren.

**1906** | In München kam es auf dem spektakulärsten Lehrertag der deutschen Geschichte zum Eklat: »Fünfzehn Prozent weibliche Kollegen« seien genug, wetterten die Lehrerfunktionäre. Die Statistik beweise die hohe Zahl »neurasthenisch erkrankter Lehrerinnen«. Frauen seien den Anstrengungen im Schulberuf nicht gewachsen. Eine martialische Resolution wurde verfasst: »Wir Deutsche aber, die dem konzentrischen Drucke aller Völker Europas ausgesetzt sind, können die Verweiblichung am allerwenigsten brauchen. Wir können uns in unserer Stellung nur halten auf Grund jener harten Männertugenden, die das schönste Erbteil des deutschen Volkes sind.«

**1908** | Dennoch erlaubte der preußische Kultusminister erstmals, dass »Lehrerinnen zum Unterricht in fußfreien Röcken erscheinen« durften, aber auch nur dort, wo man den Fußboden auf neumodische Art ölte.

**1921** | Das Reichsgericht entschied, dass verheiratete Frauen nicht vom Lehrberuf ausgeschlossen werden dürfen. Dennoch hielten sich die Schulverwaltungen nicht daran, was in der Weimarer Republik eine Flut von Gerichtsprozessen auslöste. Das Lehrerinnenzölibat wurde erst in den 1950er-Jahren abgeschafft.

# Fachbegriffe

**Anschauungsunterricht** | Der Anschauungsunterricht, in den Lehrplänen des 19. Jahrhunderts auch als Denk- und Sprechübungen bezeichnet, hatte die Aufgabe, mit den Unterstufenschülern der Volksschule über alle Sachen (Schule, Haus, Wohnort, Garten, Feld, Wald, Erde, Luft, Himmel), Pflanzen (Tulpe, Rose, Schlüsselblume, giftige Pflanzen, Pilze) und Tiere (Hund, Katze, Igel, Haustiere, Vögel, Fische) zu reden, die in der unmittelbaren Umgebung des Kindes vorkamen. Er war Sach- und Sprachunterricht zugleich und sollte die Realien (Geschichte, Erdkunde, Biologie, Physik) vorbereiten, die in der Oberstufe unterrichtet wurden. Im 20. Jahrhundert wurde er vom Schulfach Heimatkunde abgelöst.

**Armenkasten** | In jeder Gemeinde gab es einen Armenkasten, bestehend aus Stiftungsgütern und Erbschaften. Daraus wurden Bedürftige mit Geld- und Sachspenden bedacht. Besorgt wurde der Armenkasten vom Kastenpfleger. Die Kastenknechte besorgten die land- und forstwirtschaftlichen Arbeiten auf den Stiftungsgütern.

**Aspirantin** | Bewerberin um Aufnahme in ein Lehrerinnenseminar.

**Besoldung** | Die Berechnung der Lehrerbesoldung war eine Wissenschaft für sich. Alljährlich auf den 1. Juli musste der Schulmeister dem Pfarrer, der zugleich Schulleiter war, eine Besoldungsbeschreibung in dreifacher Abschrift vorlegen. Diese Beschreibung musste einem vorgegebenen Muster folgen:

Schulgeld: tatsächlich erhalten bzw. noch ausstehend.

Bargeld: von der Gemeinde bzw. Kirchengemeinde im letzten Jahr erhalten als Lehrer, Mesner, Organist, Vorsänger, Totengräber usw. Weiter musste der Schulmeister nach Quantum und Geldwert alles auflisten, was er im letzten Jahr an Sachwerten erwirtschaftet beziehungsweise erhalten hatte.

Gütergenuss: Ertrag der zur Schule gehörenden Gärten, Wiesen, Äcker, Weinberge, Waldungen, Fischwässer im letzten Jahr.

Zehnter: großer Zehnter, Heu- und Öhmdzehnter, kleiner Zehnter. Gebühren von Kasualien: für Taufen, Hochzeiten, Leichen.

Emolumente: regelmäßig gewährte Naturalien wie Getreide, Brennholz, Mesnerlaibe, Mesnergarben usw.

Akzidenzien: unregelmäßige Zuwendungen wie Kerzenreste, in der Gemeinde übliche Neujahrsgaben, vom Pfarrer geschenkte Hosen usw.

Einkünfte aus Nebenämtern, meist mit der Schulstelle verbunden, als Ratsschreiber, nebenamtlicher Geometer, Impfbuchführer, Agent für die Feuerversicherung, nebenamtlicher Postexpeditor in Weilern und kleinen Dörfern, Stiftungspfleger.

Alle diese Einkommensteile zusammen ergaben den »jährlichen Reinertrag des Einkommens«. Daraus wurde die Pension bzw. das Witwengeld errechnet.

Die Lehrerinnen wurden im 19. Jahrhundert lange Zeit nicht landeseinheitlich bezahlt; ihre Besoldung wich von Schulgemeinde zu Schulgemeinde erheblich ab. Im Gegensatz zu den Schulmeistern, die neben Bargeld auch kostenlose Nutzungsrechte und Naturalien erhielten, gewährte man selbst länger gedienten Lehrerinnen meist nur einen Hungerlohn von jährlich 120 bis 180 Gulden in bar, oft weniger als einem Provisor, einem provisorisch (befristet) angestellten, meist unverheirateten Junglehrer.

**Bezirksschulbehörden** | Nach dem württembergischen Schulgesetz wurden Schulsachen im 19. Jahrhundert auf Bezirksebene von drei Behörden verwaltet: Bezirkspolizeiamt, Bezirksschulaufsicht und gemeinschaftliches Oberamt.

Das Bezirkspolizeiamt bildete eine Abteilung in einem Oberamt (heute Landratsamt). Es war zuständig für die Schulstatistik und die Aufsicht über die sächliche Schulausstattung, die der Schulträger (also die Gemeinde) zu leisten hatte: Schulausstattung, Schulhygiene, Abrügen der Schulversäumnisse und Überprüfung der Gemeinderatsbeschlüsse im Blick auf Schulangelegenheiten.

Die Bezirksschulaufsicht durfte im Königreich Württemberg bis 1909 nur von einem Geistlichen ausgeübt werden, der für diese Aufgabe freigestellt und direkt dem katholischen oder evangelischen Dekan unterstellt war. Der königlich-württembergische Bezirksschulinspektor musste evangelischerseits die Volksschulen im Dekanatsbezirk alle zwei Jahre, katholischerseits jährlich visitieren (siehe auch: Visitation). Jeder Bezirksschulinspektor leitete eine Lehrerlesegesellschaft, zu der jeder Lehrer und gegen Ende des 19. Jahrhunderts auch jede Lehrerin verpflichtet war, sowie die amtlichen Lehrerfortbildungen.

Das gemeinschaftliche Oberamt setzte sich zusammen aus dem Oberamtmann (heute Landrat) und dem Dekan bzw. in dessen Stellvertretung dem Bezirksschulinspektor. Vorsitz hatte immer der Oberamtmann. Zum Geschäftskreis dieser Behörde gehörten: disziplinarische Vorermittlungen bei Dienstvergehen und Amtsverfehlungen der Lehrer und Lehrerinnen, Veränderungen im Schulbezirk, Errichtung neuer Lehrerstellen und Schulhausbau.

(Siehe auch: Oberschulbehörden und Ortsschulaufsicht.)

**Bezirksschulinspektor** | Alte Dienstbezeichnung für Schulrat (siehe auch: Bezirksschulbehörden).

**Deutsche Kurrentschrift** | Nach der amtlichen württembergischen Fibel von 1870 war folgende Schrift verbindlich:

Diese Kurrentschrift (»Laufschrift«) darf nicht verwechselt werden mit der Sütterlinschrift, denn die wurde erst 1911 von dem aus dem Schwarzwald stammenden Pädagogen und Grafiker Ludwig Sütterlin im Auftrag des preußischen Kultur- und Schulministeriums aus der Deutschen Kurrentschrift entwickelt.

**Eheverbot** | Siehe unter Lehrerinnenzölibat.

**Englische Fräulein** | 1585 in England von Maria Ward gegründetes Institut der allerseligsten Jungfrau Maria, das die Erziehung der weiblichen Jugend zum Ziel hatte. Diese kirchliche Kongregation gründete in ganz Europa Mädchenschulen und Lehrerinnenseminare.

**Florianstag** | 4. Mai, Gedenktag des heiligen Florian, Schutzpatron gegen Feuersbrünste und Unfruchtbarkeit.

**Frau, Fräulein** | Noch im Mittelalter war »Frau« die Anrede für eine verheiratete Edeldame und Vorsteherin eines adligen Haushalts. Erst zu Beginn des 20. Jahrhunderts nannte man im Zuge der Emanzipation des Bürgertums alle erwachsenen, weiblichen, verheirateten Personen jetzt »Frauen«. Zeitgleich begann man im 19. Jahrhundert, alle unverheirateten Frauen mit »Fräulein« anzusprechen, die man zuvor noch als »Jungfrau«, »Jungfer«, »Mamsell« oder »Mademoiselle« betitelt hatte. Als Frauenarbeit im

19. Jahrhundert aufkam, wurden alle berufstätigen (unverheirateten und verheirateten) Frauen wie Sekretärinnen, Telefonistinnen oder Kellnerinnen als »Fräulein« angesprochen, Ausdruck einer Geringschätzung. Erst 1972 verfügte das Bundesinnenministerium, dass »alle erwachsenen weiblichen Personen als Frauen« anzusprechen seien.

**Georgi** | 23. April (auch Jörgentag genannt), Tag des Frühlingsbeginns. Bis zum Jahr 1908 führten viele Gemeinden und Kirchen ihre Rechnungsbücher von Georgi bis Georgi. Georgi war in der Buchhaltung eine Art Neujahrstag. Der Tag wurde mit Flurprozessionen, Umritten (Georg war auch der Schutzpatron der Pferde) und feierlichen Vereidigungen des Sommerpersonals (Hirten, Schäfer, Feldschütz, Forstarbeiter usw.) begangen. An Georgi begann meist auch das neue Schuljahr.

**Gesangsbericht** | Der Pfarrer musste an Georgi an den Dekan berichten: Werden die für die Schulen vorgeschriebenen Choräle vorschriftsmäßig eingeübt? Welche Lehrer pflegen den Gesang mit besonderem Erfolg? Nach welcher Methode tun sie das? Welche Mängel im Gesangsunterricht und im Kirchengesang werden beobachtet? Bei welcher Gelegenheit kann ein Schülerchor der Gottesdienst bereichern? Wirkt der örtliche Gesangsverein am Gottesdienst mit?

**Gulden** | In allen süddeutschen Staaten galt bis 1871 die silbergedeckte Gulden-Währung: 1 Gulden = 60 Kreuzer. Mit Gründung des Deutschen Reiches wurde die einheitliche Mark- und Pfennig-Währung eingeführt. Umrechnungskurs: 1 Gulden = 1,71 Mark.

**Handarbeitsunterricht** | Schon in der Antike übten Mädchen den Gebrauch von Nadel, Faden und Fingerhut. Seit der Reformation wurden Mädchenschulen, Näh- und Strickschulen gegründet, in denen die Schülerinnen verschiedene Nadelarbeiten für den Hausgebrauch lernten. Seit der Erfindung der Industrieschulen 1773 mussten arme Mädchen mit Strohflechten, Spinnen, Stricken, Häkeln und Nähen ihr Schulgeld verdienen und zum eigenen Lebensunterhalt beitragen. Noch bevor Textilarbeit ordentliches Lehrfach in der Volksschule wurde, bildeten die ersten Lehrerinnenseminare in Deutschland auch spezielle Handarbeitslehrerinnen aus, die sowohl die technische Fertigkeiten des Schulfaches beherrschten als auch didaktisch und methodisch geschult waren und den erzieherischen Aspekt des Handarbeitsunterrichts zu betonen hatten. Rosalie Schallenfeld, Lehrerin an einer Berliner Töchterschule, entwickelte in ihrer Schrift »Der Handarbeitsunterricht in Schulen« einen fünfstufigen Lehrgang für die Volksschule: Stricken, Häkeln, Vorübungen zum Nähen, Wäschenähen, Namensticken. 1913 stand im Lehrplan: »Der Unterricht soll die Schülerinnen befähigen, die im häuslichen Leben unentbehrlichen einfachen Nadelarbeiten selbständig, genau und sauber zu besorgen; er soll zugleich zur Arbeitsamkeit, Ordnung und Sparsamkeit erziehen und den Schönheitssinn pflegen.«

**Hauswirtschaftsunterricht** | Um die häusliche Ausbildung der Mädchen zu vervollkommnen, wurden Anfang der 1880er-Jahre Koch- und Haushaltskurse in den Lehrplan der Volksschulen eingefügt, zunächst an den städtischen Mädchenschulen, später auch an größeren Landschulen. Die Kosten für die erforderlichen Schulküchen (Herde, Geschirr- und Vorratsschränke, Haushaltsartikel) verzögerten die Einführung dieses neuen Schulfachs.

**Hosenspanner** | Schlag mit dem Stock auf das Hinterteil eines Schülers, der sich dazu über die Schulbank legen musste, um seine Strafe zu empfangen. Mädchen wurden in aller

Regel nicht über die Bank gelegt, sondern mit Kopfnüssen, Maulschellen oder Tatzen bestraft.

**Johannistag** | 24. Juni, Geburtstag des Täufers Johannes, auch Sommerweihnacht genannt (weil noch genau sechs Monate bis 24. Dezember). Wird vielerorts mit Johannisfeuern, Sonnwendfeuern gefeiert. Die Johannisbeere und das Johanniskraut werden, jahreszeitlich bedingt, an diesem Tag geerntet. Das Johanniswürmchen (Glühwürmchen) ist in den warmen Sommernächten um Johannis besonders oft zu sehen.

**Kirchenrat** | Siehe unter Oberschulbehörden.

**Klafter** | Maß für Holzscheiter: vier Fuß tief, sechs Fuß breit, sechs Fuß hoch geschichtet.

**Konsistorium** | Siehe unter Oberschulbehörden.

**Kopfnuss** | Schlag mit den Knöcheln der geballten Faust an den Kopf eines Schülers bzw. einer Schülerin.

**Lehrerinnenseminar um 1870** | 1. Aufnahmebedingungen: »Diejenigen Jungfrauen nun, welche in den Cursus aufgenommen zu werden wünschen, wollen ihre Gesuche, mit Tauf- und Impfschein, seelsorgerischem und ärztlichem Zeugnis belegt, möglichst bald an den Unterzeichnenden gelangen lassen. Bei den Aspirantinnen wird vorausgesetzt, daß sie wenigstens 16 Jahre alt, körperlich gesund und kräftig, intellektuell, auch musikalisch gut begabt sind, mit einer entschieden christlichen Lebensrichtung Liebe zu den Kindern und eine gewisse Energie des Charakters verbinden, tüchtige Schulkenntnisse und Übung in den weiblichen Handarbeiten besitzen.«

2. Ausbildungsdauer: In der Regel zunächst zwei Jahre, später drei Jahre.

3. Lehrerinnenprüfung: Schriftlich geprüft wurden: Bibelkenntnis (Heilige Schrift und biblische Geschichte), Glaubens- und Sittenlehre, Rechnen (Kopf- und Tafelrechnen in den vier Grundrechenarten mit ganzen und gebrochenen Zahlen, Dreisatzrechnungen), Schulkunde, Aufsatz, Rechtschreiben, Schönschreiben und Zeichnen nach Vorlage. Mündlich geprüft wurden: der religiöse Memorierstoff (Bibelzitate, Katechismus), Kirchengeschichte, Sprachlehre, Geschichte, Geografie, Naturgeschichte und Naturlehre, weibliche Arbeiten (Stricken, Nähen, Flicken, Kochen, Waschen). Außerdem mussten die Kandidatinnen vorsingen und auf dem Klavier vorspielen.

**Lehrerinnenvereine** | Zunächst nahmen viele der schon seit Mitte des 19. Jahrhunderts bestehenden Lehrervereine auch weibliche Mitglieder auf. Dann entstanden konfessionelle Vereine für Lehrerinnen: 1883 der evangelische »Verein christlicher Lehrerinnen«, 1885 der »Verein katholischer deutscher Lehrerinnen«. 1890 wurde der paritätische »Allgemeine Deutsche Lehrerinnenverein« gegründet. Danach bildeten sich spezielle Lehrerinnenvereine für bestimmte Schularten und Schulfächer.

**Lehrerinnenzölibat (Eheverbot)** | Seit die ersten Lehrerinnen in öffentlichen Schulen unterrichteten, war es üblich, sie im Fall der Verheiratung zu entlassen. Erstens, weil man nur ledigen Frauen eine berufliche Existenz verschaffen wolle; die verheiratete Frau sei ja durch ihren Mann abgesichert. Zweitens, weil die Frau von Natur und Statur aus zu schwach sei, in Beruf und Familie volle Leistung zu erbringen. Vor allem die organisierte männliche Lehrerschaft bestand auf dem Zölibat der Lehrerinnen, weil die Männer so die besser bezahlten Schulmeisterstellen für sich reklamieren konnten. Im Jahr 1880, als etwa jede zwanzigste Stelle im Schuldienst mit einer Frau besetzt war, wurde das Zölibat, das schon bisher Praxis war, per Erlass festgeschrieben. Dabei gab es in den deutschen Einzelstaaten zwei Verfahrensweisen, das Eheverbot durchzusetzen: Die einen schrieben vor, dass Lehrerinnen ihre Heirat der Schulbehörde anzeigen und zugleich ihre Entlassung aus dem Schuldienst beantragen mussten. Die anderen bestanden darauf, dass alle Lehrkräfte ihre vorgesetzten Behörden um Erlaubnis bitten mussten, heiraten zu dürfen. Während Männern die Heiratserlaubnis erteilt wurde, blieb sie den Lehrerinnen ausnahmslos versagt. Die Weimarer Verfassung von 1919 schaffte das Lehrerinnenzölibat zwar ab, doch die Schulverwaltungen bestanden weiterhin darauf. In Baden-Württemberg zum Beispiel galt die Regelung bis 1956.

**Lehrgehilfin (öfters auch Schulgehilfin genannt)** | Im 20. Jahrhundert bezeichnete man so die unständige Junglehrerin mit zweitem Lehrerinnenexamen, die auf eine Beförderung zur Unterlehrerin (siehe dort) wartete und ausschließlich als Klassen- und Fachlehrer eingesetzt wurde. Auch die Provisorin (siehe dort) wurde zuweilen als Lehrgehilfin bezeichnet.

**Lehrprobe** | Siehe unter Übungsschule.

**Lehr- und Lernmittel** | Vorgeschrieben waren im 19. Jahrhundert: die amtlichen Fibeln, Lese- und Rechenbücher, Landkarten und Wandbilder, »Lehrapparate nach dem Bedürfnis und Fortschritt der Zeit«, Ergänzung und Wiederbeschaffung der abgenützten Lehr- und Lernmittel, Beschaffung von Kreide und Tinte.

**Lokation, lozieren** | In vielen Schulen mussten die Schüler nach der Schulleistung sitzen, der Beste am ersten Platz neben dem Lehrerpult, der Schlechteste auf dem letzten Platz in der hintersten Reihe. Oft waren deshalb die Sitzplätze der Schüler durchnummeriert. Diese Sitzordnung nannte man Lokation. Sie musste in die Schultabelle eingetragen werden und wurde bei den Schulprüfungen des Ortspfarrers und des Bezirksschulinspektors überprüft. Deshalb musste der Lehrer dort, wo die Schulbehörde auf der Lokation bestand, darum besorgt sein, seine Schüler regelmäßig nach dem aktuellen Leistungsstand umzusetzen. Dieses Umsetzen nannte man im 19. Jahrhundert »locieren« (von lat. »locus«: jemandem einen Ort oder Platz zuweisen). Die Lokation war sehr umstritten, wie das ganze Zensieren und Zeugnisschreiben, und wurde damals von vielen Pädagogen abgelehnt. Die heute üblichen Zeugnisse wurden erst um die Wende zum 20. Jahrhundert eingeführt.

**Lyzeum** | Vermutlich die älteste Schulform überhaupt. Im klassischen Altertum bezeichnete man so das Heiligtum des Apollo bei Athen. Dann ging der Name über auf die »Schule« (in Wirklichkeit eine Säulenhalle mit Gartenanlage) in der Nähe des Heiligtums, in der Aristoteles lehrte. Auch in der Römerzeit trugen viele Schulen die Bezeichnung Lyzeum. Im Mittelalter und in der frühen Neuzeit berechtigten der Besuch des Lyzeums und des Gymnasiums zum Studium an einer Universität. Im 19. Jahrhundert benannte man eine über die Lernziele der Volksschule hinausführende Schule mit Latein als Fremdsprache als Lyzeum.

**Mädchenschule** | Sammelbegriff für diverse Schularten. Gemeint war in der Regel entweder eine Volksschule ausschließlich für Mädchen oder eine über das Bildungsziel der Volksschule hinausführende Schule für Mädchen.

Schon seit dem 13. Jahrhundert gab es »städtische Mädchenschulen«, Volksschulen für Mädchen, eingerichtet vom Magistrat in bedeutenden Städten. Man wollte damit verhindern, dass Jungen und Mädchen in der Schule zusammenkamen. Zu Beginn des 19. Jahrhunderts wurde in Deutschland die Unzulänglichkeit der Volksbildung als eine wesentliche Ursache für die Armut erkannt. Die ständischen Schranken fielen, die Mädchen mussten nun die örtliche Volksschule besuchen. Übrig blieben »höhere Töchterschulen« in wenigen Städten.

Im Zuge der Frauenbewegung in den letzten Jahrzehnten des 19. Jahrhunderts geriet der Begriff »höhere Töchterschule« zunehmend in Misskredit, suggerierte er doch, in dieser Schulart seien nur »höhere Töchter« aus vornehmem Haus willkommen. So kam es in Analogie zu den Realschulen für Knaben zur Gründung von »höheren Mädchenschulen«, meist in privater oder kommunaler Trägerschaft und in der Regel mit Französisch oder Englisch als Fremdsprache. Nach Abschluss konnten die Mädchen manchenorts eine Frauenschule oder Frauenarbeitsschule besuchen.

Das Mädchenlyzeum war meist zehnklassig und bot Latein als Fremdsprache an; es nahm, je nach deutschem Einzelstaat, Volksschülerinnen nach Klasse drei, vier oder sechs auf.

Zu Beginn des 20. Jahrhunderts entstanden auch Mädchenschulen, die zum Abitur führten: Mädchenoberlyzeen, Mädchenoberrealschulen und Mädchengymnasien.

**Mädchenturnen** | Die Anfänge des Mädchenturnens gehen auf die 1830er-Jahre zurück. Die Frankfurter »Turngemeinde« zum Beispiel nahm 1838 sechs Schülerinnen auf. 1846 entstand in Mannheim ein »weiblicher Turnverein«, der sich zum Ziel setzte, »das Turnen der weiblichen Schuljugend zu fördern«. 1848/49 gab es bereits viele solche Vereine, die für Gesundheit, Schönheit und Anmut eintraten. Private Töchterschulen boten Turnen an. Noch in diesen Revolutionsjahren wurden aus den Kreisen der Turnerinnen erste politische Forderungen laut: Emanzipation, Gleichstellung mit den Männern, Weltumsturz. Nach dem Scheitern der Revolution wurden die Turnvereine wegen politischer Umtriebe verboten, entstanden aber wieder zu Beginn der 1860er-Jahre. Etwa ab 1864 bildeten viele Turnvereine Mädchenabteilungen.

Um 1870 wurde das Turnen für Mädchen in einigen öffentlichen Schulen versuchsweise eingeführt. Darum bemühten sich die Lehrerinnenseminare ab diesem Zeitpunkt, die angehenden Schulfrauen auf das neue Schulfach vorzubereiten.

**Martini** | 11. November, amtlicher Winteranfang, »Zahl- und Ziehtag«, an dem die Dienstboten wechselten und alle Zahlungen spätestens fällig wurden.

**Maßumstellung in Württemberg** | Nach der Reichsgründung von 1871 wurden alle bisherigen Maße und Gewichte in ganz Deutschland auf metrische Einheiten umgestellt. Zur Orientierung wurden »amtliche Schnellrechner« an die Bevölkerung verteilt:

1 württembergische Linie = 2,864902909 Millimeter
1 württembergischer Zoll = 2,864902909 Zentimeter
1 württembergischer Fuß = 0,28649029091 Meter
1 württembergische Elle = 0,614235184 Meter
1 württembergische Rute = 2,864902909117 Meter
1 württembergische Meile = 7,420438535 Kilometer
1 Millimeter = 0,349051968504 Linien
1 Zentimeter = 3,490519685039 Linien
1 Meter = 3,490519685039 Fuß = 1, 6280409 Ellen
1 Kilometer = 0,134250757 Meilen

**Maulschelle (Ohrfeige)** | Schlag mit der flachen Hand ins Gesicht.

**Nachsitzen** | Siehe unter Schularrest.

**Oberamt, Oberamtmann** | Alter Begriff für Kreisstadt. Der Landrat trug daher früher den Titel Oberamtmann.

**Oberlehrer** | Seit 1865 wurde an Volksschulen mit mindestens fünf Lehrkräften einer der Schulmeister zum Oberlehrer bestellt und mit einer Amtszulage entlohnt. Er hatte in Abwesenheit des Ortspfarrers für den reibungslosen Ablauf des Schulalltags zu sorgen (siehe auch unter Schulleitung).

In Lehrerseminaren auch Dienstbezeichnung für einen nichttheologischen Lehrerausbilder.

**Oberschulbehörden** | Oberschulbehörde war für die evangelischen Volksschulen das Konsistorium, für die katholischen Volksschulen der Kirchenrat, für die israelitischen Volksschulen das Oberrabbinat und für die höheren Schulen der Studienrat.

Die Oberschulbehörden übten im Rahmen der gesetzlichen Vorgaben, die vom Kultusministerium erarbeitet und vom Landtag beschlossen wurden, die oberste Schulaufsicht aus, regelten auf dem Erlassweg den inneren Schulbetrieb, überwachten die Lehrerausbildung in den Seminaren und waren als Personalbehörden zuständig für Einstellung, Beförderung, Versetzung, Entlassung und später auch Pensionierung der Lehrer und Lehrerinnen.

**Ortsschulbehörde, Ortsschulrat** | Bis 1910 bildeten Ortspfarrer, Ortsvorsteher, Stiftungspfleger und zwei bis drei gewählte Gemeindemitglieder den Ortsschulrat. Wahlberechtigt und wählbar waren alle Väter und Vormünder schulpflichtiger Kinder. Zum Ende des 19. Jahrhunderts nahmen auch bis zu drei Schulmeister als beratende Mitglieder teil. Die Wahlbeteiligung ließ an vielen Orten zu wünschen übrig. Öfters war die Wahl ungültig, weil sich weniger als zehn Prozent der Wahlberechtigten daran beteiligten.

Der Ortsschulrat war zuständig für die Beschaffung der Lehr- und Lernmittel, die Klasseneinteilung, die Ermahnung der Lehrer und die Bestrafung der Eltern bei Schulversäumnissen ihrer Kinder. Er beriet die Schulleitung (siehe dort) in allen allgemeinen Schulangelegenheiten.

**Patronatsschulen** | Artikel 14 der Deutschen Bundesakte vom 8. Juni 1815 gestand den fürstlichen und gräflichen Häusern zu, ihr althergebrachtes Recht auf »Aufsicht in Kirchen- und Schulsachen« auch weiterhin auszuüben. Die Patronatsherren durften demzufolge in ihrem früheren Herrschaftsgebiet Pfarrer und Lehrer ernennen und bestellen. Allerdings mussten sie ihren Rechtsanspruch unmittelbar nach einer Stellenerledigung anmelden. Ansonsten ging das Ernennungsrecht auf die Oberschul- bzw. Kirchenbehörde über.

**Pausen** | Ursprünglich waren keine Pausen zwischen den Schulstunden vorgesehen. Erst ab 1860 wurde den Kindern nach zwei vollen Schulstunden eine Viertelstunde Pause (Fachbegriff: Interstitium) gewährt, in der sie sich mit einem Imbiss stärken konnten oder auf den Schulhof durften.

**Pfarrbericht (früher: Parochialbericht)** | Jährlich an Georgi musste der Pfarrer in seiner Eigenschaft als Schulleiter dem Bezirksschulinspektorat einen Pfarrbericht zusenden. Darin hatte er die Organisation der Schule, den Leistungsstand der Klassen, die Schulversäumnisse der Schüler und den Lebenswandel der Lehrer darzustellen. Außerdem musste er auflisten, wann und worüber der Ortsschulrat getagt hatte und welche Lehr- und Lernmittel neu angeschafft wurden.

**Präparandin** | Schulabsolventin, die sich bei einem Pfarrer auf die Aufnahmeprüfung in ein (staatliches oder privates) Lehrerinnenseminar vorbereitete (Regeldauer: zwei Jahre).

**Provisor** | Examinierter, aber nur provisorisch angestellter Volksschullehrer, weil ohne zweites Examen. Er musste seine ersten Berufsjahre unter Aufsicht eines Schulmeisters verbringen. In manchen Gegenden wurde er auch Lehrgehilfe genannt.

**Realien, Realienunterricht** | Zusammenfassende Bezeichnung für naturwissenschaftliche (physikalische und chemische) und naturgeschichtliche (geografische und biologische) Lehrstoffe, in den Oberklassen öfters auch gemeinnützige Kenntnisse und in den Unterklassen Anschauungsunterricht genannt.

**Salesianerinnen (Visitantinnen)** | In Frankreich 1610 vom heiligen Franz von Sales gegründeter Frauenorden von der Heimsuchung Mariens, der u. a. mit der Erziehung und dem Unterricht der weiblichen Jugend betraut wurde.

**Schönschreiben** | Gemäß der Ministerialverfügung von 1866 sollte der Schönschreibunterricht jedem Kind zu einer »kräftigen, fließenden, gefälligen« Handschrift verhelfen. In den Klassen eins bis drei durfte nur die Deutsche Kurrentschrift (siehe dort) und ab Klasse vier auch die lateinische Kursivschrift geübt werden. Alle anderen Schriften waren verboten.

In der ersten Klasse mussten die Kinder die Groß- und Kleinbuchstaben der Deutschen Kurrentschrift im Vier-Linien-System erlernen. Diese vier Hilfslinien legten die Schrifthöhe der einzelnen Buchstaben und ihrer Ober- und Unterlängen millimetergenau fest. Das Verhältnis der kurzen zu den langen Buchstaben musste exakt eins : fünf betragen. Die vorgeschriebene Schriftlage betrug fünfundvierzig Grad Neigung nach rechts.

Im zweiten und dritten Schuljahr wurden schwierige Buchstabenverbindungen der Deutschen Kurrentschrift und die Satzzeichen geübt.

Im vierten Schuljahr wurde der Schreiblehrgang der Deutschen Kurrentschrift wiederholt und die lateinische Kurrentschrift eingeführt, die als internationale Schrift vor allem im internationalen Brief- und Geschäftsverkehr unverzichtbar war. Die vier Hilfslinien wurden auf drei reduziert.

Ab dem fünften Schuljahr mussten die Schüler beide Schriften ohne Hilfslinien schreiben lernen und den Gebrauch von Stahlfeder und Tinte üben.

**Schularrest** | Viele höhere Schulen hatten einen Karzer, eine Arrestzelle, in der Schüler auf Anordnung des Rektors mehrstündige, teilweise sogar mehrtägige Zeitstrafen absitzen mussten. In den Volksschulen waren solche Zellen selten. Die verkürzte Form des Schularrests war das Nachsitzen. Der Schüler musste nach Unterrichtsschluss im Klassenzimmer bleiben und versäumte oder vertrödelte Schularbeiten nachholen bzw. fertigstellen. Wie der Schularrest, so war auch das Nachsitzen an den Volksschulen im 19. Jahrhundert jedoch nicht häufig. Die Schüler mussten im elterlichen Betrieb mithelfen, weshalb sich die Eltern gegen zusätzliche Schulstunden wehrten. Und der Volksschullehrer hatte meist keine Zeit für zusätzliche Stunden, weil er zugleich Mesner war und nach dem Unterricht dem Pfarrer zur Hand gehen musste. Oder er hatte im eigenen Stall oder auf dem Feld zu tun, weil er sich einen großen Teil seiner Entlohnung auf den Feldern, die ihm kostenlos zur Verfügung gestellt wurden, selbst erwirtschaften musste. Deshalb züchtigte man die Volksschüler/innen mit Kopfnüssen, Tatzen, Maulschellen und Hosenspannern (bei Mädchen untersagt), statt Schularrest oder Nachsitzen zu verhängen.

**Schulferien** | Siehe unter Vakanzen.

**Schulfrauen** | Sammelbegriff für Lehrerinnen, Lehrfrauen, Schuljungfrauen und Ludimagistra (alte Bezeichnung für Lehrerinnen). Ehefrauen oder Töchter von Lehrern sowie Lehrerwitwen wurden von etwa 1500 bis 1800 als Lehr- oder Schulfrauen bezeichnet, wenn sie selbst Unterricht hielten, entweder vorübergehend für den erkrankten oder verhinderten Lehrer oder selbstständig in speziellen Mädchenklassen, zum Teil sogar in Privatwohnungen statt in Schulhäusern. Schuljungfrauen nannte man sowohl die ledigen Töchter von Schulmeistern, wenn sie selbst lehrten, als auch diejenigen Ordensfrauen, die in kirchlichen oder weltlichen Schulen beschäftigt waren. Als Lehrerinnen im engeren Sinn bezeichnete man ab der Mitte des 19. Jahrhunderts nur die an einem Lehrerinnenseminar ausgebildeten Frauen.

**Schulgehilfin** | Siehe unter Lehrgehilfin.

**Schulgeld** | Alle Schüler und Schülerinnen bezahlten Schulgeld, auch die in der Volksschule. In jedem deutschen Bundesstaat galt ein anderer Betrag. In den Städten war er meist höher als auf dem Land. In etwa betrug er in Landgemeinden rund fünfzig Kreuzer im Halbjahr, in Städten bis etwa fünftausend Einwohner rund einen Gulden und in großen Städten mit fünftausend Einwohnern und mehr etwa einen Gulden und dreißig Kreuzer.

**Schulgesetze für Kinder** | Hausordnung und Verhaltensvorschriften für Schüler in einem. Sie wurden von den Oberschulbehörden erlassen, gedruckt und an die Schulen verteilt. Diese mussten sie auf Pappe aufziehen und in jedem Klassenzimmer aushängen.

**Schulkonferenz** | Fortbildung für die Lehrer eines Bezirks unter der Leitung des Bezirksschulinspektors.

**Schulleitung** | Die allgemeine Aufsicht über die örtliche Volksschule lag beim Ortsschulrat (siehe dort), die spezielle und technische Schulleitung jedoch beim Ortspfarrer. Er musste den Unterricht, die Schuldisziplin, die Schulordnung, den Schulbesuch, die Einhaltung der Schulzeit, den Lehr- und Stundenplan und die Schulbücher überwachen. Er hatte das dienstliche und außerdienstliche Verhalten der Lehrer zu kontrollieren, musste kleinere Verstöße selbst ahnden und gröbere Verfehlungen dem gemeinschaftlichen Oberamt (siehe unter Bezirksschulbehörden) melden. An Schulen mit mehr als fünf Lehrern wurde seit 1865 ein Schulmeister zum Oberlehrer (er war »Erster unter Gleichen«, nicht Schulleiter) bestellt, der in Abwesenheit des Ortspfarrers für den reibungslosen Ablauf des Schulalltags zu sorgen hatte.

**Schulmeister** | Fest angestellter, von der Schulgemeinde gewählter und von der Kultusbehörde bestätigter (erster und bei einklassigen Dorfschulen auch einziger) Lehrer einer Volksschule. Bei größeren Volksschulen war die Anstellung eines zweiten oder dritten Schulmeisters vorgeschrieben, wobei der dienstälteste Schulmeister in der Regel zugleich »Erster Schulmeister« genannt wurde. Lehrerinnen konnten im 19. Jahrhundert nicht ins Amt eines Schulmeisters befördert werden.

**Schulstunde** | Eine Schulstunde dauerte im 19. Jahrhundert noch sechzig Minuten. Im Stundenplan durften halbe und ganze Schulstunden ausgewiesen werden.

**Schultabelle** | Für jede Schulklasse war eine Schultabelle zu fertigen. Der Lehrer musste darin in tabellarischer Form angeben: Name des Kindes, Name des Vaters, Geburtsdatum. Fähigkeiten: Sitten, Religionskenntnisse, Fortschritte im Memorieren, Lesen, Schreiben, Rechnen, Schönschreiben, Sprache, Anschauungsunterricht. Schulversäumnisse.

**Schultheiß, Stadtschultheiß** | Alte Bezeichnung für das Gemeinde- bzw. Stadtoberhaupt, das von der Einwohnerschaft einer Gemeinde bzw. einer Stadt frei gewählt wurde. In Württemberg wurde der Titel Bürgermeister erst im 20. Jahrhundert eingeführt, anderswo in Deutschland schon viel früher, zum Beispiel im Großherzogtum Baden bereits in der ersten Hälfte des 19. Jahrhunderts. In diesem Roman werden beide Amtsbezeichnungen synonym gebraucht.

**Schwestern Unserer Lieben Frau** | 1804 in Frankreich gegründeter Orden, der sich von Anfang an auf Unterricht, Katechese und Erziehung konzentrierte und inzwischen weltweit tätig ist.

**Seminaristin** | Auszubildende an einem Lehrerinnenseminar.

**Sittenkodex für Lehrer und Lehrerinnen** | Der Sittenkodex vom 16. Oktober 1849 verfügte: »In Betreff des Lebenswandels hat der Lehrer sich stets zu gegenwärtigen, dass er ein Amt hat, und zwar ein solches, wornach er Erzieher der Jugend sein soll, und deshalb sich destomehr zu bestreben, ein gutes Vorbild in allen Stücken zu geben, um bei den Jungen und Alten in Achtung zu stehen. Jeder Lehrer hat einen eingezogenen Lebenswandel, und wenn er verheiratet ist, einen friedlichen Ehestand zu führen, wie er auch in beiden Beziehungen im pfarramtlichen Zeugnis zu prädizieren ist. Besonders hat ein Lehrgehilfe vor Wirtshausbesuch, vor Kartenspiel und dergleichen sich in Acht zu nehmen. Der Schulmeister hat in dieser Beziehung sein Augenmerk auf ihn zu richten, wie er auch den sittlichen Lebenswandel des ledigen Unterlehrers zu überwachen hat. Die Teilnahme an der Jagd ist teils wegen des damit verbundenen Zeit- und Geldaufwands und anderer Versuchungen, teils wegen des Anstoßes, welchen manche Gemeindemitglieder daran nehmen, nicht angemessen;

daher man erwartet, dass die Lehrer sich dieser Beschäftigung entheben.«

**Stadtrat** | Nach der Kommunalverordnung von 1813 mussten die Stadträte mit Kopf und Kragen für jeden Schmarren haften, den sie anrichteten. Darum hatten sie bei Amtsantritt vorsorglich zwanzig Gulden pro hundert Einwohner in der Kasse zu hinterlegen.

Der Stadtrat stützte sich auf vier Säulen. Den Kirchenkonvent, dem auch der Pfarrer und der fürs Geld der Kirchengemeinde zuständige Kirchenpfleger angehörten. Den Bürgerausschuss, der alle wichtigen Gemeinderatsbeschlüsse vorberaten musste. Den Stadt- oder Gemeindepfleger, der die Finanzen besorgte. Und den Verwaltungsaktuar, den das Oberamt als Kreisbehörde auf Kosten der Gemeinde bestellte und der für alle wichtigen Verwaltungsakte zuständig war.

**Strafen** | Siehe unter Züchtigung.

**Subsellie** | Schulbank, bei der Sitzbank und Schreibtisch miteinander verschraubt sind. Je nach Breite für einen bis sechs Schüler geeignet.

**Sütterlinschrift** | Aus der Deutschen Kurrentschrift (siehe dort) entwickelte preußische Schreibschrift.

**Tatze** | Schlag mit einem dünnen Stock auf die flache Hand.

**Töchterschule** | Ältere, zum Ende des 19. Jahrhunderts außer Gebrauch gekommene Bezeichnung für eine höhere Mädchenschule (siehe dort).

**Übungsschule** | In den Übungsschulen, angegliedert an die Lehrer- und Lehrerinnenseminare, später vereinzelt auch an Universitäten, sollten die angehenden Lehrerinnen und

539

Lehrer in die Lehrerrolle hineinwachsen. Die angehenden Pädagogen beobachteten und analysierten den Unterricht und übernahmen unter Aufsicht eines Ausbilders schrittweise selbst einzelne Unterrichtsstunden, sogenannte Lehrproben.

**Unterlehrer** | Ausgebildeter Lehrer mit – nach dem Schulmeister – zweithöchster Besoldung unter allen Volksschullehrern, aber noch nicht unbefristet angestellt. Die ersten Lehrerinnenvereine hatten das Ziel, auch Lehrerinnen den Zugang zu diesem Lehramt mit höherer Besoldung zu erstreiten.

**Ursulinen** | Die heilige Angela Merici gründete 1535 in Brescia die Gesellschaft gottgeweihter Jungfrauen zur Ausübung der Erziehung und des Unterrichts der weiblichen Jugend. Ab 1640 verbreitete sich dieser Frauenorden in ganz Deutschland, Österreich und Ungarn. Die Ursulinen gründeten zahlreiche Mädchenschulen, Frauenschulen und Lehrerinnenseminare.

**Vakanzen** | Maximal sechs Wochen im Jahr durften schulfrei sein. Rechnete man die zwei bis drei schulfreien Tage um Weihnachten, Ostern und Pfingsten sowie die Unterrichtsbefreiung an Markttagen (am Kirchweihmontag durfte keine Vakanz gegeben werden) ab, dann blieben nur noch Erntevakanzen übrig, die – je nach der vorherrschenden landwirtschaftlichen Ausrichtung der Schulgemeinde – als Heu-, Ernte(Getreide)-, Hopfen-, (Trauben-)Lese- oder Kartoffelvakanz ausgerufen wurden. Die Vakanztermine legte der Ortspfarrer fest, in Absprache mit dem Ortsvorsteher, unter Berücksichtigung der Witterungsverhältnisse und der anstehenden Feldgeschäfte.

Aus diesem Grund gab es keine landesweit einheitlichen Ferienregelungen. Für Lehrer war das besonders ärgerlich, weil sie oft versetzt wurden, zuweilen zwei- oder dreimal im Jahr. Es kam also oft vor, dass sie zu Beginn der Vakanz an eine andere Schule versetzt wurden, an der die Vakanz bereits zu Ende war. Bei Schlechtwettereinbruch wurde die Vakanz abgebrochen und der Unterricht wieder aufgenommen.

Darum bestimmte das Schulgesetz: Alle Lehrer haben »für jede zeitliche Abwesenheit vom Wohnort, selbst während der Vakanzen, vom Pfarrer Erlaubnis nachzusuchen und dabei anzugeben, auf welche Weise ihre Amtspflichten in Kirche und Schule während ihrer Abwesenheit versehen werden«. Provisoren und Lehrerinnen konnte der Pfarrer in der Vakanz einige Urlaubstage zum Besuch ihrer Eltern bewilligen.

**Visitation** | Der Ortsgeistliche war zugleich Schulleiter. Der evangelische Pfarrer musste zweimal in der Woche Religion unterrichten, der katholische dreimal. Bei der Gelegenheit hatte er in der Schule nach dem Rechten zu sehen. Er führte die Schulstatistik und berichtete regelmäßig auf dem Dienstweg über den Bezirksschulinspektor an die Oberschulbehörden über die Zustände an seiner Schule.

Die »kleine Visitation« führte der Ortspfarrer halbjährlich selbst durch, und zwar um Georgi (23. April, Schuljahreswechsel) und um Martini (11. November, amtlicher Winteranfang). Die Mitglieder der Ortsschulbehörde sowie die Eltern mussten rechtzeitig von der Visitation in Kenntnis gesetzt werden und durften an der Visitation teilnehmen, denn sie war grundsätzlich öffentlich. Bei der Visitation nahm der Ortsgeistliche einen halben Tag lang am Unterricht des zu visitierenden Lehrers teil, ließ sich die im letzten Halbjahr gelernten Memorierstücke vortragen und besprach danach das Gesehene und Gehörte mit dem Lehrer.

Alle zwei Jahre fand die »große Visitation« statt. Dann inspizierte der Bezirksschulinspektor (heutiger Begriff: Schulrat) im Beisein von Ortspfarrer, Ortsschulrat und Eltern mindestens drei bis vier Stunden lang den Unterricht, ließ sich die Schulakten vorlegen und über den Leistungsstand der Schüler und die Schulversäumnisse berichten. Anschließend fertigte er nach vorgeschriebenem Muster ein Dienstzeugnis mit Note für jeden Lehrer.

**Züchtigung** | Alle Schulstrafen summierte man im 19. Jahrhundert unter »Züchtigung«. Damals stritten die Pädagogen heftig über Recht und Zweck der Strafen in der Schule. Abschreckungs-, Sühne- und Besserungstheorien hatten ihre Anhänger und Gegner. In der Schulpraxis galt das Recht des Stärkeren. Eher wurde zu viel als zu wenig gestraft. Hosenspanner (ab Mitte des 19. Jahrhunderts bei Mädchen untersagt), Kopfnüsse, Maulschellen und Tatzen waren an der Tagesordnung, wie etliche Schulmeister in ihren Erinnerungen freimütig einräumten. In der »guten alten Zeit« kam es teilweise zu Prügelorgien, weshalb zum Beispiel in das württembergische Strafgesetzbuch von 1839 ein besonderer Artikel über das Züchtigungsrecht an Schulen eingefügt werden musste. Danach wurden alle Schulstrafen, »wodurch ein Nachtheil für die Gesundheit des Mißhandelten entstanden ist«, künftig bei »erheblicher Beschädigung« als Körperverletzung im Sinne des Strafgesetzbuches gewertet. (Siehe auch Hosenspanner, Kopfnuss, Maulschelle, Schularrest, Tatze.)